BASTEI LÜBBE
TASCHENBUCH

Christine Kabus

IM LAND DER WEITEN FJORDE

Norwegenroman

BASTEI LÜBBE
TASCHENBUCH

BASTEI LÜBBE TASCHENBUCH
Band 16 758

1. Auflage: April 2013
2. Auflage: Juli 2013
3. Auflage: September 2013
4. Auflage: April 2014

MIX
Papier aus verantwortungsvollen Quellen
FSC® C014496
FSC
www.fsc.org

Bastei Lübbe Taschenbuch in der Bastei Lübbe AG

Textredaktion: Ulrike Brandt-Schwarze
Titelillustration: © Alexander Vershinin/Shutterstock;
Claudia Carlsen/Shutterstock
Umschlaggestaltung: Johannes Wiebel, punchdesign
Satz: Urban SatzKonzept, Düsseldorf
Gesetzt aus der Garamond
Druck und Verarbeitung: GGP Media GmbH, Pößneck
Printed in Germany
ISBN 978-3-404-16758-6

Für Michael Marius

Var det ikke for mørket,
så visste vi ikke om sternene.

Gäbe es das Dunkel nicht,
wüssten wir nicht von den Sternen.

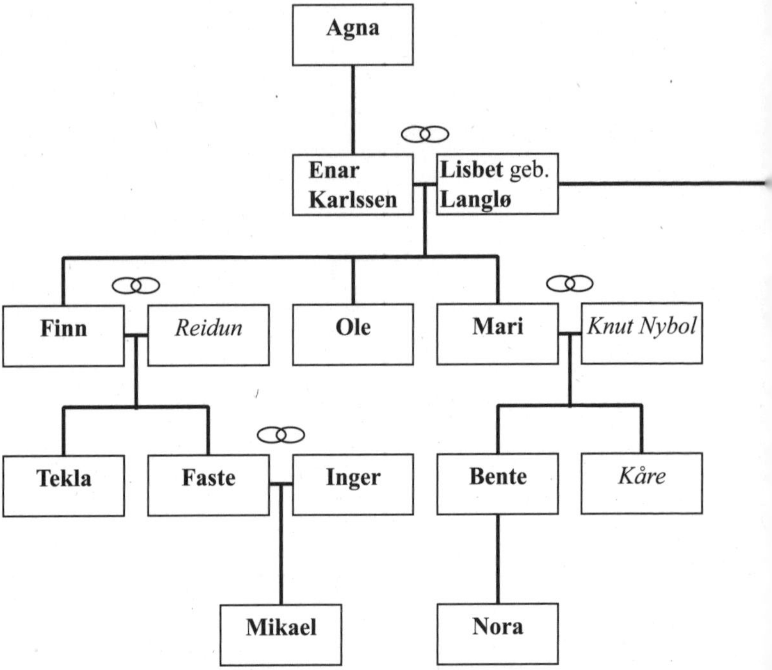

Karlssen
(Nordfjordeid)

Nybol
(Tromsø - Oslo)

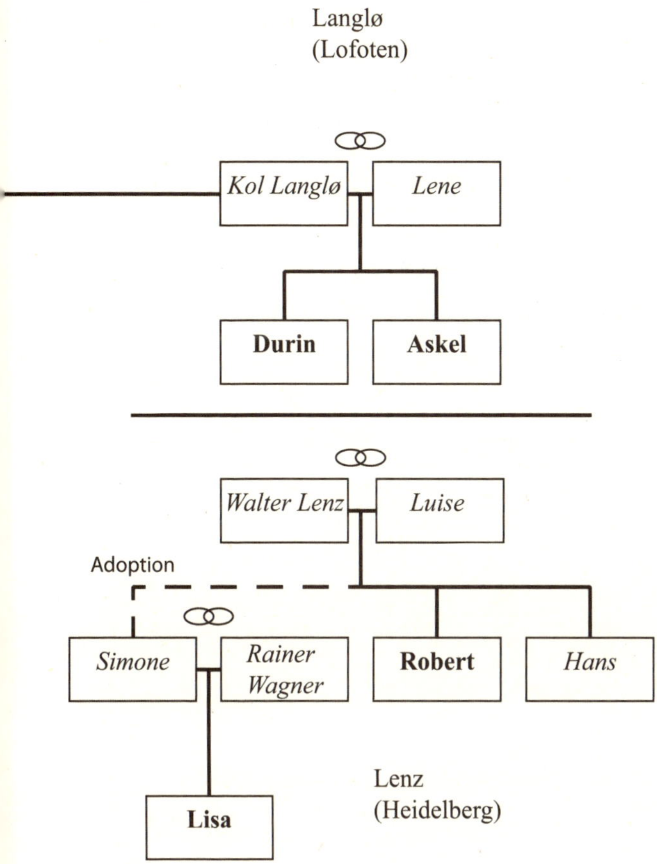

Langlø
(Lofoten)
Kol Langlø
Lene
Durin
Askel
Walter Lenz
Luise
Adoption
Simone
Rainer Wagner
Robert
Hans
Lisa
Lenz
(Heidelberg)

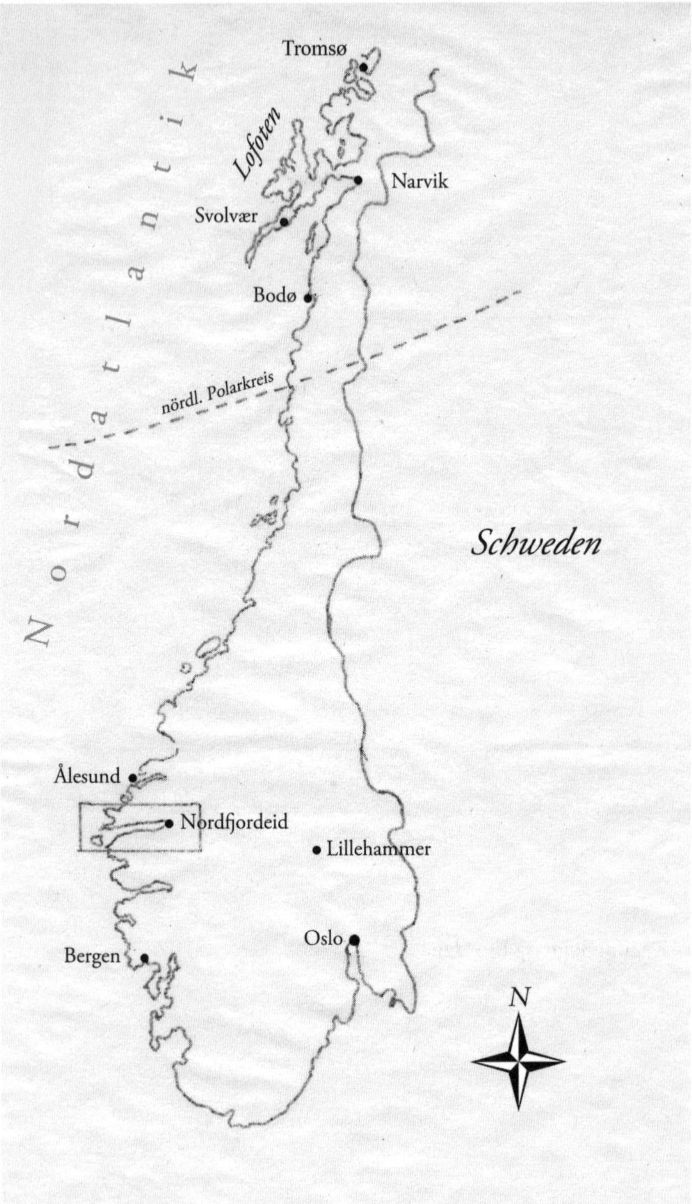
Tromsø
Lofoten
Narvik
Svolvær
Bodø
N o r d a t l a n t i k
nördl. Polarkreis
Schweden
Ålesund
Nordfjordeid
Lillehammer
Oslo
Bergen
N

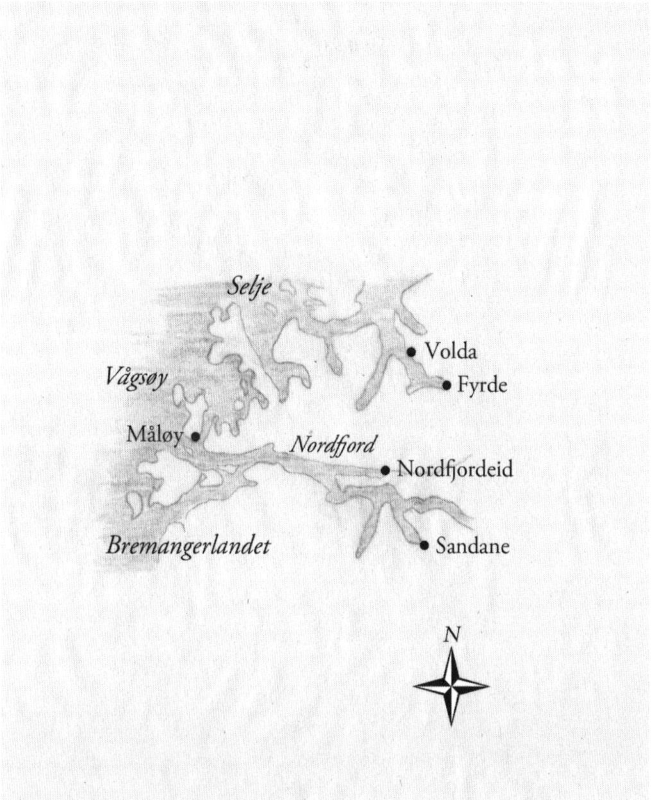

Region Sogn og Fjordane

Prolog

»Du darfst die Augen jetzt aufmachen.«

Die junge Frau kam der Aufforderung nach und hielt die Luft an. Vor ihr auf dem Bett war eine *bunad* drapiert. Überrascht wandte sie sich ihrer Mutter zu, die sie erwartungsvoll ansah. »Ist das für mich?«

»Ja, mein Liebes. Du brauchst doch ein angemessenes Gewand für deine Hochzeit«, erwiderte die Mutter lächelnd.

»Es ist wunderschön«, hauchte die junge Frau und berührte scheu die festliche Tracht. Über einem knöchellangen schwarzen Rock war eine bunt bestickte Schürze ausgebreitet, an der ein kleiner Stoffbeutel befestigt war. Aus einem dunkelroten, ärmellosen Schnürmieder, das mit einer bestickten Borte eingefasst war, ragten die bauschigen Ärmel einer weißen Bluse.

»Aber das Wichtigste fehlt noch«, sagte die Mutter, holte eine kleine Schachtel hervor und hielt sie ihrer Tochter mit einem auffordernden Lächeln hin.

Die junge Frau öffnete die Schachtel und zog einen runden, silbernen Anhänger heraus, der an einem schwarzen Samtband baumelte.

»Das ist doch dein Hochzeitsmedaillon«, rief sie.

Die Mutter nickte. »Meine Mutter hat es mir geschenkt, als ich deinen Vater geheiratet habe. Jetzt möchte ich es an dich weitergeben, damit du eure Fotos hineintun kannst«, sagte sie.

Die junge Frau drehte das Schmuckstück mit den kunstvollen Ziselierungen in ihren Händen und entdeckte auf der Rückseite eine eingravierte Inschrift. Fragend sah sie die Mutter an.

»Die Widmung ist von mir«, erklärte diese.

Ihre Tochter las die liebevollen Worte, schluchzte auf und schloss ihre Mutter fest in die Arme. »Ich werde dich so vermissen«, murmelte sie.

»Ich dich auch, mein Kind, ich dich auch«, kam es leise zurück.

1

Frankfurt, April 2010

Erleichtert stellte Lisa die schwere Tasche mit der Fotoausrüstung ab, zog den Rollkoffer zu sich heran und schloss die Tür ihres kleinen Apartments auf, das sie im vierten Stock eines Mietshauses in einer ruhigen Straße hinter der Alten Oper bewohnte. Noch bevor sie ihre Jacke auszog, eilte sie in das großzügig geschnittene Wohnzimmer und öffnete die Tür zu dem winzigen Balkon, um frische Luft hereinzulassen. Sie trat hinaus und schaute in den Innenhof. Eine einsame Birke stand dort, an deren Ästen sich ein erstes helles Grün zeigte. Eine Amsel saß auf der Dachrinne des gegenüberliegenden Hauses und sang ihr melodisches Lied in die Abenddämmerung. Endlich Frühling! Lisa lächelte, schloss die Augen und atmete die kühle Luft in tiefen Zügen ein.

Wie fern erschien ihr jetzt Mumbai mit seiner schwülen Hitze, in der sie keine vierundzwanzig Stunden vorher noch geschmort hatte. Im Auftrag eines Forschungsinstituts für Städteplanung hatte sie in Dharavi, einem riesigen, mitten in der Stadt gelegenen Slum, eine Art fotografische Bestandsaufnahme gemacht. Denn das unübersichtliche Meer aus Wellblechhütten, Töpfereien und anderen Handwerksbetrieben, Geschäften und Bordellen sollte demnächst einem modernen Viertel mit Büro- und Wohntürmen weichen und als Vorbild für andere Slumsanierungen dienen. Ein Vorhaben, das bei den Betroffenen gemischte Gefühle hervorrief, wie Lisa schnell festgestellt hatte. Zwar sollten die Bewohner in günstige Wohnungen umgesiedelt werden, doch vor allem die Handwerker fürchteten, dass sie dort ihrer Arbeit nicht länger nachgehen könnten.

Lisa war in diese faszinierende Welt eingetaucht und mit einer reichen Ausbeute an Fotos und neuen Erfahrungen zurückgekehrt. Viel Zeit, das alles zu verdauen, blieb ihr nicht. In ein paar Tagen bereits würde sie wieder unterwegs sein, diesmal nach Dubai, wo sie in den letzten Jahren regelmäßig die Entwicklung der gigantischen Bauvorhaben mit der Kamera festhielt.

Es schellte drei Mal – das Zeichen für Susanne. Lisa ging zurück in die Wohnung und öffnete die Tür.

Ihre Nachbarin und Freundin Susanne begrüßte sie mit einem strahlenden Lächeln. Sie war fast einen Kopf kleiner als Lisa und sehr zierlich. Ihre mahagonifarbenen langen Haare, die das herzförmige Gesicht mit dem hellen Teint umschmeichelten, die lang bewimperten braunen Augen und die kirschroten Lippen ließen Lisa an Schneewittchen denken. So jedenfalls hatte sie sich die Märchengestalt als Kind vorgestellt.

An diesem Tag trug Susanne ein burgunderrotes Kleid aus einem fließenden Stoff, der ihre weiblichen Formen zur Geltung brachte. Neben ihr kam sich Lisa immer besonders schlaksig vor. Was nicht nur an ihrer Größe lag, sondern auch an ihrer legeren, sportlichen Kleidung, die ihre schlanke Figur eher verbarg als betonte.

Wegen ihres mädchenhaften Aussehens wurde Susanne von Männern häufig für ein zartes, hilfloses Wesen gehalten– ein Irrtum, den sie mit diebischer Freude auszunutzen wusste. Lisa dagegen behandelten die meisten auf eine freundliche, kumpelhafte Art. Das war ihr eigentlich sehr angenehm, doch manchmal, wenn sie mit Susanne unterwegs war, gab es ihr schon einen Stich, dass sich alle Blicke wie ferngesteuert auf ihre Freundin richteten, während sie plötzlich das Gefühl hatte, unsichtbar zu sein. Auf die Idee, sich deswegen ernsthaft zu grämen oder gar ihr Äußeres zu verändern, wäre sie allerdings nie gekommen.

Kurz nachdem sie vor fünf Jahren hier eingezogen war, hatte sie sich mit Susanne, die auf dem gleichen Stock wohnte, angefreundet. Die beiden jungen Frauen waren sich auf Anhieb sympathisch gewesen, obwohl oder gerade weil sie so unterschiedlich waren. Von da an sammelte Susanne ihre Post, wenn Lisa verreist war. Diese revanchierte sich, indem sie Susannes Katzensammlung bereicherte und ihr von jedem Ort Katzenfiguren und -darstellungen aus allen nur erdenklichen Materialien mitbrachte. Diesmal hatte sie eine kleine rote Lederhandtasche mit Katzenmotiv im Gepäck.

Susanne hielt in der einen Hand einen Stapel Briefe, in der anderen einen riesigen Strauß gelber Teerosen, deren intensiver Duft Lisa entgegenwehte. Überrascht fuhr sie sich durch die widerspenstigen, kurzen dunkelblonden Locken und lächelte die Freundin an.

»Nein, nein, die sind nicht von mir«, sagte Susanne. »Sie sind vorhin für dich abgegeben worden. Hier ist ein Kärtchen.« Mit dem Kinn deutete sie auf einen kleinen Briefumschlag, der in den Rosen steckte. »Ich hab sie ausgewickelt und ins Wasser gestellt. Ich wusste ja nicht, wann genau du kommst. Aber die Karte habe ich nicht gelesen, Ehrenwort!«

Lisa grinste Susanne an. Sie wusste, dass diese vor Neugier fast platzte. Um die Freundin nicht länger auf die Folter zu spannen, pflückte sie den kleinen Umschlag aus den Rosen und zog das Kärtchen hervor.

»Cara, bin morgen in der Stadt. Erwarte Dich um acht im Da Vinci. Kuss, Marco«, las Lisa vor. Das erwartungsvolle Leuchten in Susannes Gesicht erlosch.

»Ach so, von Marco. Und ich dachte schon, du hättest einen geheimnisvollen Verehrer!«

Lisa schaute sie mit gespielter Entrüstung an, nahm ihr den Rosenstrauß und die Briefe ab und machte eine einladende Kopfbewegung in die Wohnung.

»Lust auf einen Masala Chai? Der ist echt lecker.«

Susanne schüttelte den Kopf. »Leider keine Zeit, ich bin auf dem Sprung. Abendschicht im Bistro.«

Susanne war freischaffende Grafikerin und Webdesignerin. Und das wollte sie auch bleiben. Wenn es nicht genug Aufträge gab, arbeitete sie lieber als Kellnerin, um ihre Miete zu zahlen, als sich in einem Büro schinden zu lassen. Das Kapitel hatte sie hinter sich – ein für alle Mal. Lisa konnte das gut verstehen. Der Gedanke, tagein, tagaus in ein Büro gepfercht zu sein, war ihr unerträglich. Das war einer der Gründe, warum sie ihren Beruf so liebte.

»Dann komm doch morgen zum Frühstück zu mir«, schlug sie vor.

»Prima Idee«, antwortete Susanne, »ich bin schon sehr gespannt, wie es in Indien war.« Sie berührte Lisa leicht am Arm. »Und wie's dir überhaupt so geht.«

Ja, wie geht es mir? Nachdenklich starrte Lisa in den Spiegel im Flur, nachdem sich die Wohnungstür hinter Susanne geschlossen hatte. Die häufigen Aufenthalte in sonnigen Gegenden hatten ihre von Natur aus helle Haut gebräunt, was ihre großen, tiefblauen Augen mit den dichten Wimpern gut zur Geltung brachte. Dem Blick nach innen war sie in den letzten Monaten ausgewichen, hatte sich von einem Auftrag in den nächsten gestürzt und sich ganz auf ihre Arbeit konzentriert. Das hatte ihr geholfen, den ersten Schock zu verkraften und sich für die Auseinandersetzung mit dem Verlust zu wappnen, der sie so unerwartet getroffen hatte. Sie konnte es immer noch nicht glauben, dass sie ihre Eltern Simone und Rainer nie wieder sehen würde.

Wenn Lisa an sie dachte, sah sie die beiden in einem griechischen Kafenion sitzen, mit einem Jeep das australische Outback erkunden oder über einen marokkanischen Basar schlendern. Nach der Pensionierung ihres Vaters vor sieben Jahren hatten ihre Eltern sich ununterbrochen auf Weltreise befunden und damit das unstete Leben fortgesetzt, das sie während Rainer Wagners Diplomatenlaufbahn geführt hatten. Im Grunde rechnete sie immer noch damit, dass das Telefon jeden Augenblick klingeln und die muntere Stimme ihrer Mutter von ihren neuesten Erlebnissen berichten würde.

Lisa holte in der Küche eine Vase für den Rosenstrauß, stellte ihn auf den Couchtisch im Wohnzimmer und ließ sich mit untergeschlagenen Beinen auf ihrem geliebten dunkelroten Sofa nieder. Sie schaute sich um und kam allmählich ein wenig zur Ruhe. Ein dicker, handgeknüpfter Perserteppich dominierte mit seinen leuchtenden Farben den Raum, der ansonsten kaum möbliert war. Auf dem großen Regal an der Wand gegenüber dem Sofa standen Töpferwaren, Gläser, geflochtene Körbe, geschnitzte Holzdosen und anderes Kunsthandwerk, das ihr ihre Eltern aus allen Ecken der Welt mitgebracht hatten. Dazwischen quetschten sich Reiseführer und Bildbände, Krimis und Romane in buntem Durcheinander. Lisas Blick blieb an Marcos Begrüßungsstrauß hängen.

Rosen. Die Lieblingsblumen ihres Vaters, der zeitlebens davon geträumt hatte, einen eigenen Rosengarten anzulegen. Und dem es noch an den unwahrscheinlichsten Orten gelungen war, seine Frau mit frischen Rosen zu beschenken. Onkel Robert hatte dafür gesorgt, dass die kleine Aussegnungskapelle auf dem Heidelberger Bergfriedhof mit Rosengebinden geschmückt gewesen war. Und die zahlreichen Kränze und Blumensträuße, unter denen die beiden Särge fast verschwunden waren, hatten ebenfalls überwiegend aus Rosen bestanden.

Sich vorzustellen, dass ihre Eltern in diesen Särgen lagen, war Lisa schwergefallen. Das konnte einfach nicht sein. Die beiden waren zwar schon Anfang siebzig gewesen, hatten aber viel jünger gewirkt. Sie hatten das Leben geliebt und genossen und noch so viele Pläne gehabt. Der letzte Plan hatte sie das Leben gekostet: Auf einem Segeltörn mit Freunden in der Karibik war das Boot gekentert. Für Simone und Rainer Wagner war jede Rettung zu spät gekommen. Sie hatten nur noch tot geborgen werden können.

Am nächsten Morgen fühlte sich Lisa völlig zerschlagen. Nach einer schlaflosen Nacht voller sich im Kreise drehender Gedanken und Grübeleien hätte sie sich am liebsten den ganzen Tag verkrochen. Dabei hatte sie sich so auf das gemeinsame Frühstück mit Susanne gefreut! Viel zu lange hatten sie sich nicht mehr gesehen und ausgetauscht. Lisa war ihrer Freundin dankbar gewesen, dass diese ihren Rückzug nach dem Tod ihrer Eltern stillschweigend akzeptiert und sie nicht mit gut gemeinten Ratschlägen bedrängt hatte. Aber in den letzten Tagen vor ihrem Abflug aus Indien hatte Lisa gemerkt, wie sehr sie ihre Gespräche vermisste und dass sie nun bereit war, über ihren Verlust zu reden. Sie hatte sich sogar danach gesehnt. Doch als jetzt das vertraute Klingelzeichen ertönte, zögerte Lisa, die Freundin hereinzulassen.

Nach kurzem inneren Kampf öffnete sie die Tür und stand Susanne gegenüber, deren fröhliches Lächeln einem bestürzten Gesichtsausdruck wich.

»Um Gottes willen, was ist passiert?«, entfuhr es ihr. »Bist du krank?«

Lisa schüttelte den Kopf und versuchte ein schiefes Grinsen. Sie musste furchtbar aussehen: gerade aus dem Bett gekrochen, nur im Morgenmantel, bleich und mit dunklen Augenringen. »Halb so schlimm«, murmelte sie. »Wirklich, es ist alles in Ordnung«, beteuerte sie, als sie Susannes besorgtes Gesicht sah. »Es ist nur ... ach, ich weiß auch nicht, es ist alles so verwirrend … Sorry, aber ich glaub, ich bin gerade keine gute Gesellschaft …«

Susanne sah ihr prüfend in die Augen. »So hab ich dich noch nie erlebt, also sag mir nicht, dass alles in Ordnung ist!«

Lisa seufzte. Es fiel ihr schwer, einen klaren Gedanken zu fassen. »Du hast ja recht. Ich erzähl's dir später, o. k.? Jetzt sollte ich vielleicht besser allein …«

Susanne schüttelte resolut den Kopf, schob Lisa sanft beiseite und trat in die Wohnung. »Jetzt frühstücken wir erst mal, und dann erzählst du mir alles.«

Kurz darauf saßen die beiden Freundinnen im Wohnzimmer auf dem Sofa und tranken würzigen Masala Chai, den Susanne gekocht hatte, während Lisa sich rasch geduscht und angezogen hatte. Auf dem niedrigen Tisch vor dem Sofa stand die Kanne mit dem Tee, dessen aromatischer Duft nach Kardamom, Zimt und Ingwer die Luft erfüllte. Dazu gab es frische Croissants, die Susanne mitgebracht hatte.

Lisa biss hungrig in das blättrige Gebäck und lächelte Susanne dankbar an. »Jetzt geht's mir schon besser. Du bist echt ein Schatz!«

Susanne lächelte und sah Lisa erwartungsvoll an.

»Am besten, du liest es selbst«, sagte Lisa und legte das Croissant auf den Teller zurück. Sie griff zu einem gepolsterten DIN-A4-Umschlag, der zusammen mit anderen Briefen auf dem Tisch lag. »Der war in der Post, die du für mich gesammelt hast«, sagte sie und zog eine kleine Schachtel und zwei Briefbögen heraus, die sie Susanne reichte. Mit einem Nicken forderte sie sie zum Lesen auf.

Heidelberg, 12. Januar 2010

Sehr geehrte Frau Wagner,

zunächst möchte ich Ihnen mein herzliches Beileid ausdrücken.

Vor einigen Jahren hat Ihre Mutter bei mir den beiliegenden Brief und die Schachtel deponiert und mich beauftragt, im Falle ihres Todes beides an Sie weiterzuleiten.

Wenn ich Ihnen in irgendeiner Weise behilflich sein kann, lassen Sie es mich bitte wissen.

Mit freundlichen Grüßen
Walter Schneider
Notar und Anwaltskanzlei Schneider & Söhne
Hauptstraße 37
69117 Heidelberg

Susanne legte das maschinengetippte Schreiben des Notars beiseite und wandte sich dem zweiten Brief zu, der mit der Hand geschrieben war.

12. August 1993

Liebe Lisa,

eigentlich wollte ich es Dir heute persönlich sagen, aber ich bringe es nicht über mich. Ich will Dir Deinen achtzehnten Geburtstag nicht mit dieser alten Geschichte vermiesen.

Wenn Du diesen Brief eines Tages liest – was ich nicht hoffe –, bedeutet das leider, dass ich entweder keine Gelegenheit mehr hatte oder zu feige war, Dir selber die Wahrheit anzuvertrauen:

Ich wurde als kleines Kind adoptiert und kenne meine leiblichen Eltern nicht. »Unsere« Heidelberger Familie Lenz ist also nicht mit Dir verwandt.

Ich hätte mir keine besseren Eltern und Brüder vorstellen können. Sie haben mir niemals das Gefühl gegeben, nicht dazuzugehören, und mir bedingungslos ihre Liebe geschenkt. Auch nachdem ich von der Adoption erfahren hatte, habe ich sie immer als meine wahre Familie gesehen. Ich hoffe, Du kannst das auch.

In Liebe, Deine Mutter

P. S. Das Medaillon ist das einzige »Erbe«, das ich von meinen leiblichen Eltern habe.

Susanne ließ den Brief sinken und schaute Lisa betroffen an. »Sie hat das wirklich all die Jahre für sich behalten?«

Lisa zuckte die Achseln. »Du hast sie nicht gekannt. Sie wirkte zwar offen und extrovertiert, aber eigentlich war sie sehr verschlossen.«

Susanne nickte. »Verstehe. Und was ist das für ein Medaillon?«, fragte sie.

Lisa öffnete die kleine Schachtel und zog einen runden silbernen Anhänger heraus. Sie ließ den Deckel aufschnappen, hielt Susanne das Medaillon hin und sagte: »Das müssen die Eltern meiner Mutter sein.«

Susanne betrachtete die bräunlich angelaufenen Porträtfotos eines jungen Mannes und einer jungen Frau, die scheu lächelte. Susanne sog scharf die Luft ein und deutete auf die Frau: »Aber das bist ja du!«

Lisa grinste schief. »Schon irgendwie unheimlich, oder?«

2

Nordfjordeid, Frühjahr 1940

»Los, Fenna. Noch einmal pressen. Gleich hast du's geschafft«, ermutigte Mari die Stute, die auf dem dick mit Stroh bestreuten Boden ihrer Box lag.

Fenna reckte den Kopf, schaute kurz zu dem Mädchen, das hinter ihr kniete, und presste bei der nächsten Wehe kräftig mit. Mit einem Flutschen glitt ein großes, nasses Bündel in Maris Arme. Rasch zerriss sie die Eihaut, legte das Köpfchen des Fohlens frei und wischte Nüstern und Maul sauber. Ein Zittern durchlief den kleinen Körper, die Nüstern kräuselten sich, und mit seinem ersten, tiefen Atemzug öffnete der kleine Hengst seine Augen. Während die Stute aufstand und sich hungrig über den Kleiebrei hermachte, den Mari ihr als Belohnung zubereitet hatte, rubbelte diese das Neugeborene mit Stroh ab, um seinen Blutkreislauf in Schwung zu bringen.

»Da hab ich die Hauptsache wohl verpasst«, ertönte eine Stimme über Mari.

Die Achtzehnjährige blickte auf und erkannte im Schein der Petroleumlampe, die in der Stallgasse neben Fennas Box hing, ihren älteren Bruder Ole. Glücklich lächelte sie ihn an und präsentierte ihm den kleinen Hengst, dessen Fell etwas heller war als das seiner Mutter. Auf dem Rücken und in der Mähne war der für die Fjordpferde typische dunkle Aalstrich zu erkennen.

»Ein prächtiges Kerlchen«, sagte Ole anerkennend. Mari nickte stolz. »Ist alles glattgegangen?«, erkundigte sich ihr Bruder. »Hat ja doch ziemlich lang gedauert.«

»Stimmt«, sagte Mari und stand auf.

Erst jetzt merkte sie, wie müde sie war. In den letzten Nächten hatte sie kaum geschlafen, um zur Stelle zu sein, wenn die Geburt losging. Oles Angebot, sich mit den Nachtwachen abzuwechseln, hatte sie abgelehnt. Es war schließlich ihr Pferd.

»Fenna hat das ganz prima gemacht. Kaum zu glauben, dass es ihr erstes Fohlen ist.« Mari streichelte die Stute, streute eine weitere Lage Stroh aus und verließ die Box. »Und wie steht es bei Bjelle?«, fragte sie.

Ole zuckte die Achseln. »Vielleicht morgen Nacht. Heute sicher nicht mehr. Deshalb hab ich sie noch auf der Weide gelassen«, antwortete er.

An die Holzbrüstung der Stallbox gelehnt, beobachtete Mari Seite an Seite mit ihrem Bruder in der nächsten Stunde, wie Fenna ihren kleinen Sohn gründlich ableckte und ihn immer wieder zart anstupste, um ihn zum Aufstehen zu animieren. Er machte einige Anläufe und plumpste ein paar Mal ins Stroh, aber dann hatte der Kleine endlich alle vier Beine gleichzeitig unter Kontrolle und stakste wackelig zu seiner Mutter. Auch die Suche nach den Milchzitzen brauchte ihre Zeit, doch schließlich schmatzte das Fohlen zufrieden. Anschließend sank es erschöpft ins Stroh und schlief sofort ein.

Als die Geschwister morgens gegen sieben Uhr den Stall verließen, war es schon taghell. Mari gähnte und dehnte ihre verspannten Glieder. Sie war wie ihr drei Jahre älterer Bruder hochgewachsen und schlank. Ihre klaren, ebenmäßigen Gesichtszüge mit dem markant geschwungenen Mund und den tiefblauen Augen wurden von dunkelblonden, gelockten Haaren umrahmt, die sie wie immer zu einem dicken Zopf geflochten hatte. Ole hatte ebenfalls dunkelblaue Augen, seine kurz geschnittenen Haare dagegen waren glatt und nach der Nacht im Stall verstrubbelt.

»Hoffentlich hat Mutter schon *grøt* gekocht«, sagte Mari.

»Oh, ja, das hoffe ich auch«, rief Ole, »ich könnte einen ganzen Topf Hafergrütze allein verschlingen!«

»Untersteh dich, du Vielfraß!«, entgegnete Mari und begann

unvermittelt, über den Platz zu rennen, der zwischen dem Pferdestall und dem alten Wohnhaus lag. »Wer zuerst in der Küche ist«, rief sie ihm über die Schulter zu und stürmte weiter.

Atemlos sprang sie die Stufen zur Haustür hinauf, durchquerte den Flur, riss die Tür zur Küche auf – und blieb erschrocken auf der Schwelle stehen. Ole, der ihr dicht auf den Fersen war, wäre fast in sie hineingestolpert, konnte aber gerade noch rechtzeitig abbremsen.

»He, was ist denn in dich ...« Seine ungehaltene Frage blieb ihm im Halse stecken, als er über die Schulter seiner Schwester in den Raum schaute.

Um den großen Tisch, der in einer Ecke stand, saß die ganze Familie und schien in einer Art Schockzustand erstarrt. Aus dem Radiogerät, das auf einem Wandbrett über dem Tisch stand, tönte getragene Musik.

Zaghaft trat Mari in die Küche und fragte ängstlich: »Was ist passiert? Ist jemand krank?«

Rasch ließ sie den Blick über die Anwesenden gleiten und atmete unwillkürlich erleichtert aus. Nein, es waren alle da. Vater und Mutter, Großmutter Agna und Maris Zwillingsbruder Finn, der äußerlich ganz nach Enar, dem fünfzigjährigen Vater der drei Geschwister, kam. Von ihm hatte er die kräftige, etwas untersetzte Statur, die strohblonden glatten Haare und die hellblauen Augen unter den fast weißen Augenbrauen. Deshalb wurden Ole und Mari oft für die Zwillinge gehalten, zumal Finn mit seiner nachdenklichen, bedächtigen Art älter wirkte als achtzehn Jahre. Auch die Liebe zu den Pferden, ohne die sie sich ein Leben nicht vorstellen konnte, teilte Mari mit Ole, während sich Finn gern hinter seinen Büchern verkroch und von einem Literaturstudium träumte.

Wie in Zeitlupe hob ihre Mutter Lisbet den Kopf und hauchte tonlos: »Heute Nacht haben die Deutschen unser Land überfallen.«

Mari und Ole tauschten ungläubige Blicke.

»Aber wir sind doch neutral!«, rief Ole empört.

»Als ob das jemanden wie diesen größenwahnsinnigen Diktator interessieren würde«, kam es sarkastisch von Finn.

»Was genau bedeutet überfallen?«, wollte Mari wissen. Ihr Vater, der mit grauem Gesicht und zusammengepressten Lippen stumm auf den Radioapparat starrte, drehte den Kopf zu ihr und schien sie erst jetzt zu bemerken.

»Sie haben gleichzeitig mehrere Küstenstädte mit Kriegsschiffen und Kampfflugzeugen angegriffen.«

Mari wurde es schwindelig. Kraftlos ließ sie sich auf einen Schemel sinken. Vielleicht träumte sie das alles nur? »Wir haben also Krieg?«, fragte sie heiser.

Ihr Vater nickte grimmig. »Ich glaube schon. Allerdings scheint keiner so recht zu wissen, was zu tun ist.«

Ole setzte sich ebenfalls an den Tisch. »Das ist doch klar. Wir müssen kämpfen! Die Regierung hat doch sicher die Mobilmachung bekannt gegeben?«

»Das sollte man meinen«, antwortete Finn anstelle des Vaters. »Tatsächlich konnte der König mit seiner Familie und den Parlamentsabgeordneten kurz vor dem Einmarsch der Deutschen aus Oslo fliehen. Keiner weiß, wo sie sich momentan befinden und wie es nun weitergehen soll.«

Bevor Ole nachhaken konnte, wurde die Musik im Radio für eine Ansprache unterbrochen. Gebannt lauschten Mari und ihre Familie, doch es war nicht die ersehnte Stimme von König Håkon, die aus dem Apparat tönte. Vielmehr verkündete Vidkun Quisling, der Führer der Nasjonal Samling, die Machtübernahme durch seine faschistische, antidemokratische Partei. Jeglichen Widerstand gegen die deutschen Truppen erklärte er zu einer kriminellen Tat, norwegische Offiziere hätten nur den Befehlen »der neuen nationalen Regierung« zu gehorchen.

Enar ließ seine Faust auf den Tisch krachen und schüttelte sie dann drohend Richtung Radio. »Das sieht diesem Vaterlandsverräter ähnlich. Nutzt schamlos das Chaos für einen Putschversuch!«

Lisbet legte die Hand auf den Arm ihres Mannes. »Damit kommt er gewiss nicht durch«, versuchte sie ihn zu beruhigen. »Ich bin mir sicher, dass unser König schon bald den Gegenangriff organisieren wird. Es konnte ja keiner ahnen, dass die Deutschen ohne Kriegserklärung über uns herfallen würden.«

Benommen schaute Mari in die vertrauten Gesichter, in denen sie ihre eigenen Gefühle gespiegelt sah – eine Mischung aus Wut, Angst und Ratlosigkeit. Nur Agna, die Mutter ihres Vaters, wirkte gelassen und lächelte ihrer Enkelin freundlich zu. Mit dem ihr eigenen Gottvertrauen verkündete sie leise, aber bestimmt: »Der Herrgott wird nicht zulassen, dass unser Norwegen in die Hände dieser Teufel fällt.«

Mari hätte viel darum gegeben, diese Zuversicht teilen zu können. Sie hielt es nicht mehr aus in der Küche und lief nach draußen. Auf dem Treppenabsatz vor der Haustür blieb sie stehen und atmete tief die kühle Morgenluft ein. Von hier hatte sie einen weiten Blick auf den Fjord und das gegenüberliegende Ufer mit seinen bewaldeten Bergen und ihren verschneiten Gipfeln. Der Urgroßvater ihres Vaters hatte einst das Grundstück an dem sanft ansteigenden Hang erworben und hier das Wohnhaus und den Pferdestall gebaut. Im Lauf der Zeit hatten seine Nachkommen den Hof um einen Stall für die Kühe, Ziegen und Hühner, eine geräumige Scheune und einen großen Ofen zum Brotbacken erweitert und nach und nach die Pferdekoppeln und Viehweiden gekauft, die sich direkt am Ufer des Fjords gen Westen erstreckten.

Alles sah so friedlich aus. Mari ertappte sich dabei, wie sie angestrengt lauschte und den Himmel nach Flugzeugen absuchte. Wie sich Krieg wohl anhörte? Wie klang Kanonendonner? Oder ein Fliegerangriff? Wie auch immer, hier war alles ruhig. Nur das gleichmäßige Tuckern eines Fischerbootes auf dem Fjord und das Gezwitscher einiger Meisen waren zu hören, die sich in den noch kahlen Zweigen des alten Apfelbaumes neben dem Haus tummelten. Mari schüttelte sich und ging zum Stall. Auch heute musste schließlich ausgemistet, die Hühner mussten gefüttert, die Ziegen gemolken und die Kühe auf die Weide getrieben werden.

Nachdem Mari ihren morgendlichen Pflichten nachgekommen war, zog es sie in den Pferdestall. Behutsam näherte sie sich der Box von Fenna und ihrem Fohlen. Die Stute begrüßte sie mit einem Schnauben. Ihr kleiner Sohn versteckte sich hinter ihr und lugte vorsichtig zu Mari hinüber. Um ihn möglichst früh an sich zu gewöhnen, öffnete Mari die Box und führte Fenna hinaus in den kleinen umzäunten Auslauf hinter dem Stall. Dabei murmelte sie unablässig beruhigende Worte vor sich hin. Nach kurzem Zögern folgte der Kleine seiner Mutter, die sich immer wieder nach ihm umsah.

Draußen ließ Mari die Stute los und beobachtete die beiden vom Gatter aus.

»Wie sollen wir deinen Kleinen denn nennen?«, fragte Mari.

Fenna hob den Kopf und wieherte leise. Mari betrachtete sie nachdenklich. Fenna – der Name bedeutete Frieden. Sie konnte es immer noch nicht fassen, dass in ihrem Land nun kein Frieden mehr herrschte. Und bald vielleicht auch keine Freiheit mehr. Die nahezu mühelosen Siege der Deutschen in den von ihnen bisher besetzten Ländern ließen nichts Gutes ahnen.

»Frihet«, verkündete Mari nach einer Weile, »so soll er heißen.«

Es dauerte fast eine Woche, bis Håkon VII. sich eines Morgens per Radioansprache an sein Volk wandte und die Mobilmachung verkündete. Seit dem deutschen Überfall war er mit seiner Familie und den Ministern der Regierung in Richtung Norden auf der Flucht – verfolgt von deutschen Jagdfliegern, die mehrere Städte bombardierten, ohne jedoch die Fliehenden aufhalten zu können. In seiner Ansprache hatte der König noch einmal unmissverständlich klargemacht, dass er eine Zusammenarbeit mit den Deutschen kategorisch ablehnte, ebenso die von ihnen geforderte bedingungslose Kapitulation.

Mari trat mit ihrer Familie hinaus aus der weiß gestrichenen Holzkirche von Nordfjordeid, dem kleinen Städtchen am Ende des Eidsfjorden, einem Seitenarm des Nordfjords. Wie jeden Sonntag nach dem Gottesdienst – wenn das Wetter nicht allzu ungemütlich war – standen die Gemeindemitglieder noch eine Weile in kleinen Gruppen zusammen, bevor sie sich wieder auf den Weg zu ihren Höfen oder Stadthäusern machten. Doch an diesem Tag wurde nicht der neueste Klatsch ausgetauscht, die Predigt von Pfarrer Hurdal kommentiert oder über landwirtschaftliche Themen gefachsimpelt. Alles drehte sich um den Krieg, den die Deutschen nach Norwegen gebracht hatten. Und der nun auch hier greifbarer geworden war. In einer Stunde sollten sich die wehrfähigen Männer des Ortes und der Umgebung zur Musterung auf dem *plassen* einfinden. Der alte Exerzierplatz war bereits 1649 als erster militärischer Übungsplatz Norwegens für die Region eingerichtet worden und diente nun als Sammelstelle für die Soldaten.

»Auf keinen Fall! Ich verbiete es dir!«

Die energische Stimme ihres Vaters ließ Mari zusammenzucken. Sie drehte sich zu ihm um und sah, dass er sich in einer heftigen Diskussion mit Ole befand.

»Aber Vater«, begehrte Ole auf, »es ist unsere Pflicht, unser Land und den König zu verteidigen!«

»Womit denn?«, fragte Enar mit bitterem Unterton. »Es gibt ja nicht mal Uniformen für alle, ganz zu schweigen von Gewehren oder gar Artilleriegeschützen. Bisher wurden uns jedenfalls keine Waffen geschickt. Wollt ihr euch wie die Schafe abschlachten lassen?«

Bevor Ole etwas erwidern konnte, ergriff Finn, der neben ihm stand, das Wort. »Vater hat recht. Du hast doch gehört, was der Schwager vom alten Nylund berichtet hat. In Stryn haben sie sich Molotowcocktails gebastelt, weil sie sonst nichts hatten, um sich zu bewaffnen.«

Ole zuckte hilflos mit den Schultern. »Aber wir können doch nicht kampflos aufgeben!«

Enar klopfte seinem Ältesten auf die Schulter. »Ich kann dich ja verstehen«, sagte er. »Aber gerade jetzt wird auf dem Hof jede Hand gebraucht.«

Ole schaute ihn trotzig an. »Norwegen braucht auch jede Hand.«

Enar schüttelte den Kopf. »Du hast ja noch nicht mal eine militärische Ausbildung. Ich glaube nicht, dass sie dich überhaupt nehmen würden.«

Ole wollte etwas erwidern, besann sich aber und nickte ergeben.

Mari fing seinen Blick auf und wusste, dass für ihren Bruder das letzte Wort in dieser Angelegenheit noch lange nicht gesprochen war. Dieses aufmüpfige Funkeln in seinen Augen kannte sie nur zu gut. Besorgt runzelte sie die Stirn.

Ole bemerkte es, hakte sie unter und flüsterte: »Keine Sorge, Schwesterherz, ich werde brav sein.«

Mari knuffte ihn leicht in die Seite. »Aus deinem Mund klingt das wie eine Drohung.« Ole grinste. »Im Ernst, Ole, mach bitte keine Dummheiten. Versprich es mir!«

Ole löste sich von Mari, legte mit pathetischer Geste seine rechte Hand auf die linke Brust und sagte: »Großes Indianerehrenwort. Ich glaube sowieso nicht, dass ich zum Soldaten tauge.«

Mari war nur halbwegs beruhigt. Dazu liebte ihr Bruder

Abenteuer viel zu sehr. Auch und gerade wenn sie gefährlich waren.

Zu Maris Erleichterung hatte Ole kaum Gelegenheit, es sich anders zu überlegen und sich doch noch mustern zu lassen. Im Radio verfolgten sie, dass der Kriegseinsatz des kleinen Bataillons, das unter General Steffens von Nordfjordeid aufbrach, um den Feind zurückzuschlagen, eine kurze Episode blieb. Bereits am 1. Mai kapitulierte die hundertköpfige Einheit angesichts der erdrückenden Übermacht der Deutschen – ein Schicksal, das sie mit den meisten norwegischen Soldaten im Süden und Westen des Landes teilte, wo die Wehrmacht nahezu kampflos vorrückte. Im Norden dagegen stieß sie auf erbitterte Gegenwehr. Unterstützt von alliierten Truppen verteidigten die Norweger wochenlang die Stadt Narvik und brachten den Deutschen empfindliche Verluste bei.

»Meinst du, wir können sie wieder vertreiben?«, fragte Mari ihren Bruder Finn hoffnungsvoll.

Gerade hatte der Nachrichtensprecher des Britischen Rundfunks einen weiteren Erfolg der Alliierten im Kampf um Narvik gemeldet. Die Zwillinge saßen vor dem Radiogerät in der Küche, zu dem es sie – wie auch die anderen Familienmitglieder – seit dem Einmarsch der Wehrmacht immer wieder zog, wenn es die Arbeit gerade zuließ.

Finn hob unschlüssig die Schultern. »Schwer zu sagen. Hier bei uns und unten im Süden haben die Deutschen alles fest im Griff. Ich glaube nicht, dass wir die so rasch wieder loswerden.«

Mari nickte nachdenklich. »Wahrscheinlich hast du recht. Es sind so schrecklich viele. Nillas Vetter Ingolf hat erzählt, dass allein auf Vågsøy Hunderte von Soldaten stationiert sind.«

Mit Schaudern stellte sich Mari vor, was das für die kleine

Insel an der Westküste bedeuten mochte. Wie fühlte sich das an, in Feindeshand zu sein? Leider hatte der Vetter von Maris Freundin Nilla, der aus einer Fischerfamilie kam, nur kurz im Postamt von Måløy, dem Hauptort auf Vågsøy, mit seinen Verwandten in Nordfjordeid telefonieren können und kaum etwas über das Leben mit den Deutschen berichtet.

Hier am Eidsfjorden bekamen sie bislang vom Krieg kaum etwas mit. Es war aber sicher nur eine Frage der Zeit, bis die Deutschen auch hier Einheiten stationieren und ihre Verwalter herschicken würden.

»Ich werde mir von diesen brutalen Hunnen nichts gefallen lassen«, verkündete Mari mit grimmiger Entschlossenheit.

Finn strich ihr leicht übers Haar. »Was anderes hätte ich auch nicht von dir erwartet«, sagte er.

Zunächst ging aber alles seinen gewohnten Gang. Der Beginn des Frühlings brachte wie jedes Jahr viel Arbeit mit sich. Fenna hatte mit der Geburt des kleinen Frihet die Abfohlsaison eingeläutet, viele weitere Stuten erwarteten ihre Fohlen und bescherten Mari und Ole zahlreiche schlaflose Nächte. Ihr Vater und Finn besserten an den Gebäuden des Hofes die Schäden aus, die im Laufe des langen, schneereichen Winters entstanden waren, und reparierten die Weidezäune. Die kleinen Äcker mussten gedüngt und für die Aussaat von Hafer und Gerste vorbereitet werden, Kartoffeln wurden gesetzt, die Beete des Gemüsegartens hinterm Haus umgegraben und von Lisbet bepflanzt. Großmutter Agna blies indessen zum alljährlichen Frühjahrsputz – eine Arbeit, die Mari besonders verhasst war. So nachgiebig Agna ihrer Enkelin sonst auch begegnete, hier ließ sie keine Ausreden gelten. Dem großen Reinemachen entkam Mari auch dieses Jahr nicht.

Sie rieb gerade die Fenster in der Wohnstube blank, als sie von draußen laute Rufe hörte. Neugierig streckte sie den Kopf aus dem Fenster, das zu dem kleinen Platz hinausging, der zwischen dem Wohnhaus, den Ställen und der Scheune lag. Ihr Bruder Finn stand dort mit dem Vater und zeigte aufgeregt Richtung Fjord. Ole kam aus dem Stall dazu und schaute ebenfalls gebannt zum Wasser. Mari hielt es nicht länger aus und rannte hinaus.

»Was ist los?«, rief sie, als sie die Türschwelle erreicht hatte.

»Die Deutschen kommen«, antwortete Finn.

»Was? Wo?«, fragte Mari und stellte sich neben die Brüder.

Ole streckte den Arm aus und deutete auf die andere Seite des Fjords.

Mari kniff die Augen zusammen und riss sie gleich darauf erschrocken wieder auf. »Das ist ja eine ganze Armee!«

Auf der Uferstraße fuhr ein Konvoi von Lastwagen und kleinen Geländewagen, gefolgt von Pferdegespannen und Fahrradfahrern. Am Ende marschierte eine endlos scheinende Kette von Soldaten.

»Was ist das für ein seltsamer Lärm?«, fragte Lisbet, die ebenfalls aus dem Haus gekommen war. Mari konzentrierte sich auf die Geräusche, die über den Fjord zu ihnen drangen. Neben dem Brummen der Fahrzeugmotoren trug der Wind tatsächlich noch etwas anderes herüber.

Ratlos zuckte Mari die Schultern. »Keine Ahnung, klingt wie …«

»Die singen!«, fiel ihr Finn überrascht ins Wort. Schweigend lauschten sie dem Gesang.

»Komisch«, meinte Mari nach einer Weile, »das passt irgendwie nicht. Ich meine, das wirkt so, als würden sie einen Schulausflug machen. Ein Eroberungsheer habe ich mir anders vorgestellt.«

Ole warf ihr einen spöttischen Blick zu. »Vielleicht wie eine Horde grölender Wikinger mit Messern zwischen den Zähnen?«

Mari rollte mit den Augen. »Blödmann.«

Finn lächelte seiner Schwester zu. »Ich weiß, was du meinst.

Erinnert ihr euch an dieses deutsche Kreuzfahrtschiff, das hier vor zwei Jahren geankert hat? Da wurde doch auch ständig gesungen. Das lieben die anscheinend.«

Ole zuckte mit den Achseln. »Vielleicht empfinden diese Soldaten ihren Feldzug wie eine Urlaubsreise«, sagte er und fügte bitter hinzu: »Hier geben wir ihnen ja auch kaum einen Grund, das anders zu sehen.«

»Wohin die wohl wollen?«, fragte Mari.

»Warten wir's ab«, meinte Ole und kehrte in den Stall zurück.

Die Antwort auf Maris Frage kam einige Stunden später. Sie goss gerade das Spülwasser aus, mit dem sie die Böden im Haus geschrubbt hatte, als sie mehrstimmiges Fahrradklingeln vom Sträßchen her hörte, das unten am Grundstück des Hofes vorbeiführte. Vor der Auffahrt standen vier junge Männer mit Fahrrädern. Sie trugen blaugraue Uniformen und hatten ihre Mützen keck in die Stirn gezogen. Sie winkten Mari mit freundlichem Lächeln zu. Als sie Anstalten machten, die Fahrräder in ihre Richtung zu schieben, ließ Mari erschrocken den Putzeimer fallen und rannte zum Haus.

»Haben Sie keine Angst«, sagte jemand in holprigem Norwegisch.

Überrascht drehte sich Mari um. Einer der Soldaten war ihr hinterhergeeilt und stand nur ein paar Schritte von ihr entfernt.

»Bitte, wir tun Ihnen doch nichts«, fuhr er fort und hielt ihr seine geöffneten Hände entgegen, als wolle er so seine Harmlosigkeit beweisen.

Mari musste unwillkürlich kichern, als sie seinen Gesichtsausdruck sah, der zwischen Zerknirschung und Schalk schwankte. Der Soldat, den sie auf Anfang zwanzig schätzte, machte in seiner schnittigen Uniform eine gute Figur. Sein schmales Gesicht mit den hohen Wangenknochen wurde von mandelförmigen, leicht schräg stehenden braunen Augen beherrscht, in denen Mari goldene Sprengsel aufblitzen sah.

Ich starre ihn an, stellte Mari entsetzt fest und senkte den Blick. Und dann wurde sie auch noch rot. Wie peinlich! Am liebsten wäre sie wortlos geflüchtet. Ein Blatt Papier erschien in ihrem Gesichtsfeld.

»Entschuldigung, aber wir haben Befehl, hier Quartier zu nehmen, bis wir eigene Unterkünfte gebaut haben«, sagte der Soldat. »Hier ist die Anordnung.«

Ohne ihn noch einmal anzusehen, griff Mari nach dem Dokument, murmelte: »Ich hole meinen Vater«, und eilte zur Scheune, in der Enar gerade mit Ole und Finn arbeitete. Ihr Herz klopfte so stark wie nach einem steilen Berganstieg oder einem Wettrennen. Vergeblich versuchte sie sich einzureden, dass das unvermutete Auftauchen der feindlichen Soldaten sie so aufregte. Es war nur einer von ihnen, der dieses Gefühl in ihr auslöste – diese Mischung aus banger Erwartung, diffuser Furcht und einem heißen Glücksgefühl.

3

Frankfurt, April 2010

Das Gespräch mit Susanne am Morgen nach ihrer Rückkehr aus Indien hatte Lisa gutgetan. Sie fühlte sich nicht mehr so verloren und verletzt, konnte sich den Fragen, die in ihr aufkamen, gelassener stellen. Lisa schenkte sich Tee nach und stellte sich mit der Tasse ans Fenster. So vieles, was sie als Kind selbstverständlich hingenommen hatte, erschien ihr nun, wo sie von der Adoption ihrer Mutter wusste, in einem neuen Licht. Vor allem dieses ewig Unbehauste, Simones Weigerung, sich irgendwo niederzulassen und Wurzeln zu schlagen. Zwar hatte sie dem Wunsch ihres Mannes Rainer nachgegeben und mit ihm in Südfrankreich ein Häuschen für ihren Lebensabend gemietet. Doch ihre innere Unruhe war stärker gewesen und hatte sie immer wieder fortgetrieben. Und da Rainer sie liebte und glücklich sehen wollte, war er mit ihr durch die Welt gezogen. Schließlich war sie ihm früher auch an jeden noch so exotischen Ort gefolgt, in den man ihn versetzt hatte.

Lisa stutzte. Nein, eine Ausnahme hatte es gegeben. An jenem Tag vor etwa zwanzig Jahren. Lisa erinnerte sich noch gut daran. Sie hatten auf einer weinumrankten Terrasse mit Blick auf die Meerenge von Gibraltar gesessen und zu Mittag gegessen. Das musste in der marokkanischen Hafenstadt Tanger gewesen sein. Ihr Vater hatte an diesem Vormittag erfahren, in welches Land er als Nächstes versetzt werden würde. Nach einem eingespielten Ritual mussten Simone und Lisa ihren neuen Wohnort raten und Rainer Fragen stellen, auf die er nur mit Ja oder Nein antworten konnte. Also zum Beispiel: Gibt es dort Elefanten? Benutzen die Menschen lateinische Buchstaben? Gibt es im Winter Schnee? Liegt das Land auf der nördlichen Halbkugel?

Es war Lisa, die schließlich stolz die richtige Antwort verkündet hatte: Norwegen! Rainer hatte seine kluge Tochter beglückwünscht, doch Simone war plötzlich aufgesprungen. Unter der Sonnenbräune war sie ganz blass geworden und hatte nach Luft gerungen. Auf Rainers erschrockene Frage, was ihr denn fehle, hatte Simone heftig hervorgestoßen: »Nicht nach Norwegen. Niemals werde ich einen Fuß in dieses Land setzen!«, und war ins Haus gestürmt. Vater und Tochter hatten sich ratlos angesehen, völlig überrumpelt von diesem unerwarteten und unerklärlichen Ausbruch. Bislang war Simone ihrem Mann vorbehaltlos in die entlegensten Winkel der Erde gefolgt, immer bereit, sich auf neue Länder und Kulturen einzulassen. Was um alles in der Welt hatte sie ausgerechnet gegen Norwegen? Weder Rainer noch Lisa konnten sich Simones seltsame Reaktion erklären oder sie später zu einer nachvollziehbaren Begründung bewegen. Rainer bat schließlich um eine andere Stelle und ließ die Sache auf sich beruhen.

Lisa wurde klar, wie sehr sie von diesem unsteten Leben geprägt worden war. Denn auch sie führte im Grunde ein Nomadendasein. Die kleine Wohnung in Frankfurt war mehr ein Basislager für kurze Zwischenstopps als ein richtiges Zuhause. Die Stadt selbst kannte sie kaum und hätte sie ohne Abschiedsschmerz gegen eine andere eingetauscht. Nur Susanne, deren Freundschaft ihr eher zufällig »passiert« war, als dass sie sich aktiv um einen solchen Kontakt bemüht hatte, würde sie ernsthaft vermissen. Außerdem schien sie die Abneigung ihrer Mutter gegen Norwegen unbewusst übernommen zu haben – in all den Jahren, in denen sie die Welt bereiste, hatte sie noch nie einen Fuß in dieses Land gesetzt. Ja, sie war nicht einmal in seine Nähe gekommen, denn auch Schweden und Finnland waren tabu gewesen.

Lisa schüttelte ungläubig den Kopf. Da bildete man sich ein, Herr über die eigenen Entscheidungen zu sein, nur um dann festzustellen, wie sehr man durch fremde Einflüsse manipuliert wurde. Sie wandte sich vom Fenster ab und nahm das silberne Medaillon vom Couchtisch. Auf der Rückseite waren ein paar Wörter in einer fremden Sprache eingraviert – »*For veslepusen min til minne om din lykkeligste dagen*« –, die Lisa dem skandinavischen Raum zuordnete. Vielleicht norwegisch? Lisa merkte, wie sich ihr Puls beschleunigte. Die heftige Reaktion ihrer Mutter auf die Erwähnung Norwegens war kein Zufall gewesen, keine exzentrische Laune, wie Lisa all die Jahre geglaubt hatte. Rasch holte sie ihren Laptop, setzte sich aufs Sofa und ging ins Internet. Sie gab ein paar Worte der Inschrift ein und hatte binnen Sekunden Gewissheit: Die Widmung auf dem Medaillon war auf Norwegisch geschrieben. Mithilfe eines norwegisch-deutschen Onlinewörterbuchs gelang Lisa eine ungefähre Übersetzung: Für meine kleine Katze zur Erinnerung an deinen glücklichsten Tag.

Mit dem »glücklichsten Tag« war wohl der Hochzeitstag gemeint. Und die kleine Katze war ziemlich sicher die junge Frau, die ihr selbst so ähnlich sah. Aber wer hatte ihr das Schmuckstück geschenkt? Ihr Bräutigam? Oder stammte die Widmung vom Vater oder der Mutter der Braut?

Lisa öffnete das Medaillon und betrachtete die alten Fotografien. Der junge Mann trug eindeutig eine Uniform. Aber von welcher Armee? Wie sah eine norwegische Uniform aus? Sie holte sich eine Lupe, um mehr Details erkennen zu können. Auf dem hochgestellten Kragen der Jacke waren rechts und links Doppelbalken aufgenäht, auf den Schulterklappen erkannte Lisa Schlangen, die sich um einen Stab wanden. War der junge Mann Arzt gewesen? Auf dem schiffsförmigen Käppi, das er etwas schief auf dem Kopf trug, entdeckte Lisa über einem runden Emblem einen aufgenähten Adler mit ausgebreiteten Schwingen und ein winziges Hakenkreuz. Also Wehrmacht.

Lisa ließ die Lupe sinken. Wie kam ein deutscher Soldat zu

einer norwegischen Braut? Lisa beugte sich erneut zu ihrem Laptop. Die Suche nach Informationen zu Norwegen im Zweiten Weltkrieg bescherte ihr eine Flut von Links. Ihr war gar nicht bewusst gewesen, dass Norwegen eine derart wichtige Rolle in der Kriegsplanung der Deutschen gespielt hatte. Bei einer Bevölkerungszahl von etwas über drei Millionen in den 1940er Jahren war das kleine Land mit bis zu vierhunderttausend Deutschen regelrecht von den Besatzern überschwemmt gewesen, die vor allem die Westküste gegen alliierte Angriffe sichern sollten, las sie. Im Vergleich mit okkupierten Ländern im Osten, deren als »rassisch minderwertig« geltende Bevölkerung unter der brutalen Willkür der Sieger zu leiden hatte, zählte Norwegen jedoch zu den sogenannten »friedlich besetzten« Ländern mit arischen Einwohnern – was immer man sich darunter vorzustellen hatte.

Lisa schwirrte der Kopf. Auf der Suche nach Antworten stieß sie auf immer neue Fragen. War ihr Großvater ein Nazi gewesen? Wie hatten seine norwegische Braut und deren Familie zu den Besatzern und dem Dritten Reich gestanden? Gab es überhaupt noch eine Chance, das herauszufinden? Lisa klappte den Laptop zu. So schnell würde sie nicht aufgeben. Sie war fest entschlossen, diese weißen Flecken ihrer Familiengeschichte zu beseitigen und ihre Großeltern posthum so gut wie möglich kennenzulernen.

Eine Stunde später stand sie vor dem Garten, den ihre Heidelberger Familie seit Langem am Hang unterhalb des Philosophenweges gegenüber der Altstadt besaß. Lisa hielt kurz inne, bevor sie die Tür öffnete, und atmete tief durch. Ihr spontaner Einfall, ihre Onkel im nahen Heidelberg zu besuchen und persönlich zum Schicksal ihrer Adoptivschwester zu befragen, erschien ihr plötzlich gar nicht mehr so brillant. Was, wenn Robert und Hans sich überrumpelt fühlten, das Thema unangenehm fanden, nicht darüber sprechen wollten? Oder vielleicht gar nichts Genaues wussten?

Sei kein Frosch, schimpfte Lisa mit sich selbst und stieß das Gartentor auf. Aus dem hinteren Teil des kleinen, mit Obstbäumen bewachsenen Grundstücks kam ein älterer Mann auf sie zu. Er war mittelgroß, von kräftiger Gestalt, und sein dichtes dunkles Haar war nur von einzelnen Silberfäden durchzogen. Er trug Jeans, Rollkragenpullover und derbe Stiefel, die mit Erde verkrustet waren. Als er Lisa sah, breitete sich ein herzliches Lächeln auf seinem Gesicht aus.

»Hallo, Onkel Robert«, rief sie ihm entgegen.

»Lisa! Ich freue mich so, dich zu sehen!«, sagte er, legte eine Harke, die er in der Hand hielt, beiseite und öffnete die Arme.

Ehe sie es sich versah, fühlte sich Lisa fest umarmt. Ein warmes Gefühl durchströmte sie. Das neu gewonnene Wissen, dass Robert und sein Bruder Hans nicht ihre leiblichen Onkel waren, blieb eine abstrakte Tatsache. Für Lisa würden es immer ihre Verwandten sein.

Robert ließ Lisa los und führte sie zu einem kleinen Bänkchen, das in der warmen Mittagssonne unter einem blühenden Apfelbaum stand. Überall auf dem Rasen leuchteten dicke Büschel Osterglocken und Tulpen, und die Dolden eines Fliederbuschs standen kurz vor der Blüte. Lisa und Robert setzten sich auf die Bank, von der aus man einen weiten Blick ins Neckartal und auf die gegenüberliegende Stadt mit dem Schloss hatte. Schon als Kind, wenn sie ihre Großeltern in den Ferien besucht hatte, war Lisa gern hierhergekommen, um ungestört zu lesen oder einfach nur vor sich hinzuträumen.

»Hans ist leider unterwegs, er wird es sehr bedauern, dass er dich verpasst hat«, sagte Robert. »Oder kannst du länger bleiben?«

Lisa schüttelte den Kopf. »Heute leider nicht. Aber ich möchte euch bald mal für ein paar Tage besuchen.«

Robert drückte Lisas Arm und sagte: »Du weißt ja, wir freuen uns immer, wenn du kommst. Das letzte Mal war's ja leider ein trauriger Anlass.« Er schaute sie aufmerksam an. »Kommst du zurecht?«

Lisa erwiderte seinen Blick. »Schwer zu sagen. Ich vermisse sie sehr. Aber so ganz kapiert habe ich es wohl noch nicht, dass sie nicht mehr da sind.«

Robert nickte. »Geht mir ähnlich, es ist einfach unfassbar. Aber für dich ist es natürlich noch viel schlimmer.«

Lisa beschloss, den Stier direkt bei den Hörnern zu packen. »Ich habe Post von einem Heidelberger Notar bekommen«, begann sie.

»Von Walter Schneider?«, fragte ihr Onkel.

»Ja, genau«, sagte Lisa überrascht.

»Seine Kanzlei betreut unsere Familie schon ewig«, erklärte Robert. »Was wollte er denn von dir? Ich dachte, die Formalitäten wegen des Nachlasses deiner Eltern wären alle geklärt?«

»Das sind sie auch«, sagte Lisa. »Es ging um einen Brief meiner Mutter, den sie mir vor vielen Jahren geschrieben hat.« Sie hielt kurz inne und schluckte trocken. »Ich hatte keine Ahnung, dass sie ein Adoptivkind war.«

Die Augen ihres Onkels weiteten sich erschrocken. Er stand auf und ging ein paar Schritte von der Bank weg. Lisa beobachtete ihn verunsichert. Mit einem Räuspern drehte sich Robert wieder zu ihr um. »Lisa, es tut mir unendlich leid. Ich wollte mich nicht einmischen und hatte einfach gehofft, dass deine Mutter es dir längst erzählt hat.«

Lisa stand auf und stellte sich neben ihn. »Du kanntest sie doch. Sie war ein Meister darin, aus ihrem Herzen eine Mördergrube zu machen.«

Robert brummte zustimmend. »Da hast du wohl recht. Deshalb mache ich mir ja Vorwürfe. Ich hätte zumindest ahnen müssen, dass sie dir nichts erzählt.«

Lisa hakte Robert unter. »Mach dir bitte keine Vorwürfe. Ich wäre einfach nur dankbar, wenn ich jetzt mehr erfahren könnte.«

Robert nickte. »Natürlich. Ich erzähle dir gern alles, was ich noch weiß.«

»Also«, sagte Lisa, als sie wieder nebeneinander auf der Bank saßen, »wie kam Simone zu euch?«

Robert räusperte sich. »Meine Mutter hat nach dem Krieg in einem Auffanglager für *displaced persons* in der Nähe von Heidelberg als Rotkreuzschwester gearbeitet«, begann er. »Da hat sie natürlich viele schlimme Schicksale kennengelernt. Aber besonders zu Herzen ging ihr dieses kleine, ungefähr vierjährige Mädchen, das völlig allein nach monatelanger Irrfahrt in dem Lager gestrandet war. Immer wieder hat Mutter von der Kleinen erzählt, die nach ihren traumatischen Erlebnissen verstummt war. Auch als sie wieder anfing zu sprechen, konnte sie nicht sagen, woher sie kam und ob sie noch irgendwo Verwandte hatte. Und sie hatte nichts bei sich, was Aufschluss über ihre Herkunft gegeben hätte. Nur eine Kette mit einem Medaillon, in dem zwei Porträtfotos steckten.«

»Hätte man die Eltern der Kleinen nicht anhand der Porträtbilder suchen können?«, fragte Lisa.

Robert lachte kurz auf. »Ich fürchte, du hast ein völlig falsches Bild von den Möglichkeiten, die man so kurz nach dem Krieg hatte. Vielleicht, wenn es damals schon Fernsehen und Internet gegeben hätte ...«

Lisa nickte. »Schon klar, ich hatte nur gehofft ...«

»Ich versteh dich sehr gut«, sagte Robert, »aber du kannst dir nicht vorstellen, wie chaotisch es damals zuging. Millionen Menschen ohne ein festes Dach überm Kopf irrten durch die verwüsteten Städte. Flüchtlinge aus dem Osten, ehemalige Zwangsarbeiter und Lagerinsassen, Kriegsheimkehrer, alle auf der Suche nach ihren Familien.«

Lisa versuchte, sich ihre Enttäuschung über diese spärlichen

Auskünfte nicht anmerken zu lassen. »Und, wie ging es weiter?«, fragte sie.

»Als meine Mutter erkannte, dass das Kind im Heim landen würde, weil es kaum Hoffnung gab, seine Familie zu finden, beschloss sie kurzerhand, es zu uns zu holen und ihm ein neues Zuhause zu geben«, antwortete Robert.

»Großmutter war wirklich eine großherzige Frau«, sagte Lisa. »Schließlich hatte sie schon zwei Kinder. Ich nehme an, dass es nicht einfach war, die satt zu kriegen ... Was hat denn euer Vater dazu gesagt?«

Robert grinste. »Wenn sich Mutter etwas in den Kopf setzte, hatte er keine Chance. Sie hat ihn immer um den Finger gewickelt ... Aber Spaß beiseite. Mein Vater hat sich auch sofort in die Kleine verliebt. Genau wie Hans und ich.«

»Meine Mutter hatte wirklich großes Glück«, stellte Lisa fest. »Den meisten Kriegswaisen ist es sicher nicht so gut ergangen.«

»Das ist wohl wahr«, sagte Robert und stand auf. »Ich hole uns einen Tee, meine Kehle ist schon ganz trocken.«

Er ging zu einem kleinen Geräteschuppen und kehrte mit einem Korb zurück, aus dem er eine Thermoskanne, zwei zerbeulte Emaillebecher und eine Papiertüte nahm. Er öffnete die Tüte und hielt sie Lisa hin. Verführerisch duftendes Gebäck aus der Bäckerei Lenz, die mittlerweile von Roberts Sohn Christian geleitet wurde. Lisa nahm sich eine Mohnschnecke, die dick mit Streuseln belegt war. Sie biss hinein und fühlte sich in alte Zeiten zurückversetzt. Als kleinem Mädchen war ihr die Backstube des Familienbetriebs wie das Paradies erschienen. Sie hatte es geliebt, ihrem Großvater zuzusehen, wie er mit wenigen geübten Handbewegungen Brezeln, Apfeltaschen oder eben diese Mohnschnecken formte. Damals stand für sie fest, dass sie einmal einen Bäcker heiraten würde.

»Da fällt mir ein, in dem Medaillon war noch eine Ansichtskarte«, sagte Robert und reichte Lisa einen Becher mit Tee.

»Was für eine Karte?«, fragte Lisa. »Die hat mir der Anwalt nicht geschickt.«

»Oh, dann ist sie wohl bei den Sachen gewesen, die deine Mutter nach der missglückten Suche weggeworfen hat«, meinte Robert. »Jedenfalls war in dem Medaillon eine mehrfach zusammengefaltete Postkarte.«

»Und, was stand drauf?«, fragte Lisa gespannt.

»Gar nichts«, antwortete Robert. »Es war eine unbeschriebene Ansichtskarte von einem Ort in Norwegen. Ich weiß nicht mehr genau, wie der hieß. Irgendwas mit Nordfjord, wenn ich mich recht erinnere.«

»Hm, nicht sehr aufschlussreich«, sagte Lisa und schluckte. Ihre Hoffnung, mehr über ihre Mutter zu erfahren, schwand dahin. Sie schwieg einen Moment und fragte dann: »Was meintest du gerade eigentlich mit missglückter Suche? Hat meine Mutter selbst nach ihren leiblichen Eltern gesucht?«

»Ja, das hat sie«, bestätigte ihr Onkel. »An ihrem einundzwanzigsten Geburtstag, als sie volljährig wurde, haben meine Eltern ihr von der Adoption erzählt. Simone wollte verständlicherweise mehr über ihre leiblichen Eltern erfahren. Anfang der Sechzigerjahre war es sehr viel einfacher geworden, nach vermissten Personen zu suchen beziehungsweise ihre Schicksale zu recherchieren. Leider haben Hans und ich nur am Rande mitbekommen, wie Simone vorging und was genau sie herausfand. Hans studierte damals in München. Und ich war bei einem Bäcker in Karlsruhe in der Lehre und nur selten in Heidelberg«, sagte er und zuckte bedauernd die Schultern. »Unser Vater gab ihr den Rat, sich an Veteranen der Infanterieeinheit zu wenden, die während des Zweiten Weltkriegs in diesem norwegischen Städtchen stationiert war. Simone konnte ein paar Angehörige dieser Einheit ausfindig machen und hat ihnen das Foto aus dem Medaillon gezeigt. So hat sie dann tatsächlich einen ehemaligen Kameraden ihres Vaters getroffen, der sich noch gut an ihn erinnerte. Nicht zuletzt deswegen, weil er eine junge Norwegerin heiraten wollte, die auf einem Gestüt in der Nähe des Städtchens, wo sie stationiert waren, lebte.«

»Wahnsinn!«, entfuhr es Lisa. »Das ist ja der reinste Krimi!«

Robert lächelte traurig. »Leider ohne Happy End. Simone war es zwar gelungen, sich die Adresse zu beschaffen. Aber als sie dann voller Hoffnung, mehr über ihre Mutter zu erfahren, nach Norwegen schrieb, kam nach wochenlangem Warten die Antwort, dass man keinen Kontakt zu ihr wünsche und sich weitere Belästigungen verbitte.«

»Wie schrecklich«, rief Lisa, »sie muss furchtbar enttäuscht gewesen sein!«

»Ja«, sagte Robert. »Simone hat es wohl so empfunden, als sei sie zum zweiten Mal verlassen worden. Deshalb hat sie damals beschlossen, die Sache ein für alle Mal auf sich beruhen zu lassen, und alle Unterlagen weggeworfen.«

»Verstehe«, sagte Lisa und spürte, wie ihr die Tränen kamen. »Lass mich raten: Sie hat dann nie wieder darüber gesprochen.«

Robert nickte. »Das Thema war seitdem absolut tabu.«

»War Simone eigentlich ihr ursprünglicher Name?«, fragte Lisa, als sie sich wieder einigermaßen gefasst hatte.

»Nein, den hat ihr unsere Mutter gegeben«, antwortete Robert. »Wie ich schon sagte, die Kleine hat ja monatelang gar nicht gesprochen. Nach einer Weile hat ihr meine Mutter ein paar Namen vorgeschlagen. Simone schien dem Mädchen am besten zu gefallen.« Er hob bedauernd die Schultern. »Ich fürchte, das ist schon alles, was ich dir erzählen kann.«

»Na, es ist auf jeden Fall sehr viel mehr, als ich bisher wusste«, sagte Lisa.

Robert legte einen Arm um sie. »Es tut mir wirklich leid, dass sich deine Mutter dir nicht selbst anvertraut hat. Ich kann mir vorstellen, wie schmerzlich das für dich ist.«

»Ist schon in Ordnung«, versicherte Lisa.

4

Frankfurt, April 2010

Am Abend saß Lisa wie verabredet im Da Vinci, einem italienischen Restaurant der gehobeneren Klasse am Frankfurter Westhafen. Versonnen schaute sie aus dem großen Fenster, vor dem der Main langsam vorbeifloss. Die Lichter der abendlich beleuchteten Gebäude spiegelten sich im dunklen Wasser. Marco würde sich ein paar Minuten verspäten, er war noch auf der Suche nach einem Parkplatz. Er hatte »ihren« Tisch reservieren lassen, an dem sie sich schon oft bei köstlichen Speisen und exquisiten Weinen angeregt unterhalten hatten. In einer Vase stand eine gelbe Teerose – Marco musste sie extra vorbeigebracht haben, denn die anderen Tische waren mit Tulpen dekoriert.

Lisa lächelte. Sie freute sich auf diesen Abend. Nach ihrem aufwühlenden Eintauchen in die Abgründe ihrer Familiengeschichte mit den vielen offenen Fragen sehnte sie sich nach verlässlichen Gewissheiten – und die Beziehung zu Marco Köster zählte für sie dazu. Zwar sahen sie sich nicht sehr oft, doch dank E-Mail und Mobiltelefon kommunizierten sie fast täglich miteinander. Das letzte Mal hatten sie sich vor knapp drei Wochen getroffen. Vor ihrem Flug nach Mumbai hatte Lisa ihren Freund kurz in Hamburg besucht, wo er als Bildredakteur einer renommierten Architekturzeitschrift arbeitete.

Es war nun vier Jahre her, dass sie den damals Dreiunddreißigjährigen kennengelernt hatte, als sie für eine von ihm betreute Reportage die Bilder machte. Anschließend hatte Marco sie in ein schickes Fischrestaurant an der Alster eingeladen, um die gelungene Zusammenarbeit zu feiern. Stundenlang hatten sie sich die Köpfe heißgeredet über die gegenwärtigen Architekturtrends und die Vor- und Nachteile der digitalen beziehungsweise der analogen Fotografie, hatten sich heftig gestritten und schließlich ebenso leidenschaftlich geliebt. Lisa musste unwillkürlich lächeln, als sie an diese erste gemeinsame Nacht zurückdachte – die sie damals für einen One-Night-Stand gehalten hatte. Denn Marco hatte keinen Hehl daraus gemacht, dass er sich gerade in einer »Orientierungsphase« befand, in der er sich nicht auf eine Frau festlegen wollte. Lisa hatte sich nicht daran gestört – in ihrem unsteten Leben war ohnehin kein Platz für eine feste Beziehung. Zu ihrer Überraschung hatte Marco dann aber den Kontakt gehalten, sie mit witzigen SMS amüsiert und per E-Mail ihre Unterhaltung über Architektur und Fotografie fortgesetzt. Lisa schätzte diese anregenden fachlichen Diskussionen, obwohl oder gerade weil sie meistens sehr unterschiedliche Ansichten hatten.

Sie hatte sich zunächst geschmeichelt gefühlt und dann verliebt. Marcos Großmutter war Italienerin gewesen und hatte ihrem Enkel den olivfarbenen Teint und kräftiges schwarzes Haar vererbt, das reizvoll mit seinen grünen Augen kontrastierte. Marco war zweifellos ein attraktiver Mann.

»Entschuldige, dass du warten musstest.«

Lisa wandte ihrem Freund ihr schmales Gesicht mit dem lebhaft geschwungenen Mund zu und stand rasch auf, um ihn zu umarmen. »So konnte die Vorfreude noch wachsen«, sagte sie leise, was Marco mit einem leidenschaftlichen Kuss beantwortete.

Nachdem sie ihre Bestellung aufgegeben hatten, nahm Marco Lisas Hand und schaute ihr in die Augen. »Cara, ich freue mich so, dich zu sehen! Ich habe tolle Neuigkeiten.«

Lisa lächelte und erwiderte seinen Händedruck. »Bei mir hat sich auch einiges getan«, sagte sie. Marco nickte ihr auffordernd zu. Lisa schüttelte leicht den Kopf. »Nein, nein, du zuerst. Was für Neuigkeiten?«

Marco richtete sich auf und verkündete mit leuchtenden Augen: »Vor dir sitzt der frischgebackene Gründer einer Fotoagentur.«

Lisa lächelte erfreut. »Das ist ja ... Mensch, Marco, herzlichen Glückwunsch! Ich hatte ja keine Ahnung, dass deine Planungen schon so weit ...« Sie unterbrach sich und runzelte die Stirn. »Was ist mit deinem Vertrag beim Verlag? Kannst du da so einfach raus?«

Marco hob lachend die Hand. »Entschuldige, ich hab wohl etwas übertrieben. Es dauert natürlich noch ein Weilchen, bis wir loslegen können. Aber ab Juni bin ich ein freier Mann.«

Lisa hob ihr Glas und prostete Marco zu. »Auf die Selbstständigkeit!«

»Und auf eine gute Zusammenarbeit!«, sagte Marco und stieß mit ihr an.

Lisa schaute ihn fragend an. »Was meinst du?«

»Na, du wirst natürlich meine Topfotografin«, antwortete Marco und strahlte sie an.

Lisa zog eine Augenbraue hoch und sagte mit leicht ironischem Unterton: »Sehr schmeichelhaft. Ich darf also dein Zugpferd spielen.«

Marco zog die Stirn kraus. »Ich dachte eher an eine Partnerschaft.«

Lisa schaute ihn überrascht an. »Ich weiß nicht, ich mag meine Unabhängigkeit eigentlich sehr.«

Marco wischte ihren Einwand mit einer ausladenden Geste beiseite und hätte dabei fast sein Weinglas vom Tisch gefegt. »Aber die behältst du doch«, versicherte er ihr und nahm ihre Hand. »Im Gegenteil, dann bist du ganz deine eigene Herrin und musst dich nicht mehr mit zickigen Auftraggebern herumschlagen.«

Das Erscheinen des Kellners mit ihrem Essen unterbrach das Gespräch. Lisa schaute zu Marco, der sich mit großem Appetit über seine gegrillte Dorade hermachte. Für ihn war alles so einfach. Gewiss, sie hatten in der Vergangenheit schon oft zusammengearbeitet, sie waren ein gutes Team. Aber nur noch ausschließlich für ihn zu fotografieren? Partnerin in seiner Agentur zu werden? Alles auf eine Karte zu setzen und die anderen langjährigen Kunden vor den Kopf zu stoßen? Und was wäre, wenn das mit ihnen beiden als Geschäftspartnern nicht funktionierte? Es war immer heikel, Berufliches und Privates allzu eng miteinander zu verbinden.

Marco schaute auf und bemerkte ihren Blick. »Cara«, sagte er, »mach dir nicht so viele Gedanken. Ich kann es in deinem Kopf förmlich rattern hören.«

Lisa lächelte verlegen. War sie so leicht zu durchschauen?

»Glaub mir, ich hab mir alles gründlich überlegt. Wir passen einfach perfekt zueinander. In jeder Beziehung«, sagte Marco.

»Ja, schon«, setzte Lisa an, »es ist nur …«

Marco streckte den Arm aus und legte zärtlich einen Finger auf Lisas Lippen. Mit der anderen Hand griff er in seine Jacketttasche, holte eine kleine Schachtel hervor, ließ den Deckel aufspringen und hielt sie Lisa hin. »Findest du nicht, dass es höchste Zeit ist, das Nomadenleben aufzugeben und mich zu heiraten?«

Sprachlos starrte Lisa auf den Ring, der in der mit dunklem Samt ausgepolsterten Schmuckschachtel funkelte. Sie war völlig überwältigt von dieser unerwarteten Wendung des Abends. Marco fühlte sich durch ihr Schweigen dazu ermutigt, ihr seine Pläne in allen Einzelheiten zu schildern.

»Ich habe mir schon ein paar Büroräume angesehen. In der Hafencity gibt es sehr schöne Angebote mit tollem Blick. Und zum Wohnen dachte ich an ein ruhiges Viertel, was hältst du von Blankenese?«

Lisa unterdrückte ein hysterisches Kichern. Sie hörte und verstand zwar Marcos Worte, konnte sie aber beim besten Willen nicht auf sich beziehen. Meinte er wirklich sie? Wieso geriet ihr Leben so durcheinander? Eine Überraschung jagte die andere. Was würde als Nächstes kommen? Verrückt! Das war es. Die Welt war verrückt, nichts war mehr an seinem Platz. Das passte einfach nicht. Marco, der ihr urplötzlich einen Heiratsantrag machte. Oder hatte es vielleicht Anzeichen für seinen Entschluss gegeben, die sie nicht wahrgenommen hatte? Oder nicht hatte sehen wollen? War am Ende nicht die Welt verrückt, sondern etwas in ihr? Reiß dich zusammen, Lisa Wagner, ermahnte sie sich, du tust ja gerade so, als hätte er dir einen kriminellen Deal angeboten. Konzentriert schaute sie auf Marcos Lippen.

»Wir könnten auch nach Altona, da gibt es schöne Häuschen mit großen Gärten, ideal für unsere Kinder«, sagte er gerade.

Lisa zuckte zusammen. Jetzt war er schon bei den gemeinsamen Kindern. Entgeistert schaute sie ihn an.

Marco lächelte charmant und streichelte ihre Hand: »Das hat natürlich noch etwas Zeit. Erst muss die Agentur gut laufen. Aber als Allererstes machen wir eine schöne Hochzeitsreise. Wohin würdest du denn gern fahren? Ich könnte mir vorstellen, dass wir …

Ohne nachzudenken, unterbrach Lisa seinen Redefluss und stieß hervor: »Ich muss nach Norwegen.«

Marco stockte kurz, lächelte etwas irritiert und meinte achselzuckend: »Wenn du gern dorthin willst, warum nicht? Wir könnten zum Beispiel im Sommer eine Fjordkreuzfahrt machen.«

Lisa schüttelte den Kopf. »Ich meinte, dass ich jetzt dorthin will. Allein.«

»Was willst du denn auf einmal in Norwegen? Hast du nicht als Nächstes einen Auftrag in Dubai?«

Marco schaute Lisa erstaunt an, in seiner Stimme schwang ein Anflug von Ärger, der sich in den nächsten Minuten zwangsläufig steigern würde, weil Lisa nicht bereit war, von ihrem Entschluss abzurücken. Lisa unterdrückte ein Seufzen. So hatte sie sich den Abend mit Marco nicht vorgestellt. Sosehr sie ihre hitzigen Dispute sonst genoss – in diesem Moment hätte sie gern darauf verzichtet. Zumal es nicht um ein mehr oder weniger abstraktes Thema ging, sondern um etwas sehr Persönliches.

Lisa war der Appetit vergangen. Sie schob den Teller mit den Scaloppine al Marsala beiseite und stieß dabei aus Versehen an die kleine Schachtel mit dem Ring. Marco folgte ihrem Blick.

»Wenn ich dich überrumpelt habe und du Bedenkzeit brauchst, dann sag das doch einfach«, murmelte er.

Lisa schaute ihm in die Augen. Plötzlich hatte sie das Gefühl, einem völlig Fremden gegenüberzusitzen. Was wusste sie eigentlich von Marco? Und er von ihr? Erst jetzt wurde ihr bewusst, dass sie selten über private Themen sprachen.

»Es tut mir leid, dass ich so damit rausgeplatzt bin«, begann Lisa. »Du weißt ja noch gar nicht, was ich gestern erfahren habe.«

Marcos Stirn glättete sich. Auffordernd nickte er ihr zu und sah sie aufmerksam an. Lisa schluckte. Es war gar nicht so einfach, sich zu erklären. Sie überblickte ja selbst kaum den Wirrwarr ihrer widersprüchlichen Empfindungen. Und mit der spontanen Ankündigung, nach Norwegen zu reisen, hatte sie nicht nur Marco überrascht, sondern auch sich selbst. Die Idee, sich auf Spurensuche im Land ihrer Großmutter zu begeben, war Lisa zwar bereits am Nachmittag durch den Kopf gegangen. Doch konkret war dieses Vorhaben erst in dem Moment geworden, als sie es laut ausgesprochen hatte.

Sie holte tief Luft. »Also, um es kurz zu machen: Meine Mutter wurde als kleines Mädchen nach dem Krieg adoptiert. Ihre leibliche Mutter war eine Norwegerin, ihr Vater ein Soldat der

Wehrmacht. Viel mehr weiß ich nicht, denn meine Mutter hat alle Hinweise auf Namen und Wohnorte vernichtet. Sie hatte offenbar geglaubt, in Norwegen die richtige Familie gefunden zu haben. Doch von dort kam eine klare Abfuhr. Danach hat meine Mutter das Thema ein für alle Mal begraben und mir nie davon erzählt.«

Marco legte den Kopf zur Seite und meinte nach kurzem Nachdenken: »Und jetzt fragst du dich, wer du eigentlich bist?«

Lisa war überrascht. Sie hätte nicht erwartet, dass Marco ihre Gefühle so treffend auf den Punkt bringen würde.

»Stimmt«, sagte Lisa leise und sah Marco mit einem schiefen Lächeln an. »Es ist alles so verwirrend. Ich kann es nicht fassen, dass ich gar nicht mit meinen Heidelberger Onkeln und ihrer Familie verwandt bin.«

Marco nahm Lisas Hand. »Ich bin mir sicher, dass sie dich deswegen nicht weniger lieben.«

Lisa nickte. »Ich weiß. Aber das ändert nichts daran, dass ich plötzlich ein schwarzes Loch in mir fühle. So eine Ungewissheit.«

Marco schaute Lisa an und nickte. »Verstehe, es ist, als ob man dir den Teppich unter den Füßen weggezogen hätte. Aber ist es sinnvoll, so überstürzt nach Norwegen zu fahren?«

»Ich weiß nicht, wie ich das erklären soll«, sagte Lisa und zuckte mit den Schultern. »Irgendwie glaube ich, dass es wichtig für mich ist, dieses Loch zu stopfen. Herauszufinden, wer meine echten Großeltern waren. Kannst du das nicht verstehen?«

»Doch natürlich«, erwiderte Marco, »ich meine, natürlich will man wissen, woher man kommt. Aber wichtiger ist es doch, nach vorne zu schauen und das eigene Leben zu leben. Besonders jetzt, wo wir selbst eine Familie gründen wollen«, fügte er mit einem Lächeln hinzu. »In der Vergangenheit herumstochern kannst du später noch lange genug.«

Lisa entzog ihm ihre Hand und runzelte nachdenklich die Stirn. »Es tut mir leid, aber ich sehe das anders«, sagte sie.

»Cara, verrennst du dich da nicht? Was hoffst du denn zu finden, wenn es dir überhaupt gelingt, diese Familie aufzuspüren?«, fragte Marco. »Wahrscheinlich lebt deine Großmutter gar nicht mehr. Und wenn doch, ergeht es dir vielleicht wie deiner Mutter. Willst du wirklich eine Abfuhr riskieren?«

Lisa schaute ihn betroffen an. Er hatte ihre eigenen Zweifel präzise erkannt und formuliert. Vor sich selbst hatte sie versucht, sie kleinzureden. Doch jetzt fiel es ihr schwer, Unbekümmertheit vorzutäuschen.

»Vielleicht hast du recht«, räumte sie ein, »aber ich muss es trotzdem versuchen.« Marco setzte zu einer Erwiderung an, doch Lisa fuhr rasch und betont munter fort: »Ich bin doch nicht lange weg. In einer Woche komme ich zurück.« Und mit einer vagen Handbewegung Richtung Schmuckschachtel: »Dann reden wir in Ruhe über alles.«

In Marcos Gesicht stand Enttäuschung.

»Kein Wunder, dass du Muffensausen hast! Du kennst den Mann doch kaum«, stellte Susanne fest und schenkte Rotwein in die Gläser.

Lisa saß am Tresen des kleinen Bistros, in dem ihre Freundin jobbte. Nach dem verkorksten Essen mit Marco, der sich einsilbig von ihr verabschiedet hatte und in ein Hotel gefahren war – »Damit du in Ruhe nachdenken kannst«, wie er mit leicht vorwurfsvollem Unterton gesagt hatte –, war Lisa mit der U-Bahn zum Bistro gefahren. Die Vorstellung, allein in ihrer Wohnung zu sitzen und zu grübeln, war ihr unerträglich erschienen.

Susanne hatte sich über Lisas spontanes Auftauchen gefreut. Ihre Schicht war fast zu Ende, und auch sie hatte noch keine Lust, nach Hause zu gehen.

»Was soll das heißen, ich kenne ihn kaum, wir sind schon vier Jahre zusammen!«, wandte Lisa ein.

Susanne rollte vielsagend mit den Augen. »Zusammen? Entschuldige, aber darunter stelle ich mir was anderes vor. Ich meine, ihr habt nie eine längere Zeit am Stück miteinander verbracht und euch nur ab und zu mal gesehen. Und jetzt soll's von null auf hundert ins Rund-um-die-Uhr-Familienidyll gehen. Da würde mir auch mulmig.«

»Dir wird ja schon mulmig, wenn ein Mann zum Frühstück bleibt«, erwiderte Lisa lachend.

»Mir ist halt der Richtige noch nicht begegnet«, konterte Susanne.

Insgeheim gab Lisa ihrer Freundin recht. Sie war sich alles andere als sicher, ob sie fürs Zusammenleben mit einem Mann taugte. Und ob Marco derjenige war, mit dem sie dieses Wagnis eingehen wollte. Ihre Beziehung hatte bislang vorwiegend im virtuellen Raum stattgefunden.

Susanne hob ihr Glas. Lisa grinste schief und stieß mit ihr an.

»Mit Spekulationen kommst du nicht weiter«, stellte Susanne nüchtern fest. »Natürlich kannst du dir stundenlang ausmalen, wie das Zusammenleben mit Marco wohl wäre. Aber letztendlich kannst du nur im Praxistest herausfinden, ob es funktioniert und ob er *der* Mann für dich ist.«

Lisa musste lächeln. Susanne hatte so eine herrlich direkte Art, die Dinge auf den Punkt zu bringen. Um den heißen Brei herumzureden hielt sie für Zeitverschwendung – eine Einstellung, die Lisa sehr schätzte. »Du hast recht«, sagte sie, »aber erst mal fahre ich nach Norwegen.«

Susanne nickte. »Weißt du mittlerweile, woher deine Großmutter stammte?«

Lisa schüttelte den Kopf. »Nein, ich hab bisher nur einen vagen Anhaltspunkt. Morgen will ich versuchen, mehr herauszufinden.«

»Wenn du magst, helfe ich dir«, bot Susanne an.
»Das wäre super. Vielen Dank!«
Susanne winkte ab. »Ich tue das aus reinem Eigennutz. Ich bin so gespannt, wie dieser Krimi weitergeht.«

»Ich bin mir sicher, dass Nordfjordeid der Ort ist, von dem die alte Ansichtskarte stammte, die laut meinem Onkel Robert in dem Medaillon steckte«, sagte Lisa und wandte sich Susanne zu, die neben ihr auf dem Sofa in Lisas Wohnzimmer saß. Beide hatten ihre Laptops auf ihren Knien und recherchierten im Internet. Susanne stellte ihr Gerät auf den Couchtisch und sah interessiert auf Lisas Bildschirm, auf dem diese die Website des Lexikons der Wehrmacht aufgerufen hatte. Lisa deutete auf einen Eintrag.
»In Nordfjordeid war das 6. Infanterieregiment stationiert. Mein Onkel war sich ziemlich sicher, dass der Veteran, den meine Mutter getroffen hat, dieser Einheit angehört hatte.«
»Ja«, sagte Susanne, »ich glaube auch, dass wir auf der richtigen Spur sind. Ich habe nämlich keinen anderen Ort gefunden, in dessen Namen Nordfjord vorkommt.«
Lisa rieb sich den verspannten Nacken.
»Ich habe auch schon nach Pferdehöfen und Gestüten in der Umgebung gesucht. Deine Großmutter soll ja auf einem Gestüt gelebt haben«, fuhr Susanne fort.
»Und?«, fragte Lisa. »Gibt es welche?«
Susanne grinste. »Nordfjordeid ist *der* Pferdeort in Norwegen«, sagte sie und zeigte auf ihren Monitor. »Dort befindet sich nämlich das Norwegische Zentrum für das Fjordpferd, dem Nationalsymbol Norwegens. Ich les dir mal was vor: ›Es ist kein Zufall, dass es in Nordfjordeid gegründet wurde, denn der Ort wird als Mekka der Fjordpferde bezeichnet‹.«
Lisa stöhnte auf. »Lass mich raten. Es gibt dort Gestüte bis

zum Abwinken.« Sie ließ sich zurückfallen. »Wäre ja auch zu einfach gewesen, wenn da nur ein Pferdezüchter leben würde.«

»Nicht verzagen«, sagte Susanne und tätschelte Lisas Oberschenkel.

»Du hast recht. Außerdem wird es ja nicht so viele Pferdehöfe nahe der Stadt geben, die schon in den Vierzigerjahren existierten.«

Es waren immerhin drei, wie die beiden Freundinnen binnen der nächsten Viertelstunde herausfanden. Wobei auf einem von ihnen bis vor zwanzig Jahren Milchkühe gezüchtet worden waren. Blieben noch zwei, die an den Ufern des Eidsfjorden lagen und ungefähr zwei bis drei Kilometer vom Zentrum der kleinen Stadt Nordfjordeid entfernt waren. Auf anderen Bauernhöfen in der Gegend wurden zwar auch Pferde gehalten, doch nur diese beiden waren als Gestüte ausgewiesen.

»Weißt du schon, wie du vorgehen wirst?«, wollte Susanne wissen. »Du kannst ja schlecht auf diese Höfe marschieren und die Besitzer nach einer Vorfahrin fragen, die was mit einem Wehrmachtssoldaten hatte.«

Lisa kicherte bei dieser Vorstellung. Gleichzeitig wurde ihr bewusst, dass sie tatsächlich keinen Plan hatte. »Ich entscheide das vor Ort«, sagte sie vage.

Susanne nickte. »Ist wahrscheinlich das Beste. Mach dir erst mal ein Bild.«

Lisa stutzte und strahlte Susanne an. »Das ist es!«, verkündete sie. »Ich werde so tun, als hätte ich den Auftrag, für eine Reportage oder einen Bildband alte Bauernhöfe zu fotografieren.«

»Prima Idee. Das ist wirklich eine gute Möglichkeit, an die Leute heranzukommen.«

Lisa flog über Hamburg, um sich noch mit Marco zu treffen. Nach ihrem gemeinsamen Abendessen in Frankfurt war Marco verwirrt und verletzt am nächsten Tag überstürzt in die Hansestadt zurückgekehrt. Lisas Ärger über sein mangelndes Verständnis hatte sich schnell gelegt. Sie gestand sich ein, dass sie selbst wohl ähnlich reagiert hätte. Zwar änderte das nichts an ihrem Entschluss, doch es war ihr wichtig, sich mit Marco zu versöhnen, bevor sie nach Oslo aufbrach.

»Darf ich dich zum Mittagessen entführen?«

Lisa stand in der Tür zu Marcos Büro im Verlag. Überrascht sah ihr Freund von den Bildern auf, die vor ihm auf dem Schreibtisch lagen. Ein erfreutes Lächeln erschien auf seinem Gesicht. »Cara, mit dir habe ich gar nicht gerechnet!«, rief er. »Ich dachte, du wärst schon längst bei den Elchen und Trollen.«

Lisa ging auf ihn zu. »Die müssen noch ein bisschen warten.« Sie räusperte sich. »Marco, ich möchte dich um Entschuldigung bitten«, sagte sie leise und blieb vor seinem Schreibtisch stehen.

Marco sprang auf. »Aber Lisa, du musst dich doch nicht entschuldigen! Ich war ein Schafskopf. Ich hätte nicht einfach so abhauen dürfen. Du machst gerade eine schwere Zeit durch. Erst der Tod deiner Eltern. Dann diese verstörenden Neuigkeiten. Und ich lasse dich in dem ganzen Schlamassel allein!« Er war um den Tisch herumgegangen, schaute Lisa in die Augen und nahm ihre Hand. »Cara, kannst du mir verzeihen?«

Lisa war erleichtert. Sie hatte sich darauf eingestellt, dass Marco schmollen und es ihr sehr viel schwerer machen würde, sich mit ihm zu versöhnen. Sie hörte noch Susannes Kommentar zu diesem Thema. »Vergiss nicht«, hatte sie gesagt, »er ist zur Hälfte ein italienischer Macho, den du in seiner Mannesehre verletzt hast.« Diesmal hatte ihre Freundin danebengelegen. Er war sehr viel selbstkritischer und sensibler, als es Susanne ihm zutraute. Lisa lächelte und umarmte Marco, der sie fest an sich drückte.

Arm in Arm schlenderten sie kurz darauf in der wärmenden

Frühlingssonne an der Binnenalster entlang und schmiedeten Zukunftspläne. Lisa ließ sich von Marcos Begeisterung anstecken.

»Musst du gleich wieder in den Verlag? Oder kannst du mir noch rasch das Büro zeigen, das du anmieten willst?«, fragte sie.

Marco strahlte sie an. »Ja, ich habe den Schlüssel noch bei mir. Warte, ich verschiebe nur rasch einen Termin«, antwortete er und zog sein Smartphone aus der Tasche.

Kurz darauf standen sie in einem von drei lichtdurchfluteten, leeren Räumen in einem Gebäude der neuen Hafencity. Der edle Parkettboden glänzte und reflektierte die Sonnenstrahlen. Lisa trat an eines der großen Fenster und ließ das beeindruckende Panorama auf sich wirken. Marco umarmte sie von hinten und küsste ihren Nacken.

»Cara, lass uns unser künftiges Reich in Besitz nehmen«, flüsterte er mit vor Begehren rauer Stimme und fuhr mit den Händen unter Lisas Pullover. Sie schmiegte sich enger an ihn und spürte, wie sich ihr Herzschlag beschleunigte.

»Was ist, wenn jemand kommt?«, wandte sie ein.

Marco drehte sie zu sich. »Das erhöht doch den Reiz, findest du nicht?«, murmelte er und zog Lisa auf seinen Mantel, den er auf dem Boden ausgebreitet hatte. Lisa erschauerte und knöpfte ungeduldig Marcos Hemd auf. Sie konnte es kaum erwarten, ihn endlich wieder zu spüren.

Eine halbe Stunde später zogen sie die Tür zu den Büroräumen hinter sich zu. Lisa fuhr sich mit den Händen durch die zerzausten Haare, um sie zu ordnen.

Marco schüttelte den Kopf und sagte: »Lass sie so. So passen sie am besten zu meiner Wildkatze.«

Lisa errötete leicht bei der Anspielung auf die stürmische Begegnung, mit der sie ihr Wiedersehen gefeiert hatten. Sie lächelte verträumt. Zum ersten Mal sah sie das von Marco heraufbeschworene Bild eines gemeinsamen Lebens und Arbeitens greifbar vor sich. Der Gedanke, jeden Tag mit ihm durch diese Tür zu gehen, erschien ihr verlockend. Unvermittelt nahm sie seine Hand und schaute ihm ernst in die Augen.

»Ja, ich kann mir vorstellen, an deiner Seite zu leben«, sagte sie und beantwortete damit die Frage, die sie im Da Vinci offengelassen hatte.

5

Nordfjordeid, Mai/Juni 1940

Die Deutschen waren am 15. Mai, einem Mittwoch, in Nordfjordeid einmarschiert. Am darauffolgenden Sonntag drehte sich in den Gesprächen nach dem Gottesdienst alles um die fremden Soldaten, die die kleine Stadt und das Leben ihrer Bewohner binnen Stunden komplett verändert hatten. Mari hatte sich rechts und links bei Gorun und Nilla untergehakt, ihren beiden Freundinnen, mit denen sie die achtjährige Volksschule besucht hatte. Die drei Mädchen gingen tuschelnd auf der Uferstraße auf und ab.

»Mein Vater wollte den Auftrag ablehnen. Aber meine Mutter hat ihm die Hölle heißgemacht und gemeint, wenn er den Deutschen nicht ihre Baracken baut, dann nimmt sie eine Stelle als Wäscherin bei ihnen an. Die zahlen nämlich gut. Da hat mein Vater nachgegeben«, erzählte Gorun mit gesenkter Stimme.

Mari und Nilla nickten verständnisvoll. Es war kein Geheimnis, dass Schreinermeister Jørgensson wie viele andere Handwerker und Arbeiter unter der Wirtschaftskrise litt, die Norwegen seit Jahren plagte. Die Wehrmacht hatte einen enormen Bedarf an Arbeitskräften, um auf dem alten Exerzierplatz Unterkünfte zu bauen und neue Straßen anzulegen. Das hatte der hohen Arbeitslosigkeit im Ort ein Ende bereitet.

»Schon verrückt, dass uns ausgerechnet die Besatzer wieder Arbeit bringen«, sagte Nilla kopfschüttelnd.

Die drei Freundinnen kamen an einer Gruppe junger Männer vorbei, unter denen Mari ihre Brüder Finn und Ole entdeckte. Sie waren in eine hitzige Diskussion verwickelt.

»Das ist Vaterlandsverrat!«, rief ein untersetzter Bursche

aufgebracht. »Ihr hättet die nie auf euren Hof lassen dürfen!«

Mari sah, wie Ole spöttisch die Augenbrauen hob. »Wie stellst du dir das vor? Hätte mein Vater sagen sollen: ›Entschuldigung, Sie können hier niemanden einquartieren. Das verträgt sich nicht mit meiner patriotischen Gesinnung‹? Und daraufhin hätten die sich höflich verabschiedet und wären einfach wieder verschwunden?« Ole fing Maris Blick auf und zwinkerte ihr zu, während sie mit ihren Freundinnen weiterging.

Gorun, ein stämmiges Mädchen mit Apfelbäckchen und einer Stupsnase, stieß Mari leicht in die Seite und fragte mit kaum verhohlener Neugier: »Mari, du hast noch gar nichts von euren Soldaten erzählt. Wie sind die denn so?«

Die drei Mädchen setzten sich auf die niedrige Feldsteinmauer, die den Friedhof umgab.

Mari zuckte die Schultern und antwortete leichthin: »Ach, da gibt es nicht viel zu erzählen. Wir kriegen die kaum zu Gesicht. Sie schlafen im Anbau über dem Pferdestall, der als Altenteil für meine Großeltern gedacht war. Tagsüber sind sie in der Stadt bei ihrer Einheit. Außerdem will mein Vater nicht, dass ich mehr als nötig mit ihnen rede.«

Nilla, eine feingliedrige Blondine mit durchscheinendem Teint und blassblauen Augen, die immer etwas abwesend in die Welt blickten, wiegte zweifelnd den Kopf. »Das ist leichter gesagt als getan«, stellte sie fest. »Meine Eltern haben das auch von mir verlangt. Aber was ist ›nicht mehr als nötig‹, wenn man einen Kunden bedient?«

Nillas Familie betrieb ein kleines Gemischtwarengeschäft, in dem Nilla als Verkäuferin hinterm Ladentisch stand.

»Ich muss sagen, die Deutschen sind sehr höflich und haben tadellose Manieren«, vertraute Nilla ihren Freundinnen an. »Da könnten sich einige unserer ungehobelten Burschen gern ein Beispiel dran nehmen.«

Gorun zeigte mit dem Kinn nach rechts und flüsterte: »Wenn man vom Teufel spricht ...«

Auf der Straße, die in den Kern des Städtchens führte, näherte sich eine Hand voll deutscher Soldaten. Ein paar Kinder, die zwischen den Erwachsenen herumtollten, rannten ihnen entgegen und riefen: »Hassu bommbomm?« Die Soldaten lachten, holten runde Blechdosen aus ihren Taschen und verteilten saure Drops, die die Kinder mit seligem Lächeln lutschten. Unvermittelt standen die Männer auch vor Mari und ihren Freundinnen und hielten ihnen die Bonbondosen mit freundlichem Lächeln hin. Mari schaute verlegen zu Boden, Nilla murmelte »Nein danke«, nur Gorun erwiderte das Lächeln und griff in eine Dose.

»Euch entgeht was«, sagte sie, »die sind echt köstlich.«

»So eine schamlose Person! Eine Schande für ihre armen Eltern!«, ertönte eine schrille Stimme, die die drei Freundinnen erschrocken zusammenzucken ließ. Neben ihnen waren zwei gut gekleidete Frauen aufgetaucht. Die eine zeigte anklagend mit dem Finger auf Gorun, die sich prompt an ihrem Bonbon verschluckte. Die andere stand mit selbstgerechter Miene daneben und warf den jungen Soldaten so eisige Blicke zu, dass diese rasch weitergingen. Hocherhobenen Hauptes rauschten die beiden Damen an Mari, Nilla und Gorun vorbei, die sich fassungslos anschauten. Gorun fand als Erste die Sprache wieder.

»Ich hab doch nur ein Bonbon genommen, das ist doch kein Verbrechen, oder?«, sagte sie kläglich.

Nilla, deren Gesicht noch blasser als gewöhnlich geworden war, presste zornig hervor: »Diese Heuchlerin. Das war die Frau vom Sägewerksbesitzer. Der hat sich gar nicht schnell genug an die Deutschen ranwanzen können, um sich einen fetten Auftrag für Holzlieferungen zu sichern.«

Mittlerweile hatten sich die meisten Gruppen vor der Kirche

aufgelöst. Auch Ole und Finn verabschiedeten sich von ihren Bekannten und winkten Mari zu sich.

»Ich muss jetzt los«, sagte sie, nickte Gorun und Nilla zu und ging zu ihren Brüdern.

Auf dem Heimweg lief Mari in sich gekehrt neben ihnen her. Die giftige Anfeindung der Frau vom Sägewerksbesitzer hatte sie nachdenklich gemacht. Wie sollte man sich den Deutschen gegenüber verhalten? Wo verliefen die Grenzen zwischen Höflichkeit, Anbiederung und Kollaboration? Ab wann wurde man zum Verräter? Und machte einen das Verweigern eines Grußes bereits zum mutigen Widerstandskämpfer? Das Gespräch ihrer Brüder lenkte Mari von ihren Überlegungen ab.

»Hoffentlich überlegt es sich Vater nicht doch noch anders und lässt mich gehen«, sagte Finn.

»Warum sollte er nicht? Wir schaffen die Arbeit auf dem Hof gut ohne dich. Und in den Semesterferien bist du ja wieder da und kannst bei der Ernte mit anpacken«, gab Ole zurück.

Im Gegensatz zu Mari hatte Finn nach der Volksschule noch das Gymnasium besucht und träumte von einem Literaturstudium in Oslo. Seit er lesen konnte, hatte sich Finn in jeder freien Minute mit einem Buch zurückgezogen und war der treueste Besucher der öffentlichen Leihbibliothek im Städtchen. Da Ole einst den Hof erben würde, hatte ihr Vater nach einigem inneren Ringen und gutem Zureden seitens seiner Frau schließlich akzeptiert, dass Finn nicht zum Landwirt geboren war, und ihm erlaubt, sich an der Osloer Universität anzumelden. Der Einmarsch der Deutschen hatte Finns pünktliche Abreise zu seinem ersten Semester vereitelt, doch nun drängte es ihn, endlich sein Studium zu beginnen.

»Hast du denn schon eine Reisegenehmigung?«, fragte Mari.

Finn schüttelte den Kopf. »Aber das dürfte kein Problem sein. Joachim hat angeboten, mich zu begleiten, wenn ich sie beantrage. Dann bekomme ich sie garantiert und vor allem schnell.«

»Joachim?« Mari sah ihren Bruder fragend an.

»Na, einer der Soldaten, die bei uns wohnen. Der große Dunkelhaarige, der so gut Norwegisch kann«, erklärte er.

»Der ist echt in Ordnung«, fügte Ole hinzu,

Mari war überrascht und verwirrt. Da sie selbst den vier deutschen Soldaten konsequent aus dem Weg ging, hatte sie gar nicht mitbekommen, dass ihre Brüder keine Scheu hatten, mit ihnen zu verkehren. Und ausgerechnet mit *diesem* Deutschen! Joachim hieß er also …

»Schau nicht so entgeistert!«, sagte Ole grinsend und knuffte Mari spielerisch in die Seite. »Oder hältst du uns jetzt für Vaterlandsverräter?«

Mari bemühte sich um Fassung und sagte betont kühl: »Natürlich nicht. Aber ich wundere mich schon. Wolltest du nicht vor ein paar Wochen noch gegen sie kämpfen?«

Ole zuckte mit den Schultern. »Nicht jeder deutsche Soldat ist ein Nazi. Und dieser Joachim ist wirklich nett.«

Finn nickte. »Er kennt sich gut in Literatur aus.«

Mari musste lächeln. Das war aus Finns Mund das denkbar höchste Lob.

»Ich bin mir sicher, dass du ihn auch mögen würdest«, meinte Ole. »Sprich doch mal mit ihm.«

»Ich wüsste nicht, was ich mit ihm zu reden hätte«, erwiderte Mari schnippisch, was Ole ein erstauntes »Na, dann halt nicht« entlockte.

Mari schaute angestrengt zur Seite, als gäbe es am Wegesrand höchst interessante Dinge zu entdecken. Die Vorstellung, sich Joachim zu nähern oder gar mit ihm zu reden, löste Schwindelgefühle in ihr aus, über deren Ursache sie nicht nachdenken wollte. Besser, sie ging ihm weiterhin aus dem Weg.

Auch wenn es ihm nicht leichtfiel, ließ Enar seinen Sohn Finn nach Oslo zum Studium ziehen. Wie versprochen hatte Joachim dafür gesorgt, dass Finn die Genehmigung, die man nun bei jeder noch so kurzen Reise beantragen musste, zügig ausgestellt bekam. Mari freute sich einerseits für ihren Zwillingsbruder, dass dessen sehnlichster Wunsch nun in Erfüllung ging. Auf der anderen Seite fiel ihr der Abschied schwer. Noch nie war sie länger als einen Tag von ihm getrennt gewesen. Auch wenn ihr Ole vom Wesen und den Interessen her näherstand – Finn war und blieb ein Teil von ihr. Seine Abwesenheit empfand Mari beinahe körperlich, als habe man ihr einen wichtigen Körperteil amputiert. Um den Schmerz zu betäuben, stürzte sie sich in die Arbeit. Am liebsten umsorgte sie die Stuten mit ihren neugeborenen Fohlen. Bis auf Bjelle, ein etwas älteres Tier, hatten jetzt alle ihren Nachwuchs bekommen.

»Bjelle ist überfällig«, stellte Mari fest.

»Schon möglich«, sagte Ole und wiegte den Kopf. »Ganz genau kann man das ja nie wissen.«

Die Geschwister standen auf einer der Koppeln und beobachteten die trächtige Stute, die schwer atmend vor ihnen stand.

Mari verzog sorgenvoll das Gesicht. »Ich habe kein gutes Gefühl. Bei ihren anderen Fohlen hat sie nicht so lange getragen. Wir sollten sie auf jeden Fall heute Abend in den Stall bringen. Dann können wir sie über Nacht im Auge behalten.«

Überrascht bemerkte Mari, dass Ole verlegen zur Seite sah. »Was ist los?«, fragte sie und fuhr fort: »Ja, gut. Vielleicht ist es ja falscher Alarm. Aber du sagst doch selbst immer, dass man kein Risiko …«

Ole unterbrach sie. »Du hast vollkommen recht. Wir sollten nichts riskieren. Es ist nur … ich kann dir keine Gesellschaft leisten.«

Mari zog die Augenbrauen hoch. »Aha. Darf ich auch erfahren, warum?«

Ole druckste herum – ein ungewohnter Anblick. Maris Neugier wuchs. »Äh, ich ... ich hab dem alten Nylund versprochen, ihm beim Fischen zu helfen. Er hat sich den Arm verstaucht«, erklärte er.

Mari kniff die Augen zusammen. »Das ist so ziemlich die dümmste Ausrede, die ich je von dir gehört habe. Als ob der alte Nylund ausgerechnet dich zum Fischen mitnehmen würde. Du wirst ja schon seekrank, wenn du ein Boot siehst.«

Ole erwiderte achselzuckend. »Dann glaub's halt nicht. Es stimmt aber trotzdem. Ich werde heute Nacht mit dem Alten rausfahren.«

Mari verschränkte die Arme und funkelte ihren Bruder an.

»Mari, ich lüge dich nicht an«, beteuerte Ole.

Mari schaute in seine Augen und nickte. »Schon gut. Es geht mich ja wirklich nichts an, was du nachts so treibst«, sagte sie. »Ist sie wenigstens hübsch?«

Ole sah Mari verwirrt an. Mari zwinkerte ihm zu. Ole öffnete den Mund, überlegte es sich anders und grinste erleichtert. »Das bleibt unser Geheimnis, einverstanden? Vor allem Vater darf nichts davon erfahren. Er würde es nicht gutheißen, dass ich ausgerechnet heute Nacht nicht da bin.«

Mari stutzte, dann fiel es ihr wieder ein. Ihre Eltern und Großmutter Agna waren heute bei einem Vetter von Enar zum Geburtstag eingeladen. Dessen Hof war zwar mit der Kutsche in einer Stunde zu erreichen, doch wegen der nächtlichen Ausgangssperre, die die deutschen Besatzer verhängt hatten, würden die Eltern dort schlafen und erst am nächsten Tag zurückfahren.

»Geht in Ordnung«, sagte Mari, »ich halte dicht.«

Ole drückte sie kurz an sich und sagte: »Danke. Hast was gut bei mir.«

Als er die Pferdekoppel verließ, schaute Mari ihm nachdenklich hinterher. Sie hätte zu gern gewusst, in wen sich Ole verliebt hatte. Und wie lange das schon ging. Warum hatte sie nichts davon bemerkt? Das fuchste sie am meisten. Offenbar kannte sie ihren älteren Bruder doch nicht so gut, wie sie sich einbildete.

Ein paar Stunden später hätte Mari sehr viel darum gegeben, wenn Ole auf sein nächtliches Rendezvous verzichtet hätte. Mit zunehmender Sorge beobachtete sie Bjelle, die sich unruhig in ihrer Stallbox bewegte, mit den Hufen scharrte und offensichtlich unter Koliken litt. Ein leichter Schweißfilm bedeckte ihren Hals. Mari war sicher, dass die Geburt des Fohlens unmittelbar bevorstand. Schon vor geraumer Zeit hatte sie an den Zitzen wachsähnliche Tropfen entdeckt. Das Austreten dieser zähflüssigen Biestmilch, die das Neugeborene später bei seiner ersten Mahlzeit mit lebenswichtigen Abwehrstoffen versorgen würde, war ein untrügliches Anzeichen. Doch der Beginn der eigentlichen Geburt zögerte sich hinaus.

Mari atmete erleichtert aus, als endlich die äußere Eihaut platzte und sich das Fruchtwasser ins Stroh ergoss. Bjelle legte sich hin und bekam die ersten Wehen. Mari näherte sich ihr behutsam und beleuchtete mit der Petroleumlampe das Hinterteil der Stute. Die innere Eihaut war bereits zu sehen und die Vorderbeine des Fohlens. Mari erstarrte. Nein, nur ein Bein. Ein Huf hatte sich nach hinten verkeilt und steckte in den Geburtswegen fest.

Mari unterdrückte einen Aufschrei. Verlier jetzt nicht die Nerven, ermahnte sie sich und streichelte Bjelles Stirn, die den Kopf zu ihr gedreht hatte und sie aus geweiteten Augen angstvoll ansah.

»Alles wird gut«, murmelte Mari.

Schlagartig wurde ihr bewusst, dass sie vollständig auf sich gestellt war. Zum ersten Mal in ihrem Leben war niemand aus ihrer Familie da. Nicht einmal ihre Großmutter konnte sie um Rat fragen. Fieberhaft überlegte sie, was sie tun konnte, um die Stute und ihr Fohlen zu retten. Jetzt zählte jede Minute. Sie wusste, dass sich mit dem Einsetzen der Wehen und spätestens nach dem Fruchtblasensprung die lockeren Verbindungen zwischen den Fruchthüllen und der Gebärmutter lösten. Es blieb höchstens noch eine halbe Stunde, bevor das Ungeborene erstickte, weil es nicht mehr ausreichend mit Sauerstoff versorgt wurde. Eine neue Wehe setzte ein, Bjelles Bauch spannte sich unter den heftigen Kontraktionen an – doch die Position des Fohlens blieb unverändert. Mari spürte, wie Panik in ihr hochstieg.

»Sie müssen sie zwingen, wieder aufzustehen«, sagte eine leise Stimme.

Stimmt, dachte Mari, ich muss den Geburtsvorgang unterbrechen, um Zeit zu gewinnen.

Sie zuckte zusammen, als die Tür zur Box geöffnet wurde und eine schlanke Gestalt hineinschlüpfte. In ihrer Anspannung hatte sie die Stimme gar nicht für real gehalten. Erst jetzt erkannte sie, dass ausgerechnet der deutsche Soldat Joachim so unverhofft aufgetaucht war.

»Ich habe gesehen, wie Sie die Stute heute Abend in den Stall gebracht haben. Und da ich wegen der ungewohnten Helligkeit mal wieder nicht einschlafen konnte, wollte ich sehen, ob das Fohlen schon da ist«, erklärte er.

Mari war unwillkürlich vor ihm zurückgewichen und musterte ihn misstrauisch.

»Ich kann Ihnen helfen«, sagte er. »Vor dem Krieg habe ich Tiermedizin studiert.«

Ein qualvolles Aufstöhnen der Stute hielt Mari von einer Entgegnung ab. Sie nickte Joachim zu und begann, Bjelle sanft am Halfter zu ziehen, um sie zum Aufstehen zu bewegen.

»Hoch, Bjelle«, sagte sie, »du musst aufstehen, damit wir dir helfen können.«

Joachim schob die Stute von hinten. Widerwillig bewegte sich das Pferd und stand schließlich zitternd im Stroh.

»Könnten Sie mir bitte leuchten«, forderte Joachim Mari auf.

Sie stellte sich mit der Lampe hinter die Stute und beobachtete, wie Joachim das Pferd unter beruhigendem Gemurmel untersuchte. Schließlich bat er Mari um ein dünnes Seil, in das er an einem Ende eine kleine Schlaufe knotete. Gebannt verfolgte sie, wie Joachim in einer Wehenpause das Seil vorsichtig in den Geburtskanal einführte.

»Ich versuche, den verklemmten Vorderhuf zu erwischen«, erklärte er.

Ein Unterfangen, das sich nach Maris Empfinden schier endlos hinzog, in Wirklichkeit aber nur wenige Minuten dauerte. Endlich nickte Joachim ihr zu. Mari hielt den Atem an und biss sich von innen in die Unterlippe, als er bei der nächsten Wehe sanft an dem Seil zog. Bjelle wieherte und wollte sich wegdrehen. Geistesgegenwärtig hielt Mari sie fest und streichelte sie. Die Stute beruhigte sich und presste weiter. Joachim zog erneut an dem Seil. Der zweite Vorderhuf erschien, und einige Minuten später konnten sie die Nüstern des Fohlens sehen.

»Der Kleine ist wohlauf«, stellte Joachim fest und richtete sich auf. »Und auch seine Mutter hat zum Glück alles gut überstanden.«

Mari lächelte erleichtert. Das kleine Hengstfohlen lag erschöpft von der Geburt im Stroh, musterte seine Umgebung aber bereits mit wachen Augen. Auf der Stirn hatte es einen auffälligen Haarwirbel. Ich werde es Virvelvind nennen, beschloss Mari im Stillen.

Joachim hatte Bjelle und ihr Fohlen nach der Geburt gründlich untersucht und stand nun mit einem zufriedenen Lächeln vor Mari. Scheu sah sie ihn an. In seinen kurzen, dunkelbraunen Haaren hatten sich einige Strohhalme verfangen. Sie unterdrückte den Impuls, die Hand auszustrecken und sie herauszuzupfen.

»Sie können jetzt beruhigt ins Bett gehen«, sagte er und trat aus der Box in die Stallgasse.

Mari nickte stumm. Sie wollte etwas sagen, ihm für seine Hilfe danken, ohne die sie das Fohlen und vielleicht auch Bjelle verloren hätte. Doch sie brachte keinen Ton heraus. Joachim schien ihr Schweigen als ihre übliche Abwehr zu deuten. In seinen Augen blitzte ein mutwilliges Funkeln auf.

»Keine Sorge, von mir erfährt keiner, dass wir die Nacht zusammen verbracht haben«, sagte er, zwinkerte Mari zu und verließ den Stall.

Benommen ließ sich Mari auf einen Strohballen sinken. Joachim musste sie für eine undankbare, verzogene Göre halten. Was ihn nicht davon abgehalten hatte, ihr mit tadelloser Höflichkeit zu begegnen. Er siezte sie sogar. Mari dachte nach. Tatsächlich war Joachim der erste Mensch, der sie siezte. Unter Gleichaltrigen war es in Norwegen ohnehin nicht üblich, doch auch von Erwachsenen war Mari bislang immer nur geduzt worden. Sie hatte sich in Joachims Gegenwart so erwachsen gefühlt. Ernst genommen. Und auf eine neue, ungewohnte Art wahrgenommen. Das fühlte sich gut an. Mari schloss die Augen. In ihrem Bauch breitete sich ein warmes Kribbeln aus, wohlig und aufregend zugleich.

Mari erzählte niemandem von den Ereignissen dieser Nacht. Als ihre Eltern und ihre Großmutter am nächsten Morgen von der Geburtstagsfeier zurückkehrten, berichtete Mari lediglich von der Geburt eines gesunden Fohlens. Und auch Ole gegenüber verschwieg sie Joachims hilfreiches Eingreifen. Zu sehr fürchtete sie, dass der Bruder sie durchschaute. Um entsprechende Gegenfragen zu vermeiden, verzichtete sie darauf herauszufinden, mit wem sich Ole in jener Nacht heimlich getroffen hatte und ob er ernsthaft verliebt war. Wenn sie ehrlich war, interessierte es sie auch kaum noch. Ihre Gedanken kreisten nur noch um Joachim.

War sie ihm in den ersten Tagen seiner Einquartierung kaum je begegnet, lief sie ihm nun morgens, bevor er und seine Kameraden nach Nordfjordeid zu ihrer Einheit aufbrachen, und abends, wenn sie von dort zurückkehrten, ständig über den Weg. Es waren qualvolle Momente, die Mari jedes Mal in Aufruhr und Verwirrung stürzten. Das Schlimmste daran war, dass sich alles nur in ihrem Kopf abspielte. Sie wagte ja kaum, Joachim anzusehen, und suchte jedes Mal so schnell wie möglich das Weite. Zu groß war ihre Angst, in seinen Augen Zurückweisung oder – schlimmer noch – Gleichgültigkeit zu entdecken. Ebenso sehr fürchtete sie sich allerdings vor dem Gegenteil. Mari kannte sich selbst nicht mehr. Etwas in ihr hatte sich verselbstständigt und entzog sich ihrem Willen. Eine beunruhigende Erfahrung, die sie verunsicherte. Warum behaupteten die Leute immer, sich zu verlieben sei das Schönste, was es im Leben gab?

Tagsüber, wenn sie sicher sein konnte, Joachim nicht zu treffen, war es erträglicher. In ihrer Phantasie konnte sie unbefangen auf ihn zugehen und entspannt mit ihm plaudern. Gern malte sie sich aus, wie solche Gespräche verlaufen könnten – und vor allem, wie sie endeten: mit einem innigen Kuss. Wobei Mari nur eine vage Vorstellung davon hatte, wie sich ein solcher Kuss wohl anfühlen mochte.

»Mari, Kind, hörst du nicht?«, drang Großmutter Agnas Stimme in ihre Tagträume. »Dein Vater ruft nach dir.«

Mari sah von den Kartoffeln auf, die sie gerade schälte. Ihre Großmutter saß ihr am Küchentisch gegenüber und nahm Fische aus. Jetzt hörte auch Mari die ungeduldigen Rufe ihres Vaters. Rasch stand sie auf und lächelte Agna entschuldigend an.

»Tut mir leid, das hatte ich ganz vergessen. Ich soll mit Vater in die Stadt fahren.«

Ihre Großmutter nickte. »Schon gut, den Rest schaffe ich allein.«

Mari umarmte sie und stürmte aus der Küche, um ihren Vater nicht noch länger warten zu lassen.

Enar hatte bereits zwei Pferde vor einen Leiterwagen gespannt und sah seiner Tochter mit gerunzelter Stirn entgegen. Er hasste es, warten zu müssen. Mari schwang sich rasch neben ihn auf den Kutschbock und drückte ihm einen Kuss auf die Wange.

»Nicht böse sein, *Pappa*«, bat sie, schaute ihn verschmitzt an und kitzelte ihn unterm Kinn. Ein bewährter Trick, dem er auch jetzt nicht widerstehen konnte. Enar grummelte noch ein wenig vor sich hin, doch Mari spürte, dass sein Ärger auf sie verflogen war. Er übergab ihr mit einem auffordernden Nicken die Zügel, und kurz darauf fuhren sie in flottem Trab auf dem Ufersträßchen Richtung Nordfjordeid.

»Du kannst mich an der Kreuzung zum Rådhusvegen absetzen und schon mal zum Laden fahren«, sagte Enar, als sie die Eidsgata, die Hauptstraße des Ortes, erreicht hatten. »Ich weiß doch, wie gern du ein Schwätzchen mit Nilla hältst.«

Mari nickte erfreut. »Vielen Dank, *Pappa*. Hoffentlich musst du nicht zu lange warten.«

Enar brummte etwas Unverständliches und stieg aus. Mari schaute ihm kurz nach, wie er Richtung Rathaus stapfte, wo er die Bezugsmarken für Kaffee und Zucker holen wollte, die die Deutschen gleich nach ihrem Einmarsch eingeführt hatten. Sie wusste, dass ihr Vater vor allem die Rationierung seines geliebten Kaffees sehr übel nahm und sie als persönlichen Affront empfand. Erst beim Frühstück hatte er sich wieder einmal darüber aufgeregt und unwillig die Tasse mit dem Ersatzkaffee von sich geschoben.

»Bestimmt müssen wir alle nicht mehr lange unter der deutschen Willkür leiden«, hatte Ole gesagt, um den Vater zu trösten. Schließlich hatten die norwegischen und alliierten Soldaten den Deutschen im Kampf um Narvik vor ein paar Tagen eine empfindliche Niederlage beigebracht und standen kurz davor, sie endgültig aus dem Norden des Landes zu vertreiben.

»Hast du's schon gehört?«, rief Nilla ihrer Freundin entgegen, als Mari den Gemischtwarenladen betrat.

»Was meinst du?«, fragte Mari und schaute Nilla besorgt an, die schreckensbleich hinter der Verkaufstheke stand.

»Im Radio haben sie es durchgegeben«, sagte sie. »König Håkon ist vor ein paar Stunden nach England geflohen.«

Mari schaute Nilla entsetzt an. »Aber warum? Was ist passiert?«

»Unsere Verbündeten haben all ihre Truppen abgezogen und nach Frankreich geschickt. Die haben uns einfach im Stich gelassen«, erklärte Nilla. »Mein Vater meint, es sei jetzt nur noch eine Frage von Tagen, dass unsere Soldaten kapitulieren. Allein haben sie keine Chance gegen die Deutschen.«

Nilla verstummte, als sich die Tür öffnete und zwei Wehrmachtssoldaten hereinkamen, die höflich grüßten. Nilla erwiderte den Gruß betont kühl, Mari zog sich in eine Ecke zurück. Einer der Soldaten zückte ein kleines Wörterbuch und fragte radebrechend nach Angelhaken. Der andere erläuterte den Wunsch seines Kameraden mit entsprechenden Gesten und zog dazu lustige Grimassen. Als er einen Fisch imitierte, der am Haken zappelt, konnten sich Mari und Nilla nicht länger beherrschen und prusteten los. Es fiel schwer, in diesen fröhlichen Jungs feindliche Soldaten zu sehen.

Das Auftauchen Enars, der mit finsterem Gesicht in den Laden polterte, bereitete der heiteren Stimmung ein jähes Ende. Die beiden Soldaten schlossen rasch ihren Einkauf ab und räumten das Feld. Enar schaute ihnen mit unverhohlenem Abscheu hinterher.

»Dein Bruder war mal wieder zu optimistisch«, brummte er,

an Mari gewandt. »Die werden wir so schnell nicht mehr los. Jetzt werden sie sich einnisten wie die Pelzläuse.«

Mari lief ein Schauer über den Rücken. Wenn ihr Vater ahnen würde, welche Gefühle sie für einen dieser Besatzer empfand. Nicht auszudenken, wie er reagieren würde! Du musst dir Joachim aus dem Kopf schlagen, befahl sie sich. Zum Glück erwidert er deine Gefühle ja ohnehin nicht. Ein Gedanke, der Mari gegen ihren Willen melancholisch stimmte.

Enar, der ihre Miene missdeutete, tätschelte ihr die Wange und verkündete mit grimmiger Zuversicht: »Kopf hoch, mein Mädchen! Von denen lassen wir uns doch nicht unterkriegen.«

Mari lächelte und war froh, dass ihr Vater ihre wahren Gedanken nicht lesen konnte.

Drei Tage später, am 10. Juni, forderte König Håkon VII. von seinem Londoner Exil aus die norwegischen Truppen zur bedingungslosen Kapitulation auf, um weiteres sinnloses Blutvergießen zu vermeiden. Am gleichen Tag zogen Joachim und seine Kameraden in die mittlerweile fertiggestellten Unterkünfte auf den alten Exerzierplatz in Nordfjordeid.

Erleichtert beobachtete Mari durchs Fenster der Wohnstube, wie sie ihr Gepäck auf die Fahrräder luden. Jetzt kann dir nichts mehr passieren, sagte sie sich immer wieder, konnte aber die Augen nicht von Joachim lassen. Als er sich zum Haus wandte und zu den Fenstern hochsah, wich Mari erschrocken zurück. Hatte er ihren Blick gespürt? Sie beugte sich wieder vor und lugte vorsichtig hinaus. Joachim schaute sich suchend auf dem Hof um, bevor er auf sein Fahrrad stieg und seinen Kameraden folgte, die bereits losgefahren waren. Es gab keinen Zweifel: Er sah enttäuscht aus. Mari spürte, wie sie rot wurde. Hatte Joachim etwa nach ihr Ausschau gehalten? Sie schüttelte unwillig den Kopf. Schluss jetzt mit diesen Flausen, wies sie sich selbst zurecht und deckte rasch den Tisch für die Hauptmahlzeit des Tages, die auch in ihrer Familie gewöhnlich am späten Nachmittag eingenommen wurde.

»Ah, so lässt es sich leben«, brummte Enar einige Zeit später zufrieden, stellte seinen Kaffeebecher vor sich auf den Tisch und griff nach der Pfeife, die Mari ihm nach dem Essen gestopft hatte. Ihr Vater nickte ihr zu und paffte genüsslich. Das Abschiedsgeschenk der deutschen Soldaten – ein Pfund Bohnenkaffee und ein Beutel Tabak – hatte Enar ein wenig versöhnlicher gestimmt. Ja, er war sogar bereit zuzugeben, dass zumindest diese jungen Männer recht angenehme Zeitgenossen waren. Trotzdem war er froh, dass seine Familie den Hof nun wieder für sich hatte und nicht mehr täglich daran erinnert wurde, dass Norwegen ein besetztes Land war.

Die Sonne schien noch hell, als Mari später am Abend ihre Stute Fenna und ihr Fohlen auf der Weide besuchte. Wie jeden Tag nach getaner Arbeit wollte sie noch einen Ausritt machen und schleppte ihren Sattel mit. Der kleine Hengst kam ihr mit ausgelassenen Sprüngen entgegen, seine Mutter folgte ihm gemächlich. Frihet entwickelte sich prächtig und war Maris ganzer Stolz. Fenna begrüßte sie mit einem sanften Schnauben. Nachdem Mari sie gesattelt hatte, zog sie die Steigbügel heraus. Dabei fiel eine kleine Papierrolle zu Boden. Neugierig hob sie sie auf und öffnete die Schleife, mit der sie zugebunden war.

Es war eine Bleistiftzeichnung, die ein frisch geborenes Fohlen mit einem Haarwirbel auf der Stirn zeigte: Es war eindeutig Bjelles Fohlen Virvelvind. Obwohl die Skizze nicht signiert war, gab es für Mari keinen Zweifel, wer der Zeichner war. Und das Versteck war mit Bedacht so gewählt, dass nur sie diesen Abschiedsgruß finden konnte. Mari legte ihre Arme um Fennas Hals und drückte ihr glühendes Gesicht in das weiche Fell der Stute.

»Er meint mich!«, flüsterte sie glücklich.

Fenna schnaubte leise.

6

Oslo – Nordfjord, Anfang Mai 2010

»Wir überfliegen jetzt das Skagerrak und erreichen Oslo in circa dreißig Minuten.«

Lisa schreckte aus ihren Gedanken, als die Stimme des Flugkapitäns aus dem Lautsprecher erklang. Sie schaute aus dem kleinen Fenster des Airbus und sah unter sich das dunkle, grünblaue Wasser der Nordsee, auf der sie winzig anmutende Schiffe erkennen konnte. Plötzlich verwünschte sie ihre Ungeduld, die sie dazu getrieben hatte, sich auf dem schnellsten Wege nach Norwegen zu begeben.

Warum hatte sie nicht eine Schiffspassage gebucht und sich so ein wenig Raum verschafft, um in Ruhe nachzudenken und sich vorzubereiten? Soweit man sich überhaupt auf ein Abenteuer vorbereiten konnte, das so viele unbekannte Variablen bereithielt. Lisa stellte fest, dass sie schon lange nicht mehr so nervös und aufgeregt eine Reise angetreten hatte. Der Gedanke, in wenigen Stunden im Heimatort ihrer Großmutter einzutreffen und dieser vielleicht sogar zu begegnen, erschien ihr in diesem Moment sehr beängstigend. Verflogen war die zuversichtliche Stimmung, in der sie diesen spontanen Trip geplant hatte.

Eine Stewardess bat die Fluggäste, sich an ihre Plätze zu begeben und die Sicherheitsgurte anzulegen – der Landeanflug begann. Unter ihnen glitzerte das Wasser des Oslofjords, an dessen nördlichem Ende Norwegens Hauptstadt lag.

Lisa war überrascht. Sie hatte eine typische Großstadt mit Steinwüsten und ausufernden Vororten erwartet. Stattdessen blickte sie auf bewaldete Berge, Seen und Parkanlagen, die sich um den vergleichsweise überschaubaren Stadtkern am Ufer des

Fjords lagerten und weit ins Festland reichten. Auch der Flughafen Gardermoen war von dichtem Wald umgeben.

Während das Flugzeug ausrollte und sich dem Flughafengebäude näherte, beschloss Lisa, ihre Reise nicht, wie geplant, zügig fortzusetzen, sondern sich mehr Zeit zu nehmen. Den bereits gebuchten Anschlussflug nach Sandane an einem Seitenarm des Nordfjords, von wo sie mit einem Mietwagen weiter nach Nordfjordeid hatte fahren wollen, würde sie stornieren. Sie war sich sicher, dass sie auch mit dem Zug oder einem Überlandbus weiterfahren konnte.

Erleichtert über diese Entscheidung, verließ Lisa das Flugzeug und ging über eine Tunnelbrücke aus Glas und Stahl in das lichtdurchflutete Flughafengebäude, in dem helles Holz, Granit und Schiefer vorherrschten. Auf dem Weg zum Gepäckband sah sie durch große Panoramafenster einen Wald jenseits des Rollfelds und den leuchtend blauen Himmel. Lisa blieb einen Moment stehen, um den ersten Eindruck von der einzigartigen nordischen Landschaft zu genießen.

Wenig später saß sie in einem Hochgeschwindigkeitszug, der sie in zwanzig Minuten ins Zentrum von Oslo bringen sollte. Lisa schaute fasziniert aus dem Fenster. Wieder konnte sie es kaum fassen, wie wenig »Stadt« man hier sah und spürte. Der Zug passierte Ackerflächen, Pferdekoppeln, Bauernhöfe, Wäldchen und Seen – von Industrie- und Gewerbegebieten keine Spur.

Sie holte den Laptop aus ihrem Rucksack, um ihre Weiterreise per Internet zu planen. Rasch fand sie heraus, dass sie mit einem Bus der Nordfjordekspressen-Linie von Oslo ohne Umsteigen an ihr fünfhundert Kilometer entferntes Ziel in Westnorwegen gelangen konnte. Sie rief die Abfahrzeiten ab und schaute auf die Uhr. Das Flugzeug war pünktlich um kurz nach acht gelandet, und jetzt, keine halbe Stunde später, befand sie sich bereits auf halbem Wege zum Hauptbahnhof. Kein Problem also, den Bus um halb zehn zu erreichen, der sie in knapp zehn Stunden nach Nordfjordeid bringen würde.

Kurz spielte sie mit dem Gedanken, die Fahrt dorthin noch weiter hinauszuzögern. Vielleicht sollte sie erst am nächsten Tag weiterfahren und sich vorher in Ruhe Oslo ansehen? Doch dann dachte sie: Wenn du das jetzt nicht durchziehst, machst du am Ende noch einen Rückzieher. Und das würdest du dir nie verzeihen!

Der komfortable Bus, mit dem Lisa wenig später die Stadt verließ, fuhr zunächst auf der gut ausgebauten Europastraße E6 durch eine dicht bewaldete Landschaft nach Lillehammer und dann weiter nach Otta. Dort bog er nach Westen auf die schmalere Reichsstraße 15 ab, die entlang des Flusses Otta hinauf ins Gebirge führte.

Schon bald legte Lisa den Krimi beiseite, den sie sich als Reiselektüre mitgenommen hatte. Gebannt ließ sie die abwechslungsreiche Landschaft an sich vorüberziehen, die immer karger wurde, je höher sie kamen. Am Horizont des Gebirgsplateaus ragten schneebedeckte Gipfel mit mächtigen Gletschern auf. An einer Stelle passierte der Bus einen großen Wasserfall, dessen Wassermassen direkt neben der Straße über moosbewachsene Felsbrocken weiß schäumend in die Tiefe stürzten. Am späten Nachmittag ging es dann auf einer kurvenreichen Serpentinenstraße und durch mehrere Tunnel hinunter zum Nordfjord. Vorbei am Städtchen Stryn, das am Fuße des riesigen Jostedalsbreen-Gletschers in einer Bucht lag, führte die Straße nach Nordfjordeid, das laut der Durchsage »nuur-fjuur-aid« ausgesprochen wurde.

Kurz nach neunzehn Uhr verließ Lisa den Bus. Sie hatte ein Zimmer in einem Hotel gebucht, das mitten im Ort schräg gegenüber dem Rathaus lag. Nachdem sie in dem modernen Flachdachbau eingecheckt hatte, beschloss sie, sich vor dem Abendessen noch ein wenig die Beine zu vertreten. Nach dem langen Sitzen im Bus fühlte sie sich steif und verspannt. Rasch lief sie den

Rådhusvegen hinunter zur Sjøgata, der Uferpromenade, und stand wenige Minuten später am östlichen Ende des Eidsfjorden, einem von bewaldeten Bergen gesäumten Nebenarm des Nordfjords. In ihrem Rücken lag die kleine Stadt, deren alter Kern dicht am Seeufer gebaut war. Auf den sanft ansteigenden Hängen dahinter entdeckte Lisa Wohnsiedlungen und größere, einzeln stehende Gebäudekomplexe, dazwischen viel Grün, das weiter oben als dichter Wald die Vorherrschaft übernahm.

Die Sonne schien noch kräftig und würde erst gegen halb zehn untergehen – gut anderthalb Stunden später als in Frankfurt. Lisa schaute aufs Wasser, dessen Oberfläche von einem leichten Wind gekräuselt wurde. Ein paar Möwen stritten sich kreischend um etwas Essbares, bevor sie sich auf einem Geländer niederließen und ihr Gefieder putzten. Weiter hinten sah Lisa ein paar Boote, die langsam auf den kleinen Hafen des Städtchens zuhielten. Regungslos ließ sie das friedliche Bild auf sich wirken. Ihre Arme überzogen sich mit einer Gänsehaut, und eine unerklärliche Rührung stieg in ihr auf. Endlich angekommen, schoss es ihr durch den Kopf.

Am nächsten Morgen wollte sich Lisa als Erstes einen Stadt- und Umgebungsplan besorgen und ließ sich nach dem Frühstück den Weg zur Touristeninformation beschreiben. Diese lag nur wenige Gehminuten von ihrem Hotel entfernt in der Eidsgata. Die gepflasterte Straße, die parallel zur Uferstraße verlief, war von weiß gestrichenen, alten Holzhäusern gesäumt, die liebevoll renoviert waren.

Während Lisa an kleinen Boutiquen, Cafés, einer Goldschmiedewerkstatt, einem Friseursalon und anderen Geschäften vorbeischlenderte, versuchte sie sich vorzustellen, wie ihre Großmutter wohl ihr Heimatstädtchen gesehen hatte. War sie leichten Herzens von hier weggegangen? Vermutlich nicht. Während Lisa es von klein auf gewohnt war, ständig in neuen Städten und Ländern zu leben, dürfte es für ihre Großmutter ein tiefer Einschnitt gewesen sein, als sie ihr Elternhaus und die vertraute Umgebung verlassen hatte. Lisa ging zumindest davon aus, dass sie ihrem deutschen Mann in dessen Heimat gefolgt war.

Wenn ich hier aufgewachsen wäre, hätte ich sicher großes Heimweh gehabt, ging es Lisa zu ihrer eigenen Überraschung durch den Kopf. Da war es wieder, dieses irritierende Gefühl, das sie schon am Vorabend so unverhofft überkommen hatte. Sentimental, stellte sie nüchtern fest, mit fünfunddreißig werde ich plötzlich sentimental.

Bald hatte sie die Touristeninformation erreicht, die im Kulturhuset Gamlebanken, einem ehemaligen Bankgebäude aus dem 19. Jahrhundert, untergebracht war. Einem Informationskasten entnahm Lisa, dass hier nicht nur wechselnde Kunstausstellungen zu sehen waren, sondern auch ab und zu Kammerkonzerte stattfanden. Lisa beschloss, sich die aktuelle Ausstellung einer einheimischen Malerin später anzusehen, und holte sich nur rasch einen Stadtplan und eine Informationsbroschüre der Gemeinde Eid.

Auf der Karte sah Lisa, dass sich die beiden Gestüte, die sie in Frankfurt als mögliche Elternhäuser ihrer Großmutter ausgemacht hatte, auf dem nördlichen beziehungsweise südlichen Ufer des Eidsfjorden gegenüberlagen. Da sie sich bereits auf halbem Wege zum nördlichen Ufer befand, wollte sie dort mit ihrer Suche beginnen. Den Gedanken, sich ein Taxi zu nehmen, verwarf Lisa sofort wieder. Erstens lud das sonnige Wetter zu einem Spaziergang ein, und zweitens wollte sie die Landschaft so kennenlernen, wie ihre Großmutter sie gesehen hatte: aus der Sicht eines Fußgängers. Oder war diese als Tochter eines Pferdezüchters überwiegend zu Pferd oder mit der Kutsche unterwegs gewesen?

Nach einer guten halben Stunde zügigen Gehens sah Lisa auf einer eingezäunten Wiese oberhalb der Landstraße, auf der sie unterwegs war, eine Gruppe Pferde und entdeckte weiter hinten einige Gebäude. Das musste der Bjerkgård sein, der Birkenhof, den man offensichtlich nach dem kleinen Birkenwäldchen benannt hatte, das oberhalb des Anwesens wuchs.

Lisa verließ die Straße und näherte sich dem Wohnhaus, was umgehend lautes Gebell auslöste. Zu ihrer Erleichterung war der dazugehörige Hund angeleint. Zwei kleine, semmelblonde Jungen, die vor dem Haus mit Plastikfiguren spielten, musterten Lisa neugierig. Sie blieb unschlüssig stehen und sah sich vergeblich nach einem Erwachsenen um, den sie ansprechen konnte. Sie zog ihr kleines norwegisch-deutsches Wörterbuch heraus und fragte die Kinder nach Vater oder Mutter. Die beiden tuschelten miteinander, kicherten und rannten ins Haus. Etwas ratlos blieb Lisa zurück. Vielleicht war es doch schwieriger als gedacht, ihren Plan umzusetzen, der ihr in Frankfurt so perfekt erschienen war? Vielleicht war es doch keine so gute Idee, einfach aufzukreuzen und den Leuten auf die Pelle zu rücken?

Das Auftauchen einer leicht gebückt gehenden, alten Frau unterbrach ihre Grübeleien. Lisa schätzte sie auf mindestens achtzig Jahre. Ihr Gesicht war mit feinen Fältchen überzogen, das weiße Haar hatte sie zu einem Knoten hochgesteckt. Hinter einer randlosen Brille funkelten wache, blaue Augen. Lisa ging einen Schritt auf sie zu und sagte: »*God dag*«, was den beiden Jungen, die der Greisin gefolgt waren, einen weiteren Kicheranfall entlockte. Nach einem tadelnden Blick auf die beiden Kinder lächelte die Frau freundlich und erwiderte ihren Gruß zu Lisas Überraschung auf Deutsch.

»Guten Tag. Kann ich Ihnen helfen?«

Lisas Puls beschleunigte sich. Stand sie womöglich ihrer Großmutter gegenüber? Lisa tastete verstohlen nach dem alten Medaillon, das sie unter ihrem Pullover trug. Am liebsten hätte sie es herausgezogen, um es der Frau zu zeigen. Ganz ruhig, befahl sie sich, jetzt nur nichts überstürzen.

Sie deutete auf ihre Kameratasche, die sie über der Schulter trug. »Ich bin Fotografin und arbeite gerade an einer Reportage über alte skandinavische Bauernhöfe. Dürfte ich vielleicht auch Ihren Hof fotografieren?«

Die Frau schaute Lisa überrascht an, überlegte kurz und machte eine einladende Geste zum Haus. »Warum nicht?«, meinte sie und fügte stolz hinzu: »Unser Hof ist wirklich sehr alt, mindestens zweihundert Jahre.«

Lisa beglückwünschte sich zu diesem vielversprechenden Auftakt. »Ich habe mich noch gar nicht vorgestellt«, entschuldigte sie sich. »Ich heiße Lisa Wagner.«

»Halldorsson«, sagte die Frau, »und das sind meine Urenkel Fredrik und Bori«, fuhr sie, auf die beiden Jungen deutend, fort, die das Gespräch mit großen Augen verfolgten. Sie streichelte ihnen über die Köpfe. »Aufgeweckte Buben. Haben gleich erkannt, dass Sie einen deutschen Akzent haben.«

Lisa lächelte den Jungen anerkennend zu. »Darf ich fragen, woher Sie so gut Deutsch können?«, erkundigte sie sich, während sie zum Haus gingen.

Frau Halldorsson lächelte. »Zu meiner Zeit mussten wir in der Schule außer Englisch auch Deutsch lernen. Und später konnte ich meine Kenntnisse vertiefen. Ich habe nämlich für die deutschen Soldaten gearbeitet, die hier während des Zweiten Weltkriegs im Ort stationiert waren«, erklärte sie. Lisas Aufregung wuchs, sie schluckte trocken.

Die alte Frau tätschelte ihr den Arm und sagte beruhigend: »Keine Sorge, ich habe nur gute Erfahrungen mit ihnen gemacht. Die meisten waren sehr nette Burschen.« Mit einem leicht verträumten Blick schaute sie kurz in die Ferne. »Aber was rede ich von alten Zeiten. Sie sind ja hier, um Fotos zu machen«, rief sie und öffnete die Haustür.

»Oh, ich finde das sehr interessant, das gehört ja auch zur Geschichte dieses Hofes«, sagte Lisa.

Frau Halldorsson führte Lisa an einer modern eingerichteten Küche vorbei zum Wohnzimmer. »Hier hat sich kaum etwas verändert«, sagte sie und zeigte auf die alten Möbel. »Die stammen alle noch von meinen Großeltern. Nur das Bild dort hat mein Mann vor siebzig Jahren aus seiner Heimat mitgebracht und nach unserer Hochzeit hier aufgehängt.«

Lisa hielt die Luft an und ging rasch zu dem kleinen Ölgemälde, das über dem Kamin hing. Es zeigte einen idyllischen Waldsee. Lag er in Deutschland? Schwer zu sagen. Der See konnte sich überall in Nordeuropa befinden.

»Ein schönes Bild. Woher stammte Ihr Mann denn?«, fragte Lisa und bemühte sich um einen neutralen Ton.

»Ich bin im Süden, in der Telemark aufgewachsen«, sagte eine heisere Stimme in gebrochenem Deutsch. Lisa drehte sich um und sah einen alten Mann in der Tür stehen. Seine Frau lächelte ihm zu und stellte ihm Lisa und ihr Anliegen vor.

Mit einem Mal war Lisas Anspannung verflogen. Diese freundliche Frau war nicht ihre Großmutter. Sie mochte für die deutschen Soldaten gearbeitet haben, geheiratet hatte sie jedoch einen Landsmann. Lisa ließ sich ihre Enttäuschung nicht anmerken. Sie machte ein paar Bilder vom Wohnzimmer und einer Schlafkammer, die ebenfalls noch mit alten Möbeln bestückt war, fotografierte das alte Ehepaar mit seinen Urenkeln vor dem Haus und versprach beim Abschied, ihnen Abzüge zu schicken.

Auch auf dem Karlssenhof, den Lisa einige Stunden später aufsuchte, wurde sie mit Gebell empfangen. Ein großer schwarzer Hund rannte auf Lisa zu, als sie in die Auffahrt zum Hof einbog. Unwillkürlich zuckte sie zurück und sah sich Hilfe suchend um. Keine Menschenseele weit und breit. Dabei hatte sie sich telefonisch angekündigt. Noch einmal wollte sie nicht unangemeldet auftauchen und riskieren, ungelegen zu kommen.

Der Hund stand nun vor ihr und musterte sie aufmerksam. Lisa fasste sich ein Herz und wollte an ihm vorbeigehen. Der Hund stellte sich ihr in den Weg und bellte kurz. Lisa rief laut »Hallo«, was der Hund mit noch lauterem Bellen beantwortete. In der Tür des Wohnhauses erschien eine rundliche Frau, die sich die bemehlten Hände an ihrer Schürze abwischte und mit besorgter Miene zu Lisa eilte.

»Amund, Amund«, rief sie, was einen athletischen Mann in Reiterhosen aus einem der Gebäude lockte, die dem Wohnhaus gegenüberlagen.

Lisa schätzte ihn auf etwa vierzig. Er war etwas größer als sie. Die widerborstigen, hellblonden Haare verliehen dem markant geschnittenen Gesicht mit den grauen Augen eine jungenhafte Note. Aufgebracht deutete die Frau, die um die fünfzig Jahre alt war, auf den Hund, der Lisa immer noch den Zugang zum Hof verwehrte. Amund musterte Lisa mit einem – wie ihr schien – abfälligen Ausdruck. Gereizt von der demütigenden Lage, in der sie sich befand, starrte Lisa wütend zurück. Amund grinste spöttisch, was unvermutet ein Grübchen auf seiner linken Wange hervorzauberte, und stieß einen kurzen Pfiff aus. Sofort wandte sich der Hund von Lisa ab und rannte zu seinem Herrn.

Die Frau hatte Lisa mittlerweile erreicht und entschuldigte sich mit zerknirschter Miene, zumindest nahm Lisa an, dass es sich bei dem norwegischen Wortschwall um Entschuldigungen handelte. Sie lächelte fragend und zuckte leicht die Schultern.

Die Frau hielt inne und fuhr auf etwas holprigem Englisch fort: »Entschuldigen Sie bitte diesen unfreundlichen Empfang. Ich habe Amund oft genug gebeten, dafür zu sorgen, dass sein Hund unsere Gäste nicht belästigt.«

Lisa winkte ab. »Ist schon in Ordnung, ich habe mich nur ein bisschen erschrocken.«

Die Frau lächelte. »Sie sind die Fotografin?«, fragte sie.

Lisa nickte. »Habe ich vorhin mit Ihnen telefoniert?«

»Nein, das war meine Schwägerin Inger. Ich bin Tekla Karlssen«, erklärte sie.

»Lisa Wagner«, erwiderte Lisa und fuhr mit einem Blick über den Hof fort: »Vielen Dank, dass ich hier fotografieren darf.«

Tekla lächelte. »Keine Ursache, wir fühlen uns geehrt.«

Auch auf diesem Gestüt, dessen Gebäude sich in lockerer Form am Hang eines Hügels gruppierten, war im Lauf der Jahrzehnte vieles renoviert, erweitert und umgebaut worden. Doch das Wohnhaus, das laut einer Inschrift über der Tür von 1789 stammte, die Scheune, ein kleiner Stall und ein Brotofen aus jener Zeit waren kaum verändert und ließen Lisa ahnen, wie der Hof früher einmal ausgesehen hatte. Dahinter entdeckte sie auf einer Wiese einige kleine, verschiedenfarbige Holzhäuschen. Sie deutete darauf und fragte: »Wozu dienen die?«

»Das sind Ferienhütten«, antwortete Tekla. »Mein Bruder hat sie vor ein paar Jahren gebaut. Im Sommer mieten sich oft Hobbyangler bei uns ein.«

Geduldig führte Tekla ihren Gast umher, erklärte alte Gerätschaften und Werkzeuge und lud Lisa schließlich zum Kaffee ein. »Sie können gern noch mal wiederkommen«, bot sie an. »Sie müssen nicht alle Fotos heute machen.«

Lisa nickte erfreut. »Das ist aber nett. Beim nächsten Mal bringe ich das Stativ mit, da kann ich länger belichten.«

Die beiden Frauen standen in der Wohnstube des Haupthauses, deren kleine Fenster nur wenig Licht hineinließen.

»Ich benutze ungern Blitzlicht«, erklärte Lisa, »das verfälscht die einzigartige Atmosphäre solcher Räume.«

Die holzgetäfelte Stube wurde von einem riesigen schmiedeeisernen Ofen beherrscht, der in der Ecke links neben der Tür thronte. Ihm gegenüber am Fenster stand ein großer Esstisch mit einer Eckbank und einigen Stühlen. Die Wand daneben war mit Familienfotos behängt. Auf der anderen Seite des Raumes stand ein großer Schrank mit prächtigen Schnitzereien. Tekla machte eine einladende Geste zum Tisch.

»Setzen Sie sich doch schon, ich hole rasch den Kaffee«, sagte sie und verließ das Zimmer.

Lisa ging zur Eckbank, setzte sich aber nicht, sondern betrachtete die Fotos an der Wand. Auf einigen Bildern erkannte sie Tekla Karlssen. Zu ihrer Enttäuschung war nirgends eine ältere Frau abgelichtet, die ihre Großmutter hätte sein können. Auf den alten, verblichenen Schwarz-Weiß-Fotos, die verschiedene Erwachsene zeigten und mehrfach zwei Jungen, fehlte von einem Mädchen, das sie in jungen Jahren hätte sein können, jede Spur. Auch auf dem Karlssenhof war Lisa offenbar auf dem Holzweg. Sie würde den Radius ihrer Suche erweitern müssen. Vielleicht hatte ihre Großmutter doch sehr viel weiter von Nordfjordeid entfernt gelebt, als sie bisher angenommen hatte.

Tekla kehrte mit einem großen Tablett zurück, das mit einem Brotkorb, Käse- und Wurstteller, einem Stapel frischgebackener Waffeln, mehreren Gläsern mit Kompott und Marmelade und einer bauchigen Kaffeekanne beladen war. Lisa merkte erst jetzt, wie hungrig sie war. Seit dem Frühstück im Hotel hatte sie nichts mehr gegessen und griff nun dankbar zu. Tekla freute sich sichtlich über den gesunden Appetit ihres Gastes. Interessiert erkundigte sie sich nach Lisas Beruf und ihrem aktuellen Auftrag.

»Wie lange bleiben Sie in dieser Gegend?«, fragte sie, worauf Lisa vage mit den Schultern zuckte. »Ich hoffe, Sie haben Zeit mitgebracht«, sagte ihre Gastgeberin. »Hier gibt es nämlich viele schöne alte Bauernhöfe. Wo wohnen Sie denn, wenn ich fragen darf?«

Lisa schluckte den Bissen von der köstlichen Waffel herunter, die sie gerade aß, und antwortete: »In dem Hotel beim Rathaus.«

Tekla verzog das Gesicht. »Sicher ganz komfortabel. Aber nicht sehr schön.«

Lisa grinste. Tekla Karlssen hatte es kurz und treffend auf den Punkt gebracht.

»Wissen Sie was?«, sagte Tekla. »Normalerweise vermieten wir erst ab Mitte Mai. Aber wenn Sie wollen, kann ich Ihnen eine der Hütten herrichten. Da wohnen Sie viel ruhiger und auch günstiger. Vor allem haben Sie es nicht so weit zu mindestens drei anderen Höfen, die für Ihre Reportage interessant sein könnten.«

Lisa war gerührt über dieses freundliche Angebot und die fürsorgliche Geste. Sie begann sich ein wenig für die Lüge zu schämen, mit der sie ihre wahren Absichten verschleierte. Obwohl, was hinderte sie eigentlich daran, tatsächlich eine Fotoreportage über alte Bauernhöfe zu machen? Es war zweifellos ein interessantes Sujet. Und mal was ganz anderes als ihre üblichen Aufträge. Bevor sie antworten konnte, läutete irgendwo im Haus das Telefon. Tekla sprang auf, entschuldigte sich und eilte in den Flur.

Lisa schenkte sich Kaffee nach und hätte sich beim Trinken fast verschluckt. In der Tür war unvermittelt ein alter Mann aufgetaucht, der sich schwer auf einen Stock stützte. Er war hochgewachsen, wenn auch etwas krumm, und hatte kurz geschorene weiße Haare. Lisa stellte die Tasse ab und stand auf, um sich vorzustellen.

Dabei trafen sich ihre Blicke mit denen des alten Mannes. Er zuckte zusammen und wurde blass. Lisa hielt verunsichert inne. Ihre Anwesenheit schien den alten Mann sehr erschreckt zu haben. Sie lächelte entschuldigend. Seine Miene verfinsterte sich. Lisas Lächeln verschwand. Nie zuvor hatte sie einen derart hasserfüllten und zugleich angstvollen Gesichtsausdruck gesehen. Sie öffnete den Mund, um zu erklären, warum sie hier war. Doch dazu kam sie nicht. Die Augen des alten Mannes verengten sich. Er presste seine Lippen zusammen, wandte sich abrupt um und verschwand.

Lisa schluckte. Es gab keinen Zweifel, diese Aversion galt eindeutig ihr. Erschüttert ließ sie sich wieder auf die Bank sinken. Was hatte sie getan, um diese heftige Reaktion auszulösen? Lisa schüttelte den Kopf. Nein, das war die falsche Frage. Sie konnte ihn gar nicht mit einem bestimmten Verhalten erzürnt haben.

Ich erinnere ihn an jemanden, wurde ihr schlagartig klar. Sie bekam Herzklopfen. Ich erinnere ihn an meine Großmutter. Endlich hatte sie eine heiße Spur.

»Ich würde sehr gern auf Ihr freundliches Angebot zurückkommen und eine Ihrer Hütten mieten«, sagte Lisa, als Tekla kurz darauf wieder in die Wohnstube kam. »Wenn es Ihnen recht ist, hole ich gleich mein Gepäck.«

Tekla nickte lächelnd und meinte: »In zwei Stunden können Sie einziehen.«

Lisa gratulierte sich zu dieser einmaligen Gelegenheit, den Karlssens näherzukommen und herauszufinden, ob ihre Großmutter aus dieser Familie stammte. Sie nahm sich vor, bei der Suche nach ihren Wurzeln mit großer Behutsamkeit vorzugehen, um niemanden zu verletzen.

7

Nordfjordeid, Juni 1940

»Was schreibt er?«, fragte Mari und versuchte, ihrem Vater über die Schulter zu schauen, um einen Blick auf den Brief ihres Bruders Finn zu werfen.

Seit seiner Abreise hatten sie nichts von ihm gehört, was vor allem Mari und ihre Mutter zunehmend beunruhigte. Doch nun hatte der Postbote endlich einen Brief aus Oslo gebracht. Mari, die ihm wie jeden Tag erwartungsvoll entgegengeeilt war, hatte den Umschlag mit der vertrauten Schrift sofort zu ihrem Vater gebracht, der am Tisch in der Wohnstube über den Zuchtbüchern saß.

»Gedulde dich, ich lese ihn gleich vor«, sagte Enar lächelnd. »Aber erst holst du bitte noch die anderen.«

Mari nickte und rannte aus dem Zimmer.

Kurz darauf war die ganze Familie versammelt, und Enar las den Brief seines jüngeren Sohnes vor. Finn schrieb sehr anschaulich von seinen ersten Eindrücken von Oslo, das ihn sehr begeisterte, aber auch ein wenig einschüchterte.

Mari versuchte, sich die imposanten Regierungsgebäude und das Königsschloss auf der Karl-Johans-Gata vorzustellen, die Domkirche und das neu gebaute Rathaus. Wie fühlte es sich wohl an, durch Straßen zu laufen, die viermal so breit waren wie die Hauptstraße in ihrem Städtchen? Umgeben von mehrstöckigen Häusern, die alle aus Stein gebaut waren? Oder gar in einer Straßenbahn zu fahren?

»›Während ich euch schreibe‹«, las Maris Vater vor, »›sitze ich im Grand Café, dem berühmtesten Kaffeehaus Oslos. Und stellt euch vor, wer hier einst Stammgast war: Henrik Ibsen!‹«

Mari und Ole grinsten sich an. Ibsen war Finns Lieblingsschriftsteller.

»›Auf seinem ehemaligen Stammtisch liegt sein Zylinder – als wäre er nur kurz aufgestanden und käme gleich wieder zurück‹«, las Enar weiter und unterbrach sich mit einem ärgerlichen Brummen. »Zum Studieren scheint er ja gar nicht zu kommen.«

Lisbet legte ihre Hand auf seinen Arm. »Das tut er ganz sicher«, meinte sie. »Vergiss nicht, dass er kurz nach seiner Ankunft in Oslo geschrieben hat. Seitdem ist viel Zeit vergangen.«

Enar zuckte mit den Schultern und las den Brief zu Ende vor.

Finn schien sich in dem Haus der Studentenverbindung, wo er ein kleines Zimmer bekommen hatte, sehr wohlzufühlen und hatte schon nette Bekanntschaften geschlossen. Einzig die massive Präsenz der deutschen Besatzer erwähnte er als störend. »›Im Gegensatz zu Nordfjordeid sind hier außer den ›normalen‹ Soldaten auch sehr viele SS-Leute stationiert, die durch die Straßen stolzieren und sich überall breitmachen. ›Herrenmenschen‹ nennen sie sich und triefen nur so vor Arroganz. In uns scheinen sie so etwas wie bockige Kinder zu sehen, die man mit wohlwollender Härte behandeln soll. Ich habe Euch ein Exemplar der ›Richtlinien für Norwegen‹ beigelegt, mit dem die deutschen Soldaten auf ihren Aufenthalt hier eingestimmt werden. Es fällt mir schwer zu glauben, dass dasselbe Volk so wunderbare Schriftsteller und Dichter hervorgebracht hat.‹«

Der Brief endete mit lieben Grüßen an jeden Einzelnen von ihnen und der Bitte um ausführliche Berichte von seinem Zuhause, das Finn trotz der aufregenden neuen Erlebnisse schon sehr vermisste.

Ole schnappte sich das Blatt mit den »Richtlinien«. Er mimte einen strammstehenden Soldaten und las mit schnarrender Stimme vor: »›Der Norweger lehnt jeden Zwang und jede Unterordnung ab. Er hat keinen Sinn für militärische Zucht und Autorität.

Also: Wenig befehlen, nicht anschreien! Das erfüllt ihn mit Widerwillen und ist wirkungslos.‹« Ole kicherte und fuhr fort: »Das hier ist auch gut: ›Der Norweger ist in seiner Wesensart (ähnlich dem friesischen Bauern) verschlossen und zurückhaltend, langsam im Denken, dazu aber auch misstrauisch gegen Fremdes. Also: Kein Hetztempo! Zeit lassen!‹«

Enar knurrte unwillig.

Ole unterbrach seinen Vortrag und meinte leichthin: »Ist doch eigentlich ganz nützlich zu wissen, wie die über uns denken.«

Mari schaute ihn fragend an. »Wieso nützlich?«

Ole zuckte die Schultern. »Nur so. Nichts Bestimmtes«, sagte er und wich Maris Blick aus.

Bevor sie nachhaken konnte, fragte ihre Mutter: »Hilfst du mir, Haferkekse zu backen? Ich möchte Finn ein kleines Paket schicken.«

Mari nickte und folgte Lisbet in die Küche. »Wollen wir ihm auch ein Glas mit Moltebeermarmelade schicken? Die liebt er doch so«, sagte Mari.

Ihre Mutter lächelte. »Gern. Und schau nach, ob wir noch welche von den geräucherten Würstchen haben.«

Voller Eifer begann Mari, ihrem Zwillingsbruder ein Päckchen mit seinen Lieblingsleckereien zu packen, und machte sich am späten Nachmittag auf den Weg zum Postamt von Nordfjordeid.

»Trödel aber nicht herum«, ermahnte Lisbet ihre Tochter. »In einer Stunde gibt's Essen.«

Mari nickte, küsste ihre Mutter auf die Wange, schnappte sich das Päckchen für Finn und rannte aus dem Haus. Dort stieß sie fast mit Ole zusammen, der gerade vom Ausmisten aus den Ställen kam.

»Wohin so eilig?«, fragte er.

Mari deutete auf das Päckchen. »Zur Post. Wenn es heute

noch rausgeht, bekommt Finn es vielleicht noch diese Woche.«

Ole hielt seine Schwester am Arm fest. »Warte, ich komme mit. Ich zieh mir nur schnell andere Schuhe an«, sagte er mit Blick auf seine dreckverkrusteten Stiefel.

»Aber beeil dich«, rief Mari ihm nach, als er im Haus verschwand.

Kurz darauf liefen die Geschwister zügig am Fjordufer entlang. Ein kräftiger Wind trieb dunkle Wolken von Westen her in Richtung der Berge.

»Hoffentlich fängt es erst an zu regnen, wenn wir wieder zu Hause sind«, meinte Mari.

Ole zuckte die Achseln.

»Du kommst doch wieder mit nach Hause, oder?«, fragte sie. Ole hatte ihr noch gar nicht gesagt, was er im Ort vorhatte.

»Nein, ich bleibe über Nacht beim alten Nylund und seiner Frau«, antwortete er.

Maris Miene verfinsterte sich. »Jetzt erzähl mir aber nicht wieder, dass du ihm beim Fischen helfen sollst. Das nehme ich dir nämlich nicht ab! Die Deutschen mögen uns für langsam im Denken halten, aber ...«

Ole unterbrach sie lachend. »Schon gut, schon gut.«

Mari sah ihn auffordernd an. »Willst du mir nicht endlich sagen, wen du da immer so heimlich triffst?«

Ole grinste frech, fasste Mari um die Taille und wirbelte sie einmal um sich herum. »Schon vergessen? Der Norweger ist äußerst freiheitsliebend. Unnötige Schärfe und Bevormundung verletzen sein Selbstgefühl«, zitierte er in belehrendem Ton aus den Wehrmachtsrichtlinien. »Sie haben vergessen, bohrende Fragen von kleinen Schwestern zu erwähnen. Die mag der Norweger auch gar nicht.«

Mari seufzte. »Ich geb's auf.«

Ole strich ihr eine Haarsträhne aus dem Gesicht und meinte

mit liebevollem Spott: »Das wirst du sicher nicht. Dazu bist du viel zu neugierig.«

Der Weg zum Postamt führte am alten Exerzierplatz vorbei, den die deutschen Soldaten nach ihrem Einmarsch besetzt hatten. Am Rand standen nun mehrere hölzerne Baracken für ungefähr tausend Mann. Mari ertappte sich dabei, wie sie Ausschau nach Joachim hielt. Doch sie waren zu weit entfernt, um einzelne Gesichter erkennen zu können.

Vor der Post verabschiedete sich Ole. Mari wollte gerade das Gebäude betreten, als eine scharfe Stimme sie herumfahren ließ. Vor Ole hatte sich ein deutscher Soldat aufgebaut. Seine Uniform schloss sich stramm um seine untersetzte Gestalt, sein Haar war millimeterkurz geschoren, und ein kleines Bürstenbärtchen zierte seine Oberlippe. Mari kannte sich mit den verschiedenen Uniformen und Rangabzeichen der Wehrmacht nicht aus, nahm aber an, dass es sich nicht um einen einfachen Infanteristen handelte – wie Joachim und seine Kameraden es waren, die bei ihnen gewohnt hatten. Vielmehr um einen ranghöheren Offizier, denn seine Schulterklappen waren mit silberfarbenen geflochtenen Schnüren dekoriert, auf denen goldene Sterne prangten.

Wütend zeigte er auf Oles Jackenkragen und bellte einen Befehl, den Mari nicht verstand. Offensichtlich sollte Ole irgendetwas entfernen, das den Zorn des Deutschen erregt hatte. Was mochte das sein? Mari beugte sich vor und schaute auf seinen Kragen. Sie konnte nichts Ungewöhnliches entdecken. Doch, da klemmte eine runde Büroklammer, die sie zuvor nicht bemerkt hatte. Seltsam. Warum trug Ole sie? Und warum fühlte sich der Deutsche dadurch provoziert?

Ole trug eine betont begriffsstutzige Miene zur Schau, was den Offizier erst recht aufbrachte. Mit einer energischen Bewegung griff er an Oles Kragen, riss die Büroklammer ab, warf sie auf die Straße und trat sie mit dem Stiefelabsatz in den Staub.

Mari hielt erschrocken die Luft an und sah, dass Ole blass

wurde. Doch er behielt seinen aufreizend dümmlichen Ausdruck bei und starrte den Deutschen unverwandt an. Dieser schob Ole drohend die Faust unter die Nase, zischte: »Dir werden wir die Flausen auch noch austreiben, Bauernlümmel!«, drehte sich zackig um und marschierte davon.

»Was war das denn?«, fragte Mari entgeistert.

»Ein Herrenmensch«, meinte Ole.

»Aber was sollte das mit der Büroklammer? Und warum hat ihn die so aufgeregt?«, wollte Mari wissen.

»Vermutlich deshalb«, antwortete Ole und zeigte auf einen Aushang, der an der Wand des Postamtes angebracht war. Seit die Deutschen den Ort besetzt hatten, veröffentlichten sie fast täglich Verordnungen, Verbote und Appelle, die sie an öffentlichen Gebäuden aufhängten.

»Ich muss los«, sagte Ole und entfernte sich rasch, bevor Mari ihn zurückhalten konnte.

»Warte, du kannst doch jetzt nicht einfach …«, rief ihm Mari hinterher, bevor sie resigniert die Schultern sinken ließ. Zwecklos. Sie wandte sich dem Plakat zu, auf das Ole sie hingewiesen hatte. Dort wurde auf Deutsch und Norwegisch jedem mit harten Strafen gedroht, der offen eine Büroklammer an der Kleidung trug, weil das als ein Akt der Rebellion galt.

Mari runzelte die Stirn. Das war nicht sehr aufschlussreich. Sie ärgerte sich jetzt noch mehr über Ole, der sie ohne Erklärung hatte stehen lassen. Manchmal behandelte er sie wie ein kleines Kind – und das hasste sie. Mari beeilte sich, das Paket für Finn aufzugeben, und rannte anschließend zum Laden von Nillas Eltern. Ihre Freundin würde sicher wissen, was es mit diesem seltsamen Büroklammerverbot auf sich hatte. Sie hatte ja täglich mit den fremden Soldaten zu tun, die häufig zum Einkaufen kamen. Und in der Stadt wurde das Leben ohnehin stärker von den neuen Herren und ihren Bestimmungen geprägt als auf den Höfen im Umland.

Nilla, die gerade den Laden zusperrte, als ihre Freundin atemlos bei ihr auftauchte, konnte wie erhofft Maris Neugier stillen: Mit dem Tragen von Büroklammern – einer norwegischen Erfindung – bekundete man Solidarität untereinander und vor allem mit König Håkon VII. und seiner Regierung.

»Kein Wunder, dass die Deutschen das verbieten«, meinte Mari.

Nilla zuckte die Achseln. »Das wird ihnen aber auch nichts helfen. Eher im Gegenteil.«

»Das denke ich auch.«

Nilla hakte Mari unter. »Willst du bei uns essen? Wir haben schon viel zu lange nicht mehr richtig miteinander geredet.«

»Tut mir leid, ich muss nach Hause«, sagte Mari und drückte Nillas Arm. »Aber ich komme dich bald besuchen. Versprochen.«

Nilla lächelte. »Fein. Wie wär's mit übermorgen? Dann können wir uns einen Film ansehen.« Mari zog erstaunt die Augenbrauen hoch. »Im Gemeindehaus«, erklärte Nilla. »Da zeigen die Deutschen doch zweimal pro Woche Filme.«

Mari verzog das Gesicht. »Ach so. Ich fürchte, das geht nicht. Mein Vater würde das nie erlauben.«

Nilla nickte. »Verstehe. Meine Eltern waren anfangs auch dagegen. Aber mittlerweile gehen sie selber gern hin. Bis auf die Wochenschauen sind die Filme nämlich fast immer unpolitisch«, erklärte sie und fügte drängend hinzu: »Frag ihn doch noch mal.«

Mari nickte, obwohl sie keine große Hoffnung hatte, ihren Vater umstimmen zu können.

Am nächsten Vormittag zerriss lautes Motorengeknatter die Ruhe auf dem Hof. Aufgeregt gackernd suchten ein paar Hühner das Weite, als ein Militärgeländewagen die Auffahrt hinaufraste und mitten auf dem Platz zwischen Wohnhaus und Ställen scharf abbremste und stehen blieb.

Mari, die gerade in der Milchkammer, die in der großen Scheune untergebracht war, eine hölzerne Butterschleuder drehte, zuckte zusammen und schaute zu ihrer Großmutter, die in einem großen Bottich gesäuerte Milch rührte, aus der sie Frischkäse herstellen wollte. Agna erwiderte Maris Blick, legte den Rührlöffel auf den Rand des Bottichs und ging zur Tür. Mari folgte ihr, spähte vorsichtig nach draußen und schrie erschrocken auf.

Aus dem offenen Kübelwagen stieg gerade der deutsche Offizier, der sich am Tag zuvor so über Ole aufgeregt hatte! Mari spürte, wie ihr Herz wie wild klopfte. Wollte er Ole verhaften?

»Kind, was ist mit dir?«, fragte Großmutter Agna besorgt. »Du bist ja ganz blass.«

Mari antwortete nicht, sondern starrte wie gebannt auf den Offizier, der sich suchend umsah. Der Fahrer des Wagens blieb hinter dem Steuer sitzen, doch aus dem Fond kletterte ein dritter Soldat. Erneut machte Maris Herz einen Sprung. Es war Joachim.

Agna hatte ihn auch erkannt und lächelte erfreut. »Aber das ist doch der nette junge Mann, der bei uns gewohnt hat«, sagte sie und ging auf die Soldaten zu.

Mari fühlte sich am Körper wie gelähmt, in ihrem Kopf dagegen rasten die Gedanken durcheinander, während sie beobachtete, wie sich ihre Großmutter den drei Männern näherte. Sie konnte nicht verstehen, was sie sagten. Fragten sie nach Ole? Agna hörte freundlich lächelnd zu und zeigte dann Richtung Pferdekoppeln. Wo steckte Ole? War er schon von seinem Rendezvous zurück? Gewiss, es gab schließlich viel Arbeit. Mari dachte angestrengt nach. Sollte Ole nicht die Einjährigen von der Weide holen, die heute Brandzeichen bekommen würden?

Ihr wurde kalt. Sie wollte schreien, Agna davor warnen, den eigenen Enkel auszuliefern, doch die Stimme versagte ihr. Agna drehte sich zu ihr und winkte ihr zu.

»Mari«, rief sie, »holst du bitte rasch deinen Vater? Es gibt etwas Geschäftliches zu besprechen.«

Mari nickte und machte sich auf den Weg zum großen Auslauf hinter den Ställen, wo ihr Vater gerade einen jungen Wallach trainierte und ihn auf das Ziehen einer Kutsche vorbereitete. Der »Herrenmensch«, wie Mari den Offizier für sich getauft hatte, war also gar nicht wegen Ole gekommen. Erst jetzt wurde ihr klar, wie unwahrscheinlich das gewesen wäre. Woher hätte er wissen können, wer Ole war und wo er wohnte? Mari lächelte erleichtert. Aber was wollten die Deutschen von ihrem Vater? Und warum begleitete Joachim diesen Offizier?

Joachim. So oft hatte sie in den letzten Tagen an ihn gedacht und sich gewünscht, ihn wiederzusehen. Bildete sie es sich nur ein, oder hatte er ihr vorhin kurz zugezwinkert? In ihrer Angst um Ole hatte sie kaum etwas wahrgenommen.

Mari erreichte das Gatter des Auslaufs und winkte ihrem Vater zu. Enar ging hinter dem Wallach her, den er mit einer Doppellonge dirigierte und nun zu Mari lenkte. Das junge Pferd reagierte, ohne zu zögern, auf Enars Befehle. Sicher würde man es bald vor eine Kutsche spannen können. Enars Gesicht verfinsterte sich, als Mari ihm ausgerichtet hatte, warum sie ihn holen sollte.

»Als ob ich mit denen Geschäfte machen will«, knurrte er. »Aber es bleibt mir wohl nichts anderes übrig. Sonst nehmen die sich einfach, was sie haben wollen.« Er übergab Mari die Zügel, bat sie, das Pferd auszuspannen und auf die Weide zu bringen, und stapfte zum Hof.

Als Mari den Wallach gerade auf eine der dem Hof nahegelegenen Koppeln entlassen hatte, entdeckte sie weiter hinten Ole, der auf seinem Hengst Vinner ritt und fünf junge Pferde vor sich hertrieb. Schnell rannte sie zu dem Tor im Gatter, das er gleich erreichen würde.

»Ole, warte«, rief sie. Ole, der von Vinner abgestiegen war und gerade das Tor öffnen wollte, hielt inne und schaute ihr fragend entgegen.

»Lass dich jetzt besser nicht auf dem Hof blicken«, stieß Mari atemlos hervor. »Der Deutsche, der sich gestern so über deine Büroklammer aufgeregt hat, ist gerade bei Vater.«

Oles Augen weiteten sich, und er wurde blass. »Wegen mir?«, fragte er heiser.

»Das hatte ich zuerst befürchtet«, antwortete Mari. »Es geht aber wohl nur um etwas Geschäftliches.«

Ole atmete erleichtert aus.

Mari sah ihn ernst an. »Trotzdem finde ich es besser, wenn er dich jetzt nicht sieht.«

»Ich finde es süß, wie du dich um mich sorgst«, sagte Ole lächelnd.

Mari runzelte die Stirn. »Und ich finde es gar nicht süß, wie leichtsinnig du bist.«

Ole fasste Mari am Arm. »Du hast ja recht, das gestern war wirklich unnötig. Es tut mir leid, dass ich dich erschreckt habe.«

Mari zuckte die Schultern. »Schon recht. Sag mal, weißt du, was die Deutschen von Vater wollen?«

»Hm, vermutlich Pferde. Ich habe gehört, dass sie Pferde in großem Stil requirieren«, meinte Ole.

»Requirieren?«, hakte Mari nach. »Bedeutet das etwa, dass man sie ihnen geben muss?«

Ole nickte. »Aber sie zahlen dafür. Wenigstens das.«

»Das wird Vater gar nicht gefallen«, sagte Mari, »seine geliebten Pferde in die Hände der Deutschen zu geben.«

Als Mari wieder auf den Hof zurückkehrte, saß ihr Vater mit dem Offizier und Joachim an dem Holztisch unter dem Apfelbaum. Offenbar fungierte Joachim als Dolmetscher, denn sowohl ihr Vater als auch der Offizier wandten sich nie direkt aneinander, sondern immer an Joachim.

Mari holte sich Besen und Schaufel und fegte die Stufen, die zum Wohnhaus hinaufführten. So konnte sie unauffällig das Gespräch der Männer belauschen, da der Tisch direkt vor der Hauswand stand. Oles Vermutung war richtig gewesen. Der Offizier hatte eine Liste mitgebracht, auf der die Pferdebestände der Gestüte und Bauernhöfe der Umgebung verzeichnet waren. Offenbar musste jeder Pferdebesitzer einen bestimmten Prozentsatz seiner Tiere den Deutschen verkaufen. Wie erwartet schmeckte das ihrem Vater überhaupt nicht. Mari kannte diesen verschlossenen Gesichtsausdruck mit den zusammengekniffenen Augen. Doch er hielt mit seinem Unmut hinterm Berg und schien sich mit dem Unvermeidlichen abgefunden zu haben.

Der Offizier stand auf und sagte: »Sie bringen uns die Pferde morgen Nachmittag.«

Joachim übersetzte mit freundlichem Lächeln: »Der Rittmeister bittet Sie, die Pferde morgen Nachmittag in die Stadt zu bringen, wenn es Ihnen keine Umstände macht.«

Mari musste schmunzeln und sah, dass auch Enar belustigt war. Er konnte durchaus ganz gut Deutsch, zog es aber vor, diese Tatsache vor den Besatzern zu verheimlichen. Der Rittmeister ging zum Kübelwagen, Joachim folgte ihm. Dabei fiel sein Blick auf Mari, die er bis dahin nicht bemerkt hatte. Ein Strahlen überzog sein Gesicht. Mari fühlte, wie ihr heiß wurde. Schüchtern lächelte sie zurück.

Der Juni schritt voran, die Nächte wurden immer kürzer, und schließlich war die Sonnenwende gekommen. Am Abend des 23. Juni sollte auch in diesem Jahr wieder das Fest von Sankthans oder Jonsok, wie er hier in Westnorwegen genannt wurde, gefeiert werden. Die Deutschen hatten das nächtliche Ausgangsverbot ausnahmsweise ausgesetzt und die Feier ausdrücklich erlaubt, weil es sich dabei um eine alte germanische Tradition handelte, die man auch »daheim im Reich« pflegte. Eine Begründung, die Enar fast dazu gebracht hätte, mit der Familie zu Hause zu bleiben. Zum Glück hatte Lisbet ihren Mann davon abbringen können.

Die Sonne würde an diesem Tag erst eine halbe Stunde vor Mitternacht untergehen und bereits um Viertel vor vier wieder erscheinen. Ole war nach dem Essen am frühen Abend in den Ort gegangen, um mit den anderen Burschen auf einer Wiese am Fjordufer einen großen Scheiterhaufen aufzuschichten, der später angezündet würde, um die kurze Dunkelheit zu erleuchten.

Nachdem Mari die Hühner in ihren Stall gescheucht und die Ziegen gemolken hatte, eilte sie in die Küche, wo ihre Mutter und Großmutter Agna den Picknickkorb für die nächtliche Feier zurechtmachten. Traditionell gab es in der Mittsommernacht die ersten Frühkartoffeln mit Hüttenkäse, Sauerrahm und frischem Schnittlauch, dazu sauer eingelegte Heringe und Knäckebrot.

»Braucht ihr mich noch?«, fragte Mari.

Lisbet und Agna lächelten sich an und schüttelten gleichzeitig die Köpfe.

»Geh nur«, meinte Maris Mutter.

»Danke.« Mari umarmte Lisbet, drückte ihrer Großmutter einen Kuss auf die Wange und stürmte nach oben in ihre Kammer, um sich umzuziehen.

Eine Stunde später traf sie sich mit ihren Freundinnen Nilla Kjøpmann und Gorun Jørgensson vor dem Kjøpmann'schen Laden. Die drei jungen Frauen trugen zur Feier des Tages Nordfjord-*bunader*, schwarze Faltenröcke mit bestickten Schürzen und Miedern.

»Nilla, ist das neu?«, rief Mari, nachdem sie sich begrüßt hatten.

Nilla nickte und drehte sich einmal um sich selbst, um ihr Trachtengewand zu präsentieren. »Aus meiner alten *bunad* bin ich endgültig herausgewachsen. Da hat mir meine Mutter eine neue schneidern lassen.«

Gorun und Mari bewunderten die mit Kronen und Blumenmotiven reich bestickte Schürze und das leuchtend rote Mieder. Maris Tracht nahm sich dagegen bescheiden aus. Ihre Schürze war nur mit Rautenbändern verziert, und das grüne Mieder war schon recht ausgeblichen.

»Kommt jetzt«, sagte Gorun und hakte Nilla und Mari rechts und links unter. »Sonst sind die besten Plätze alle weg.«

Auf der Eidsgata strömten viele Menschen Richtung Festwiese, überall hörte man fröhliche Begrüßungsrufe und Gelächter. Es war schon zehn Uhr abends, aber immer noch hell. In den letzten Tagen hatte es häufig geregnet, doch an diesem Abend zogen nur ein paar harmlose Wolken über den blauen Himmel. Auf der von Büschen und Bäumen gesäumten Wiese waren in der Nähe des riesigen Scheiterhaufens Bänke und Tische aufgestellt, an denen die Honoratioren der Stadt und ältere Menschen Platz nehmen konnten. Die jüngeren zogen es vor, es sich auf mitgebrachten Decken auf dem Rasen gemütlich zu machen.

Die drei Freundinnen gesellten sich zu einer Gruppe junger Leute, die am Rande des aus rohen Holzbrettern gezimmerten Tanzbodens standen. Zwei Musiker stimmten gerade ihre *hardingfele*, fünfsaitige Geigen, mit denen sie gleich zum Tanz aufspielen würden. Die Sonne war mittlerweile hinter den westlichen Bergen verschwunden, der Himmel war aber immer noch hell, und die Wolken schimmerten rosig.

Gorun zog Mari beiseite und flüsterte mit einem bedeutungsvollen Unterton: »Wollen wir noch rasch Blumen pflücken, bevor es richtig losgeht?«

Mari zuckte vage die Achseln. »Ach, ich weiß nicht, letztes Jahr habe ich gar nichts geträumt.«

Gorun wischte den Einwand mit einer Handbewegung beiseite. »Ich auch nicht. Aber dieses Mal wird das anders. Das spüre ich genau.«

Mari schaute verlegen zu Boden, was Gorun als Ablehnung missverstand. Verwundert hakte sie nach: »Bist du denn gar nicht neugierig?«

»Doch natürlich«, beeilte sich Mari zu versichern. Sie durfte nicht riskieren, dass Gorun merkte, welches Gefühlschaos seit einigen Wochen in ihr herrschte. Keiner durfte das. Allein der Gedanke war unerträglich.

»Was tuschelt ihr denn da?« Nilla war näher gekommen und schaute Mari und Gorun fragend an.

Gorun wich ihrem Blick aus und fing an, herumzudrucksen. »Ich ... äh, wir wollen Blumen pflücken.«

Nilla hob die Augenbrauen. »Blumen pflücken?« Sie kniff die Augen zusammen und fuhr spöttisch fort: »Lass mich raten: sieben verschiedene. Um sie heute Nacht unters Kopfkissen zu legen.«

»Ja, warum auch nicht?«, gab Gorun zurück und schaute Nilla trotzig an.

»Ihr glaubt doch nicht ernsthaft, dass ihr dann von eurem Zukünftigen träumt?«, fragte Nilla mit einem leichten Kopfschütteln und wandte sich an Mari. »Also, von dir hätte ich nun wirklich nicht gedacht, dass du so abergläubisch bist.«

Mari zuckte die Schultern. Nilla hatte ja recht. Eigentlich glaubte sie nicht an übernatürliche Wesen und mystische Kräfte – zumindest der nüchterne Teil in ihr. Aber so ganz mochte sie solche Dinge, die sich der menschlichen Vernunft und ihren Erklärungsversuchen entzogen, nicht leugnen. Mari vermied es meistens, allzu eingehend darüber nachzudenken. Dennoch ertappte sie sich immer wieder dabei, wie sie die Erzählungen ihrer Großmutter aufsog, die ganz selbstverständlich davon ausging, dass es hinter der sicht- und begreifbaren Alltagswelt noch eine andere Welt gab. Agna glaubte nicht an Trolle und Elfen, wohl aber an die besondere Wirkkraft von Kräutern, die in der Johannisnacht gepflückt wurden, oder an die heilsame Wirkung des Morgentaus zur Mittsommerzeit.

»Sei doch nicht so streng, Nilla«, sagte Mari. »Es kann doch nicht schaden.«

Gorun funkelte Mari aufgebracht an. »Was meinst du denn damit? Wenn du nicht dran glaubst, wirkt es so oder so nicht. Und mir zuliebe musst du nicht mitkommen.« Abrupt drehte sie sich um und marschierte davon.

Nilla sah ihr kopfschüttelnd nach. Mari ärgerte sich über sich selbst. Ausgerechnet jetzt mussten sie sich zanken.

»Gorun, warte!«, rief sie und lief ihr hinterher. Doch Gorun beschleunigte ihre Schritte und verschwand hinter dem dichten Buschwerk, das die Festwiese von den angrenzenden Feldern und Weiden abtrennte.

Mari folgte ihr, schlüpfte zwischen zwei Büschen hindurch – und stand Joachim gegenüber. Überrascht machte sie einen Schritt rückwärts und stolperte über eine aus dem Boden hervorragende Baumwurzel. Geistesgegenwärtig griff Joachim nach ihrem Arm und hielt sie fest. Die Berührung traf Mari wie ein elektrischer Schlag. Ein Schauer, der sich zugleich brennend heiß und eiskalt anfühlte, jagte durch ihren Körper.

»Alles in Ordnung?«, drang Joachims besorgte Stimme wie aus weiter Ferne zu ihr. »Sie sind ganz blass.«

Mari schaute auf und sah direkt in seine braunen Augen. Noch nie hatte sie jemandem so tief in die Augen geblickt. Als Kinder hatten sie oft »Wer-zuerst-blinzelt-hat-verloren« gespielt, aber das war etwas anderes gewesen. Man hatte sich dabei zwar manchmal sehr lange fixiert, aber nicht wirklich in die Augen des anderen geschaut. Mari nahm nichts anderes mehr wahr, versank ganz in diesen Moment, von dem sie nicht hätte sagen können, ob er Sekunden oder Minuten dauerte.

Joachim hob eine Hand und streichelte sacht ihre Wange. Die Berührung ließ Mari erneut erschauern. Sie zitterte und bekam Herzklopfen. Joachim nahm ihre linke Hand und legte sie an seine Brust. Mari spürte seinen schnellen Herzschlag. Sie schluckte und senkte die Augen. Sie spürte, wie er sanft ihr Kinn anhob und ihre Lippen flüchtig mit seinen streifte. Erschrocken riss Mari die Augen auf, wich zurück und wollte etwas sagen.

Joachim legte ihr zart einen Finger auf den Mund. »Hab keine Angst«, murmelte er.

Wieder tauchte Mari mit ihrem Blick tief in seine Augen. Und als sich sein Gesicht dem ihren erneut näherte, kam sie ihm wie von einem Magnet angezogen entgegen. Ihr leicht geöffneter Mund fand seine Lippen und verschmolz mit ihnen in einem innigen Kuss.

8

Nordfjordeid, Anfang Mai 2010

Als Lisa am Morgen nach ihrer ersten Nacht auf dem Karlssenhof die Fensterläden vor ihrem Schlafzimmer aufstieß, stand die Sonne schon hoch am Himmel. Sie hatte viel länger geschlafen, als sie vorgehabt hatte. Normalerweise hatte sie keine Probleme mit dem Einschlafen, egal, wie laut und unruhig es in ihrer Umgebung war. Doch hier hatte sie lange keinen Schlaf gefunden. Erst nach einer Weile war ihr klar geworden, dass es ausgerechnet die ungewohnte Stille war, die sie wach hielt. Ganz schön verrückt, fand sie. Die meisten Menschen wünschten sich doch Ruhe, um gut zu schlafen. Sie hatte das von sich bislang auch geglaubt.

Doch diese Stille war anders als alles, was sie bisher kennengelernt hatte. Es war nicht so, dass man gar nichts hörte. Ab und zu schnaubte eines der Fjordpferde, die auf den Koppeln standen. Später in der Nacht frischte der Wind auf und ließ die Wellen des Fjords stärker ans Ufer schlagen und die Blätter der Büsche rascheln. Doch all diese Geräusche schienen nur sehr oberflächlich in die Stille einzudringen. Es fehlte der Klangteppich, den man meist gar nicht mehr wahrnahm, jenes ständige Rauschen von Autostraßen, Lüftungen, Zügen, Flugzeugen und anderen Lärmquellen, das auch ruhige Wohngebiete in Städten und oft auch auf dem Land nicht verschonte. Und da Lisa auf ihren vielen Fotoreisen überwiegend in Großstädten unterwegs war, gehörte eine gewisse Geräuschkulisse zu ihrem Leben.

Rasch duschte sie sich, zog Jeans und einen roten Rollkragenpullover an, schnappte sich ihre Jacke und lief auf dem schmalen

Trampelpfad von ihrer Hütte zum Wohnhaus. Tekla Karlssen hatte ihr am Abend zuvor gesagt, dass Gäste auf Wunsch zum Frühstücken ins große Haus kommen könnten. Ein Angebot, das Lisa gerne annahm – gab es ihr doch die Gelegenheit, der Familie Karlssen näherzukommen. Und herauszufinden, ob die heftige Reaktion, die ihr Auftauchen bei dem alten Mann hervorgerufen hatte, etwas damit zu tun hatte, dass sie ihn an die Frau in dem Medaillon erinnerte. Lisa war sich dessen sicher – zumindest wenn sie dem tiefen Gefühl der Gewissheit vertrauen durfte, das sie in dieser Frage erfüllte.

Die Tür zum Wohnhaus stand offen. Von drinnen hörte Lisa Geschirrgeklapper und zwei Frauenstimmen. Sie stieg die Stufen zur Haustür hinauf und spähte in den dunklen Flur dahinter. Ihre Hallo-Rufe lockten eine sportlich wirkende Frau herbei, die ihre langen braunen Haare zu einem Haarknoten aufgesteckt hatte. Lisa schätzte, dass sie Mitte fünfzig, also ungefähr in Tekla Karlssens Alter war, die ebenfalls im Flur auftauchte und Lisa freundlich begrüßte. Sie stellte die andere Frau als ihre Schwägerin Inger vor, die Frau ihres Bruders Faste, und führte Lisa in die alte Wohnstube. Tekla machte eine einladende Geste zum Tisch, der noch für eine Person eingedeckt war.

»Soll ich Ihnen Rühreier mit Speck machen? Oder mögen Sie lieber ein paar Spiegeleier?«, fragte sie.

Lisa schüttelte den Kopf. Es war ihr sehr peinlich, dass Tekla ihretwegen noch einmal Frühstück machen musste, nur weil sie so spät aufgestanden war. »Nein danke, das ist sehr nett. Aber machen Sie sich bitte keine Umstände.« Sie deutete auf den Tisch, auf dem eine Thermoskanne mit Kaffee, Brötchen, Marmelade und Käse standen. »Das reicht vollkommen.«

Tekla lächelte, zog einen Zettel aus ihrer Schürzentasche und reichte ihn Lisa. »Ich habe Ihnen schon mal ein paar Adressen von schönen alten Bauernhöfen hier in der Gegend aufgeschrieben. Manche sind allerdings ein wenig abgelegen. Am besten mieten Sie sich ein Auto. Im Ort gibt es einen Verleih.«

Lisa bedankte sich gerührt.

Tekla winkte ab. »Keine Ursache. Ich finde Ihr Projekt sehr interessant. Da helfe ich gern.«

Lisa lächelte und fragte: »Haben Sie immer hier gelebt?«

Tekla nickte und setzte sich zu Lisa an den Tisch. »Ja, ich bin sogar auf dem Hof geboren. Ich kann mir gar nicht vorstellen, woanders zu leben. Für junge Leute wie Sie ist das vermutlich seltsam«, sagte sie mit einem Lächeln.

Lisa schüttelte den Kopf. »Bis vor Kurzem hätte ich vielleicht so gedacht, aber das hier ist schon ein besonderes Fleckchen«, sagte sie und verwünschte sich für diese alberne Floskel.

Doch Tekla schien sich nicht daran zu stören, sondern fasste die Bemerkung als Kompliment auf. Ein Strahlen überzog ihr Gesicht. »Ja, nicht wahr?«, sagte sie und fügte mit einem Augenzwinkern hinzu: »So verrückt es klingt: Ich bin froh, dass ich nie geheiratet habe. Denn dann hätte ich den Karlssenhof sicher verlassen müssen.«

»Wer wohnt denn noch alles hier?«, fragte Lisa und hoffte, dass sie nicht allzu neugierig wirkte.

Eine unnötige Sorge, denn Tekla freute sich offensichtlich über das Interesse ihres Gastes. »Meine Schwägerin Inger haben Sie ja schon kennengelernt. Sie hat meinen Bruder Faste vor etwas über dreißig Jahren geheiratet. Damals hat er die Leitung des Hofes von unserem Vater übertragen bekommen, der auch noch hier lebt. Und später wird er sie seinem Sohn Mikael übergeben. Ansonsten wohnt noch unser Stallmeister Amund Wålstrøm hier. Das ist der mit dem Hund, der Sie gestern nicht hereinlassen wollte«, erklärte sie.

»Ich hätte gedacht, dass man mehr Leute braucht, um so ein großes Gestüt zu bewirtschaften.«

»Heutzutage nicht mehr«, sagte Tekla. »Früher waren sicher

mehr Hände nötig, als hier noch Milchvieh gehalten wurde und fast alle Lebensmittel selbst hergestellt wurden. Aber das habe ich nur als ganz kleines Kind noch miterlebt.«

Lisa drehte sich zu den Fotos, die hinter ihrer Bank an der Wand hingen. Tekla stand auf und deutete auf ein Bild. »Das sind Faste und ich als Kinder. Die Frau daneben ist unsere Mutter. Sie ist leider schon früh gestorben.« Bevor Lisa etwas sagen konnte, fuhr Tekla rasch fort. »Und hier ist unser Vater in jungen Jahren.«

Lisa betrachtete das Schwarz-Weiß-Bild und erkannte in dem jungen Gesicht sofort den alten Mann vom gestrigen Nachmittag wieder.

»Hat Ihr Vater Geschwister?«, fragte sie.

Teklas Gesicht wurde ernst. Sie zeigte auf ein weiteres Foto, auf dem zwei junge Männer neben einem Pferd standen. »Mein Vater und sein Bruder. Aber der ist schon ganz jung gestorben«, sagte sie. Ihre Stimme klang belegt. Sie wandte sich abrupt von der Fotowand ab und ging zur Tür. »So, jetzt lasse ich Sie endlich in Ruhe frühstücken.« Sie nickte Lisa freundlich zu und verließ die Stube.

Nachdenklich nippte Lisa an ihrem Kaffee. Obwohl Tekla ihre Vermutung nicht bestätigt hatte, dass ihr Vater nicht nur einen Bruder, sondern auch eine Schwester hatte oder gehabt hatte, war Lisa nach wie vor ziemlich sicher, hier auf dem Karlssenhof auf der richtigen Spur zu sein. Wie aber konnte sie sich endgültig vergewissern, dass die Karlssens ihre Verwandten waren? Lisa legte das Marmeladenbrötchen, das sie gerade aß, auf ihren Teller zurück und starrte geistesabwesend aus dem Fenster. Wo konnte sie sich die nötigen Informationen beschaffen? Ach, mir wird schon was einfallen, dachte sie und beeilte sich, ihr Frühstück zu beenden.

Wenig später war Lisa auf dem Weg in den Ort. Sie war froh, dass sie ihre gefütterte Windjacke angezogen hatte, denn vom Fjord her blies ein frischer Wind. Bevor es nach Nordfjordeid hineinging, musste sie eine Brücke überqueren, die sich über den Eidselva spannte, einen Gebirgsfluss, der hier in den Fjord mündete. Dem Prospekt, den sie sich gestern bei der Tourismusinfo geholt hatte, entnahm sie, dass er aus dem höher gelegenen Hornindalsee floss und wegen seines Reichtums an Lachsen und Meeresforellen bei Anglern sehr beliebt war.

Während Lisa auf dem Osvegen in den Ort lief, sah sie sich neugierig um. Linkerhand entdeckte sie hinter einigen Lagerhallen, einer Schreinerei und einem Geschäft für Schiffszubehör einen kleinen Bootshafen. Auf ihrer rechten Seite vermutete Lisa hinter einer großen Grünanlage, deren Bäume fast alle noch winterlich kahl waren, das Gewerbegebiet. Jedenfalls ließen die vielen fensterlosen Hallen und verschiedenen Firmenlogos auf einigen Gebäuden darauf schließen.

Lisa lief durch die Eidsgata an das andere Ortsende, wo die Kirche stand. Es war eine typische Langkirche, die laut Prospekt 1849 aus Holz erbaut worden war. Sie lag inmitten eines Friedhofs, den eine niedrige Mauer aus grauen Feldsteinen umgab. Lisa öffnete ein kleines Tor und betrat die Rasenfläche, auf der die Grabsteine standen. Anders als in Deutschland waren die einzelnen Gräber nicht voneinander abgegrenzt, umrandet und bepflanzt. Nur vor den teilweise schon sehr verwitterten Gedenksteinen standen Schalen oder Töpfe mit Blumen. Langsam ging Lisa von Grab zu Grab und versuchte, die Inschriften zu entziffern.

Viele Namen tauchten mehrfach auf, was auf eine lange Verwurzelung der betreffenden Familien in Nordfjordeid schließen ließ. Lisa fand auch einige Karlssens, die hier ihre letzte Ruhe gefunden hatten. Ob sie wohl direkt mit »ihren« Karlssens verwandt waren?

Mehrere nebeneinanderliegende, identisch gestaltete Grabsteine erregten ihre besondere Aufmerksamkeit. Sie las die Namen und Daten und fühlte ein Kribbeln im Nacken. Auf einem Stein trauerten die Geschwister Faste und Tekla zusammen mit ihrem Vater Finn um ihre geliebte Mutter Reidun Karlssen, die bereits 1974 mit nur fünfzig Jahren verstorben war. Tekla hatte doch erwähnt, dass sie ihre Mutter früh verloren hatte. Es war also kaum ein Zweifel möglich, dass es sich um ihr Grab handelte. Daneben lagen ein Enar Karlssen, der von 1895 bis 1965 gelebt hatte, und seine Frau Lisbet, die bereits zwanzig Jahre vor ihm begraben worden war. Ihnen hatte ihr Sohn Finn einen letzten Gruß einmeißeln lassen. Alle drei wiederum beklagten auf dem letzten Grabstein den frühen Tod ihres Sohnes und Bruders Ole, der 1943 als Dreiundzwanzigjähriger sein Leben verloren hatte.

Wieder keine Spur von ihrer Großmutter. Es war, als hätte es sie nie gegeben. Lisa fröstelte und spürte, wie sich die Härchen auf ihren Unterarmen aufstellten. Wer hatte dafür gesorgt, dass nichts an sie erinnerte? Und warum? Lisa fand die Vorstellung bedrückend, dass die Existenz eines Menschen so vollkommen geleugnet wurde. Für immer ausgelöscht. Sie schüttelte sich leicht und richtete sich auf. Kein Grund, sich in ihrer Suche beirren zu lassen. Ganz im Gegenteil – sie war nun noch entschlossener als vorher, die Verschollene aufzuspüren oder zumindest ihr Schicksal zu erforschen.

Lisa wandte sich von den Karlssengräbern ab und lief zur Kirche. Sie öffnete die Tür und hielt überrascht inne. Wegen der schlichten weißen Fassade und der Tatsache, dass es sich um ein protestantisches Gotteshaus handelte, hatte Lisa mit einer ebenso schmucklosen Innenausstattung gerechnet. Stattdessen erwartete sie ein bis an die Decke bunt ausgemalter Kirchenraum. Gegenüber der Tür prangte der Altar mit einer Darstellung des auferstandenen Christus. Schräg davor standen eine niedrige, mit reichem Schnitzwerk verzierte Kanzel und ein Taufbecken. Über dem Eingang entdeckte Lisa eine kleine Orgel.

Sie setzte sich in eine der Bänke und ließ den Raum auf sich wirken. Unwillkürlich schweiften ihre Gedanken wieder zu ihrer Großmutter. Es war ziemlich wahrscheinlich, dass sie in dieser Kirche getauft und konfirmiert worden war und regelmäßig an Gottesdiensten teilgenommen hatte. Wo sie wohl gesessen hatte? War sie gern hergekommen? Welche Rolle hatten Religion und Glauben für sie gespielt? Hatte sie sie als selbstverständliche Bestandteile des Lebens empfunden und sich weiter keine Gedanken darüber gemacht?

Lisa schaute nachdenklich auf den Altar und bemerkte ein halbrundes Bild über dem Christus. Es zeigte einen Engel, der einen Drachen tötete. Sie nahm an, dass es sich um den Erzengel Michael handelte. Seltsam, sie kannte Heiligen- und Engelsdarstellungen eigentlich nur aus katholischen Kirchen.

Das leise Knarren der Tür schreckte Lisa aus ihren Gedanken. Sie drehte sich um und sah einen älteren Mann in schlichter schwarzer Kleidung, den sie für den Pfarrer oder einen anderen Kirchenangestellten hielt, denn er trug einen Stapel Gesangbücher. Rasch stand sie auf, nickte ihm ein wenig verlegen zu und murmelte ein halblautes »*God dag*«.

»*Guu dag!*«, erwiderte er mit einem freundlichen Lächeln und fuhr in erstaunlich flüssigem Deutsch, wenn auch mit starkem Akzent, fort: »Sie kommen aus Deutschland?«

Lisa nickte und grinste schief. »Ist wohl nicht zu überhören.« Mit einer umfassenden Geste in den Raum fügte sie hinzu: »Ihre Kirche gefällt mir sehr gut. Sie hat so eine fröhliche Ausstrahlung.«

Der Mann nickte und sah Lisa aufmerksam an, was diese dazu ermutigte, ihn nach der Bedeutung des Erzengels Michael für seine Kirche zu fragen.

»Ja, Såle Mikael ist für uns sehr wichtig. Er hat ja nicht nur den Teufel bezwungen, sondern wird am Jüngsten Tag unsere Seelen wiegen«, erklärte er schlicht.

»Aber in der evangelischen Kirche werden doch eigentlich keine Heiligen oder Engel verehrt«, warf Lisa ein.

In den Augen des Geistlichen blitzte es amüsiert auf. »Das stimmt im Großen und Ganzen schon, aber ein paar Ausnahmen haben wir doch. Gar nicht weit von hier an der Küste lebte einst die heilige Sunniva, eine frühe Märtyrerin. Die ist zum Beispiel bis heute eine sehr beliebte Schutzheilige hier in der Gegend.«

Lisa lächelte dem Pastor zu. »Vielen Dank. Jetzt möchte ich Sie aber nicht weiter aufhalten.«

Der Mann trat einen Schritt beiseite, um Lisa vorbeizulassen. »Es war mir ein Vergnügen«, meinte er, »so hatte ich mal wieder Gelegenheit, mein Deutsch zu gebrauchen.«

»Sie sprechen es sehr gut«, meinte Lisa und fügte entschuldigend hinzu: »Was ich von meinem Norwegisch nicht mal ansatzweise behaupten kann.«

»Ach, das würden Sie schnell lernen«, ermutigte sie der Pfarrer. »Bleiben Sie denn länger in Norwegen?«

Lisa schüttelte den Kopf. »Nur ein paar Tage.« Einer spontanen Eingebung folgend fuhr sie fort: »Ich wohne auf dem Karlssenhof. Kennen Sie die Familie?«

»Wenn Sie die Pferdezüchter meinen, ja, die kenne ich ganz gut. Einige zumindest. Tekla singt in unserem Kirchenchor, und ihr Bruder Faste und seine Frau Inger kommen öfter mal zum Gottesdienst. Die anderen machen sich eher rar«, fügte er mit einem bedauernden Achselzucken hinzu.

»Die anderen?«, hakte Lisa nach.

»Nun ja, Fastes Vater Finn und sein Sohn Mikael. Aber da sind sie leider in guter Gesellschaft.«

Lisa fühlte sich ertappt. Wann hatte sie das letzte Mal einen Gottesdienst besucht, abgesehen von der Aussegnung ihrer

Eltern? Vermutlich vor zwei Jahren, als sie Weihnachten in Heidelberg gefeiert hatte. Ansonsten ging sie nur aus kunsthistorischem Interesse in Kirchen. Dabei war sie durchaus christlich erzogen worden. Allerdings hatten die ständigen Umzüge und Ortswechsel in ihrer Kindheit dazu geführt, dass sie sich nie in einer Kirchengemeinde verwurzeln konnte.

Lisa zuckte zusammen. Warum war sie nicht schon viel früher darauf gekommen? Sie stand gewissermaßen vor dem Mann, der ihr mit letzter Sicherheit sagen konnte, ob sie ihre Großmutter in der richtigen Familie suchte.

»Sagen Sie, wäre es wohl möglich, einen Blick in die alten Taufregister ihrer Kirche zu werfen?«, fragte sie. »Ich bereite gerade eine Reportage über alte Bauernhöfe vor und möchte möglichst viel Hintergrundmaterial sammeln, um ein umfassendes Bild von den Menschen und ihrem Leben in früheren Zeiten vermitteln zu können«, erklärte sie.

Auch der Pfarrer stellte Lisas Geschichte nicht infrage, sondern war gern bereit, ihr interessantes Vorhaben zu unterstützen, und eine halbe Stunde später saß sie im Büro des Pfarrhauses. Auf dem riesigen Schreibtisch stapelten sich dicke Folianten, die der Pfarrer aus einem Bücherschrank gehievt hatte. Sie umfassten die Einträge zu Hochzeiten, Taufen, Konfirmationen und Beerdigungen von Gemeindemitgliedern der letzten zweihundert Jahre.

Zunächst hatte sich Lisa verflucht. Ihr angebliches Fotoprojekt zwang sie, sich durch Hunderte vergilbter Seiten zu quälen. Denn natürlich konnte sie nicht einfach nur gezielt nach den Angehörigen der Karlssenfamilie in einem begrenzten Zeitraum – den Zwanziger- und Dreißigerjahren des letzten Jahrhunderts – suchen, sondern musste zumindest pro forma auch andere alteingesessene Bauernfamilien nachschlagen. Zum Glück hatte Tekla ihr einige Namen aufgeschrieben. Sonst wäre die Suche noch ausufernder geworden.

Der Pfarrer stand in der Tür und sah Lisa fragend an. »Kann ich noch etwas für Sie tun?«

Lisa lächelte ihm zu. »Nein, herzlichen Dank. Jetzt komme ich allein zurecht«, sagte sie. »Ach, warten Sie. Es wäre sehr hilfreich, wenn sie mir die norwegischen Worte für Taufe, Hochzeit und Beerdigung aufschreiben könnten. Dann tue ich mich leichter mit der Suche.«

Der Pfarrer nickte und schrieb die gewünschten Begriffe auf einen Zettel. Nachdem er das Büro verlassen hatte, schlug Lisa das erste Kirchenbuch auf.

Nach einer Weile merkte sie zu ihrer eigenen Überraschung, dass sie mit echtem Interesse bei der Sache war. Es war zwar mitunter nicht einfach, die verschiedenen Handschriften der ehemaligen Pfarrer zu entziffern, die über ihre Schäfchen Buch geführt hatten. Doch unwillkürlich ließen die dürren Daten, die ab und zu mit kurzen Bemerkungen ergänzt waren, lebendige Bilder vor Lisas Augen entstehen. Bestürzt stellte sie fest, wie viele Neugeborene am Tag ihrer Geburt oder kurz darauf gestorben waren – oft begleitet von ihren Müttern, die das Kindbett nicht überlebt hatten. Überhaupt waren die Menschen früher nicht sehr alt geworden, jedenfalls gemessen an den heutigen Lebenserwartungen. Auch in der Familie Karlssen waren einige ja ziemlich früh gestorben.

Lisa ließ sich ermattet in den Stuhl zurücksinken und rieb sich die Augen. Sie musste damit rechnen, dass auch ihre Großmutter schon längst tot war. Lisa gab sich einen Ruck, setzte sich wieder aufrecht hin und blätterte die nächste Seite auf. Sie befand sich nun im Jahr 1922. Wie elektrisiert starrte sie auf den Eintrag vom 12. Februar: An diesem Tag waren die Zwillinge Finn und Mari Karlssen getauft worden. Wie bei Ole Karlssen, dessen Taufe zwei Jahre zuvor stattgefunden hatte, wurden auch hier Enar und Lisbet als Eltern genannt.

Kein Zweifel, sie hatte endlich ihre norwegische Großmutter

gefunden, konnte ihr endlich einen Namen geben! Unwillkürlich griff Lisa an die Stelle, wo unter dem Pullover das Medaillon hing.

»Mari«, flüsterte sie. Sie zog die Kette hervor, ließ den Deckel des Medaillons aufschnappen und betrachtete das Porträt ihrer Großmutter. »Warum darf es dich nicht geben?«, fragte sie leise. »Was hast du getan?« Lisa schaute in das junge Gesicht mit dem scheuen Lächeln. Es fiel ihr schwer, sich vorzustellen, dass dieses Mädchen etwas Schlimmes angestellt und wirklich Schuld auf sich geladen hatte. Vermutlich hatte es gereicht, sich in »den Falschen« zu verlieben. Denn dass ein deutscher Besatzungssoldat nicht mit offenen Armen empfangen wurde, war mehr als wahrscheinlich.

Als Lisa das Pfarrhaus verließ, war es bereits Mittag, und die Sonne erwärmte die Luft spürbar. Sie zog ihre Jacke aus und lief die Eidsgata weiter Richtung der sanft ansteigenden Hänge, die das Städtchen umgaben. Außer dem Taufeintrag hatte Lisa in den Kirchenbüchern nur noch das Datum von Maris Konfirmation gefunden. Danach wurde ihr Name nicht mehr erwähnt. Lisa hatte ihre Suche beendet und sich von dem freundlichen Pfarrer verabschiedet. Nach dem langen Sitzen tat es gut, sich die Beine zu vertreten und frische Luft zu atmen.

Lisa kam an mehreren vereinzelt stehenden Häusern vorbei, darunter einem modernen Gebäudekomplex, der zu ihrer Überraschung neben einer Schule auch ein nagelneues Opernhaus beherbergte. Eine Oper hätte Lisa hier nun wirklich nicht erwartet. Oberhalb des Ortes lief sie zurück auf den Fluss zu und genoss den weiten Blick, den sie über das Städtchen und den Fjord hatte. Automatisch griff sie an ihre rechte Seite, um ihre Kamera aus dem Futteral zu holen, doch sie hatte ihre treue Begleiterin nicht bei sich. Sie beschloss, möglichst bald zurückzukehren und Bilder zu machen. Obwohl, von einem der umliegenden Berggipfel war die Aussicht gewiss noch viel grandioser.

Lisa kehrte auf dem Rådhusvegen zurück ins Ortszentrum und setzte sich spontan in eines der einladenden *kafés* in der Eidsgata, wo sie sich einen *boller*, eine Art Rosinenbrötchen, schmecken ließ. Bevor sie auf den Karlssenhof zurückkehrte, kaufte sie noch ein paar Lebensmittel für ihr Abendbrot ein.

9

Nordfjordeid, Anfang Mai 2010

Lisa saß auf der winzigen Veranda vor ihrer Hütte. Auf den Knien hatte sie ihren Laptop und öffnete gerade eine E-Mail von Marco, die dieser ihr am Morgen geschickt hatte. Im Anhang fand sie mehrere Bilder von Einfamilienhäusern. Marco hatte einen Makler beauftragt, ihm passende Vorschläge zu unterbreiten, und ließ Lisa nun eine erste Auswahl zukommen. Er meinte es tatsächlich ernst mit seinen Familiengründungsplänen!

Lisa ließ sich gegen die Lehne der Holzbank fallen und schloss die Augen. Da war sie wieder, diese leise Stimme des Zweifels, die sich einfach nicht zum Verstummen bringen ließ. War sie wirklich dazu bereit, ihr ungebundenes Nomadenleben aufzugeben und sesshaft zu werden? Würde sie es jemals sein? Vermutlich war es wie mit dem Kinderkriegen. Da gab es meistens auch nicht *den* richtigen Zeitpunkt. Und erst recht keine Gewissheit, wie sich das Leben anfühlen würde, wenn man den Sprung ins kalte Wasser gewagt hatte.

Lisa schlug die Augen wieder auf und genoss die Aussicht auf den Fjord. Am gegenüberliegenden Ufer erhoben sich bewaldete Berge mit verschneiten Gipfeln. Sie stand auf und streckte sich. Über die Büsche hinweg konnte sie rechter Hand einen Teil von Nordfjordeid sehen. Auf der linken Seite breiteten sich die weitläufigen Pferdekoppeln des Gestüts aus.

Das Geräusch eines herzhaften Gähnens lenkte ihren Blick auf den großen, schwarzen Hund, der auf der Wiese unterhalb ihrer Hütte lag. Lisa hatte im Internet recherchiert und herausgefunden, dass es sich um einen *buhund* handelte, einen typischen norwegischen Hofhund mit eingerollter Rute und spitzer

Schnauze, wie ihn sich schon die Wikinger gehalten hatten. Das schwarze Fell war eher ungewöhnlich – die meisten *buhunde* waren hellbraun oder weizengelb.

Wie am Tag zuvor hatte sich ihr »der Schwarze« – so hatte Lisa ihn für sich getauft, da sie seinen Namen nicht kannte – in den Weg gestellt, als sie von ihrem Spaziergang in den Ort zurückgekehrt war, und wollte sie nicht vorbeilassen. Doch diesmal war Lisa vorbereitet gewesen. Wie erhofft hatte der Hund die Wurst, die sie zu diesem Zweck gekauft hatte, als Wegegeld akzeptiert und Lisa schwanzwedelnd zu ihrer Hütte begleitet.

Sein unfreundliches Herrchen hatte Lisa dagegen noch nicht zu Gesicht bekommen, ebenso wenig wie einen der anderen Bewohner des Karlssenhofes. Einen kurzen Moment lang hatte sie das beklemmende Gefühl, aus der Zeit gefallen und in einer menschenleeren Welt gelandet zu sein, die sie nur mit dem Hund und einigen Pferden teilte. Sei nicht albern, schalt sie sich und wandte sich wieder ihrem Laptop zu, um endlich die E-Mail von Marco zu beantworten.

Nach einigen Anläufen gab sie entnervt auf und griff zu ihrem Mobiltelefon. Sie musste seine Stimme hören, wenigstens das. Enttäuscht lauschte sie der Bandansage seiner Mailbox. Wahrscheinlich war er gerade in einer Besprechung. Lisa räusperte sich und versuchte ihrer Stimme einen möglichst munteren Klang zu geben, als sie nach dem Signalton ihre Nachricht hinterließ: »Hallo, ich bin's. Schade, dass ich dich nicht erreiche, ich hätte so gern mit dir gesprochen … Von den Häusern gefällt mir übrigens das mit den Holzläden und dem kleinen Erker am besten … Also, ich versuch's heute Abend noch mal. Ich vermisse dich. Bis später. Alles Liebe.«

Lisa schaltete das Telefon aus. Was war nur los mit ihr? Warum erschien es ihr plötzlich so unerträglich, ein paar Tage von Marco getrennt zu sein? Hatte sein Heiratsantrag damit zu tun? Oder war sie es einfach nicht gewohnt, so isoliert auf sich selbst zurückgeworfen zu sein? Ja, das war es wohl eher. Sie war eigentlich immer von Menschen umgeben gewesen. Und auch wenn das meistens anonyme Gestalten für sie waren und blieben, vermittelten sie Lisa doch eine gewisse Geborgenheit. Selbst in sogenannten gefährlichen Vierteln mancher Metropolen, in denen man sich besonders als weiße Frau sehr in Acht nehmen sollte, hatte sich Lisa nie so verloren und sich selbst ausgeliefert gefühlt wie hier. Anders als bei ihrer Ankunft in Norwegen kam sie sich nun in dieser überwältigenden Landschaft wie ein Fremdkörper vor. Und das beunruhigte sie.

Sie beschloss, diesem Gefühl mit einem bewährten Mittel zu Leibe zu rücken. Schwungvoll stand sie auf und ging in die Hütte, um den Laptop zu verstauen und ihre kleine Spiegelreflexkamera zu holen. Damit machte sie gewöhnlich die ersten vorläufigen Bilder für ihre Aufträge. Auf diese Weise wurde sie rasch mit der besonderen Atmosphäre und Umgebung des jeweiligen Projektes vertraut.

Lisa lief hinunter zu der schmalen Straße und folgte ihr in Richtung Westen. Rechts und links lagen die Pferdekoppeln des Karlssenhofes. Auf den meisten grasten die stämmigen, falben Fjordpferde mit ihren Bürstenmähnen und dem dunklen Strich auf dem Rücken. Oder handelte es sich vielleicht eher um Ponys?

Lisa gestand sich ein, dass sie keine Ahnung hatte. Pferde und andere Landtiere hatten in ihrem Leben bislang kaum eine Rolle gespielt, sie hatte sich immer nur sehnlich – und vergeblich – einen Hund als Haustier gewünscht. Durch die ständigen Wohnungswechsel in ihrer Kindheit und ihre jetzige berufliche Situation war es nie dazu gekommen. Bisher. Marco hatte angedeutet, dass er es sich sehr gut vorstellen konnte, einen Familienhund anzuschaffen …

Der Anblick zweier Fohlen, die auf einer Wiese miteinander herumtollten, lenkte Lisa von ihren Gedanken ab. Rasch holte sie die Kamera aus der Schutztasche und begann, die beiden zu fotografieren. Was gar nicht so einfach war, denn die Kleinen hielten keine Sekunde still. Lisa war so versunken in ihre Tätigkeit, dass sie heftig erschrak, als neben ihr ein lautes Schnauben ertönte. Die Mutter der beiden Fohlen war neugierig zum Zaun gelaufen und schaute Lisa aufmerksam an. Ihre Mähne war nicht gestutzt. Auf ihrer Stirn hatte sie einen auffälligen Haarwirbel.

»Keine Angst«, murmelte Lisa beruhigend, »ich tue deinen Süßen nichts.«

Obwohl das Pferd einen friedlichen Eindruck machte, hatte Lisa großen Respekt vor ihm und hätte sich niemals getraut, es anzufassen. Stattdessen machte sie ein paar Porträtaufnahmen, bevor die Stute sich von ihr abwandte und zu ihren Fohlen trabte.

Von Ruhe und Menschenleere war nichts mehr zu spüren, als Lisa zwei Stunden später auf den Karlssenhof zurückkehrte. Schon von Weitem hörte sie aufgeregtes Wiehern, in das sich Bellen mischte. Sie ließ ihre Hütte rechts liegen und ging stattdessen zu dem Platz zwischen den Stallungen und dem Wohnhaus weiter. Dort stand ein Jeep mit angekoppeltem Pferdeanhänger. Ein etwa sechzigjähriger Mann in Jeans und abgewetzter Arbeitsjacke mühte sich, ein sichtlich nervöses Pferd am Halfter in den Anhänger zu führen. Der schwarze Hund sprang bellend um ihn herum, offenbar in der Absicht, ihm zu helfen und das widerstrebende Pferd zu treiben. Was dieses allerdings erst recht aufregte.

»Torolf!« Der scharfe Ruf ließ den Hund verstummen und wie einen Blitz davonrennen. Lisa schaute ihm nach und entdeckte sein Herrchen, den Stallmeister Amund. Er kam aus einem Schuppen und eilte nun herbei, um dem anderen Mann zu helfen.

Lisa war sich sicher, dass sie den Mann auf den Familienfotos in der Wohnstube der Karlssens mehrfach neben Inger gesehen hatte. Das musste Teklas Bruder Faste sein, der heutige Besitzer des Gestüts. Mit seiner untersetzten Statur, den vielen Lachfalten um die blassblauen Augen und dem feinen blonden Haar sah er seiner Schwester sehr ähnlich.

Faste trat beiseite, und Amund sprach leise auf das Pferd ein. Fasziniert beobachtete Lisa, wie sich das Tier fast augenblicklich beruhigte. Es hörte auf zu zittern, schüttelte sich einmal kräftig und ging dann, ohne zu zögern, in den Anhänger, den Faste hinter ihm schloss. Er nickte Amund zu, stieg in den Jeep und fuhr los.

Torolf, der schwarze Hund, lief zu Lisa und wedelte mit dem Schwanz. Vorsichtig kraulte sie ihn hinter den Ohren und schaute lächelnd zu Amund. Der streifte sie mit einem unbeteiligten Blick ohne ein Zeichen des Wiedererkennens, pfiff seinen Hund zu sich und verschwand in einem Stall. Die Bewunderung, die sein Umgang mit dem Pferd in Lisa geweckt hatte, löste sich augenblicklich in Luft auf.

»Schnösel!«, entfuhr es ihr. Was bildete sich dieser Kerl ein?

Abrupt drehte sie sich um und prallte fast mit einem jungen Mann zusammen, der lächelnd einen Schritt zurücktrat, um sie vorbeizulassen.

»Oh, Entschuldigung«, stammelte Lisa, peinlich berührt, dass jemand ihren empörten Ausruf mitgehört hatte.

Ihr Gegenüber streckte ihr die Hand hin. »Ich bin Mikael.«

Lisa schüttelte seine Hand. »Ich heiße Lisa.«

»Ich weiß, meine Tante hat mir gesagt, dass wir einen Gast haben. Ich hoffe, du fühlst dich wohl hier.« Mikael, den Lisa ein paar Jahre jünger schätzte, als sie selbst war, kam vom Aussehen her eindeutig nach seiner Mutter Inger. Von ihr hatte er die sportliche, schlanke Figur und die dichten braunen Haare. Seine nachdenklich dreinblickenden Augen verliehen seinem offenen Gesicht einen melancholischen Ausdruck.

Bevor Lisa auf seine nette Begrüßung antworten konnte, rief jemand Mikaels Namen. Unbemerkt von Mikael und Lisa hatte sich ihnen der alte Finn Karlssen genähert, der ein paar Meter entfernt stehen geblieben war und sich schwer auf einen Stock stützte.

Mikael hob entschuldigend die Hände. »Entschuldige, mein Großvater braucht mich.« Er nickte Lisa zu und ging zu dem alten Mann hinüber.

Wieder erschrak Lisa über den abweisenden Blick, mit dem dieser sie musterte. Rasch wandte sie sich ab und kehrte zu ihrer Hütte zurück.

»Kann ich dich mitnehmen?« Ein Auto hatte neben Lisa auf dem Osvegen abgebremst.

Sie schreckte aus ihren Gedanken auf. Die Vorstellung, den Abend allein in ihrer Hütte zu verbringen, hatte sie beklemmend gefunden und sich deshalb auf den Weg in den Ort gemacht. Sie musste unter Leute. Mal sehen, was Nordfjordeid an einem Freitagabend zu bieten hatte.

Lisa wandte sich zu dem Wagen. Hinter dem heruntergekurbelten Fenster erkannte sie das Gesicht von Mikael Karlssen, der sich zu ihr beugte und freundlich lächelte.

»Ich will mich nicht aufdrängen, aber vielleicht hast du ja Lust auf eine Pizza? Ich treffe mich gleich mit ein paar Freunden zum Essen.«

Lisa war überrascht. Galten die Norweger nicht als verschlossen und Fremden gegenüber schwer zugänglich? Dieser arrogante Amund war da das beste Beispiel. Unwillkürlich verzog sie das Gesicht. Was Mikael offenbar als Ablehnung verstand. Er zuckte die Achseln und meinte leichthin: »Na, dann vielleicht ein anderes Mal.«

Lisa beugte sich rasch zum Autofenster und lächelte Mikael

zu. »Aber nein, ich würde sehr gern mitkommen. Ich wollte mir gerade ein Restaurant suchen. Das ist ein großartiger Vorschlag.«

Und eine gute Gelegenheit, ihren Cousin näher kennenzulernen. Wenn Mikael überhaupt ihr direkter Cousin war. Vermutlich eher zweiten Grades. Oder nannte man das dann Onkel zweiten Grades? Egal, diese ganzen verzwickten Verwandtschaftsbeziehungen hatte sie noch nie kapiert. Was bei ihrer überschaubaren Heidelberger Familie auch nicht nötig gewesen war. Auch ihr Vater Rainer hatte nur wenige Verwandte gehabt.

Lisa bereute ihren Entschluss nicht. Die Freunde von Mikael – zwei junge Frauen und ein Mann – saßen bereits an einem Tisch in der Pizzeria. Sie begrüßten den deutschen Gast mit fröhlichem »Hei!« und bezogen Lisa ganz selbstverständlich in ihre Gespräche ein, bei denen sie aus Rücksicht auf sie englisch sprachen. Lisa fühlte sich sofort wohl und war froh, für eine Weile der ungewohnten Einsamkeit entkommen zu sein, in der sie die Zeit seit ihrer Ankunft auf dem Karlssenhof verbracht hatte. Obwohl sie sonst wenig von Small Talk hielt, empfand sie es als ausgesprochen erholsam, unverbindlich mit diesen freundlichen Menschen plaudern zu können.

War sie wirklich erst einen Tag hier? Sie konnte es kaum glauben. Es kam ihr viel länger vor. Das lag nur teilweise an den vielen neuen Eindrücken, die seither auf sie eingeströmt waren. Damit konnte sie dank ihrer vielen Reisen gut umgehen. Nein, hier waren es die widersprüchlichen, schwer einzuordnenden Gefühle, die in ihr aufgewühlt wurden.

Die beiden Frauen, die Lisa auf Ende zwanzig, Anfang dreißig schätzte, entpuppten sich als Schwestern. Liv war Artistin beim »Cirkus Agora«, der hier in Nordfjordeid seinen Stammsitz hatte und Norwegens einzige Zirkusschule betrieb. Für ihre Schwester Line dagegen war die Vorstellung, die meiste

Zeit des Jahres umherzuziehen, wenig verlockend, wie sie mit einem freimütigen Lachen bekannte. Sie hatte eine kleine Töpferei außerhalb des Ortes, mit der sie unter anderem die Andenkenläden in der Gegend belieferte. Auch Egil, der zusammen mit Mikael die Schule besucht hatte, war im kreativen Bereich tätig. Nach seinem Modedesignstudium hatte es ihn wie die anderen wieder in seine Heimatstadt zurückgezogen, wo er jetzt bei einem alteingesessenen Herrenausstatter die Kollektionen entwarf.

Nachdem Mikael Lisa mit seinen Freunden bekannt gemacht hatte, lenkte er die Unterhaltung auf ein Thema, das ihm offenbar sehr am Herzen lag. Er hatte kürzlich die aktuelle Ausstellung im Kulturhuset besucht und regte eine Diskussion über die Künstlerin im Speziellen und die Situation der norwegischen Gegenwartskunst im Allgemeinen an. Lisa bedauerte es, dass sie sich die Bilder nicht angesehen hatte, war aber bald in den lebhaften Austausch eingebunden, da man ihre Meinung als Fotografin als willkommene Bereicherung schätzte.

Es stellte sich heraus, dass Mikael in seiner Freizeit malte. Wobei er keinen Hehl daraus machte, dass ihm die Arbeit auf dem Gestüt viel weniger Raum dafür ließ, als ihm lieb war. Die Rolle des Hoferben, mit der ihn seine Freunde neckten, schien ihm jedenfalls nicht auf den Leib geschrieben. Tatsächlich konnte sich Lisa ihn viel besser in einer der angesagten Kunstszenen in Berlin oder einer anderen Großstadt vorstellen.

»Und, wie gefällt dir unser Idyll?«, erkundigte sich Mikael mit einem Augenzwinkern und lächelte Lisa an.

»Oh, es ist sehr schön hier«, antwortete sie zögernd.

Mikael zog die Augenbrauen hoch. »Aber?«

Lisa hob die Schultern. »Ehrlich gesagt, ich fühle mich auf eurem Hof nur teilweise willkommen …« Mikael runzelte die Stirn. »Ich weiß, es klingt verrückt, aber ich glaube, dein Großvater hat was gegen mich«, sagte sie. Dass sie das gleiche Gefühl bei Amund hatte, behielt sie für sich.

Zu Lisas Überraschung versuchte Mikael nicht, ihre Beobachtung abzustreiten. »Das tut mir leid. Aber er kann Deutsche generell nicht leiden. Es hat sicher nichts mit dir persönlich zu tun. Weißt du, er hatte einen älteren Bruder. Er ist sehr jung gestorben.« Mikael verstummte.

»Ist er im Krieg gefallen?«, fragte Lisa vorsichtig nach.

Mikael zuckte die Schultern. »Ich vermute es. Aber ich weiß es nicht genau. In der Familie wird nicht darüber gesprochen.« Mikael lächelte entschuldigend. »Jedenfalls scheint mein Großvater das nie verwunden zu haben. Nicht nur, weil er seinen geliebten Bruder verloren hat, sondern weil er an dessen Stelle den Hof übernehmen musste. Dabei wäre er viel lieber in Oslo geblieben, um Literatur zu studieren und dann in die Wissenschaft zu gehen.«

Lisa nickte nachdenklich. Ob sie Mikael nach Mari fragen sollte? Warum erwähnte er seine Großtante nicht? Weil sie auch verstorben war? Weil er sie nicht gekannt hatte? Oder gar nicht wusste, dass es sie überhaupt gegeben hatte? Ein Gedanke, der Lisa den Atem anhalten ließ.

»Mir ist wohl das gleiche Schicksal bestimmt wie meinem Großvater«, sagte Mikael mit schiefem Grinsen. »Auch ich bin der Einzige, der als Hoferbe zur Verfügung steht.«

»Wollen wir langsam mal los?« Egils Frage unterbrach Mikael, der seinen Freund verständnislos ansah. »Schon vergessen? Wir wollten doch noch in den Pub.«

Mikael grinste. »Wenn man in so charmanter Gesellschaft ist, vergeht die Zeit wie im Flug«, sagte er mit einem Kopfnicken zu Lisa.

Liv und Line warfen sich amüsierte Blicke zu.

Line wandte sich an Lisa. »Heute Abend tritt eine Band aus Bergen auf. Die Jungs sind echt gut. Machen so eine Mischung aus rockigen Songs und traurigen Balladen. Ich weiß nicht, gefällt dir so was?«

Lisa lächelte. »Klingt gut«, sagte sie. »Da komme ich gern mit.«

Der Pub lag in der Eidsgata und war bereits kurz vor zehn Uhr abends sehr voll. Die unverputzten Backsteinwände und die in der gedämpften Beleuchtung sanft schimmernden polierten Holzoberflächen der Tische und des langen Tresens vermittelten eine warme Atmosphäre. Mikael und Egil holten Bierflaschen an der Theke, Liv, Line und Lisa stellten sich in die Nähe der Band, die nach dem ersten fetzigen Song leisere Töne anstimmte. Der Leadsänger hatte eine gute Stimme.

Obwohl Lisa kein Wort des norwegischen Textes verstand, ging ihr die getragene Ballade unter die Haut. Nach einer Weile ließ sie ihren Blick über die Gäste schweifen. Die meisten waren zwischen zwanzig und dreißig, doch es gab auch einige ältere Zuhörer. Sie zuckte zusammen. Einen davon kannte sie doch? Ja, kein Zweifel, in einer Ecke lehnte Amund. Was zum Teufel machte der denn hier? Lisa schaute schnell wieder weg und hoffte, dass er sie nicht gesehen hatte.

»Ah, unser Pferdeflüsterer ist auch hier«, sagte Mikael, der Lisas Blick bemerkt hatte. Er war gerade vom Tresen gekommen und hielt ihr eine Flasche Bier hin. »Du hast ihn schon kennengelernt?«, fragte er.

Lisa schüttelte den Kopf. »Nicht wirklich«, sagte sie betont gleichgültig.

Mikael grinste. »Ich kann mir schon vorstellen, wie die Begegnung ablief. Amund hat's nicht so mit Menschen. Pferde sind ihm eindeutig lieber.« Er prostete Lisa zu. Sie verkniff sich die Frage, warum Amund so menschenscheu war, und stieß mit Mikael und seinen Freunden an.

»Kommst du auch noch mit?«, fragte Liv, als sie kurz nach Mitternacht mit Lisa und den anderen vor dem Pub stand.

Mikael hatte vorgeschlagen, noch in eine Diskothek zu fahren.

Lisa lächelte Liv an und schüttelte den Kopf. »Lieber nicht, ich bin ziemlich geschafft.«

»Soll ich dir ein Taxi rufen?«, erkundigte sich Mikael.

»Das ist lieb, aber ich laufe zurück. Dann kann ich besser einschlafen«, sagte Lisa und verabschiedete sich von den anderen. Bevor sie sich auf den Weg zum Karlssenhof machte, lief sie zur Uferpromenade, setzte sich auf eine Bank, holte ihr Mobiltelefon aus der Tasche und wählte Marcos Nummer. Auf ihrem Display hatte sie gesehen, dass er vor einer Stunde angerufen hatte. Die laute Musik im Pub hatte das Klingeln übertönt.

»Lisa, endlich!«, sagte Marco. »Ich habe mir schon Sorgen gemacht, weil du nicht ans Telefon gegangen bist.«

»Tut mir leid«, antwortete Lisa, »ich habe es nicht gehört. Wie geht's dir denn? Wie war dein Tag?«, fragte sie.

»Stressig, aber gut«, antwortete Marco und fuhr fort: »Du, ich hab mit dem Makler gesprochen. Das Haus, das dir so gut gefällt, ist noch zu haben. Es gibt aber ziemlich viele Interessenten. Wenn wir es wollen, müssen wir uns sehr schnell entscheiden. Wie weit bist du denn mit deinen Recherchen?«

Lisa berichtete kurz von ihrer erfolgreichen Suche in den alten Kirchenbüchern und der Mauer des Schweigens, die in der Familie Karlssen um ihre Großmutter Mari errichtet worden war.

»Warum fragst du nicht direkt nach ihr?«, schlug Marco vor. »Dann weißt du, woran du bist, und kannst sofort zurückfliegen.«

Lisa versteifte sich. »Ich komme doch schon in drei Tagen wieder nach Hamburg«, sagte sie.

»Ich weiß«, sagte Marco. »Aber ich hab dir doch gesagt, dass wir uns rasch entscheiden müssen, ob wir das Haus wollen. Und deshalb habe ich für übermorgen früh einen Besichtigungstermin vereinbart.«

Lisa spürte, wie sich ihr Zwerchfell verhärtete. Marcos Drängen bereitete ihr Unbehagen. Warum hatte er es so verdammt eilig? Und wie kam er dazu, einfach über ihren Kopf hinweg Termine zu machen und Entscheidungen zu treffen?

»Ich habe schon nachgesehen. Du könntest morgen um zehn von Sandane nach Oslo fliegen und hättest dort einen direkten Anschluss nach Hamburg«, sagte er.

Lisa schluckte. Das ging ihr alles viel zu schnell.

»Also, was ist?«, fragte er mit kaum verhohlener Ungeduld. »Ich finde, du hast schon sehr viel herausgefunden. Immerhin kennst du nun die Heimatstadt deiner Großmutter und warst sogar in ihrem Elternhaus. Das können nicht viele Leute von sich behaupten.«

»Wahrscheinlich hast du recht, aber ich …«, begann Lisa, doch Marco unterbrach sie. »Du kannst doch später noch mal zu diesem Hof fahren, wenn dir das so wichtig ist. Ich begleite dich auch gern. Vielleicht ist dieser alte Sturkopf gesprächiger, wenn ich mal mit ihm rede.«

Lisa schüttelte ungläubig den Kopf. »Du meinst, so von Mann zu Mann?«, fragte sie halb belustigt, halb verärgert.

»Warum nicht?«, kam es unbekümmert von Marco. »Es fällt ihm vermutlich leichter, einem Unbeteiligten gegenüber auszupacken.«

Seine pragmatische Sichtweise war entwaffnend. Manchmal beneidete Lisa Marco darum. In seinem Universum gab es für jedes Problem eine Lösung. Und Probleme, die nicht so leicht aus der Welt zu schaffen waren, ignorierte er nach Möglichkeit.

»Gib dir einen Ruck, Lisa«, drängte Marco. »So eine einmalige Gelegenheit dürfen wir uns nicht entgehen lassen. Das Haus ist der Hammer. Das hast du ja selbst gleich erkannt. Und in echt ist es noch toller!«

»Also gut«, sagte Lisa. »Wir sehen uns morgen.«

Sie lief über die Brücke des Eidselva und bog in die schmale Uferstraße, die zum Gestüt der Karlssens führte, ein. Das Telefonat mit Marco hatte sie aufgewühlt. Wenn es nach ihm ging, würden sie in wenigen Tagen ein Haus kaufen. Ein Gedanke, der gemischte Gefühle in ihr auslöste. Sicher, das Haus sah wirklich sehr einladend aus und hatte laut Marco einen schönen Garten. Aber musste das alles so schnell gehen? »Wovor hast du Angst?« – das würde Susanne jetzt wohl fragen. Quatsch, sie hatte keine Angst. Warum sollte sie? Das war doch lächerlich!

Noch viel mehr nagte aber etwas anderes an ihr. Hatte Marco vielleicht recht, machte sie es sich bei ihrer Suche unnötig schwer? Warum fasste sie sich nicht ein Herz und fragte die Karlssens direkt nach ihrer Großmutter Mari? Schon bei der Vorstellung zog sich Lisas Magen zusammen. So wie es aussah, war der alte Finn der Einzige, der ihr etwas über ihre Großmutter erzählen könnte. Doch sie konnte ihn ja wohl schlecht dazu zwingen. Und selbst wenn sie es könnte: Welches Recht hatte sie, alte Wunden aufzureißen? Unfrieden in seine Familie zu bringen? Sollte sie nicht besser alles so belassen, wie es war, und sich nicht der Gefahr aussetzen, das gleiche Schicksal wie ihre Mutter zu erleiden? Abgewiesen zu werden. Und zwar nicht mittelbar durch einen Brief, sondern direkt, persönlich. Lisa spürte, dass sie so eine Abfuhr nicht leicht wegstecken würde. Und das war noch untertrieben. Wenn sie ehrlich mit sich war, hatte sie schlichtweg Angst davor. Es war also sicher vernünftiger, auf Marco zu hören. Was brachte es ihr, in einer fremden Vergangenheit herumzustochern, anstatt die eigene Gegenwart zu gestalten? Sie hatte hier nichts mehr verloren.

Lisa war erleichtert. Der Gedanke, schon am nächsten Tag nach Deutschland zurückzukehren, bereitete ihr jetzt kein Unbehagen mehr, sondern schien ihr das einzig Richtige zu sein.

Energisch beschleunigte sie ihre Schritte und prallte erschrocken zurück, als ein dunkler Schatten dicht vor ihr aufstob. Sie hatte eine Eule aufgescheucht, die nun mit einem lauten Krächzen davonflog. Lisa stolperte an den Straßenrand, trat mit dem rechten Fuß in ein Loch, das sie im Dunkeln nicht bemerkt hatte, und verlor das Gleichgewicht. Als sie sich aufrappelte und weiterlaufen wollte, knickte sie sofort wieder um. Ein stechender Schmerz durchzuckte ihren rechten Fuß und ließ sie jäh innehalten.

»Na super«, schimpfte sie laut mit sich selbst. »Das hast du mal wieder toll hingekriegt!« Wie sollte sie jetzt zu ihrer Hütte gelangen? Sie hatte die Telefonnummer der Taxizentrale nicht bei sich. Die ihr ohnehin nichts genutzt hätte – ihr Akku hatte gerade noch für das Gespräch mit Marco gereicht und war jetzt leer. Und natürlich war weit und breit kein öffentliches Telefon zu sehen.

Bis zum Gestüt war es eigentlich nicht mehr weit. Eigentlich. Aber mit einem verknacksten Knöchel war ein Kilometer eine schier unüberwindliche Distanz. Vorsichtig setzte sie den verletzten Fuß auf den Boden. Der unerträgliche Schmerz belehrte sie umgehend darüber, dass das keine gute Idee war. »Verdammter Mist«, fluchte sie laut.

»*Problemer?*«, fragte eine tiefe Stimme von der Seite.

Lisa zuckte zusammen und drehte sich um. Diese Norweger hatten eine enervierende Art, sich unbemerkt anzuschleichen. Diesmal auf einem Fahrrad. Lisa fühlte leichte Panik in sich aufsteigen. Sie war dem Unbekannten vollkommen schutzlos ausgeliefert. Nein, falls er ihr etwas antun wollte, würde sie kämpfen. Sie straffte die Schultern, steckte rasch eine Hand in die Jackentasche, in der sich der Schlüssel zu ihrer Hütte befand, klemmte ihn zwischen Zeige- und Mittelfinger und zog die zur Faust geballte Hand wieder heraus. Als sie zu dem Mann aufsah, erstarrte sie. Es war Amund. Mit spöttisch hochgezogenen

Augenbrauen warf er einen Blick auf ihre Faust. Dann deutete er auf den Gepäckträger seines Fahrrads.

»*Skal jeg tar deg med?*«, sagte er, was wohl bedeutete, dass er ihr eine Mitfahrgelegenheit anbot. Konnte der Mann nicht englisch mit ihr sprechen? Lisa unterdrückte den Impuls, ihm eine schnippische Abfuhr zu erteilen. So unangenehm es ihr auch war, sie musste Amunds Hilfe annehmen. Sie biss die Zähne zusammen, um nicht vor Schmerz zu stöhnen, und humpelte zu seinem Fahrrad.

Eingehüllt in die Dunkelheit und Stille der Nacht fuhren sie schweigend dahin. Anfangs war Lisa bemüht, so viel Abstand wie möglich zu Amund zu halten – ein vergebliches Unterfangen, wenn sie nicht vom Gepäckträger rutschen wollte. Sie schloss die Augen und umfasste seine Hüften. Amund versteifte sich, radelte aber gleichmäßig weiter. Lisa ertappte sich dabei, wie sie seinen Geruch tief in sich einsog. Ein warmes Prickeln durchströmte sie. Verwirrt öffnete sie die Augen und wandte den Kopf zur Seite. Was war das denn? Warum fühlte sich das so ... ja, wie fühlte es sich eigentlich an? Es fühlt sich richtig an, schoss es ihr durch den Kopf. Aber das konnte nicht sein. Das durfte nicht sein! Es war wirklich höchste Zeit, diesen Ort zu verlassen!

10

Nordfjordeid, Juni 1940

Seit der Mittsommernacht kam es Mari so vor, als sei sie in ein anderes Leben hineingeraten. Nach außen hin war alles beim Alten geblieben. Jeden Tag erledigte sie ihre Pflichten im Haushalt und bei den ihr anvertrauten Tieren, kabbelte sich mit Ole und bemühte sich darum, so wie früher zu wirken. Früher – das war die Zeit vor dem Kuss. Mit ihm hatte Maris neue Zeitrechnung begonnen, die jetzt drei Tage alt war. Drei lange, unendlich lange Tage, in denen sie ihn nicht gesehen hatte.

Ein ungeduldiges Schnauben riss sie aus ihren sehnsüchtigen Gedanken. Ihre Stute Fenna, die sie gerade striegelte, drehte den Kopf zu ihr und stupste sie leicht in die Seite. Mari hatte gar nicht bemerkt, dass sie mit der Bürste immer wieder dieselbe Stelle an Fennas Flanke bearbeitete.

»Entschuldige, Fenna«, murmelte sie und streichelte ihren Hals. Zum Glück war sie allein mit der Stute und dem kleinen Frihet. Reiß dich zusammen, ermahnte sie sich. Erst am Morgen hatte ihr Vater sie barsch aus einem ihrer Tagträume geweckt, als sie ihm aus Versehen eiskalten Kaffee servierte. Sie hatte schlicht vergessen, den Wasserkessel aufs Feuer zu stellen. Ihre Großmutter hatte sie in Schutz genommen und mit einem Augenzwinkern gesagt, dass Mari vielleicht an ihren Zukünftigen dachte, der ihr in der Johannisnacht im Traum erschienen war. Noch jetzt überlief es Mari kalt bei dem Gedanken, wie nah Agna der Wahrheit gekommen war. Sie hatte diesen Verdacht lachend von sich gewiesen – froh, wenigstens nicht flunkern zu müssen.

Sie hatte in jener Nacht nicht geträumt, weil sie gar nicht

geschlafen hatte. Dazu war sie viel zu aufgeregt gewesen. Unzählige Male hatte sie die kurze, alles verändernde Begegnung mit Joachim vor ihrem inneren Auge ablaufen lassen und das warme Prickeln genossen, das sich in ihrem Unterleib ausbreitete, wenn sie an den Kuss dachte. Der leider viel zu schnell aufgehört hatte. Überhaupt war es nur ein sehr kurzes Intermezzo gewesen. Laute Stimmen, die nach Joachim riefen, hatten es jäh beendet.

»Schau morgen Abend in das Astloch der krummen Birke«, hatte er ihr noch rasch zugeflüstert, bevor man sie entdecken konnte. Dann war er zu seinen Kameraden geeilt.

Die krumme Birke war ein alter Baum, der auf halbem Wege vom Karlssenhof nach Nordfjordeid am Straßenrand wuchs. Mari hatte es kaum erwarten können, am Abend nach der Sonnenwendfeier ihre Stute für ihren täglichen Ausritt zu satteln und zu der Birke zu galoppieren. Nachdem sie sich vergewissert hatte, dass es keine unerwünschten Zuschauer gab, hatte sie in das tiefe Astloch gegriffen, das sich in Kopfhöhe im Stamm befand, und ein zusammengefaltetes Blatt Papier herausgezogen, an dem ein Bleistift befestigt war. Mit klopfendem Herzen hatte sie Joachims Zeilen gelesen:

Liebe Mari,

seit ich Dich das erste Mal gesehen habe, sehne ich mich danach, Dich in meinen Armen zu halten. Ist es wirklich geschehen, oder war es nur ein trügerischer Traum im Zauber der Mittsommernacht? Ich kann es kaum erwarten, Dich wiederzusehen. Ich möchte Dich aber auf keinen Fall in Schwierigkeiten bringen und kann es verstehen, wenn Du Dich nicht mit mir treffen kannst oder willst. Das sagt mein Verstand. Mein Herz wünscht sich nichts mehr, als Dich zu sehen.

Ich habe gewöhnlich nachmittags von fünf Uhr bis zum

Abendappell frei. Wenn Du mich sehen willst, dann schreib mir bitte auf die Rückseite, wo und wann ich Dich treffen kann.

Bis hoffentlich bald!
Dein Joachim!

Mari hatte nicht lange überlegen müssen, welchen Treffpunkt sie vorschlagen würde: die Bienenstöcke am Waldrand. Sie lagen versteckt hinter dichtem Buschwerk und waren weder vom Karlssenhof noch von der Uferstraße aus zu sehen. Außerdem gab es dort einen kleinen Unterstand mit einer Bank, der Schutz vor Regen bot. Am liebsten hätte sich Mari gleich am nächsten Tag mit Joachim verabredet. Doch ausgerechnet da kam ein Onkel mit seiner Familie zu Besuch. Völlig undenkbar, sich von einem Familientreffen davonzuschleichen und länger nicht blicken zu lassen. Also hatte Mari mit vor Aufregung zitternder Hand auf den Zettel gekritzelt, dass sie Joachim am übernächsten Tag am frühen Abend treffen könne.

Die Stunden wollten an diesem Tag gar nicht vergehen, sondern zogen sich endlos in die Länge. Mari schwankte zwischen freudiger Erwartung und banger Unsicherheit, malte sich das bevorstehende Treffen in den romantischsten Bildern aus, um sich gleich darauf zu fragen, ob es Joachim vielleicht nur »um das eine« ging und er ihre zärtlichen Gefühle keineswegs erwiderte. Wenn man Gorun und Nilla glauben durfte, versuchten viele junge Männer ein Mädchen mit Schmeicheleien herumzukriegen, um es dann schnöde stehen zu lassen, wenn sie ihren Spaß gehabt hatten. Gehörte Joachim zu dieser Sorte? Sie kannte ihn doch überhaupt nicht.

Beim frühen Abendessen brachte Mari kaum einen Bissen herunter.

Ihre Mutter musterte sie besorgt. »Du wirst mir doch nicht

krank, Liebes?«, fragte sie und legte ihre Hand auf Maris Stirn. »Nein, Fieber hast du nicht.«

»Mir fehlt nichts«, versicherte Mari und zwang sich, ein paar Löffel des würzigen Lammeintopfs zu essen. Es fiel ihr so schwer, sich zu verstellen und zu versuchen, das in ihr tobende Gefühlschaos zu verbergen. Alles in ihr drängte danach, sich der Mutter anzuvertrauen. So, wie sie es bisher immer getan hatte. Mari hasste diese Heimlichtuerei. Andererseits konnte und wollte sie es nicht riskieren, dass ihre Mutter ihr verbieten würde, Joachim zu treffen. Oder, schlimmer noch, dass sie es dem Vater sagen würde. Der würde garantiert keine Sekunde zögern, Mari den Umgang mit dem Deutschen zu untersagen und sie notfalls unter Hausarrest zu stellen.

Endlich war das Essen beendet. Mari verabschiedete sich für ihren allabendlichen Ausritt und rannte in den Stall, um Fennas Sattel zu holen. Dort hatte sie schon am Mittag eine hübsch bestickte Bluse und ein schickes Wolljäckchen versteckt. Rasch zog sie die Sachen an, flocht ihren Zopf neu und holte Fenna von der Weide. Obwohl sie vor Ungeduld fast verging, ritt sie in einem großen Bogen auf ihr eigentliches Ziel zu. Es war zwar unwahrscheinlich, dass jemand sie beobachtete, aber man wusste ja nie. In leichtem Trab lenkte sie Fenna schließlich am Waldrand entlang und erreichte endlich die bunt bemalten Bienenstöcke. Als sie abstieg und die Stute an einem Ast festband, trat Joachim aus dem Unterstand, wo er bereits auf sie gewartet hatte.

Sobald Mari ihm in die Augen sah, waren alle Zweifel und Unsicherheiten verschwunden. Stattdessen wurde sie von einem tiefen Gefühl unerklärlicher Vertrautheit erfüllt. Joachim öffnete seine Arme und schloss sie um Mari, die sich fest an ihn schmiegte. Nach einer Weile lösten sie sich voneinander und setzten sich auf die überdachte Bank. Vom Fjord her blies ein frischer Wind, der Mari frösteln ließ. Ihr Jäckchen war zwar kleidsam, aber nicht sehr warm. Bevor sie protestieren konnte, zog

Joachim seine Uniformjacke aus und legte sie ihr um die Schultern.

»Aber jetzt frierst du doch«, sagte Mari.

Joachim schüttelte den Kopf. »Mir ist so warm ums Herz, da kann das bisschen Wind nichts ausrichten.« Er nahm ihre Hand. »Wirklich, ich kann dir gar nicht sagen, wie glücklich ich bin, hier mit dir zu sitzen«, sagte er leise.

Mari wandte den Kopf ab, damit er nicht sah, dass sie rot wurde. »Mir geht es genauso.« Ihre Stimme klang rau, als hätte sie sie tagelang nicht benutzt. Verlegen verstummte sie. Sie kam sich auf einmal so linkisch vor, so unerfahren. Was konnte sie Joachim denn schon bieten?

»Wirst du auch keine Schwierigkeiten bekommen?«, fragte Joachim besorgt. »Ich weiß, dass es die meisten Norweger nicht gerne sehen, wenn man sich mit einem von uns anfreundet.«

Mari sah ihn an. Er wirkte plötzlich so unsicher und verletzlich. Sie legte ihre Hand auf seine. »Du bist für mich Joachim. Alles andere spielt keine Rolle«, sagte sie und deutete auf seine Uniform.

Joachim drückte ihre Hand. »Du kannst dir nicht vorstellen, wie gern ich diese Uniform los wäre. Am Tag meiner Einberufung wurde mein schlimmster Albtraum wahr: als Soldat in den Krieg zu müssen.«

»Vielleicht kannst du ja schon bald weiter Tiermedizin studieren«, sagte Mari.

Joachims Miene verdüsterte sich. »Ich fürchte, der Spuk hat gerade erst richtig angefangen.«

Mari sah ihn besorgt an. »Was meinst du damit?«

Joachim erwiderte ihren Blick. »Ich halte Hitler und seine Schergen für größenwahnsinnig. Die werden keine Ruhe geben, bis sie die ganze Welt erobert haben.«

Mari schüttelte ungläubig den Kopf. »Die ganze Welt? Das ist doch gar nicht möglich.«

Joachim nickte. »Ganz genau. Und deshalb wird es in einer Katastrophe enden.«

Mari erschauerte und schwieg. Ihr kamen die Pferde in den Sinn, die ihr Vater den Deutschen hatte verkaufen müssen. Was wohl aus ihnen würde in diesem Krieg?

»Meinst du, wir sehen sie jemals wieder?«, sprach sie ihren Gedanken laut aus.

Zu ihrer Überraschung wusste Joachim sofort, was sie meinte. »Ich hoffe es«, sagte er. »Ich habe mein Möglichstes getan, dass sie nicht zu den Grenztruppen in den Norden geschickt werden, sondern in ein Ausbildungslager. Da haben sie die besten Chancen.« Mari sah ihn dankbar an. Joachim zuckte resigniert mit den Schultern. »Wenn es nach mir ginge, würde man überhaupt keine Pferde im Krieg einsetzen.«

Mari runzelte die Stirn. »Wofür braucht ihr eigentlich unsere Pferde? Ihr habt doch selber so viele mitgebracht«, wollte sie wissen.

»Stimmt schon«, meinte Joachim. »Aber anders als eure robusten Fjordinger würden unsere den Winter hier nicht gut verkraften. Erst recht nicht im Norden, denn dort werden die meisten Pferde benötigt.«

Mari senkte unwillkürlich die Stimme: »Stimmt es also, dass Hitler Russland angreifen will?«

Joachim machte eine vage Handbewegung. »Er behauptet das Gegenteil. Aber ich habe gehört, dass an der finnischen Grenze Soldaten für einen Winterfeldzug trainiert werden. Das spricht doch Bände.«

Mari nickte. Erst vor ein paar Tagen hatte ihr Vater den Verdacht geäußert, dass der Nichtangriffspakt zwischen Stalin und Hitler nicht das Papier wert sei, auf dem er geschrieben war.

Joachim berührte Mari leicht am Arm. »Aber jetzt erzähl mir von dir«, sagte er, um das Thema zu wechseln, und lächelte sie strahlend an. »Ich möchte alles wissen.«

Viel zu schnell verging die Stunde, die Mari, ohne Verdacht zu erregen, von zu Hause fernbleiben konnte. Auch Joachim musste sich sputen, um rechtzeitig zum Abendappell auf dem Exerzierplatz einzutreffen. Bevor sie sich trennten, vereinbarten sie ihr nächstes Wiedersehen und verabschiedeten sich schweren Herzens.

»Ich vermisse dich jetzt schon«, sagte Joachim, als sich Mari auf Fenna schwang.

Mari beugte sich zu ihm, gab ihm einen allerletzten Kuss und trieb die Stute zu einem flotten Trab an. Erfüllt von Dankbarkeit und Freude, begann Mari ihr Lieblingslied zu singen: »*Gå ut min sjel, betrakt med flid* – Geh aus, mein Herz, und suche Freud«.

»Gib's zu, du hast dich verliebt!«, sagte Nilla.

Mari zuckte zusammen und wandte den Kopf zu ihrer Freundin, die neben ihr und Gorun auf dem Mäuerchen vor der Kirche saß. Sie war mit den Gedanken bei Joachim gewesen – und das sah man ihr offensichtlich an. Doch Nilla meinte nicht sie, sondern Gorun, die unter ihrem prüfenden Blick rot anlief. Mari atmete erleichtert aus. Nilla deutete mit dem Kopf auf eine Gruppe junger Burschen, die ein paar Schritte entfernt von ihnen zusammenstanden.

»Du starrst doch ständig rüber. Also, wer ist der Glückliche?«

Gorun kicherte verlegen und schaute wieder zu den jungen Männern. Mari folgte ihrem Blick und sah, dass einer von ihnen sich hastig wegdrehte.

»Ist das nicht euer Schreinergeselle?«, fragte sie.

»Pst, nicht so laut«, flüsterte Gorun eindringlich und stand auf. Nilla und Mari folgten ihr neugierig. Als sie sich außer Hörweite der anderen Kirchenbesucher befanden, blieb Gorun stehen. »Ob ihr es glaubt oder nicht, aber ich habe in der Mittsommernacht von ihm geträumt«, sagte sie mit einem kämpferischen Unterton.

Nilla hob die Augenbrauen, verkniff sich aber eine Bemerkung. Mari schaute Gorun fragend an.

»Und dann? Wie ging es weiter?«

Gorun senkte die Stimme. »Ich habe Maks früher eigentlich kaum wahrgenommen. Aber der Traum hat mir die Augen geöffnet.«

»Und er? Erwidert er deine Gefühle?«, drängte Mari.

»Ich glaub schon«, antwortete Gorun. »Aber er ist sehr schüchtern.«

Nilla räusperte sich. »Soll das heißen, du weißt gar nicht, ob er in dich verliebt ist?«

»Doch, jetzt schon. Zugegeben, ich musste schon ziemlich nachhelfen. Ich bin einfach jeden Abend in die Werkstatt gegangen, wenn er dort allein aufräumte. Anfangs hat er kein Wort rausgebracht. Aber vor ein paar Tagen hat er mir gesagt, dass er mich auch mag.«

Nilla schnaubte unwillig. »Auch mag? Na, ich weiß nicht. Das klingt nicht sehr verliebt. Und stört es dich nicht, dass er so passiv ist?«

Gorun schüttelte den Kopf. »Nein, das stört mich überhaupt nicht. Maks braucht eben seine Zeit, bis er auftaut. Ist mir lieber als so ein Hansdampf in allen Gassen.«

Mari freute sich für Gorun – und beneidete sie. Wie gern hätte sie auch von ihrem Liebsten erzählt und sich Nilla und Gorun anvertraut. Wie würden die beiden wohl reagieren, wenn sie erführen, dass sie sich in einen Deutschen verliebt und ihn vor vier Tagen zum ersten Mal heimlich getroffen hatte? Mari konnte sich zwar nicht vorstellen, dass sie sie dafür verachten oder gar den Kontakt zu ihr abbrechen würden, aber ganz sicher war sie sich nicht. Sie gestand sich ein, dass diese Angst vor einer negativen Reaktion ihr Verhältnis zu ihren Freundinnen trübte. Vermutlich tat sie ihnen mit ihrem Argwohn unrecht. Sie hoffte es sehr. Aber sie getraute sich nicht, sie auf die Probe zu stellen.

»Glaubst du, dass Gorun mit diesem Maks glücklich wird?«, fragte Nilla und hakte sich bei Mari unter.

Nachdem Gorun sich verabschiedet hatte, gingen die beiden jungen Frauen die Eidsgata hinunter.

Mari sah Nilla nachdenklich an. »Ich glaube schon. Er scheint ja nett zu sein.«

Nilla blieb stehen. »Nett!«, stieß sie empört hervor. »Ich kenne eine Menge Leute, die nett sind. Das sagt doch gar nichts.«

Mari lächelte. »Du hast ja recht. Sehr romantisch klingt das alles nicht.«

Nilla nickte heftig. »Ich finde, das klingt vor allem sehr praktisch. Gorun hat doch oft erzählt, dass sich ihr Vater Sorgen macht, wer die Schreinerei mal übernehmen soll, wo er doch keinen Sohn hat. Wenn Gorun diesen Gesellen heiratet, ist das Problem vom Tisch. Er ist doch der ideale Schwiegersohn für die Jørgenssons«, sagte sie und fügte finster hinzu: »Es würde mich nicht wundern, wenn ihr nicht der Mittsommertraum, sondern ihre Mutter die Augen für diesen Maks geöffnet hat.«

Die beiden Freundinnen hatten den Laden von Nillas Eltern erreicht.

»Bis bald«, verabschiedete sich Mari.

»Musst du wirklich schon gehen?«, fragte Nilla enttäuscht. »Wir sehen uns ja kaum noch.«

Mari umarmte sie. »Tut mir leid, aber ich habe Großmutter versprochen, ihr zu helfen«, sagte sie und hoffte, dass Nilla nicht fragte, wobei Agna ihre Hilfe benötigte. Es fiel ihr so schwer, ständig Ausreden zu erfinden. Zu Hause hatte sie gesagt, dass sie nach der Kirche noch mit Nilla verabredet sei. Mit schlechtem Gewissen ließ Mari ihre Freundin stehen und rannte zum Fluss.

Die Vorfreude auf das Wiedersehen mit Joachim verdrängte rasch die trüben Gedanken. Mit klopfendem Herzen erreichte sie die Stelle am Ufer, die ihr Joachim in seiner letzten Birkenpost – so nannten sie ihre heimliche Korrespondenz – beschrieben hatte. Die tief herabhängenden Zweige einer alten Trauerweide bildeten ein natürliches Zelt und boten Schutz vor neugierigen Blicken.

Joachim war noch nicht da. Mari setzte sich unter den Baum und lehnte sich an seinen Stamm. In den Zweigen über ihr tschilpten ein paar Spatzen. Mari schaute auf das vorbeiströmende Wasser und horchte in sich hinein. Bei aller Ungeduld, mit der sie Joachims Kommen herbeisehnte, verspürte sie vor allem tiefe Gewissheit. Sie hätte nicht erklären können, warum, aber sie war sich absolut sicher, dass Joachim der Mann ihres Lebens war. Es gab dafür keinen vernünftigen Grund, sie kannte ihn ja kaum. Es war ein Gefühl jenseits von Erklärungen und Worten.

Das Knacken von Zweigen riss Mari aus ihren Gedanken. Sie öffnete die Augen und strahlte Joachim an, der auf sie zukam. Er kniete sich vor sie hin, nahm sie wortlos in die Arme und drückte sie fest an sich.

»Die Zeit ohne dich wird mir immer unerträglicher«, sagte er, als sie sich voneinander lösten. Er setzte sich neben sie und nahm ihre Hand. »Wie ist es dir ergangen?«

Mari lächelte verschmitzt. »Ehrlich gesagt hab ich wenig von dem mitbekommen, was um mich herum geschieht. Und das ist allein deine Schuld«, sagte sie gespielt vorwurfsvoll.

Joachim grinste. »Geht mir nicht anders. Die Kameraden nennen mich schon Hans Guck-in-die-Luft, weil ich ständig über irgendwelche Dinge stolpere.«

Mari kicherte, wurde aber gleich wieder ernst. »Ach, warum können wir uns nicht ohne diese Heimlichtuerei sehen?«

»Ich weiß, wie sehr dich das belastet. Ich würde viel darum geben, um es dir zu ersparen«, sagte Joachim leise.

»Ich kann ja verstehen, dass die Leute es schlimm finden, wenn man sich mit einem echten Nazi oder gar einem SS-Mann einlässt. Aber was haben sie gegen jemanden wie dich? Du kannst doch nichts dafür, dass du Soldat bist und hier stationiert wurdest«, sagte Mari mit einem traurigen Lächeln.

Joachim küsste ihre Hand und legte sie an seine Wange. »Ich habe immer davon geträumt, nach Norwegen zu reisen. Das Land hat mich schon als Kind fasziniert. Jetzt bin ich hier. Habe das Glück meines Lebens gefunden. Und verwünsche gleichzeitig die Rolle, in der ich hier auftrete.«

Mari sah ihm in die Augen und sagte ernst: »Wage es niemals, dir zu wünschen, es wäre anders. Denn dann hätte ich dich nicht kennengelernt.«

»Nilla, was tust du denn hier?«, fragte Mari überrascht. Sie hatte gerade den Hühnerstall ausgemistet, und als sie auf den Hof hinaustrat, stand sie unvermutet ihrer Freundin gegenüber.

»Deine Mutter hat mir gesagt, dass ich dich hier finde«, antwortete Nilla knapp und musterte Mari mit verschlossenem Gesicht.

Mari erwiderte ihren Blick ratlos. »Ja, und? Sag schon, was ist los?«

Nilla schnaubte empört, stemmte ihre Hände in die Seiten und funkelte Mari an. »Du bist mir eine Erklärung schuldig! Das ist los!«, sagte sie, fasste Mari am Arm und zog sie zu dem schmalen Trampelpfad, der am Kuhstall vorbei zu den Koppeln führte. »Wenn ich dir schon als Ausrede diene, dann will ich wenigstens wissen, wofür«, fuhr Nilla fort, als sie ein gutes Stück vom Hof entfernt waren.

»Was für eine Ausrede?«, fragte Mari.

»Also bitte, jetzt stell dich nicht auch noch dumm«, rief Nilla aufgebracht. »Gestern Nachmittag stand plötzlich dein Vater vor unserer Tür und wollte dich abholen. Er war wohl nach der Kirche noch auf einer Sitzung des Zuchtverbandes, die sich ziemlich lange hingezogen hatte.«

Mari blieb stehen und starrte Nilla aus schreckgeweiteten Augen an. »Und was hast du ihm gesagt?«

Nilla ließ Mari einen endlos scheinenden Moment schmoren. »Ich hab ihm gesagt, dass er dich ganz knapp verpasst hätte und du schon auf dem Heimweg wärst.«

Erleichtert atmete Mari aus und stieß ein »Danke« hervor.

»So, und jetzt raus mit der Sprache!«, verlangte Nilla streng.

Mari hatte ganz weiche Knie und ließ sich auf einen Felsblock sinken, der aus der Wiese ragte. Nilla setzte sich neben sie und schaute sie erwartungsvoll an. Mari schluckte trocken.

»Was ist los? Vertraust du mir nicht mehr?«, fragte Nilla verletzt.

Mari sah betreten zur Seite. »Es tut mir leid, dass ich dich angelogen habe«, murmelte sie, »ich wollte dich nicht verletzen.«

Nilla drückte Maris Arm. »Das weiß ich doch, du Schaf. Und ich glaube, ich weiß auch, was los ist: Du hast dich verliebt, und deine Eltern sollen nichts davon erfahren, richtig?«

Mari nickte und sah ihre Freundin an. Plötzlich war es ganz einfach, ihr von Joachim zu erzählen. Wie hatte sie nur fürchten können, Nilla würde sie für ihre Gefühle verurteilen?

»Das ist ja so romantisch«, hauchte Nilla, als Mari ihren Bericht beendet hatte. »Wie bei Romeo und Julia.«

Mari grinste schief. »Na ja, die möchte ich lieber nicht als Vorbild. Wenn ich mich recht erinnere, haben sie nicht besonders lang gelebt.«

Nilla nickte. »Stimmt. Aber einfach ist eure Situation auch nicht gerade.«

»Das kannst du laut sagen«, seufzte Mari. »Mein Vater findet Joachim für einen Deutschen zwar ganz in Ordnung, aber er würde ihn niemals als meinen Freund akzeptieren.«

Nilla schüttelte sich leicht. »Ich mag mir gar nicht ausmalen, wie mein Vater reagieren würde«, sagte sie und verstummte nachdenklich. »Aber wie soll das weitergehen mit euch?«, fragte sie nach einer Weile.

»Wenn ich das wüsste!«, antwortete Mari. »Ich versuche, nicht darüber nachzudenken, und genieße einfach die Stunden, die wir miteinander verbringen können. Allzu viele sind's ja leider nicht.«

Nilla nickte und beugte sich näher zu Mari. »Und habt ihr schon? ... Äh, du weißt schon ...«

Mari wurde rot und schüttelte heftig den Kopf. »Aber nein, was denkst du denn?«

Nilla hob entschuldigend die Hände. »Na ja, hätte ja sein können. Die meisten Männer ...«

Mari unterbrach sie. »Joachim ist aber nicht wie die meisten Männer. Er meint, wir hätten keine Eile. Er will, dass das erste Mal schön für mich wird und wir es erst machen, wenn ich es aus ganzem Herzen will.«

Nilla war beeindruckt. »Er meint es wirklich ernst«, stellte sie fest und fügte mit aufrichtiger Freude hinzu: »Ich bin froh, dass du so einen netten Mann kennengelernt hast.«

Mari umarmte Nilla. »Und ich bin so froh, dich als Freundin zu haben«.

Nach dieser Aussprache mit Nilla fühlte sich Mari sehr erleichtert. Es hatte gutgetan, endlich mit jemandem über ihre Gefühle reden zu können. Es kam ihr so vor, als sei ihre Beziehung zu Joachim realer geworden, seit Nilla davon wusste. Außerdem war sie ihrer Freundin sehr dankbar, dass sie nicht versucht hatte, ihr die ganze Sache auszureden, um nicht in Schwierigkeiten zu geraten. Im Gegenteil, Nilla hatte ihr angeboten, auch künftig für Alibis herzuhalten, wenn Mari welche brauchte, um sich mit Joachim treffen zu können. Trotzdem hatte Nilla recht: Ewig konnte dieses Versteckspiel nicht gut gehen. Zumal es Mari immer mehr belastete und ihr ein schlechtes Gewissen machte.

Drei Wochen später gab Pfarrer Hurdal im Gottesdienst das Aufgebot von Maks Solstad und Gorun Jørgensson bekannt. Die Hochzeit sollte im August stattfinden. Mari hatte ihre Freundin in den letzten vierzehn Tagen nicht gesehen. Gorun war vollauf mit den Vorbereitungen für ihren großen Tag beschäftigt gewesen und an den letzten Sonntagen nach der Kirche sofort nach Hause geeilt. An diesem Tag jedoch blieb sie an der Seite ihres Verlobten auf der Straße vor dem Friedhof stehen und nahm die Glückwünsche von Freunden und Bekannten entgegen. Als sie Mari und Nilla sah, winkte sie sie aufgeregt zu sich. Während Gorun die Aufmerksamkeiten sichtlich genoss und aus dem Strahlen gar nicht herauskam, stand ihr Zukünftiger mit verschlossener Miene neben ihr und schien sich in dem feinen Anzug, den er zur Feier des Tages trug, nicht sehr wohl zu fühlen. Mari fand, dass sich seine kräftige Statur in Arbeitskleidung viel besser ausnahm. Maks war einen Kopf größer als Gorun und hatte die gleichen flachsblonden, glatten Haare.

»Die beiden passen doch gut zusammen«, flüsterte Mari Nilla zu, als sie auf das Paar zugingen.

»Äußerlich schon«, gab Nilla zurück. Sie wollte noch etwas hinzufügen, verstummte aber, da sie schon in Goruns Hörweite waren.

»Endlich lernt ihr Maks kennen«, sagte Gorun und strahlte ihre Freundinnen an. »Maks, das sind Mari und Nilla.« Maks nahm es mit einem Brummen zur Kenntnis. Gorun ließ sich von seiner Einsilbigkeit nicht irritieren. Munter fuhr sie fort: »Sie werden meine Brautjungfern sein.« Nilla warf Mari einen unbehaglichen Blick zu. Mari glaubte zu wissen, was in ihr vorging: Nilla, die fest entschlossen war, nur aus Liebe zu heiraten, kam sich verlogen vor, bei einer Hochzeit Brautjungfer zu sein, die aus Vernunftgründen arrangiert worden war.

Gorun runzelte leicht die Stirn. »Ihr seid doch meine Brautjungfern? Ich zähle fest auf euch!«, sagte sie.

»Aber natürlich«, beeilte sich Mari zu versichern. »Wir fühlen uns geehrt, nicht wahr, Nilla?«, fuhr sie fort und zwickte Nilla unauffällig in die Seite.

Nilla zuckte zusammen und murmelte: »Das wollte ich auch gerade sagen.«

Gorun lächelte besänftigt. »Ihr kommt am besten bald mal zu mir, damit wir alles besprechen können.«

Während sich für Gorun in der nächsten Zeit alles um ihre Hochzeitsvorbereitungen drehte, bestimmte der fortschreitende Sommer die Arbeiten auf dem Karlssenhof. Nachdem die Heuernte eingebracht war, gingen Enar und Ole ins Holz und schlugen einige Bäume. Lisbet, Großmutter Agna und Mari hatten im Garten alle Hände voll zu tun. Die ersten Gemüsesorten wie Karotten, Erbsen und Mangold konnten geerntet werden, und auch die Erdbeeren waren schon reif und wurden in riesigen Töpfen zu Marmelade eingekocht.

Fast vier Wochen waren seit dem ersten Stelldichein von Mari und Joachim vergangen. An diesem Abend sahen sie sich erst zum fünften Mal. Sie trafen sich wieder unter der Trauerweide am Fluss, die bei schönem Wetter ihr Lieblingsplatz war. An Regentagen suchten sie im Unterstand bei den Bienenstöcken Schutz. Mari hätte nie gedacht, dass es so schwer sein würde, sich unbemerkt zu treffen. Dazu kam, dass Joachim in letzter Zeit viel unterwegs war. Er musste den Rittmeister, für den er bereits auf dem Karlssenhof gedolmetscht hatte, zu weiteren Pferdehöfen in der Umgebung begleiten und blieb oft mehrere Tage weg.

»Du siehst erschöpft aus«, stellte Mari fest, als sie sich aus Joachims Begrüßungsumarmung löste und ihn zärtlich musterte.

»Keine Sorge, es ist alles in Ordnung«, sagte er. Ein leichter Schatten flog über sein Gesicht.

Mari zog die Augenbrauen zusammen. »Das sagt mein Bruder Ole auch immer. Und dann kann ich darauf wetten, dass etwas ganz und gar nicht in Ordnung ist. Also, was ist los?«

Joachim nahm Maris Hand und zog sie auf die Decke, die er unter der Weide ausgebreitet hatte. »Ich will dich nicht mit dem langweiligen Soldatenkram belasten. Dazu sind unsere kurzen Stunden viel zu kostbar.«

Mari hob seine Hand an ihre Lippen und küsste sie. »Ich will aber wissen, was dich belastet. Sonst mache ich mir nur immerzu Gedanken und Sorgen.«

»Nein, das sollst du auf keinen Fall«, sagte Joachim und fuhr nach einer kurzen Pause fort: »Du hast Rittmeister Knopke ja kennengelernt. Er führt sich einfach schrecklich auf. Ich würde am liebsten jedes Mal im Erdboden versinken, wenn er die Bauern anbrüllt oder schikaniert. Neuerdings wittert er überall Verrat und Widerstand. Ich weiß nicht, was passiert, wenn er tatsächlich mal einen Saboteur oder irgendetwas Illegales findet.«

Mari musste sofort an Ole denken. An jenen Tag, an dem er diesen Knopke mit dem Tragen einer Büroklammer provoziert hatte. Ihr Magen zog sich zusammen. Hoffentlich hielt Ole sein Versprechen und ließ solche leichtsinnigen Dinge in Zukunft bleiben.

»Siehst du, nun habe ich dir die Laune verdorben.« Joachim schaute Mari mit zärtlichem Vorwurf an.

Mari bemühte sich um ein unbefangenes Lächeln. »Nein, nein, ich bin froh, dass du es mir erzählt hast.«

Joachim erwiderte ihr Lächeln. »Aber jetzt genug von den Knopkes dieser Welt. Ich habe einen Riesenhunger«, sagte er und deutete auf eine Angelrute, die am Baumstamm lehnte. »Was meinst du?«

Eine halbe Stunde später brutzelte eine stattliche Lachsforelle über einem kleinen Lagerfeuer, das Mari angefacht hatte, während Joachim sein Anglerglück versuchte. Der Eidselva führte reichlich Fische, und so hatte er nicht lange warten müssen, bis einer anbiss. Joachim holte zwei Blechteller aus seinem Rucksack, zerteilte die Forelle mit seinem Taschenmesser und reichte Mari ihre Portion. Es duftete köstlich. Mit großem Appetit ließen sie sich das zarte Fleisch schmecken, das Joachim mit Salz und ein paar selbst gepflückten Kräutern gewürzt hatte.

Nach dem Essen legte sich Joachim auf die Decke. Mari, die mit dem Rücken am Stamm der Weide lehnte, bettete seinen Kopf auf ihren Schoß.

»Am liebsten würde ich jetzt einfach mit dir loslaufen und irgendwo in den Bergen den Sommer verbringen«, sagte Joachim. Mari streichelte seine Haare. Eine verlockende Vorstellung. »Was glaubst du, würden wir in der Wildnis überleben?«, fragte er.

Mari nickte. »Ganz sicher. Wenn wir in der Nähe eines Flusses blieben, hätten wir immer genug Fisch. Und bald werden die Wälder wieder voller Beeren sein.«

Joachim zog die Augenbrauen hoch. »Du willst Bären jagen?«

Mari grinste. »*Bær* nicht *bjørn.*«

»Ach so, und ich dachte schon, ich wäre mit einer wilden Amazone zusammen, die leicht geschürzt mit Pfeil und Bogen durch die Wälder streift und Bären erlegt«, sagte Joachim mit gespielter Enttäuschung.

Mari gab ihm einen leichten Klaps. »So, so, das würde dir also gefallen.«

Joachim nickte, zog sie zu sich herunter und küsste sie leidenschaftlich.

Mari erwiderte den Kuss und schaute Joachim danach tief in die Augen. Die ganze Welt bestand nur noch aus Joachims Duft, der Wärme seines Körpers und diesen braunen Augen mit den goldenen Sprengseln.

»Ich möchte dich lieben«, flüsterte sie und spürte, wie sie rot wurde.

Joachim nahm ihr Gesicht in beide Hände und sah sie zärtlich an. »Mein Liebling, wir haben Zeit und ...«

Mari brachte ihn mit einem Kuss zum Schweigen. »Du bist mein Leben«, sagte sie schlicht.

Joachim lächelte. »Und du bist meines«, flüsterte er heiser und nahm sie in den Arm. Während er ihren Hals mit Küssen bedeckte, streichelte er sanft ihre Brüste. Mari erschauerte, schloss die Augen und begann ihrerseits, Joachims Körper mit den Händen zu erkunden.

11

Nordfjordeid, Anfang Mai 2010

Lisa schlug die Daunendecke zurück, schwang ihre Beine über die Bettkante und stand auf. Ein heißer Schmerz fuhr durch ihr rechtes Bein. Mit einem Aufschrei ließ sie sich aufs Bett zurückfallen. Verdammt, den verletzten Knöchel hatte sie ganz vergessen, besser gesagt, gehofft, dass er sich über Nacht wieder beruhigen würde. Sie beugte sich hinunter. Ihr Fußgelenk war dick angeschwollen, fühlte sich heiß an und tat schon beim Hinsehen weh. Eine saubere Verstauchung. Na klasse, dachte sie, das hat mir gerade noch gefehlt! Auf einem Bein hüpfte sie ins Badezimmer in ihrer Hütte und überlegte, wie sie nun ihre Abreise organisieren sollte. Den von Marco vorgeschlagenen Flieger um zehn Uhr von Sandane nach Oslo konnte sie vergessen. Zuerst musste sie zu einem Arzt und sich eine dieser praktischen Schienen verpassen lassen, mit denen man relativ mobil war. Susanne hatte letztes Jahr so ein Teil nach einem Skiunfall getragen und war sehr zufrieden damit gewesen.

Lisa putzte sich gerade die Zähne, als es an der Tür klopfte. Wer mochte das sein? So früh am Morgen? Rasch spuckte sie den Schaum aus, zog sich ihren Morgenmantel über und humpelte in den Wohnraum. Während von außen die Tür geöffnet wurde, fragte eine helle Stimme in akzentfreiem Englisch, ob man eintreten dürfe. Sie gehörte zu einer sportlich wirkenden jungen Frau, die Lisa auf ungefähr ihr Alter schätzte. Das von hohen Wangenknochen geprägte, schmale Gesicht wurde von einer dunklelbraunen Pagenfrisur umrahmt und machte auf Lisa einen leicht exotischen Eindruck. Es glich jedenfalls keinem der norwegischen Gesichter, die sie bislang gesehen hatte.

»Hallo, ich bin Nora«, stellte sich die junge Frau vor und reichte Lisa die Hand. »Amund meinte, dass du wahrscheinlich Hilfe brauchst«, fügte sie mit einem Blick auf Lisas geschwollenen Knöchel hinzu und verzog das Gesicht. »Oje, der sieht ja wirklich böse aus!«

Lisa winkte ab. »Halb so schlimm. Wirklich, ich komm schon zurecht.«

Nora sah sie mit einem leichten Lächeln an. »Das muss dir doch nicht peinlich sein. Ich helfe gern.«

Bevor Lisa etwas entgegnen konnte, trat Nora kurz vor die Tür und holte ein Tablett herein. »Tekla hat dir ein Frühstück zurechtgemacht. Sie hätte es dir gern selber gebracht, aber sie hat gerade alle Hände voll zu tun«, erklärte sie und stellte das üppig beladene Tablett auf den Tisch, der vor dem Fenster stand.

Mit gemischten Gefühlen starrte Lisa auf das Tablett. Sie hatte jetzt wirklich keine Zeit für ein ausgiebiges Frühstück, sondern sollte schleunigst zu einem Arzt und dann zum Flughafen, wenn sie noch am Abend in Hamburg ankommen wollte. Aber wollte sie das unbedingt?

»Sei mir nicht böse …«, begann sie und hörte sich dann plötzlich sagen: »Vielen Dank, das ist wirklich sehr nett!« Sie setzte sich auf einen Stuhl und machte eine einladende Geste zum Stuhl gegenüber. »Magst du vielleicht mit mir frühstücken? Das reicht ja mindestens für drei bis vier Leute.«

Nora grinste. »Ja, Tekla findet dich offenbar zu dünn.« Sie schaute kurz auf die Uhr und setzte sich. »Ich leiste dir gern Gesellschaft. Ich hab auch noch nichts gegessen. Und bis die Kids aufstehen, dauert es sicher noch eine Weile.«

Lisa lächelte erfreut. Nora schien eine unkomplizierte, zugängliche Person zu sein. Sie war ihr auf Anhieb sympathisch. »Ich hab dich und deine Kinder noch gar nicht auf dem Hof gesehen«, sagte sie. »Wie viele hast du denn?«

Nora schaute sie verdutzt an und lachte. »Ach so, nein, ich

habe keine Kinder. Ich betreue nur welche. Wir sind erst gestern Abend angekommen«, erklärte sie.

Während sich die beiden jungen Frauen die frischen Brötchen schmecken ließen, erzählte Nora von ihrer Arbeit mit Kindern aus »schwierigen Verhältnissen«, die sie betreute. Ab und zu nahm sie einige von ihnen für ein paar Tage mit auf den Karlssenhof. »Für viele ist es das erste Mal, dass sie aus Oslo rauskommen und einen echten Bauernhof sehen«, erzählte sie. »Ich finde es sehr wichtig, dass sie zumindest eine Ahnung vom Leben mit der Natur bekommen.«

»Kommst du aus Oslo?«, fragte Lisa.

»Ja, ich bin dort aufgewachsen«, antwortete Nora. »Eigentlich bin ich also eine Großstadtpflanze. Aber früher habe ich praktisch alle Ferien hier auf dem Hof verbracht. Im Grunde ist er meine Heimat.«

Lisa nickte. »Mir geht es ähnlich mit dem Haus meiner Großeltern und Onkel. Das war eine wichtige Konstante in meinem Leben. Meine Eltern sind alle zwei bis drei Jahre umgezogen. Ich fand das spannend und bin gut damit zurechtgekommen. Aber ich brauchte auch die Gewissheit, dass es einen Ort gab, an dem sich nichts änderte.«

Nora und Lisa lächelten sich zu, und jede hing einen Moment lang ihren Erinnerungen nach. Lisa hatte bisher nur sehr wenige Menschen getroffen, mit denen sie sich auf Anhieb so vertraut unterhalten konnte. Und bei denen eine Schweigepause nichts Unbehagliches hatte, sondern sich gut anfühlte.

»Jetzt muss ich aber los«, stellte Nora kurz darauf mit einem Blick auf ihre Uhr fest. »Wenn es dir recht ist, komm ich später noch mal wieder. Dann musst du mir unbedingt von deinem Fotoprojekt erzählen. Tekla ist ganz begeistert davon.«

Lisa schüttelte den Kopf. »Tut mir leid, aber dann bin ich nicht mehr da. Ich muss weg.« Sie deutete auf den wunden Knöchel. »Weißt du, wo ich hier einen Arzt finde?«

Nora nickte. »Es gibt ein gutes Krankenhaus drüben auf der anderen Seite am Berg. Wenn du willst, kann ich dich nachher hinfahren. Sagen wir, in zwei Stunden?«

Lisa wollte das Angebot spontan annehmen, hielt dann aber inne. »Danke, aber ich rufe mir lieber gleich ein Taxi.«

Nora schaute sie besorgt an. »Hast du Schmerzen? Mensch, dann hätte ich dich doch vorhin gleich hinfahren können.«

Lisa schüttelte den Kopf. »Nein, nein, alles in Ordnung. Aber ich muss heute noch zurück nach Deutschland.«

»Ach, wie schade. Ich dachte, du bleibst noch drei Tage«, sagte Nora.

»Das hatte ich auch vor«, bestätigte Lisa, »aber mein Freund hat mich gestern Nacht gebeten, früher zurückzufliegen. Wir wollen ein Haus kaufen und haben überraschend ein tolles Angebot bekommen.«

Nora nickte. »Verstehe, das wollt ihr euch natürlich nicht entgehen lassen.«

Lisa verzog das Gesicht. »Ehrlich gesagt, ich hab's damit eigentlich gar nicht so eilig.«

Nora stutzte. »Warum stresst du dich dann so? Fahr doch morgen. Oder kommt es wirklich auf vierundzwanzig Stunden an?«

Lisa schüttelte den Kopf. »Du hast recht. Außerdem hab ich echt keine Lust, mich abzuhetzen.« Bei diesen Worten gestand sie sich ein, wie sehr ihr die überstürzte Abreise gegen den Strich gegangen wäre.

»Dann hol ich dich also nachher ab?«, fragte Nora und verließ nach Lisas bestätigendem Nicken die Hütte.

Lisa schaltete ihren Laptop ein und checkte ihre E-Mails. Neben etlichen Werbemails und einer Auftragsanfrage fand sie auch eine Nachricht von Marco, die er ganz in der Früh geschrieben hatte, bevor er ins Büro aufgebrochen war. Dort überschüttete ihn sein Chef vor seinem Ausscheiden aus dem Verlag regelrecht mit Arbeit – ein Meeting jagte das andere, und seinen Nachfolger musste Marco auch noch einweisen.

»*Zum Glück ist ein Ende dieses Wahnsinns abzusehen*«, schrieb er. »*Jetzt freue ich mich aber vor allem auf Dich und zähle die Stunden, bis wir uns heute Abend wiedersehen. Gib mir doch Bescheid, ob Du die Flüge bekommst, die ich dir rausgesucht habe, und wann Du genau landest. Ich versuche, Dich auf jeden Fall vom Flughafen abzuholen.*« Lisa biss sich von innen in die Unterlippe. Ihr schlechtes Gewissen meldete sich zurück. Marco machte es ihr wirklich nicht einfach. Natürlich fand sie es schön, so sehnsüchtig erwartet zu werden. Aber sie fühlte sich dadurch auch unter Druck gesetzt. Sie war froh, dass sie Marco in den nächsten Stunden telefonisch nicht erreichen konnte, weil er in Kundengesprächen und Meetings steckte. Per E-Mail fiel es ihr leichter, ihn auf morgen zu vertrösten und den Zustand ihres verstauchten Knöchels etwas drastischer zu beschreiben, als er es tatsächlich war.

Nachdem Lisa die E-Mail abgeschickt hatte, lehnte sie sich erleichtert zurück und schaute aus dem Fenster. Dunkle Wolken hingen über dem Fjord – sicher würde es bald regnen. Ein Gedanke, der Lisa angenehm war. Es war so gemütlich in ihrer Hütte – sie würde sich den seltenen Luxus eines faulen Lesetages gönnen. Mit einem zufriedenen Lächeln legte sie den verletzten Fuß auf den Stuhl neben sich, griff nach ihrem Krimi und schlug die Seite auf, an der das Lesezeichen steckte.

Kurz darauf klopfte es erneut an ihrer Tür. Überrascht schaute sie auf und zuckte unwillkürlich zusammen, als Amund hereinkam. Auch heute war er offenbar fest entschlossen, sich nur auf Norwegisch mit ihr zu verständigen. Lisa hörte ihm ratlos zu, bis er erst auf ihren Knöchel und dann auf einen Tiegel mit Salbe deutete. Ohne ihre Reaktion abzuwarten, kniete er sich vor sie hin, legte den verletzten Fuß vorsichtig auf seine Oberschenkel und begann, die Salbe in den Knöchel einzumassieren.

Lisa versteifte sich und schaute verblüfft auf Amunds hellblonden Scheitel. Die Berührung seiner kräftigen, langen Finger, die in sanft kreisenden Bewegungen über die Schwellung glitten, jagten ihr wohlige Schauer durch den ganzen Körper. Sie schloss die Augen und gab sich einen kurzen Moment dieser Empfindung hin. Als sie sie wieder öffnete, sah sie direkt in zwei hellgraue Augen, die sie intensiv betrachteten. Lisa spürte, wie ihr heiß wurde. Hastig senkte Amund den Kopf und drückte aus Versehen fest auf Lisas Knöchel.

»Autsch!«, stöhnte sie. Der Schmerz brachte sie wieder zu sich. Sie bemühte sich, Amund nicht mehr anzusehen.

Dabei fiel ihr Blick auf den Deckel der Salbendose, auf dem ein Pferdekopf abgebildet war. Rieb er sie etwa mit einer Salbe für Pferde ein? Lisa unterdrückte ein hysterisches Kichern. Kein Zweifel, für diesen Amund waren Pferde das Maß aller Dinge. Was für sie gut war, konnte Menschen auch nicht schaden. Lisa hätte es nicht gewundert, wenn Amund angefangen hätte, beruhigend auf sie einzureden wie auf das Pferd, das Angst vor dem Anhänger gehabt hatte. Obwohl, mit Pferden ging er eindeutig freundlicher um.

Amund hatte die Massage beendet und bandagierte den Knöchel. Ohne Lisa noch einmal anzuschauen, stand er auf und verließ grußlos die Hütte. Das »*Tusen takk*«, mit dem Lisa ihm danken wollte, blieb ihr im Hals stecken.

Fassungslos schaute sie ihm nach. Ein seltsamer Kauz. Warum behandelte er sie so schroff? Oder war er zu allen Menschen so? Aber dann wäre er wohl kaum bei dem Konzert in der überfüllten Bar gewesen. Wenn sie sich recht erinnerte, hatte er sich dort eine Weile lebhaft mit dem Barkeeper unterhalten. Also doch eine spezielle Abneigung gegen sie? Warum half er ihr dann? Der Mann war ein Rätsel. Und zwar ein Rätsel, das du nicht lösen musst, sagte sich Lisa und griff wieder zu ihrem Buch.

Wie versprochen war Nora am späten Vormittag wiedergekommen, um Lisa zum Krankenhaus zu fahren. Dort bekam sie eine Fußgelenkschiene, mit der sie den verletzten Knöchel belasten durfte und laufen konnte. Die Ärztin riet ihr allerdings, den Fuß zumindest bis zum nächsten Tag hochzulegen und wenig zu beanspruchen, um die Heilung zu beschleunigen.

»Am besten, du hörst auf die Ärztin und schonst dich heute wirklich noch. Morgen wird dein Knöchel genug strapaziert«, sagte Nora, als sie wieder zu Lisas Hütte zurückgekehrt waren. Lisa nickte automatisch. Nora hatte recht, die Heimreise am nächsten Tag würde sicher anstrengend werden. »Morgen findet die Hengstkörung der Fjordpferde statt«, fuhr Nora fort. »Wie jedes Jahr am ersten Maiwochenende. Und samstags gibt es immer einen festlichen Umzug aller Teilnehmer mit ihren Pferden durch den Ort, bevor dann die Preise verliehen werden. Das solltest du dir nicht entgehen lassen.«

»Klingt interessant«, sagte Lisa. »Wenn du mir jetzt noch verrätst, was eine Körung ist ...«

Nora grinste. »Entschuldige, wenn man auf einem Gestüt groß geworden ist, vergisst man leicht, dass sich nicht alle Menschen mit Pferden auskennen«, sagte sie. »Also, ein Hengst, der zur Zucht eingesetzt werden soll, muss vorher eine Leistungsprüfung absolvieren und bestimmte Voraussetzungen mitbringen. Wenn er alle Anforderungen erfüllt, wird er gekört und darf als Deckhengst verwendet werden. Die genauen Details kenne ich auch nicht, das ist was für Fachleute wie Teklas Mann Faste oder Amund.«

»Nora, Nora!«, rief eine Kinderstimme, und ein kleiner, feingliedriger Junge rannte durch die Büsche vor der Hütte. Er hatte pechschwarze Haare und einen dunklen Teint. Lisa vermutete, dass seine Eltern aus Pakistan oder Indien stammten. Aufgeregt überschüttete der Kleine Nora mit einem norwegischen Wortschwall und wollte offensichtlich, dass sie mit ihm kam.

Nora lächelte Lisa zu. »Ich fürchte, ich muss dich schon wieder verlassen. Die Kinder dürfen mit zur Prüfung der Dreijährigen. Da hat Faste dieses Jahr auch einen Hengst aus seinem Gestüt angemeldet.« Der Junge griff nach Noras Hand und zog ungeduldig an ihr. Nora wuschelte ihm durchs Haar und wandte sich im Gehen noch einmal an Lisa. »Also, bis morgen?«

Lisa lächelte. »Gern! Ich bin schon sehr gespannt«, antwortete sie, bevor ihr siedend heiß einfiel, dass sie dann ja gar nicht mehr da sein würde.

»*Der kommer Sofin!*« Aufgeregt hüpfte der kleine Junge auf und ab und zeigte auf ein Pferd. Lisa stand neben Nora und ihren vier Schützlingen am Rand des Radhusvegen, durch den die Parade der Hengste zog. Ihre Vorhut – die Blaskapelle der Gemeinde – war bereits vor einer halben Stunde an ihnen vorbeimarschiert. In der Reihenfolge ihrer Startnummern folgten nun die Pferde – an der Hand geführt, geritten oder vor Kutschen gespannt. Lisa ließ sich von der fröhlichen Stimmung anstecken und bemühte sich, nicht mehr an das Telefonat zu denken, das sie am Vorabend mit Marco geführt hatte.

Wie befürchtet hatte er sehr enttäuscht reagiert, als sie ihm sagte, dass sie doch erst am Montag nach Hamburg kommen würde.

»Bist du sicher, dass du nicht früher kommst, weil du die Entscheidung für oder gegen ein Haus vor dir herschieben willst?«, hatte er gefragt – und damit genau ins Schwarze getroffen, wie sich Lisa eingestehen musste. Ihm gegenüber hatte sie dies allerdings empört abgestritten und ihm versichert, dass sie voll und ganz hinter ihren gemeinsamen Plänen stand.

Amal, wie der fünfjährige Junge hieß, hatte gerade Sofin, den Hengst vom Karlssenhof, entdeckt, der von Amund am Zügel geführt wurde. Amals ältere Schwester Bhadra und die beiden

Teenager Malfrid und Gerdy winkten dem Stallmeister zu und riefen seinen Namen. Amund winkte fröhlich zurück. Amal ließ Noras Hand los und rannte zu ihm. Mit einem Lachen hob Amund den Jungen hoch und setzte ihn auf das Pferd.

Überrascht verfolgte Lisa die Szene. War das wirklich der brummige Amund? Der Mann wirkte wie ausgewechselt. Amund rief Nora etwas zu. Dabei fiel sein Blick auf Lisa, die ihn freundlich anlächelte. Sein Miene erstarrte, und er wandte sich rasch ab.

»Was war das denn?«, fragte Nora erstaunt.

Lisa zuckte die Achseln. »Nichts Besonderes. So reagiert der immer, wenn er mich sieht.«

Nora schaute Amund kopfschüttelnd hinterher.

Lisa war froh, dass Nora keine Gelegenheit hatte, Amunds auffälliges Verhalten weiter unter die Lupe zu nehmen. Gerade war der letzte Hengst an ihnen vorbeigekommen, und die Zuschauer folgten den Pferden die Straße hinauf zum Fjordhestsenter. Die Kinder drängten Nora ungeduldig, vor allem die kleine Bhadra wollte ihrem Bruder schnell hinterher.

»Geht ruhig schon voraus«, sagte Lisa, die mit ihrem verstauchten Knöchel nicht so schnell vorankam.

Nora nickte ihr zu. »Lass dir Zeit. Es dauert sicher noch eine ganze Weile, bis die Show beginnt.«

Als Lisa das Pferdezentrum erreichte, standen tatsächlich noch viele Leute vor der großen Reithalle, die in einen modernen Gebäudekomplex integriert war. Auf dem Platz davor war ein Partyzelt aufgestellt, das einigen Ständen mit belegten Brötchen und Kuchen und einem Würstchengrill Schutz vor dem nassen Wetter bot. Es regnete zwar momentan nicht, doch die Berghänge waren in dichte Wolken gehüllt, und die Luft war schwer und feucht.

Lisa sah sich suchend um. Hinter dem Kuchenstand unter dem Zelt entdeckte sie Tekla Karlssen, die Kuchen an Noras Schützlinge verteilte. Nora stand etwas abseits bei einer Gruppe junger Leute, unter denen Lisa Mikael und die beiden Schwestern Liv und Line wiedererkannte, die sie am Abend zuvor kennengelernt hatte. Als Nora Lisa sah, rief sie ihr zu: »Super Timing, wir wollen gleich reingehen und uns gute Plätze suchen.«

Lisa war froh, dass sie ihre Kamera mitgenommen hatte und die beeindruckenden Vorführungen fotografieren konnte. Besonders gut gefiel ihr der historische Teil, bei dem demonstriert wurde, wie früher Lasten zu entlegenen Berghütten transportiert worden waren. Ein paar Pferde wurden mit alten Packsätteln gesattelt und zu einer Karawane aneinandergebunden. Großen Beifall ernteten auch acht junge Mädchen, die eine komplizierte Quadrille ritten, bevor die Blaskapelle den eigentlichen Höhepunkt des Tages ankündigte: die Körung und Preisverleihung.

Sofin, der Hengst vom Karlssenhof, hatte die Prüfung bestanden, was Tekla mit einem erleichterten Seufzen kommentierte. »Gott sei Dank. Es hätte meinen Bruder schon sehr enttäuscht, wenn Sofin durchgefallen wäre!« Fastes Schwester hatte sich zu den jungen Leuten gesetzt und die Entscheidungen der Preisrichter nervös verfolgt. Faste und seine Frau Inger saßen bei den Mitgliedern des Zuchtverbandes und winkten fröhlich herüber.

Lisa ertappte sich dabei, wie sie nach Amund Ausschau hielt. Sie entdeckte ihn in einer der hinteren Reihen der Zuschauertribüne – ins Gespräch vertieft mit einer attraktiven Frau. Wie vorhin mit den Kindern wirkte Amund auch jetzt gelöst und offen.

Nora folgte Lisas Blick. Sie stieß Mikael in die Seite und deutete mit dem Kinn Richtung Amund: »Ist das seine Freundin?«

Mikael musterte Amunds Begleiterin. »Keine Ahnung. Ich hab sie noch nie gesehen. Und erzählen tut er ja so gut wie nichts über sich«, stellte er fest und fragte mit bedeutungsvollem Unterton: »Wieso interessiert es dich plötzlich, ob Amund eine Freundin hat?«

Nora rollte mit den Augen und schlug ihm spielerisch auf den Kopf. »Was du immer gleich denkst. Ich bin einfach neugierig, o. k.?«

Mikael grinste. »Ist ja gut«, sagte er und wandte sich wieder Liv und Line zu.

Kam es Lisa nur so vor, oder hatte Nora ihr tatsächlich einen prüfenden Blick zugeworfen? Wie peinlich! Lisa vertiefte sich rasch in das Programmheft und hoffte, dass sie nicht rot geworden war.

12

Nordfjordeid, Anfang Mai 2010

Ab und zu trug der Wind Gelächter und Stimmen vom Hof herüber. Lisa saß auf ihrer kleinen Veranda und genoss die Strahlen der Abendsonne. Den ganzen Tag hatten dunkle Wolken den Himmel bedeckt, und es war kühl und windig gewesen. Doch kurz nachdem sie mit Tekla, Nora und den Kindern auf den Karlssenhof zurückgekehrt war, hatte es aufgeklart. Erschöpft von dem ungewohnten Gehen mit der Schiene hatte sich Lisa in ihre Hütte zurückgezogen, um sich ein wenig hinzulegen.

»Kommen Sie doch auch«, hatte Tekla gesagt und sie herzlich eingeladen, am Abend an der kleinen Feier teilzunehmen, die sie spontan zu Ehren des frisch gekörten Sofin und seines stolzen Züchters geben wollte. Lisa hatte sich über diese Einladung gefreut. Und gleichzeitig gewusst, dass sie sie nicht annehmen würde. Sie wollte eine weitere Begegnung mit dem alten Finn vermeiden, dessen kaum verhohlene Aversion gegen sie auffallen und zu heiklen Fragen führen könnte.

Entscheidender aber war ein diffuses Unbehagen, das Lisa bei dem Gedanken überkam, mit dieser Familie zu feiern. Es machte ihr mehr und mehr zu schaffen, dass sie sich quasi undercover ins Vertrauen dieser Menschen schlich. Würden sie sie ebenso freundlich behandeln, wenn sie wüssten, warum sie eigentlich hier war? Würden sie sie als Familienmitglied willkommen heißen? Oder sie davonjagen? Lisa gestand sich ein, dass sie diese Vorstellung mehr als schmerzlich fand. Schon verrückt. Bis vor Kurzem hatte sie keine Ahnung von ihren norwegischen Verwandten gehabt – und jetzt spielten diese eine wichtige Rolle in ihrem Leben, auch wenn ihnen das nicht bewusst war.

Die Sonne war mittlerweile hinter den Bergen am gegenüberliegenden Fjordufer verschwunden, doch der Himmel leuchtete noch hell. Lisa sah auf die Uhr. Der ungewohnt späte Sonnenuntergang brachte ihr Zeitgefühl durcheinander. Kurz nach zehn. Lisa stand auf, um in die Hütte zu gehen und es sich dort vor dem Kamin gemütlich zu machen.

Eine leise Melodie, die an ihr Ohr drang, ließ sie innehalten. Angestrengt lauschte sie den vom Wind verwehten Tönen, die sie so lange nicht mehr gehört hatte. Sie fühlte Tränen in sich aufsteigen. Längst vergessen geglaubte Bilder drängten sich in ihr Bewusstsein: ihre Mutter Simone, wie sie auf der Kante ihres Kinderbettes saß, ein Märchenbuch auf dem Schoß, aus dem sie gerade vorgelesen hatte. Lisa selbst in die Decke gekuschelt, die Augen schon fast geschlossen. Doch die Mutter durfte nicht gehen, bevor sie nicht diese Melodie gesummt hatte. Erst dann konnte sich Lisa in den Schlaf fallen lassen.

Lisa hatte diese Melodie später nie wieder gehört. Ihre Mutter konnte sich nicht erinnern, woher sie sie hatte. In der Heidelberger Familie war sie jedenfalls unbekannt. Und da sich Simone nicht an den Text des Liedes erinnerte, war es kaum möglich, seine Herkunft herauszubekommen. Lisa wandte sich um und humpelte in die Richtung, aus der der Gesang kam. Kurz darauf stand sie vor einer größeren Hütte, die knapp dreißig Meter von ihrer entfernt auf halbem Weg zum Hof lag. Durch ein offenstehendes Fenster sah sie Nora, die das Licht ausmachte und das Zimmer verließ. Offenbar hatte sie das Lied für die beiden indischen Geschwister gesungen, denn Lisa hörte, wie zwei schlaftrunkene Kinderstimmen »*god natt*« murmelten.

Während Lisa noch mit sich rang, ob sie anklopfen sollte oder nicht, öffnete Nora die Tür und kam heraus. Sie bemerkte

Lisa und lächelte erfreut. »Kommst du doch noch zu unserer kleinen Feier? Ich habe nur rasch die beiden Kinder ins Bett gebracht.«

Lisa schüttelte den Kopf. »Nein, mich hat das Lied angelockt, das du gerade gesungen hast«, sagte sie. »Meine Mutter hat es mir früher vorgesummt. Seither habe ich es nie wieder gehört.«

Nora sah Lisa überrascht an. »Bist du sicher, dass es dieses Lied war?«

»Ganz sicher«, sagte Lisa. »Meine Mutter hat mir nie Schlaflieder vorgesungen, sondern immer nur diese Melodie gesummt. Den Text dazu konnte sie nicht.«

»Woher kannte sie dieses Lied?«, fragte Nora nachdenklich.

Lisa zuckte die Schultern. »Das wusste sie selber nicht. Ich nehme an, dass sie es in frühester Kindheit gehört hat. Was ist das denn für ein Lied?«

»Das ist ja das Merkwürdige«, antwortete Nora. »Es ist ein altes Volkslied über die heilige Sunniva, eine Schutzheilige hier an der Westküste. Heute kennt es kaum noch einer. Und ich kann mir nicht vorstellen, dass es außerhalb Norwegens jemals bekannt war.«

Lisa lehnte sich an das Geländer der Veranda. Die Vorstellung, dass ihre Mutter unbewusst ein kleines Stück Norwegen an sie weitergegeben hatte, berührte sie sehr. Diese Melodie, die Simone sehr wahrscheinlich einst von ihrer leiblichen Mutter vorgesungen bekommen hatte, hatte die traumatischen Kriegserlebnisse, die alle anderen Erinnerungen des verwaisten Kindes gelöscht hatten, unbeschadet überstanden. Ein Gruß aus einer unwiederbringlich verlorenen Zeit. Und ein weiterer Beweis, dass sie auf der richtigen Spur war.

»Wer hat dir dieses Lied beigebracht?«, fragte sie Nora.

»Meine Mutter.«

»Ist sie denn aus dieser Gegend?«

Nora schüttelte den Kopf. »Nein, aus Tromsø. Aber sie ist schon ewig mit Tekla befreundet und hat viel Zeit hier auf dem Hof verbracht. Vermutlich hat sie das Lied hier kennengelernt.«

Lisa schaute Nora nachdenklich an. »Tromsø liegt doch ziemlich weit im Norden. Was hat sie denn hierher verschlagen?«

Nora erwiderte Lisas Blick und hob ratlos die Schultern. »Gute Frage. Ich weiß gar nicht, wie und wo sich Tekla und meine Mutter kennengelernt haben. Ich weiß nur, dass meine Mutter hier untergekommen ist, nachdem sie von zu Hause fortgelaufen war«, sagte Nora leise.

Lisa beugte sich zu ihr. »Fortgelaufen?«

Nora nickte. »Ja, mit zwanzig hat sie Tromsø verlassen und hatte seither nie wieder Kontakt zu ihren Eltern.«

Lisa sah Nora betroffen an. »Weißt du, warum sie fortgegangen ist?«

Nora schüttelte den Kopf und setzte sich auf die Bank neben der Tür. »Meine Mutter redet nicht darüber. Ich nehme aber an, dass es mit mir zu tun hat. Ein paar Monate später kam ich nämlich zur Welt. Und da ich ohne Vater aufgewachsen bin, war es wohl die uneheliche Schwangerschaft, die zu diesem Bruch führte.« Nora blickte zu Lisa hoch und fügte kopfschüttelnd hinzu: »Ziemlich verkorkste Geschichte.«

Lisa setzte sich neben Nora. »Nicht verkorkster als meine«, sagte sie. »Ich habe erst vor ein paar Tagen erfahren, dass meine Mutter als kleines Kind adoptiert wurde und meine Heidelberger Familie gar nicht mit mir verwandt ist.«

Nora sah Lisa interessiert an. »Und warum hat sie dir das erst jetzt erzählt?«

»Das hat sie gar nicht. Nicht direkt jedenfalls«, sagte Lisa. »Ich habe es erst nach ihrem Tod durch einen Anwalt erfahren.«

»Oh, das tut mir leid«, sagte Nora und berührte Lisa leicht

am Arm. »Ich kann mir vorstellen, dass es besonders schlimm ist, weil du nicht mehr mit ihr darüber sprechen kannst.«

Lisa nickte. »Ja, das hat mich schon sehr getroffen. Aber ich kann sie auch irgendwie verstehen …« Sie verstummte. Alles in ihr drängte danach, sich Nora ganz anzuvertrauen. Ihr Gefühl sagte ihr, dass sie es wagen konnte. Oder war das nur ihr Wunschdenken? Warum machte sie sich immer so viele Gedanken? Was hatte sie denn zu verlieren? Unwillkürlich biss sie sich von innen in die Unterlippe.

»Ich wollte dir nicht zu nahe treten«, drang Noras Stimme in Lisas Gedanken.

Lisa schüttelte den Kopf. »Das bist du nicht. Es ist nur so …«, begann sie und hielt unschlüssig inne. Nora lächelte ihr aufmunternd zu. Lisa gab sich einen Ruck. »Ich glaube, ich weiß, wer die leiblichen Eltern meiner Mutter waren. Ich hatte ein paar spärliche Hinweise, denen ich nachgegangen bin. Und die haben mich hierher geführt«, sagte Lisa rasch, bevor sie es sich wieder anders überlegen konnte.

Noras Augen weiteten sich. »Hierher?«, fragte sie. »Du meinst …« Sie zeigte in Richtung des Hofes und sah Lisa ungläubig an.

Lisa nickte. »Genau, hierher auf den Karlssenhof.«

»Das ist ja wirklich unglaublich«, sagte Nora, als Lisa ihr erzählt hatte, was sie bisher wusste. »Ich dachte immer, so was gibt's nur in Romanen.«

Lisa grinste. »Ging mir nicht anders«, sagte sie und lehnte sich in ihrem Sessel zurück. Die beiden jungen Frauen saßen vor dem Kamin in Lisas Hütte. Ein paar dicke Birkenscheite, die leise knisternd abbrannten, verbreiteten eine angenehme Wärme. Lisa fühlte sich erleichtert. Erst jetzt wurde ihr bewusst, wie sehr die ganze Heimlichtuerei sie belastet hatte. Noras aufrichtiges Interesse und ihre Anteilnahme hatten alle Zweifel beiseitegewischt.

Nur kurz hatte Nora sie vor Überraschung sprachlos angestarrt, bevor sie zwei Flaschen Bier aus ihrem Kühlschrank geholt und Lisa zu ihrer Hütte begleitet hatte, wo Lisa ihr die Briefe und andere Unterlagen zeigen wollte.

Nora griff nach dem Medaillon, das Lisa auf den kleinen Beistelltisch zwischen ihren Sesseln gelegt hatte. »Es kommt mir bekannt vor«, sagte sie, »aber woher?« Nachdenklich starrte sie auf das Schmuckstück. »Jetzt weiß ich es!«, rief sie nach einer Weile. »Ich habe es auf einem alten Foto gesehen. Ja genau, auf dem von der Großmutter von Tekla und Faste, das in der Wohnstube hängt. Lisbet hieß sie, glaub ich.«

Lisa richtete sich auf. »Das kann doch nur bedeuten, dass sie das Medaillon meiner Großmutter geschenkt hat, die es wiederum meiner Mutter gegeben hat!«

Nora nickte und las halblaut die gravierte Widmung: *»For veslepusen min til minne om din lykkeligste dagen«*. Sie sah Lisa an. »Lustig. Als ich klein war, hat mich meine Mutter auch oft *veslepus* genannt. Das heißt kleine Mieze oder Kätzchen und ist ein beliebter Kosename für Kinder.«

Lisa lächelte Nora an. Es tat gut, nicht mehr allein auf der Suche zu sein, nicht mehr allein zu versuchen, die Geheimnisse der Familiengeschichte zu lüften. In diesen Tagen hatte Lisa ihre Freundin Susanne sehr vermisst und sich oft gewünscht, sie bei sich zu haben. In Nora hatte sie nun eine neue Verbündete gefunden.

Am nächsten Vormittag hatten sich Lisa und Nora in der Wohnstube des Haupthauses zu einem späten Frühstück verabredet, um ungestört reden zu können. Tekla war im Sonntagsgottesdienst, Mikael machte einen Ausflug mit Freunden, und Faste,

Inger und Amund gingen um diese Zeit längst ihren verschiedenen Beschäftigungen nach. Auch Noras Schützlinge waren schon in den Ställen unterwegs, wo sie mit Begeisterung mithalfen, wie Nora zufrieden erzählte: »Die beiden Älteren fanden es ja erst uncool, auf einem Bauernhof abzuhängen, aber das hat sich schnell gelegt. Jetzt wetteifern sie mit Amal und seiner Schwester darum, bei Amund Eindruck zu schinden. Der imponiert ihnen wohl mächtig.«

Lisa beeilte sich, das Thema zu wechseln, und deutete auf die Wand mit den Fotos. »Auf welchem ist Urgroßmutter Lisbet?«

Nora zeigte auf ein Bild. »Hier. Siehst du, das ist eindeutig dein Medaillon.«

Lisa nahm das gerahmte Bild vorsichtig in die Hand, um es besser betrachten zu können. Die Frau darauf mochte um die vierzig Jahre alt sein und lächelte freundlich in die Kamera. Um den Hals trug sie eine Kette, an der unverkennbar das Medaillon hing, das Lisa unter ihrem Pullover trug.

»Unsere Familienbilder haben es Ihnen ja offenbar sehr angetan.« Erschrocken drehten sich Lisa und Nora um. Im Türrahmen stand Tekla Karlssen, die gerade von der Kirche zurückgekehrt war. Sie musterte die beiden jungen Frauen fragend.

Nora lächelte sie strahlend an. »Tekla, du kommst wie aufs Stichwort.« Sie nahm sie am Arm, zog sie ins Zimmer und schloss die Tür.

Lisa erstarrte. Nora wollte sie doch nicht etwa einweihen? Sie hob die Hand zu einer abwehrenden Geste, doch Nora achtete nicht weiter auf sie.

»Vielleicht kannst du uns weiterhelfen«, sagte sie. »Weißt du, ob dein Vater außer seinem Bruder auch noch eine Schwester hatte, die Mari hieß?«

Teklas Augen weiteten sich, und sie schluckte trocken. »Wie kommst du denn darauf?«, fragte sie heiser.

Nora nickte Lisa zu. »Zeig's ihr!«

Lisa zögerte. Am liebsten wäre sie wortlos aus dem Raum gerannt. Aber jetzt war es zu spät für einen Rückzieher. Sie atmete tief durch, zog das Medaillon hervor und hielt es Tekla hin.

Tekla ließ sich auf einen Stuhl sinken und starrte verblüfft auf das Schmuckstück. Nora setzte sich neben sie und berichtete ihr kurz, auf welchen Wegen Lisas Suche nach ihrer Großmutter sie auf den Karlssenhof geführt hatte. Lisa war froh, dass Nora das übernahm. Sie selbst hätte vermutlich keinen vernünftigen Satz herausgebracht. Angespannt beobachtete sie, wie auf Teklas Gesicht das ungläubige Staunen einem betroffenen Ausdruck wich.

Nora erwähnte auch die Melodie, die Lisas Mutter dieser als Kind vorgesummt hatte. »Das ist doch merkwürdig«, sagte sie. »Woher soll eine deutsche Frau ein Lied kennen, das selbst in Norwegen nur in dieser Gegend hier gesungen wurde? Meine Mutter hat es ja auch nur gekannt, weil sie es von dir gelernt hat.«

Lisa bemerkte, dass Tekla auf dieses Detail verwirrt reagierte, zu einer Erwiderung ansetzte, sich aber gerade noch zurückhielt. Nora schien Teklas Irritation zu entgehen. Sie ließ das Medaillon aufschnappen, deutete auf das Porträt der jungen Frau und sagte: »Und das hier ist doch der beste Beweis, dass Lisa mit ihr verwandt ist.«

Tekla stieß einen überraschten Laut aus und schaute Lisa fassungslos an.

»Diese Ähnlichkeit kann kein Zufall sein«, fuhr Nora ungerührt fort.

Tekla rang sichtlich um Fassung. Schließlich sagte sie: »Ihr habt recht. Mein Vater hatte eine Schwester.«

Nora lächelte Lisa triumphierend zu. Lisa setzte sich auf die Bank und sah Tekla gespannt an.

Tekla schloss kurz die Augen, bevor sie Lisa und Nora ernst ansah. »Ich werde euch sagen, was ich weiß. Das muss aber unbedingt unter uns bleiben.«

Nora und Lisa nickten.

Tekla räusperte sich und begann: »Als ich zwölf Jahre alt war, starb mein Großvater Enar an einem Herzinfarkt. An diesem Tag war ein Brief gekommen, der alle in große Aufregung versetzte. Wir saßen gerade hier in der Stube, als er gebracht wurde. Man schickte uns Kinder hinaus, doch ich hatte schon früher entdeckt, dass man vom Nebenraum aus durch den Kamin Gespräche belauschen kann.« Tekla deutete auf den Kachelofen, von dem ein dickes Rohr durch die Wand ins Nebenzimmer führte. »Auf der anderen Seite steht ein kleiner Ofen, der von hier aus mitbeheizt wird«, erklärte sie.

Nora rutschte ungeduldig auf ihrem Stuhl nach vorn und fragte: »Jetzt mach's bitte nicht so spannend. Was war das für ein Brief?«

»Ganz genau hab ich das nie herausfinden können«, antwortete Tekla. »Großvater war jedenfalls außer sich vor Wut, so hatte ich ihn noch nie erlebt. Er schrie immer wieder: ›Hat diese unselige Person nicht schon genug Unglück über uns gebracht?‹ Auch mein Vater war vollkommen aufgelöst. Meine Mutter hat versucht, die beiden zu beruhigen, was aber nur dazu führte, dass Vater sie anfuhr, sie solle sich gefälligst raushalten, das sei eine Angelegenheit seiner Familie. Dann hörte ich auf einmal ein lautes Poltern, meine Mutter schrie entsetzt auf, und Vater ist in die Küche gerannt, wo das Telefon stand, und hat einen Arzt gerufen.«

Lisa und Nora wechselten einen betroffenen Blick. Lisa wurde ein wenig flau im Magen. Der Gedanke, dass ihre Mutter mit ihrem Brief, den sie so hoffnungsvoll nach Norwegen geschickt hatte, solches Unheil ausgelöst hatte, war bedrückend. Und es konnte wohl kaum einen Zweifel daran geben, dass es

Simones Brief, in dem sie sich ihren norwegischen Verwandten als Maris Tochter vorstellte, gewesen war, der Enars Herz zum Stillstand gebracht hatte.

Um ganz sicherzugehen, fragte Lisa: »War das 1965? Und ist der Brief in Deutschland abgeschickt worden?«

Tekla nickte. »Das Jahr stimmt auf jeden Fall. Ob er aus Deutschland kam, wusste ich damals nicht. Die Briefmarken waren aber ausländisch, das zumindest konnte ich erkennen.«

Lisa schaute nachdenklich zu Boden. Was für ein Drama! Zum Glück hatte ihre Mutter nie erfahren, welch schreckliche Wirkung ihr Brief gehabt hatte. Jetzt konnte Lisa auch die harsche Abfuhr, die man Simone erteilt hatte, besser nachvollziehen.

Nora berührte Tekla leicht am Arm. »Und wie ging's weiter?«, fragte sie leise.

»Der plötzliche Tod von Großvater ließ natürlich erst einmal alles andere in den Hintergrund treten«, fuhr Tekla fort. »Ich getraute mich nicht zu fragen, von wem dieser Brief gewesen war und warum er so eine Aufregung verursacht hatte. Aber auf der Beerdigung von Großvater bekam ich einen unerwarteten Hinweis. Unter den Trauergästen war nämlich eine Frau, die meinen Vater ansprach. Sie fragte ihn, ob es nicht an der Zeit sei, Frieden mit seiner Schwester zu schließen. Ich werde nie vergessen, wie mein Vater ganz weiß im Gesicht wurde. Zuerst sah er verwirrt aus, und dann, als die Frau ihre Frage wiederholte, warf er ihr einen Blick so voller Wut und Abscheu zu, dass ich Angst vor ihm bekam. Es hätte mich nicht überrascht, wenn er auf sie losgegangen wäre. Die Frau drehte sich wortlos um und verließ den Friedhof.«

»Hast du herausgefunden, wer sie war?«, fragte Nora.

Tekla nickte. »Ein paar Trauergäste, die in der Nähe standen und den Vorfall mitbekommen hatten, fingen an zu tuscheln.

Einer meinte, das sei Nilla Kjøpmann gewesen, deren Eltern früher einen Gemischtwarenladen in Nordfjordeid hatten.«

»Und was hat diese Nilla mit Lisas Großmutter zu tun?«, wollte Nora wissen.

»Sie war ihre beste Freundin«, erklärte Tekla. »Aber das habe ich erst Jahre später erfahren. Genauer gesagt 1974, nachdem meine Mutter gestorben war. Ich bin damals oft zu ihrem Grab gegangen. Und eines Tages habe ich dann auf dem Friedhof Nilla Kjøpmann getroffen.«

Lisa hatte sich mittlerweile von ihrer Bestürzung erholt und lauschte gebannt Teklas Erzählung. »Hat sie Ihnen etwas über meine Großmutter erzählt? Wo sie wohnt? Was für ein Leben sie führt?«

Teklas Miene wurde verschlossen. »Tut mir leid, aber ich habe versprochen, mit niemandem darüber zu reden«, erklärte sie.

Nora runzelte die Stirn. »Wem musstest du das versprechen? Etwa dieser Nilla?«

Tekla schüttelte den Kopf. »Nein, nicht Nilla – Mari.«

Nora und Lisa schauten Tekla überrascht an. »Heißt das, du hattest Kontakt zu ihr?«, fragte Nora, und Lisa begann gleichzeitig: »Sie haben Mari gesehen ...?«

»Ja und nein«, antwortete Tekla. »Ja, ich hatte Kontakt mit ihr. Und nein, ich habe sie nie gesehen.«

»Und, lebt sie noch?«, fragte Lisa aufgeregt.

»Ich weiß es nicht. Ich habe schon lange keine Verbindung mehr zu ihr«, antwortete Tekla mit eisiger Stimme. Bevor Nora und Lisa weitere Fragen stellen konnten, stand sie auf. »Tut mir leid, ich muss dringend weg«, sagte sie und verließ die Stube.

Nora sprang auf, um sie zurückzuhalten, doch Lisa fasste sie am Arm. »Lass gut sein. Für sie war es sicher ein Schock, so plötzlich mit mir und den alten schmerzlichen Geschichten konfrontiert zu werden.«

»Stimmt schon«, sagte Nora und setzte sich wieder hin. »Aber später muss sie uns unbedingt mehr erzählen. Ich finde, du hast ein Recht darauf, zu erfahren, was sie über deine Großmutter weiß.«

Lisa nickte abwesend und sah Nora nachdenklich an. »Ich glaube, sie verschweigt noch viel mehr.«

»Was meinst du?«, fragte Nora.

»Ist dir nicht aufgefallen, wie sie stutzte, als du das alte Volkslied erwähnt hast? Ich glaube, sie kennt es gar nicht. Und warum hat sie keinen Kontakt mehr zu Mari? Das ist doch merkwürdig!«

Nora nickte. »Stimmt, sie wurde plötzlich richtig böse.«

Lisa kniff die Augen zusammen. »Was ist damals passiert? Was hat meine Großmutter an sich, dass keiner mit ihr zu tun haben will?«

Nora schaute Lisa an. »Wir werden es rausfinden!«

13

Nordfjordeid, Sommer 1940

»Lasset uns singen«, forderte Pfarrer Hurdal die Besucher der voll besetzten Kirche auf. Die Orgel ließ die Eingangstakte erklingen, und alle stimmten in das alte Lutherlied »*Vaer Gud han er sa fast en borg*« ein:

»Ein feste Burg ist unser Gott,
ein gute Wehr und Waffen.
Er hilft uns frei aus aller Not,
die uns jetzt hat betroffen.
Der altböse Feind
mit Ernst er's jetzt meint;
groß Macht und viel List
sein grausam Rüstung ist,
auf Erd ist nicht seinsgleichen.«

Mari, die in der ersten Reihe neben Nilla saß, glaubte, die Stimmen ihrer Brüder herauszuhören, die mit besonderer Inbrunst die Zeilen über den »altbösen Feind« schmetterten. Verstohlen sah sie sich um und bemerkte auf vielen Gesichtern eine Mischung aus Ingrimm und Entschlossenheit. Kein Zweifel, Pfarrer Hurdal hatte mit der Wahl dieses Liedes die Stimmung der meisten seiner Gemeindemitglieder getroffen, denen die Besetzung ihres Landes durch die Deutschen ein ständig schmerzender Stachel im Fleisch war.

Als das Lied zu Ende war, gab der Pfarrer dem Brautpaar ein Zeichen, sich vor ihn auf die Stufe zum Altar hinzuknien. Die

Trauzeugen stellten sich schräg hinter das Paar – Nilla und Mari auf Goruns Seite, zwei Freunde von Maks auf der des Bräutigams. Gorun trug zu ihrer festlichen *bunad* eine silberne Krone, an der viele kleine Spangen baumelten, die leise klirrten, wenn sie ihren Kopf bewegte. Das sollte böse Geister vertreiben, wie Mari von ihrer Großmutter wusste.

Maks trug einen traditionellen Anzug – ein weißes Hemd und Kniebundhosen mit Wadenstrümpfen. Dazu eine Weste und einen Überzieher, beides reich bestickt mit farbenfrohen Mustern. Schwarze Schuhe mit Silberschnallen rundeten das Ensemble ab. Er wirkte an diesem Tag viel selbstbewusster als noch vor wenigen Wochen. Die Verlobung mit der Tochter seines Dienstherrn hatte ihm sichtlich Auftrieb gegeben. Er hielt sich sehr aufrecht und streifte seine Braut ab und zu mit einem zufriedenen Blick.

»Als ob er sich ein gutes Pferd gekauft hätte«, wisperte Nilla in Maris Ohr. Mari warf ihr einen warnenden Blick zu, musste ihr aber insgeheim recht geben. Auch ihr war Maks' Gesichtsausdruck unangenehm aufgefallen.

Gorun strahlte über das ganze Gesicht und musste sich mehrmals Tränen aus den Augen tupfen, als Pfarrer Hurdal nun den Höhepunkt der Trauzeremonie zelebrierte. Mari lief ein Schauer über den Rücken, als sie die bekannten Fragen und den Trausegen hörte. Ihre Gedanken wanderten zu Joachim. Wie es sich wohl anfühlen würde, dort vorne neben ihm zu knien und sich ewige Treue zu versprechen? Lass das!, wies sie sich selbst zurecht. Es hat keinen Sinn, solche Bilder heraufzubeschwören. Bilder, die niemals Wirklichkeit werden, sondern nur wehtun.

Nach der Trauung zog die Hochzeitsgesellschaft zum Anwesen der Jørgenssons, das am anderen Ende des Städtchens in der Nähe des Flusses lag. Auf dem großen Grundstück, auf dem das Wohnhaus, die Schreinerwerkstatt und eine große Lagerhalle für Holz standen, hatte Goruns Vater in den letzten Wochen ein kleines Haus für das junge Ehepaar bauen lassen. Vor dessen Tür versammelten sich die Gäste und bewarfen das junge Paar mit Gersten- und Roggenkörnern. Gorun bemühte sich, möglichst viele davon aufzufangen – je mehr, umso größer würde das Glück in der Ehe sein. Anschließend wurden zwei kleine Tannenbäumchen rechts und links vor ihre Haustür gepflanzt, die so lange stehen bleiben sollten, bis das Paar das erste Kind bekommen haben würde.

»Wer hat denn *die* eingeladen?«

Mari, die mit den anderen Gästen zu den Bänken und Tischen lief, die vor der Holzlagerhalle aufgestellt waren, wandte den Kopf nach der wütenden Stimme. Maks hatte seine Braut am Arm gepackt und deutete mit der anderen Hand auf eine junge Frau, die in der Einfahrt zum Hof stand. Seine laute Stimme hatte nicht nur Maris Aufmerksamkeit erregt. Immer mehr Gäste blieben stehen, drehten sich zu Maks um und folgten seinem anklagend ausgestreckten Arm. Alle Gespräche verstummten. Auf einigen Gesichtern machten sich – wie bei Maks – Abscheu und Wut breit.

Gorun schaute ihren Mann verwirrt an. »Was hast du denn? Das ist Berit. Sie war in meiner Klasse«, erklärte sie.

»Wie kannst du nur?«, fauchte Maks wütend. »Ein Deutschenliebchen einladen. Das ist die Höhe!«

Mari zuckte zusammen. Um sie herum begann ein Raunen und Tuscheln. Mari hörte eine Frauenstimme, die zischte: »Dass die sich nicht schämt, hier aufzutauchen! Wie kann sie nur? Macht dem Feind schöne Augen und glaubt, dass sie hier willkommen ist.« Eine andere Frau sagte kopfschüttelnd: »Die armen Eltern. Hoffentlich erspart sie ihnen wenigstens einen Bankert.« Mari fröstelte. Es kam ihr vor, als legten sich die hämischen und verächtlichen Bemerkungen wie ein kalter Schleier über den festlich geschmückten Hof.

Berit, eine hübsche junge Frau, die Mari als stets gut gelaunte, freundliche Klassenkameradin in Erinnerung hatte, stand wie erstarrt da und war totenbleich. Sie zitterte am ganzen Körper, und Tränen liefen ihr über die Wangen. Mari wollte zu ihr gehen. Es konnte doch nicht sein, dass keiner ihr half! Dass alle nur Abscheu für eine junge Frau empfanden, deren einziges Verbrechen darin bestand, sich verliebt zu haben. Bevor Mari sich rühren konnte, schluchzte Berit auf, drehte sich um und stürzte davon. Mari fühlte sich, als hätte man ihr einen Schlag in die Magengrube versetzt. Sie schwankte.

»Reiß dich zusammen«, flüsterte ihr eine Stimme ins Ohr. Eine Hand schob sich unter ihren Arm und zog sie weg. Wie durch einen Nebel erkannte Mari ihre Freundin Nilla. »Lass dir jetzt um Himmels willen nichts anmerken«, beschwor sie Mari und fuhr vor Empörung bebend fort: »Dieser scheinheilige Heuchler! Erst vorgestern hab ich gesehen, wie er von ein paar deutschen Soldaten Zigaretten geschnorrt hat.«

»Das ist ja auch ganz was anderes«, sagte jemand spöttisch. Mari und Nilla fuhren erschrocken herum. Es war Ole, der ihnen unbemerkt gefolgt war. Nilla zog die Augenbrauen hoch und musterte Ole entrüstet. Der machte eine beschwichtigende Handbewegung. »Ich sag nur, wie es ist. Besser gesagt, wie es die meisten sehen: Männer dürfen mit den Deutschen Geschäfte machen und sich sogar mit ihnen anfreunden. Aber wehe, eine Frau verliebt sich in einen von ihnen. Das ist Landesverrat.«

Mari hatte sich wieder gefasst. Sie hoffte, dass Ole nicht mitbekommen hatte, wie sehr ihr der Vorfall unter die Haut gegangen war, und daraus womöglich seine Schlüsse zog.

Finns Auftauchen lenkte Mari ab. Ihr Zwillingsbruder war erst am Vorabend aus Oslo gekommen, um die Sommerferien zu Hause zu verbringen. Sie hatte noch kaum Gelegenheit gehabt, mit ihm zu sprechen. Dabei war sie so neugierig, was er von seinem Studium und seinem Leben in der großen Stadt erzählen würde. Doch das musste warten. Finn, der Oles Worte gehört hatte, runzelte die Stirn und fragte: »Findest du es etwa in Ordnung, wenn sich unsere Frauen und Mädchen mit den Besatzern einlassen?«

Ole schaute ihn überrascht an. »Ja, warum denn nicht?«

Finn schnaubte entrüstet. »Also bitte, das meinst du nicht ernst! Das sind unsere Feinde! Schlimm genug, wenn man sich mit ihnen arrangieren muss.«

Oles Gesicht wurde ernst. »Machst du es dir nicht ein bisschen einfach? Natürlich würde ich es niemals gutheißen, wenn sich eine mit einem überzeugten Nazi einließe, egal, ob es ein Deutscher oder ein Norweger ist. Das gilt übrigens genauso für Männer, die kollaborieren oder sogar selbst diese Gesinnung haben. Aber man kann sich nun mal nicht aussuchen, in wen man sich verliebt. Und das ist ja wohl kein Verbrechen!«

Mari hörte, wie Nilla leise seufzte. Sie drehte den Kopf zu ihr und sah, wie sie Ole mit einem verträumten Lächeln ansah. Er hatte offensichtlich genau in Nillas romantisches Herz getroffen.

Finn lief rot an und senkte kämpferisch den Kopf. »*Du* machst es dir zu einfach!«, rief er. »Die meisten lassen sich doch nicht aus Liebe mit unseren Feinden ein, sondern weil sie sich Vorteile davon versprechen!«

»Selbst wenn, wer könnte ihnen das übel nehmen?«, hielt Ole dagegen. »Etwa die gleichen Leute, die gute Geschäfte mit den Deutschen machen? Schon vergessen? Sogar du hast von deiner Bekanntschaft mit einem deutschen Soldaten profitiert.«

Finns Miene wurde noch düsterer. Mari legte ihm beruhigend die Hand auf den Arm. »Bitte streitet doch nicht. Es ist schließlich Goruns Hochzeit.«

Nilla nickte und sagte: »Es ist schlimm genug, dass Maks ihr ausgerechnet heute vor allen Leuten eine Szene gemacht hat.«

Finn brummte noch etwas vor sich hin und verzog sich zu

einem Tisch, an dem bereits ihre Eltern und Großmutter Agna Platz genommen hatten.

Ole sah ihm kopfschüttelnd nach. »Was ist bloß in ihn gefahren?«

Mari hatte sich das auch schon gefragt. So verbohrt kannte sie Finn gar nicht. Hatte er sich in den wenigen Wochen, die er nun von zu Hause weg war, wirklich so sehr verändert? Ein bedrückender Gedanke.

»Vielleicht liegt es daran, dass sie in Oslo mehr unter den Verordnungen und Verboten der Deutschen zu leiden haben«, sagte sie.

»Mag sein«, antwortete Ole. »Trotzdem finde ich seine Ansichten sehr merkwürdig.«

Nilla zog Mari am Ärmel. »Komm jetzt«, drängte sie und deutete mit dem Kinn zu den Tischen. Die meisten Gäste saßen bereits, und eben erhob sich der Vater der Braut, um die erste Festrede zu halten. Mari nickte ihrem Bruder zu und eilte mit Nilla zum Tisch des Brautpaares, an dem sie als Trauzeugen platziert waren.

Am frühen Abend wurde endlich die letzte Rede gehalten, und das Festmahl war beendet. Für Mari waren die Stunden quälend langsam dahingeschlichen. Es hatte sie viel Kraft und Selbstbeherrschung gekostet, freundlich zu lächeln, Interesse an den Tischgesprächen zu heucheln und sich ihre Geistesabwesenheit nicht anmerken zu lassen. Die verschiedenen Gerichte, die von den Frauen des Städtchens gemeinsam zubereitet worden waren, hatte sie kaum wahrgenommen. Wie bei solchen großen Festen üblich war fast der gesamte Ort anwesend. Alle hatten rationierte Lebensmittel wie Kaffee oder Zucker beigesteuert, denn auf der Hochzeit der Tochter eines angesehenen Gemeindemitglieds sollte es an nichts fehlen.

Nach dem Essen wurden die Tische verrückt, um Platz für die Musiker und die Tanzfläche zu machen. Viele Gäste standen auf, um sich die Beine zu vertreten und die Geschenke anzusehen, die von Helfern ausgepackt und auf einem großen Tisch aufgestellt worden waren. Auf einem weiteren Tisch wurden Platten mit Kuchen und Gebäck aufgebaut. Im Mittelpunkt prangte ein reich verziertes Hochzeitsbrot, das *brudlaupskling*. Später würde es, mit Käse belegt und mit Sirup beträufelt, den Gästen serviert werden.

Mari wollte das allgemeine Durcheinander nutzen und sich in eine stille Ecke zurückziehen. Doch ihr Vater entdeckte sie und winkte sie zu sich. Er stand mit seinen Söhnen und einem jungen Mann zusammen.

»Mari, mein Kind«, sagte er, als sie zu der Gruppe getreten war, und legte ihr einen Arm um die Schulter. »Erinnerst du dich noch an Mikel Hestmann?« Er deutete auf den jungen Mann. Mari schaute in dessen rundes, gutmütiges Gesicht mit den großen, etwas verschreckt wirkenden Augen und sah sofort den kleinen Jungen vor sich, mit dem sie und ihre Brüder vor vielen Jahren als Kinder gespielt hatten. Sein Vater hatte damals auf dem Karlssenhof gearbeitet, bis er einen eigenen Hof geerbt hatte und mit seiner Familie weggezogen war.

Mari nickte und sagte lächelnd: »Natürlich erinnere ich mich.« Am liebsten hätte sie gesagt: ›Wie könnte ich so einen drolligen Tollpatsch vergessen, der überall eine Spur der Verwüstung hinterließ‹, doch sie schluckte die Bemerkung im letzten Moment hinunter. Aus den Augenwinkeln sah sie, wie Ole sich das Lachen verbiss. Er wusste offensichtlich genau, was ihr gerade durch den Kopf ging. Nilla hatte recht. Sie musste wirklich lernen, sich zusammenzureißen und ihre Gefühle zu verbergen.

»Ihr habt euch sicher eine Menge zu erzählen«, sagte Enar bedeutungsvoll und gab Ole und Finn mit einer Kopfbewegung zu verstehen, dass sie ihm folgen sollten.

Mari sah ihn überrascht an. Was sollte das werden? Glaubte er im Ernst, sie würde sich für Mikel interessieren? Wie kam er denn darauf? Oder wollte er, dass sie sich für ihn interessierte, weil er ihn für einen geeigneten Schwiegersohn hielt? Mari war entsetzt. Hoffentlich täuschte sie sich.

Enar tätschelte ihren Arm, nickte Mikel aufmunternd zu und entfernte sich. Ole machte Mari hinter Mikels Rücken ein Daumen-hoch-Zeichen, grinste und folgte seinem Vater und Finn. Mari unterdrückte einen Seufzer und wandte sich Mikel zu. Ihm war das Ganze offenbar ebenso peinlich wie ihr. Sie kam sich plötzlich viel reifer und älter vor, obwohl sie etwas jünger war als er. Ihr Unmut verflog. Mikel konnte schließlich nichts dafür, dass ihr Vater sich plötzlich einbildete, sie verkuppeln zu müssen. Um ihm seine Befangenheit zu nehmen, verwickelte sie Mikel in ein Gespräch über Pferde. Ein gut gewähltes Thema, denn Mikel blühte regelrecht auf und war ganz in seinem Element.

»Was ist denn in Vater gefahren?«, fragte Mari, als sie später am Abend mit Ole Walzer tanzte, zu dem eine kleine Musikkapelle aufspielte. Die Sonne war längst untergegangen, und bunte Lampions erhellten den Hof. »Will er mich loswerden? Oder warum stellt er mich plötzlich jungen Männern vor?«

Oles Mundwinkel zuckten verräterisch, und ihm schien eine spöttische Bemerkung auf der Zunge zu liegen. Doch als er Maris Verunsicherung bemerkte, sagte er: »Du liebes Dummerchen! Niemand will dich loswerden. Aber Vater macht sich halt Gedanken über deine Zukunft. Und weil er weiß, dass du ohne deine geliebten Pferde todunglücklich würdest, denkt er wohl, Mikel Hestmann könnte als Sohn und Erbe eines Pferdezüchters der Richtige für dich sein.« Mari rollte mit den Augen. Ole grinste. »Außerdem kennt Vater ihn schon und müsste sich nicht an ein neues Gesicht gewöhnen. Du weißt doch, er mag keine Überraschungen.«

Mari bemühte sich, unbeschwert zu lächeln, und wechselte das Thema. In ihrem Inneren aber sah es gar nicht unbeschwert aus. Seit der schrecklichen Szene, die dem Auftauchen ihrer ehemaligen Klassenkameradin Berit gefolgt war, konnte sie die mahnende Stimme nicht mehr überhören, die sie immerzu drängte, sich von Joachim zu trennen – sofort, bevor es zu spät sein würde. Vergeblich versuchte sie, diese Stimme zum Schweigen zu bringen, indem sie ihr vorhielt, dass an ihrer Liebe nichts Unrechtes war. Dass alle in ihrer Familie Joachim als sympathischen Menschen schätzen gelernt hatten. Dass sie ihn unter anderen Umständen gewiss ohne Vorbehalte aufgenommen hätten. Aber die Umstände waren nun mal nicht anders, Enar würde es niemals billigen. Es führte kein Weg daran vorbei: Sie durfte nicht länger mit Joachim zusammen sein.

Dem Walzer folgten mehrere Kreis- und andere Gruppentänze. Mari ließ keinen aus und genoss diese unbeschwerten Stunden, in denen sie sich ganz der Musik und der Bewegung hingeben konnte und in Gedanken nur damit beschäftigt war, die richtige Reihenfolge der Schritte und Drehungen einzuhalten. Als die Melodie des letzten Tanzes verklungen war, stimmten die Musiker ein altes Abendlied an, in das alle Gäste einstimmten. Anschließend wurde – wie es der Brauch verlangte – Erbsensuppe serviert, was das Ende der Feier einleitete.

Nilla setzte sich zu Mari, die sich einen Tisch am Rand des Hofes ausgesucht hatte. Auch Nilla hatte viel getanzt. Ihr heller Teint war rosig angehaucht, ihre Augen leuchteten, und sie schien aus ihrem tiefsten Inneren heraus zu strahlen. Sie ist verliebt, schoss es Mari durch den Kopf. Doch bevor sie ihrer Freundin auf den Zahn fühlen und ihre Neugier stillen konnte, deutete Nilla mit einer Kopfbewegung auf Gorun und Maks, die einige Tische weiter bereits ihre Erbsensuppe löffelten – begleitet von launigen Glückwünschen und leicht anzüglichen Kommentaren. Denn das runde, grüne Gemüse symbolisierte nicht nur Reichtum, sondern vor allem Fruchtbarkeit. Während Gorun verschämt den Kopf abwandte, lachte Maks über die derben Späße seiner Freunde, kniff seine junge Frau in die Seite und machte eine Bemerkung, die Mari und Nilla nicht verstehen konnten, die Tischnachbarn des Brautpaares jedoch in schallendes Gelächter ausbrechen ließ.

»Wie kann er nur?«, empörte sich Nilla. »Er ist so ein ungehobelter Klotz. Merkt er denn nicht, wie sehr sich Gorun geniert?«

Mari warf Gorun einen mitfühlenden Blick zu. Doch die hatte sich wieder gefangen und gab ihrem Maks mit blitzenden Augen Kontra. Offenbar hatte ihre Antwort gesessen, denn ein Freund von Maks hieb diesem auf die Schulter und warf Gorun einen belustigt-anerkennenden Blick zu.

»Ich wüsste zu gern, was sie gesagt hat«, meinte Mari.

Nilla schnaubte. »Ich nicht. Wenn sie nicht aufpasst, werden wir sie bald nicht mehr wiedererkennen. Sie scheint ja wild entschlossen, sich ihm in allem anzugleichen.«

Mari zog die Augenbrauen hoch. »Übertreibst du nicht ein wenig?«

»Ich fürchte nicht«, entgegnete Nilla.

»Denk doch nur an heute Mittag. Früher hätte sich Gorun niemals vorschreiben lassen, mit wem sie befreundet ist. Vorhin hat sie sich nicht mal ansatzweise gewehrt, als Maks ihre Freundin vom Hof gejagt hat.«

Mari schluckte. Nilla hatte recht. Schlagartig wurde ihr klar, dass Gorun auch sie vermutlich fallen lassen würde wie eine heiße Kartoffel, wenn sie von ihrer Liebe zu Joachim wüsste. Nilla dachte offenbar das Gleiche, denn sie sah Mari ernst an und sagte mit Nachdruck: »Ich sag's nicht gern, aber ich glaube, man sollte in Zukunft genau überlegen, was man Gorun anvertrauen kann.«

Mari nickte und sah wieder zu Gorun, die ihr auf einmal so

fremd vorkam. Vielleicht tun wir ihr ja bitter unrecht, dachte sie und wusste zugleich, dass sie es nicht auf einen Versuch ankommen lassen würde. Das brauchte sie ja auch gar nicht – sobald Joachim aus ihrem Leben verschwunden wäre, gäbe es nichts mehr, was sie Gorun oder sonst wem verheimlichen müsste.

Allmählich machte sich Aufbruchstimmung breit. Bevor die Gäste nach Hause gingen, musste Gorun noch einen letzten Brauch befolgen. Auf einem großen Brett schnitt sie einen Käse klein und überreichte – von Gast zu Gast gehend – jedem ein Stückchen. Vor allem die Frauen begutachteten die Käsestücke mit Kennermiene, denn je nachdem, wie ordentlich Gorun sie geschnitten hatte, wurden ihre hausfraulichen Fähigkeiten beurteilt. Goruns zufriedenes Lächeln ließ darauf schließen, dass sie diese Prüfung fehlerfrei bestanden hatte.

»Da bist du ja!« Ole war an ihren Tisch getreten. »Wir müssen jetzt los«, sagte er zu Mari.

Sie stand auf und umarmte Nilla, die sich ebenfalls erhoben hatte. Überrascht bemerkte sie, dass Nilla zitterte. Es war doch gar nicht so kalt? Der schüchterne und zugleich intensive Blick, mit dem sie Ole streifte, als er sich von ihr verabschiedete, machte Mari stutzig. So hatte Nilla ihn in all den Jahren noch nie angesehen. Rasch schaute sie zu Ole, doch der hatte sich bereits von Nilla abgewandt. Nilla senkte den Kopf, um Maris fragendem Blick auszuweichen, und beeilte sich, zu ihren Eltern zu laufen, die sich eben vom Brautpaar verabschiedeten.

Mari sah ihr nachdenklich nach und ging zu der Kutsche ihrer Familie, die Finn mittlerweile vorgefahren hatte. Konnte es sein, dass Nilla die Unbekannte war, wegen der Ole seit Wochen immer wieder über Nacht nicht nach Hause kam? Wenn es so wäre, dann kannte sie ihre Freundin nicht so gut, wie sie immer geglaubt hatte. Besser gesagt, sie kannte sie nicht mehr. Ein Gedanke, der Mari wurmte. Sie ärgerte sich über sich selbst. In letzter Zeit hatte sie viel zu wenig von dem mitbekommen, was um sie herum passierte. Auch wenn sie es nicht gern wahrhaben wollte, es war durchaus möglich, dass sie keine Ahnung hatte, was in Nilla in den letzten Wochen vorgegangen war.

Mari ließ den Hochzeitsabend noch einmal vor ihren inneren Augen vorbeiziehen. Hatte Ole viel mit Nilla getanzt? Oder sich oft mit ihr unterhalten? Ärgerlich stellte Mari fest, dass sie keine Ahnung hatte. Sie war so in ihre eigenen Grübeleien versunken gewesen, dass sie kaum etwas von ihrer Umgebung wahrgenommen hatte. Aber sie würde herausfinden, ob sich zwischen Ole und Nilla etwas anbahnte oder bereits angebahnt hatte! Ihre beste Freundin und ihr Bruder als Liebespaar – eine Vorstellung, die Mari immer besser gefiel, je länger sie darüber nachdachte.

Mari setzte sich neben ihre Mutter, die bereits in die Kutsche eingestiegen war. Großmutter Agna nahm ihnen gegenüber Platz, während sich Enar schwer neben Mari auf die Bank fallen ließ und einen Arm um ihre Schulter legte. Mari legte ihren Kopf an seine Brust und sog den vertrauten Geruch von Pfeifenrauch, Leder und Heu, in den sich heute ein Hauch von Schnaps, gegrilltem Fleisch und Kleiderstärke mischte, tief in sich ein.

»Jedenfalls bin ich dankbar, dass ich eine Tochter habe, die niemals Schande über ihre Familie bringen würde«, sagte Enar zu seiner Mutter und tätschelte Maris Oberarm.

Mari verkrampfte sich. Offenbar war gerade über Berit und ihre Beziehung zu einem deutschen Soldaten gesprochen worden – ein Thema, das die Gäste während der Hochzeitsfeier immer wieder beschäftigt hatte. Agna runzelte die Stirn, verkniff sich aber eine Erwiderung.

Dafür sagte Lisbet: »Mir tut das Mädchen leid, Enar. Und ich finde auch nicht, dass Berit ihre Familie entehrt hat.«

Enar richtete sich auf und funkelte seine Frau empört an. Ole, der als Letzter in die Kutsche kletterte, klopfte Enar sacht auf die Schulter. »Lass gut sein, Vater.« Enar brummte unwillig, lehnte sich aber wieder zurück und schwieg.

Mari schloss die Augen. Wenn es noch einen Zweifel gegeben hatte, dann war er spätestens jetzt für immer ausgeräumt: Ihre Liebe zu Joachim hatte in diesem Leben keine Chance. Es würde ihrem Vater schlicht das Herz brechen, wenn er seine einzige Tochter an einen Deutschen verlöre. Denn dass er so eine Verbindung als endgültigen Verlust betrachten würde, war Mari soeben unmissverständlich klar geworden.

Gorun hatte großes Glück mit dem Wetter gehabt, denn bereits am Tag nach ihrer Hochzeit hatte ein hartnäckiger Regen eingesetzt, der nun schon fast zwei Wochen lang dauerte und die Luft deutlich abkühlte.

»Hoffentlich war's das jetzt nicht schon mit dem Sommer«, sagte Finn mürrisch, als er mit Ole und Mari über den aufgeweichten Hof zur Scheune stapfte. »Ich hatte mich so auf lange Ausritte, Baden im Fjord und laue Abende am Lagerfeuer gefreut.«

Ole knuffte ihn in die Seite. »Das sieht dir ähnlich – nur ans Vergnügen zu denken. Viel schlimmer ist doch, dass dieser ewige Regen die Ernte gefährdet. Wenn das so weitergeht, verfaulen uns die Kartoffeln noch in der Erde.«

Während sich ihre Brüder kabbelten, war Mari mit ihren Gedanken bei Joachim, den sie an diesem Tag nach langer Zeit wiedersehen würde. Bei ihrem letzten Treffen zwei Tage vor Goruns Hochzeit hatte Joachim ihr gesagt, dass er wieder auf eine längere Dienstreise mit Rittmeister Knopke gehen musste. Wie lange er unterwegs sein würde, konnte er nicht sagen. Und so war Mari in den letzten Tagen jeden Abend durch den Regen zur alten Birke geritten, hatte schwankend zwischen Furcht und Hoffnung die Hand in das Astloch gesteckt und sie immer wieder leer herausgezogen. Am Abend zuvor hatte sie endlich die ersehnte und zugleich gefürchtete Nachricht vorgefunden. Joachim war zurück in Nordfjordeid und brannte darauf, seine geliebte Mari so schnell wie möglich wieder in die Arme zu schließen.

In wenigen Stunden würden sie sich bei den Bienenstöcken am Waldrand treffen. Mari krampfte sich der Magen zusammen. Jede Faser ihres Körpers sehnte sich nach Joachim. Gleichzeitig fürchtete sie sich vor dem Wiedersehen. Denn es würde das letzte sein. Kurz war Mari versucht gewesen, Joachim schriftlich zu erklären, warum sie ihn nie mehr treffen konnte und durfte. Sicher, das wäre sehr viel einfacher – zumindest für den Augenblick. Aber sie wusste, dass sie damit auf Dauer nicht leben konnte. Sie musste es ihm selbst sagen, ihm dabei in die Augen sehen und sicherstellen, dass er es verstand und ihre Entscheidung akzeptierte.

»Mari, hörst du nicht?«, drang Finns Stimme in ihre Gedanken. »Ich brauche das Fett.«

Mari lächelte entschuldigend und beeilte sich, ihrem Bruder das Gewünschte zu geben. Sie saßen in der Sattelkammer und rieben die Zaumzeuge und Ledersättel ein, um sie vor der feuchten Luft zu schützen. Ole war derweil im Hauptraum der Scheune damit beschäftigt, die Ackergeräte zu ölen.

»Früher warst du nicht dauernd mit den Gedanken woanders«, stellte Finn fest und sah Mari prüfend an.

Mari lächelte ihm zu und suchte fieberhaft nach einer unverfänglichen Erklärung. »Ich habe versucht mir vorzustellen, wie du in einem Vorlesungssaal sitzt oder mit den anderen Studenten in die Mensa gehst. Das klingt alles so aufregend. Ich würde zu gern mal Mäuschen spielen in deinem Osloer Leben.« Mari lächelte unsicher. Würde Finn sich damit abspeisen lassen?

»Am besten, du besuchst mich bald mal. Dann zeige ich dir alles, und du kannst dir selbst ein Bild machen.«

Mari entspannte sich. Sie hatte das richtige Thema gewählt. »Im Herbst, wenn nicht mehr so viel zu tun ist, erlaubt es Vater bestimmt, dass ich zu dir fahre«, sagte sie.

Finn nickte eifrig. »Das wäre toll! Ich bin sicher, dass es dir gefallen wird.«

»Mari, um Gottes willen. Was ist passiert?«

Joachim zog Mari aus dem Regen in den kleinen Unterstand neben den Bienenstöcken und schaute sie besorgt an. Mari konnte ihm nicht in die Augen sehen und senkte den Kopf. Auf der Bank entdeckte sie ein Schnitzmesser, mit dem sich Joachim offenbar die Wartezeit vertrieben und etwas in die Holzlehne geschnitzt hatte. Dankbar für die Ablenkung, die ihr ein wenig Aufschub gewährte, beugte sich Mari hinunter, um Joachims Werk zu betrachten. Es war ein Pferdeköpfchen mit einem Stirnwirbel, an dem sie sofort das Hengstfohlen Virvelwind erkannte, das im Frühling mit Joachims Hilfe auf die Welt gekommen war.

»Du hast es genau getroffen«, sagte sie leise.

Joachim ging nicht darauf ein. Er setzte sich auf die Bank und zog Mari auf seine Knie. »Liebes, bitte. Sag mir, was dich bedrückt!«

Mari schloss kurz die Augen. Wie gern hätte sie sich einfach an ihn geschmiegt und alles um sich herum vergessen. Sei stark, befahl sie sich und öffnete die Augen wieder. Sie stand auf und stellte sich vor ihn.

»Wir können uns nicht mehr treffen«, begann sie und sah ihm fest in die Augen. Joachim runzelte leicht seine Brauen. Mari fuhr rasch fort: »Du hast doch gesagt, dass du mich nicht in Schwierigkeiten bringen willst und ...«

Joachim erhob sich und griff nach Maris Händen. Sie entzog sie ihm. »Was ist passiert?«, fragte er wieder. »Hat jemand von uns erfahren?«

Mari schüttelte den Kopf. »Nein, noch nicht. Aber es ist doch nur eine Frage der Zeit, bis es dazu kommt.« Joachim wollte etwas sagen, doch Mari ließ ihn nicht zu Wort kommen. »Wie soll es denn mit uns weitergehen? Unsere Liebe hat doch keine Zukunft! Niemand würde akzeptieren, dass wir zusammen sind.« Mari spürte, wie die krampfhaft zurückgehaltenen Tränen in ihre Augen stiegen. Ihr Hals fühlte sich wund an. Jetzt nur nicht weinen. Dann würde Joachim sie in die Arme nehmen. Und Mari wusste, dass sie dann ihre mühsam erkämpfte Entscheidung verwerfen würde. Jäh wandte sie sich ab und rannte aus dem Unterstand.

»Mari, warte!« Mit ein paar Sprüngen hatte Joachim sie eingeholt, fasste sie an der Schulter und drehte sie zu sich herum. Mari war dankbar für den starken Regen, der ihre Tränen verbarg. Sie sah, dass auch Joachims Augen gerötet waren. Unwillkürlich hob sie die Hand und legte sie an seine Wange. Eine heiße Welle durchströmte ihren Körper. Ich gehöre zu ihm!, dachte sie mit schmerzlicher Gewissheit. Aber das durfte nicht sein! Sie zog ihre Hand weg und sah ihn flehend an.

Joachim nickte und trat einen Schritt zurück. »Du hast recht. Ich darf dich nicht länger in Gefahr bringen. Ich würde es mir nie verzeihen, wenn du meinetwegen leiden müsstest. Und dich einfach entführen kann ich auch nicht – so verlockend der Gedanke auch ist. Denn dann würdest du erst recht deine Familie und deine Heimat verlieren. Und als Deserteur könnte ich dir kein sicheres Leben bieten.«

Mari war gerührt. Er hatte sich genauso den Kopf zermartert wie sie, litt genauso unter ihrer ausweglosen Situation. Und liebte sie so sehr, dass er nicht versuchte, sie mit schalen Versprechungen von ihrem Entschluss abzubringen oder ihre Befürchtungen kleinzureden. Er nimmt mich ernst, dachte sie, für ihn bin ich nicht die kleine Mari. Diese Erkenntnis erfüllte sie mit tiefem Glück. Zugleich verstärkte sie den Schmerz, machte es schier unerträglich, sich ein Leben ohne ihn vorzustellen. Du darfst jetzt nicht schwach werden, mahnte die Stimme ihrer Vernunft.

»Verzeih mir«, flüsterte Mari, rief nach ihrer Stute, schwang sich in den Sattel und ritt davon, ohne sich nach Joachim umzudrehen. Denn wenn sie ihm noch einmal in die Augen geschaut hätte, wäre sie nicht mehr in der Lage gewesen, ihn zu verlassen.

14

Oslo, Mai 2010

»Wann landest du in Hamburg?«, fragte Marco.

»Gar nicht«, antwortete Lisa und hielt die Luft an. Jetzt war es ihr doch einfach herausgerutscht. Dabei hatte sie diplomatischer vorgehen wollen. Wobei das vermutlich ohnehin nicht möglich war.

»Aber du bist doch jetzt am Osloer Flughafen?«, hakte Marco nach. »Gibt's Probleme mit dem Anschlussflug?«

Lisa holte tief Luft und presste ihr Mobiltelefon unwillkürlich fester ans Ohr. »Nein, Marco, der Flieger geht pünktlich ab. Aber ich bleibe noch hier. Ich muss einfach rausfinden, ob meine Großmutter noch lebt und warum sie in ihrer Familie totgeschwiegen wird.«

Am anderen Ende blieb es still. Lisa biss sich von innen in die Unterlippe. Sie konnte sich Marcos Enttäuschung lebhaft vorstellen. Er hatte sich so darauf gefreut, ihr das Haus zu zeigen und ihre gemeinsame Zukunftsplanung anzugehen.

»Das hab ich mir schon gedacht«, sagte Marco ruhig und fügte zu Lisas Überraschung hinzu: »Mir ist klar geworden, wie wichtig das für dich ist. Wahrscheinlich würde es mir genauso gehen.«

Lisa atmete erleichtert aus. Sie hatte mit einer hitzigen Diskussion gerechnet. »Danke«, sagte sie leise.

»Wofür?«, fragte Marco erstaunt.

»Dass du mich verstehst.«

Marco brummte. »Wie das wieder klingt! Hältst du mich echt für so einen ignoranten Macho?«

Lisa grinste und war froh, dass er sie nicht sehen konnte. »Natürlich nicht, aber ...«

Marco unterbrach sie. »Schon gut. Ich wünsch dir jedenfalls viel Erfolg. Sicher findest du sie bald. In einem kleinen Land wie Norwegen dürfte das ja kein Problem sein. Und in ein paar Tagen bist du dann wieder hier.«

»Das hoffe ich auch«, sagte Lisa. Sie versprach Marco, bald wieder anzurufen und ihn auf dem Laufenden zu halten.

Eine Stunde später verließ sie mit ihrem Rollkoffer den Hauptbahnhof. Vor ihr lag die Karl-Johans-Gate, Oslos Prachtboulevard, der sich fast zwei Kilometer bis zum Schloss erstreckte. Noras Wegbeschreibung folgend wandte sie sich nach rechts in nördlicher Richtung, um nach Grønland zu gelangen, einem ehemaligen Arbeiterviertel. Hier hatten sich vor allem Einwanderer aus Pakistan, Vietnam und Polen angesiedelt. Auf dem Weg zur Thorvald Meyers Gate, wo sie mit Nora in einem kleinen Bistro verabredet war, kam Lisa an Imbissstuben und Cafés vorbei, aus denen arabische Musikfetzen wehten. Zahlreiche Geschäfte boten eine bunte Auswahl an exotisch aussehenden Gemüsen und Wurzeln, tropischen Früchten, wohlriechenden Gewürzen und allerlei asiatischen und orientalischen Kleidern und Schnickschnack.

Der Karlssenhof mit seiner beschaulichen Ruhe mitten in der grandiosen Fjordlandschaft schien auf einem anderen Planeten zu liegen. War sie wirklich erst vor ein paar Stunden von dort aufgebrochen? Lisa fühlte sich benommen und war froh, als sie das Bistro betrat, in dem an diesem Montagvormittag wenig los war. Aufatmend ließ sie sich auf einen Stuhl sinken, der vor einem runden Tischchen am Fenster stand.

Nora würde etwas später in ihrer Mittagspause zu ihr stoßen. Ihr Arbeitsplatz – ein Beratungs- und Betreuungszentrum für Kinder und Jugendliche aus sogenannten prekären Verhältnissen – lag ebenso wie ihre Wohnung ganz in der Nähe.

Nora hatte darauf bestanden, Lisa bei sich aufzunehmen. »Warum willst du unbedingt dein Geld für ein Hotel rausschmeißen?«, hatte sie auf Lisas Einwand, sie wolle ihr nicht zur Last fallen, erwidert und herzlich hinzugefügt: »Außerdem würde ich mich wirklich freuen, wenn du bei mir übernachtest.«

Als sie sich auf dem Karlssenhof von ihr verabschiedet hatte, bevor sie mit ihren vier Schützlingen zurück nach Oslo geflogen war, hatte Nora Lisa schon ihren Wohnungsschlüssel gegeben. Doch Lisa wollte die fremde Wohnung nicht gleich beim ersten Mal allein betreten und hatte sich deshalb mit Nora in diesem Bistro verabredet.

Sie bestellte einen Kaffee und zog den Umschlag aus ihrer Handtasche, den sie am Morgen vor ihrer Hütte gefunden hatte. Tekla Karlssen hatte ihr eine kurze Nachricht geschrieben und sich dafür entschuldigt, dass sie nach dem Gespräch am Sonntagvormittag einfach weggelaufen und Lisa bis zu deren Abfahrt am nächsten Morgen aus dem Weg gegangen war. Nachdenklich las Lisa erneut Teklas Zeilen.

Bitte denke nicht schlecht von mir. Auch wenn es gestern nicht so ausgesehen hat: Ich freue mich, dass Du zu unserer Familie gehörst, und würde Dich gern besser kennenlernen. Da ich leider annehmen muss, dass mein Vater nicht damit einverstanden ist, und ich ihn außerdem nicht überrumpeln möchte, würde ich Dich gern woanders treffen. Eine schöne Gelegenheit wäre zum Beispiel die Hochzeit eines Enkels meines Großonkels Kol, dem Bruder Deiner Urgroßmutter Lisbet. Sie findet in zwei Wochen auf den Lofoten statt. Ich würde mich freuen, wenn Du es einrichten kannst und mit uns feierst. Dann lernst Du auch gleich einen weiteren Teil unserer Familie kennen.

Ich wünsche Dir einen guten Heimflug,
herzliche Grüße von Tekla

P. S. Die letzte mir bekannte Anschrift Deiner Großmutter Mari war:

Mari Nybol
Møllenborg 5
9009 Tromsø

Lisa nahm ihren Laptop und schaltete ihn an. Da das Bistro über WLAN verfügte, konnte sie im Internet das Telefon- und Adressbuch von Tromsø durchsuchen. Für Mari Nybol fand sie keinen Eintrag, doch unter der von Tekla angegebenen Adresse wohnte ein Kåre Nybol. Vermutlich Maris Ehemann. Lisa lehnte sich zurück und starrte enttäuscht auf den Bildschirm. Schon wieder kein eindeutiger Hinweis, ob ihre Großmutter noch lebte. Sie kam sich langsam vor wie bei einer Schnitzeljagd.

Lisa notierte sich gerade die Telefonnummer von Kåre Nybol, als die Tür des Bistros schwungvoll aufgestoßen wurde. Nora kam herein und begrüßte Lisa mit einem fröhlichen Lächeln. »Hast du gut hergefunden?« Lisa nickte. Nora setzte sich ihr gegenüber an den Tisch. »Hast du noch mal mit Tekla gesprochen?«, fragte sie.

»Nein, das nicht. Aber sie hat mir diesen Brief geschrieben«, antwortete Lisa und reichte Nora das Blatt.

Nora las und zog überrascht die Augenbrauen hoch. »Das gibt's doch nicht!« Lisa schaute sie fragend an. »Der Name«, stieß Nora hervor.

»Was ist damit?«,

»Ich heiße auch Nybol mit Nachnamen«, erklärte Nora, die sichtlich um Fassung rang.

»Wäre es nicht besser, wenn du dich erstmal allein mit deiner Mutter triffst?«, fragte Lisa.

Nora schüttelte energisch den Kopf. »Nein, ich habe jetzt endgültig genug von all diesen Geheimnissen. Ich finde, wir beide haben ein Recht darauf, die Wahrheit zu erfahren.«

Lisa nickte und beschleunigte ihre Schritte, um auf gleicher Höhe mit Nora zu bleiben, die immer schneller wurde. Nachdem sie sich von der ersten Überraschung erholt hatte, hatte sie die Vermutung ausgesprochen, die sich auch Lisa aufdrängte: Sie hatten mit größter Wahrscheinlichkeit dieselbe Großmutter. Diese Namensgleichheit konnte kein Zufall sein. Und selbst wenn, die Tatsache, dass Noras Mutter Bente einst aus Tromsø weggelaufen war, konnte man unmöglich als weiteren Zufall interpretieren. Aber warum hatte man Nora all die Jahre in dem Glauben gelassen, Tekla sei lediglich eine Freundin ihrer Mutter? Warum hatte man ihr verschwiegen, dass die beiden Cousinen waren? Nora hatte recht. Die Einzige, die ihnen jetzt weiterhelfen konnte, war Bente.

Nora hatte sich kurzerhand den Nachmittag freigenommen, damit sie sofort aufbrechen und ihre Mutter besuchen konnten. Bente arbeitete halbtags als Apothekenhelferin und würde um diese Uhrzeit ziemlich sicher zu Hause sein.

»Willst du nicht wenigstens kurz anrufen und sagen, dass wir kommen?«, fragte Lisa.

Nora machte eine wegwerfende Handbewegung. »Besser nicht. Meine Mutter ist eine Meisterin darin, unangenehme Themen zu erspüren und ihnen weiträumig aus dem Weg zu gehen. Sie würde meiner Stimme sofort anmerken, dass ich etwas Heikles auf dem Herzen habe. Keine Ahnung, wie sie das macht.«

Lisa grinste. »Klingt vertraut. Meine Mutter hatte auch so einen Sensor eingebaut.«

Nora warf ihr einen bedeutungsvollen Blick zu. Lisa nickte. Sie war sich sicher, dass Nora das Gleiche dachte wie sie: Mari hatte nach dem Krieg offenbar ein zweites Mal geheiratet und eine weitere Tochter bekommen. Noras Mutter. Die sie jetzt gleich kennenlernen würde. Lisa schluckte trocken. Sie gestand sich ein, dass sie ein bisschen Angst vor dieser Begegnung hatte.

»So, da wären wir«, verkündete Nora und deutete auf ein kleines Haus mit einem hübschen Vorgarten. Schon seit einigen Minuten hatten sie die hohen Wohnblocks und belebten Straßen von Grünerløkka, einem angesagten Szeneviertel, hinter sich gelassen, das sich nördlich an Noras Wohngegend anschloss. Jetzt befanden sie sich in Sagene, einem Stadtteil, der sich entlang des Flüsschens Akerselva erstreckte. Nora nahm Lisa am Arm, zog sie zum Haus und drückte auf den Klingelknopf. Sie brauchten nicht lange zu warten. Eine mittelgroße Frau mit kurz geschnittenen hellblonden Haaren öffnete die Tür. Sie trug Jeans und einen hellen Blazer. Ihr freudiges Strahlen, das der Anblick von Nora auf ihr Gesicht zauberte, wich einem entgeisterten Ausdruck, als sie Lisa entdeckte. Hinter den Gläsern ihrer Brille weiteten sich ihre hellen Augen, und sie griff Halt suchend nach dem Türrahmen. Nora warf Lisa einen vielsagenden Blick zu, nahm ihre Mutter sanft am Arm und führte sie ins Haus. Lisa folgte den beiden zögernd. Sie hatte es langsam satt, mit ihrem Erscheinen Fassungslosigkeit, Entsetzen oder noch Schlimmeres auszulösen.

Nora brachte ihre Mutter in eine große Küche und drückte sie auf einen Stuhl vor einem runden Tisch, der in einer Ecke stand.

»Ich mach uns erstmal einen Tee«, schlug sie vor und holte eine Kanne aus einem Schrank. Lisa stand verlegen in der Tür.

»Die Tassen hängen da drüben«, sagte Nora und wies mit dem Kopf zu einem Wandbrett über einer Arbeitsfläche neben dem Herd. Am Boden waren Haken angeschraubt, an denen bunte Keramiktassen hingen.

Dankbar, etwas zu tun zu haben, holte Lisa drei Tassen und stellte sie auf den Tisch. Dabei musterte sie Bente unauffällig und suchte nach Ähnlichkeiten mit ihrer Mutter Simone. Auf den ersten Blick glichen sich die Halbschwestern jedoch nicht. Noch erstaunlicher war allerdings der Unterschied zwischen Nora und ihrer Mutter. Wenn Lisa es nicht besser gewusst hätte, wäre sie nie auf die Idee gekommen, dass diese Frau, an der alles hell war, so ein dunkles Kind haben könnte. Auch Noras hohe Wangenknochen und die leicht schräg stehenden Augen fanden keine Entsprechung in dem flächigen Gesicht ihrer Mutter.

Bente wirkte nach wie vor schockiert und schüttelte immer wieder den Kopf. Dabei murmelte sie etwas auf Norwegisch vor sich hin, das Lisa nicht verstand.

Nora drehte sich zu ihrer Mutter um. »Ja, *Mamma*, das habe ich auch gedacht. Dass das einfach nicht möglich ist«, sagte sie und setzte sich an den Tisch. Sie winkte Lisa auf den dritten Stuhl und schenkte allen Tee ein. »Aber es gibt wohl keinen Zweifel: Lisa ist die Tochter deiner Halbschwester Simone.«

»Ehrlich, ich hatte keine Ahnung«, beteuerte Bente. Lisa und Nora schauten sich enttäuscht an. Nachdem sie Bente von ihren bisherigen Erkenntnissen über Mari berichtet hatten, hatten sie sich eine andere Antwort erhofft. »Meine Mutter hat so gut wie nichts von der Zeit vor ihrer Ehe mit meinem Vater erzählt. Sie hat immer so getan, als hätte sie nichts Interessantes erlebt. Ich wäre nicht im Traum auf die Idee gekommen, dass sie eine derart bewegte Vergangenheit hatte.«

»Warum habt ihr in Tromsø gelebt?«, fragte Nora.

Bente trank einen Schluck Tee, bevor sie antwortete: »Die Familie meines Vaters wohnte dort. Und bis heute war ich davon ausgegangen, dass meine Mutter ebenfalls aus Tromsø stammte und sich die beiden dort Anfang der Fünfzigerjahre kennengelernt hatten.«

»Wieso hast du mir nie gesagt, dass Tekla deine Cousine ist?«, fragte Nora.

Bente nahm Noras Hand. »Weil ich es bis heute selber nicht wusste.«

Lisa räusperte sich. »Entschuldigung, aber wie kann das sein? Wie haben Sie Tekla Karlssen denn kennengelernt?«

Nora nickte Lisa zu. »Genau, das kann doch kein Zufall gewesen sein. Immerhin liegen der Karlssenhof und Tromsø Hunderte Kilometer voneinander entfernt.«

Bente runzelte die Stirn. »Ihr habt recht. Lasst mich nachdenken ... Wann war ich das erste Mal auf dem Hof ...? Hm, ja genau: Es war im Sommer nach meinem Abitur. 1975.«

Lisa wandte sich an Nora. »Tekla hat doch gesagt, dass sie nach dem Tod ihrer Mutter Kontakt mit Mari aufgenommen hat.«

Nora nickte. »Stimmt. Das muss dann also Ende 1974 gewesen sein.«

Bentes Augen weiteten sich. »Ihr meint, die beiden haben das eingefädelt?« Lisa und Nora nickten.

»Darauf wäre ich nie gekommen!«, sagte Bente. »Ich dachte, es wäre ein Zufall, dass meine Mutter dieses Gestüt für mich ausgesucht hat. Sie hat mir diesen Urlaub zum Schulabschluss geschenkt, weil sie wusste, wie gerne ich reiten lernen wollte. Das war schon immer mein Traum gewesen. Und es schien mir ganz logisch, dass es in Nordfjordeid, der Pferdehochburg, die besten Angebote gab.«

Nora schenkte ihrer Mutter Tee nach und fragte: »Und Tekla hat Mari nie erwähnt?«

Bente schüttelte den Kopf. »Nein. Und ich kann mir das auch nicht im Geringsten erklären. Ich meine, wir haben uns auf Anhieb großartig verstanden und uns schnell angefreundet. Nach dem Sommer haben wir uns regelmäßig Briefe geschrieben. Wir haben uns alles anvertraut. Wie hätte ich da ahnen sollen, dass sie mich so belügt?«

Lisa hörte die Enttäuschung in Bentes Stimme und sah sie mitfühlend an. Bente rieb sich mit kreisenden Bewegungen die

Schläfen – eine Geste, die Lisa oft bei ihrer Mutter Simone beobachtet hatte, wenn diese ratlos war. Sie konnte Bente gut verstehen. Wie würde sie reagieren, wenn herauskäme, dass ihr ihre Freundin Susanne jahrelang etwas derart Wichtiges vorenthalten hätte? Vermutlich wäre sie nicht nur enttäuscht, sondern auch sehr wütend.

Nora legte einen Arm um Bentes Schultern. »Ich glaube nicht, dass Tekla dich belügen wollte. Wenn ich sie richtig verstanden habe, hat sie es Mari wohl fest versprechen müssen, niemandem von ihrem Kontakt zu erzählen. Ich kann mir vorstellen, dass ihr das sehr schwergefallen ist. Besonders dir gegenüber. Denn du bist ihre beste Freundin.«

Bente zuckte die Schultern. »Mag sein. So richtig verstehen kann ich es trotzdem nicht. Vielleicht anfangs. Aber nicht nach allem, was später geschehen ist«, sagte sie leise.

Lisa und Nora richteten sich auf und sahen Bente neugierig an.

»Was meinst du damit?«, fragte Nora. Bente senkte den Kopf. Nora beugte sich zu ihr und sagte sanft, aber bestimmt: »Jetzt wäre doch ein guter Zeitpunkt, reinen Tisch zu machen und endlich zu erzählen, was damals zwischen dir und deinen Eltern vorgefallen ist.«

Lisa bewunderte Nora. Sie war sich nicht sicher, ob sie an ihrer Stelle so ruhig geblieben wäre. Gespannt wartete sie darauf, dass Noras Mutter zu erzählen anfangen würde.

Doch Bente schwieg. Sie rang sichtlich mit sich selbst. Wieder fiel Lisa ein Tick auf, den auch ihre Mutter in angespannten Situationen gezeigt hatte: Bente kratzte hektisch mit dem Nagel des rechten Zeigefingers an ihrem Daumen. Schon verrückt, dass sich die gleichen Angewohnheiten bei beiden Halbschwestern entwickelt hatten, obwohl sie sich niemals begegnet waren. Und nun, nach Simones Tod, auch nicht mehr kennenlernen würden. Ob sie sich wohl verstanden hätten?

»Es tut mir leid, dass ich deine Fragen immer abgewehrt habe«, sagte Bente und sah Nora schuldbewusst an. »Das war egoistisch von mir. Aber ich wollte das alles einfach nur vergessen.«

Wieder fühlte sich Lisa an ihre Mutter erinnert. Auch Simone hatte ein Kapitel ihres Lebens einfach ausblenden wollen und es ohne Rücksicht auf andere verschwiegen.

Nora nickte. »Aber belastet hat es dich trotzdem immer«, stellte sie fest.

Bente stand auf. Lisa streckte unwillkürlich einen Arm aus, um sie zurückzuhalten. Doch Bente hatte nicht vor, die Küche zu verlassen und sich zu entziehen. Sie stellte sich vor das Fenster und begann stockend zu sprechen. Offenbar fiel es ihr leichter, ihre Geschichte zu erzählen, ohne jemanden dabei anzusehen.

»Kurz nach jenem Sommer, in dem ich zum ersten Mal auf dem Karlssenhof war und mich mit Tekla anfreundete, habe ich angefangen, an der neugegründeten Universität in Tromsø Pharmazie zu studieren. In der Mensa lernte ich einen jungen Medizinstudenten kennen. Auch wenn es kitschig klingt: Es war bei uns beiden Liebe auf den ersten Blick. Nie wieder bin ich mir in meinem Leben einer Sache so sicher gewesen wie damals. Ich wusste sofort, dass wir zueinander gehören.« Bente verstummte, zog ein Taschentuch aus ihrer Jackentasche und schnäuzte sich. »Er hieß Ánok«, fuhr sie mit rauer Stimme fort.

»Ánok?«, fragte Nora. »Ein ungewöhnlicher Name. War er Same?«

Lisa schaute Nora irritiert an. Warum unterbrach sie Bente? Was meinte sie überhaupt damit?

Bente drehte sich zu den beiden jungen Frauen um. »Ganz genau. Und das war unser Unglück.«

Lisa lief ein Schauer den Rücken hinunter. Also hatte Nora mit ihrer Frage ins Schwarze getroffen.

Nora verzog ungläubig das Gesicht. »Heißt das etwa, du hast

deswegen Ärger bekommen? Weil du dich in einen Samen verliebt hast?«

Bente verzog das Gesicht. »Ja, man will es heute kaum glauben. Aber damals gab es noch massive Vorurteile gegen die Samen. Viele Norweger sahen in ihnen ein minderwertiges Volk, mit dem man sich nicht vermischen sollte.«

Nora runzelte empört die Stirn und wollte etwas sagen, doch Lisa war schneller. »Entschuldigung, ich komme nicht ganz mit. Wer sind die Samen?«

Bente kehrte zum Tisch zurück und setzte sich. »Ich glaube, in Deutschland nennt man sie immer noch Lappen. Diese Bezeichnung sollte man aber vermeiden, weil sie in den Ohren der Samen abfällig klingt.«

Lisa nickte. »Verstehe. Aber warum waren sie so schlecht angesehen?«

»Sie sind ein uraltes Nomadenvolk, das schon lange vor den Wikingern im Norden Skandinaviens lebte. Und sie teilen das Schicksal vieler anderer Urvölker, die von den sogenannten zivilisierten Einwanderern als primitiv und rückständig verachtet wurden«, erklärte Nora mit einem zynischen Unterton.

»Bis in die Fünfzigerjahre meinten die Regierungen von Norwegen und Schweden, dass man die ›Samenrasse‹ bevormunden müsse«, sagte Bente. »Man hat die Samen gezwungen, sesshaft zu werden, und sogenannte Nomadenschulen eingerichtet, in der die samischen Kinder auf niedrigstem Niveau unterrichtet wurden. Ihre eigene Sprache war ihnen verboten. Bei uns in Norwegen zum Beispiel durfte Land nur an norwegisch sprechende Leute verkauft werden. Man wollte die Samen um jeden Preis norwegisieren.«

Lisa schaute Bente betroffen an. »Wie lange ging das so?«

Nora schnaubte. »Lange genug. Stell dir vor, erst Ende der Achtzigerjahre wurde das Recht der Samen auf ihre eigene Kultur und Sprache ins Grundgesetz aufgenommen!«

Nora schüttelte unwillig den Kopf. »Und da durftest du dich natürlich nicht in einen Samen verlieben und …« Nora unterbrach sich und riss die Augen auf.

Jetzt hat sie es kapiert, schoss es Lisa durch den Kopf.

»Ist dieser Ánok mein Vater?«, fragte Nora. Bente senkte den Kopf. Nora schaute sie fassungslos an. »Wieso hast du mich all die Jahre glauben lassen, ich wäre bei einem One-Night-Stand ›passiert‹, den du mit irgendeinem ausländischen Studenten hattest? Von dem du angeblich noch nicht einmal den Namen wusstest?« Nora sprang von ihrem Stuhl auf und funkelte ihre Mutter wütend an. »Weißt du, wie sich das anfühlt? Nicht zu wissen, wer mein Vater ist? Eine Hälfte meiner Herkunft nicht zu kennen? Und immer mit dem Gedanken kämpfen zu müssen, dass ich eigentlich ungewollt war?«

Bente schaute Nora erschrocken an und streckte eine Hand nach ihr aus. Nora wich zurück. »Nora, das wollte ich nicht«, sagte Bente flehend. Nora standen Tränen in den Augen. Jäh drehte sie sich um und rannte aus der Küche. Eine Sekunde später hörte Lisa die Haustür ins Schloss fallen.

Lisa rannte ihr hinterher, doch als sie aus dem Haus kam, konnte sie keine Spur mehr von Nora entdecken. Da sie keine Ahnung hatte, in welche Richtung sie verschwunden war und wohin sie wollte, ging Lisa ins Haus zurück, um nach Bente zu sehen. Nora würde jetzt vermutlich ohnehin allein sein wollen. Lisa hoffte, sie später in ihrer Wohnung anzutreffen. Den Weg dorthin müsste sie wiederfinden, schließlich hatten sie vorhin kurz dort haltgemacht, um Lisas Koffer abzustellen.

Als Lisa in die Küche zurückkehrte, fand sie Bente bitterlich weinend vor. Sie setzte sich neben sie und legte ihr vorsichtig einen Arm um die bebenden Schultern.

Von Schluchzern unterbrochen fragte Bente: »Wo ist sie?«

»Ich weiß es nicht. Ich hab sie nicht mehr erwischt«, antwortete Lisa.

Bente ließ den Kopf hängen und sagte leise: »Das wird sie mir nie verzeihen.«

Lisa unterdrückte den Reflex, Bente das Gegenteil zu versichern und sie mit Behauptungen zu trösten, von denen sie nicht im Entferntesten wusste, ob sie sie glauben konnte. Dazu kannte sie Nora noch viel zu wenig. Sie konnte ja nicht einmal sagen, wie sie selbst in so einer Situation reagieren würde.

»Was ist denn mit Noras Vater?«, fragte sie stattdessen. »Warum hast du Nora nie von ihm erzählt?«

Bente richtete sich auf und putzte sich die Nase. »Ich dachte, es wäre leichter für sie, einen unbekannten Vater zu haben, der in meinem Leben keine Rolle gespielt hat.«

Lisa runzelte die Stirn. »Also ungefähr wie bei einer anonymen Samenspende?« Bente zuckte zusammen.

»Entschuldige, wenn ich es so drastisch ausgedrückt habe. Aber im Grunde läuft's doch darauf hinaus«, sagte Lisa.

Bente nickte. »Du hast schon recht. Es war feige von mir. Und funktioniert hat es auch nicht. Es war doch klar, dass Nora früher oder später mehr erfahren wollen und sich nicht mit dieser kargen Version zufriedengeben würde. Aber ich habe sie immer abgewimmelt, wenn sie davon anfing.« Bente wischte sich die Augen. »Und jetzt ist es vielleicht zu spät.«

Lisa schüttelte den Kopf. »Wahrscheinlich braucht Nora eine Weile, bis sie dich wiedersehen will. Aber ihr habt wenigstens noch die Chance, darüber zu sprechen. Ich habe erst nach dem Tod meiner Mutter von ihrem größten Geheimnis erfahren.«

Bente sah sie überrascht an und machte eine auffordernde Kopfbewegung. Lisa schüttelte den Kopf. »Ich erzähl dir später davon. Bitte sag mir, was mit Noras Vater geschehen ist.«

Lisa sah Bente gespannt an und biss sich von innen in die Unterlippe, wie immer, wenn sie nervös war. Hoffentlich empfand Bente sie nicht als zu aufdringlich. Schließlich kannten sie sich kaum. Kurz fragte sie sich, ob sie das Recht hatte, nach diesen persönlichen Dingen zu fragen, wischte diese Zweifel aber sofort beiseite. Sie spürte, dass sich bei Bente eine Tür geöffnet hatte, die diese allzu lange verschlossen hatte. Diesen kostbaren Moment durfte sie nicht verschenken. Gut möglich, dass Bente schon in einigen Stunden nicht mehr bereit war, sich den verdrängten Gespenstern ihrer Vergangenheit zu stellen. Und das wollte Lisa auf keinen Fall riskieren. Schon um Noras willen.

»Ich hatte als Jugendliche ein sehr inniges Verhältnis zu meiner Mutter, also zu deiner Großmutter«, begann Bente. »Meinen Vater dagegen habe ich kaum gekannt, er war selten zu Hause. Er arbeitete als Kapitän bei der Hurtigruten. Außerdem hat er auf mich immer ein wenig furchteinflößend gewirkt, weil er sehr steif und überaus korrekt war.« Bente strich sich eine Haarsträhne aus dem Gesicht. »Meine Mutter hat bald gemerkt, dass ich mich verliebt hatte, und freute sich mit mir über mein Glück. Als sie jedoch erfuhr, dass Ánok Same war, war sie sehr erschrocken. Sie wusste, dass mein Vater ihn niemals akzeptieren würde, und beschwor mich, Ánok zu verlassen, um mich nicht ins Unglück zu stürzen. Das kam für mich natürlich überhaupt nicht infrage«, sagte Bente und lächelte.

Die Erinnerung ließ ihre Augen strahlen, und Lisa sah das junge, verliebte Mädchen vor sich. »Um es kurz zu machen: Ánok und ich beschlossen, meinen Vater vor vollendete Tatsachen zu stellen. Wir wollten durchbrennen und heimlich heiraten. Und dann habe ich den schlimmsten Fehler meines Lebens gemacht: Ich habe mich meiner Mutter anvertraut.«

Lisa schnappte nach Luft. »Sie hat euch doch nicht etwa verraten?«

Bentes Gesicht verfinsterte sich. »Doch, genau das hat sie getan. Als ich zur verabredeten Zeit zum Bahnhof gegangen bin, wartete dort nicht Ánok auf mich, sondern mein Vater.«

Lisa umklammerte ihre Tasse fester. »Oh nein, wie furchtbar«, rief sie aus.

»Ja, das war es. Es war der furchtbarste Augenblick meines Lebens«, sagte Bente. »›Was hast du mit Ánok gemacht?‹, habe ich meinen Vater angeschrien. Ich war fest davon überzeugt, dass er ihm etwas Schreckliches angetan haben musste. Was sonst hätte meinen Liebsten daran hindern können, mich zu treffen?«

Lisa stellte ihre Tasse auf den Tisch. Ihr war flau.

Bente berührte ihren Arm. »Keine Angst, er hat ihn nicht umgebracht. Obwohl ich mir das in meinen düstersten Stunden manchmal sogar gewünscht hätte. Die Wahrheit war viel banaler und zugleich schrecklicher.«

Bente stand auf, verließ die Küche und kehrte kurz darauf mit einem zerknitterten Blatt Papier zurück. Lisa sah, dass die Schrift darauf an einigen Stellen fast unleserlich und zerlaufen war. Vermutlich waren Bentes Tränen darauf gefallen. »Ich übersetze es dir«, sagte Bente, rückte ihre Brille zurecht und las vor: »Quittung über den Erhalt von zwanzigtausend Kronen. Der Empfänger Ánok Ķråik bestätigt, diese Summe in Empfang genommen zu haben, und verpflichtet sich im Gegenzug, den Kontakt zu Bente Nybol einzustellen und Tromsø zu verlassen.«

Bente ließ das Blatt sinken und setzte sich wieder an den Tisch. Lisa griff nach der Quittung und starrte auf die Unterschrift. »Er hat sich kaufen lassen?«, stieß sie hervor.

»Ich hätte das auch nie für möglich gehalten«, sagte Bente. »Aber in diesem Fall hatte mein Vater wohl ein besseres Urteilsvermögen als ich. Ánoks Liebe zu mir war nicht so groß wie seine Geldgier.«

Lisa verzog angewidert das Gesicht, legte die Quittung auf den Tisch und schob sie weg. »Du musst Ánok gehasst haben.«

»Anfangs schon. Natürlich«, antwortete Bente. »Aber später

hab ich es etwas anders gesehen. Ich wusste, dass er aus einer sehr armen Familie stammte und nur dank eines Stipendiums studieren konnte. Seinen Leuten daheim ging es ziemlich schlecht, und das bedrückte ihn sehr. Zwanzigtausend Kronen waren damals ungeheuer viel Geld. Wahrscheinlich fühlte er sich seiner Familie gegenüber mehr verpflichtet als mir. Zumal er nichts von meiner Schwangerschaft wusste.«

Bente lächelte leicht, als sie Lisas empörten Gesichtsausdruck bemerkte. »Glaub mir, es hat lange gedauert, bis ich so versöhnlich urteilen konnte«, sagte sie und fügte leise hinzu: »Bei meinen Eltern dagegen fällt mir das bis heute schwer.«

Lisa konnte das gut verstehen. »Wie ging es dann weiter?«, fragte sie.

»Mein Vater war völlig vor den Kopf gestoßen, als ich mich weigerte, mit ihm nach Hause zu fahren. Er hatte mir doch bewiesen, dass dieser Same nichts taugte, und erwartete allen Ernstes Dankbarkeit für sein Eingreifen. In seinen Augen hatte er mich vor einem großen Fehler und einem unglücklichen Leben bewahrt.«

»Ungeheuerlich«, rief Lisa. Was für eine Arroganz! Leider war diese Art Überheblichkeit weit verbreitet. Zu glauben, besser zu wissen, was für andere gut war, als diese selbst.

»Am wütendsten aber war ich auf meine Mutter«, sagte Bente. »Ich hatte ihr vertraut. Und sie hatte mich nicht nur verraten, sondern auch ohne Vorwarnung ins offene Messer laufen lassen. Das kann ich ihr nicht verzeihen.«

Betroffen senkte Lisa den Kopf. Wen suchte sie da? Wollte sie diese Mari wirklich finden und kennenlernen? Eine Frau, die ihre eigene Tochter verraten und im Stich gelassen hatte – wegen eines »unpassenden« Freundes? Lisa fiel es schwer, sich vorzustellen, was ihre Großmutter dazu getrieben hatte. Von ihr hätte sie das größte Verständnis für Bente erwartet, als diese sich in einer ganz ähnlichen Situation befand wie sie selbst dreißig

Jahre zuvor. Hatte sie ihrer Tochter das Glück nicht gegönnt, das sie selbst nicht hatte erleben dürfen? Ein furchtbarer Gedanke. Vielleicht sollte sie froh sein, dass Mari unauffindbar war, und sich eine direkte Begegnung mit ihr ersparen. Sofern sie überhaupt noch lebte. Und wenn sie bereits tot war – warum weiterbohren und Gefahr laufen, noch mehr unangenehme Wahrheiten zutage zu fördern? Zum Beispiel, warum sie ihre erste Tochter in Deutschland zurückgelassen hatte. Lisa wurde kalt. Vielleicht war die Antwort ganz einfach, vielleicht war Mari eine egoistische, kaltherzige Person, die ihre Kinder ohne Skrupel ihrem Schicksal überlassen hatte. Sie wollte lieber nicht darüber spekulieren, welche Gründe Maris Bruder Finn für seinen unversöhnlichen Hass haben mochte.

15

Nordfjordeid, Winter 1940

Mari rannte über die Wiese. Die langen Halme der Gräser schlugen gegen ihre Unterschenkel. Grashüpfer suchten vor ihren Füßen das Weite, und Bienen flogen summend von Blüte zu Blüte. Mari bückte sich im Laufen und pflückte eine Margerite, die sie sich ins Haar steckte. Sie wollte schön sein. Für ihn. Übermütig sprang sie über einen kleinen Busch und erreichte kurz darauf das Ufer des Flusses. Die Sonne funkelte auf dem Wasser, das gleichmäßig dahinströmte. Suchend schaute sie sich um. War sie zu früh? Nein, dort hinten stand er und winkte ihr zu. Mari jauchzte und wollte zu ihm laufen. Doch sosehr sie sich auch anstrengte, sie schien ihm keinen Meter näher zu kommen. Verzweifelt rief sie nach ihm. Er winkte, entfernte sich aber unaufhaltsam immer weiter. Ein kalter Windhauch streifte Maris Beine und ließ sie erschauern.

Mari schlug die Augen auf. Es war dunkel. Sie tastete nach ihrer Bettdecke, die zur Seite gerutscht war und ihr rechtes Bein ungeschützt der eisigen Luft preisgegeben hatte. Sie wandte den Kopf zu dem kleinen Fenster ihrer Kammer. Durch die mit dicken Eisblumen bedeckte Scheibe drang ein fahler Schein. Mari wusste, dass er vom Schnee kam. Die Sonne würde erst in einigen Stunden gegen halb zehn aufgehen. Jetzt war es ungefähr halb sechs, um diese Zeit wachte sie jeden Morgen auf. Sie schloss die Augen und beschwor das Bild der blühenden Wiese herauf, die sie im Traum gesehen hatte. Warum konnte sie nicht einfach für immer in diese Traumwelt verschwinden? In der ewiger Sommer herrschte. In der es keinen Krieg gab. Und in der sie unbeschwert mit Joachim zusammen sein konnte.

Joachim. Seit über drei Monaten hatte sie ihn nicht mehr gesehen. Viel länger, als ihre heimliche Liebe gedauert hatte. Mari hatte gehofft, dass der Schmerz mit der Zeit abklingen würde. Es hieß doch immer, dass die Zeit alle Wunden heilt. Das stimmte nicht. Nicht bei ihr. Mari hatte das Gefühl, innerlich aufgerissen zu sein. Alles, was sie nur im Entferntesten an Joachim erinnerte, hielt diese Wunde offen. Sie hatte nicht gewusst, dass man solche Qualen leiden konnte. Früher hatte sie die Redewendung »an gebrochenem Herzen sterben« für rein sinnbildlich gehalten. Jetzt war sie überzeugt, dass sie durchaus wörtlich gemeint war. Leider machte ihr Herz keine Anstalten zu brechen oder einfach nur anzuhalten. Es schlug kraftvoll und regelmäßig, unbeeindruckt von Maris Kummer.

Sie hörte ein gedämpftes Knarzen und Poltern. Es kam aus dem Zimmer ihrer Eltern, das unter ihrer Kammer lag. Vermutlich ärgerte sich ihr Vater mal wieder mit der klemmenden Tür des alten Kleiderschrankes herum, der sich in der feuchten Kälte noch stärker verzogen hatte. Mari kuschelte sich tiefer in ihre dicke Bettdecke. Sie wollte nicht aufstehen und sich dazu zwingen, einen weiteren Tag zu meistern, der sich in die endlose Kette dieser grauen Tage reihen würde, aus denen ihr Leben jetzt bestand. Es kostete sie immer mehr Kraft, ihren Kummer zurückzudrängen und zu versuchen, »normal« zu wirken.

Es pochte an der Tür, Großmutter Agna steckte ihren Kopf herein und leuchtete mit einer Petroleumlampe in Richtung Bett.

»Mari, Kind, schläfst du noch?«, fragte sie.

Mari unterdrückte ein Stöhnen und bemühte sich um einen munteren Ton. »Nein, entschuldige. Ich bin gleich unten.« Sie schlug die Decke zurück und stand auf.

Agna nickte ihr mit einem Lächeln zu und entfernte sich. Mari beeilte sich fröstelnd, in ihre Kleider zu schlüpfen, die sie vor dem Zubettgehen bereitgelegt hatte. Das Wasser in der

Waschschüssel, die auf einer bunt bemalten Kleidertruhe stand, war mit einer dünnen Eisschicht überzogen. Mari beschloss, sich später in der Küche warmes Wasser zu holen. Jetzt musste sie erst einmal schleunigst in den Stall, um die Kühe zu melken. Sie war froh, dass Agna gekommen war. Wenn sie noch länger liegen geblieben wäre, hätte es sicher spöttische Kommentare von Ole und finstere Blicke von ihrem Vater gegeben.

Über Nacht hatte es wieder geschneit. Mari hielt kurz auf dem Treppenabsatz vor der Haustür inne und schaute sich um. Die Gebäude des Hofes hatten ihre Konturen verloren. Sie sahen aus wie kleine weiße Buckel, die aus dem Hang wuchsen. An den Rändern der Dächer hingen dicke Eiszapfen. Zum Glück hatte Ole bereits schmale Schneisen freigeschaufelt, die zu den Ställen und der Scheune führten. Mari hasste es, wenn sie zu tief einsank und Schnee in ihre Stiefel bekam. Sie schlang ihre Arme um ihren Oberkörper, um ihn vor dem scharfen Wind zu schützen, und rannte zum Kuhstall, wo sie mit einem vielstimmigen Muhen begrüßt wurde.

Während man in dieser Jahreszeit im Freien kaum Arbeiten verrichten konnte, ging es im Haus umso geschäftiger zu. Die Wochen vor Weihnachten ließen kaum Zeit für Mußestunden. Mari hatte das Gefühl, ständig herumgescheucht zu werden. Nachdem sie die Kühe gemolken hatte, setzte sie sich in die Küche, wo ihr ihre Mutter eine Schüssel mit Haferbrei füllte. Sie hatte kaum die ersten Löffel gegessen, als ihr Vater hereinkam und sagte: »Lisbet, könnt ihr heute auf Mari verzichten?«

Lisbet schaute ihn fragend an. »Ungern. Agna und ich wollen heute den Hausputz abschließen, da könnten wir Maris Unterstützung sehr gut gebrauchen. Warum fragst du?«

Enar zwinkerte Mari verstohlen zu. Er wusste genau, wie sehr sie Putzen und Aufräumen hasste – und ganz besonders das Großreinemachen im Advent. »Höchste Zeit, das *juløl* zu brauen.

Ole kann mir nicht helfen. Er muss die Holzvorräte auffüllen und später zum Einkaufen fahren.«

Lisbet runzelte kurz die Stirn, sagte dann aber zu Maris Erleichterung: »Gut, wir kommen auch ohne Mari zurecht. Das Weihnachtsbier sollte wirklich langsam angesetzt werden.«

Auf dem Weg zur Scheune, wo Enar und Mari in der Milchkammer brauen wollten, liefen sie Großmutter Agna über den Weg.

»Wisst ihr, wo Ole steckt?«, fragte sie. »Er muss mir nachher unbedingt noch ein paar Gewürze und Mandeln zum Backen aus dem Laden mitbringen.«

Enar nickte. »Ich sag ihm Bescheid, dass er zu dir gehen soll, sobald er mit dem Holzhacken fertig ist.«

Agna lächelte Mari zu. »Ich backe heute *bordstabelsbakkels*, die magst du doch so gern.«

Mari zwang sich zu einem erfreuten Gesichtsausdruck. Früher hätte sie aufrichtig gejubelt. Agnas dünne Butterplätzchen mit ihrer feinen Mandelbaiserfüllung waren schon immer Maris absolute Favoriten gewesen. Ein Julfest ohne sie konnte sie sich nicht vorstellen. Als Kind hatte sie oft schon im Oktober darum gebettelt, doch in solchen Dingen verstand Agna keinen Spaß. Weihnachtsgebäck gab es erst in der Adventszeit – damit die Vorfreude wachsen konnte.

Jetzt hätte Mari alle Plätzchen und anderen Leckereien der Welt darum gegeben, noch einmal in Joachims Armen liegen zu dürfen. Wo er wohl gerade steckte? Und wie mochte es ihm gehen? Obwohl sie sich immer und immer wieder ermahnte, sich solche Fragen nicht zu stellen, kreisten ihre Gedanken doch meistens um ihn. Seit jenem Regentag im August hatte sie ihn nicht mehr gesehen. Doch einige Tage später war Nilla zu ihr gekommen und hatte ihr einen Brief von ihm gebracht. Er wusste von Maris enger Freundschaft zu Nilla und hatte ihn dieser in einem unbeobachteten Moment im Laden zugesteckt.

Denn er hatte zu Recht daran gezweifelt, dass Mari weiterhin in der alten Birke nach Briefen von ihm schauen würde.

Während Enar das Feuer unter einem bauchigen Wasserkessel anschürte und die benötigten Zutaten bereitlegte, drehte Mari Gerstenmalz durch die Schrotmühle. Sie war froh, mit ihrem Vater zu arbeiten. Nicht nur, weil sie so der ungeliebten Hausarbeit entronnen war. Sondern vor allem, weil Enar gerne schweigend vor sich hinwerkelte und dabei Geschnatter – wie er es nannte – nicht leiden konnte. So konnte sie ungestört ihren Gedanken nachhängen.

Joachim hatte ihr in seinem Brief keine Vorwürfe gemacht. Er konnte ihre Entscheidung verstehen. Er selbst hatte ja immer befürchtet, sie könnte seinetwegen Schwierigkeiten bekommen. Um zufällige Begegnungen, die beide in schmerzlichen Aufruhr versetzen würden, fürs Erste zu vermeiden, hatte er sich um eine mehrmonatige Fortbildung beworben, die ihm überraschend schnell bewilligt worden war. In seinem Brief hatte er Mari mitgeteilt, dass er Nordfjordeid verlassen und die nächste Zeit in einer anderen, weit entfernten Garnison verbringen würde. »*Auch wenn unsere Liebe nicht sein darf – aus meinem Herzen bist Du durch keine Macht der Welt zu vertreiben.*« Mit diesem Satz endete der Brief, den Mari längst auswendig konnte – so wie alle anderen, die sie davor von Joachim bekommen hatte.

Das Wasser hatte mittlerweile die richtige Temperatur. Mari ließ das Malzschrot langsam in den Bottich rieseln, Enar rührte die Maische mit einem langen Holzlöffel kräftig um, damit sich keine Klümpchen bildeten. Etwa zwanzig Minuten lang wechselten sich Vater und Tochter beim Rühren ab. Dann nickte Enar zufrieden und legte den Löffel beiseite. Das Gebräu sah ziemlich milchig aus und war mit Schaum bedeckt.

»Jetzt muss die Maische eine Weile rasten«, erklärte er Mari, die ihm heute zum ersten Mal beim Brauen zur Hand ging. Früher hatte das zu Finns Aufgaben gehört.

»Warum?«, fragte Mari und setzte sich neben ihren Vater auf eine Holzbank.

»Jetzt wird das Eiweiß in kleinere Bestandteile aufgespaltet. So bekommen wir einen schönen, stabilen Schaum. Außerdem bildet sich nun die Kohlensäure«, erklärte ihr Enar.

»Und wie geht es weiter?«

Enar lächelte Mari wohlwollend an. Bierbrauen war seine große Leidenschaft, und er freute sich sichtlich über ihr Interesse. »Die Stärke muss sich in vergärbaren Malzzucker wandeln. Dazu müssen wir das Ganze kräftig erhitzen, wieder tüchtig rühren und noch ungefähr zweimal ruhen lassen.«

Mari hörte aufmerksam zu. Sie hätte nicht gedacht, dass sie Bierbrauen interessant finden würde. Doch es machte ihr Spaß, die Entstehung Schritt für Schritt zu begleiten.

Nach einer weiteren Stunde richtete sich Enar auf, ließ die verspannten Schultern kreisen und deutete auf ein kleines Fläschchen, das auf einem Wandbrett stand.

»Jetzt machen wir die Jodprobe«, sagte er.

Mari holte das Fläschchen und beobachtete gespannt, wie Enar ein paar Tropfen Jod in einer kleinen Schüssel mit etwas Maische verrührte. Enar brummte zufrieden, als sich die Flüssigkeit dunkelgelb färbte. Denn das bedeutete, dass nun die gesamte Stärke im Bier verzuckert war.

»Kommt jetzt der Hopfen dazu?«, fragte Mari.

Enar schüttelte den Kopf. »Nein, das wäre viel zu früh. Jetzt müssen wir erst dafür sorgen, dass später beim Abkühlen keine weiteren Umwandlungsprozesse stattfinden, die das Bier verderben würden. Deshalb legen wir jetzt noch mal ordentlich Holz nach, um unerwünschte Bakterien und Keime zu zerstören. Und dann wird geläutert.«

Mari nickte und sagte eifrig: »Um das ausgekochte Malz aus der Maische herauszufiltern, nicht wahr?« Enar lächelte und tätschelte ihr die Wange.

»Habt ihr keinen Hunger?« Unbemerkt von Vater und Tochter war Lisbet in die Milchkammer getreten.

»Ist es denn schon Mittag?«, fragte Mari überrascht.

Enar lachte und wandte sich an seine Frau. »An unserer Mari ist ein Braumeister verloren gegangen. So einen anstelligen und aufmerksamen Gehilfen hatte ich lange nicht.«

Mari errötete über das unerwartete Lob. Tatsächlich hatte sie alles um sich herum vergessen, sogar ihren Liebeskummer. Sie konnte überhaupt nicht verstehen, warum ihr Bruder Finn immer gemault hatte, wenn er dem Vater beim Brauen helfen sollte.

»Könnt ihr zum Essen ins Haus kommen, oder soll ich euch etwas bringen?«, fragte Lisbet.

Enar warf einen Blick in den Kessel. »Ich glaube, wir können ihn kurz allein lassen, bevor wir dann den Hopfen und die Gewürze dazugeben«, entschied er.

Die Sonne war schon lange wieder hinter den Bergen verschwunden, als Enar und Mari am späten Nachmittag aus der Scheune in den Hof traten. Das Bier würde die nächsten Tage im Gärbottich ruhen, bevor es in Flaschen abgefüllt werden konnte.

»Vielen Dank, mein Kind«, sagte Enar. »Du warst mir wirklich eine große Hilfe.«

Mari drückte ihrem Vater einen Kuss auf die Wange. »Es hat mir Spaß gemacht. Du bist ein guter Lehrer!«

»Dein zukünftiger Mann ist zu beneiden«, sagte Enar mit einem Augenzwinkern und musterte Mari aufmerksam.

Sie senkte die Augen. Ihre unbefangene Stimmung war verflogen. Warum musste er immer wieder davon anfangen? Auf Goruns Hochzeit schien Enar beschlossen zu haben, dass es an der Zeit war, auch seine Tochter zu verheiraten. Und zwar mit Mikel Hestmann, dem Erben eines Pferdezüchters, den Mari schon von Kindesbeinen an kannte. Mari hatte ihrem Vater wiederholt erklärt, dass sie Mikel zwar sympathisch fand, ihn aber nicht liebte. Für Enar war das jedoch kein Grund, der gegen eine Ehe sprach. Ganz im Gegenteil, seiner Meinung nach waren Sympathie und gegenseitige Achtung ein sehr viel solideres Fundament für eine gute Ehe als Verliebtheit und flüchtige Leidenschaft. Mari wagte nicht, vehementer zu widersprechen. Sie durfte nicht riskieren, dass ihr Vater misstrauisch wurde und den wahren Grund für ihre Weigerung herausfand.

»Ich sehe noch schnell nach Fenna und Frihet«, sagte sie und rannte zum Stall, bevor Enar das unangenehme Thema weiter vertiefen konnte. Der kleine Hengst war in den letzten Monaten sehr gewachsen und begrüßte Mari mit übermütigen Nasenstupsern, als sie die Box betrat, in der er mit seiner Mutter stand.

»He, nicht so stürmisch«, sagte sie lächelnd und streichelte das Fohlen. Fenna schnaubte und schnupperte an Maris Schürzentasche in Erwartung eines Leckerbissens. Mari holte eine Hand voll Malzschrot hervor.

»Schau mal, was ich für dich abgezweigt habe«, sagte sie und hielt Fenna die Körner hin. »Verrat mich aber nicht.«

»Was soll Fenna nicht verraten?«

Mari zuckte zusammen und drehte sich zum Stallgang um. Ole stand vor der Box und grinste breit.

»Musst du mich so erschrecken!«, schimpfte sie. »Wo kommst du denn plötzlich her?«

»Ich habe gerade ausgespannt«, erklärte Ole und fuhr fort: »Viele Grüße von Nilla. Sie würde sich freuen, wenn du sie bald mal wieder besuchst.«

Mari nickte. Sie hatte ganz vergessen, dass Ole heute in den Ort zum Einkaufen geschickt worden war.

»Wie geht es Nilla denn? Konntest du ein wenig mit ihr reden?« Verstohlen musterte Mari sein Gesicht. Doch im diffusen Licht der Petroleumlampe, die den Stallgang nur spärlich erleuchtete, konnte sie nicht viel erkennen.

»Nein, es war viel los im Laden. Nilla und ihre Mutter hatten alle Hände voll zu tun«, antwortete Ole.

War da ein Bedauern in seiner Stimme? Mari war sich nicht sicher. Es war so schwer herauszufinden, was in Ole vorging. Was genau er für ihre beste Freundin empfand. Mit ihrer Vermutung, dass Nilla in ihn verliebt war, hatte Mari auf Goruns Hochzeit richtiggelegen. Das hatte ihr die Freundin vor Kurzem gestanden. Doch bisher hatte Ole keine eindeutigen Signale gesendet, dass er Nillas Gefühle erwiderte. Unter anderen Umständen hätte Mari keine Ruhe gegeben, bis sie herausgefunden hatte, ob und in wen Ole verliebt war. Doch die alles lähmende Trauer, in die sie nach der Trennung von Joachim versunken war, hatte ihre Neugier deutlich gedämpft. Was nicht bedeutete, dass sie nicht mit Nilla mitfühlte, die unter ihrer unerwiderten Liebe litt.

Köstlicher Duft nach Zimt, Kardamom und Nelken schlug Mari entgegen, als sie zwei Tage später die Wohnung von Nillas Familie betrat, die über ihrem Geschäft in der Eidsgata lag. Mit geröteten Wangen hatte Nilla ihr die Tür geöffnet und sich die mehlbestäubten Hände an ihrer Schürze abgewischt, bevor sie Mari umarmte.

»Ich fühle mich selbst schon wie ein *julekake*«, sagte sie.

Mari grinste. »Du riechst auch zum Anbeißen!«

Nilla nahm Mari am Arm und zog sie in die gute Stube. »Habt ihr schon alle sieben Sorten zusammen?«, fragte sie.

Mari zuckte die Schultern. »Ich glaube nicht. Großmutter und *Mamma* haben gerade erst angefangen zu backen. Die letzten Tage haben sie wie wild geputzt. Großmutter legt großen Wert darauf, dass bis zum Luciafest am Dreizehnten alles blitzt und glänzt.«

»Damit die Trolle befinden, dass alles für das Julfest vorbereitet ist, und euch den Hof nicht anstecken?«, fragte Nilla kopfschüttelnd. »So ein Aberglaube kann ganz schön anstrengend sein.«

»Ihr backt doch auch sieben Sorten Weihnachtsplätzchen«, sagte Mari.

Nilla grinste. »Von mir aus könnten es auch gern acht oder neun sein. Aber Mutter ist da ähnlich wie deine Großmutter, wenn es um alte Bräuche geht. Ich weiß nicht, ob sie tatsächlich daran glaubt, dass es Unglück bringt, nicht genau sieben Sorten zu backen oder nach dem Luciatag noch wichtige Arbeiten zu erledigen. Aber sie will es lieber nicht riskieren, Unglück über die Familie zu bringen.«

Mari schaute Nilla mit gespieltem Tadel an. »Wie kannst du so frech über deine Mutter reden?«

Nilla zuckte die Achseln und deutete auf den Tisch, auf dem mehrere Schachteln standen. »Komm, lass uns anfangen.«

Die nächsten Stunden verbrachten die Freundinnen damit, Weihnachtsschmuck zu basteln. Während Nilla scheinbar mühelos die kompliziertesten Strohsterne und Ketten aus goldenem und rotem Glanzpapier zauberte, kam Mari mit ihren *julebukker* nur langsam voran. Eben hatte sie eine der kleinen Ziegenbockfiguren vollendet und band ihr ein rotes Schleifchen um den Hals.

Nilla kicherte und nahm das Strohgebilde vom Tisch. »Darf ich vorstellen: Gigantua, die Elchziege.«

Mari verzog das Gesicht und stimmte dann in Nillas Lachen ein. Ihre Freundin hatte recht. Es bedurfte schon einer besonders wohlwollenden Phantasie, um in diesem Ungetüm einen Ziegenbock zu erkennen. »Ich weiß nicht, wie du das hinkriegst. Meine Hände sind einfach nicht fürs Basteln gemacht«, sagte sie. »Warum hängt man sich überhaupt Ziegen an den Baum? Was haben die mit Weihnachten zu tun?«

Nilla zog die Augenbrauen hoch. »Hat da etwa jemand im Heimatkundeunterricht geschlafen?«, fragte sie mit leisem

Spott. »Früher brachte der Julbock die Geschenke. Aber du hast schon recht, eigentlich ist er ein heidnisches Fruchtbarkeitssymbol. Er steht für die jährlich wiederkehrende Fruchtbarkeit der Erde und war ursprünglich eine Verkörperung des Donnergottes Thor.«

Mari klatschte Applaus. »Gunda Hallberg wäre stolz auf dich«, sagte sie mit ehrlicher Bewunderung.

Nilla winkte verlegen ab. »Sie war eine großartige Lehrerin. Ich hatte nie das Gefühl, büffeln zu müssen. Sie hat alles so gut und spannend erklärt, da lernte sich der Stoff wie von selbst.«

Mari lächelte. Sie hatte auch nur die besten Erinnerungen an ihre ehemalige Lehrerin.

»Wie geht's ihr eigentlich?«, fragte Nilla. »Deine Mutter und sie schreiben sich doch noch, oder?«

Mari nickte. »Ja, ziemlich oft sogar. Gunda scheint Nordfjordeid immer noch sehr zu vermissen. Aber sonst geht es ihr wohl gut.«

Nilla schüttelte den Kopf. »Wie kann man dieses Nest vermissen? Ich würde viel darum geben, in einer Stadt wie Bergen zu leben. Oder wenigstens mal zu Besuch dorthin zu fahren.«

Mari wusste, wie sehr Nilla unter Fernweh litt und sich nichts sehnlicher wünschte, als zu reisen. Sie konnte das nicht ganz nachvollziehen. Die Vorstellung, länger als ein paar Tage nicht auf dem Karlssenhof zu sein, hatte für sie nichts Verlockendes. Und sich ein Leben fern ihres Heimatortes zu wünschen wäre ihr nie in den Sinn gekommen.

Nilla berührte Mari sacht am Arm. »Denkst du gerade an ihn?«, fragte sie leise.

Mari sah ihr in die Augen und spürte eine tiefe Dankbarkeit. Ohne Nillas behutsame Anteilnahme und ihre nie erlahmende Bereitschaft, sich Maris Kummer anzuhören, hätte sie die letzten Monate noch viel schwerer überstanden. Dass Nilla in diesem Augenblick mit ihrer Vermutung, Mari sei in Gedanken bei

Joachim, falschlag und mit ihrer Frage erst dafür gesorgt hatte, dass es nun doch so war, tat ihrer Dankbarkeit keinen Abbruch. Im Gegenteil, es zeigte ihr einmal mehr, wie sehr Nilla um sie besorgt war. Mari drückte Nillas Hand.

»Es geht schon. Es tut mir ganz gut, dass es momentan so viel zu tun gibt. Aber was ist mit dir?«, fragte sie und schaute Nilla forschend an.

Nilla sah verlegen zur Seite. »Ach, ich weiß nicht. Ich sollte mir Ole wohl besser aus dem Kopf schlagen.«

Mari unterdrückte ein Lächeln. Wie oft hatte sich Nilla das schon vorgenommen? Schon im Sommer, als Mari sie das erste Mal vorsichtig auf Ole angesprochen hatte, wollte Nilla »vernünftig« sein und sich nicht in eine Schwärmerei verlieren, die höchstwahrscheinlich immer genau das bleiben würde. Allerdings war sie ebenso oft überzeugt, dass Ole kurz davor war, ihr seine Liebe zu gestehen und sie in seine Arme zu ziehen.

Mari fragte sich, was mit ihrem Bruder los war. War er zu schüchtern, um auf Nilla zuzugehen? Vielleicht wirkte er nur so selbstbewusst und forsch, war sich seiner aber in Wahrheit viel weniger sicher? Dass er mutwillig mit Nillas Gefühlen spielte und sich einen Spaß daraus machte, sie mit widersprüchlichen Verhaltensweisen zu verwirren, konnte sich Mari nicht vorstellen. Sie runzelte die Stirn. Die Möglichkeit, dass er einfach nur gedankenlos war, gefiel ihr am wenigsten. Dann wäre es schon erträglicher, dass er in eine andere verliebt war, was er aus irgendwelchen Gründen verheimlichte. Vielleicht, weil es nichts Ernstes war? Mari hoffte es um Nillas willen.

In den nächsten zwei Wochen hatte Mari keine Gelegenheit, Oles Verhalten Nilla gegenüber zu beobachten. Die Geschwister hatten im Trubel der Weihnachtsvorbereitungen kaum eine freie Minute, und auch Nilla fand keine Zeit für einen Besuch auf dem Karlssenhof. Dort folgte dem Großreinemachen das Schmücken des Hauses mit Tannen-, Mistel- und Stechpalmenzweigen, deren rote Beeren aus dem dunklen Grün leuchteten. Der Küchenofen glühte von früh bis spät, und die Blechdosen füllten sich mit Pfefferkuchen, Mandelringen und anderen Plätzchen.

Drei Tage vor Heiligabend ließ helles Geläut Mari aufhorchen. Den ganzen Nachmittag hatte sie immer wieder angestrengt gelauscht, jetzt war es endlich so weit. Das konnten nur Pferdeglöckchen sein. Sie ließ die halb geschälte Kartoffel zurück in die Schüssel fallen und rannte aus der Küche zur Haustür. Auch ihre Mutter und Agna hatten ihre Arbeiten unterbrochen und standen bereits auf dem Treppenabsatz.

Als Mari ins Freie trat, bog gerade ein zweispänniger Schlitten in den Hof ein. Auf dem Kutschbock saß Ole, der übermütig die Peitsche knallen ließ. Im Fond wickelte sich Finn aus einer dicken Lammfelldecke, sprang aus dem Schlitten und begrüßte die wartenden Frauen, die ihn erleichtert in die Arme schlossen. Da er eigentlich einen Tag früher hatte kommen wollen, hatten sie sich Sorgen um ihn gemacht. Die lange Reise von Oslo mit der Eisenbahn und dem Postschiff barg bereits in friedlichen Wintern einige Risiken. Jetzt, in diesen kriegerischen Zeiten, waren die Passagiere vor allem auf dem Meer zusätzlich in Gefahr, da auch die Postschiffe der Hurtigruten immer wieder Ziele englischer Kampfflugzeuge waren.

Finns Verspätung hatte harmlosere Gründe. Auf der Hochebene Hardangervidda, die die Bergenbahn überqueren musste, hatten Schneeverwehungen die Gleise blockiert. Die Schaffner hatten kurzerhand Schaufeln an die männlichen Reisenden verteilt, und mit vereinten Kräften hatte man das Hindernis beseitigt.

Mari saß ihrem Zwillingsbruder am Küchentisch gegenüber und betrachtete ihn neugierig. Seit dem Sommer hatte er sich verändert. Das lag nicht so sehr an seiner neuen Frisur – er trug seine Haare nun länger und verwegen in die Stirn gekämmt – oder an dem modisch geschnittenen Wolljackett. Er wirkte selbstbewusster und reifer. Das Studium tat ihm sichtlich gut, es sah so aus, als hätte er erst in Oslo ganz zu sich und dem Leben gefunden, das er führen wollte.

Während Großmutter Agna und Lisbet vor allem wissen wollten, ob er genug zu essen bekam, ausreichend Schlaf fand und nette Freunde hatte, sorgte sich Enar mehr um Finns Leistungen an der Universität. Misstrauisch verfolgte er dessen Berichte über Museumsbesuche, Theateraufführungen, Skiwanderungen in den Wäldern, von denen die Hauptstadt umgeben war, und fröhlichen Festen. Doch Finn konnte die Befürchtungen seines Vaters zerstreuen. Mit einem stolzen Lächeln präsentierte er zwei Seminararbeiten, die sehr gut benotet worden waren.

Nachdem die Eltern und Agna zu Bett gegangen waren, saßen die drei Geschwister noch bis spät in die Nacht zusammen. Mari war glücklich, nach so langer Zeit wieder beide Brüder um sich zu haben, und lauschte ihren lebhaften Diskussionen. Unweigerlich drehten sie sich bald um die Situation des besetzten Landes im Allgemeinen und der Oslos im Besonderen.

»Dieser Reichskommissar Terboven hat ja ernsthaft geglaubt, dass unsere Regierung mit ihm zusammenarbeiten würde«, sagte Ole kopfschüttelnd. »Vor ein paar Wochen hat er endlich kapiert, dass König Håkon das niemals zulassen würde. Jetzt hat er so eine Pseudoregierung ernannt, die kaum jemand ernst nimmt.«

»Ja, in Oslo lassen wir es die Besatzer deutlich spüren, was wir von ihnen halten«, sagte Finn.

»Wie macht ihr das?«, fragte Mari.

»Mit Symbolen und Gesten«, antwortete Finn. »Die neueste

Mode sind rote Zipfelmützen.« Er grinste. »Natürlich haben die Deutschen sie sofort verboten.«

Ole nickte. »Auch wenn wir hier auf dem Land leben, Hinterwäldler sind wir nicht«, sagte er und zog eine rote Mütze aus seiner Tasche. Finn grinste ihn an.

Mari runzelte die Stirn. »Warum sind rote Mützen ein Widerstandszeichen?«

»In der Französischen Revolution trugen die Jakobiner sogenannte Freiheitskappen, die rot waren«, erklärte ihr Finn.

Mari sah ihre Brüder besorgt an. »Ihr macht doch keine Dummheiten und seid vorsichtig? Was passiert denn, wenn einen die Deutschen mit so einer Mütze oder einem anderen Widerstandssymbol erwischen?« Finn und Ole wechselten einen kurzen Blick.

»Keine Sorge«, sagte Ole. »Wenn die alle verhaften wollten, die sich nicht an ihre Verbote halten, wäre bald halb Norwegen hinter Gittern.«

Bevor Mari etwas erwidern konnte, sagte Finn mit einem Kichern: »Stellt euch vor, jetzt ist es sogar verboten, in der Straßenbahn zu stehen, solange es noch Sitzplätze gibt.«

»Wieso das denn?«, wollte Mari wissen.

»Weil immer alle Norweger aufgestanden sind, sobald sich ein deutscher Soldat in eine Tram gesetzt hat.«

Mari war hin- und hergerissen. Einerseits konnte sie den Unmut ihrer Landsleute über die Besatzer gut verstehen. Allein der Gedanke, von einem anderen Volk bevormundet zu werden, ging ihr – so wie den meisten Norwegern – gegen den Strich. Schließlich war es noch nicht allzu lange her, seit man die dänische Fremdherrschaft abgeschüttelt und sich aus der Union mit Schweden gelöst hatte.

Andererseits sah sie unwillkürlich Joachim vor sich, wenn Finn von den Aktionen erzählte, mit denen man den Deutschen zu verstehen gab, was man von ihnen hielt. Die Vorstellung, er könnte in so eine Situation geraten, gab ihr einen Stich. Was konnte ein einfacher Soldat wie Joachim dafür, dass man ihn hierher geschickt hatte?

In den nächsten beiden Tagen stand Mari stundenlang mit ihrer Großmutter in der Küche, um die Festtagsgerichte vorzubereiten. Sie hätte viel darum gegeben, ihre Brüder mit dem Holzschlitten in den Wald begleiten zu dürfen, wo sie eine Tanne für die gute Stube aussuchen und fällen sollten. Auch beim Ausmisten und anderen Stallarbeiten hätte sie viel lieber geholfen. Doch da ihre Mutter an einem Tag Brot buk und am anderen lange mit dem Kirchenchor für die Weihnachtsmesse probte, war Agna auf die Hilfe ihrer Enkelin angewiesen.

Mari war für das *pinnekjøtt* zuständig, eine traditionelle Speise, die auf keiner Weihnachtstafel fehlen durfte. Schon am Abend zuvor hatte sie geräucherte Lammrippchen in reichlich Wasser gegeben und über Nacht eingeweicht. Jetzt sollten sie im Dampf gegart werden. Dazu wurden Stäbchen aus Birkenholz, die Mari zuvor von ihrer Rinde befreit hatte, auf dem Boden eines großen Topfes aufgestapelt. Anschließend füllte sie den Topf bis zur Oberkante der Holzstäbe mit Wasser und legte die Rippchen kreuzweise darauf. Während der langen Garzeit – bis sich das Fleisch von den Knochen löste – musste sie ein Auge darauf haben, dass das Wasser nicht verkochte, und es rechtzeitig nachfüllen. Zum Schluss wurden die Rippchen im Backofen knusprig gebacken. Nebenher bereitete Mari noch Beilagen zu. Das Preiselbeerkompott hatte Agna bereits im Herbst eingekocht. Die Kartoffeln würden am Heiligabend frisch zubereitet, doch die Fleischbällchen und die *kålrabistappe,* ein Mus aus weich gedünstetem Kohlrabi, das mit Butter, Salz und Pfeffer abgeschmeckt wurde, waren heute an der Reihe.

Am Abend des 23. Dezember hatte Mari das Gefühl, genauso

weich gekocht zu sein wie die Lammrippchen und ebenso intensiv nach Gebratenem zu riechen. Dankbar griff sie nach der Schüssel mit Haferbrei, die ihr Agna reichte, und ging damit zum Stall. Nach den langen Stunden in der heißen, dampfigen Küche tat es gut, die kalte, klare Winterluft zu atmen. Mari hielt inne und ließ die Stille auf sich wirken. Sie hob den Kopf und sah, dass sich die Wolken verzogen hatten und Sterne am Himmel standen. Hinter ihr fiel warmes Licht aus den Fenstern des Hauses. Ein tiefes Gefühl der Ruhe machte sich in Mari breit. Auch wenn sie unter der Trennung von Joachim litt und manchmal nicht wusste, wie sie den Schmerz aushalten sollte – die Verwurzelung mit diesem Ort gab ihr Trost und Kraft.

Die Kälte war rasch durch Maris Jacke gedrungen, und sie beeilte sich, in den warmen Stall zu kommen. Vorsichtig stellte sie den Breiteller auf einen Schemel. Als Kind hatte sie fest an *nisser* geglaubt und gar nicht genug von den Märchen und Sagen bekommen können, die von diesen Kobolden handelten. Laut Großmutter Agna lebten auf jedem Bauernhof solch uralte, kleinwüchsige Wesen, die über Mensch und Tier wachten. *Nisser* waren nicht ohne Humor und sehr hilfreich, wo sie geachtet wurden. Ignorierte man sie jedoch oder verspottete sie gar, so erzählte Agna, wurden sie schnell böse und konnten dem Haus und seinen Bewohnern großen Schaden zufügen. Deshalb wurde ihnen auch auf dem Karlssenhof nach altem Brauch in der Nacht vor Heiligabend ein Teller mit Brei in den Stall gestellt, um sie milde zu stimmen. Früher hatte sich Mari manchmal auf die Lauer gelegt, um einen Blick auf ihren Hauswichtel zu erhaschen. Und ein paarmal hätte sie schwören können, seine rote Mütze zwischen den Strohballen oder hinter einem Futtertrog aufblitzen zu sehen.

Auch die Hoftiere bekamen heute eine Extraportion Futter. Mari versorgte zunächst die Kühe, Schafe und Ziegen, schaute kurz bei den Hühnern vorbei und ging zuletzt in den Pferdestall, wo sie lange ihre Stute Fenna und den kleinen Frihet streichelte. Für die wilden Vögel hatte Ole schon am Morgen eine dicke Garbe Hafer, den *julenek*, an einen Zaun gebunden.

Am nächsten Nachmittag verkündete Glockengeläut, das von der kleinen Kirche über den Fjord hallte, den Beginn des Weihnachtsfriedens. Die Glocken ließen dabei nicht wie an anderen wichtigen Feiertagen ihr langsames Bimbam erklingen, sondern sie wurden mehrere Minuten lang schnell und kräftig geschlagen. Die Familie versammelte sich in der Wohnstube und setzte sich um den Kamin. Enar holte seine Lesebrille hervor und schlug mit feierlichem Gesicht die alte Familienbibel auf, um aus dem Weihnachtsevangelium vorzulesen. Mari liebte das in dunkles Leder eingebundene Buch. Auf den ersten Seiten waren Geburten und Taufen, Konfirmationen und Hochzeiten und die Sterbefälle von Generationen der Familie Karlssen eingetragen. Mari las gern die teilweise altertümlich klingenden Namen und versuchte sich vorzustellen, wie ihre Vorfahren wohl ausgesehen und wie sie gelebt hatten.

Nachdem Enar seine Lesung beendet hatte, beteten alle gemeinsam das Vaterunser. Anschließend eilten Mari, Lisbet und Agna in die Küche, um die Platten, Schüsseln und Töpfe für das große Weihnachtsessen zu holen und aufzutischen. Früher hatten Mari und ihre Brüder ungeduldig auf ihren Stühlen herumgezappelt und das Ende des langen Tafelns herbeigesehnt. Denn erst dann öffnete sich die Tür zu dem Zimmer neben der Wohnstube, wo der geschmückte Weihnachtsbaum stand und die Bescherung stattfand.

Auch diesmal hätte Mari auf das üppige Mahl verzichten können. Die endlosen Stunden in der Küche hatten ihren Appetit, um den es nach der Trennung von Joachim ohnehin nicht sehr gut bestellt war, noch weiter gedämpft.

»Hier, mein Kind«, sagte Enar und reichte ihr einen Teller mit Haferbrei, auf den er einen dicken Klacks Honig geträufelt hatte. Gedankenverloren rührte Mari um, steckte einen Löffel voll in den Mund und hätte sich fast verschluckt. Etwas Hartes war in der weichen Masse. Natürlich. Die Mandel. Am liebsten hätte Mari sie einfach runtergeschluckt und ihren Fund verschwiegen. Enar hatte sie jedoch die ganze Zeit nicht aus den Augen gelassen und lächelte ihr nun mit einem verschmitzten Augenzwinkern zu.

»Unsere Mari hat die Mandel!«, verkündete er.

Mari unterdrückte ein Seufzen. Wer die Mandel im Weihnachtsbrei fand, dem wurde eine baldige Hochzeit prophezeit. Wahrscheinlich hatte ihr Vater eigens dafür gesorgt, dass die Mandel im »richtigen« Teller landete.

Ole und Finn grinsten.

»Wer ist denn der Glückliche?«, fragte Finn. »Hab ich da was verpasst in den letzten Monaten?«

Mari bemühte sich, unbefangen zu lächeln, und schüttelte den Kopf. Gleichzeitig drehte Enar seine Hand hin und her und sagte bedeutungsvoll: »Wer weiß, was das neue Jahr so alles bringt, nicht wahr, Mari?« Mari schluckte und schaute verlegen auf ihren Teller.

»Jetzt dräng das Kind doch nicht so, Enar«, sagte Lisbet sanft, aber bestimmt. »Du verdirbst ihr noch die ganze Weihnachtsstimmung.«

Enar brummte und ließ das Thema fallen. Mari warf ihrer Mutter einen dankbaren Blick zu. Aber sie wusste, dass sie nur für den Augenblick verschont war. Sie kannte ihren Vater. Wenn er sich etwas in den Kopf gesetzt hatte, bedurfte es schon mehr als einer freundlichen Ermahnung, um ihn wieder davon abzubringen.

Gleich am nächsten Vormittag nach der langen Weihnachtsmesse wurde klar, wie ernst es Enar mit seinen Hochzeitsplänen für seine Tochter war. Mari war auf der Straße vor der Kirche auf der Suche nach Nilla, um ihr ihr Weihnachtsgeschenk zu geben. Lisbet und Agna wurden bereits von Finn mit dem Schlitten nach Hause gebracht, wo sie das Mittagessen vorbereiten wollten. Enar stand mit einigen Leuten zusammen, darunter Vater und Sohn Hestmann. Hastig drehte Mari sich weg. Sie hoffte, dass ihr Vater sie nicht bemerkt hatte und nötigte, sich an dem Gespräch zu beteiligen.

»Abgemacht«, hörte sie ihn sagen. »Übermorgen komme ich mit Mari zu euch.« Und Vater Hestmann erwiderte: »Fein, dann kann sie sich in Ruhe unseren Hof ansehen. Und unseren Mikel«, worauf er seinem Sohn kräftig auf die Schulter hieb und dröhnend lachte.

Mari war froh, dass Nilla ein gutes Stück weiter weg auf sie wartete. Sie hakte die Freundin unter und ging mit ihr die Straße entlang, die in den Ort führte.

»Hast du Gorun gesehen?«, fragte Nilla.

»Flüchtig. Vor dem Gottesdienst. Ich konnte sie nur kurz begrüßen«, antwortete Mari. »Eigentlich schade, ich habe sie schon ewig nicht mehr zu Gesicht bekommen.«

Nilla schnaubte. »Ich auch nicht. Und dabei wohnen wir nur ein paar Meter auseinander. Es könnten ebenso gut zwanzig Kilometer sein.«

Mari schaute Nilla überrascht an. »Was ist passiert?«

»Nichts! Das ist es ja gerade. Seit Gorun verheiratet ist, hat sie keine Zeit mehr für ihre alten Freundinnen.«

»Na ja, sie hat sicher viel zu tun, schließlich muss sie nun einen eigenen Haushalt ...«, begann Mari.

Nilla fiel ihr ins Wort. »Und wenn schon, ich habe ja auch nicht gesagt, dass sie für *niemanden* mehr Zeit hat.«

»Was meinst du damit?«, fragte Mari.

»Sie trifft sich jetzt nur noch mit verheirateten Frauen. ›Du musst das verstehen, Nilla, ich bin jetzt eine erwachsene Frau mit Verantwortung und kann mich nicht mehr mit Jungmädchenkram und anderen Albernheiten abgeben‹«, verkündete Nilla, indem sie Goruns Sprechweise imitierte.

Mari hob die Augenbrauen. »Das hat sie ausgerechnet zu dir gesagt? Jungmädchenkram und andere Albernheiten? Ich fasse es nicht!«

Nilla nickte. »Verstehst du jetzt, was ich meine? Ich fürchte, Gorun wird die jüngste Matrone in ganz Sogn und Fjordane. Und das, noch bevor sie überhaupt ein Kind hat.«

Mari zuckte die Schultern. »Sie wird sich schon wieder besinnen. Ich kann mir nicht vorstellen, dass sie tatsächlich nichts mehr mit uns zu tun haben will.«

Nilla schüttelte den Kopf. »Ich weiß nicht. Vielleicht hast du ja recht. Aber ...«

Nilla unterbrach sich und schaute Mari überrascht an. Diese war abrupt stehen geblieben und starrte bleich geradeaus. In ihr Gespräch vertieft hatten die beiden Freundinnen nicht bemerkt, dass sie den Ort schon fast durchquert hatten. Vor ihnen lag der alte Exerzierplatz, auf dem die Deutschen ihre Kaserne errichtet hatten. Nilla folgte Maris Blick. Vor einem der länglichen Holzhäuser standen ein paar Soldaten und junge Frauen, die ebenfalls Uniformen trugen. Sie unterhielten sich lebhaft, lachten viel und hatten sichtlich Spaß. Eine der jungen Frauen flirtete unübersehbar mit einem jungen, gut aussehenden Soldaten – den Mari nicht aus den Augen ließ.

Nilla erschrak. »Das ist doch Joachim! Ich dachte, er ist nicht mehr hier.«

»Das war er auch nicht«, sagte Mari tonlos. »Aber jetzt ist seine Fortbildung wohl zu Ende, und er ist zu seiner Einheit zurückgekehrt.«

In diesem Augenblick entdeckte ein anderer Soldat die beiden Freundinnen und machte seine Kameraden auf sie aufmerksam. Joachim schaute zu Mari. Diese hob unwillkürlich die Hand, um ihm zuzuwinken. Joachim verzog keine Miene, streifte Mari mit einem Blick ohne ein Zeichen des Wiedererkennens und wandte sich wieder der Deutschen zu. Diese musterte Mari und Nilla mit einem abfälligen Gesichtsausdruck und sagte etwas zu Joachim, der mit einem Schulterzucken antwortete. Mari stieß einen gequälten Laut aus. Nilla legte einen Arm um sie und zog sie rasch fort.

16

Oslo, Mai 2010

Auf dem Weg zu Noras Wohnung machte Lisa bei einem Vinmonopolet Halt, um eine Flasche Sekt zu besorgen. Erstaunt hatte sie festgestellt, dass man hier, anders als in Deutschland, in Supermärkten und anderen Lebensmittelläden nur Bier bekam. Wollte man Wein oder hochprozentige Alkoholika kaufen, war man auf die staatlichen Spezialgeschäfte angewiesen. Lisa schluckte, als sie die hohen Preise sah. Sie zögerte kurz. Ach, was soll's, dachte sie und griff nach einer Sektflasche, wir haben schließlich etwas Besonderes zu feiern.

Nora war noch nicht zu Hause, als Lisa am frühen Abend bei ihr klingelte. Obwohl sie einen Schlüssel hatte, beschloss sie, vor der Tür auf Nora zu warten. Sie wollte sich nicht aufdrängen. Sie hätte es gut verstanden, wenn Nora erst einmal eine Weile allein sein wollte. Sie setzte sich auf den Treppenabsatz vor Noras Wohnung, holte ihr Mobiltelefon hervor und las noch einmal die SMS, die Marco ihr vor ein paar Stunden geschrieben hatte: »*Würde jetzt gern ›Pause‹ auf dem Sofa mit dir machen, Cara. Mille baci, M.*« Lisa grinste und dachte mit einem wohligen Schauer an die letzte gemeinsame »Pause« mit Marco in seinem Büro im Verlag. Die Gefahr, dabei ertappt zu werden, hatte für einen besonderen Kick gesorgt. Marco liebte solche Adrenalin fördernden Situationen.

Lange brauchte Lisa nicht auf Nora zu warten. Nach einer halben Stunde hörte sie Schritte auf der Treppe.

»Was machst du denn hier draußen?«, fragte Nora, als sie Lisa auf dem Absatz vor ihrer Tür sitzen sah. »Warum bist du denn nicht reingegangen?«

Lisa stand auf. »Ich wusste nicht, ob es dir recht ist, wenn ich deine Wohnung betrete.«

Nora schüttelte den Kopf. »Na, dann hätte ich dir doch keinen Schlüssel gegeben.«

Lisa zuckte die Schultern. »Das war ja, bevor ...«

Nora winkte ab und schloss die Tür auf. »Bitte, komm rein. Ich freu mich, dass du da bist«, sagte sie.

Lisa lächelte erleichtert und folgte ihr in die Wohnung.

»Auf uns Cousinen!«, sagte Lisa und prostete Nora zu. Sie saßen sich auf niedrigen Sesseln in einem geräumigen Wohn-Schlaf-Zimmer mit großer Fensterfront gegenüber. Das Bett und der Kleiderschrank waren hinter einem Bücherregal verborgen, das als Raumteiler diente. Im Wohnbereich standen nur die beiden Sessel und eine Kommode mit einer Stereoanlage und einem kleinen Fernseher. Einige helle Rentierfelle, die auf dem Boden lagen, bildeten einen reizvollen Kontrast zu den dunkelgebeizten Holzdielen.

»Ich habe vorhin noch länger mit deiner Mutter gesprochen«, sagte Lisa und wollte von der unglücklichen Liebesgeschichte von Bente und Ánok erzählen. Doch Nora machte eine abwehrende Handbewegung. »Bitte nicht jetzt. Ich muss das erst mal verdauen. Das war einfach zu viel heute.«

Lisa nickte verständnisvoll. Sie hatte ja auch eine Weile gebraucht, bis sie sich dem aufwühlenden Geheimnis ihrer Mutter hatte stellen können. »Wenn du irgendwann reden möchtest, ich bin immer für dich da«, sagte sie. Nora lächelte und prostete ihr zu.

»Und was hast du jetzt vor?«, fragte Nora nach kurzem Schweigen.

Lisa sah sie nachdenklich an. »Ehrlich gesagt, ich hab keine Ahnung. Nach dem, was deine Mutter über Mari erzählt hat, bin ich mir nicht mehr sicher, ob ich sie überhaupt noch finden will.«

»Ich kann schon verstehen, dass du jetzt so denkst. Aber es wird dir keine Ruhe lassen«, sagte Nora leise.

Lisa wusste, dass sie recht hatte. Lieber Gewissheit haben – auch wenn die Wahrheit noch so schmerzlich oder unangenehm war –, als sich mit Spekulationen herumzuquälen.

»Gut, dann werde ich jetzt in Tromsø anrufen«, sagte sie, griff nach ihrem Mobiltelefon und tippte die Nummer von Kåre Nybol ein, die sie im Online-Adressbuch von Tromsø gefunden hatte. Als sich ein Anrufbeantworter einschaltete, stellte sie auf Lautsprecher um, damit Nora den norwegischen Text mithören und übersetzen konnte.

»Also, das kann unmöglich Maris Ehemann sein«, stellte Nora fest, nachdem die Bandansage beendet war.

»Ja, die Stimme klingt sehr jung.«

»Wir müssen noch mal anrufen«, sagte Nora. »Er hat eine Mobilnummer angegeben, unter der er zu erreichen ist. Ich hab sie mir auf die Schnelle nicht merken können.«

Doch auch an sein Mobiltelefon ging Kåre Nybol nicht. Stattdessen wurde der Anruf weitergeleitet. Lisa gab Nora das Telefon, als sich eine Frauenstimme mit: »Universitet Tromsø. Institutt for arktisk og marin biologi«, meldete. Nora sprach kurz mit der Frau und gab Lisa anschließend ihr Telefon zurück.

»Vielleicht hat meine Mutter ja einen jüngeren Bruder, der als Arktisforscher arbeitet«, sagte Nora. »Zurzeit ist dieser Kåre Nybol jedenfalls auf einer mehrmonatigen Expedition irgendwo im Eis. Momentan ist er nicht zu erreichen, deshalb werden seine Anrufe zu seiner Fakultät umgeleitet. Sie erwarten ihn erst im späten Sommer in Tromsø zurück.«

Lisa ließ sich in den Sessel zurückfallen. »Das ist ja wie verhext«, rief sie. Die Suche nach Mari oder jemandem, der ihnen

Auskunft über sie geben konnte, entwickelte sich zu einer mühseligen Angelegenheit. Marcos Annahme, Lisa würde ihre Großmutter rasch aufspüren, war reichlich optimistisch gewesen. Doch wenn sie ehrlich war, kam ihr dieser erneute Aufschub ganz gelegen – auch wenn sie das Marco gegenüber nie zugeben würde.

»Fliegst du bald nach Deutschland zurück?«, fragte Nora. »Nicht falsch verstehen, bitte«, fügte sie rasch hinzu, als sie Lisas Blick sah. »Ich fänd's toll, wenn du noch hierbleiben würdest. Es ist ein gutes Gefühl, eine Cousine zu haben. Ich würde gern mehr Zeit mit dir verbringen und dich besser kennenlernen. Aber das ist natürlich egoistisch von mir. Du hast schließlich ein eigenes Leben.«

»Du sprichst mir aus der Seele«, antwortete Lisa gerührt und lächelte Nora an. Plötzlich kam ihr ein Gedanke. »Was hältst du davon, wenn wir gemeinsam zu dieser Hochzeit auf den Lofoten fahren, zu der Tekla mich eingeladen hat?«, schlug sie vor. »Erstens können wir dort mehr von ihr erfahren. Jetzt, wo wir selber herausgefunden haben, dass sie Maris Nichte ist, wird sie sicher bereit sein, uns alles zu erzählen, was sie weiß. Sie hat ihr Versprechen ja nicht gebrochen. Und zweitens sind das auch deine Verwandten. Das ist doch eine gute Gelegenheit, sich ihnen vorzustellen.«

Nora kicherte. »Du meinst, ob nun ein oder zwei bis dato unbekannte Familienmitglieder auftauchen, ist auch schon egal.«

Lisa grinste, wurde aber schnell wieder ernst. »Ich wäre froh, wenn ich da nicht allein hinmuss«, gestand sie leise.

Nora fasste nach ihrer Hand. »Das brauchst du auch nicht. Wir fahren zusammen.« Lisa strahlte sie an und erwiderte Noras Händedruck.

Später am Abend rief Lisa in Hamburg an. Nora hatte ihr einen Vorschlag gemacht, den sie sofort an Marco weitergeben wollte. Nachdem sie ihn auf den neuesten Stand ihrer Suche gebracht hatte, sagte sie: »Ich würde mich wahnsinnig freuen, wenn du für ein paar Tage herkommen könntest. Freunde von Nora haben nur eine Autostunde von Oslo entfernt eine kleine Hütte an einem See. Ganz idyllisch, mitten im Wald, keine Menschenseele weit und breit. Die könnten wir haben.«

Marcos Antwort kam zögernd. »Das klingt wirklich verlockend. So ganz allein in der Wildnis mit dir …, aber ich kann leider nicht weg hier. Zu viel zu tun.«

»Hast du nicht noch eine Menge Resturlaub?«, fragte Lisa.

»Theoretisch schon«, sagte Marco, »aber die sind hier so eng mit Leuten, dass mich mein Chef gebeten hat, darauf zu verzichten und mir die Tage stattdessen ausbezahlen zu lassen.«

»Ach so. Schade. Ich vermisse dich«, sagte Lisa leise. »Und ich hätte dir gern dieses wunderschöne Land gezeigt.«

»Wir holen das nach«, versprach Marco.

»Das lerne ich nie«, stöhnte Lisa und schob das Lehrbuch beiseite. Sie saß an Noras Küchentisch, der mit Übungsblättern, einem Wörterbuch und bunten Karteikärtchen bedeckt war, auf die Lisa Vokabeln zum Lernen schrieb. Durch das Fenster schien die Sonne, die noch recht hoch am Himmel stand, obwohl es schon sieben Uhr abends war. Lisa hatte sich immer noch nicht daran gewöhnt, dass es hier gut anderthalb Stunden später dunkel wurde als in Frankfurt.

Sie hatte beschlossen, in Oslo zu bleiben und die Tage bis zu ihrer Abfahrt zu den Lofoten zu nutzen, um an einem Intensivsprachkurs teilzunehmen. Zwar konnten die meisten Norweger gut Englisch, und viele hatten in der Schule auch Deutsch gelernt. Lisa wollte ihren neuen Verwandten dennoch gern mit ein paar Grundkenntnissen ihrer Sprache gegenübertreten. Das war nicht nur eine Frage der Höflichkeit. Lisa hatte auf ihren Reisen schon oft die Erfahrung gemacht, dass man viel schneller und intensiver Zugang zu einem anderen Land bekam, wenn man dessen Sprache lernte.

Da viele Wörter im Norwegischen ähnlich klangen wie im Deutschen, hatte sich Lisa zuversichtlich ans Werk gemacht. Dann aber hatte sie festgestellt, dass es zwei offizielle Schriftsprachen gab – Bokmål und Nynorsk –, dazu unzählige unregelmäßige Verben und Ausnahmen und vor allem eine verwirrende Fülle von Ausspracheregeln, die sie schier in den Wahnsinn trieben.

»Warum wird denn ein ›s‹ mal wie ›s‹ und dann wieder wie ›sch‹ ausgesprochen? Ich kann da keine logischen Regeln erkennen«, stellte sie fest.

Nora, die am Herd stand und Rühreier mit Pilzen zubereitete, drehte sich zu Lisa um. »Mach dir nichts draus. Selbst wenn es solche Regeln gäbe, würde dir das nicht viel nützen. Wir Norweger lieben nämlich unsere Dialekte. Und die klingen zum Teil sehr, sehr unterschiedlich.«

Lisa ließ in gespielter Verzweiflung den Kopf auf die Tischplatte sinken. »Dann geht's einem hier vermutlich so wie einem Ausländer in Deutschland, der Hochdeutsch lernt und dann in einem bayerischen Kaff landet und kein Wort versteht.«

Nora holte zwei Teller aus einem Schrank. »Jetzt stärk dich erst mal«, sagte sie.

Lisa räumte ihre Sachen zusammen und half Nora, den Tisch zu decken.

»Und, hast du Urlaub bekommen?«, fragte Lisa.

Nora nickte. »Ja, war kein Problem. Ich hab so viele Überstunden, da konnte meine Chefin schlecht nein sagen.«

»Super«, sagte Lisa. »Dann können wir also das Postschiff nehmen.«

»Darauf freue ich mich schon sehr. Ich bin nämlich auch noch nie mit der Hurtigruten gefahren.«

»Und wie kommen wir nach Bergen?«, fragte Lisa.

»Am schnellsten geht's natürlich mit dem Flugzeug. Aber schöner ist es mit der Bergenbahn«, antwortete Nora.

Nora hatte nicht zu viel versprochen. Die siebenstündige Fahrt von Oslo an die Westküste nach Bergen war eine der faszinierendsten Eisenbahnstrecken, die Lisa jemals zurückgelegt hatte. Am eindrucksvollsten war die Fahrt über die Hardangervidda, Europas höchstgelegene Hochebene mit weiten Ebenen, flachen Seen und wenigen, sanft ansteigenden Gipfeln.

»Sieh nur, Rentiere!«, rief Lisa begeistert und reichte Nora ihre Kamera mit dem Teleobjektiv, durch das sie in der Ferne eine Herde Rentiere entdeckt hatte, die auf den noch schneebedeckten Wiesen unterwegs war. Wieder wurde Lisa von dieser ursprünglichen Landschaft in ihren Bann gezogen. Sie hätte kaum sagen können, was genau diese Anziehung ausmachte. Vielleicht die Gegensätze? Sie fühlte in dieser Umgebung eine tiefe Ruhe und war gleichzeitig eingeschüchtert. Kein Zweifel, diese Landschaft brachte eine Saite in ihr zum Klingen, die sie früher nie in sich gespürt hatte. Sie konnte sich kaum vorstellen, wie es den Menschen vor über hundert Jahren gelungen war, in dieser schroffen, unwegsamen Gegend Gleise zu verlegen, Dutzende Tunnel durch den Fels zu graben und ungefähr dreihundert Brücken über Schluchten und Täler zu bauen.

Als Nora die Kamera zurückgab, bemerkte Lisa, dass sie Tränen in den Augen hatte. Sie berührte sie leicht am Arm und sah sie besorgt an. Nora schnäuzte sich und lächelte schief.

»Es klingt dumm, aber als ich diese weite Ebene sah, musste ich plötzlich an meinen Vater denken. So stelle ich mir die Landschaft am Polarkreis vor. Keine Ahnung, ob es da tatsächlich so aussieht.« Nora seufzte. »Ich dachte, ich könnte einfach so tun, als hätte sich nichts geändert. Aber das ist natürlich Blödsinn. Es ist eben ein Riesenunterschied, plötzlich zu wissen, wer mein

Vater ist. Auch wenn er genauso wenig greifbar ist wie der angebliche One-Night-Stand, den meine Mutter erfunden hat.«

Lisa war froh, dass Nora endlich darüber sprach. Nachdem sie aus dem Haus ihrer Mutter Bente fortgelaufen war, hatte sie Lisa ja zu verstehen gegeben, dass sie nichts davon hören wollte, und das Thema seither nicht mehr angeschnitten. Lisa hatte das respektiert, zugleich aber gespürt, dass es in Nora rumorte. Es musste sich schrecklich anfühlen, so lange von der eigenen Mutter belogen worden zu sein. Hätte Bente jemals von sich aus die Wahrheit gesagt? Lisas eigene Mutter Simone hatte sich ja auch nie getraut, ihre Tochter in ihr Geheimnis einzuweihen. Und dabei war es um weit weniger gegangen als bei Nora.

»Wirst du versuchen, ihn zu finden?«, fragte Lisa leise.

Nora sah aus dem Fenster. Sie fuhren gerade an einem großen See entlang, dessen tiefblaue Wasseroberfläche die rasch dahinziehenden Wolken spiegelte. »Ich weiß es nicht«, sagte sie. »Er scheint ja nie das Bedürfnis gehabt zu haben, mich kennenzulernen.«

»Vielleicht wusste er gar nicht, dass es dich gibt«, gab Lisa zu bedenken. »Wenn ich das richtig verstanden habe, wusste deine Mutter selber nicht, dass sie schwanger war, als sie aus Tromsø weggegangen ist.«

Nora drehte sich zu Lisa um. »Daran hab ich überhaupt noch nicht gedacht«, sagte sie überrascht. »Aber im Grunde ändert das nichts. Dieser Ánok hat sich bestechen lassen und sich ohne Abschied aus dem Staub gemacht. Ich glaube nicht, dass ich so jemanden näher kennenlernen möchte.«

Lisa sah sie nachdenklich an. Sie konnte Nora verstehen, ihr selbst ging es ja mit ihrer Großmutter ähnlich. Andererseits konnte man die ganze Wahrheit nur herausfinden, wenn man auch die Gegenseite kennenlernte. Sie hatten doch nur Bentes Version von den Ereignissen. Was genau vor fünfunddreißig

Jahren, also Mitte der Siebzigerjahre geschehen war, lag weitgehend im Dunkeln.

»Es wäre interessant zu erfahren, was Bentes jüngerer Bruder damals mitbekommen hat«, sagte Lisa.

Nora runzelte die Stirn. »Warum?«

»Nur so eine Idee«, antwortete Lisa. »Ich hab einfach das Gefühl, dass die Geschichte verzwickter ist, als wir glauben. Besser gesagt, als deine Mutter glaubt.«

Nora zuckte die Achseln und wechselte das Thema.

Am Nachmittag erreichten sie Bergen, Norwegens zweitgrößte Stadt. Ihr Hurtigrutenschiff, die »MS Nordkapp«, lief erst um zwanzig Uhr aus, zwei Stunden vorher wurden die Kabinen vergeben. Lisa und Nora beschlossen, die bis dahin verbleibende Zeit für einen Stadtbummel zu nutzen.

»Lass uns das Ganze erstmal von oben betrachten«, schlug Nora vor und zeigte auf einen Berg, auf den eine kleine Seilbahn hinauffuhr. Lisa war einverstanden.

Kurz darauf saßen sie auf der Panoramaterrasse des Fløyen, der sich gut dreihundert Meter über Bergen erhob, tranken Kaffee und genossen den Blick über die Stadt.

Lisa zeigte auf eine Zeile bunter Häuser. »Ist das das alte Hanseviertel?«

Nora nickte. »Da hatten früher die deutschen Kaufleute ihr Handelszentrum. Deshalb heißt es noch heute Tyske Brygge – deutscher Kai. Und auf der anderen Seite der Bucht siehst du die Altstadt mit dem Fischmarkt.«

Um sich ein wenig die Beine zu vertreten, liefen sie auf einem Wanderweg durch den lichten Wald zurück in die Stadt. Für eine Besichtigung der gotischen Håkonshalle oder der alten Kirchen blieb zu Lisas Bedauern keine Zeit mehr. Am Kai der Hurtigruten, einem hochmodernen Terminal, hatte sich bereits eine große Traube von Menschen gebildet, die darauf warteten, an Bord des großen Dampfers gehen zu können. Lisa und Nora holten ihr Gepäck aus dem Schließfach, in dem sie es zwischengelagert hatten, und stellten sich in die Warteschlange.

»Wow, das ist ja riesig!«, rief Lisa, als sie an dem imposanten schwarz-rot-weiß gestrichenen Schiff emporschaute. »Ein Postschiff habe ich mir nicht so mondän vorgestellt. Das sieht ja aus wie ein Kreuzfahrtdampfer.«

Nora nickte. »In den Neunzigerjahren hat man eine neue Generation von Schiffen gebaut, bei denen mehr auf Komfort gesetzt wird, mit großzügigen Salons, Wellnessbereichen und sogar mit Swimmingpools.«

»Das ist natürlich toll«, sagte Lisa. »Aber ich hätte es, ehrlich gesagt, romantischer gefunden, mit einem von den kleinen, alten Dampfern zu fahren.«

Nora lächelte. »Mir geht's ähnlich. Aber die sind so gut wie alle ausgemustert. Nur im Winter, wenn die neuen Schiffe auf Kreuzfahrt in die Weltmeere geschickt werden, kommen manche der alten Postschiffe wieder zum Einsatz.«

»Na ja, wir werden auch mit der Luxusvariante klarkommen«, sagte Lisa mit einem Augenzwinkern.

Nachdem sie ihre Koffer in ihrer Zweibettkabine abgestellt hatten, folgten sie der Einladung des Stewards, der sie auf den kleinen Imbiss hingewiesen hatte, der zum Auftakt der Reise angeboten wurde.

»Kleiner Imbiss?«, entfuhr es Lisa.

Sie standen im Restaurant auf dem vierten Deck vor einem üppig bestückten Büfett, auf dem sich die verschiedensten Köstlichkeiten stapelten.

Nora reichte Lisa einen Teller. »Seeluft macht hungrig.«

Lisa grinste. »Wir haben ja noch nicht mal abgelegt.«

Nora grinste zurück, legte ein paar Scheiben Elchschinken und verschiedene Salate auf ihren Teller und steuerte einen Tisch am Fenster an.

Die mehrsprachige Begrüßung über den Bordlautsprecher

und die Ankündigung, man sei jetzt bereit zum Ablegen, lockte Lisa und Nora eine halbe Stunde später nach Backbord auf ein Außendeck, wo sich viele Passagiere versammelt hatten, um das Auslaufen zu beobachten. Am Kai wurden die Taue gelöst, das Schiff begann zu vibrieren und setzte sich langsam in Bewegung. Die von ihren sieben Bergen eingerahmte Stadt blieb zurück, während die »MS Nordkapp« mit fünfzehn Knoten fast lautlos ihre Fahrt nach Norden aufnahm.

Später am Abend wurden die Fahrgäste in den verglasten Panoramasalon auf dem obersten Deck gebeten. Lisa hatte kaum Augen und Ohren für die Demonstrationen und Erklärungen der Mannschaft, die über Rettungswege, Verhaltensregeln in Notfällen und das Anlegen von Thermoanzügen und Rettungswesten informierte. Der Blick auf die Küstenlandschaft, die im Licht der untergehenden Sonne an ihnen vorbeizog, nahm sie völlig gefangen.

»Komm, lass uns noch einen Erkundungsgang machen, bevor wir schlafen gehen«, schlug Nora vor.

Lisa nickte und zog einen Prospekt aus der Tasche, in dem Pläne der sechs Passagierdecks abgedruckt waren. Sie deutete auf die schematische Darstellung und sagte: »Auf diesen drei Decks sind nur Kabinen. Ganz unten sind die Autoparkplätze, eine Krankenstation und Fitnessräume.«

Nora warf einen Blick in den Prospekt. »Hier oben gibt es noch eine große Lounge und das Sonnendeck. Am meisten ist wohl auf dem vierten Deck los.«

Lisa lächelte sie an. »Was hältst du von einem Schlummertrunk an der Bar?«

Wie alle Gesellschaftsräume wirkte auch die Bar, die neben der Bibliothek lag, sehr gediegen mit viel blank poliertem Holz, Messing und edlen Stoffen. Auch hier beherrschten großformatige Gemälde des norwegischen Künstlers Karl Erik Harr den Raum, der mit der künstlerischen Gestaltung des Schiffes beauftragt worden war. Ihm hatten es sichtlich Meeres- und Küstenmotive angetan. Auf dem Weg in die Bar waren Nora und Lisa außerdem an zahlreichen Fotografien und Bildern vorbeigekommen, die an die über hundertjährige Geschichte der Hurtigruten erinnerten.

»Ob unsere Großmutter mal mit so einem Postschiff gefahren ist?«, fragte Lisa.

»Kann sein. Zum Beispiel wenn sie ihre Verwandten auf den Lofoten besucht hat.«

Lisa sah Nora an. »Vielleicht erfahren wir ja dort endlich etwas Konkretes.«

Nora zuckte die Schultern. »Ehrlich gesagt, das würde mich wundern. Man könnte fast glauben, dass sie ein Phantom ist. Wenn sie überhaupt noch lebt.«

»Du hast recht«, seufzte Lisa, »es hat keinen Sinn, sich falsche Hoffnungen zu machen.«

Heftiges Geschaukel ließ Lisa mitten in der Nacht aufschrecken. Sie brauchte einen Moment, um sich zu orientieren und ihre Vermutung, gerade ein Erdbeben zu erleben, zu verwerfen. Nein, sie befand sich in einer Schiffskabine auf dem Meer. Und das war mächtig in Bewegung. Lisa spürte, dass ihr flau wurde. Das hatte ihr gerade noch gefehlt. Frische Luft würde vielleicht helfen. Leise stand sie auf. Nora, deren Bett auf der gegenüberliegenden Seite eines schmalen Ganges stand, schien das Geschlinger des Schiffes nichts auszumachen, sie regte sich nicht.

Lisa zog sich an und verließ die Kabine. Sie waren auf dem fünften Deck untergebracht, auf dem man außen um das ganze Schiff herumlaufen konnte. Als Lisa hinaustrat, wurde sie von einer heftigen Böe fast wieder ins Innere gedrückt. Sie klammerte sich an der Reling fest und lief nach vorne zum Bug, wo sie unter der Kommandobrücke Schutz vor dem Sturm fand. Sie schaute auf die Uhr. Kurz nach vier. In einer halben Stunde würde die Sonne aufgehen. Was man bei den dunklen Wolken, die über den Himmel jagten, kaum bemerken würde. Lisa schloss die Augen und atmete tief ein und aus.

»Nimm eine von den Tabletten. Die helfen.«

Lisa zuckte zusammen. Das Tosen des Sturms und des Meeres hatten Noras Schritte übertönt.

»Ich hab auch schon eine genommen«, fuhr Nora fort und hielt Lisa eine Tablettenschachtel hin.

»Hab ich dich geweckt? Das tut mir leid«, sagte Lisa.

Nora schüttelte den Kopf. »Nein, ich war schon wach, als du gegangen bist. Ich dachte, sich totstellen hilft vielleicht«, sagte sie und verzog das Gesicht. »Aber mein Magen ist da anderer Meinung.«

Lisa musterte Nora im Schein der Nachtbeleuchtung. »Sehe ich auch so grün aus?«, fragte sie. Nora nickte.

»Das kann ja heiter werden in den nächsten drei Tagen«, seufzte Lisa.

»Keine Sorge, die meiste Zeit fahren wir durch die Schäreninseln geschützt direkt an der Küste entlang. Es gibt zum Glück nur wenige offene Seestrecken wie diese hier«, sagte Nora.

Noras Mittel gegen Seekrankheit schlug zu Lisas Erleichterung schnell an. Als die »MS Nordkapp« den Kurs änderte und in eine Bucht fuhr, hatte sich ihr Magen schon wieder so weit beruhigt, dass sie das Anlegemanöver im Hafen des Fischereistädtchens Måløy auf der Insel Vågsøy verfolgen konnte, ohne ständig gegen die Übelkeit ankämpfen zu müssen.

»Von hier ist es übrigens gar nicht weit bis zum Karlssenhof«, sagte Nora. Lisa schaute sie überrascht an. »Der Nordfjord mündet hier ins Meer«, erklärte Nora. Die Erwähnung des Karlssenhofes berührte Lisa mehr, als sie vor sich selbst zugeben wollte. Sie ertappte sich dabei, wie sie sich ein bestimmtes Gesicht in Erinnerung rief.

Als hätte Nora ihre Gedanken gelesen, sagte sie: »Übrigens kommt Amund, der Stallmeister der Karlssens, ursprünglich von dieser Insel hier. Er stammt aus einer Fischerfamilie.«

Kam es Lisa nur so vor, oder schaute Nora sie tatsächlich mit einem wissenden Lächeln an? Sie bemühte sich um einen gleichgültigen Gesichtsausdruck und sagte: »Aha. Und was hat ihn als Fischer auf einen Pferdehof verschlagen?«

Nora stutzte kurz. »Keine Ahnung, darüber habe ich noch nie nachgedacht. Ich kann mir Amund ohne Pferde gar nicht vorstellen.«

»Ja, für Pferde scheint er ein Händchen zu haben«, sagte Lisa und beeilte sich, das Thema zu wechseln, bevor Nora etwas erwidern konnte. »Ich glaube, ich versuche noch ein bisschen zu schlafen. Was ist mit dir?«, fragte sie.

»Okay, lass uns zurückgehen«, antwortete Nora lächelnd.

Die nächsten Tage erlebte Lisa wie einen Rausch aus Licht und Farben. Sie verbrachte die meiste Zeit fotografierend auf dem Sonnendeck und konnte sich nicht sattsehen an den ständig wechselnden Küstenformationen. Sie hätte nie gedacht, dass es sie so faszinieren könnte, Landschaftsaufnahmen zu machen. Bislang hatte sie kaum mit diesem Thema zu tun gehabt, ihre Aufträge hatten sie fast ausnahmslos in große Städte oder zu Gebäuden mit ausgefallenen architektonischen Konzepten geführt. Naturfotografie gehörte nicht zu ihrem Portfolio.

Als vorläufigen Höhepunkt ihrer Norwegenreise empfand Lisa die Fahrt durch den Geirangerfjord. Seit einigen Jahren machten die Hurtigrutenschiffe im Sommer diesen Abstecher in Norwegens wohl berühmtesten Fjord, der, wie ihr Nora erzählte, sogar in die *UNESCO*-Liste des Weltnaturerbes aufgenommen worden war. Zwischen steil abfallenden Felswänden ging es in den nahezu windstillen Meeresarm. Zahllose Wildbäche flossen von schneebedeckten Gipfeln, Gletschern und Gebirgsseen durch Laub- und Nadelwälder hinunter in den Fjord.

Lisa stand neben Nora auf dem Sonnendeck. Sie deutete auf eine Holzhütte, die weit oben an einem Hang klebte. Sie hatten schon mehrere dieser alten Bauernhöfe und Almhütten gesehen, die heute größtenteils verlassen waren.

»Kannst du dir vorstellen, dort zu leben?«, fragte Lisa.

»Nee, das wäre nix für mich. Aber die Bauern haben hier gar nicht mal schlecht gewirtschaftet. Durch den Golfstrom ist das Klima ziemlich mild, da gedeihen sogar Aprikosen.«

»Aber wie kommt man da rauf?«, fragte Lisa. »Ich sehe keinen Weg.«

Der norwegische Führer einer amerikanischen Reisegruppe stand in ihrer Nähe und mischte sich in ihre Unterhaltung ein. »Viele dieser Gehöfte waren nur mit Leitern zu erreichen«, erklärte er und fügte mit einem Augenzwinkern hinzu: »Man erzählt sich, die Bauern hätten in früheren Zeiten einfach die Leiter hochgezogen, wenn der Mann vom Finanzamt kam und kassieren wollte.«

Lisa und Nora kicherten. Der Reiseleiter zeigte nach vorn auf einen gewaltigen Felshang, über den sich sieben Wasserfälle stürzten. »Darf ich vorstellen: die Sieben Schwestern. Und hier«, fuhr er fort und deutete auf einen breiten Wasserfall gegenüber, »gibt sich der Freier die Ehre.«

Am dritten Tag ihrer Reise überquerte die »MS Nordkapp« den Polarkreis. Nora und Lisa waren extra früh aufgestanden und saßen beim Frühstück, als sie die Insel Hestmannøy passierten, auf der das Polarkreisdenkmal stand, ein stilisierter Globus aus Metall, der in der Morgensonne glänzte. Nachmittags verließ das Schiff die Westküste. Von Bodø ging es über den Vestfjord in dreistündiger Fahrt zu den Lofoten. Wie eine imposante Wand erhoben sie sich steil aus dem Meer. Während des Abendessens erreichten sie Stamsund, den ersten Hafen der Inselgruppe, von dort ging es nordwärts weiter. Lisa und Nora packten ihre Sachen und machten sich zum Ausstieg bereit, denn in Svolvær endete ihre Reise.

»Ich bin ganz schön aufgeregt«, gestand Lisa, als das Schiff angelegt hatte und die Gangway für die Passagiere geöffnet wurde.

»Wem sagst du das«, antwortete Nora. »Am liebsten würde ich einfach weiterfahren.«

Die beiden jungen Frauen schauten sich an. In Noras angespanntem Gesicht sah Lisa ihre eigene Nervosität gespiegelt. Sie lächelte ihr zu. »Ich bin froh, dass wir da zusammen aufkreuzen.«

Nora nickte. »Ich auch. Aber es ist schon ein komisches Gefühl, auf einmal einem Haufen Verwandter gegenüberzustehen, von denen wir bis vor Kurzem nichts wussten.«

»Schau mal, ist das nicht Tekla?«, fragte Lisa und zeigte auf eine der am Hafen wartenden Personen.

Nora kniff die Augen zusammen. »Ja, du hast recht. Das ist ja eine nette Überraschung. Damit hätte ich nicht gerechnet.«

Lisa ging es genauso. Umso mehr freute sie sich über diese Geste. Als sie Tekla vor ein paar Tagen telefonisch mitgeteilt hatte, dass sie zusammen mit Nora auf die Lofoten kommen würde, weil sie herausgefunden hatten, dass auch sie zur Familie gehörte, war Teklas Reaktion sehr verhalten ausgefallen. Offenbar hatte sie auch dieses Mal eine Weile gebraucht, um die Neuigkeiten zu verdauen.

Jetzt aber schien sie sich aufrichtig zu freuen, die beiden jungen Frauen zu sehen. Nachdem sie beide herzlich umarmt hatte, führte sie sie zu ihrem Auto. Auf dem Weg wandte sie sich an Nora: »Ich kann dir gar nicht sagen, wie froh ich bin, dass diese Geheimniskrämerei endlich vorbei ist!«

»Warum hat Mari denn darauf bestanden, es geheim zu halten, dass meine Mutter ihre Tochter ist?«, fragte Nora.

»Ihr habt Finn doch selbst erlebt«, antwortete Tekla. »Er ist ein Sturkopf und kann leider sehr nachtragend und unversöhnlich sein. Mari hatte Angst, dass er Bente in Sippenhaft nehmen und ebenso vom Karlssenhof verbannen würde wie sie selbst. Und das wollte sie um jeden Preis verhindern. Über die Gründe für diese rachsüchtige Haltung ihres Zwillingsbruders wollte sie nicht sprechen. Ich musste das so akzeptieren und wollte es nicht darauf ankommen lassen, mein Versprechen zu brechen. Umso wichtiger war es mir, dich und deine Mutter, so gut es ging, in die Familie aufzunehmen.«

Nora drückte Tekla an sich. »Das hast du wunderbar gemacht. Ich hatte eigentlich nie das Gefühl, nicht dazuzugehören. Ihr wart tatsächlich immer meine Familie.«

Eine kurze Autofahrt brachte sie von der Inselhauptstadt Svolvær, die von Fischverarbeitungsbetrieben, Werften und einem Künstlerzentrum geprägt war, auf einem Küstensträßchen in den kleinen Ort Kabelvåg. Dort waren die Langløs, die Familie von Maris Mutter Lisbet, seit Generationen ansässig. Wie fast alle Lofotinger hatten sich auch die Langløs bis vor Kurzem hauptsächlich als Fischer ihr Geld verdient. Eine Tradition, die heute noch von Kol fortgeführt wurde, dem Bräutigam der bevorstehenden Hochzeit.

»Ihr werdet sie ja gleich alle kennenlernen«, sagte Tekla und bog von der Straße auf ein Ufergrundstück ein, das etwas außerhalb des eigentlichen Ortskerns lag.

Ein größeres, weiß getünchtes Holzhaus mit Steinsockel stand leicht zurückgesetzt auf einer Wiese, während mehrere dunkelrote Holzhäuschen auf Stelzen direkt am Wasser gebaut waren.

»Früher haben diese *rorbuer* den Saisonfischern als einfache Unterkünfte gedient, heute werden sie oft renoviert, mit modernem Komfort eingerichtet und im Sommer an die zahlreichen Touristen vermietet«, erklärte Tekla.

Am Wasser standen auch mehrere Holzgerüste, die dicht mit Fischen behängt waren.

»Uh, das riecht ganz schön streng«, sagte Nora, als sie aus dem Wagen stieg.

Tekla lachte. »Daran gewöhnst du dich schnell.«

Lisa schaute interessiert zu den Gestellen und fragte: »Ist das der berühmte Stockfisch?«

Tekla nickte. »Genau. Der stammt aus der diesjährigen Fangsaison, die bis April gedauert hat. Jetzt muss der Fisch in der salzigen Atlantikluft trocknen, bevor er verkauft werden kann.«

Nora verzog das Gesicht. »Wer isst denn freiwillig Dörrfisch?«

Tekla schüttelte den Kopf und sagte mit mildem Tadel: »Als ob du irgendeinen Fisch freiwillig essen würdest. Für viele ist das aber eine feine Delikatesse. Und nicht nur in Norwegen. Die Italiener zum Beispiel importieren tonnenweise Stockfisch.«

»Der er de!«, rief eine helle Kinderstimme. Ein kleines Mädchen stürmte aus dem Haus und rannte auf sie zu.

»Das ist Pernilla«, sagte Tekla und zerzauste der Kleinen das Haar. »Unser jüngstes Familienmitglied.«

Neugierig musterte Pernilla die beiden Ankömmlinge. Ihr Ruf hatte einige Erwachsene vor die Tür gelockt, und kurz darauf waren Lisa und Nora von einer Schar fröhlich lächelnder Menschen umgeben, die ihnen die Hände schüttelten und sich vorstellten. Lisa spürte ein Kratzen in der Kehle. Sie sah zu Nora und bemerkte, dass auch sie feuchte Augen hatte. Nie hätten sie auf ein solch herzliches, umkompliziertes Willkommen zu hoffen gewagt.

17

Nordfjordeid, Winter 1940/1941

Wie betäubt saß Mari in dem großen Schlitten. Bekannte ihrer Familie, deren Hof ein paar Kilometer hinter dem Gestüt der Karlssens lag, hatten angeboten, Enar, Ole und Mari mitzunehmen. Mari war froh, dass ihr Vater und Ole in ein angeregtes Gespräch vertieft waren und sie in Ruhe ließen. In flottem Trab ging es durch die weiße Landschaft. Doch Mari hatte kein Auge für die zauberhaften, glitzernden Gebilde, in die der Schnee Bäume, Büsche und Felsbrocken verwandelt hatte. Sie sah nur immer wieder Joachims unbeteiligten Blick, mit dem er sie vorhin wie eine Fremde gemustert hatte. Und diese deutsche junge Frau an seiner Seite, mit der er sich offensichtlich bestens verstand.

Mari fühlte sich, als habe man sie wie ein lästiges Insekt zerquetscht. Sie spürte keinen Schmerz. Sie spürte gar nichts. Es war ihr, als hätte Joachim sie ausgelöscht, indem er sie einfach nicht wahrgenommen hatte. Vor dieser Begegnung hatte Mari in ihrem Trennungsschmerz einen gewissen Trost empfunden bei dem Gedanken, dass auch Joachim sie vermisste und unter ihrer Abwesenheit litt. Doch nun war sie wirklich ganz allein und verlassen. Und er vergnügte sich mit einer anderen. Vermutlich machten sie sich jetzt gerade gemeinsam über den norwegischen Bauerntrampel lustig, der da winkend am Straßenrand gestanden hatte. Mari schloss die Augen. Es war unerträglich.

Nach kurzer Fahrt war der Karlssenhof erreicht. Mari wäre am liebsten sofort in ihre Kammer geflüchtet, um sich dort zu verkriechen. Doch dem gemeinsamen Mittagessen am ersten Weihnachtstag konnte sie unmöglich fernbleiben. Das hätte nur zu unwillkommenen Fragen geführt. Und denen fühlte sie sich noch weniger gewachsen.

»Morgen fahren Mari und ich zu den Hestmanns«, verkündete Enar und zwinkerte Mari fröhlich zu.

Finn warf Mari einen erstaunten Blick zu. »Ich wusste gar nicht, dass du einen so engen Kontakt zu denen hast.«

Bevor Mari antworten konnte, sagte Enar. »Du warst ja auch seit dem Sommer nicht mehr da. Du erinnerst dich vielleicht, wir haben Vater und Sohn Hestmann auf der Hochzeit von Maris Freundin Gorun getroffen. Und ich glaube, unsere Mari und Mikel sind sich seitdem nähergekommen.«

Mari starrte Enar entsetzt an und schüttelte abwehrend den Kopf.

»Du findest Mikel doch nett, das hast du mir jedenfalls gesagt«, sagte Enar und runzelte die Stirn.

Mari sprang auf. Ihre Knie gaben nach. Sie griff nach der Lehne ihres Stuhles und hielt sich fest. »Was habe ich getan, dass du mich loswerden willst? Warum darf ich nicht hierbleiben?«, rief sie und rang nach Luft.

Enar schluckte und setzte zu einer Erwiderung an. Seine Frau legte ihm eine Hand auf den Arm. »Jetzt reicht es«, sagte sie.

Großmutter Agna stand auf und ging zu Mari, die am ganzen Körper zitterte. Sie berührte sie an der Stirn. »Du glühst ja«, rief sie erschrocken. Sie fasste sie um die Hüften und führte sie zur Tür. »Das Kind gehört ins Bett«, erklärte sie resolut.

»Da siehst du, was du angerichtet hast!«, hörte Mari ihre Mutter noch sagen, als sie mit Agna die Wohnstube verlassen hatte. »Nein, wirklich! Wie konntest du sie nur so unter Druck setzen.«

Enar brummte etwas Unverständliches. Danach wurden die Stimmen leiser. Mari war in Schweiß gebadet, nachdem sie sich die Stiege zu ihrer Kammer hinaufgeschleppt hatte. Dankbar ließ sie sich von ihrer Großmutter aus ihrer *bunad* helfen und streifte das lange Nachthemd über, bevor sie sich unter ihrer Bettdecke zusammenrollte und sofort einschlief.

In der nächsten Zeit erlebte Mari ihre Umgebung wie durch einen dichten Nebel, der sich nur manchmal für kurze Zeit lichtete. Dann erkannte sie die Menschen, die an ihrem Bett saßen. Oft war es Großmutter Agna, die ihr kalte Wickel um die Waden legte und ihr löffelweise Kräutertees einflößte. Auch ihre Mutter saß häufig auf einem Stuhl neben dem Bett, kühlte ihr die Stirn und las ihr aus dem alten Märchenbuch vor. Ein paar Mal hörte Mari fremde Stimmen, mit denen sich ihr Vater besorgt beriet. Hatten sie den Pastor gerufen, damit er für sie betete? Oder war es der alte Doktor Kjelde, der sie als Kind immer mit seinem Bart gekitzelt hatte, damit sie sich nicht fürchtete? Sie verstand nur, dass sie offenbar eine gefährliche Lungenentzündung hatte und sich alle sorgten, dass sie nicht überleben würde.

Meistens war Mari aber nicht richtig bei sich und fieberte stark. Ab und zu drangen Satzfetzen zu ihr durch, die in ihrem Kopf durcheinanderwirbelten. Vergebens versuchte sie, ihre Bedeutung zu verstehen. Immer wenn sie glaubte, eine Bemerkung erfasst zu haben, entglitt sie ihr und verschwand wieder in dem rasenden Wörterkarussell, das auch ihre eigenen Worte verschluckte und nicht nach draußen lassen wollte.

Sie hätte nicht sagen können, wie lange sie in ihrer Kammer gelegen hatte, als sie eines Tages die Augen aufschlug und wusste, dass sie kein Fieber mehr hatte. Das Karussell in ihrem Kopf war verschwunden, der Nebel hatte sich verzogen. Mari wandte den Kopf zum Fenster. Welche Tageszeit mochte wohl gerade sein? Erstaunt stellte sie fest, dass schon diese kleine Bewegung sie große Kraft kostete. Probeweise zog sie eine Hand unter der Bettdecke hervor. Sie fühlte sich an, als hätte man sie mit Gewichten beschwert. Ermattet schloss Mari die Augen.

Als sie das nächste Mal aufwachte, saß Großmutter Agna neben ihr. Ein erfreutes Lächeln breitete sich auf ihrem Gesicht aus und vertiefte die Lachfältchen um ihre Augen. »Kind, du bist wieder bei uns!«, rief sie und wischte sich eine Träne weg, die ihr über die Wange lief.

»War ich denn lange weg?«, fragte Mari. Ihre Stimme hörte sich seltsam rau an, als sei sie eingerostet.

Agna streichelte ihr die Wange. »Ja, sehr lange. Fast einen Monat.«

Mari schaute an die Decke. Das war doch nicht möglich. Einen ganzen Monat. Das hieß ja, dass das neue Jahr bereits drei Wochen alt war, dass sie Silvester und das Dreikönigsfest verpasst hatte. Und Großmutters Geburtstag Anfang Januar. »Tut mir leid, dass ich nicht mit dir feiern konnte«, flüsterte sie.

Agna drückte ihre Hand. »Dass du wieder gesund wirst, das ist das schönste Geburtstagsgeschenk für mich.«

Die Erleichterung von Agna erwies sich als voreilig. Die Lungenentzündung war zwar geheilt und das Fieber überwunden. Doch Maris Genesung machte zur Besorgnis ihrer Familie und von Doktor Kjelde kaum Fortschritte. Ihre Kräfte wollten einfach nicht zurückkehren. Sie hatte sich in ihrem ganzen Leben noch nie so schwach gefühlt. Jede Bewegung strengte sie übermäßig an, ihr Appetit blieb aus,und ihr Lebenswille hatte sich tief in einen Winkel ihres Innersten verkrochen.

Ole trug sie jeden Morgen hinunter in das Zimmer neben der Wohnstube, das im Winter von ihrer Mutter und Agna als Handarbeitsstube genutzt wurde. In eine Decke gewickelt saß Mari neben dem Ofen, der von dem großen Kamin der Wohnstube mitbeheizt wurde. Oft leisteten ihr Lisbet oder Agna Gesellschaft, die unermüdlich Kleidungsstücke flickten und stopften, Strümpfe strickten, an einem kleinen Webrahmen Handtücher und Schürzen webten oder endlose Wollfäden mit dem Spinnrocken herstellten.

Mari hatte früher nichts mehr gehasst als Handarbeiten und sich bei jeder Gelegenheit davor gedrückt. Jetzt ließ sie sich geduldig zeigen, wie man strickte, und fand bald Gefallen daran. Sie mochte das gleichmäßige Geklapper, das die langen Nadeln hervorriefen, mit denen sie zunächst Schals strickte, bevor sie sich an Pullover wagte. Bald schienen die Nadeln wie von selbst die Maschen aufzunehmen und mit dem Wollfaden zu verknüpfen.

Wenn Mari so vor sich hinstrickte, versank sie in eine sanfte Lethargie, in der sich der Schmerz über ihre verlorene Liebe in ein dumpfes Gefühl verwandelte. Es hatte sich tief in ihr eingenistet wie ein einst unwillkommener, doch nun vertraut gewordener Dauergast. Die unübersehbare Sorge, mit der ihre Familie ihren Zustand betrachtete, wollte Mari nicht an sich heranlassen. Ein Teil in ihr wusste, dass sie recht hatten, dass es gefährlich war, sich in Gleichgültigkeit zu verlieren. Doch diese Stimme der Vernunft hatte nicht mehr die Oberhand, konnte sich mit ihren Mahnungen nicht durchsetzen. Alle Versuche, Mari aus ihrem Kokon herauszulocken, beantwortete sie mit einem müden Lächeln. Drang man zu fordernd in sie, brach sie in Tränen aus.

»Es ist nichts Körperliches. Es ist ihre Seele, die keinen Lebenswillen mehr hat.«

Mari schreckte aus ihrer Versunkenheit hoch. Woher kam diese Stimme? Sie war allein in der Handarbeitsstube und saß wie gewohnt am Ofen.

»Wie können wir ihr nur helfen?«, fragte eine andere Stimme, die Mari als die ihres Vaters erkannte. Sie kam eindeutig aus dem Ofen. Mari beugte sich näher zu einer offenstehenden Belüftungsklappe und hörte das Gespräch nun noch klarer. Offensichtlich war ihr Vater mit Doktor Kjelde in der Wohnstube nebenan, deren Kamin mit dem Ofen in diesem Zimmer verbunden war. Mari war bisher noch nie aufgefallen, dass man durch das Ofenrohr mithören konnte, was drüben gesprochen wurde.

»Ich mache mir solche Vorwürfe«, murmelte Enar zerknirscht. »Wie konnte ich sie so unter Druck setzen? Das ist alles meine Schuld.«

»Hab Geduld«, sagte Doktor Kjelde. »Mari ist ein starkes Mädchen. Sie wird es überwinden.«

Die Selbstvorwürfe ihres Vaters gaben Mari einen Stich. Es war ihr, als hätte jemand den Vorhang weggezogen, der ihr den Blick auf ihre Umgebung und die Menschen darin verstellt hatte. Zu wissen, welche Sorgen sich ihr Vater machte, wie sehr er sie liebte, erfüllte Mari mit großer Zärtlichkeit – die sich mit ihrem schlechten Gewissen mischte. Denn Enar gab sich für etwas die Schuld, was nicht das Geringste mit ihm zu tun hatte. Er durfte sich nicht ihretwegen quälen. Das konnte sie nicht zulassen.

»Pappa«, rief Mari, als sie hörte, wie Enar den Flur zurückging, nachdem er den Arzt zur Haustür begleitet hatte.

»Ja, mein Kind?«, sagte er und trat in das Zimmer. Mari bemühte sich um ein unbeschwertes Lächeln.

»Mach dir keine Sorgen um mich«, bat sie. »Ich fühle mich schon viel besser und bin sicher bald wieder über den Berg.«

Ihr Vater schaute sie zweifelnd an.

»Wirklich, *Pappa*«, log Mari tapfer weiter. »Du wirst schon sehen!«

Enar schaute sie gerührt an, streichelte ihr über den Kopf und verließ mit bebenden Schultern den Raum.

Es fiel Mari nicht leicht, wieder ins Leben zurückzufinden. Doch sie wollte ihrer Familie nicht länger Kummer bereiten. Mit großer Selbstüberwindung begann sie ein wenig zu essen und spürte nach ein paar Tagen, wie ihre Kräfte zurückkehrten. Bald konnte sie wieder ohne fremde Hilfe aufstehen und tat die ersten, wackeligen Schritte. Die Freude, mit der vor allem ihr

Vater diese Entwicklung verfolgte, spornte Mari an. Auch wenn es für sie kein Glück mehr gab, war es doch ein schönes Gefühl, andere glücklich zu sehen.

Ein Sprichwort, das Großmutter Agna gern zitierte, kam Mari jetzt häufig in den Sinn: Betrachte immer die helle Seite der Dinge. Und wenn sie keine haben? Dann reibe die dunkle, bis sie glänzt.

Zum Beispiel, wenn sie ihre Stute Fenna und den kleinen Frihet im Stall besuchte. Fenna hatte Mari nach der langen Abwesenheit mit lautem Gewieher begrüßt und sie zärtlich beknabbert. Die unbedingte Zuneigung ihres Pferdes war ein Glanz, der Maris melancholische Stimmung aufhellte. Und auch die Rückkehr des Lichts, das den nahenden Frühling ankündigte, tat ihrer wunden Seele gut.

Sie fing auch wieder an, sich für die Ereignisse außerhalb des Karlssenhofes zu interessieren, und hörte regelmäßig mit ihrem Vater die *BBC*-Nachrichten, um sich über den Verlauf des Krieges zu informieren. Anfang März gelang es den Engländern, vor den norwegischen Lofoten zehn deutsche Kriegsschiffe zu versenken und einige Fischverarbeitungsanlagen zu zerstören – eine Nachricht, die Enar mit Befriedigung erfüllte, seine Frau dagegen mit Sorge. Denn ursprünglich stammte Lisbet von den Lofoten hoch oben im Norden. Ihr Bruder Kol lebte dort mit seiner Familie. Wie die meisten Lofotinger war er Fischer und verdiente außerhalb der Fangsaison seinen Lebensunterhalt in einer der Fischfabriken. Zu Lisbets Erleichterung traf einige Tage nach dem Angriff ein Brief ein, in dem Kol seine Schwester beruhigte: Ihm und den Seinen war nichts passiert.

»Willst du mir nicht endlich verraten, was dich so sehr bedrückt?« Ole und Mari saßen in der Sattelkammer und flickten schadhaftes Zaumzeug. Ole berührte Mari leicht am Arm. »Das kann doch so nicht weitergehen«, fuhr er fort. »Wo ist meine fröhliche Mari geblieben?« Mari senkte die Augen. »Bitte Mari, vielleicht kann ich dir ja helfen.«

Mari schüttelte den Kopf und sagte leise: »Danke, das ist lieb. Aber mir kann niemand helfen.« Und bevor Ole weiter in sie dringen konnte, fragte sie: »Hast du Nilla mal wieder gesehen?«

Ole stutzte kurz, dann erhellte sich sein Gesicht. »Gut, dass du mich daran erinnerst. Ich hab sie viel zu lang nicht getroffen«, sagte er und gab Mari einen Kuss auf die Wange.

Mari schaute ihn erstaunt an. Sie wurde einfach nicht schlau aus ihm. Wenn er in Nilla verliebt war, warum brauchte er dann eine Erinnerung, um sich mit ihr zu verabreden? Andererseits hatte er so glücklich gestrahlt, als sie Nilla erwähnte. Mari beugte sich wieder über ihr Flickzeug und beschloss, ihre Freundin so bald wie möglich zu treffen. Am Sonntag würde sie endlich wieder den Gottesdienst besuchen und hoffte, dass Nilla danach Zeit für einen ausgiebigen Plausch hatte. Es war wirklich höchste Zeit, sich auf den neuesten Stand zu bringen.

Mari musste nicht bis zum nächsten Sonntag warten, um Nilla zu sehen. Bereits zwei Tage nach dem Gespräch mit Ole kam Nilla am Nachmittag auf den Karlssenhof. Mari hörte die vertraute Stimme im Hausflur und eilte aus der Küche, wo sie gerade Kohl klein schnitt. Wortlos fielen sich die Freundinnen in die Arme. Maris Mutter, die Nilla ins Haus gelassen hatte, lächelte den beiden zu und sagte: »Macht es euch in der Stube gemütlich, ihr habt euch sicher viel zu erzählen.« Mari warf ihrer Mutter einen dankbaren Blick zu, fasste Nilla an der Hand und zog sie in die Wohnstube.

»Ich hab mir solche Sorgen um dich gemacht!«, sagte Nilla und musterte Mari. An ihrem betroffenen Gesichtsausdruck erkannte Mari, wie sehr sie sich in den Augen der Freundin seit ihrer letzten Begegnung am ersten Weihnachtstag verändert haben musste. Sie selbst war ja auch erschrocken, als sie sich nach der Krankheit das erste Mal im Spiegel angesehen hatte. Die Wangen bleich und eingefallen, die Augen von tiefen Ringen untermalt und das Haar glanzlos und stumpf. Zu ihrer Erleichterung verkniff sich Nilla eine Bemerkung und sagte nur: »Ich bin sehr froh, dass es dir wieder besser geht.« Mari nickte und fragte Nilla nach Neuigkeiten aus dem Ort.

Nilla dachte kurz nach. »So viel ist gar nicht passiert. Oh, doch, natürlich, wie konnte ich das vergessen: Gorun erwartet ein Kind«, sagte sie und verdrehte die Augen.

»Aber das ist doch schön«, sagte Mari irritiert.

»Gewiss. Aber Gorun tut so, als sei sie die erste Frau auf der Welt, die in anderen Umständen ist«, erklärte Nilla und wechselte zu einem salbungsvollen Ton: »Nilla, du kannst natürlich nicht wissen, wie es ist, ein Kind unter dem Herzen zu tragen und so die heilige Pflicht der Ehe zu erfüllen: seinem Mann einen Erben schenken zu dürfen.«

Maris Augen weiteten sich. »Das kommt von Gorun?«

»So geht das stundenlang«, sagte Nilla.

»Wenigstens redet sie wieder mit dir.«

Nilla schnaubte. »Vermutlich, weil ihr sonst keiner zuhört.«

Mari sah sie nachdenklich an. »Nach großem Glück hört sich das aber nicht an.«

Nilla erwiderte ihren Blick. »Ich fürchte, du hast recht. Aber Gorun will mit aller Macht daran glauben, dass sie eine wundervolle Ehe führt. Auch wenn ihr Mann ständig mit seinen Freunden unterwegs ist und so gut wie nie etwas mit ihr unternimmt. Sie redet sich das alles schön. Und ich werde mich hüten, ihr ungebeten meine Meinung zu sagen.«

Mari nickte. Nilla hatte recht. Es hatte keinen Sinn, sich in Goruns Leben einzumischen. Man konnte nur hoffen, dass sie wusste, wer ihre Freunde waren, wenn sie einmal Hilfe oder ein offenes Ohr brauchte.

Ein Klopfen unterbrach ihr Gespräch. Lisbet steckte den Kopf herein und sagte: »Kommt ihr zum Essen?« Sie wandte sich an Nilla: »Du bleibst doch?«

»Ja, sehr gern«, antwortete Nilla und folgte Mari und ihrer Mutter in die Küche, wo Enar, Großmutter Agna und Ole bereits am Tisch saßen. Enar sprach das Tischgebet, bevor Lisbet Kartoffeln, Rotkohl und Würste verteilte. Mari bemerkte, dass Nilla nervös auf ihrem Stuhl herumrutschte. Unauffällig musterte sie Ole und sah, wie er Nilla aufmunternd zunickte. Also war da doch etwas zwischen den beiden?

Bevor sie weiter darüber nachgrübeln konnte, räusperte sich Nilla und sprach Enar an: »Ich wollte fragen, ob ich Mari für ein paar Tage entführen kann, bevor es wieder so richtig mit der Hofarbeit losgeht.« Mari schaute Nilla überrascht an. Was hatte sie vor? Nilla fuhr fort: »Meine Eltern haben im Sommer eine kleine Hütte in den Bergen gekauft. Da würde ich gern mit ihr ein paar Tage verbringen und Ski fahren.« Nilla verstummte und schaute Enar erwartungsvoll an.

»Hm, das ist an sich eine schöne Idee«, sagte Maris Vater und wandte sich an seine Tochter. »Bewegung in der frischen Bergluft würde dir sicher guttun. Aber zwei Mädchen mutterseelenallein in der Wildnis? Das ist mir keine angenehme Vorstellung.« Enttäuscht sahen sich Nilla und Mari an.

»Ole kann sie doch begleiten«, schlug Lisbet vor. Mari bemerkte, wie Nilla errötete und angestrengt auf ihren Teller starrte. Ole dagegen wirkte sehr vergnügt, als Enar nach kurzem Nachdenken verkündete: »Das klingt vernünftig. Drei Tage komme ich mit der Arbeit allein zurecht.«

Schnell einigte man sich darauf, bereits am übernächsten Tag, einem Samstag, aufzubrechen und am Montag zurückzukehren. Enar, der entschlossen war, alles zu tun, um Maris vollständige Genesung voranzutreiben, stellte den drei Ausflüglern einen Schlitten und zwei Pferde zur Verfügung und überzeugte sich persönlich davon, dass sie genügend warme Decken, Lebensmittel und andere Vorräte einpackten. Als Mari und Ole am Samstag früh aufbrachen, um Nilla abzuholen und dann mit ihr in die Berge zu fahren, drückte Enar seine Tochter fest an sich und steckte ihr eine Tafel Schokolade zu.

»Geh du schon in die Hütte und mach Feuer. Ich zeige Ole inzwischen, wo die Holzvorräte liegen und wo er die Pferde unterstellen kann«, sagte Nilla zu Mari.

Mari nickte, wickelte sich aus den Decken und sprang aus dem Schlitten, mit dem sie gerade vor einer kleinen Hütte angekommen waren. Sie stand am Rand einer Lichtung inmitten eines Birken- und Kiefernwaldes. Mari hob einen Korb mit Proviant aus dem Schlitten und lief zur Hütte. Sie öffnete die Tür, trat ein und hielt überrascht inne.

Im Kamin, der an der Wand links neben der Eingangstür eingebaut war, prasselte ein Feuer, das eine wohlige Wärme verbreitete. Mari schaute sich um. Die Hütte hatte unten nur einen Raum, eine Luke in der Decke führte zu den Schlafkammern unterm Dach. Dem Kamin schräg gegenüber stand ein Tisch, der für vier Personen gedeckt war. Eine Gestalt trat aus dem Dunkel einer Ecke. Joachim. Mari schrie auf, ließ den Korb fallen und machte einen Schritt rückwärts zur Tür.

»Entschuldige, dass ich dich so erschreckt habe«, sagte Joachim.

Mari rang um Fassung. Warum war er hier?

Joachim lächelte sie an, nahm ihre Hand und zog sie sanft auf eine Bank. Mari war zu überrascht, um Widerstand zu leisten. Sie schaute ihn nur sprachlos an und wartete auf eine Erklärung.

»Dein Bruder ist vor ein paar Tagen zu mir gekommen und …«

»Ole?«, stieß Mari ungläubig hervor.

»Woher weiß er …?«

Joachim legte eine Hand auf Maris Arm. »Von deiner Freundin Nilla. Aber das kann er dir gleich selbst erzählen. Ich will nur, dass du weißt, dass ich niemals aufgehört habe, dich zu lieben.«

Mari sprang auf und funkelte ihn an. »Hör auf! Ich hab doch mit eigenen Augen gesehen, wie du dich mit einer anderen amüsiert hast. So sehr, dass du mich überhaupt nicht wahrgenommen hast und …« Mari verstummte, als sie bemerkte, dass ihre Stimme zu brechen drohte und Tränen in ihre Augen schossen. Sie wandte sich ab.

Joachim stand auf. »Ich wollte dich schützen«, erklärte er. »Deshalb hab ich so getan, als würde ich dich nicht kennen. Es tat so weh, ich habe es kaum ausgehalten. Ich musste mit all meiner Kraft dagegen ankämpfen, einfach zu dir zu rennen und dich in meine Arme zu schließen.« Der Schmerz in Joachims Stimme ließ Mari aufhorchen. Sie drehte sich zu ihm um und sah ihm in die Augen. »Und als ich nun hörte, wie krank du gewesen bist, weil du glaubtest, ich hätte dich vergessen, habe ich mich gehasst«, fuhr Joachim fort.

Mari schüttelte den Kopf und legte ihm einen Finger auf den Mund. Wie hatte sie je an seiner Liebe zweifeln können? »Halt mich fest«, bat sie und schmiegte sich an ihn.

Eine Stunde später saßen Mari und Joachim mit Nilla und Ole am Tisch und aßen Brote mit Käse und eingelegten Heringen. Mari konnte es immer noch nicht glauben, dass sie nicht träumte, sondern wirklich neben Joachim saß. Immer wieder griff sie nach seiner Hand, um sich zu vergewissern.

Ole, der über Eck zu ihr saß, beugte sich zu ihr und flüsterte: »Siehst du, ich konnte doch helfen.«

Mari lächelte und schaute ihn auffordernd an. »Verratet ihr mir jetzt endlich, wie ihr das angestellt habt?«

Ole grinste. »Eigentlich hast du selbst den ersten Schritt getan.« Mari zog die Augenbrauen hoch. »Na ja, als du mich neulich nach Nilla gefragt hast, fiel es mir wie Schuppen von den Augen«, erklärte Ole. »Wer, wenn nicht deine beste Freundin, würde dein Geheimnis kennen?«

Mari sah Nilla an, die verteidigend die Hände hob. »Er hat mich überrumpelt und so getan, als wüsste er bereits alles.«

Ole nickte. »Nilla hat recht. Sie hätte dich niemals verraten. Tatsächlich hat sie auch nur bestätigt, was ich bereits vermutet hatte.«

»Und wie ging's dann weiter?«, fragte Mari.

»Dann tauchte dein Bruder bei mir auf und machte mir die Hölle heiß«, sagte Joachim. »Und dafür werde ich ihm ewig dankbar sein«, fügte er hinzu, als er Maris erschrockenes Gesicht sah.

»Nilla und ich waren uns einig, dass wir herausfinden mussten, ob Joachim noch etwas für dich empfand. Und wenn ja, dann wollten wir dafür sorgen, dass ihr euch zumindest aussprechen könnt«, sagte Ole.

Mari sah ihn und Nilla an. »Ich weiß gar nicht, wie ich euch danken soll«, sagte sie.

»Werde glücklich«, antwortete ihr Bruder knapp und biss in sein Käsebrot. Nilla warf ihm einen sehnsüchtigen Blick zu, senkte aber rasch die Augen, als sie bemerkte, dass Mari sie beobachtete.

»Wie wär's mit einer kleinen Skitour, bevor es dunkel wird?«, fragte Ole.

Alle waren einverstanden, und kurz darauf liefen sie auf ihren Langlaufskiern durch den lichten Wald. Es war fast windstill. Außer ein paar Meisen, die sich gegenseitig in den Ästen der Bäume jagten, war kaum etwas zu hören. Wortlos glitten die vier jungen Leute dahin und gelangten bald zum Waldrand. Ein grandioser Blick tat sich vor ihnen auf. Weit unter ihnen glänzte das Wasser des Nordfjords. In der klaren Luft erschienen die gegenüberliegenden Gipfel zum Greifen nah. Die Sonne war schon fast hinter dem Horizont verschwunden, und die ersten Sterne funkelten am Himmel.

Mari fühlte sich so leicht wie schon lange nicht mehr. Glücklich lächelte sie Joachim an. Es war ihr, als wären sie nie getrennt gewesen. Alles an ihm war so vertraut. Wie hatte sie nur so lange ohne ihn sein können? Aber wie sollte es weitergehen?, meldete sich ihre Vernunftstimme zu Wort. Es hatte sich ja nichts an der Situation geändert. Ihr Vater würde Joachim niemals akzeptieren. Mari wischte diese düsteren Gedanken beiseite. Sie wollte jetzt nichts davon wissen.

Als sie später vor dem Kamin saßen, heißen Tee tranken und die Haferkekse aßen, die Nilla mitgebracht hatte, sprach Ole das heikle Thema an. »Leider müsst ihr euch vorerst weiter heimlich treffen«, sagte er an Mari und Joachim gewandt.

»Was meinst du mit vorerst?«, fragte Mari.

»Nun, bis wir Vater davon überzeugt haben, dass Joachim der Richtige für dich ist«, erklärte Ole.

Mari starrte ihn an. Er schien das ernst zu meinen. »Wie soll das denn gehen? Du kennst ihn doch.«

Ole legte den Kopf schief. »Ich behaupte ja nicht, dass es einfach wird. Aber versuchen sollten wir es. Ich hab da auch schon eine Idee«, sagte er und zwinkerte Joachim zu.

Joachim legte einen Arm um Mari und sagte: »Er hat recht. Versuchen sollten wir es auf jeden Fall.«

Mari runzelte die Stirn. »Ich weiß nicht, ich habe kein gutes Gefühl.«

Joachim zog sie an sich. »Zerbrich dir jetzt nicht den Kopf darüber. Hauptsache, wir sind zusammen. Wir werden schon eine Lösung finden.«

Mari legte ihren Kopf an seine Schulter. Sie wollte ihm so gern glauben.

In schweigendem Einverständnis blieben Ole und Nilla noch vor dem Feuer sitzen, als Joachim und Mari kurz darauf verkündeten, schrecklich müde zu sein. Der Schlafraum über der Wohnstube war mit Strohmatratzen ausgelegt. Joachim und Mari suchten sich ein Plätzchen in der Nähe des Kaminabzugs, wo es warm war. Joachim verband Maris Schlafsack mit seinem. Wie in einem Kokon lagen sie beieinander und vergaßen alles um sich herum.

»Ich hab dich so unendlich vermisst«, flüsterte Mari. »Auch wenn es mir gelungen ist, nicht an dich zu denken. Mein Körper hat dich jede Sekunde entbehrt.«

Joachim verschloss ihren Mund mit seinen Lippen und begann sie zu liebkosen. Die Heftigkeit seines Verlangens ließ keinen Zweifel daran, dass er sie mindestens ebenso vermisst hatte wie sie ihn. Mari fühlte sich von ihm so tief berührt wie noch nie, wusste nicht mehr, ob das lustvolle Stöhnen aus ihrem Mund kam oder aus seinem, und spürte nicht länger, wo ihr eigener Körper aufhörte und der von Joachim begann.

In der Nacht hatte es geschneit. Als Mari am Morgen aus der Hütte trat, um die Pferde zu füttern, sank sie tief in den Schnee ein. Es machte ihr Spaß, quer über die unberührte weiße Fläche zu stapfen und die ersten Spuren zu hinterlassen. Die Pferde waren in einem Unterstand an der anderen Seite der Lichtung angebunden und machten sich hungrig über das Heu her, das Mari ihnen mitgebracht hatte. Als sie sich wieder umdrehte, um zur Hütte zurückzukehren, flog ihr ein Schneeball entgegen und traf sie am Bein.

»Na warte!«, rief sie, bückte sich, formte einen Schneeball und zielte auf den Werfer. Ole duckte sich mit einem breiten

Grinsen weg, verzog aber eine Sekunde später das Gesicht, als ein weißes Geschoss auf seiner Brust zerplatzte, das von Nilla kam. Mit ihr war auch Joachim aus der Hütte gekommen und stürzte sich begeistert in die Schlacht.

Vergnügt balgten sich die vier im Schnee. Als sie genug von der Schneeballschlacht hatten, traten Nilla und Ole gegen Mari und Joachim zu einem Wettbewerb im Schneemannbauen an.

»Also abgemacht«, sagte Ole. »Die Mannschaft, die in einer halben Stunde den größeren gebaut hat, ist Sieger und muss heute weder kochen noch abwaschen.«

Nilla rannte in die Hütte und kam mit einem Wecker zurück. »Damit wir wissen, wann die Zeit um ist, und keiner schummelt«, erklärte sie und stellte ihn ein.

Anfangs sah es so aus, als würden Mari und Joachim das Rennen machen. Rasch hatten sie eine mächtige Kugel gerollt, auf die nun der Kopf gesetzt werden sollte. Doch als Joachim ihn aufhob, um ihn auf den Rumpf zu legen, rutschte er ihm aus den Händen und zerbrach. Mari musste herzlich lachen, als sie sein zerknirschtes Gesicht sah, und verschenkte weitere Zeit, als sie ihn zum Trost küsste.

Als der Wecker klingelte, hatte Ole gerade Nilla an den Hüften gefasst und hochgehoben, damit sie ihrem Schneemann zwei verkohlte Holzstückchen als Augen einpassen konnte. Mari sah zu ihrer Freundin. Nillas blasser Teint war von einer zarten Röte angehaucht, ihre Augen glänzten, und sie schien von innen zu leuchten. Mari fand sie wunderschön.

Ole setzte Nilla rasch wieder ab, drehte sich mit einem triumphierenden Lächeln zu Mari und Joachim, deutete auf seinen Schneemann und rief: »Ist er nicht prächtig?« Mari sah, dass ein Schatten über Nillas Gesicht flog. Auch sie selbst war enttäuscht. Und ärgerlich. Merkte Ole denn nicht, wie verliebt Nilla war?

»Was meinst du, empfindet Ole etwas für Nilla?«, fragte

Mari, als sie mit Joachim das Frühstück zubereitete. Sie waren allein in der Hütte. Ole holte Holz, und Nilla hängte die Schlafsäcke vor der Tür zum Lüften über eine Wäscheleine.

Joachim sah Mari überrascht an. »Darüber hab ich, ehrlich gesagt, noch nicht nachgedacht«, antwortete er. »Ich hab nur Augen für dich.«

Mari musste lächeln und gab ihm den Kuss, den er mit geschürzten Lippen von ihr einforderte. »Nein, im Ernst. Vielleicht kannst du als Mann das besser einschätzen. Ich werde nicht schlau aus ihm.«

Joachim wollte etwas sagen, doch Mari hob eine Hand und fuhr fort: »Natürlich geht mich das nichts an. Aber Nilla ist meine beste Freundin. Ich will nicht, dass Ole ihr wehtut. Wenn er nichts für sie empfindet, dann sollte er sich besser von ihr fernhalten.«

Joachim nickte. »Ich verstehe«, sagte er und fuhr nach kurzem Nachdenken fort: »So, wie ich deinen Bruder bisher kennengelernt habe, halte ich ihn nicht für einen gedankenlosen Schürzenjäger. Im Gegenteil, er macht einen verantwortungsbewussten und aufmerksamen Eindruck auf mich. Ich kann mir nicht vorstellen, dass er mit Nilla spielt. Gleichgültig ist sie ihm sicher nicht. Vielleicht ist er sich seiner Gefühle nicht sicher und hält sich deshalb zurück.«

Mari wollte nachhaken, doch die Rückkehr von Nilla und Ole ließ sie verstummen.

Viel zu schnell verflog die Zeit in den Bergen, die Mari als die glücklichste seit Langem erlebte. Schweren Herzens nahm sie am Montagmittag Abschied von der kleinen Hütte, in der sie und Joachim eine kurze Ahnung davon bekommen hatten, wie ihr Leben unter anderen, friedlicheren Umständen aussehen könnte.

»Wenn der Krieg vorbei ist, kommen wir wieder hierher«, flüsterte Joachim, als er Mari in den Schlitten hob und ihr eine

Decke umlegte. Wieder einmal hatte er das Gleiche gedacht wie sie. Mari drückte seine Hand und nickte lächelnd.

Um ganz sicherzugehen, dass man sie nicht zusammen sah, kehrte Joachim so nach Nordfjordeid zurück, wie er gekommen war: auf Skiern. Eine Weile lief er noch neben dem Schlitten her, bis er in einen steileren Weg abbog, der ihn schnell ins Tal führen würde. Für den Schlitten war der Pfad zu schmal. Mari beugte sich hinaus und sah Joachim so lange nach, bis er hinter den Baumstämmen verschwunden war.

»Ich kann gut verstehen, dass du ihn liebst«, sagte Nilla, als sich Mari wieder neben sie setzte. »Man muss ihn einfach mögen. Ich kann mir nicht vorstellen, dass dein Vater ihn ablehnt, wenn er ihn erst einmal besser kennt.«

Mari sah sie an. »Es gibt nichts, was ich mir mehr wünschen würde.«

18

Lofoten – Nordfjord, Mai 2010

Am Tag nach Lisas und Noras Ankunft ging es nach dem Frühstück zur Kirche von Kabelvåg, wo sich die Hochzeitsgäste versammelten. Der im neugotischen Stil errichtete Bau war die größte Holzkirche nördlich von Trondheim.

»Wir nennen sie auch die Lofotenkathedrale«, erklärte Durin Langlø. Der Fünfundsiebzigjährige hatte sich besonders gefreut, Lisa kennenzulernen. Er erinnerte sich noch gut an Mari, die nach dem Krieg eine Weile bei ihnen gewohnt hatte. Er und sein jüngerer Bruder Askel waren die Söhne von Maris Onkel Kol, hatten ihre Cousine aber zuvor nie gesehen. Dem damals zwölfjährigen Durin war Mari wie ein Wesen aus einer anderen Welt erschienen. Er hatte sie als sehr freundlich, aber unendlich traurig in Erinnerung. »Ich hab nie herausgefunden, was ihr das Herz so schwer gemacht hat«, erzählte er. »Meine Eltern hatten uns nicht erklärt, warum Mari zu uns gekommen war. Und wir trauten uns nicht, sie selbst zu fragen. Wir haben gespürt, dass sie nicht darüber reden wollte. Und dann war sie eines Tages wieder weg.« Mehr wusste er nicht. Auf Lisas Frage, wohin Mari verschwunden war, hatte er keine Antwort.

Durin und seine Frau Selma hatten nur einen Sohn, der selbst keine Familie gegründet hatte. Askel und Rut hatten zwei Söhne. Egil, der Ältere, hatte ihnen bereits eine Enkelin beschert – die siebenjährige Pernilla. Kol, der zweite Sohn, heiratete an diesem Tag seine Finna.

Lisa schwirrte der Kopf von all den neuen Namen und fremden Gesichtern. Nora schien es ähnlich zu gehen. Als die Hochzeitsgesellschaft in die Kirche einzog, raunte sie Lisa zu: »Hast du noch einen Überblick, wer zur Familie der Braut und wer zu den Langløs gehört?«

Lisa schüttelte den Kopf. »Ich bin schon froh, wenn ich die Namen unserer engeren Verwandten noch auf die Reihe kriege«, flüsterte sie zurück.

»Kommt, setzt euch zu uns«, rief Tekla, die bereits mit ihrem Bruder Faste und dessen Frau Inger in einer Kirchenbank Platz genommen hatte.

»Wo bleibt denn Mikael nur?«, fragte Inger und drehte sich unruhig um.

Auch Lisa hatte sich das schon gefragt. Eigentlich hatte er schon am Vorabend mit dem Flugzeug kommen sollen.

»Er kann das doch unmöglich vergessen haben«, sagte Inger. Faste brummte etwas, das wie »zuzutrauen wär's ihm schon« klang.

»Versuch doch noch mal, ihn anzurufen«, schlug Tekla vor.

Inger schüttelte den Kopf. »Ich hab ihm mindestens viermal auf die Mailbox gesprochen und mehrere SMS geschrieben. Er antwortet einfach nicht.«

Tekla schaute sie besorgt an. »Es wird ihm doch nichts zugestoßen sein?«

»Jetzt macht euch nicht verrückt«, sagte Faste. Wahrscheinlich taucht er nachher quietschvergnügt auf der Feier auf mit irgendeiner phantasievollen Ausrede. Wie ich ihn kenne, will er sich bloß vor dem Gottesdienst drücken.«

Obwohl Lisa wenig von der Predigt, den Gebeten und Lesungen verstand, vermittelte sich ihr doch die feierliche und zugleich fröhliche Stimmung dieses Hochzeitsgottesdienstes. Auch auf der anschließenden Gartenparty auf dem Ufergrundstück der Langløs ging es locker und ausgelassen zu. Das Wetter war zwar etwas kühl und windig, aber sonnig – und das bis spät in die Nacht.

»Bald geht die Sonne gar nicht mehr unter«, sagte Durin, den

Lisa gefragt hatte, wie lange es hell bleiben würde. »Und schon heute wird sie nur für drei Stunden verschwinden. Aber noch viel beeindruckender ist die Polarnacht. Du solltest unbedingt im Winter wiederkommen, wenn die Nordlichter zu sehen sind. Ich könnte mir vorstellen, dass das für dich als Fotografin besonders interessant ist.«

Lisa war gerührt, wie herzlich und offen Durin auf sie zuging. Und froh, dass er so gut englisch sprach. Mit ihren dürftigen Norwegischkenntnissen, die sie sich in Oslo angeeignet hatte, kam sie noch nicht sehr weit. Zumal sich Noras Prophezeiung erfüllt hatte: In Lisas Ohren klang der hiesige Dialekt nur ganz entfernt nach dem Norwegisch, das sie im Sprachkurs gelernt hatte.

»Ja, die Wintermonate sind hier besonders schön«, mischte sich der frischgebackene Ehemann Kol ein. Er kam gerade mit seiner jungen Frau von der Tanzfläche, die am Rand der Wiese auf einem Holzpodest eingerichtet war. Aufatmend ließ sich Kol auf den freien Stuhl neben Lisa fallen und zog Finna auf seinen Schoß.

Finna zwinkerte Lisa zu. »Die Lofotinger sind fest davon überzeugt, dass sie auf dem schönsten Fleckchen Erde leben.« Kol zwickte Finna in die Seite. Lachend schlug sie nach ihm und wandte sich wieder an Lisa. »Aber so unrecht haben sie damit gar nicht. Ich hab früher geglaubt, hier oben sei es kalt und ziemlich öde, und hätte mir nie vorstellen können, hier zu leben. Ich komme aus Südnorwegen«, erklärte sie.

»Aber mittlerweile will sie gar nicht mehr weg von hier«, sagte Kol und gab Finna einen Kuss.

Dann beugte er sich zu Lisa und meinte: »Mein Onkel hat recht. Du solltest uns unbedingt im Winter besuchen. Nicht nur wegen der Polarnacht. Jedes Jahr im Herbst kommen die arktischen Heringe in den Vestfjord, um zu laichen, gefolgt von den Schwertwalen, die bis Februar hierbleiben. Man kann sie wunderbar von Booten aus beobachten.«

Finna nickte. »Das sind faszinierende Tiere.«

Der alte Durin deutete auf die Holzgestelle mit dem getrockneten Fisch. »Das Wichtigste ist aber die Kabeljausaison, die im Februar beginnt. Das ist ein Spektakel!«

Sein Neffe nickte. »Ja, dann zeigen die Lofoten ihr ursprüngliches Gesicht. Heute spielt ja der Tourismus eine wichtige Rolle hier. Aber im Frühjahr übernimmt der Fischfang die Regie. Wenn die Kabeljauschwärme kommen, versammeln sich hier die Berufsfischer aus ganz Norwegen.«

Mit glänzenden Augen fiel Durin ihm ins Wort und sagte zu Lisa: »Das ist ein Schauspiel, das man gesehen haben muss. Wenn all die unzähligen Kutter und Boote unsere Häfen aus allen Nähten platzen lassen.«

Lisa lächelte. »Ich würde das sehr gern einmal erleben«, sagte sie und wusste, dass sie das nicht nur aus Höflichkeit behauptete. Durins und Kols Beschreibungen hatten wirklich ihr Interesse geweckt.

Die Sonne war bereits wieder aufgegangen, als sich Lisa und Nora schließlich gegen vier Uhr morgens in die *rorbu* zurückzogen, in der sie untergebracht waren. Lisa war froh, dass die Fensterläden dicht schlossen. Es fiel ihr schwer, in der ungewohnten Helligkeit Schlaf zu finden, auch wenn sie zum Umfallen müde war.

»Fahrt ihr wieder mit dem Schiff zurück?«, fragte Tekla, als sie später am Vormittag frühstückten. Viele Hochzeitsgäste hatten ebenfalls bei den Langløs oder in anderen Unterkünften in der Nähe übernachtet. Nun versammelten sie sich wieder auf der Wiese, nahmen an den langen Tischen Platz und bedienten sich an dem üppigen Frühstücksbüfett. Später war noch ein gemeinsamer Ausflug geplant, und mit einem gemütlichen Lagerfeuerabend sollte das Fest ausklingen.

Lisa schüttelte den Kopf. »Nein, ich fliege morgen direkt von hier nach Deutschland zurück.«

»Und ich nach Oslo«, sagte Nora. »Meine Chefin flippt aus, wenn ich noch länger wegbleibe.«

Tekla, die Nora und Lisa gegenübersaß, beugte sich zu ihnen. »Versprecht mir, dass ihr uns bald auf dem Karlssenhof besuchen kommt.«

Inger, die gerade vom Büfett kam, sagte: »Ja, das müsst ihr unbedingt«, und fuhr an Lisa gewandt fort: »Wir hatten noch kaum Gelegenheit, uns kennenzulernen. Das müssen wir bald nachholen.«

Lisa öffnete den Mund, um zu antworten, verstummte aber, als sie sah, wie sich Teklas Augen weiteten und sie sich die Hand vor den Mund schlug. Lisa und Nora drehten sich um und folgten ihrem Blick. Faste war gerade aus dem Haus gekommen. Er stand auf der Wiese und schwankte. Mit der einen Hand griff er sich an die Brust, der anderen entglitt sein Mobiltelefon. Inger sprang auf und rannte zu ihm, Tekla, Nora und Lisa folgten ihr. Wie in Zeitlupe sank Faste zu Boden. Inger erreichte ihn rechtzeitig, um seinen Fall abzumildern, und bettete seinen Kopf auf ihre Jacke, die sie sich hastig ausgezogen hatte. Fastes Augen waren geschlossen, und er war aschfahl.

»Schnell, ruft den Notarzt«, rief Tekla den besorgt herbeieilenden Gästen entgegen.

Lisa hob das Telefon auf, das Faste fallen gelassen hatte. Eine männliche Stimme rief in drängendem Ton: »*Faste, hallo, hva er på ferde* – was ist los?« Ratlos zuckte Lisa die Schultern und gab das Gerät an Nora weiter, die ein paar Schritte beiseiteging und dem Anrufer auf Norwegisch antwortete.

Sirenengeheul kündigte die Ankunft des Notarztes an, und wenige Augenblicke später wurde Faste auf eine Trage gelegt und in einen Krankenwagen geschoben. Inger begleitete ihn zum nahen Krankenhaus in Svolvær, die anderen blieben aufgewühlt und betroffen zurück. Lisa ging zu Tekla, die dem Krankenwagen mit Tränen in den Augen nachsah. Sie legte ihr einen Arm um die Schultern und führte sie zu einer Bank.

Nora hatte derweil das Telefonat beendet und kam zu ihnen. Sie wirkte sehr ernst und zornig. Angesichts Teklas ängstlicher Miene bemühte sich Nora sichtlich um einen sachlichen Ton.

»Das war Amund«, begann sie. »Er wollte eigentlich mit Mikael sprechen. Es ist nämlich ein Typ von einem privaten Kreditinstitut aufgekreuzt, bei dem Mikael hoch verschuldet ist. Es sieht ganz so aus, als hätte er den Hof mit einer hohen Hypothek belastet. Und jetzt ist die erste Rate fällig.«

Tekla starrte Nora an und schüttelte den Kopf. »Das kann doch nicht sein! Wofür sollte Mikael denn so viel Geld brauchen?«

Nora zuckte die Achseln. »Keine Ahnung. Aber es wundert mich nicht, dass Faste bei der Nachricht einen Schock erlitten hat und …«

Das Klingeln von Teklas Mobiltelefon unterbrach Nora. Tekla schaute auf das Display. »Es ist Inger«, flüsterte sie.

Lisa und Nora wechselten einen Blick. War das Schlimmste eingetreten? Hatte Faste die Herzattacke nicht überlebt? Nora nahm Tekla das Telefon aus den zitternden Händen und meldete sich. Nachdem sie kurz zugehört hatte, machte sie Tekla und Lisa ein Daumen-hoch-Zeichen und berichtete Inger kurz von ihrem Gespräch mit Amund.

»Sie fliegen Faste jetzt mit dem Helikopter hinüber aufs Festland nach Bodø. Das dortige Krankenhaus hat eine sehr gute Abteilung für Herzkrankheiten. Inger begleitet ihn«, berichtete Nora, nachdem sie aufgelegt hatte.

Tekla schluckte und fragte: »Aber er wird doch durchkommen?«

Nora setzte sich neben sie und nahm ihre Hand. »Sein Zustand ist wohl ernst, aber stabil. Ich bin sicher, dass er es schaffen wird. Er ist stark und war immer kerngesund.«

Tekla nickte und straffte sich. »Kann ich etwas für Inger tun? Sollte ich nicht zu ihr fahren und ihr beistehen?«

Nora schüttelte den Kopf. »Sie wäre sehr dankbar, wenn du nach Hause zurückkehren könntest, um herauszufinden, was genau da los ist«, richtete sie ihr aus. Tekla nickte und presste die Lippen aufeinander.

Lisa sah Tekla an. Sie sah so verloren und angsterfüllt aus. Lisa suchte Noras Blick und machte eine Kopfbewegung zum Ufer hin. Nora nickte, stand auf und folgte Lisa ein paar Schritte.

»Ich glaube nicht, dass man sie jetzt allein lassen sollte«, sagte Lisa.

»Mein Gedanke«, erwiderte Nora. »Wer weiß, was da auf dem Karlssenhof abgeht. Privates Kreditinstitut klingt nach rüden Methoden.«

Lisa sah Nora an. Sie nickten sich in stillem Einverständnis zu und kehrten zu Tekla zurück.

»Wir kommen mit dir«, verkündete Nora.

Tekla sah überrascht zu ihnen auf. Ein zaghaftes Lächeln erschien auf ihrem blassen Gesicht. »Das würdet ihr tun?«

Lisa und Nora nickten. »Für so etwas ist Familie doch da«, sagte Nora. »Und wir gehören schließlich dazu.«

Lisa spürte eine Gänsehaut auf ihren Unterarmen. Es hörte sich fremd und gleichzeitig gut an.

»Du kennst diese Leute doch kaum«, sagte Marco. »Die können doch nicht von dir erwarten, dass du hier alles sausen lässt, um bei dieser Tekla Händchen zu halten.«

Lisa verdrehte die Augen. Sie konnte ja verstehen, dass er genervt war. Sie würde sich an seiner Stelle sicher auch ärgern. Schon wieder hatte sie einen Rückflugtermin platzen lassen.

Andererseits hatte sie einen gewichtigen Grund dafür. Es machte sie wütend, dass Marco das nicht akzeptierte.

»Niemand erwartet das von mir. Ich hab es selbst angeboten«, antwortete sie und bemühte sich um einen ruhigen Ton. »Ich bin mir sicher, du würdest genauso handeln. Tekla steht unter Schock. Ihr einziger Bruder schwebt in Lebensgefahr, ihr Neffe hat die Existenz der gesamten Familie aufs Spiel gesetzt, und ihr Vater ist uralt und kaum belastbar. Nora kann nur kurz bleiben, sie muss zu ihrer Arbeit nach Oslo zurück. Tekla wäre also ganz auf sich gestellt«, erklärte Lisa und biss sich kurz von innen in die Unterlippe. So ganz auf sich gestellt wäre Tekla natürlich nicht. Schließlich war Amund auf dem Hof. Lisa wollte jetzt lieber nicht darüber nachdenken, warum sie ihn Marco gegenüber nicht erwähnte.

»Ich verstehe es trotzdem nicht«, beharrte Marco. »Warum sind dir diese Leute plötzlich so wichtig? Bedeute ich dir denn gar nichts?«

»Bitte Marco«, fiel Lisa ihm ins Wort, »das hat doch nichts mit dir oder unserer Beziehung zu tun. Es ist mir einfach ein großes Bedürfnis, Tekla jetzt beizustehen. Sie hat mich so herzlich aufgenommen. Ich würde mir sehr schofelig vorkommen, wenn ich jetzt verschwinde.«

Marco brummte. »Und wie lange soll das dauern?«

»Kann ich noch nicht sagen«, antwortete Lisa. »Wir müssen erstmal rausfinden, was genau los ist.«

»Schwieriges Gespräch?«, fragte Nora, als Lisa zu ihr und Tekla zurückging, die im Wartebereich des modernen, großzügig geschnittenen Flughafens von Bodø saßen. Lisa verzog das Gesicht und steckte ihr Mobiltelefon in die Tasche.

»Er ist halt enttäuscht, weil ich ihn schon wieder vertröstet habe.«

Tekla sah Lisa besorgt an. »Ich möchte aber nicht, dass du meinetwegen Schwierigkeiten bekommst«, sagte sie.

Lisa setzte sich neben sie. »Keine Sorge, so schlimm ist es nicht.«

»Und was ist mit deiner Arbeit?«, hakte Tekla nach.

»Ich konnte den nächsten Auftrag nach hinten schieben, das ist okay«, sagte Lisa.

Teklas Gesicht hellte sich auf. »Wenigstens kannst du jetzt noch einige alte Bauernhöfe in unserer Gegend für deine Reportage fotografieren.«

Lisa stutzte kurz. Was für eine Reportage? Nora, die mittlerweile wusste, dass dieser angebliche Auftrag nur ein Vorwand für Lisa gewesen war, sich unauffällig auf Spurensuche zu begeben, grinste sie verstohlen an.

Lisa räusperte sich. »Stimmt, daran hatte ich gar nicht mehr gedacht«, sagte sie wahrheitsgemäß. Und fügte aufrichtig hinzu: »Das ist wirklich eine gute Idee.«

Das sonnige Wetter, das sie die letzten Tage begleitet hatte, ließen sie in der Provinz Nordland zurück. Über den Eidsfjord, den sie am Abend erreichten, jagten dunkle Wolken, aus denen es heftig schüttete. Die wenigen ungeschützten Meter vom Taxi zur Haustür reichten aus, um die drei Frauen zu durchnässen.

»Die reinste Untergangsstimmung«, kommentierte Nora und setzte trocken hinzu: »Passt ja wie bestellt zur aktuellen Lage hier.«

Tekla ging sofort in den ersten Stock, wo ihr Vater Finn sein Zimmer hatte, um ihm so schonend wie möglich über den Zustand seines Sohnes zu berichten. Nora und Lisa setzten in der Küche Teewasser auf und deckten den Tisch fürs Abendbrot.

»Isst Finn mit uns?«, fragte Lisa, als sie die Teller aus einem Schrank holte.

Nora zuckte die Schultern. »Keine Ahnung. Ich glaube, eher

nicht. Die Nachricht von Fastes Zusammenbruch wird ihm sicher sehr zusetzen.«

Lisa war insgeheim erleichtert. Einem Wiedersehen mit dem alten Mann wäre sie am liebsten aus dem Weg gegangen.

»Er wird sich an dich gewöhnen«, sagte Nora, der Lisa von Finns abweisendem Verhalten ihr gegenüber erzählt hatte.

»Das wage ich zu bezweifeln. Schließlich sehe ich seiner Zwillingsschwester verdammt ähnlich. Er scheint seinen Groll gegen sie ohne Abstriche auf mich übertragen zu haben.«

»Mag sein. Aber wenn er dich erst mal besser kennt, wird er schnell einsehen, dass du ein ganz anderer Mensch bist«, sagte Nora.

Ein Räuspern ließ sie herumfahren. In der Tür stand Amund, der, von ihnen unbemerkt, das Haus betreten hatte. Mit einem Ausdruck unwilligen Erstaunens schaute er zu Lisa, wandte sich dann abrupt an Nora und fragte sie etwas auf Norwegisch. Nora überging seinen brummigen Ton, lächelte ihn freundlich an und antwortete auf Englisch: »Lisa ist hier, weil sie helfen will. Und weil sie zur Familie gehört. Ich übrigens auch, wir haben dieselbe Großmutter. Aber das ist eine komplizierte Geschichte. Jetzt solltest du uns erst einmal erzählen, was es genau mit Mikaels Schulden auf sich hat. Es wäre nett, wenn du englisch sprechen würdest. Lisa hat gerade erst angefangen, norwegisch zu lernen.«

Mit verschlossener Miene setzte sich Amund an den Tisch und verschränkte die Arme vor seiner Brust. Nora schaute zu Lisa und machte hinter seinem Rücken eine resignierte Handbewegung, bevor sie sich ebenfalls an den Tisch setzte. Lisa goss das kochende Wasser in die Teekanne und wählte einen Platz möglichst weit von Amund entfernt.

»Wie geht es Faste?«, erkundigte er sich.

»Medizinisch gesehen ganz ordentlich«, sagte Nora. »Das rasche Eingreifen der Ärzte konnte bleibende Schäden des Herzmuskels verhindern. Sorgen bereitet uns aber seine Gemütsverfassung. Er ist tief enttäuscht von Mikael und kann dessen Verrat nicht verwinden. Und das trägt nicht gerade zu seiner Genesung bei.«

»Hat sich Mikael denn endlich gemeldet?«, fragte Lisa.

Amund schüttelte den Kopf, ohne sie anzusehen. Nora schien sein unfreundliches Verhalten kommentieren zu wollen, doch Teklas Erscheinen lenkte sie ab. Lisa erschrak, als sie Tekla anschaute. Der Kummer hatte sichtbare Spuren hinterlassen. Kaum zu glauben, dass das die gleiche Frau war, die Lisa vor zwei Wochen kennengelernt hatte. Die rosigen Wangen waren nun bleich, und eine tiefe Falte verlief steil zwischen ihren Augenbrauen. Vor allem aber hatten ihre Augen den fröhlichen Glanz verloren.

»Wie hat er es aufgenommen?«, fragte Nora.

Tekla setzte sich auf die Eckbank und schüttelte bekümmert den Kopf. »Schwer zu sagen. Er ist so verschlossen. Er hat mich weggeschickt.«

Nora streichelte Teklas Arm. »Jetzt ruh dich erst mal aus. Sonst klappst du uns auch noch zusammen.«

Tekla lächelte schwach und griff nach dem Becher, den Lisa ihr hingeschoben hatte. Nach einem kurzen Schweigen wandte sie sich an Amund und forderte ihn auf, noch einmal zu erzählen, was sich in ihrer Abwesenheit ereignet hatte.

»Gestern Vormittag ist hier ein geschniegelter Anzugträger vorgefahren, der Mikael suchte. Er wollte mir nicht glauben, dass er nicht da war, und wurde richtig unverschämt. Schließlich wedelte er mit einem Darlehensvertrag mit Mikaels Unterschrift und meinte, dass er sein Geld bekommen würde, da könne sich Mikael so viel vor ihm verstecken, wie er wolle.« Amund stand auf und öffnete eine Schublade, aus der er einige zusammengeheftete Blätter holte. »Das ist eine Kopie dieses Vertrags.« Er deutete auf eine Textpassage. »Hier steht, dass Mikael als Sicherheit die Hälfte des Hofes eingesetzt hat.«

Nora und Lisa wechselten einen verständnislosen Blick.

»Wieso kann er den Hof beleihen? Er gehört doch seinen Eltern«, fragte Nora.

»Nicht mehr ganz«, warf Tekla ein. »Vor zwei Jahren hat Faste ihm die Hälfte überschrieben. Er wollte, dass sich Mikael mehr auf dem Hof engagiert, und hoffte, ihn mit der Beteiligung fester an das Gestüt binden zu können.«

Nora schnaubte, und Lisa sagte: »Das ist ja wohl gründlich danebengegangen.«

Nora griff nach dem Vertrag und überflog ihn. An einer Stelle weiteten sich ihre Augen. »Ich glaub's ja nicht! Mikael hat vier Millionen Kronen geliehen!«, rief sie. »Das sind ungefähr fünfhunderttausend Euro.«

Tekla sank in sich zusammen. »Wofür braucht er so viel Geld?«

Lisa und Nora schauten zu Amund, doch der schüttelte den Kopf.

»Wie hoch ist eigentlich die Rate, die jetzt fällig ist?«, fragte Lisa.

Nora sah in dem Vertrag nach. »Vierhunderttausend Kronen, also rund fünfzigtausend Euro.«

»Und bis wann muss sie gezahlt werden?«, wollte Tekla von Amund wissen.

»Dieser Kredithai hat uns drei Tage gegeben«, antwortete er. »Wenn er das Geld dann nicht bekommt, wird er rechtliche Schritte einleiten.«

Nora runzelte die Stirn. »Was für rechtliche Schritte?«

»Ich vermute mal, dass er damit die Pfändung von Wertgegenständen meint.«

»Gibt es irgendwelche Rücklagen?«, fragte Lisa.

Tekla zuckte die Schultern. »Die Buchhaltung macht mein Bruder. Soviel ich weiß, steckt das meiste Vermögen im Hof und in den Grundstücken.«

Amund nickte. »Ja, das stimmt. Außerdem hat Faste erst vor Kurzem eine größere Summe investiert, um einen neuen Traktor und einen neuen Pferdeanhänger zu kaufen. Nicht zu vergessen die Kosten für die Renovierung des Scheunendachs und einiger Pferdeboxen.«

Um sich ein genaues Bild von der finanziellen Lage zu machen, gingen sie in das Zimmer neben der Wohnstube, wo Faste sein Büro eingerichtet hatte. In früheren Zeiten hatte es als Handarbeitsstube gedient. In einer Ecke stand ein alter gusseiserner Ofen. Sofort sah Lisa die junge Tekla vor sich, wie sie vor über vierzig Jahren durch eine Klappe an diesem Ofen das Gespräch im Nebenzimmer belauschte, das nach der Ankunft von Simones Brief dort stattgefunden hatte.

Tekla öffnete einen Schrank und holte einen Ordner mit Bankauszügen und weitere Akten heraus, die sie gemeinsam sichteten. Nach einer halben Stunde war klar, dass die Karlssens tatsächlich kaum Barvermögen hatten. Faste und Inger hatten – ebenso wie Tekla – eine Lebensversicherung, und das Geschäftskonto war im Plus, aber vierhunderttausend Kronen, geschweige denn das Zehnfache davon, überstieg den finanziellen Spielraum deutlich.

»Wie um alles in der Welt sollen wir denn in drei Tagen so viel Geld lockermachen?«, fragte Nora und ließ sich in einen Sessel neben dem Ofen fallen. »Die Summe auf meinem Sparbuch ist leider sehr überschaubar«, fügte sie hinzu.

»Ich könnte meine Lebensversicherung verkaufen«, schlug Tekla vor, die hinter dem Schreibtisch saß. Lisa, die am Fenster stand, und Nora schüttelten energisch die Köpfe.

»Das kommt gar nicht infrage«, sagte Nora.

»Außerdem würde es viel länger als drei Tage dauern, bis du über das Geld verfügen könntest«, sagte Lisa. »Und du würdest große Verluste machen.«

Die vier versanken in nachdenkliches Schweigen. Lisa focht

einen inneren Kampf mit sich aus. Von ihren Eltern hatte sie rund sechzigtausend Euro geerbt, die auf einem Sparbuch lagen. Außerdem gehörte ihr die Wohnung in Frankfurt. Simone und Rainer Wagner hatten sie vor Jahren für ihre Tochter gekauft, als Sicherheit für schlechte Tage. Und um ihr die hohe Erbschaftssteuer zu ersparen. Sollte sie eine Hypothek aufnehmen? Lisa verwarf den Gedanken. Dann müsste sie Zinsen zahlen. Außerdem dauerte es sicher zu lang, bis die benötigte Summe bereitstünde. Das Geld auf dem Sparbuch dagegen war sofort verfügbar. Allerdings hatte sie es Marco als Einlage für die neue Agentur zugesagt. Sie biss sich von innen in die Unterlippe und schloss kurz die Augen.

»Ich kann helfen«, sagte Lisa unvermittelt. Nora und Tekla schauten sie überrascht an, Amund, der auf der Schreibtischkante saß, zog skeptisch eine Augenbraue hoch. »Meine Eltern haben mir knapp sechzigtausend Euro hinterlassen. Sie liegen auf einem Sparbuch. Kein Problem also, sie rechtzeitig an dieses Kreditinstitut zu überweisen.«

»Das ist ein sehr großzügiges Angebot«, sagte Tekla. Sie stand auf und ging zu Lisa. »Aber wir können das unmöglich annehmen.«

»Warum nicht?«, entgegnete Lisa. »Ich sehe momentan keinen anderen Ausweg. So verschaffen wir uns ein wenig Luft und können in Ruhe überlegen, wie es weitergehen soll.«

Tekla schüttelte unschlüssig den Kopf.

Nora sprang auf. »Lisa hat recht. Und denk auch an Faste. Die Gefahr für den Hof wäre vorerst abgewendet. Das würde ihn vielleicht etwas beruhigen und ihm wieder Lebensmut geben.«

Dieses Argument gab den Ausschlag. Tekla bestand aber darauf, Lisas Geld nur als Leihgabe anzunehmen, die auf jeden Fall zurückgezahlt würde. »Auch wenn ich nicht sagen kann, wann und wie das jemals geschehen soll«, sagte sie. Es war ihr sichtlich unangenehm, auf Lisas Angebot angewiesen zu sein.

Nora drückte sie an sich und sagte mit einem Zwinkern zu Lisa: »Das hat nichts mit dir zu tun. Norweger tun sich allgemein schwer, etwas schuldig zu sein.« Tekla sah verlegen zu Boden.

»Aber es bleibt doch in der Familie«, sagte Lisa und berührte Tekla am Arm. »Ich tue das wirklich gern.«

Tekla umarmte sie herzlich und verabschiedete sich, um nach ihrem Vater zu sehen und mit Inger zu telefonieren.

Amund hatte die Diskussion mit ausdruckslosem Gesicht verfolgt. Lisa hatte beschlossen, ihn, so gut es ging, zu ignorieren. Sie wollte sich von diesem Miesepeter nicht verunsichern lassen. Als sie jetzt zufällig in seine Richtung schaute, sah sie, dass er sie direkt ansah. Rasch wandte er sich ab, doch es gab keinen Zweifel. Sein Blick war nicht wie gewohnt abweisend gewesen, sondern anerkennend. Ein warmes Gefühl durchflutete sie. Sie zuckte zusammen. Verdammt, warum war es ihr so wichtig, was dieser Mann von ihr hielt?

»Alles in Ordnung?«, fragte Nora.

»Aber ja«, beeilte sich Lisa zu versichern. »Ich habe mich nur gefragt, was wir tun können, um das Geld für die nächste Rate zu beschaffen. Wie viel Zeit bleibt uns denn bis dahin?«

Nora hob die Schultern. »Ich hole den Vertrag, der liegt noch in der Küche.«

»Nicht nötig«, sagte Amund. »Die nächste Rückzahlungsrate ist in einem halben Jahr fällig.«

Lisa nickte. »Gut, dann sollten wir uns bald zusammensetzen und Ideen sammeln«, schlug sie vor.

Nora gähnte herzhaft und sagte: »Gute Idee, wirklich. Aber jetzt bin ich einfach nur noch bettreif.«

Noras Gähnen war ansteckend. Erst jetzt merkte Lisa, wie erschöpft sie nach diesem Tag voller aufwühlender Ereignisse war. Da bislang noch keine Feriengäste auf dem Karlssenhof eingetroffen waren, quartierten sich Lisa und Nora in der Hütte ein, in der Lisa schon zuvor gewohnt hatte.

Da Nora nur zwei Tage blieben, bis sie wieder nach Oslo zu ihrer Arbeit zurückkehren musste, nutzten sie diese Zeit intensiv aus, um herauszufinden, wo Mikael steckte, und um Pläne zu schmieden. Ersteres erwies sich als Ding der Unmöglichkeit. Mikael schien wie vom Erdboden verschluckt. Keiner seiner Freunde, die sie anriefen, konnte ihnen weiterhelfen. Das Nachdenken über Möglichkeiten, die Einnahmen des Gestüts zu erhöhen, verlief erfolgreicher.

»Warum bietet ihr eigentlich keine Reiterferien an?«, fragte Lisa. Sie saß mit Nora und Tekla im Büro, wo sie den Belegungsplan der Gästehütten prüften, in dem noch einige Lücken klafften. »Wenn ich das richtig verstanden habe, mieten sich hier vor allem Hobbyangler ein, die eure Kapazitäten aber meistens nicht auslasten?«

»Ja, bis jetzt hat das keine so große Rolle gespielt«, antwortete Tekla.

»Der Hof ist doch ideal für Familienurlaube geeignet«, sagte Lisa. »Der Gedanke ist mir schon gekommen, als Noras Schützlinge hier waren.«

»Mensch, das ist wirklich *die* Idee«, sagte Nora. »Im Sommer kann ich mich ohne größere Probleme freistellen lassen, da wir uns wegen der Ferien nicht um so viele Kinder kümmern müssen. Dann könnte ich hier Kinderbetreuung anbieten, damit die Eltern auch mal ohne ihre Kleinen etwas unternehmen können. Und Amund könnte Reitunterricht geben und Ausritte organisieren.«

Tekla hob die Hand. »Das klingt in der Tat vielversprechend. Aber wie sollen wir auf die Schnelle Interessenten finden?«

»Darüber hab ich schon nachgedacht«, sagte Lisa. »Am besten geht das übers Internet. Wir werden eine Homepage einrichten, auf der die Leute sich ein Bild vom Karlssenhof und unserem Angebot machen können. Außerdem sollten wir uns mit Touristikportalen und Reiseanbietern vernetzen.«

Nora nickte begeistert. »Und ich kann in Oslo Werbung machen, zum Beispiel in Schulen und bei Jugendorganisationen. Vielleicht wären auch Anzeigen in Zeitungen nicht schlecht.«

Tekla war hin- und hergerissen. »Ist es nicht teuer, eine Homepage erstellen zu lassen? Wir sollten ja schon einen Profi damit beauftragen, damit es auch nach etwas aussieht«, warf sie ein.

»Auf jeden Fall«, bestätigte Lisa. »Aber teuer muss es nicht unbedingt werden.«

Nora und Tekla sahen sie fragend an.

»Ich will das erst prüfen, bevor ich hier falsche Versprechungen mache. Aber ich könnte mir gut vorstellen, dass es klappt«, sagte Lisa.

Erst am nächsten Abend gelang es Lisa, ihre Freundin Susanne telefonisch zu erreichen.

»Tut mir leid, dass ich nicht zurückgerufen habe«, entschuldigte sich Susanne. »Aber ich musste Sonderschichten im Bistro schieben und hab schlicht vergessen, meine Mailbox abzuhören.«

»Klingt nach Stress«, sagte Lisa.

Susanne stöhnte auf. »Das kannst du laut sagen. Wenn ich nicht fast pleite wäre, würde ich sofort Urlaub nehmen und mich in den nächsten Flieger setzen, egal wohin. Hauptsache weit weg. Aber genug gejammert, wie geht es dir?«

Lisa räusperte sich und erzählte Susanne von den dramatischen Entwicklungen der letzten Tage.

»Jetzt wollen wir versuchen, die Einnahmen des Karlssenhofes zu steigern«, schloss sie ihren Bericht. »Und dabei könntest du uns sehr helfen.«

»Ich?«, fragte Susanne.

»Ja, wir brauchen eine gute Homepage. Leider kann ich dir momentan nicht viel dafür zahlen. Aber wenn du willst, kannst du hier Urlaub machen. Die Flugkosten übernehme selbstverständlich ich und …«

»Du rennst offene Türen ein«, fiel ihr Susanne ins Wort.

»Wäre das wirklich okay für dich?«, fragte Lisa. »Ich hab schon ein schlechtes Gewissen, weil ich dich nicht angemessen bezahlen kann.«

»Das brauchst du nicht«, sagte Susanne. »Ich geh hier echt auf dem Zahnfleisch. So ein Urlaub ist genau das Richtige! Ich hoffe, dass ich mir im Juni endlich freinehmen kann. Außerdem will ich unbedingt deine norwegische Familie kennenlernen.«

Der Abschied von Nora am nächsten Morgen fiel Lisa schwer. Sie hatte sich so daran gewöhnt, sie als Mitstreiterin an ihrer Seite zu haben.

»Mir wäre es auch lieber, wenn ich hierbleiben könnte«, sagte Nora, als das Taxi in die Einfahrt einbog. »Aber übermorgen ist Nationalfeiertag, da muss ich in Oslo sein und unsere Kinder begleiten. Anders als in vielen anderen Ländern gibt's ja in Norwegen da keine Militärparaden, sondern farbenfrohe Umzüge von Kindern und Musikkapellen. In Oslo ziehen sie am Palast und der königlichen Familie vorbei, die auf einem Balkon steht und winkt.«

»Da wäre ich gern dabei«, sagte Lisa.

»Ja, in Oslo ist es natürlich besonders prächtig. Aber es wird überall im Land gefeiert. Du wirst schon sehen«, tröstete Nora sie.

»Was genau wird denn gefeiert?«, fragte Lisa.

»Die erste norwegische Verfassung und die Befreiung des Landes von der langen dänischen Herrschaft«, antwortete Nora.

Tekla, die eben aus dem Haus getreten war, um sich von Nora zu verabschieden, lächelte Lisa zu. »Ich würde mich freuen, wenn du mich am Siebzehnten begleiten würdest«, sagte sie. »Ich bin mir sicher, dass dir unsere Umzüge in Nordfjordeid gefallen werden. Wir haben nämlich mehrere«, fügte sie stolz hinzu.

Lisa lächelte zurück und umarmte Nora, die ihren Koffer bereits im Taxi verstaut hatte.

Nach Noras Abfahrt verging der Tag für Lisa wie im Flug. In der zweiten Maihälfte wurden einige Angler erwartet, die sich seit Jahren um diese Zeit auf dem Karlssenhof einmieteten, um im Eidselva Lachsforellen zu fischen. Lisa putzte die für sie reservierten Hütten und fuhr mit Tekla zum Einkaufszentrum in den Ort, um Vorräte für das Frühstück zu besorgen, das im Übernachtungspreis inbegriffen war. Später half sie Tekla im Garten hinter dem Wohnhaus beim Unkrautjäten. Anschließend ließ sie sich von ihr zeigen, wie man Tomaten, Gurken, Sellerie und anderes Gemüse pflanzte, denn Tekla musste zu einer Probe des Kirchenchors, der beim Festtagsgottesdienst auftreten sollte.

Als sich Lisa am späten Nachmittag aus der gebückten Haltung aufrichtete, in der sie über die Beete gebeugt gearbeitet hatte, stöhnte sie vor Schmerz auf. Ihr Rücken fühlte sich an, als bestünde er aus bloßliegenden Nervensträngen. Obwohl ein kühler Wind wehte, war sie schweißgebadet. Lisa konnte sich nicht erinnern, wann sie das letzte Mal körperlich so erschöpft gewesen war. Sie versuchte, sich möglichst wenig zu bewegen, und stakste steif aus dem Garten. Torolf, Amunds schwarzer Hund, kam ihr schwanzwedelnd vom Hof her entgegen und sprang an ihr hoch.

»Nicht so stürmisch, bitte«, rief Lisa und versuchte, dem Hund auszuweichen, was ihr Rücken umgehend mit schmerzlichem Zusammenzucken beantwortete. Sie verzog das Gesicht und griff sich ins Kreuz.

In diesem Moment tauchte Amund auf. Mit federndem Schritt schob er scheinbar mühelos eine schwere Schubkarre vor sich her, die hoch mit ausgemistetem Stroh beladen war. Schwungvoll kippte er sie auf den Misthaufen, der etwas abseits vom Garten lag. Als er Lisa sah, blitzte ein spöttisches Funkeln in seinen Augen auf. Wütend starrte sie zurück. Sie konnte sich auch ohne Spiegel lebhaft vorstellen, wie sie aussah: hochrot im Gesicht, überall mit Erde beschmiert und die kurzen Locken durch den feuchten, salzhaltigen Seewind zu einer Pumuckelfrisur aufgestellt. Wieder einmal befand sie sich in einer demütigenden Situation – und das schien dieser ungehobelte Kerl besonders zu genießen. Sie biss die Zähne aufeinander, richtete sich gerade auf und schritt so würdevoll wie möglich an ihm vorbei.

19

Nordfjord, Frühling 1941

Oles Andeutung, er hätte eine Idee, wie man Enar davon überzeugen könnte, dass Joachim der Richtige für Mari sei, war keine leere Behauptung gewesen. Schon wenige Wochen nach dem Ausflug in die Berge bot sich ihm eine Gelegenheit, seinen Plan umzusetzen. Er hatte Mari nicht verraten wollen, was er vorhatte. »Damit du nicht enttäuscht bist, wenn es nicht klappt.« So war sie völlig überrascht, als sie eines Tages den Stall betrat und dort ihren Vater, Ole und Joachim vorfand.

Zögernd näherte sie sich den dreien, bemüht, ruhig zu atmen und sich ihre Aufregung nicht anmerken zu lassen.

»Ah, Mari, du willst sicher wissen, wie es Bjelle geht«, sagte Enar, als er sie sah. Mari nickte und war erleichtert über das unverfängliche Thema. Vor zwei Tagen war ihr aufgefallen, dass sich die Augen der Stute entzündet hatten. Als Spülungen mit Kamillentee nicht helfen wollten, schickte ihr Vater Ole los, um den Tierarzt zu holen.

»Wo ist der Doktor?«, fragte Mari.

»Er war unterwegs«, antwortete Enar. »Aber zum Glück ist Ole eingefallen, dass dieser junge Mann hier ebenfalls Veterinär ist. Du kennst ihn vielleicht noch, er hat hier letztes Jahr ein paar Wochen gewohnt.«

Mari getraute sich kaum, Joachim anzusehen. Zu groß war ihre Angst, sich zu verraten. Joachim dagegen wirkte bewundernswert unbefangen und gelassen. Er nickte ihr nur kurz freundlich zu und wandte sich dann wieder an ihren Vater.

»Ich werde umgehend ein Antibiotikum besorgen. Das ist eine schwere bakterielle Bindehautentzündung«, sagte er.

Enar nickte mit ernstem Gesicht. »Damit darf man in der Tat nicht spaßen. Nicht, dass sie uns erblindet.« Mari sah ihn erschrocken an.

»Keine Sorge«, sagte Joachim ruhig. »Wenn wir sie gleich behandeln, wird das nicht passieren.«

Enar und Ole begleiteten Joachim hinaus vor den Stall. Mari blieb bei Bjelle, die unruhig von einem Bein auf das andere trat.

»Du Arme, hast du Schmerzen?«, murmelte Mari und streichelte die Stute. Dass es ausgerechnet Bjelle war, zu der Joachim gerufen worden war! Lebhaft stand ihr jene Nacht vor Augen, in der ihr Joachim vor einem Jahr bei der schwierigen Geburt von Bjelles Fohlen Virvelvind geholfen hatte.

»Na, was meinst du?«, unterbrach Ole ihre Gedanken. »Ist das ein genialer Plan?«

Mari drehte sich zu ihrem Bruder um. »Mal sehen. Vater hat ja nichts speziell gegen Joachim. Es ist die Rolle, die er spielt, auch wenn er das selber gar nicht will.«

Ole knuffte sie in die Seite. »Kopf hoch! Steter Tropfen höhlt den Stein, du wirst schon sehen.«

Oles Vorhersage schien sich zu bewahrheiten. Mit seiner Vermutung, dass Joachim ihren Vater über die gemeinsame Liebe zu den Pferden für sich einnehmen könnte, hatte er ins Schwarze getroffen. Als Joachim zum dritten Mal auf dem Karlssenhof erschien, um nach Bjelles Augen zu sehen, begrüßte Enar ihn mit Handschlag und lobte die rasch voranschreitende Genesung der Stute. Da Joachim eine Bezahlung für seine Hilfe ablehnte, schenkte Enar ihm eine Flasche von seinem selbst gebrannten Wacholderschnaps und gab ihm zu verstehen, dass er ein gern gesehener Gast auf dem Karlssenhof sei – nicht nur, wenn es ein krankes Pferd zu versorgen gab.

Mari, die bei dieser Begegnung nicht dabei gewesen war, ließ sie sich immer wieder von Joachim erzählen. Sie konnte kaum glauben, dass ihr Vater so aufgetaut war, und wagte zum ersten Mal zu hoffen, dass es doch eine Chance für ihre Liebe gab.

»Wir sollten trotzdem behutsam vorgehen. Es wäre furchtbar, wenn wir leichtsinnig werden und alles wieder aufs Spiel setzten«, sagte Joachim.

Mari nickte. Sie saßen aneinandergekuschelt auf der Bank im Unterstand bei den Bienenstöcken am Waldrand. Auf den Wiesen lagen noch letzte Schneereste, und es war kühl. Doch die Macht des Winters war gebrochen, und der Mai stand vor der Tür.

»Hast du schon den Passagierschein beantragt?«, fragte Joachim.

»Nein, bisher bin ich tagsüber nicht vom Hof weggekommen«, antwortete Mari. »Es war einfach zu viel zu tun. Aber morgen soll ich ein paar Sachen im Ort besorgen. Dann treffe ich mich mit Nilla und gehe mit ihr zum Rathaus.«

Joachim nickte, küsste Mari zärtlich auf den Mund und stand auf. Auch heute war ihr kurzes Treffen viel zu schnell vorbei. Nur die Aussicht auf den geplanten Ausflug mit Nilla und Ole in der kommenden Woche milderte Maris Abschiedsschmerz ein bisschen. In der Zwischenzeit musste Joachim wieder Rittmeister Knopke begleiten und Pferde für die Wehrmacht kaufen. Enar hatte ja schon im letzten Jahr den Verdacht geäußert, dass Hitler einen Angriff auf Russland plante, und das wurde nun immer wahrscheinlicher. In Joachims Kaserne machten Gerüchte die Runde, wonach die Vorbereitungen für das sogenannte »Unternehmen Barbarossa« auf Hochtouren liefen. Dazu passte, dass fast alle Pferde, die die Deutschen rekrutierten, in den hohen Norden geschickt wurden. Joachim war überzeugt, dass das kein Zufall war.

Durch die Briefe von Finn wiederum erfuhr Mari aus erster Hand von dem wachsenden Widerstand ihrer Landsleute gegen die Besatzer. So hatte man am 9. April, dem ersten Jahrestag des deutschen Überfalls auf Norwegen, im ganzen Land die Arbeit für eine halbe Stunde niedergelegt. Und der Versuch der Deutschen, die Berufsorganisationen gleichzuschalten und zu kontrollieren, war gründlich gescheitert, da fast alle Betroffenen der Parole »Raus aus den Verbänden« gefolgt waren.

»Stell dir vor, gestern hat er mich geküsst«, flüsterte Nilla.

Mari schluckte das »Na endlich!«, das ihr auf der Zunge lag, hinunter. Stattdessen drückte sie Nillas Arm, mit dem sich diese bei ihr untergehakt hatte, und sagte: »Ich wusste gar nicht, dass Ole dich gestern getroffen hat.«

»Pst, nicht so laut«, flüsterte Nilla und sah sich nach ungebetenen Zuhörern um. Nachdem sie sich im Rathaus ihre Passagierscheine hatten ausstellen lassen, die sie für ihren Ausflug in der nächsten Woche benötigten, hatte Nilla ihre Freundin zu einem Spaziergang auf der Uferpromenade überredet, was Mari angesichts des ungemütlichen Wetters etwas befremdlich gefunden hatte.

»Also, hier lauscht sicher niemand. Ich seh noch nicht mal Möwen. Kein Wunder – bei dem Wetter«, sagte sie. »Außerdem, warum wäre es schlimm, wenn jemand davon erfahren würde?«

Nilla schaute verlegen zur Seite. »Ich weiß nicht, es ist noch so frisch. Manchmal glaube ich, dass ich das nur geträumt habe. Und was ist, wenn er es sich anders überlegt?«

Mari konnte Nilla verstehen. Sie erinnerte sich noch gut an ihre eigenen Zweifel und Unsicherheiten zu Beginn ihrer Beziehung mit Joachim. »Also, ich bin überzeugt, dass Ole es ernst meint. Bei Dingen, die ihm wichtig sind, lässt er sich mit seinen Entscheidungen Zeit, bis er ganz sicher ist, was er will«, sagte Mari. Nilla strahlte sie an. »Ich freue mich so für dich«, fuhr Mari fort. »Und jetzt erzähl endlich. Ich will alle Einzelheiten wissen!«

Nilla bekam einen verträumten Gesichtsausdruck. »Ach, es war so romantisch!«, begann sie und berichtete ihrer Freundin von Oles Liebesgeständnis. Mari hatte das Gefühl, ihren Bruder von einer ihr bislang unbekannten Seite kennenzulernen. Kaum zu glauben, dass Ole, der meist so unbekümmert und selbstbewusst war, sich Nilla gegenüber fast schüchtern und verletzlich gezeigt hatte. Wenn Mari ehrlich war, erfüllte es sie fast ein wenig mit Genugtuung, dass ihr älterer Bruder zu verunsichern war. Auch wenn es dafür natürlich nicht den geringsten Grund gegeben hatte. Denn mit seinem Liebesgeständnis hatte er bei Nilla offene Türen eingerannt.

Enar, der nicht ahnte, dass auch Joachim mit von der Partie sein würde, hatte Mari und Ole gern ein Wochenende freigegeben, damit sie mit Nilla zum Wandern gehen konnten. Seitdem Mari wie ausgewechselt von dem Ausflug in die Berge zurückgekehrt war, hatte ihr Vater selbst solche Unternehmungen angeregt. Er schien immer noch ein schlechtes Gewissen zu haben wegen Maris langer Krankheit, für die er sich die Schuld gab. Seither lag es ihm besonders am Herzen, seine Tochter glücklich zu machen.

Das regnerische Wetter hatte bis in den Mai hinein angehalten, doch am Ende der zweiten Woche klarte es auf. Als sich Ole und Mari am Samstagmorgen um fünf Uhr kurz nach Sonnenaufgang auf den Weg zum Hafen von Nordfjordeid machten, war der Himmel fast wolkenlos. Nilla stand schon am Kai und lächelte glücklich, als sie Ole erblickte. Zum ersten Mal sah Mari, wie ihr Bruder eine Frau küsste. Ein ungewohnter Anblick, der zugleich einen sehr stimmigen Eindruck auf sie machte. Seit sie von Nillas Verliebtheit wusste, hatte sie sich die beiden als Paar gut vorstellen können. Die zierliche, elfenhafte Nilla und der schlaksige Ole mit seinem Lausbubencharme wirkten auf den ersten Blick zwar sehr unterschiedlich, ergänzten sich aber zu einem harmonischen Ganzen. Ein warmes Gefühl durchströmte Mari. Es machte sie froh, diese Menschen, die ihr so nahestanden, glücklich miteinander zu sehen.

Offenbar hatte Ole nicht geschwindelt mit seiner Behauptung, dem alten Nylund ab und zu beim Fischen zur Hand zu gehen. Er hatte nicht nur seine frühere Abneigung gegen Bootsfahrten und seine Anfälligkeit für die Seekrankheit überwunden, sondern war sogar in der Lage, selbst einen Kutter zu fahren. Mit geübten Griffen machte er das Seil los, mit dem das Fischerboot am Kai vertäut war, und warf den Motor an.

»Der alte Nylund muss dich wirklich sehr mögen, wenn er dir seinen Kutter anvertraut«, sagte Mari.

Ole grinste. »Na ja, aus reiner Zuneigung hat er es nicht getan. Ich habe ihn mit ein paar Zigarren bestochen.«

Nach zehnminütiger Fahrt steuerte er einen kleinen Steg am rechten Ufer an. Dort wollten sie Joachim an Bord nehmen. Kurz nachdem sie angelegt hatten, ertönte Fahrradklingeln, und Joachim tauchte auf. »Entschuldigt die Verspätung«, sagte er atemlos. »Ich musste erst noch zwei Kameraden abwimmeln, die partout eine Fahrradtour mit mir machen wollten.«

Ole nahm Joachims Rucksack entgegen und sagte: »Wir sind auch gerade erst gekommen.«

Joachim begrüßte Nilla, umarmte Mari und fragte Ole: »Verrätst du uns jetzt, wohin wir fahren?«

Ole schüttelte den Kopf. »Dann wär's doch keine Überraschung mehr.«

Joachim wollte etwas erwidern. Nilla und Mari wechselten einen Blick – Ole und seine Überraschungen! Sie lächelten sich zu.

Mari wandte sich an Joachim. »Versuch es erst gar nicht. Das wäre Zeitverschwendung. Ole ist und bleibt ein Geheimniskrämer.«

Joachim lächelte. »Na dann, lassen wir uns also überraschen.«

Ole zeigte auf ein Bündel, das in der kleinen Kajüte lag. »Ich dachte mir, dass du dich vielleicht gern umziehen möchtest. Die Sachen müssten dir passen.«

Joachim schaute ihn erfreut an und verschwand in der Kajüte. Kurz darauf sah Mari ihren Freund zum ersten Mal in Zivil. Ole hatte Joachim eine Kniebundwanderhose und einen blauen Rollkragenpullover ausgesucht, die ihm gut standen. Joachim lächelte glücklich. »Es tut so gut, mal wieder wie ein normaler Mensch auszusehen und diese ewige Uniform los zu sein.« Ole grinste.

Mari runzelte besorgt die Stirn. »Ist es euch nicht bei Strafe verboten, in Zivil herumzulaufen?«, fragte sie.

Joachim zuckte die Achseln. »Ja schon. Aber es ist doch sehr unwahrscheinlich, dass wir jemandem begegnen, der mich kennt«, sagte er und zog Mari an sich. »Mach dir nicht immer so viele Sorgen. Lass uns einfach diesen herrlichen Tag genießen.«

Nach einer guten Stunde Fahrt erreichten sie die Mündung des Nordfjords. Ole steuerte den Kutter in südwestlicher Richtung zwischen zwei größeren Inseln hindurch und hielt auf das Ufer der Insel Bermangerlandet zu, das von einem hoch aufragenden Felsen beherrscht wurde.

Ole deutete auf den Felsen und sagte: »Das ist unser Ziel.«

Mari strahlte Ole an. »Der Hornelen. Da wollte ich schon immer mal hinauf.«

»Ich weiß. Deshalb hab ich ihn ja auch für unsere Tour ausgesucht«, antwortete Ole.

»Er wird auch Hexenfelsen genannt«, sagte Mari. »Man munkelt, dass sich in der Mittsommernacht dort die Hexen versammeln, um mit dem Teufel zu tanzen.«

Nilla verzog unmutig das Gesicht.

Ole grinste und zog sie an sich. »So ein bisschen Aberglaube schadet doch niemandem.«

Nilla zuckte die Schultern und sagte. »Wenn du meinst. Mir sind die Sagen um König Olav Tryggvason lieber, da steckt wenigstens etwas Wahres drin.«

Sie fuhren an der Küste der Insel entlang, bis ein kleines Fischerdorf in Sicht kam.

»Das ist Berle«, sagte Ole. »Dort können wir ankern.«

Kurz darauf hatten die vier ihre Rucksäcke geschultert und wanderten los. Joachim fragte Nilla nach dem von ihr erwähnten König. Begeistert gab sie ihm Auskunft. Mari und Ole zwinkerten sich zu. Jetzt war Nilla in ihrem Element. Schon in der Schule hatte sie all die Sagen und Legenden förmlich aufgesogen, die sich um die Geschichte ihrer Heimat rankten.

Während Nilla, die mit Joachim vorausging, diesem ein anschauliches Bild vom ersten christlichen König der Norweger malte, der einst auch auf den Hornelen gestiegen sein sollte, nutzte Mari die Gelegenheit, ihrem Bruder ein wenig auf den Zahn zu fühlen. »Ich weiß, du magst keine Fragen von neugierigen Schwestern«, begann sie. In Oles Augen blitzte es amüsiert auf. »Aber vielleicht sagst du mir trotzdem, warum du so lange gebraucht hast, Nilla deine Liebe zu gestehen«, fuhr Mari fort.

Ole schien versucht, Maris Frage mit einer flappsigen Bemerkung abzuschmettern. Doch als er ihr in die Augen sah, wurde er ernst. »Ich weiß, wie seltsam das wohl gewirkt hat. Und dass du die Sorge hattest, ich könnte die Gefühle deiner Freundin verletzen.« Mari nickte. »Glaub mir bitte, dass ich nicht aus Gedankenlosigkeit so lange gewartet habe«, fuhr Ole fort.

»Sondern?«, hakte Mari nach, als Ole verstummte.

»Ich war mir nicht sicher, ob ich das Recht dazu habe«, sagte er nach einer kurzen Pause. Mari zog die Augenbrauen hoch. Was für eine rätselhafte Antwort! »Aber dann fand ich es noch schlimmer, Nilla in dem Glauben zu lassen, dass sie mir nichts bedeutet. Dazu hatte ich noch weniger das Recht«, fuhr er fort.

Bevor Mari fragen konnte, was er damit meinte, sagte Ole: »Jedenfalls bin ich unsagbar glücklich mit ihr.«

Mari warf ihm einen Blick zu. Sie wusste, dass es keinen Sinn hatte, jetzt weiter in ihn zu dringen. Sie glaubte ihm, dass er glücklich war. Dennoch lag etwas Dunkles über diesem Glück, eine unbestimmte Bedrohung, die Mari schaudern ließ.

Fünf Stunden später standen sie nach einem steilen Anstieg auf dem Gipfel der Felsklippe. Der weite Blick über die vielen Schäreninseln bis weit ins offene Meer hinaus belohnte sie für den anstrengenden Marsch.

»Dahinten liegt Vågsøy.« Ole zeigte mit dem Arm nach Westen.

Joachim schaute interessiert zu der großen Insel.

»Gibt's dort was Besonderes?«, fragte er.

»Auf der Insel leben meine Cousins mit ihrer Familie«, antwortete Nilla. »Oh, seht mal«, rief sie und deutete auf einen kleinen schwarz-rot-weiß gestrichenen Dampfer. »Da fährt ein Postschiff.«

Mari beschattete ihre Augen und verfolgte das Schiff auf seinem Weg durch das Inselgewirr in der Fjordmündung.

»Ach, wie gern würde ich da mal mitfahren!«, seufzte Nilla.

Mari gestand sich ein, dass es ihr vollkommen genügte, das Hurtigrutenschiff von hier aus zu beobachten. Nillas Fernweh war ihr fremd.

»Einmal über den Polarkreis fahren und das Nordkap sehen«, sagte Nilla sehnsüchtig.

Ole legte einen Arm um sie. »Das machen wir, versprochen. Sobald Norwegen wieder frei ist«, sagte er und drehte sich mit einem entschuldigenden Lächeln zu Joachim. »Nichts für ungut.«

Joachim winkte ab. »Glaub mir, ich würde viel drum geben, wenn ich hier als Tourist wäre und nicht als Soldat.«

Nachdem sie sich mit belegten Broten gestärkt hatten, machten sie sich auf den Rückweg. Als sie schließlich bei ihrem Boot ankamen, verschwand die Sonne bereits hinter den Bergen.

»Lasst uns ans gegenüberliegende Ufer fahren«, schlug Ole vor. »Dann können wir morgen gleich bei Sonnenaufgang die Felsbilder betrachten.«

Joachims Augen leuchteten auf. »Liegt dort etwa das Vingenfelt?«

Ole nickte. »Ich habe schon darüber gelesen und mir immer gewünscht, es einmal mit eigenen Augen zu sehen«, sagte Joachim. »Das ist wirklich eine tolle Überraschung.«

An diesem Abend waren die Felsen, auf denen jungsteinzeitliche Jäger vor Tausenden Jahren Zeichnungen von Hirschen und anderen Tieren eingeritzt hatten, bereits in Dunkelheit gehüllt. Der aufgehende Mond ließ den schmalen Strand, der mit feinem weißen Kies bedeckt war, leuchten und gab den jungen Leuten genug Licht, um angeschwemmtes Treibholz zu sammeln. Bald brannte ein Lagerfeuer, um das sich die vier niederließen. Nilla kochte Tee in einer Blechkanne und röstete Brotscheiben.

»Ich habe auch eine Überraschung«, verkündete Mari und holte ein Päckchen aus ihrem Rucksack. »Die hat mir Großmutter Agna mitgegeben«, sagte sie und wickelte mehrere Würstchen aus.

Nachdem sie sich die gegrillten Würste hatten schmecken lassen, zog Joachim eine Mundharmonika aus der Tasche und spielte einige Lieder. Manche der Melodien kannten auch Mari, Ole und Nilla und sangen die Worte mit. Später saßen die beiden Paare still beieinander und schauten in den Sternenhimmel. Das Feuer war fast erloschen, nur die dicksten Scheite glommen noch vor sich hin. Die Stille der Nacht wurde nur ab und zu vom Ruf eines Käuzchens unterbrochen.

Ein Gefühl tiefen Friedens erfüllte Mari. Sie spürte Oles

Blick auf sich ruhen und lächelte ihm zu. »Danke für diesen wundervollen Tag«, sagte sie.

Ole hob seine Emailtasse. »Auf uns. Und die Ausflüge, die wir noch miteinander unternehmen werden.« Die vier stießen mit ihren Teetassen an. »Jetzt müssen wir nur noch einen günstigen Zeitpunkt abpassen, um Vater von eurer Liebe zu erzählen«, sagte Ole.

»Kannst du bitte Großmutter holen? Das Frühstück ist fertig«, sagte Lisbet zwei Tage nach dem Ausflug zu ihrer Tochter. Mari war gerade aus dem Stall gekommen, wo sie die Kühe gemolken hatte, und wollte sich an den Küchentisch setzen.

»Ist sie denn noch nicht aufgestanden?«, fragte sie verwundert.

Lisbet schüttelte den Kopf. »Wahrscheinlich ist sie noch mal eingenickt.«

Mari eilte aus der Küche und rannte die Treppe hinauf in den ersten Stock, wo Großmutter Agnas Zimmer lag. Sie klopfte an die Tür, öffnete sie und steckte ihren Kopf in den Raum, der im Halbdunkeln lag. Die Fensterläden waren geschlossen, doch durch die Ritzen fielen ein paar Lichtstrahlen.

»Großmutter, schläfst du noch?«, fragte Mari und ging ein paar Schritte auf das Bett zu, das an der rechten Wand stand. Wie alle Möbel in Agnas Zimmer war es mit bunten Rosen bemalt und stammte aus der Aussteuer, die sie einst mit in die Ehe und auf den Karlssenhof gebracht hatte, als sie Enars Vater geheiratet hatte. Agna lag mit dem Rücken zum Raum unter der Decke und rührte sich nicht. Mari spürte, wie sich die Härchen ihrer Unterarme aufrichteten. Sie hielt inne und zögerte, ganz nah an das Bett heranzutreten. Eine unerklärliche Scheu hatte sich ihrer bemächtigt, etwas Fremdes schien in das Zimmer eingedrungen zu sein.

Mari biss sich von innen in die Unterlippe und gab sich einen Ruck. Vorsichtig berührte sie ihre Großmutter an der Schulter. Keine Reaktion. Mari strich ihr sanft über die Wange und unterdrückte einen Aufschrei. Die Haut war kalt. Mari drehte Agna auf den Rücken und sah ihr ins Gesicht. Sie musste nicht nach ihrem Puls suchen oder prüfen, ob sie atmete. Sie wusste, dass Agna nicht mehr da war. Ihre Gesichtszüge waren entspannt, und gleichzeitig sah sie gesammelt und ernst aus. Mari wagte nicht, sie noch einmal zu berühren. Sie wirkte so weit entfernt. Mari drehte sich um und verließ das Zimmer.

Zur Beerdigung von Agna Karlssen versammelte sich – wie bei solchen Anlässen üblich – fast der gesamte Ort. Auf der Straße vor dem Friedhof standen mehrere Kutschen, mit denen Agnas Verwandte aus ihrem Heimatdorf in den Bergen gekommen waren. Am Fahnenmast vor der Kirche war die norwegische Flagge auf halber Höhe gehisst. Der schlichte weiße Sarg stand vor dem Altar und war mit Blumen und Kränzen bedeckt. Mari saß neben ihren Eltern und Ole in der vordersten Bank. Da das Begräbnis bereits zwei Tage nach Agnas Tod stattfand, war Finn nicht anwesend. Er hatte sich so kurzfristig keine Reisegenehmigung besorgen können.

Als der Chor das »Ave maris stella« von Edvard Grieg anstimmte, konnte Mari ihre Tränen nicht länger zurückhalten. Großmutter Agna hatte dieses Lied besonders geliebt wegen seiner schlichten Empfindsamkeit und der ausdrucksvollen Melodie. Mari warf ihrem Vater aus dem Augenwinkel einen Blick zu. Er zeigte das gleiche starre Gesicht wie in den letzten Tagen. Der Tod seiner Mutter schien ihn gelähmt zu haben.

»Er steht unter Schock«, hatte Ole gemeint. Mari konnte das verstehen. Sie alle hatten es nicht fassen können, dass Agnas Herz im Schlaf einfach stehen geblieben war. Auch Doktor Kjelde hatte sich überrascht gezeigt. Erst vor Kurzem hatte er Großmutter untersucht und ihr trotz ihres hohen Alters eine robuste Gesundheit bescheinigt.

Pfarrer Hurdal verabschiedete die Verstorbene, die er als wichtige Stütze seiner kleinen Gemeinde geschätzt hatte, mit aufrichtiger Dankbarkeit und herzlichen Worten. Anschließend traten Enar, Ole und zwei Neffen von Agna vor, schulterten den Sarg und trugen ihn hinaus auf den Friedhof. Die Gemeinde folgte gemessenen Schritts.

Mari hakte ihre Mutter unter und flüsterte: »Ich mache mir Sorgen um Vater.«

Lisbet nickte. »Ich auch. Aber ich komme nicht an ihn heran. Er hat noch kein einziges Mal geweint. Und mit Pfarrer Hurdal will er auch nicht sprechen.«

Die Sargträger hatten die ausgehobene Grube erreicht und ihre Last vorsichtig daneben abgesetzt. Der Pfarrer hob eben die Hand, um mit der Aussegnung zu beginnen, als ein Kübelwagen vor der Friedhofsmauer anhielt. Das Tor wurde aufgestoßen, und zwei deutsche Soldaten kamen herein. Pfarrer Hurdal ließ den Arm sinken, und die Köpfe der Trauergäste drehten sich zu den Eindringlingen. Entsetzt hielt Mari die Luft an. Einer der Soldaten war Rittmeister Knopke. Und in seiner Begleitung war Joachim. Mari bekam weiche Knie. Sie sah, wie Ole ihr einen warnenden Blick zuwarf, und senkte die Augen. Verlier jetzt nicht die Fassung, ermahnte sie sich. Keiner darf merken, was er dir bedeutet.

Während Joachim sich sichtlich unwohl in seiner Haut fühlte und verlegen am Eingang stehen blieb, marschierte der Hauptmann schnurstracks auf sie zu, blieb vor Pfarrer Hurdal stehen, grüßte zackig mit dem Hitlergruß und bellte: »Sie wissen ganz genau, dass sie diese Fahne nicht hissen dürfen. Ihr respektloses Verhalten ist mir schon lange ein Dorn im Auge!«

Der Pfarrer schaute den Rittmeister mit einem milden Lächeln an. »Ich beerdige hier gerade eine meiner Anbefohlenen. Seit eh und je hängt bei unseren Begräbnissen unsere Flagge auf Halbmast. Ich wäre dankbar, wenn Sie das respektieren würden.«

Der Hauptmann funkelte ihn wütend an und knurrte: »Mich können Sie mit Ihrem heiligen Getue nicht täuschen. Und glauben Sie ja nicht, dass Ihnen diese Kutte Schutz gewährt.« Rittmeister Knopke drehte sich zu Joachim und rief: »Worauf warten Sie, zum Teufel. Runter mit dem Fetzen!« Ein unwilliges Raunen ging durch die Trauergemeinde.

Mari sah, wie Joachim erbleichte. Er vermied es, irgendjemanden anzusehen, und ging mit gesenktem Kopf zu dem Fahnenmast. Als er begann, die Flagge einzuholen, stimmten vereinzelte Trauergäste die Nationalhymne an, in die rasch die ganze Gemeinde einfiel: »*Ja, vi elsker dette landet* – Ja, wir lieben dieses Land.«

Der Hauptmann brüllte etwas, doch der Gesang verschluckte seine Worte. Wütend schüttelte er die Faust gegen Pfarrer Hurdal und stürmte aus dem Friedhof. Joachim hatte die Fahne mittlerweile heruntergeholt, sorgfältig zusammengelegt und auf die Stufen vor der Kirchentür gelegt. Nun beeilte er sich, dem Rittmeister zu folgen, und kurz darauf raste der Geländewagen davon, während die Trauergemeinde wie auf Absprache nach der ersten Strophe direkt zur fünften wechselte:

»Harte Zeiten haben wir ertragen,
wurden zum letzten Bollwerk;
aber zuversichtlich in der schlimmsten Not
wurde uns die Freiheit geboren.
Es gab für der Väter Kraft zu tragen
Hungersnot und Krieg,
es gab der Tod sich selbst die Ehre –
und es gab Einigung.«

20

Nordfjord, Mai 2010

Um sechs Uhr klingelte der Wecker. Als sich Lisa im Bett umdrehte, um ihn auszustellen, war die Versuchung groß, ihn einfach zu ignorieren und weiterzuschlafen. Obwohl sie am Vorabend noch ein heißes Bad genommen hatte, um die verspannten Muskeln zu lockern, spürte sie jede Faser ihres Körpers. Und dabei sollte sie gleich Amund zur Hand gehen. Die meisten Arbeiten in Stall und Scheune hatte er nach dem Ausfall von Faste und Mikael bislang allein bewältigt, doch an diesem Tag kam der Schmied zum Beschlagen. Amund würde ihm helfen müssen und kaum Zeit für die täglichen Aufgaben haben.

Nein, sie würde sich keine Blöße geben und Amund, der sie offenbar in die Schublade »verweichtliches Stadtgewächs« gesteckt hatte, erneut Anlass zu einem verächtlichen Grinsen geben. Rasch schlüpfte sie in Jeans und Sweatshirt, zog eine Regenjacke über und lief über die Wiese zum Hof. Wieder hingen dunkle Wolken tief über den Bergen, und Sturmböen trieben starke Regenschauer gegen die Hänge.

Zum ersten Mal betrat Lisa den modernen, geräumigen Offenstall. Bei ihrer ersten Führung über den Hof hatte Tekla ihr für die Fotoaufnahmen lediglich den alten Pferdestall gezeigt, in dem sich die Sattelkammer befand und ein Schlitten und eine alte Kutsche standen. Inzwischen wurde er nur noch für die Unterbringung von kranken Tieren verwendet, die einer besonderen Pflege und Beobachtung bedurften. Normalerweise verbrachten die Pferde die meiste Zeit im Freien. Nur bei ausgesprochen garstigem Wetter suchten sie Schutz in dem neuen Stall, der von der Weide her zugänglich war.

Lisa hatte es bislang vorgezogen, die Pferde aus der Ferne zu beobachten. Sie wirkten zwar friedlich auf sie, flößten ihr aber Respekt ein. Von der Größe her reichten sie nicht an Vollblüter heran, waren aber doch um einiges stärker als ein Mensch. Nachdem Lisa die Tür hinter sich geschlossen hatte, sah sie sich suchend um. Sie stand in einem breiten Gang. Rechts davon lag der eigentliche Stall. Lisa hatte immer gedacht, dass Pferde in einzelnen Boxen gehalten wurden. Hier hatte man darauf weitgehend verzichtet. Stattdessen gab es mehrere unterschiedlich große Bereiche. In einigen standen Futterraufen. Diese kleineren Stände konnten verschlossen werden. Alle anderen Areale gingen ineinander über und schienen verschiedenen Bedürfnissen zu dienen. In einem waren Wasserspender an die Wand geschraubt, eines war mit Sand eingestreut, das größte mit Holzhäckseln. Von diesem ging es ins Freie. Lisa konnte einen umzäunten kleinen Auslauf erkennen, dem sich ein Reitplatz anschloss. Dahinter begannen die Weiden.

Die Seite links vom Gang diente als Lagerplatz. In einer Ecke stapelten sich Säcke mit Futter, Strohballen und Heu. Dort entdeckte sie Amund, der einige Eimer aus verschiedenen Kisten und Säcken mit Futter füllte.

Lisa ging zu ihm und sagte: »Hei. Was soll ich tun?«

Sie hatte sich entschlossen, Amund in der gleichen knappen Art zu begegnen, mit der er sie behandelte. Freundliche Floskeln oder Versuche, mit ihm ins Gespräch zu kommen, waren Zeitverschwendung. Amund drehte sich zu ihr und musterte sie. Als er ihre Halbschuhe sah, schüttelte er den Kopf und deutete in eine Ecke, in der mehrere Paare Gummistiefel standen. Lisa unterdrückte den Reflex, sich seiner stummen Aufforderung zu widersetzen. Das wäre albern gewesen. Sich die Schuhe zu ruinieren, nur um Unabhängigkeit zu demonstrieren.

Nachdem Lisa sich passende Gummistiefel angezogen hatte, drückte Amund ihr zwei Futtereimer in die Hand und zeigte auf zwei der kleineren Boxen. Lisa war froh, die Futterraufen von außen befüllen zu können, denn Amund holte zwei Pferde von draußen und führte sie in die Futterstände, wo sie sich sofort über ihre Rationen hermachten.

»Warum werden diese Pferde von den anderen abgesondert?« Die Frage rutschte Lisa ungewollt heraus. Zu ihrer Überraschung bekam sie eine Antwort.

»Baldur bekommt ein besonderes Kraftfutter. Ich trainiere zurzeit viel mit ihm«, sagte Amund und deutete auf den kräftigen Hengst mit sehr hellem Fell und frisch gestutzter Bürstenmähne. »Und Erle hatte einen Infekt und braucht Aufbaupräparate.«

Lisa betrachtete das Pferd genauer. »Sie hat zwei Fohlen, nicht wahr?«, fragte sie.

Amund zog erstaunt die Augenbrauen hoch und nickte. Lisa deutete auf den Haarwirbel auf Erles Stirn. »Ich habe sie kürzlich auf einer der Weiden gesehen und daran wiedererkannt«, erklärte Lisa.

»Wenn sie fertig gefressen hat, muss sie gestriegelt werden«, sagte Amund und hielt Lisa einen Striegel und eine weiche Bürste hin. Lisa starrte ihn entsetzt an.

»Angst, dich zu überarbeiten?«, fragte Amund spöttisch.

Lisa schüttelte empört den Kopf. »Nein, natürlich nicht. Aber ich kenne mich mit Pferden nicht aus. Ich habe Angst, etwas falsch zu machen und Erle aus Versehen wehzutun«, erklärte sie. Ihre sehr viel größere Angst davor, gebissen oder getreten zu werden, erwähnte sie nicht. Vermutlich ahnte er das ohnehin.

Schweigend öffnete Amund die Tür zur Stallgasse, führte die Stute am Halfter hinaus und band sie fest. »Zuerst fährst du mit dem Striegel in kleinen Kreisen über Hals, Brust, Bauch und das Hinterteil, um den groben Schmutz zu lösen«, sagte er und zeigte Lisa, was er meinte. »Die empfindlichen Körperteile, also den Kopf und die Beine, lässt du beim Striegeln aus.« Amund drückte Lisa den Striegel in die Hand. Vorsichtig strich Lisa damit über den Hals der Stute. »Nicht so zaghaft«, sagte Amund. »Du kannst sie richtig schrubben. Das ist wie eine Massage für die Pferde. Wenn du damit fertig bist, kommt die weiche Bürste dran«, fuhr er fort und zeigte Lisa, wie sie damit umgehen sollte. »So, ich glaube, ihr beiden kommt jetzt klar. Ich muss mich um den Schmied kümmern«, verkündete Amund und ging zur Stalltür. Bevor Lisa etwas entgegnen konnte, zeigte er auf einen Zettel, der an die Wand gepinnt war. »Wenn du mit Erle fertig bist, kannst du das da in Angriff nehmen.«

Erle schaute Lisa aufmerksam an. Lisa streckte ihr eine Hand hin, damit sie daran schnuppern konnte. So machte sie das immer bei fremden Hunden. Ob das bei Pferden auch sinnvoll war?

»Also Erle«, sagte Lisa. »Ich werde versuchen, alles richtig zu machen. Bitte beiß mich nicht.«

Die Stute schnaubte und richtete ihre Ohren nach vorn, was Lisa für ein gutes Zeichen hielt. Zumindest wusste sie, dass ängstliche oder aggressive Pferde die Ohren nach hinten anlegten. Auch als Lisa begann, Erle nach Amunds Anweisungen kräftig zu striegeln, blieb die Stute ruhig stehen. Nach einer Weile entspannte sich Lisa. Es machte ihr zunehmend Spaß, durch das weiche Fell zu bürsten und den warmen Körper zu spüren. Bald hatte sie herausgefunden, dass Erle es am liebsten mochte, wenn sie ihr über den Widerrist strich. Dann zuckte sie mit der Oberlippe und verdrehte wohlig den Hals.

Der Zettel, den Amund für sie geschrieben hatte, entpuppte sich als umfangreiche Aufgabenliste, die Lisa in den nächsten Stunden auf Trab hielt. In Lisa regte sich der Verdacht, dass er sie absichtlich mit Arbeit überhäufte, um sie loszuwerden.

»Darauf kannst du lange warten«, murmelte sie halblaut und

nahm sich die Liste vor. Sie fegte und wischte die Stallgasse, sortierte und stapelte neu gekaufte Futtersäcke und füllte die Heuraufen. Schließlich waren alle Arbeiten außerhalb des eigentlichen Stalls getan, und Lisa konnte die Aufgabe, vor der ihr am meisten graute, nicht länger vor sich herschieben. Sei kein Frosch, ermahnte sie sich, strich sich eine Locke aus dem erhitzten Gesicht und betrat den mit Holzhäkseln eingestreuten Ruhebereich, um dort Pferdeäpfel einzusammeln.

Der heftige Regen hatte viele Pferde in den Stall getrieben, wo sie im Stehen dösten, an den Heuraufen fraßen, sich im Sand wälzten oder im Ruhebereich lagen. Lisa war also gezwungen, zwischen den Tieren umherzugehen. Die Verunsicherung, die die unmittelbare Nähe so vieler Pferde in ihr auslöste, fand sie sehr viel unangenehmer als anstrengendes Säckeschleppen. Sie vermied es, so gut es ging, sich den Tieren von hinten zu nähern, und murmelte ständig beruhigende Worte vor sich hin.

Ein leichter Stoß in den Rücken ließ Lisa erstarren. Vorsichtig drehte sie sich um und erwartete, mit einem angriffslustigen Pferd konfrontiert zu sein. Doch es war Erle, die sie freundlich beschnoberte. Neben ihr standen ihre beiden Fohlen. Erleichtert atmete Lisa aus und streichelte die Stute.

»Lisa, bist du hier?«, ertönte Teklas Stimme. Lisa drehte den Kopf zur Stalltür, in der Tekla stand.

Amunds Stimme antwortete von draußen etwas auf Norwegisch, das Lisa dem Sinn nach ungefähr verstand. Offensichtlich war er überzeugt, dass sie vor der vielen Arbeit zurückgeschreckt war und längst das Weite gesucht hatte.

»Danach sieht es hier aber nicht aus«, sagte Tekla. Lisa ging in die Stallgasse, stellte die Schaufel und den Eimer mit den Pferdeäpfeln ab und winkte Tekla zu.

»Ich hab mir schon Sorgen gemacht, weil du nicht zum Frühstück gekommen bist«, sagte Tekla.

Lisa schaute auf ihre Armbanduhr und stellte fest, dass es

schon fast Mittag war. Tekla drehte sich zu Amund um, der ihr in den Stall gefolgt war und sich überrascht umsah.

»Von wegen arbeitsscheu. Wie kommst du überhaupt dazu, Lisa so etwas zu unterstellen?«, fragte Tekla und schaute Amund streng an.

»Lass nur«, sagte Lisa. »Ich bin es schon gewohnt, dass er mich für ein Zuckerpüppchen hält.« Sie wandte sich an Amund. »Die beiden Pferde, die noch gestriegelt werden müssen, nehm ich mir später vor. Jetzt mache ich erst mal Frühstückspause.«

Ohne eine Antwort abzuwarten, verließ Lisa den Stall.

Am nächsten Morgen um sieben Uhr hallten drei Schüsse über den Fjord und verkündeten den Beginn des Feiertages. Das Wetter war besser als in den Tagen zuvor. Es war zwar windig und kühl, regnete aber nicht mehr. Lisa wollte Tekla nach dem Frühstück ins Städtchen begleiten und ihr helfen, das nach dem Familiengottesdienst stattfindende Picknick vorzubereiten.

»So kannst du nicht gehen«, sagte Tekla, als Lisa die Küche im Wohnhaus betrat.

Lisa schaute irritiert an sich hinunter. Sie trug saubere schwarze Jeans und ihren roten Lieblingspullover.

Tekla lächelte. »Das steht dir wunderbar. Aber zur Feier am 17. Mai kleiden wir uns besonders festlich. Die meisten ziehen ihre *bunad* an, die anderen gehen in Abendgarderobe.«

Lisa bemerkte, dass Tekla ein reich besticktes Trachtenkleid mit Schürze trug.

»Oh weh«, sagte sie. »Ich fürchte, ich habe nichts Entsprechendes dabei.«

Bei der Hochzeit auf den Lofoten war es leger zugegangen, da hatte sich niemand an Lisas sportlicher Kleidung gestört.

Tekla legte den Kopf schief. »Ingers Sachen könnten dir passen. Sie ist zwar etwas kleiner als du, aber auch schlank.«

»Meinst du, es ist Inger recht, wenn ich etwas von ihr anziehe?«, fragte Lisa unsicher.

Tekla nickte. »Es würde mich wundern, wenn sie etwas dagegen hätte. Sie ist in der Beziehung sehr unkompliziert.«

Lisa fühlte sich etwas fremd in dem langen Rock aus matt schimmernder dunkelroter Rohseide und dem tief ausgeschnittenen schwarzen Oberteil, das Tekla für sie ausgesucht hatte.

»Sitzt wie angegossen«, rief Tekla begeistert, legte Lisa noch eine Stola um die Schultern und schob sie vor den großen Spiegel, der in der Tür von Ingers Kleiderschrank angebracht war.

Lisa, die nur selten Röcke oder Kleider trug, musterte sich stumm. Es war ihr, als stünde sie einer anderen Person gegenüber, die ihr zugleich vertraut und unbekannt war. Eine interessante Erfahrung.

»Du siehst wunderschön aus«, sagte Tekla.

Lisa musste schlucken. Sie bildete sich immer ein, keinen Wert auf solche Komplimente zu legen. Doch diese herzliche Bemerkung von Tekla berührte sie sehr.

Auf dem Platz vor der Kirche hatten sich bereits ein paar Helfer eingefunden, als Lisa und Tekla dort ankamen. Biertische und Bänke wurden aufgestellt, Getränkekästen, geräumige Kühlboxen und Körbe mit Brötchen herbeigeschleppt, Girlanden mit norwegischen Fähnchen aufgespannt, ein großer Holzkohlegrill wurde angefeuert und eine Bühne aufgebaut. Lisa entdeckte außer dem Pfarrer, der ihr freundlich zunickte, ein weiteres bekanntes Gesicht: Liv, die Artistin, die sie über Mikael kennengelernt hatte. Sie wuchtete gerade einen riesigen Topf auf einen Tisch und türmte Pappteller daneben auf. Lisa ging zu ihr und begrüßte sie.

Liv lächelte erfreut. »Das ist ja eine nette Überraschung«, sagte sie. »Ich dachte, du wärst längst wieder in Deutschland.«

Lisa zuckte die Schultern. »So war's auch mal geplant.«

Liv betrachtete Lisa und sagte: »Schick siehst du aus. Das steht dir super.«

Verlegen lächelte Lisa und deutete auf Livs Tracht, die der von Tekla sehr ähnlich sah. »Das ist eine *bunad*, nicht wahr?« Liv nickte. »Ist das die norwegische Nationaltracht?«, fragte Lisa.

»Ja, aber es gibt ungefähr vierhundert Varianten. Jede Region hat ihre eigenen Muster, Schnitte und Farben. Daran kann man sofort erkennen, woher die Trägerin stammt«, erklärte Liv.

Sie sah sich suchend um. »Ist Mikael nicht mitgekommen? Er wollte mir bei seinem Aufenthalt in Oslo Jonglierkeulen besorgen. Die brauche ich nachher für meinen Auftritt. Eigentlich hatte ich gehofft, dass er sie mir schon viel früher bringen würde.«

»Tut mir leid, aber er ist nicht hier«, antwortete Lisa.

Liv runzelte die Stirn. »Seltsam, er müsste längst zurück sein.«

»Was wollte er denn in Oslo?«, fragte Lisa und sah Liv gespannt an.

»Genau weiß ich das nicht. Er meinte nur, dass er dort etwas Wichtiges zu regeln hätte. Ich nehme an, dass es mit der Galerie zu tun hat.«

Lisa wollte weitere Fragen stellen, doch Liv verabschiedete sich eilig. »Entschuldige, lass uns später reden. Jetzt muss ich schleunigst nach Hause und meine alten Jonglierkeulen holen.«

Lisa half Tekla, die Schüsseln mit *rømmegrøt* aus dem Auto zu holen, die Tekla vorbereitet hatte. Der sämige Brei, der mit Sauerrahm gekocht wurde, war ein beliebtes Feiertagsgericht und wurde mit Zimt und Zucker oder Fruchtsirup gegessen.

Lisa deutete auf einen riesigen Haufen eingeschweißter Würstchen. »Wer soll die denn alle essen?«

Tekla lachte. »Ein Nationalfeiertag ohne massenhaft *pølser* wäre undenkbar. Du wirst schon sehen, die gehen im Nu weg«, sagte sie und horchte auf. »Ah, sie kommen! Lass uns auf die Straße gehen, damit du den Zug noch sehen kannst.«

Lisa lauschte und hörte Blasmusik.

Die beiden Frauen suchten sich einen Platz am Ende der Eidsgata und sahen kurz darauf die Vorhut des Kinderzuges, kräftige Männer, die schwere Fahnen trugen, und die Mitglieder des Festkomitees, vom Hang, an dem die Schulen und das Krankenhaus lagen, auf sich zu marschieren. Ihnen folgten die Kinder, die in ihren Klassenverbänden und Kindergartengruppen unterwegs waren und kleine Fähnchen schwenkten. Selbst gemalte Schilder verkündeten, um welche Klasse es sich jeweils handelte. Zwei Musikkapellen begleiteten die festlich aufgeputzte Schar. Lisa entdeckte sogar zwei Hunde, denen man Schleifchen mit den norwegischen Farben umgebunden hatte. Hinter den Kindern liefen ausgelassene Jugendliche, die rote oder blaue Hosen und Pullis, die mit Bildern und frechen Sprüchen bedruckt waren, und Mützen in den entsprechenden Farben trugen. Sie pfiffen auf Trillerpfeifen oder riefen:

»*Chickelacke, chickelacke, show, show, show!*
Bummelacke, bummelacke, bow, bow, bow!
Chickelacke, bummelacke, jazz bom bøh!
Julekake, julekake, hjembakt brød!«

»Das sind die *russ*«, erklärte Tekla. »Sie haben vor Kurzem Abitur gemacht und die letzten Wochen durchgefeiert. Heute endet ihre *russe*-Zeit. Das ist so eine Art Übergangsritus, der den Eintritt ins Erwachsenenalter markiert.«

»Haben die Farben etwas zu bedeuten?«, fragte Lisa.

»Ja, die *rødruss* kommen vom Gymnasium, die *blåruss* von der Handelsschule«, antwortete Tekla.

Lisa zog ihr Mobiltelefon aus der Tasche, machte ein paar Bilder von dem Umzug und schickte sie an Marco. Sie hatte bereits zwei seiner SMS unbeantwortet gelassen. Höchste Zeit also, mal wieder ein Lebenszeichen abzugeben: *»Schade, dass du jetzt nicht hier bist! Hier ein kleiner Eindruck von Norwegens wichtigstem Feiertag. Ruf dich heut Abend an. Kuss, L.«*

Nach dem Gottesdienst in der überfüllten Kirche strömten die Teilnehmer und Zuschauer des Umzugs zu den Tischen und Bänken. Lisa half Tekla, das *rømmegrøt* in Schälchen zu füllen und Kuchen zu schneiden. Vom Grill wehten verlockende Duftschwaden, und auch der Tisch von Liv, die heiße Wiener Würstchen aus ihrem riesigen Topf fischte, wurde von vielen Hungrigen umlagert. Lisa stellte fest, dass niemand Alkohol trank – auch die Erwachsenen nicht. Es gab nur Linomande – *brus* – oder Kaffee. Sie war beeindruckt von der gelösten, heiteren Stimmung, die über allem lag, und den vielen strahlenden Kindergesichtern.

Am Nachmittag fand der Umzug der Vereine, Pfadfinder und mehrerer Musikkorps statt, dem sich alle, die Lust hatten, anschließen konnten. Mit viel Gesang ging es die Eidsgata entlang Richtung Fluss. Das Ziel war ein großer Platz, an dessen Rand eine Art Amphitheater lag. Hier wurden mehrere Reden zum Geburtstag der Verfassung und anderen patriotischen Themen gehalten, deren Inhalt Lisa nur grob mitbekam. Anschließend traten Liv und ein paar ihrer Kollegen von der Artistenschule auf, und es wurden verschiedene Spiele für die Kinder veranstaltet, die wieder nach Herzenslust Unmengen von Eis und Kuchen essen durften.

»Ich komme mir ein bisschen vor wie auf einem riesigen Kindergeburtstag«, sagte Lisa, die mit Tekla die Darbietungen der Jongleure ansah.

Tekla lachte. »Inoffiziell heißt dieser Feiertag bei uns *barnedag*, also Kindertag.« Tekla deutete auf ein Gebäude am Rand des Platzes. »Du stehst hier übrigens auf historisch interessantem Boden. Das war früher ein Exerzierplatz. Im Zweiten Weltkrieg haben die Deutschen ihre Kaserne darauf errichtet. Dahinten steht noch eine der ehemaligen Baracken. Darin ist jetzt ein Militärmuseum untergebracht.«

Lisa sah sich um und versuchte sich vorzustellen, wie es hier vor siebzig Jahren wohl ausgesehen haben mochte. Ein seltsames Gefühl zu wissen, dass ihr Großvater vielleicht einst an derselben Stelle gestanden hatte wie sie. Ihr fiel auf, dass sie bisher eigentlich kaum über ihn nachgedacht hatte. Was ihn betraf, hatte sie noch viel weniger Hinweise und Anhaltspunkte als bei Mari. Es gelang ihr nicht, ihn aus dem Nebel der Vergangenheit zu befreien und sich ein Bild von ihm zu machen.

»Schau, da ist Amund«, unterbrach Tekla ihre Gedanken und deutete in eine Richtung.

In einiger Entfernung stand der Stallmeister, den Lisa fast nicht erkannt hätte. Auch er trug – wie fast alle ringsherum – eine Tracht: schwarze Kniebundhosen, weißes Hemd, bestickte Weste und dunkelrote Jacke, die ihm sehr gut stand. Als hätte er ihren Blick gespürt, wandte er sich in Lisas Richtung. Auch ihn schien ihr ungewohntes Aussehen zu irritieren, denn er kniff die Augen zusammen und musterte sie. Tekla winkte ihm und gab ihm zu verstehen, dass er zu ihnen kommen sollte, doch Amund ignorierte die Aufforderung und ging in die andere Richtung.

»Was hat der eigentlich für ein Problem?«, fragte Lisa. »Ich habe ständig das Gefühl, dass ich ihm im Weg bin.«

Tekla sah sie ratlos an. »Ja, mir ist auch aufgefallen, dass er dich sehr schroff behandelt. Ich verstehe das nicht.«

Lisa zuckte die Schultern. »Nicht weiter schlimm.«

Tekla runzelte die Stirn. »Na ja, also ich finde es nicht in Ordnung. Ich kann mir das eigentlich nur damit erklären, dass du ihn vielleicht an seine Exfreundin erinnerst und so an alte Wunden rührst. Die Beziehung ist wohl für Amund auf sehr schmerzhafte

Weise auseinandergegangen. Das war, bevor er zu uns kam, also vor fünf Jahren.«

»Sie muss ihn ja wirklich sehr verletzt haben, wenn er nach so langer Zeit nicht darüber hinweg ist«, meinte Lisa.

»Das Schlimmste ist für ihn, dass er seine Tochter nicht sehen kann. So etwas kann man nicht verwinden.«

Lisa sah Tekla betroffen an. »Warum kann er sie denn nicht sehen?«

»Soviel ich weiß, ist die Mutter Amerikanerin. Nach der Trennung von Amund ist sie in die Staaten zurückgegangen und hat jeden Kontakt abgebrochen.«

Auch an diesem Abend ging Lisa zeitig ins Bett – erschöpft von der ungewohnten körperlichen Arbeit in Stall und Garten, die ihr noch in den Knochen steckte, und von den vielen Eindrücken des Feiertages, der gegen zehn Uhr mit dem feierlichen Einholen der Flaggen geendet hatte. Sie schlief sofort ein. Durch ihre Träume liefen singende Kinder, die mit Würstchen jonglierten. Tekla hüllte Lisa in eine große norwegische Fahne und forderte sie auf, die Pose der amerikanischen Freiheitsstatue zu imitieren, damit die Kinder um sie herumtanzen konnten. Plötzlich tauchte Amund in Wehrmachtsuniform auf. Er schaute sie anklagend an und beschuldigte sie, es darauf angelegt zu haben, ihn zu quälen. Eine Gruppe Abiturienten, die am ganzen Körper blau-rot bemalt waren und Baströckchen trugen, begann, rhythmisch mit Holzstücken aufeinanderzuschlagen und ihren Namen zu rufen.

Lisa wachte auf. Das Klopfen und Rufen war immer noch zu hören. Jemand war an der Tür. Benommen schaute sie auf die Uhr. Halb zwölf. Sie hatte gerade einmal eine Stunde geschlafen. Sie stand auf, griff nach dem Morgenmantel, der neben dem Bett über einem Stuhl lag, und ging aus dem kleinen Schlafzimmer in den angrenzenden Wohnraum. Die Tür stand offen, und eine dunkle Gestalt steckte den Kopf herein. Lisa fuhr erschrocken zusammen und nahm sich vor, die Tür in Zukunft abzuschließen. Die norwegische Sitte, zumindest auf dem Land alles in blindem Gottvertrauen offen zu lassen, erschien ihr plötzlich nicht mehr sympathisch, sondern leichtsinnig.

»Lisa, darf ich reinkommen?« Die Stimme kannte sie doch!

»Mikael?«, fragte Lisa überrascht und schaltete das Licht an.

Mikael kam herein und schloss hastig die Tür hinter sich. Lisa erschrak, als sie ihn sah. Er war blass und wirkte so, als hätte er seit Tagen nicht geschlafen.

»Tut mir leid, wenn ich dich erschreckt habe. Aber ich wusste nicht, wohin ich sonst gehen sollte.«

»Woher wusstest du, dass ich noch hier bin?«, fragte Lisa.

»Nora hat mir eine E-Mail geschrieben. Sie war total sauer, dass ich nie ans Telefon gegangen bin und mich einfach verdrückt habe. Dann hat sie mir im Groben mitgeteilt, was auf der Hochzeit passiert ist, dass ihr beiden zur Familie gehört und Tekla hierher begleitet habt«, antwortete Mikael. »Ich hab mich nicht zu den anderen getraut«, fuhr er mit einer vagen Geste Richtung Wohnhaus fort. »Nach allem, was ich angerichtet habe.«

Lisa merkte, dass ihre Wut auf Mikael und sein verantwortungsloses Handeln verraucht war. Er wirkte so verloren und verzweifelt. Sie machte eine einladende Geste zu den beiden Sesseln vor dem Kamin und fragte: »Wann hast du das letzte Mal was gegessen?«

Mikael sah sie überrascht an. »Du wirfst mich nicht raus?«

»Natürlich nicht. Jetzt stärke dich erstmal, danach kannst du mir alles erzählen«, sagte sie und holte Brot, Käse, Äpfel und eine Schachtel Kekse aus der winzigen Küche. »Mehr hab ich leider nicht da.«

»Das reicht vollkommen«, sagte Mikael und machte sich hungrig über die Sachen her.

»Und jetzt würde ich gern wissen, wozu du vier Millionen Kronen geliehen hast«, sagte Lisa, als er den letzten Bissen hinuntergeschluckt hatte.

Mikael atmete tief ein und begann: »Wie du weißt, mach ich mir nicht besonders viel aus Pferden und der Arbeit auf dem Hof. Ich wäre nach dem Abitur viel lieber auf eine Kunstakademie gegangen als auf die Landwirtschaftsschule. Aber mir fehlte es in dem Alter an der nötigen Power, um mich gegen meinen Vater durchzusetzen.« Er verzog das Gesicht und zuckte mit den Schultern. »Egal. Jedenfalls war ich letztes Jahr ein paar Tage in Oslo, wo ich zur Vernissage einer Kunstausstellung eingeladen war. Dort hab ich Bori Eklund kennengelernt, einen Galeristen. Er hat mir erzählt, er sei auf der Suche nach unentdeckten Talenten, und mich ermutigt, ihm Bilder von mir zu zeigen. Ich hab das für das übliche nichtssagende Partygeschwätz gehalten, ihm aber doch ein paar Fotos geschickt. Zu meiner Überraschung meldete er sich kurz darauf und meinte, ich hätte großes Potenzial und er könne sich gut vorstellen, mich auf dem Kunstmarkt zu etablieren. Eine gute Gelegenheit wäre die erste Ausstellung seiner Galerie, die er demnächst in Oslo eröffnen wollte. Im Mittelpunkt würden die Werke eines vielversprechenden jungen Malers stehen, dessen Bilder gerade anfingen, heiß gehandelt zu werden. Der sollte das Zugpferd sein. Jetzt brauchte er nur noch geeignete Räume für die Galerie. Und einen Partner.«

»Diese Rolle solltest du übernehmen. Samt den damit verbundenen Kosten, richtig?«, fragte Lisa.

Mikael nickte. »Genau. Die Mieten in Oslo sind teuer. Und in der Toplage, die Eklund vorschwebte, astronomisch.« Er sah Lisa in die Augen. »Es sah aus wie ein bombensicheres Geschäft«, fuhr er fort. »Ich habe gründlich recherchiert. Die Bilder des jungen Malers erzielen tatsächlich gute Preise, Tendenz steigend. Ich war überzeugt, dass ich den Kredit sehr schnell zurückbezahlen könnte. Niemand hätte gemerkt, dass ich den Hof beliehen hatte.« Mikael hielt inne und massierte sich mit beiden Händen die Stirn.

»Was ist schiefgelaufen?«, fragte Lisa.

»Eklund hat ein geeignetes Objekt gefunden. Wirklich tolle Räume, ich hab sie mir natürlich angesehen. Er wollte sie anmieten und aufwendig umgestalten lassen«, erzählte Mikael weiter. »Zwei Tage vor der Hochzeit auf den Lofoten sollte die große Eröffnung sein. Angeblich hatten sich vorab schon Interessenten einige Werke des jungen Malers reservieren lassen, um sie zu kaufen. Das Geld für die erste Rückzahlungsrate hätte ich auf jeden Fall rechtzeitig bekommen. Ich bin also nach Oslo geflogen, zu der Galerie gegangen – und stand in den gleichen unrenovierten Räumen, die ich vor zwei Monaten besichtigt hatte. Sie waren leer – bis auf eine Ecke, in der meine verpackten Bilder standen, die ich zwei Wochen zuvor per Kurier geschickt hatte.«

Lisa riss die Augen auf. »Mein Gott, das ist ja furchtbar. Lass mich raten, dieser Eklund ist spurlos verschwunden und mit ihm dein Geld.« Mikael nickte. »War er überhaupt Galerist?«, fragte Lisa.

Mikael zuckte die Schultern. »Davon musste ich ausgehen. Er hatte hervorragende Referenzen. Ich habe auch mit einer renommierten Galerie in London gesprochen, wo er einige Jahre angestellt gewesen war. Sie haben ihn nur in den höchsten Tönen gelobt.«

»Und was ist mit dem vielversprechenden Maler, steckte der mit dem Betrüger unter einer Decke?«, wollte Lisa wissen.

»Nein, der kannte Eklund zwar flüchtig, wollte sich aber nicht von ihm vertreten lassen.«

»Was hast du jetzt vor?«, fragte Lisa.

Mikael rieb sich müde die Augen. »Ich hatte gehofft, diesen Dreckskerl in Oslo aufzuspüren. Aber er ist natürlich längst über alle Berge. Aber ich hatte Glück im Unglück. Ein Bekannter, der damals auch auf der Vernissage war, wo ich Eklund kennenlernte, hat ihn vorgestern zufällig am Flughafen gesehen, wo er nach Buenos Aires eincheckte. Ich nehme an, dass der Kerl dort untertauchen und sich mit meinem Geld einen fröhlichen Lenz machen will. Das kann ich nicht zulassen.«

Lisa legte den Kopf schief. »Das versteh ich gut. Aber wie willst du ihn dazu bringen, dir das Geld zurückzugeben?«

Mikael zog einen Aktendeckel aus seiner Reisetasche. »Ich habe selbstverständlich einen Vertrag mit ihm gemacht«, sagte er und reichte Lisa das Dokument. »Ich will einen Anwalt einschalten und rechtliche Schritte gegen Eklund in die Wege leiten. Ich habe auch schon recherchiert, welche Kanzleien in Buenos Aires einen guten Ruf haben. Aber die haben natürlich ihren Preis. Und da liegt momentan mein Hauptproblem.«

Lisa nickte. »Verstehe, du brauchst Geld für den Anwalt ... Deshalb bist du hier.« Mikael senkte verlegen den Blick.

Lisa dachte nach. Mikaels Plan klang vernünftig. Vorausgesetzt, man konnte diesen Eklund finden. »Was ist, wenn Eklund gar nicht mehr in Buenos Aires ist, sondern von dort weitergereist ist? Er könnte überall sein.«

Mikael schüttelte den Kopf. »Ich habe übers Internet sofort einen argentinischen Privatdetektiv gesucht und ihn beauftragt, Eklund nach seiner Landung in Buenos Aires zu beschatten. Ich weiß, dass er noch in der Stadt ist und bislang keine Anstalten macht, sie zu verlassen.« Er runzelte die Stirn und fuhr verlegen fort: »Damit der Detektiv weiter an ihm dranbleibt, muss ich ihn allerdings bezahlen.«

Er sah Lisa in die Augen. »Kannst du mir helfen? Ich weiß, dass das sehr viel verlangt ist. Aber so kann ich meinen Eltern unmöglich unter die Augen treten. Ich muss alles versuchen, um das Geld zurückzubekommen.« Er berührte Lisa leicht am Arm. »Ich wäre dir ewig dankbar, wenn du mir etwas leihen würdest.«

Lisa schaute auf die Uhr. In Argentinien war es jetzt sieben Uhr abends. »Ich möchte sichergehen, dass du wirklich einen guten Anwalt findest. Was hältst du davon, die norwegische Botschaft in Buenos Aires anzurufen und sie zu fragen, wen sie empfehlen können?«

»Sehr gute Idee!«, antwortete Mikael. »Die haben sicher Kanzleien, die sie beauftragen, wenn ein Landsmann juristischen Rat braucht.«

Lisa nickte. »Und sie können uns auch sagen, mit welchen Kosten wir ungefähr zu rechnen haben.« Sie zog ihren Laptop zu sich heran und fuhr ihn hoch. »Ich überweise dir jetzt schon mal was, damit du den Detektiv bezahlen kannst.«

Mikael lächelte Lisa an. »Danke«, sagte er ernst. »Das werde ich dir nie vergessen.«

Lisa erwiderte sein Lächeln. Obwohl sie ungefähr gleich alt waren, wirkte Mikael wie ein jüngerer Bruder auf sie. Lisa gestand sich ein, dass ihr diese Vorstellung gefiel. Als Kind hatte sie sich oft Geschwister gewünscht und sich ausgemalt, wie es wäre, eine jüngere Schwester oder einen jüngeren Bruder zu haben. Es war eine ungewohnte, aber reizvolle Erfahrung, um Rat und Hilfe gebeten zu werden.

21

Nordfjord, Sommer 1941

Enar kam nur schwer über den Tod seiner Mutter hinweg. Nach außen hin hatte er sich kaum verändert. Wie gewohnt ging er seiner Arbeit nach, besuchte sonntags den Gottesdienst, hielt danach ein Schwätzchen mit seinen Bekannten und hörte regelmäßig die *BBC*-Nachrichten, um sich über den Verlauf des Krieges zu informieren. Doch seiner Familie fiel auf, dass er noch wortkarger und verschlossener war als früher. Bei den gemeinsamen Mahlzeiten starrte er oft vor sich hin und war tief in trübe Gedanken versunken. Lisbet vertraute Mari an, dass Enars Schlaf neuerdings unruhig war und er von schweren Träumen geplagt wurde.

Mari tat ihr Vater sehr leid. Auch sie vermisste Großmutter Agna schmerzlich. Dass ihr Tod Enar so zusetzen würde, hätte sie nicht vermutet. Sie hatte das Verhältnis der beiden als freundlich, von seiner Seite aus aber als nicht besonders eng erlebt. Mari wurde wieder einmal klar, wie schwer die Gefühle ihres Vaters zu ergründen waren.

Keinen Zweifel gab es jedoch daran, was er für die Deutschen und alle, die sich mit ihnen einließen, empfand. Als er erfuhr, dass eine norwegische Schutzstaffel, die Norges SS, gegründet und in Oslo am 25. Mai von Heinrich Himmler persönlich als »Teil der germanischen SS« in seinen »schwarzen Orden« aufgenommen wurde, hätte Enar vor Abscheu und Wut beinahe den Radioapparat vom Wandregal gefegt. Denn die vielen frischgebackenen SS-Leute hatten sich freiwillig verpflichtet. Wie konnte man sein Vaterland so verraten?

Und mit den Deutschen wollte Enar nach dem aggressiven

Auftritt von Hauptmann Knopke auf Agnas Beerdigung nichts mehr zu schaffen haben. Joachim gegenüber, der sich bei einem späteren Besuch auf dem Karlssenhof für die Störung der Trauerfeier entschuldigt hatte, hegte er zwar keinen Groll. Dennoch begegnete er ihm seit jenem Zwischenfall deutlich distanzierter und ging ihm wenn möglich aus dem Weg. Maris Hoffnung, ihr Vater würde ihren Liebsten bald nicht mehr als feindlichen Soldaten, sondern nur als Menschen sehen, hatte einen Dämpfer erhalten. Ole dagegen war nach wie vor zuversichtlich, dass es immer noch möglich war, Enar zumindest für diesen einen Deutschen zu erwärmen.

Die Geschwister jäteten an einem frühen Junitag Unkraut auf dem kleinen Kartoffelacker, der hinter dem Gemüsegarten lag, als Mari das Thema anschnitt, das ihr am meisten auf der Seele lag.

»Meinst du, ich werde mich jemals offen zu Joachim bekennen können?«, fragte sie.

Ole richtete sich auf. »Hab Geduld mit Vater«, sagte er. »Ich weiß, wie sehr dir diese Heimlichtuerei zuwider ist. Aber ich bin mir sicher, dass sie irgendwann nicht mehr nötig sein wird.« Er lächelte sie an.

Mari zwang sich, das Lächeln zu erwidern, und beugte sich wieder zu den Pflanzen hinunter. Sie hoffte so sehr, dass Ole mit seinem Optimismus richtiglag.

Wenigstens hat Vater Joachim nicht vom Hof verwiesen, versuchte sie sich zu trösten. Vielleicht müssen wir tatsächlich einfach nur geduldig abwarten. Sie unterdrückte ein Seufzen. Geduldig abwarten gehörte nicht gerade zu ihren Stärken. Und Ole hatte leicht reden. Seine Liebe zu Nilla wurde allseits mit Wohlwollen aufgenommen. Als er sie vor ein paar Wochen nach Hause mitgebracht und verkündet hatte, sie hätten sich verlobt und wollten im September heiraten, hatte das ein selten gewordenes Lächeln auf Enars Gesicht gezaubert.

Maris Befürchtung, Oles Hochzeitspläne würden ihren Vater zu einem erneuten Versuch anregen, auch sie unter die Haube zu bringen, hatte sich dagegen nicht bestätigt. Im Gegenteil, Enar machte keinen Hehl daraus, dass er froh war, wenn Mari ihm auf absehbare Zeit auf dem Hof erhalten blieb. Sie arbeiteten viel zusammen. Seit Finn in Oslo studierte, hatte Mari einige seiner Aufgaben übernommen. Es war aber nicht vorrangig ihre Arbeitskraft, die Enar schätzte. Es schien ihm vielmehr um ihre Gesellschaft zu gehen, auch wenn sie wenig miteinander sprachen.

»Geh nur, ich komme allein zurecht«, meinte Lisbet, als Mari den Kopf in die Wohnstube steckte, wo ihre Mutter gerade die Fenster putzte. Eigentlich sollte Mari Staub wischen, doch Enar hatte nach ihr gerufen, weil er sie im Obstgarten brauchte. »Du tust ihm gut«, stellte Lisbet fest. Mari sah sie fragend an. »Das liegt sicher daran, dass du seiner Mutter sehr ähnlich siehst«, erklärte Lisbet und zeigte auf ein altes Foto, das an der Wand neben einigen anderen hing. Mari ging dichter an das braunstichige Bild heran, das zu Beginn des Jahrhunderts gemacht worden war. Agna war damals Mitte dreißig gewesen. »Du kanntest sie nur als alte Frau«, sagte Lisbet. »Aber früher hatte sie genauso volle, geschwungene Lippen wie du. Und die dunkelblauen Augen hast du auch von ihr.« Mari lächelte. »Und nun lauf«, sagte Lisbet und lächelte ihre Tochter liebevoll an.

»Eigentlich hättest du der Junge werden müssen«, brummte Enar, als Mari geschickt einen angespitzten Zweig in den eingeschnittenen Stamm eines Bäumchens steckte und mit Bast festband. »Dein Bruder Finn stellt sich dabei lange nicht so geschickt an.«

Vater und Tochter pfropften gemeinsam einige junge Apfelbäume, um sie zu veredeln. Enar nahm einen kleinen Metalleimer von einem Feuerchen, das sie in der Nähe entfacht hatten, und strich flüssiges Wachs auf den Bastverband.

»Damit versiegelt man die Schnittflächen und verhindert, dass sie austrocknen«, erklärte er.

Mari nickte und griff in den Korb mit den Edelreisern, während ihr Vater den nächsten Schnitt an dem Baumstamm vornahm. Schweigend arbeiteten sie Hand in Hand. Mari hing ihren Gedanken nach, die sie unweigerlich zu Joachim führten. Sie warf ihrem Vater einen verstohlenen Blick zu. Er wirkte konzentriert und entspannt. In solchen Augenblicken war Mari manchmal kurz davor, alles auf eine Karte zu setzen und ihm von ihrer Liebe zu erzählen. Auch heute war jedoch die warnende Stimme lauter, die sie dazu anhielt, Geduld zu haben. Es war zu früh dafür. Der richtige Zeitpunkt war noch nicht gekommen.

In diesem Jahr freute sich Mari ganz besonders auf die Mittsommernacht. Sie würde wieder einmal von Nillas Angebot Gebrauch machen, ihr, wann immer sie es benötigte, als Alibi zu dienen, damit sie Joachim treffen konnte. Dabei flunkerte Mari dieses Mal nur zur Hälfte. Denn nach dem Rendezvous mit Joachim wollte sie tatsächlich noch zu Nilla gehen, bei ihr übernachten und am nächsten Morgen gemütlich mit ihr frühstücken. Das hatten die beiden Freundinnen schon viel zu lange nicht mehr getan.

Bis zum Sonnenuntergang waren es noch zwei Stunden, doch das Fest war bereits in vollem Gange. Der Tanzboden war voller sich drehender Paare, an den langen Bänken wurde getafelt, Gelächter und Gesang erfüllten die Luft. Es war leicht für Mari, sich unbemerkt von der Festwiese zu stehlen. Auf ihrem Weg zum Fluss sah sie sich immer wieder um, doch sie begegnete keiner Menschenseele. Sie beschleunigte ihre Schritte und flog über die Wiese. Sie konnte es kaum erwarten, den ersten Jahrestag ihrer Liebe mit Joachim zu feiern.

Er wartete bereits unter der Trauerweide, als Mari dort ankam. Doch er hatte keine Decke ausgebreitet und keinen Picknickkorb mitgebracht. Er hat doch nicht frei, schoss es Mari durch den Kopf. Sie versuchte, sich ihre Enttäuschung nicht anmerken zu lassen. Joachim zog sie in seine Arme und küsste sie lange.

»Komm«, sagte er und griff nach ihrer Hand.

»Wohin gehen wir?«, fragte Mari erstaunt. Joachim deutete auf das Gebüsch am Ufer.

Erst jetzt bemerkte Mari das Ruderboot, das darin verborgen lag. Joachim half ihr hinein, folgte ihr und stieß den Kahn mit einem Ruder von der Böschung weg. Mit kraftvollen Schlägen begann er, den Eidselva flussaufwärts zu rudern. Mari lächelte ihn erleichtert an. Sie war so glücklich, dass die nächsten Stunden ganz ihnen gehören würden.

Wie ein grünes Band säumten Wälder und Wiesen die Ufer des breiten Flusses, dessen Bett in weit geschwungenen Mäandern in der flachen Talebene lag. Durch das kristallklare Wasser, in dem viele Fische schwammen, konnte Mari bis auf den Grund sehen. Nach einer Weile steuerte Joachim ein waldiges Uferstück an, wo sie ausstiegen. Er versteckte das Boot im Unterholz und führte sie in den dunklen Wald hinein. Nach zehn Minuten blieb er unvermittelt stehen. Mari sah sich um. Ringsum nur Bäume und Sträucher.

»Wo sind wir hier?«, fragte sie.

Joachim zog ein Tuch aus seiner Tasche. »Lass dich überraschen«, sagte er und verband Mari die Augen. Er nahm sie an der Hand und begleitete sie vorsichtig noch ein paar Schritte weiter, bevor er erneut haltmachte. »Warte einen Augenblick«, bat er.

Mari hörte, wie er sich von ihr entfernte.

»Du darfst jetzt gucken«, rief Joachim kurz darauf.

Mari nahm das Tuch ab und musste blinzeln. Sie stand vor einer kleinen Lichtung, die noch immer im hellen Sonnenlicht lag. In der Mitte stand ein Gerüst aus vier Holzstangen, über die eine Plane gelegt war und so einen guten Schutz vor dem Abendwind bot. Die vorderen Pfosten waren mit Blumengirlanden geschmückt. Auf dem Boden lag eine Decke. Von Joachim keine Spur. Neugierig ging sie zu dem Unterstand. Auf der Decke lag ein großes Herz aus Blütenblättern, in dessen Mitte ein Fragezeichen gestreut war. Mari spürte ihr Herz klopfen. Sie drehte sich um. Hinter ihr kniete Joachim. Er sah sie ernst an. Die Sonne ließ die goldenen Sprengsel in seinen Augen aufleuchten. Er griff nach ihrer Hand und küsste sie.

»Willst du sie für immer in meine legen und mit mir durchs Leben gehen?«, fragte er.

Mari musste schlucken. Sie brachte keinen Ton heraus. Stumm nickte sie.

Joachim stand auf und sagte leise: *»Jeg elsker deg.«* Es war Mari, als würden diese uralten Worte heute zum ersten Mal gesprochen, als hätte Joachim sie als erster Mann auf der Welt verwendet, um seine Liebe zu gestehen. Sie lächelte und antwortete: »Und ich liebe dich.«

»Aber geht das überhaupt?«, fragte Nilla. »Dürfen deutsche Soldaten denn Norwegerinnen heiraten? Und was werden deine Eltern dazu sagen?«

Mari und ihre Freundin saßen spätnachts in Nachthemden in Nillas Zimmer auf ihrem Bett. Die Sonne würde bald wieder aufgehen, doch die beiden jungen Frauen waren viel zu aufgedreht, um an Schlaf auch nur zu denken. Nachdem Mari von Joachims Heiratsantrag erzählt hatte, stellte Nilla die beiden Fragen, die sich auch Mari Stunden vorher aufgedrängt hatten.

Mari schaute Nilla mit einem traurigen Lächeln an. »Um mit der zweiten Frage zu beginnen: Du kennst doch meinen Vater. Er wird niemals seine Einwilligung geben. Und meine Mutter wird dagegen nicht viel ausrichten können. Das wäre vielleicht Großmutter gelungen.«

Nilla drückte Maris Hand. »Du darfst die Hoffnung nicht aufgeben.«

Mari zuckte die Schultern. »Und es ist wohl in der Wehrmacht nicht ganz einfach, die Erlaubnis für so eine Eheschließung zu erhalten. Aber Joachim hat einen sehr netten Vorgesetzten.«

Nilla zog überrascht die Augenbrauen hoch. »Wie bitte? Ich dachte, dieser Rittmeister Knopke ist ein unangenehmer Fiesling.«

Mari schüttelte den Kopf. »Zum Glück ist der Rittmeister nicht Joachims Vorgesetzter. Er muss ihn nur häufig als Dolmetscher und Pferdebegutachter begleiten. Nein, ich meine Oberst Helmstedt«, erklärte sie. »Joachim hat ihm erzählt, dass er mich heiraten will. Der Oberst hat versprochen, sich für ihn einzusetzen, und ist wohl zuversichtlich, dass wir bald Hochzeit feiern können. Jetzt müssen wir aber erst noch alle möglichen Papiere, Urkunden und Bescheinigungen beschaffen und vorlegen.«

Nilla lächelte Mari an. »Ich freue mich so für dich und …« Sie unterbrach sich und stieß hervor. »Mir kommt gerade eine wundervolle Idee. Was hältst du von einer Doppelhochzeit im September?«, fragte sie und wartete gespannt auf Maris Reaktion.

»Das wäre herrlich«, antwortete Mari und strahlte. Vor ihrem inneren Auge erschien die mit Blumen geschmückte Kirche, bis auf den letzten Platz gefüllt. Zu fröhlicher Musik schritten die beiden Paare hintereinander durch den Mittelgang zum Altar, wo Pfarrer Hurdal sie mit gütigem Lächeln erwartete. Hunderte Augenpaare lagen auf Nilla und Ole, Mari und Joachim. Alle trugen festliche *bunader*. Nur Joachim hatte seine Uniform an.

Jäh verdunkelte sich das heitere Bild. Mari ließ die Schultern hängen. »Ich glaube nicht, dass das eine gute Idee wäre«, sagte sie. »Es wird kaum jemanden geben, der die Verbindung von Joachim und mir gutheißt. Ich möchte nicht, dass eure Hochzeit davon überschattet wird.«

Nilla schaute Mari kämpferisch an. »Ich lasse mir doch von solchen Idioten nicht den Tag verderben. Und Ole gibt ohnehin nichts auf die Meinung von kleinherzigen Spießbürgern.«

Mari musste lächeln bei dem Gedanken, wie Ole mit spöttischen Bemerkungen auf feindselige Anspielungen reagieren und sich hinterher köstlich über die bigotten Heuchler amüsieren würde.

»Das ist sehr lieb von dir«, sagte sie. »Aber ich fürchte, für mich wird es keine Hochzeitsfeier mit Familie und Freunden geben. Das ginge nur, wenn mein Vater mit Joachim als Schwiegersohn einverstanden ist. Und dazu wäre schon ein Wunder nötig.«

Nilla sah Mari nachdenklich an. »Hm, ich weiß nicht. Glaubst du nicht, dass er seine Meinung ändert, wenn er sieht, wie glücklich du mit Joachim bist? Er will doch, dass es dir gut geht.«

Mari schloss für einen Moment die Augen. »Ich wünsche mir nichts mehr als das. Ich fände es furchtbar, wenn er mir seinen Segen verweigern würde.«

Nilla drückte Maris Arm. »Ich kann mir nicht vorstellen, dass er so weit gehen würde. Dazu liebt er dich viel zu sehr.«

Ende Juli wurde Mari klar, dass sie auf den richtigen Zeitpunkt, ihrem Vater von ihrer Liebe und ihren Hochzeitsplänen zu erzählen, nicht würde warten können – sofern er überhaupt jemals eintreten sollte. Es musste in der Mittsommernacht passiert sein. In den innigen Stunden nach Joachims Heiratsantrag in ihrer blumengeschmückten Liebeslaube. Seitdem waren Maris Monatsblutungen ausgeblieben. Sie hatte sich zunächst nichts dabei gedacht, da sie einen unregelmäßigen Zyklus hatte. Doch mittlerweile war sie fast vier Wochen über der Zeit.

»Bist du dir sicher?«, fragte Nilla und sah Mari besorgt an.

Die beiden Freundinnen saßen in der Abendsonne auf einer Bank an der Uferpromenade von Nordfjordeid. Ein leichter Wind trieb das Wasser in kleinen Wellen auf sie zu. Ein paar Fischerboote steuerten den Hafen an, gefolgt von Möwen, die auf Fischabfälle hofften. Mari sollte frischen Fisch einkaufen und hatte bei der Gelegenheit Nilla zu einem Spaziergang abgeholt.

Mari hob die Schultern. »Ganz sicher bin ich nicht.«

Nilla errötete und fragte: »Was tut ihr denn, um zu verhüten?«

Mari wurde ebenfalls rot und senkte die Stimme. »Joachim verwendet ... äh, du weißt schon ...« Nilla nickte. »Vielleicht ist beim letzten Mal etwas schiefgegangen«, fügte Mari hinzu.

»Das kann schon passieren«, bestätigte Nilla.

»Jedenfalls war ich noch nie so lange überfällig«, fuhr Mari fort.

»Ist dir denn übel?«, fragte Nilla.

Mari schüttelte den Kopf. »Nein, zum Glück nicht. Aber das heißt nichts. Meine Mutter hat mir mal erzählt, dass sie ihre Schwangerschaften kaum bemerkt und nie unter Übelkeit gelitten hat.«

»Hast du es Joachim schon gesagt?«, wollte Nilla wissen.

»Nein, ich will erst ganz sicher sein. Und außerdem ...« Mari stockte und schaute zu Boden. »Sollte ich es überhaupt bekommen? Es gibt doch Möglichkeiten ...«, murmelte sie leise.

Nilla unterdrückte einen Aufschrei und schaute Mari erschrocken an. »Du willst doch nicht etwa …? Mach dich nicht unglücklich! Das ist verboten!«

Mari schlug die Hände vors Gesicht und schluchzte auf. »Was soll ich denn tun? Ist es nicht besser, das Kind kommt gar nicht erst auf die Welt? Was hat es denn zu erwarten? Einen Großvater, der es hassen wird, nur weil Joachim ein Deutscher ist. Und Vater wird nicht der Einzige sein, der es als unwillkommenes *tyskebarn* verachten wird.«

Nilla berührte Mari an der Schulter. »Ich kenne dich. Du würdest es nie verwinden, wenn du dem Kind etwas antust. Warum vertraust du dich nicht deiner Mutter an? Ich bin sicher, sie würde Rat wissen und dich keinesfalls im Stich lassen.«

Mari ließ die Schultern hängen. »Das weiß ich. Und glaub mir, ich würde sie nur zu gern einweihen. Aber dann hätte sie Vater gegenüber ein Geheimnis – und das kann und will ich ihr nicht zumuten.«

Nilla wiegte skeptisch den Kopf. »Entschuldige, wenn ich das so direkt sage. Aber sehr viel Zeit bleibt dir nicht, bis es kein Geheimnis mehr ist«, meinte sie mit einem Blick auf Maris Bauch.

Mari krümmte sich unwillkürlich zusammen und stöhnte auf. »Lieber versündige ich mich und ende in der Hölle, als dasselbe durchzumachen wie Berit.«

Mit Schaudern dachte sie an das Schicksal ihrer ehemaligen Klassenkameradin, die vor einem Jahr von Goruns Hochzeitsfeier gejagt worden war. Vor ein paar Monaten war unübersehbar gewesen, dass ihre Liebschaft mit dem deutschen Soldaten Folgen hatte. Schließlich hatte sie ihre Heimatstadt hochschwanger verlassen.

Es wurde gemunkelt, dass Berit zur Entbindung in eines der Lebensborn-Heime gegangen war, die die Deutschen in Norwegen eingerichtet hatten. Dort konnten Norwegerinnen, die sich mit Wehrmachtssoldaten eingelassen hatten, wie die Freundinnen wussten, ihre Kinder bekommen. Als Angehörige einer »hochwertigen Rasse« galten sie als willkommene Mütter arischen Nachwuchses. Wenn sie ihre Kinder nicht behalten wollten oder konnten, wurden diese im Deutschen Reich an Eltern mit unerfülltem Kinderwunsch zur Adoption übergeben.

Auch Berit hatte sich wohl zu diesem Schritt entschieden, denn vor ein paar Wochen war sie ohne Kind wieder zu Hause aufgetaucht. Ihre Eltern hatten die Schande nicht ertragen und waren mit ihr aus Nordfjordeid fortgezogen – irgendwohin, wo man sie und das Schicksal ihrer gefallenen Tochter nicht kannte.

Nilla legte einen Arm um Mari und drückte sie. »Bei Berit war es etwas anderes. Sie war von ihrem Soldaten sitzen gelassen worden. Das würde Joachim nie tun«, sagte sie.

Der überzeugte Ton in Nillas Stimme tröstete Mari ein bisschen. »Du hast recht«, sagte sie. »Ich darf jetzt nicht den Kopf verlieren.«

Nilla drückte sie noch einmal. »Sprich mit Joachim. Gemeinsam werdet ihr eine Lösung finden.«

Mari lächelte Nilla dankbar an und stand auf. »Kommst du noch mit zum Hafen?«, fragte sie.

Nilla nickte. »Fisch hatten wir zu Hause schon länger nicht mehr. Mutter wird sich freuen, wenn ich welchen mitbringe.«

Noch auf dem Rückweg vom Hafen hinterließ Mari an diesem Abend in der alten Birke eine Nachricht für Joachim, in der sie ihn dringend um ein Treffen bat. Sie wusste, dass er im Moment wenig Gelegenheiten hatte, die Kaserne zu verlassen und sie zu sehen. Der kürzlich begonnene Russlandfeldzug der Wehrmacht führte dazu, dass viele der in Norwegen stationierten jungen Soldaten auf ihre Verlegung nach Osten vorbereitet wurden. Auch Teile von Joachims Einheit wurden mit zusätzlichem Schießtraining und anderen Übungen auf ihren Fronteinsatz vorbereitet. Joachim hatte zwar noch keinen Versetzungsbescheid erhalten, musste aber als Ausbilder Grundkenntnisse der Pferdemedizin vermitteln.

Mari musste nicht lange auf Joachims Antwort warten, in der er ihr am übernächsten Nachmittag ein kurzes Treffen bei den Bienenstöcken vorschlug. Offenbar war Mari ihm mit ihrer Bitte zuvorgekommen, denn auch er wollte sie unbedingt wenigstens kurz sehen, weil er Neuigkeiten hatte.

»Ich werde Vater?« Joachim schaute Mari fassungslos an.

Mari schluckte. So hatte sie sich seine Reaktion auf die Neuigkeit nicht vorgestellt. Sie hatte mit Jubel oder gerührter Freude gerechnet. Kraftlos ließ sie sich auf die Bank im Unterstand neben den Bienenstöcken sinken. Joachim setzte sich neben sie und griff nach ihrer Hand.

»Entschuldige, Liebes, du darfst nicht denken, dass ich mich nicht freue. Ganz im Gegenteil, es gibt nichts, was mich glücklicher machen könnte.«

Mari schaute ihm in die Augen und wusste, dass er die Wahrheit sagte.

»Aber?«, fragte sie. »Was bedrückt dich? Hat es etwas mit dem zu tun, weswegen du mich sehen wolltest?«

Joachim nickte und holte tief Luft. »Ich werde nicht mehr sehr lange hier sein«, sagte er. »Im Herbst werde ich auch nach Russland geschickt.«

Mari erstarrte. Langsam sickerte die Tragweite seiner Worte in ihr Bewusstsein. »Du musst fort aus Norwegen? In den Krieg? Um Gottes willen, was, wenn du verletzt wirst? Oder getötet?«

Joachim nahm Maris Hände und zog sie an seine Brust. »Es ist höchst unwahrscheinlich, dass ich an die Front muss. Als Veterinär werde ich beim Versorgungstross in der Etappe sein und muss nicht kämpfen«, versuchte er Mari zu beruhigen.

Maris Augen füllten sich mit Tränen. »In Todesgefahr wirst du trotzdem sein«, schluchzte sie. »Und so weit weg!«

Joachim streichelte ihre Wangen. »Bitte, nicht weinen, Mari. Ich verschwinde doch nicht aus deinem Leben. Natürlich würde ich viel lieber hier bei dir bleiben. Gerade jetzt«, sagte er und streichelte zärtlich ihren Bauch. »Aber ich hoffe, dass der Spuk bald vorbei ist. Viele glauben, dass der Feldzug noch vor dem Winter erfolgreich beendet werden kann.«

Mari sah ihn an. Am liebsten hätte sie sich an Joachim geklammert und ihn nie wieder losgelassen. Sie senkte den Kopf und rang um Fassung. Joachim hob ihr Kinn an und küsste sie auf beide Augen.

»Mach dir nicht so viele düstere Gedanken«, bat er. »Ich werde alles tun, um dich glücklich zu machen.«

»Jetzt hat sich dieser Größenwahnsinnige endgültig übernommen«, sagte Enar mit finsterer Genugtuung in der Stimme und deutete auf den Radioapparat auf dem Küchenregal. In den *BBC*-Nachrichten war gerade berichtet worden, dass die Deutschen nach der siegreichen Kesselschlacht bei Smolensk Anfang August nicht weiter nach Moskau vorrückten, sondern in die Ukraine. Mari, die Kartoffeln mit Quark für das Abendbrot zubereitete, sah ihren Vater fragend an. Schon bei den ersten Radiomeldungen über den Einmarsch der Deutschen in die Sowjetunion am 22. Juni hatte er die Hoffnung geäußert, dass ein Zweifrontenkrieg den ungebremsten Vormarsch der Deutschen endlich beenden würde. Danach sah es allerdings nicht aus. Die Rote Armee musste eine Niederlage nach der anderen einstecken und wurde immer weiter zurückgedrängt.

»Warum glaubst du das?«, fragte Mari, als Enar keine Anstalten machte, seine Behauptung zu begründen.

Enar stand von der Eckbank auf und ging zur Tür. »Warte

einen Augenblick, ich zeige es dir.« Kurz darauf kehrte er mit einem Atlas zurück, legte ihn auf den Tisch und schlug eine Russlandkarte auf. Er deutete auf einen Punkt. »Hier liegt Smolensk. Es ist nicht allzu weit von Moskau entfernt. Wenn Hitler seine Truppen weiter dorthin marschieren lassen würde, könnten sie die Stadt wahrscheinlich noch vor dem Wintereinbruch einnehmen.«

Mari sah ihren Vater ratlos an. »Warum tut er das nicht?«, fragte sie.

Enar runzelte die Stirn. »Gute Frage. Vielleicht geht es ihm um die Ölvorkommen in der Ukraine. So eine Armee braucht ja Unmengen an Treibstoff für all die Panzer, Flugzeuge und Lastwagen. Jedenfalls wird durch diese Entscheidung die Front in die Länge gezogen«, erklärte Enar und zeigte auf das Gebiet der Ukraine, das sich weit entfernt von Moskau befand. »So laufen die Deutschen Gefahr, vom Nachschub abgeschnitten zu werden. Außerdem geben sie den Russen die Gelegenheit, ihre Verteidigungsstellungen bei Moskau auszubauen und Verstärkung dorthin zu schicken.«

»An dir ist ja ein richtiger Stratege verloren gegangen.«

Enar und Mari drehten sich zur Tür. Dort stand Ole, der seinem Vater anerkennend zunickte. Er trat an den Tisch und warf einen Blick auf die Karte.

»Ja, an diesem Bissen werden sie sich ordentlich den Magen verderben«, sagte er. »Wie kann man sich nur einbilden, dieses riesige Land in ein paar Monaten erobern zu können? Daran ist schon Napoleon gescheitert«, fügte er kopfschüttelnd hinzu.

Enar brummte: »Das ist das Gute an solchen Verrückten, sie lernen nichts aus den Fehlern anderer und sind für sinnvolle Ratschläge taub. Daran wird Hitler zugrunde gehen.«

Ole sah seinen Vater nachdenklich an. »Das ist sicher richtig. Das Dumme ist nur, dass er nicht allein untergehen wird.«

Enar knurrte etwas, das klang wie »Das hätten sie sich überlegen sollen, bevor sie ihn gewählt haben«, und verließ die Küche.

Mari lief es kalt den Rücken hinunter. In diesen schrecklichen Krieg musste Joachim nun auch bald ziehen. Seine Hoffnung, er würde noch vor dem Winter aufhören, schien auf einmal mehr als utopisch. Mari hatte sich daran geklammert, um den Gedanken an die Trennung ertragen zu können. Sie fühlte Panik in sich aufsteigen. Würde Joachim überleben? Oder würde er einer der unzähligen Gefallenen sein, die auf den Schlachtfeldern zurückblieben und irgendwo Tausende Kilometer von ihrer Heimat entfernt begraben wurden? Warum durfte es sein, dass so ein Verbrecher wie dieser Hitler Tausende junger Männer in sinnlose Schlachten schicken konnte? Sie fing Oles Blick auf, der sie teilnahmsvoll ansah.

Er versuchte ein schiefes Grinsen und sagte: »Etwas Positives hat das Ganze: Vater kommt endlich wieder aus seinem Schneckenhaus hervorgekrochen.«

Tatsächlich hob die Aussicht auf eine Wende des Kriegsglücks der Deutschen Enars Stimmung sichtlich. »Ihr werdet schon sehen«, knurrte er und wischte alle Einwände beiseite. »Jetzt mögen sie noch siegessicher auftrumpfen, aber das wird ihnen bald vergehen. Spätestens, wenn der russische Winter kommt.«

Mari war einerseits froh, dass ihr Vater sich nicht mehr so in seine Trauer verschloss und wieder mehr aus sich herausging. Andererseits zeigten ihr seine Kommentare über die Deutschen jedes Mal aufs Neue, wie groß sein Abscheu gegen sie war.

Zwei Tage später sammelte Mari frühmorgens im Hühnerstall die Eier ein, als sie ein lautes Klingeln hörte. Neugierig steckte sie den Kopf aus der Tür. Auch ihr Vater und Ole, die gerade zwei Pferde vor den großen Leiterwagen spannten, um das gemähte Heu einzufahren, kamen aus der Scheune. Vor dem Wohnhaus stand Joachim mit seinem Fahrrad. Er musste sehr schnell gefahren sein, denn er war außer Atem und erhitzt.

Enars Gesicht verfinsterte sich. Joachim entdeckte Vater und Sohn und ging zu ihnen. Mari schloss die Tür zum Hühnerstall und folgte ihm.

»Gestern Abend kam die Order«, sagte Joachim gerade, als Mari die drei Männer erreicht hatte. »Da sich kaum jemand an das Verbot hält und fast alle den britischen Rundfunk hören, sollen nun die Radiogeräte eingesammelt und beschlagnahmt werden. In einer Stunde rücken ein paar Einheiten aus, um mit der Aktion zu beginnen.«

Enar starrte Joachim misstrauisch an. »Warum sollten ausgerechnet Sie uns warnen?«

Joachim schaute Enar gerade in die Augen. »Erstens halte ich nichts von dem Verbot. Jeder sollte Zugang zu allen Informationsquellen haben und sich selber ein Bild von den Dingen machen können. Und zweitens fühle ich mich diesem Hof sehr verbunden.«

Mari sah, wie es in ihrem Vater arbeitete. Joachims schlichte Erklärung schien ihn wider Willen zu beeindrucken.

Ole nickte Joachim zu. »Vielen Dank.« Er wandte sich an Mari. »In der Gerätekammer steht noch das alte Radio, das voriges Jahr seinen Geist aufgegeben hat. Holst du es bitte? Ich verstecke derweil unser Küchenradio.« Ole grinste Joachim zu. »Wir wollen ja schließlich nicht, dass die Einsammler bei uns mit leeren Händen abziehen müssen.« Joachim erwiderte das Grinsen.

Ole wurde ernst. »Aber jetzt solltest du schleunigst zurückfahren. Du bist ohnehin schon ein großes Risiko für uns eingegangen, indem du dich unerlaubt von der Kaserne entfernt und uns gewarnt hast.«

Enar gab sich einen Ruck und brummte etwas, das man als Dankeschön verstehen konnte. Ole zwinkerte Mari verstohlen zu. Joachim hob grüßend die Hand und kehrte zu seinem Fahrrad zurück.

Mari sah ihm nach und entdeckte ihre Mutter, die in der Zwischenzeit aus dem Haus gekommen war und zu ihnen hinüberschaute. Obwohl sie unmöglich etwas von dem Gespräch gehört haben konnte, machte sie einen beunruhigten Eindruck. Aber nicht wegen des unvermuteten Auftauchens von Joachim. Sie hatte auch keine Augen für Ole, der eben die Stufen zum Haus hinaufsprang, oder für ihren Mann, der die angeschirrten Pferde aus der Scheune führte. Sie suchte Maris Blick. Mari fühlte, wie ihr heiß wurde. Rasch drehte sie sich um und eilte zur Scheune, wo die Gerätekammer untergebracht war.

Der ausgemusterte Radioapparat stand ganz oben auf einem Regal. Mari schob einen Hocker davor, um an ihn heranzukommen. Als sie ihn eben herunterheben wollte, ließ sie eine Bewegung, die sie aus den Augenwinkeln wahrnahm, erschrocken zusammenzucken. Sie schwankte und hätte fast das Gleichgewicht verloren.

»Entschuldige, ich wollte dich nicht erschrecken«, hörte sie ihre Mutter sagen.

Mari drehte sich langsam um und stieg von dem Hocker. Lisbet stand in der Tür und sah sie ernst an.

»Du liebst ihn sehr, nicht wahr?« Es war mehr eine Feststellung als eine Frage. Mari schluckte und nickte kaum wahrnehmbar mit dem Kopf.

Ihre Mutter seufzte. »Ich habe schon vermutet, dass du dich verliebt hast. Aber ausgerechnet in einen Deutschen …« Sie schüttelte den Kopf. Mari straffte sich, reckte das Kinn und setzte zu einer Entgegnung an. Lisbet hob die Hand. »Versteh mich nicht falsch. Ich finde Joachim sehr sympathisch und kann gut verstehen, dass du dich in ihn verliebt hast. Aber du musst auch verstehen, dass ich mir Sorgen mache.«

Mari ließ die Schultern hängen. »Natürlich verstehe ich das«, sagte sie leise. »Ich habe versucht, dagegen anzukämpfen. Schon um Vaters Gefühle nicht zu verletzen. Aber ich habe noch nie so stark für jemanden empfunden.« Mari sah ihrer Mutter in die Augen. »Ich kann ohne ihn nicht leben.«

Lisbet nickte. »Ich weiß. Ich kenne doch mein *veslepus*«, sagte sie mit einem Lächeln.

Mari atmete erleichtert aus. Sie fühlte sich wie von einer schweren Last befreit. Es tat so gut, zumindest ihrer Mutter gegenüber offen zu ihren Gefühlen stehen zu dürfen. Und endlich keine Geheimnisse mehr vor ihr zu haben.

»Warum hast du mir denn nichts erzählt?«, fragte Lisbet mit leichtem Vorwurf in der Stimme. »Ich habe schon lange bemerkt, dass dich etwas quält. Hast du denn kein Vertrauen mehr zu mir?«

Mari schüttelte heftig den Kopf. »Aber nein, das darfst du nicht denken! Ich wollte nicht, dass du Vater gegenüber etwas verschweigen musst. Deshalb habe ich dir nichts gesagt. Dabei hätte ich deinen Rat oft so dringend gebraucht.«

Lisbet nickte und legte ihre Hand auf Maris Bauch. Mari sah sie erschrocken an. Wie konnte sie das wissen? Lisbet lächelte. »Wie ich schon sagte. Ich kenne dich.« Sie sah Mari prüfend an. »Meint er es ernst mit dir?«

Mari nickte. »Er hat mir in der Mittsommernacht einen Heiratsantrag gemacht und ...« Zu ihrer eigenen Überraschung wurde sie plötzlich von einem Weinkrampf geschüttelt. Stockend stieß sie hervor: »Was soll ich bloß machen? Vater wird Joachim nie als Schwiegersohn annehmen. Und ich habe solche Angst um Joachim. Er muss nach Russland in den Krieg. Wenn ihm etwas zustößt ... Das überlebe ich nicht!«

»Sch, sch«, machte Lisbet und nahm ihre Tochter in die Arme. Sie wiegte sie ein wenig hin und her, so wie früher, wenn Mari als Kind Kummer gehabt hatte. Mari schloss die Augen und überließ sich der tröstlichen Wärme ihrer Mutter.

»Im Grunde ändert sich doch nicht viel«, sagte Ole. »Du wirst weiterhin hier leben. Und Vater wird Joachim kaum zu Gesicht bekommen, wenn der erst einmal in Russland ist.«

Mari schaute ihren Bruder zweifelnd an. Die Geschwister saßen mit Nilla und Lisbet neben dem Wohnhaus um den Tisch im Schatten des Apfelbaumes. Enar war an diesem Sonntag nach dem Gottesdienst zu einer Versammlung der lokalen Pferdezüchtervereinigung gegangen – eine willkommene Gelegenheit für die vier, Pläne zu schmieden. Obwohl die Augustsonne noch heiß vom Himmel brannte, lag schon etwas Herbstliches in der Luft, und die ersten Blätter verfärbten sich an den Laubbäumen. Lisbet hatte einen Kuchen gebacken und echten Kaffee gekocht, den Mari bei ihrem letzten Treffen von Joachim geschenkt bekommen hatte.

»Für dich ist es natürlich schrecklich, dass Joachim so weit weg sein wird und in so großer Gefahr schwebt«, fuhr Ole fort. »Aber so kann sich Vater sicher besser an die neue Situation gewöhnen. Denn wenn Joachim in Norwegen bleiben würde, müsstest du das Land verlassen.«

Nilla sah Ole überrascht an. »Wieso das denn? Das ist doch Unsinn.«

Mari schüttelte den Kopf. »Nein, Ole hat recht. Die Ehefrauen der Wehrmachtssoldaten dürfen nicht in dem Land leben, wo ihre Männer stationiert sind.«

»Und wie soll es weitergehen, wenn der Krieg vorbei ist?«, fragte Nilla. »Lange wird er wohl nicht mehr dauern, oder? Die Deutschen scheinen ja unbesiegbar zu sein«, fügte sie hinzu.

Ole hob zweifelnd die Schultern. »Da wäre ich mir nicht so sicher, denn …«, begann er.

Mari fiel ihm ins Wort. »Egal, ob kurz oder lang, für mich zählt allein, dass Joachim unversehrt aus Russland zurückkehrt. Und dass Vater unser Kind in die Familie aufnimmt.«

Lisbet nickte. »Du hast recht. Das ist wirklich das Wichtigste.«

»Wann hat Joachim denn das nächste Mal frei?«, wollte Ole wissen.

»Er ist bis Anfang September unterwegs, weil er einen Pferdetransport in den Norden begleiten muss«, sagte Mari. »Ende nächster Woche ist er wieder zurück und kann mich ziemlich sicher am Samstagnachmittag treffen.«

Ole nickte. »Gut. Lasst uns Nägel mit Köpfen machen: Joachim soll gleich am Samstag hierherkommen. Ich habe mir überlegt, dass Nilla und ich dabei sein sollten, wenn er Vater um Maris Hand bittet. Als Schützenhilfe sozusagen. Was haltet ihr davon?«, fragte er in die Runde.

Lisbet wiegte nachdenklich den Kopf. »Das ist wirklich keine schlechte Idee. Wenn Enar sieht, wie gut ihr vier euch versteht, kann er vielleicht leichter über seinen Schatten springen«, sagte sie nach kurzem Schweigen. »Und nachdem Joachim ihm gerade erst bewiesen hat, dass er kein blinder Befehlsempfänger ist und einiges riskiert hat, um uns zu warnen, bin ich eigentlich sehr zuversichtlich, dass Enar euch seinen Segen gibt«, fuhr sie an Mari gewandt fort.

22

Nordfjord, Mai 2010

Als Lisa am Morgen nach dem Nationalfeiertag aufwachte, war sie allein in ihrer Hütte. Einen Augenblick glaubte sie, sie habe Mikaels nächtlichen Besuch nur geträumt. Doch auf dem Klappsofa, das sie ihm zum Schlafen hergerichtet hatte, fand sie einen Zettel:

Liebe Lisa,

nochmals vielen Dank für Deine Hilfe und Dein Vertrauen. Ich habe beschlossen, nach Argentinien zu fliegen. Ich halte es einfach nicht aus, hier untätig herumzusitzen. Ich melde mich, sobald ich Neuigkeiten habe. Grüße alle von mir und sage ihnen bitte, wie leid mir das Ganze tut.

Bis bald, Mikael

Lisa runzelte die Stirn. Wie konnte er ihr für ihr Vertrauen danken und es gleichzeitig missbrauchen? Sich heimlich davonschleichen, ohne sich mit ihr abzusprechen? Er machte es sich schon sehr einfach. Sie fand es nicht in Ordnung, dass er sich erneut aus dem Staub machte und es ihr überließ, seiner Familie zu erklären, warum er ihrer aller Existenz aufs Spiel gesetzt hatte. Hätte sie ihn noch in der Nacht zwingen sollen, zumindest Tekla persönlich gegenüberzutreten? Nein, warum auch. Sie hatte ja nicht ahnen können, dass er abhauen würde. Jetzt war es zu spät. Es hatte keinen Sinn, sich unnötige Gedanken zu machen.

Tekla hatte Amund und Lisa vorgeschlagen, sich jeden Morgen kurz bei einer Tasse Kaffee in der Küche des Wohnhauses zusammenzusetzen, gemeinsam den Tag zu planen und anfallende Aufgaben zu verteilen. Diese Gelegenheit nutzte Lisa, um Tekla und Amund über Mikaels Stippvisite zu informieren. Amund lauschte ihren Ausführungen mit verschlossener Miene, Tekla schüttelte immer wieder fassungslos den Kopf.

»Und deshalb will er jetzt nach Argentinien fliegen, um diesen betrügerischen Galeristen aufzuspüren und ihm das Geld wieder abzuknöpfen«, schloss Lisa ihren Bericht.

Amund runzelte die Stirn. Tekla hielt sich erschrocken die Hand vor den Mund. »Das ist doch viel zu gefährlich«, stieß sie hervor. »Dieser Galerist scheint ja völlig skrupellos zu sein. Wer weiß, wozu er noch in der Lage ist.«

Lisa bemühte sich um einen zuversichtlichen Ton. »Mikael hat versprochen, vorsichtig zu sein und nichts Unüberlegtes zu tun«, sagte sie.

Amund schnaubte und murmelte etwas Unverständliches vor sich hin. Laut fragte er: »Woher hat er überhaupt das Geld für den Flug?«

Lisa sah ihn direkt an. »Von mir.«

Amund zog die Augenbrauen hoch. »Darf man erfahren, was der Grund für diese Großzügigkeit ist?«

»Das kann *ich* euch sagen«, sagte eine brüchige Stimme, bevor Lisa antworten konnte. In der Küchentür stand der alte Finn. Er stützte sich schwer auf seinen Stock. Seit Lisa ihn das letzte Mal gesehen hatte, war er noch grauer und eingefallener geworden. Der Zusammenbruch seines Sohnes hat ihm sicher sehr zugesetzt, schoss es Lisa durch den Kopf. Das aufkeimende Mitleid verflüchtigte sich, als sie den zornigen Blick sah, mit dem der alte Mann sie bedachte. Er zeigte mit ausgestrecktem Arm auf sie und sagte: »Sie will Mikael aus dem Weg haben, um sich seinen Anteil am Hof unter den Nagel reißen zu können.«

Lisa brauchte einen Moment, um den Sinn seiner Worte zu erfassen. Sprachlos starrte sie ihn an. Wenn Finn nicht so böse geschaut hätte, wäre sie in Gelächter ausgebrochen. Wie konnte man auf so eine absurde Idee kommen?

Tekla stand auf und ging zu ihrem Vater. »Wie oft soll ich es noch sagen? Lisa gehört zu uns. Hör endlich auf, ihr ständig schlechte Absichten zu unterstellen«, sagte sie fest.

Finn kniff die Augen zusammen. »Ihr werdet schon sehen, wen ihr euch da ins Haus geholt habt. Der Apfel fällt nicht weit vom Stamm«, knurrte er, drehte sich brüsk um und verschwand.

Tekla wandte sich an Lisa. »Es tut mir leid. Ich hatte gehofft, dass er seinen unerklärlichen Groll gegen dich mittlerweile überwunden hat.«

Lisa nickte und lächelte schief. »Irgendwie kann ich ihn ja verstehen«, sagte sie. »Vermutlich kommt es ihm so vor, als sei seine Schwester nach all den Jahrzehnten plötzlich wieder aufgetaucht. Ich weiß zwar nicht, was zwischen den beiden vorgefallen ist, aber es muss ihn tief verletzt haben. Sonst wäre er nicht so unversöhnlich.«

Tekla drückte Lisas Arm. »Ich bin froh, dass du es so siehst. Trotzdem hoffe ich, er kapiert endlich, dass du nichts für das kannst, was früher einmal geschehen ist.«

Amund hatte Finns Auftritt schweigend beobachtet. Jetzt stand er auf und ging zur Tür. Als sich seine Augen mit Lisas trafen, nickte er ihr mit einem winzigen Lächeln zu. Oder hatte sie sich das nur eingebildet? Erstaunt sah sie ihm nach.

»Wenigstens einer scheint langsam aufzutauen«, meinte Tekla, die den Blickwechsel bemerkt hatte.

Lisa spürte ein Kribbeln im Bauch. Also doch keine Einbildung. Beschwingt verließ sie die Küche, um ihre heutigen Aufgaben in Angriff zu nehmen.

Am Nachmittag riss die Wolkendecke auf. Lisa nutzte den

Sonnenschein, um die ersten Fotos vom Karlssenhof für die geplante Homepage und die Werbeprospekte zu schießen. Nachdem sie die Stallungen, Scheune und Wohnhaus abgelichtet hatte, machte sie sich auf den Weg zu den Holzhütten. Dabei kam sie am Reitplatz vorbei, auf dem Amund mit seinem Hengst Baldur an der Longe trainierte. Spontan begann sie – verborgen hinter einem dicht belaubten Busch – die beiden zu fotografieren. Wieder war sie beeindruckt, wie einfühlsam und ruhig Amund mit dem Pferd umging. Die beiden wirkten wie ein gut eingespieltes Team. Lisa ertappte sich dabei, wie sie auf Amunds Gesicht zoomte. Es war konzentriert und gelöst. Lisa hatte den Eindruck, zum ersten Mal den wahren Amund zu sehen – unverstellt von seiner üblichen Abwehrhaltung.

Amund beendete das Training und führte Baldur am Halfter zum Ausgang des Reitplatzes, wo er ihn auf die angrenzende Weide entließ. Lisa beeilte sich, ihre Kamera im Futteral zu verstauen und ihre Deckung zu verlassen. Grüßend hob sie die Hand, als Amund ihr entgegenkam.

»Entschuldige, hast du eine Minute?«, fragte sie. Amund nickte und blieb stehen. »Ich glaube, es wäre gut, ein paar Bilder von reitenden Kindern für unseren Internetauftritt zu haben«, sagte Lisa. »Außerdem würde ich gern die Pferde porträtieren, die du für den Reitunterricht und die Ausritte aussuchst. Dann können sich die Leute ein genaueres Bild machen.«

Amund dachte kurz nach. »Wegen der Kinder fragen wir am besten oben beim Pferdezentrum nach. Zum Beispiel bei den Mädchen, die neulich bei der Hengstkörung die Quadrille geritten sind.«

Lisa nickte. »Ja, die waren großartig. Das ist eine gute Idee.«

Amund runzelte die Stirn. »Über die Pferdeauswahl habe ich noch gar nicht nachgedacht«, gab er zu. »Ich sag dir Bescheid, wenn ich mich entschieden habe.« Er nickte Lisa zu und ging Richtung Stall.

»Klingt ganz so, als würdest du Herrn Grantig langsam, aber sicher zähmen«, stellte Susanne fest.

Lisa kicherte. Sie saß auf ihrer kleinen Veranda, die Beine auf das Geländer gelegt, und telefonierte mit ihrer Freundin, der sie gerade die ersten Bilder vom Karlssenhof gemailt hatte. Bevor sie weitere Einzelheiten besprachen, die Susanne für die Gestaltung der Homepage benötigte, brachte Lisa sie auf den neuesten Stand. »Ja, Amund scheint sich allmählich an meine Gegenwart zu gewöhnen«, sagte Lisa. »Ich wünschte nur, dass ich das auch von Teklas Vater Finn behaupten könnte.«

»Das ist ja wirklich ein seltsamer Kauz«, sagte Susanne. »Dass sein Enkel Mist gebaut hat, scheint ihn viel weniger zu jucken als die Tatsache, dass du seiner Schwester so ähnlich siehst.«

»Na ja, viele ältere Menschen leben mehr in der Vergangenheit als im Heute«, sagte Lisa. »Ich werde ihm einfach aus dem Weg gehen.«

»Ich glaube, jetzt ist eine gute Gelegenheit«, sagte Amund am nächsten Tag.

Lisa sah ihn fragend an. Gerade hatten sie gemeinsam ausgemistet, frische Streu im Ruhebereich des Stalls verteilt und die Heuraufen aufgefüllt – eine Aufgabe, die Lisa besonders gern übernahm, da sie den Duft von Heu liebte. Überhaupt gab es hier so viele neue Gerüche, die sie faszinierten. Die herbe Note der salzhaltigen Luft, das gefettete Leder der Sättel, die Pferde selbst. Lisa hatte das Gefühl, nicht nur mit den Augen eine neue Welt zu entdecken, sondern vor allem mit ihrer Nase.

Bis zum Abend, an dem sie ein paar Mädchen vom Pferdezentrum erwarteten, die bereit waren, als Reiterinnen Modell zu stehen, waren es noch einige Stunden. Lisa wollte sie nutzen, um ihr tägliches Pensum an norwegischen Vokabeln zu lernen.

Und um Marco endlich die längst überfällige E-Mail zu schicken, die sie ihm schon vor Tagen versprochen hatte. Zurzeit war es wie verhext, wenn sie miteinander telefonieren wollten. Entweder Marco befand sich gerade in einem Termin, wenn Lisa ihn anrief. Oder er erreichte nur ihre Mailbox, weil sie beschäftigt war. Am Vormittag hatte er es wieder einmal versucht und ihr aufs Band gesprochen, dass sie ihm fehlte. Und sie daran erinnert, dass sie ihm schreiben wollte.

Zwei Tage vorher hatten sie spätabends miteinander telefoniert. Lisa war so müde gewesen, dass sie fast eingeschlafen wäre. Marco hatte das zwar mit einem Scherz kommentiert, doch seine Enttäuschung war unüberhörbar gewesen. Lisa hatte sich unter Druck gesetzt gefühlt, gleichzeitig ein schlechtes Gewissen gehabt und sich mit der Ankündigung einer ausführlichen E-Mail fürs Erste aus der Affäre gezogen.

»Wofür ist die Gelegenheit gut?«, fragte Lisa.

»Für deine erste Reitstunde«, antwortete Amund. Lisa schluckte. Er machte doch hoffentlich Scherze? »Du versuchst es am besten mit Erle«, fuhr Amund fort. »Ihr versteht euch gut, und sie ist sehr geduldig und ausgeglichen. Komm, ich zeige dir, wie man sattelt.«

Lisa räusperte sich. »Ich weiß nicht, ich bin noch nie geritten. Ist es nicht ein wenig zu spät, um damit anzufangen?«, fragte sie.

Amund schüttelte den Kopf. »Aber nein, dazu ist es nie zu spät. Außerdem sollte man reiten können, wenn man schon auf einem Gestüt arbeitet, findest du nicht?« Lisa verzog das Gesicht und setzte zu einer Erwiderung an. »Es wird dir gefallen«, sagte Amund mit einer Bestimmtheit, die sie verstummen ließ.

Zehn Minuten später stand Lisa auf dem Reitplatz neben Erle und stellte nach Amunds Anweisungen die Steigbügel auf die richtige Länge ein, indem sie die Riemen von den Fingerspitzen bis zur Achselhöhle am Arm entlanglegte. Da die Stute still wie eine Statue stand, hatte sie keine Probleme, sich anschließend in den Sattel zu schwingen.

Amund, der Erle festhielt, schaute zu Lisa hoch und sagte: »Jetzt musst du den richtigen Sitz finden.« Er deutete auf die Wölbung vorne am Sattel. »Greif mit beiden Händen in den Vorderzwiesel, und zieh dich tief in den Sattel. Und jetzt gerade aufrichten, das Gewicht gleichmäßig auf beide Gesäßknochen verteilen und die Füße in die Steigbügel stützen mit den Fersen nach unten.«

Lisa begrüßte es sehr, dass Amund ihr den ersten Unterricht an der Longe erteilte und sie sich nicht auch noch um die Handhabung der Zügel kümmern musste. Sie hatte vollauf damit zu tun, die Balance zu halten, ohne sich dabei zu verspannen. Und nicht nach unten zu schauen, sondern den Blick zwischen den Ohren des Pferdes hindurchzurichten. Während Erle im Schritt ihre Runden an dem Longierseil um Amund herum drehte, musste Lisa verschiedene Gleichgewichtsübungen machen. Amund wies sie an, ihre Arme kreisen zu lassen, sich mit dem Oberkörper aus der Hüfte heraus zu drehen oder ein Bein aus dem Bügel zu nehmen und es angewinkelt nach oben zu ziehen.

Lisa hatte sich eine Reitstunde anders vorgestellt, hatte erwartet, zu erfahren, wie man dem Pferd Befehle vermittelte und es dazu brachte, die Gangart zu wechseln oder die Richtung zu ändern. Sie kam sich lächerlich vor, wie sie da auf Erles Rücken gymnastische Verrenkungen machte. Unwillkürlich verkrampfte sie sich und klammerte sich am Sattel fest, um nicht das Gleichgewicht zu verlieren.

»Ganz locker bleiben«, kam es prompt von Amund. Sie warf ihm einen entnervten Blick zu und erwartete, eine verächtliche Miene zu sehen. Doch Amund beobachtete nur konzentriert die Bewegungen von Erle und ihrer Reiterin. »Nur wenn du dein Gleichgewicht findest, kann das Pferd unter dir seine Balance finden und seine natürlichen Gangarten ausführen. Um vertrauensvoll und harmonisch miteinander arbeiten zu können, müsst ihr beide loslassen«, erklärte er. »Je mehr du dich verspannst, desto mehr verspannt sich Erle.«

Lisa nickte. Das leuchtete ihr ein. Sie richtete sich auf, bemühte sich, die Schultern locker fallen zu lassen, und spürte den Bewegungen des Pferdes nach. Nach ein paar Runden hatte sie nicht mehr das Gefühl, wie ein Fremdkörper auf der Stute zu sitzen, und begann, das Reiten zu genießen.

Als Amund sie nach einer halben Stunde absitzen ließ, verflog dieses Hochgefühl im Nu. Lisas Beine fühlten sich an, als wären sie mit Pudding gefüllt, und ihr Hintern schmerzte von dem ungewohnten Sitzen im Sattel. Amund nahm Erle den Sattel ab. Lisa bemerkte, wie er sie aus den Augenwinkeln musterte, und bemühte sich um ein unbefangenes Lächeln. Das Grübchen auf seiner linken Wange erschien.

»Da muss jeder durch, der zum ersten Mal auf ein Pferd steigt«, sagte er. »Dafür muss man sich nicht schämen.«

Lisa streichelte verlegen Erles Hals. Amund entging aber auch gar nichts. Es war seltsam, so durchschaut zu werden. Lisa konnte nicht sagen, ob es ihr eher angenehm oder unheimlich war.

Um abzulenken, sagte sie: »Es kommt mir so vor, als hätte Reiten viel mit Meditation zu tun.«

Amund zog überrascht die Augenbrauen hoch und sah Lisa in die Augen. »Das ist genau der Punkt«, sagte er nach einer kurzen Pause. »Es geht um Loslassen, also um körperliche, geistige und emotionale Entspannung. Sie ist das Fundament einer guten Beziehung zwischen Reiter und Pferd, weil nur so optimales Lernen möglich ist.«

Lisa lächelte. »Also nichts für ungeduldige Menschen. Denn die wahre Herausforderung beim Entspannen ist ja, dass es nie als Ziel angegangen werden darf.«

Amund nickte. »Ganz genau. Wenn man Ziele hat, richtet man sich aus und hält fest. Es geht darum, sich auf den Moment einzulassen, zu sich zu kommen und eins mit dem Pferd zu werden. Erst dann wechselt der Fokus auf die Aufgaben, die man reiten will.«

Der restliche Mai verlief ruhig. Schnell hatte sich ein Rhythmus eingespielt, der die Tage gliederte. Vormittags übernahm Lisa Arbeiten in Stall und Garten, half Tekla bei größeren Einkäufen und beim Herrichten der noch unvermieteten Ferienhütten. Finn hatte offenbar den gleichen Beschluss wie Lisa gefasst und vermied es, ihr zu begegnen. Tekla war zuversichtlich, dass sich ihr Vater mit der Zeit an das neue Familienmitglied gewöhnen würde, und bat Lisa um Geduld.

Nachmittags gab Amund ihr Reitunterricht. Wenn schönes Wetter war, lieh sich Lisa für ein paar Stunden Teklas Wagen und klapperte die Gegend nach alten Bauernhöfen ab, die sie für ihren geplanten Bildband fotografierte. Sie hatte bei einem Verlag für Reiseliteratur vorgefühlt und war mit ihrem Vorhaben auf großes Interesse gestoßen. Es erfüllte Lisa mit Zufriedenheit, dass sie auf den Gehöften immer seltener aufs Englische zurückgreifen musste, um mit den Bewohnern ins Gespräch zu kommen. Fast alle reagierten besonders freundlich und aufgeschlossen, wenn Lisa sich und ihr Anliegen auf Norwegisch vorstellte.

Das spornte ihren Lerneifer noch mehr an. Abends las sie alte Kinderbücher, die Tekla ihr herausgesucht hatte, und hörte viel Radio, um ein besseres Gefühl für diese melodische Sprache zu bekommen. Wenn es das Wetter zuließ, setzte sie sich vor dem Schlafengehen gern noch eine Weile auf ihre Veranda. Dort ließ sie die Eindrücke des Tages Revue passieren, vertiefte sich in die Stille, sog den Duft der Wiesenblumen in sich ein und streichelte Torolf, der ab und zu bei ihr vorbeischaute und sich zu ihren Füßen niederließ.

Schon lange hatte Lisa nicht mehr nach einem mehr oder weniger festgelegten Ablauf gelebt. Im Grunde seit dem Ende ihres Studiums. So sehr sie die Unvorhersehbarkeit und Spontaneität ihres Reiselebens in den letzten Jahren genossen hatte, sie vermisste sie nicht. Sie hatte immer von sich geglaubt, sich beengt und rasch gelangweilt zu fühlen, wenn sie sesshaft würde. Das war auch ein Grund, warum sie sich mit Marcos Zukunftsplänen so schwertat.

Die tiefe Zufriedenheit, die sie hier auf dem Karlssenhof empfand, wenn sie nach einem arbeitsreichen Tag ins Bett sank, gepaart mit der Freude auf den nächsten Morgen, warf eine Frage auf, die Lisa am liebsten überhört hätte: Welche Rolle spielte Marco in ihrem Leben?

Seit sie sich kannten, hatten sie sich oft viele Wochen lang nicht gesehen. Doch dieses Mal war es anders. Lisa gestand sich ein, dass sie seit einigen Tagen vor sich nur behauptete, Marco zu vermissen, weil sie es von sich erwartete. Wenn sie ehrlich war, dachte sie nur selten an ihn. Früher hatte es sie manchmal gekränkt, wenn er am Telefon kurz angebunden war, weil er mitten in einem Projekt steckte. Jetzt war sie sogar froh, dass er so viel zu tun hatte. Er betonte zwar regelmäßig, wie glücklich er über ihre Rückkehr sein würde, doch manchmal beschlich Lisa der Verdacht, dass er sie vor allem als berufliche Unterstützung herbeisehnte. Sei nicht ungerecht, schalt sie sich. Nur weil du ein schlechtes Gewissen hast, heißt das noch lange nicht, dass Marco es nicht ernst mit der Beziehung meint.

Amunds Prophezeiung, Lisa würde Gefallen am Reiten finden, erfüllte sich ohne Abstriche. Dank seiner klaren Anweisungen und Erles Geduld lernte Lisa schnell. Ihr war der Gedanke, dass es nicht darum ging, das Pferd zu zwingen, sondern darum, dass Erle verstand, was sie von ihr wollte, sehr sympathisch. Sie hatte noch nie viel davon gehalten, anderen Wesen – egal ob Mensch oder Tier – ihren Willen aufzudrängen. Nach und nach ergründete sie die Geheimnisse der verschiedenen »Hilfen« und lernte, durch die Verlagerung des Gewichts, Schenkeldruck und Zügelführung mit Erle zu kommunizieren. Auch fiel es ihr zunehmend leichter, entspannt und unverkrampft auf ihrem Rücken zu sitzen.

Amund hatte Erle längst von der Longe gelassen und gab Lisa in der Mitte des Reitplatzes stehend seine Befehle und Kommentare. Soweit sie es beurteilen konnte, war er mit ihren Fortschritten zufrieden. Er lobte sie zwar nie, traute ihr aber immer neue Aufgaben zu – was sie als positives Zeichen wertete. Den ersten Galopp, vor dem sie sich ein wenig gefürchtet hatte, erlebte Lisa wie eine Offenbarung. Auch wenn er nur kurz dauerte und Erle kein sehr schnelles Pferd war, fand Lisa es berauschend, die Kraft und Energie der Stute zu spüren und sich als Teil der rhythmischen Bewegung zu fühlen.

»Es ist an der Zeit, dass du dir eine richtige Ausrüstung zulegst«, sagte Amund nach dieser Reitstunde. Bislang hatte sie Ingers Reithelm benutzt und ansonsten Jeans und Gummistiefel getragen. Auf dem Weg zur Sattelkammer liefen sie Tekla über den Weg, die gerade aus dem Gemüsegarten kam.

»Wir fahren kurz in den Ort«, sagte Amund zu ihr. »Lisa braucht Reitersachen.« Er wandte sich an Lisa. »Abfahrt in zehn Minuten?«, fragte er und deutete auf einige Fahrräder, die an die Scheunenwand gelehnt waren.

Lisa nickte. Amund verschwand Richtung alter Stall, wo er in einer kleinen Wohnung lebte, die einst als Altenteil im ersten Stock ausgebaut worden war.

Tekla nickte Lisa zu und meinte: »Alle Achtung, du scheinst dich als Reiterin ja sehr gut zu machen.« Lisa sah sie fragend an. »Wenn Amund findet, dass du eine eigene Ausrüstung brauchst, ist das ein sehr großes Lob. Er hat hohe Ansprüche an Reiter. Es ist nicht einfach, ihnen zu genügen.«

Lisa sah verlegen zur Seite, verabschiedete sich hastig und eilte zu ihrer Hütte, um sich umzuziehen.

In dem Sportgeschäft, zu dem Amund mit Lisa geradelt war, probierte sie zunächst Reitstiefel und Helme an. Die Verkäuferin und Amund wechselten fachkundige Kommentare, von denen Lisa nur die Hälfte verstand. Sie konzentrierte sich darauf, in welchen Sachen sie sich am wohlsten fühlte, und überließ sich ansonsten der Erfahrung ihrer Berater.

»Jetzt fehlt nur noch die Hose«, sagte die Verkäuferin lächelnd und führte Lisa in die entsprechende Abteilung. Auch hier stapelte sich eine verwirrende Auswahl unterschiedlicher Modelle.

Amund sah sich kurz um, griff zielsicher nach einer Hose und reichte sie Lisa. »Probier die mal, die müsste gut passen.«

Lisa verschwand in einer Umkleidekabine und schlüpfte in die Hose. Sie lag eng an, bot aber dank des elastischen Stoffes viel Bewegungsspielraum. Sie trat aus der Kabine.

Die Verkäuferin musterte sie kurz und sagte anerkennend zu Amund: »Du hast einen guten Blick. Sitzt wie angegossen.«

Lisa stellte sich vor den Spiegel. Die Verkäuferin hatte recht. Die Hose passte ihr wirklich genau. Als sie ihren Blick hob, sah sie, wie Amund seine Augen über ihre Figur wandern ließ. Rasch sah sie wieder weg. In ihrem Nacken spürte sie ein Kribbeln.

Als Lisa zwei Stunden später mit den Einkäufen in ihre Hütte zurückkehrte, fand sie eine E-Mail von Susanne vor, die ihr einen ersten Entwurf für die Homepage und die Werbeprospekte geschickt hatte. Lisa schnappte sich ihren Laptop und eilte damit zum Wohnhaus. Wie sie vermutet hatte, fand sie Tekla in der Küche, wo sie das Abendbrot zubereitete.

»Warte, lass uns Amund dazuholen«, schlug Tekla vor, als Lisa ihr die Entwürfe zeigen wollte. Sie griff nach dem schnurlosen Telefon, das sie ständig bei sich trug, seit ihr Bruder im Krankenhaus lag. Inger hielt ihre Schwägerin ständig auf dem Laufenden über seinen Zustand, der sich nur sehr langsam besserte.

»Was haltet ihr davon?«, fragte Lisa. Sie schaute von Tekla zu Amund, gespannt auf ihre Meinung zu Susannes Gestaltungskonzept und den Fotos.

Tekla nahm die Lesebrille ab und sah über den Laptop hinweg zu Lisa, die ihr und Amund am Küchentisch gegenübersaß. »Ich bin beeindruckt«, sagte sie. »Deine Freundin versteht ihr Handwerk wirklich hervorragend. Sie ist so stilsicher. Es gefällt mir, wie klar und übersichtlich alles gestaltet ist. Sehr professionell, nicht wahr, Amund?«

Amund machte eine vage Kopfbewegung. Hatte er Tekla zugehört? Er wirkte abwesend und tief in Gedanken versunken.

»Wenn ihr Änderungswünsche habt, braucht ihr das nur zu sagen. Das ist ja erst ein Entwurf«, sagte Lisa.

Tekla schüttelte den Kopf. »Mir gefällt es so sehr gut.« Da Amund keine Anstalten machte, sich zu äußern, berührte Tekla ihn leicht am Arm und fragte: »Was meinst du?«

Amund sah sie irritiert an, räusperte sich und antwortete: »Äh, nein, ich meinte, ja. Es ist gut so.«

Lisa war enttäuscht. Ein bisschen mehr Begeisterung hätte er schon zeigen dürfen. Was erwartest du?, schalt sie sich. Du weißt doch, dass Amund keine großen Worte macht. Er findet es gut, das muss reichen.

»Also kann ich Susanne grünes Licht geben? Dann können wir bald online gehen«, sagte Lisa.

Tekla nickte und lächelte Lisa zu. »Ich muss zugeben, anfangs hatte ich keine großen Hoffnungen, dass man mit so einer Homepage viel erreichen kann«, sagte sie. »Ich bin halt etwas altmodisch. Aber wenn ich mir das hier ansehe, kann ich es mir schon viel besser vorstellen.«

Lisa war froh, dass Tekla wieder zuversichtlicher in die Zukunft sah. Sie selbst war skeptischer. Sicher, zusätzliche Feriengäste und Reitschüler würden die Einnahmen des Hofes steigern. Um die nächste Rate von Mikaels Schulden bezahlen zu können, würden sie kaum ausreichen. Doch was konnten sie tun, um noch mehr Geld zu verdienen? Lisa nahm sich vor, sobald wie möglich mit Nora darüber zu sprechen, spätestens, wenn diese im Juni wieder hierherkommen würde.

Mit dem Monatswechsel endete die beschauliche Ruhe auf dem Karlssenhof. Das jährlich in Nordfjordeid stattfindende zweitägige Altnordische Kulturfestival lockte viele auswärtige Besucher ins Städtchen, von denen einige die Gelegenheit nutzten, um ein paar Urlaubstage auf dem Gestüt zu verbringen. Nora hatte in Oslo offensichtlich erfolgreich die Werbetrommel gerührt, denn die meisten Gäste kamen aus der Hauptstadt.

Bei dem Festival wurde die Wikingerzeit wiederbelebt. Lisa nutzte am ersten Tag die Mittagspause, um durch den Ort zu schlendern. Sie fühlte sich an einen Mittelaltermarkt erinnert, als sie die Buden und Stände sah, an denen altertümlich kostümierte »Wikinger« traditionelle Speisen anboten, alte Handwerkstechniken demonstrierten und auf historischen Instrumenten musizierten.

Lange schaute sie einer Gruppe von Bootsbauern zu, die eines der typischen schlanken Drachenboote nachbauten. Dabei verwendeten sie keine Sägen, sondern nur Äxte, Beile, Handbohrer, Hobel und andere Werkzeuge, deren Namen Lisa nicht kannte. Zunächst wurden Baumstämme gespalten und so lange halbiert, bis man viele dünne und dennoch stabile Bretter von gleicher Länge mit keilförmigem Querschnitt hatte. Das

Schiff wurde von außen nach innen gebaut, also zuerst die Wände, in die dann die Planken eingezogen wurden. Außenhaut und Spanten wurden mit Holznägeln und festgezurrtem Tauwerk verbunden.

»Das verleiht dem Schiffskörper eine besondere Elastizität«, sagte eine vertraute Stimme neben Lisa. Sie war so auf die Bootsbauer konzentriert gewesen, dass sie Amunds Auftauchen nicht bemerkt hatte. »Morgen findet eine Ruderregatta mit Wikingerschiffen und traditionellen westnorwegischen Ruderbooten statt«, fuhr er fort. »Die solltest du dir nicht entgehen lassen.«

Lisa lächelte. »Danke für den Tipp«, sagte sie und drehte sich wieder zu den Handwerkern, die eben mit dem Abdichten der Ritzen zwischen den Planken begannen. Dazu verwendeten sie Wolle, die mit flüssigem Teer bestrichen wurde. »Faszinierend«, sagte sie. »Ich habe so etwas noch nie gesehen.« Amund antwortete nicht.

Nach einem kurzen Schweigen fragte er: »Hast du Lust, auf den Spuren der echten Wikinger zu wandeln? Hier in der Gegend gibt es einige ihrer Grabhügel und Runensteine.« Lisa sah ihn überrascht an. »Besser gesagt, zu reiten«, fuhr Amund fort. »Wie wäre es mit einem kleinen Ausritt heute Abend?«

Lisas Augen weiteten sich. »Ich ... äh, ist das nicht ein wenig zu früh?«, stotterte sie.

In Amunds Augen blitzte es amüsiert auf. »Ich glaube, Erle ist es langsam leid, immer nur auf dem Reitplatz herumzutraben. Ein bisschen Abwechslung würde sie sicher sehr begrüßen.« Er nickte Lisa zu, sagte: »Also dann, bis später«, und ging davon.

Lisa starrte ihm verblüfft nach. In die Aufregung über ihren bevorstehenden ersten Ausritt mischte sich leichte Empörung über Amunds bevormundendes Verhalten. Er schien immer so sicher zu sein, was er anderen zutrauen konnte. Und dass sie sich seinen Vorstellungen und Wünschen beugten. Lisa spielte kurz mit dem Gedanken, ihm einen Korb zu geben, wusste aber im gleichen Moment, dass sie viel zu neugierig auf diesen Ausflug war. Es war die erste »private« Verabredung mit Amund. Zu ihrer Überraschung spürte sie ein Flattern in der Magengegend.

Nach der abendlichen Stallarbeit sattelten Amund und Lisa ihre Pferde Baldur und Erle. In flottem Trab ging es zunächst auf der Uferstraße zur Brücke, die über den Eidselva führte. Von dort umrundeten sie den Ort in einem weiten Bogen auf halber Höhe der Berghänge und gelangten schließlich oberhalb des Skulevegen, den Lisa von ihrem ersten Spaziergang her kannte, zu einer kleinen Wiese, die von einem großen runden Grasbuckel dominiert wurde. Lisa genoss es, den leichten Wind in ihren Haaren zu spüren und die Welt aus einer neuen Perspektive zu betrachten. Wie so oft schweiften ihre Gedanken zu Mari. Ob ihre Großmutter wohl auch einmal hierher geritten war? Hatte sie sich für die Geschichte ihrer Gegend interessiert?

»So, da wären wir«, sagte Amund.

Sie saßen ab und banden Baldur und Erle an einem Baum fest.

»Wo sind wir?«, fragte Lisa.

»Auf dem Myklebust«, antwortete Amund. »Hier stand einmal ein Gehöft, das im frühen Mittelalter ein Machtzentrum in der Region war.« Er deutete auf den Hügel. »Hier hat man Überreste einer Brandbestattung gefunden, die vor über tausend Jahren stattgefunden hat. Es muss wohl ein hochgestellter Mann gewesen sein, vielleicht sogar ein König.«

»Woran erkennt man das?«, fragte Lisa.

»Er wurde in einem großen Schiff liegend begraben. Und es gab viele kostbare Grabbeigaben.«

Amund breitete seine Jacke auf dem Grashügel aus und

machte eine einladende Geste. Sie setzten sich und versanken schweigend in den Anblick des unter ihnen glitzernden Fjords und seiner bewaldeten Uferberge.

»Schon als Kind haben mich diese alten Grabstätten fasziniert«, sagte Amund nach einer Weile. »Auf Vågsøy, einer Insel an der Küste nicht weit von hier, wo ich aufgewachsen bin, gibt es mehrere Grabhügel. Da bin ich oft hingeradelt und träumte mich in die Welt der großen Krieger, die nach einem aufregenden Abenteuerleben in einer Schlacht gefallen waren – nicht ohne zahlreiche Feinde mit in den Tod zu nehmen.«

Lisa nickte. »Ich hatte einen ähnlichen Platz im Garten meiner Großeltern. Man konnte von dort aus die Ruine eines prächtigen Schlosses sehen. Ich habe mir ausgemalt, wie die Leute früher darin gelebt haben und wie es kam, dass der mächtige Pulverturm zerstört wurde.«

Wieder versanken sie in Schweigen. Lisa war sich Amunds Nähe überdeutlich bewusst, spürte seine Wärme und nahm seinen Geruch wahr. Um ihre plötzliche Befangenheit zu vertreiben, fragte sie: »Was für Beigaben hat man denn in diesem Grab hier gefunden? Sind sie irgendwo ausgestellt?«

»Ja, im Museum in Bergen«, antwortete er. »Man wollte dem Toten das Leben im Jenseits so angenehm wie möglich machen und hat ihn deshalb mit allem ausgestattet, was ein Wikinger so brauchte.«

Lisa grinste. »Vor allem Waffen und Trinkhörner, nehm ich mal an?«

Amund sprang auf, griff sich einen herumliegenden Ast, reckte ihn gen Himmel und rief: »Auch in Walhall geht der Kampf Seit' an Seit' mit den Göttern weiter.« Er musterte Lisa düster, zeigte mit ausgestrecktem Zeigefinger auf sie und sagte: »Aber unser verblichener König soll auch Zerstreuung finden. Weib, mache dich bereit, unseren Herrn als Gespielin zu begleiten.«

Lisa faltete die Hände und streckte sie Amund in flehender Gebärde entgegen. »Oh, tapfrer Krieger, verschont mich. Wer kümmert sich sonst um meine fünf Kinder?«

Amund stemmte die Hände in die Hüften und bemühte sich weiterhin um einen strengen Ausdruck, hatte aber sichtlich Schwierigkeiten, ernst zu bleiben. »Deine Bälger werden auch geopfert. Sie dürfen des Königs Diener sein. Eine ganz besondere Ehre!«

Lisa stand auf, zog ein imaginäres Messer, verkündete: »Ha, niemals! Diese Ehre sei Euch selbst zuteil«, und zielte auf Amunds Brust. Lachend wehrte er ihre Hand ab. Als er sie berührte, durchströmte Lisa eine heiße Welle. Sie suchte seine Augen.

Amund erwiderte kurz ihren Blick, bevor er sich abwandte und ruhig sagte: »Lass uns noch ein Stück reiten.«

Lisa schloss kurz die Augen. Einen Moment lang hatte sie geglaubt, dass Amund sie in seine Arme ziehen würde. Sie erschrak, als ihr klar wurde, wie sehr sie sich das wünschte. Enttäuscht und zugleich erleichtert, dass sie ihn offensichtlich falsch eingeschätzt hatte, atmete sie einmal tief durch. Warum fiel es ihr so schwer, diesen Mann zu durchschauen? Warum willst du das überhaupt?, meldete sich Lisas kritische Stimme. Eine Frage, die sie rasch verdrängte.

Um nicht so bald wieder in peinliche Situationen zu kommen, die ihre Gefühle verwirrten, beschloss Lisa, Amund privat vorerst aus dem Weg zu gehen. Auf seinen Vorschlag, gemeinsam zur Ruderregatta und später auf ein Open-Air-Konzert zu gehen, reagierte sie ausweichend.

»Vielleicht komme ich später nach«, sagte sie, als er sie am nächsten Nachmittag fragte. »Ich erwarte in der nächsten Stunde einen Anruf von Susanne, sie hat noch ein paar Fragen zur Homepage.« Was durchaus stimmte – bis auf den Zeitpunkt.

Amund zuckte die Schultern und meinte: »Na dann, vielleicht bis später.«

Auch wenn Lisa sich über sich selbst ärgerte – Amunds gleichgültige Reaktion gab ihr einen Stich. Sei doch froh darüber, wies sie sich zurecht. Was ist nur in dich gefahren? Du benimmst dich wie ein verknallter Teenager.

Lisa hatte sich mit einem Buch vor ihre Hütte gesetzt, konnte sich jedoch nicht auf den Text konzentrieren. Es hatte keinen Sinn, sich länger etwas vorzumachen. Ihre Gefühle für Marco hatten sich grundlegend verändert. Oder waren sie niemals so tief gewesen, wie sie es sich eingebildet hatte? Wie auch immer, die Vorstellung, mit ihm eine Agentur zu gründen, kam ihr auf einmal absurd vor. Ganz zu schweigen von einer Familie. Was hatte sie bloß geritten, seinen Antrag anzunehmen? Interessanter ist doch, was dich jetzt reitet, stichelte ihre innere Stimme. Du fühlst dich zu einem Mann hingezogen, von dem du so gut wie nichts weißt und der dich allenfalls ganz nett findet. Und trotzdem bist du drauf und dran, Marco seinetwegen den Laufpass zu geben.

Nicht zum ersten Mal fragte sich Lisa, ob sie vielleicht zu den Menschen gehörte, die sich nicht fest binden konnten. War sie beziehungsgestört? Sie zwang sich, ehrlich in sich zu gehen. War es ein Zufall, dass sie ausgerechnet jetzt an ihren Gefühlen für Marco zweifelte, wo er sich eindeutig zu ihr bekannt hatte und eine Zukunft mit ihr plante? Hielt sie diesen Gedanken nicht aus und bildete sich deshalb ein, plötzlich einen anderen Mann interessant zu finden? Hatte sie Marco nicht am attraktivsten gefunden, als sie glaubte, er wollte nur eine flüchtige Affäre? Konnte sie sich nur auf unnahbare Typen einlassen, weil bei ihnen keine Gefahr bestand, in einer echten Beziehung zu landen?

23

Nordfjord – Bergen, September 1941

»Was bilden Sie sich ein?«, schrie Enar wütend und sprang von seinem Lesesessel hoch, der in der Wohnstube neben dem Fenster stand. »Sie glauben wohl, als Besatzer können Sie sich einfach nehmen, was Ihnen gefällt?« Er wies mit ausgestrecktem Arm zur Tür. »Verlassen Sie sofort mein Haus!«

Mari, die Hand in Hand mit Joachim vor ihrem Vater stand, trat einen Schritt auf ihn zu.

»Aber Vater, Joachim nimmt sich nichts, was ich ihm nicht aus vollem Herzen schenke und …«

Sie verstummte, als Enar sich mit einer Miene des Abscheus zu ihr drehte und zischte: »Verräterin! Wenn du mit dem da gehst, habe ich keine Tochter mehr!«

Mari zitterte. Sie kam sich vor wie in einem Albtraum, der ihre schlimmsten Befürchtungen bei Weitem übertraf.

Lisbet, die auf der Ofenbank saß, war vor Schreck ihr Nähzeug entglitten. Sie wechselte einen Blick mit Ole und Nilla, die mit Joachim und Mari hereingekommen waren und im Hintergrund standen.

Ole ging zu seinem Vater. »Beruhige dich bitte«, begann er.

Enar funkelte ihn an. »Untersteh dich, sie zu verteidigen. Schlimm genug, dass ihr alle unter einer Decke steckt und hinter meinem Rücken euren feinen Plan ausgeheckt habt«, sagte er und warf seiner Frau einen finsteren Blick zu. »Aber damit ist jetzt Schluss!«, fuhr er fort. Er fasste Mari am Arm und stieß sie zu Joachim. »Nimm sie und verschwinde. Ich will sie nie wieder sehen!« Er schaute zu Ole und Lisbet, die sich in stummem Entsetzen die Hand vor den Mund hielt. »Sie gehört nicht mehr zur Familie. Ich will ihren Namen nie wieder hören.« Lisbet stöhnte auf und machte eine flehende Handbewegung in Enars Richtung. »Und ihr werdet keinen Kontakt mit ihr haben, verstanden?«, fügte er drohend hinzu.

Bevor jemand reagieren konnte, trat Enar an den Tisch, zog dessen Schublade auf, holte die alte Familienbibel hervor und schlug die Seite mit den Familiendaten auf. Mit einem Bleistift fuhr er mehrmals heftig über die Zeile mit Maris Taufdatum. Mari wurde schwarz vor Augen. Sie schwankte. Der Boden stürzte auf sie zu. Dann war es still.

»Sie kommt wieder zu sich«, hörte Mari eine Stimme, die wie aus weiter Ferne zu ihr drang. Mühsam öffnete sie die Augen. Über ihr wiegten sich die Äste des alten Apfelbaumes, der neben dem Haus stand, im Wind. Joachims Gesicht erschien in ihrem Blickfeld.

»Geht es wieder?«, fragte er besorgt. »Du bist in Ohnmacht gefallen«, erklärte er, als Mari ihn verwirrt ansah.

Sie richtete sich auf der Holzbank, auf die man sie gelegt hatte, auf und sah ihre Mutter, die bitterlich in ihre Schürze weinte, zu ihren Füßen sitzen. Mari erschrak. So verzweifelt hatte sie Lisbet noch nie gesehen. Weiter hinten entdeckte sie Ole, der eindringlich auf Nilla einredete. Lisbet wendete sich zu Mari und wischte sich die geröteten Augen.

Mari senkte den Kopf und fragte leise: »Bin ich wirklich eine Verräterin?«

Lisbet fasste Mari unters Kinn und schaute ihr ernst in die Augen. »Lass dir das von niemandem einreden! Zur Verräterin würdest du, wenn du deine Gefühle verleugnest.«

Mari zuckte hilflos die Schultern. »Aber ich liebe Vater doch auch. Und jetzt habe ich ihn verloren!«

Ihre Mutter zog sie an sich. »Ich werde alles tun, um ihn

umzustimmen«, versprach sie und seufzte: »Wenn doch Agna noch leben würde! Sie hätte ihn sicher schnell wieder zur Vernunft gebracht.«

Mari nickte. Der Gedanke war ihr auch schon gekommen. Großmutter hatte es immer am besten verstanden, Enars Sturheit zu durchbrechen.

»Es ist besser, wenn du für eine Weile von hier fortgehst«, fuhr Lisbet fort. »Du kennst deinen Vater ja, es fällt ihm schwer, einen Fehler einzusehen und zuzugeben. Aber er wird es tun, da bin ich mir sicher.«

»Aber wohin soll ich denn gehen?«, fragte Mari.

Joachim, der am Tisch stand, beugte sich zu ihr. »Wir haben schon alles besprochen«, sagte er mit einem Blick zu Ole und Nilla, die jetzt zu ihnen kamen. »Heute Nacht schläfst du bei Nilla.« Mari sah ihre Freundin an, die ihr aufmunternd zulächelte.

»Und morgen hole ich dich ab«, sagte Ole und reichte seiner Mutter einen Schreibblock und einen Stift. Lisbet schrieb ein paar Zeilen. Mari sah ihren Bruder fragend an. »Ein Telegramm an eure alte Lehrerin Gunda Hallberg.«

Lisbet hob den Kopf. »Ich kündige ihr dein Kommen an«, erklärte sie.

»Ich verstehe nicht, warum soll ich nach Bergen?«, fragte Mari.

Joachim setzte sich neben sie auf die Bank und legte einen Arm um sie. »Dort wartest du auf mich, bis ich meinen Urlaub bekomme. Dann fahren wir gemeinsam zu meinen Eltern und heiraten.«

Mari schluckte. »Was ist, wenn Gunda mich nicht bei sich haben will?«

Lisbet schüttelte den Kopf. »Ausgeschlossen. Sie wird dich mit offenen Armen empfangen.« Mari wollte etwas erwidern, doch Lisbet hob die Hand. »Wirklich, du musst dir keine Sorgen machen. Ich habe ihr schon von deiner Liebe geschrieben. Und sie hat sehr einfühlsam und mit ehrlicher Freude darauf reagiert.«

»Lasst uns jetzt gehen«, drängte Joachim.

Mari fühlte sich wie angewachsen. Es kam alles zu schnell. Sie hatte so viele Fragen. Sie suchte den Blick ihrer Mutter.

Lisbet breitete die Arme aus und drückte sie fest an sich. »Werde glücklich, mein *veslepus*«, sagte sie leise.

Als der kleine Fischkutter das Grundstück des Karlssenhofes passierte, konnte Mari die Tränen, die schon die ganze Zeit in ihrer Kehle brannten, nicht länger zurückhalten. Der vertraute Anblick des alten Wohnhauses, das ihre Brüder erst diesen Sommer frisch gestrichen hatten, der Stallungen und anderen Gebäude, verschwamm vor ihren Augen. Und als sie ein lang gezogenes Wiehern von einer der Koppeln hörte, war es um ihre mühsam aufrechterhaltene Selbstbeherrschung geschehen. Laut schluchzend warf sie sich in Oles Arme, der sie an sich zog und ihr über den Kopf streichelte.

»Hab keine Angst, alles wird gut«, murmelte er beruhigend, so, wie er es bei nervösen oder verängstigten Pferden machte.

Doch Maris Verzweiflung wurde dadurch nur noch gesteigert. Zu unerträglich war der Gedanke, das alles zu verlieren. »Nie wieder« – diese beiden Worte drehten sich seit gestern unaufhörlich in ihrem Kopf. Nie wieder ihre geliebte Stute Fenna reiten, nie wieder Mutters leckere *rømmevafler* mit frischen Blaubeeren essen, nie wieder den atemberaubenden Sonnenuntergang auf den schneebedeckten Berggipfeln sehen, nie wieder ihren Zwillingsbruder Finn necken, nie wieder den Vater ins Städtchen kutschieren, nie wieder mit Nilla kichern, nie wieder …

Mari löste sich aus Oles Umarmung und schnäuzte kräftig in

das karierte Taschentuch, das er ihr hinhielt. »Du hast recht«, sagte sie, »heulen bringt gar nichts.« Sie richtete sich auf und straffte die Schultern. Sie durfte sich jetzt nicht in ihre Trauer fallen lassen. Sie brauchte all ihre Kraft – nicht nur für sich. Sie legte eine Hand auf ihren Bauch und sprach in Gedanken zu ihrem Kind: Wir schaffen das. Ich verspreche es dir. Es war Mari, als würde das kleine Wesen, das in ihr heranwuchs, ihr antworten. Mit einem Gefühl von Zuversicht, das sie unverhofft erfüllte.

Der Kutter hatte mittlerweile den Landungssteg von Nordfjordeid weit hinter sich gelassen. Mari warf einen letzten Blick auf die Holzhäuser ihrer Heimatstadt und drehte sich energisch nach vorn. Die grünen Wiesen und dicht bewaldeten Hänge, die den Fjord einrahmten, glänzten im frühen Morgenlicht. Über dem Wasser lag ein leichter Dunst, und es wehte ein frischer Wind, der stärker wurde, je näher sie dem Hauptarm des Nordfjords kamen, in den der Eidsfjord mündete.

Ole hatte dafür gesorgt, dass der alte Nylund sie mit seinem Boot nach Måløy brachte. Der Fischer hatte keine Fragen gestellt, sondern Ole und Mari nur wortlos zugenickt, als sie sein Boot bestiegen, und Maris kleinen Koffer, den Ole ihr von zu Hause mitgebracht hatte, in der Kajüte verstaut. Mari war Nylund sehr dankbar, denn der Überlandbus verkehrte nur unregelmäßig und hatte oft Verspätung. Auf der engen Straße, die sich am Ufer des Fjords entlangschlängelte, war er häufig gezwungen, auf einer Ausweichstelle anzuhalten, um deutsche Wehrmachtskolonnen vorbeizulassen. Mit dem Fischkutter dagegen erreichten sie die Westküste zügig und ohne Unterbrechung.

Im Mündungsgebiet des Nordfjords wurde die Fahrt unruhiger, der Wind ließ die Wellen höher schlagen, Gischt spritzte Mari ins Gesicht. Ole zog sie auf eine Bank an der Seitenwand des Bootes, wo sie etwas geschützter saßen. Zur Linken lag die karge Inselgruppe Bermangerlandet mit der hoch aufragenden Seeklippe Hornelen, dem Hexenfelsen. Mari drehte den Kopf zu Ole, der ihren Blick erwiderte.

»Weißt du noch, letztes Jahr?«, fragte Mari. Ole grinste.

»Wie könnte ich das vergessen. Ich hatte ständig Angst, dass du mit Joachim in einer Felsspalte landest. Wirklich ein Wunder, dass ihr heil da raufgekommen seid. So wie ihr die ganze Zeit miteinander geturtelt habt.«

Mari schlug spielerisch nach Ole. »Ach ja? Das sagt der Richtige«, gab sie zurück. »Wer ist denn im Bachbett ausgerutscht, als er seine Nilla hinübertragen wollte und vor lauter Küsserei nicht auf den Weg geachtet hat?«

Ole lachte laut auf. Mari warf einen verlegenen Blick zu Nylund, der jedoch unbeeindruckt von dem Geplänkel der Geschwister konzentriert sein Boot steuerte. Sie schaute zur Insel hinüber. War wirklich erst ein Jahr vergangen, seit sie den steilen Felsen erklettert hatten? Wie unbeschwert sie gewesen waren! Und wie naiv. Nie hätte sich Mari damals vorstellen können, aus ihrem Paradies vertrieben zu werden. Und das vom eigenen Vater.

»Ob wir wohl jemals wieder gemeinsam dorthin wandern werden?«, fragte sie verzagt.

»Aber unbedingt«, erwiderte Ole.

Mari schüttelte den Kopf. »Wie kannst du so sicher sein? Du hast doch selbst gehört, was Vater mir gestern an den Kopf geworfen hat.« Mari biss sich von innen in die Unterlippe, um nicht erneut in Tränen auszubrechen.

Ole beugte sich zu ihr. »Kopf hoch, Mari. Er wird sich schon wieder beruhigen.« Er drückte ihre Hand. »Dieser Krieg kann ja nicht ewig dauern. Und dann kommt ihr zurück. Ich weiß, dass Vater deinen Joachim mag, auch wenn er es jetzt niemals zugeben würde.«

Mari lauschte Oles Worten. Sie wollte sie so gern glauben.

Zaghaft lächelte sie ihren Bruder an und richtete sich auf, um über die Reling schauen zu können. Das Boot fuhr bereits in den Ulvesund und hielt auf die Insel Vågsøy zu, auf dem ihr Ziel, das Fischereistädtchen Måløy, lag.

Zu Maris Überraschung ließ der alte Nylund die Einfahrt in die Bucht von Måløy rechts liegen und steuerte das Boot stattdessen an der Südküste der Insel entlang nach Westen. Mari schaute Ole fragend an.

»Wohin fahren wir?«

Ole erwiderte leichthin: »Ich dachte, wir machen noch einen kleinen Ausflug zum Kannesteinen. Den hast du doch schon als Kind so geliebt. Und es ist eine Ewigkeit her, seit wir das letzte Mal dort waren.«

Mari hob verwundert die Augenbrauen. »Ja, schon. Aber haben wir denn Zeit dafür? Wir wissen doch gar nicht, wann das nächste Postschiff nach Bergen abfährt.«

Bevor Ole seiner Schwester antworten konnte, schaltete sich der alte Nylund ein. »Keine Sorge, Mädchen, ich habe heute Morgen den Hafenmeister in Måløy angerufen. Das nächste südgängige Schiff erwarten sie frühestens heute Abend. Wäre doch schade, den schönen Tag nicht zu nutzen.« Nylund zwinkerte Ole zu und versank wieder in sein gewohntes Schweigen.

Maris Verwirrung wuchs. Es sah dem alten Nylund gar nicht ähnlich, an einem Werktag einen Ausflug zum reinen Vergnügen zu unternehmen. Sie kannte den Fischer als hart arbeitenden Mann, der sich selten Müßiggang erlaubte. Deshalb war sie davon ausgegangen, dass er sie so rasch wie möglich in Måløy absetzen würde, um dann zum Fischen zu fahren. Mari runzelte die Stirn. Und warum hatte er Ole so vielsagend zugezwinkert?

Ole beobachtete Maris Mienenspiel mit einem belustigten Lächeln und tippte ihr leicht gegen die Stirn. »Drei Øre für deine Gedanken.«

Mari beugte sich zu ihm und flüsterte: »Findest du sein Verhalten etwa nicht seltsam?«

Ole schüttelte den Kopf. »Also gut, es ist nicht nur ein Ausflug. Wir haben noch etwas zu erledigen.« Mari sah ihren Bruder erwartungsvoll an, doch Ole machte keine Anstalten, sich näher zu erklären. »Nicht jetzt«, sagte er nur.

Mari seufzte. Es hatte keinen Sinn weiterzubohren, wenn Oles Gesicht diesen verschlossenen Ausdruck annahm.

Je weiter der Fischkutter nach Westen Richtung offenes Meer fuhr, desto stärker wurde der Wind. Während sich Mari und Ole fröstelnd unter einer Plane zusammenkauerten, um sich vor der kalten Gischt zu schützen, stand der alte Nylund unbeeindruckt hinter seinem Steuer und schien die stürmischen Böen kaum zu bemerken. Vorbei an kleinen Fischerdörfern, deren Holzhäuschen dicht gedrängt auf dem schmalen Uferstreifen vor schroff aufragenden, spärlich bewachsenen Bergen standen, ging es schließlich in die weite Bucht von Oppedal.

Sie wurde von einem etwa vier Meter hohen merkwürdig geformten Stein beherrscht, der Mari an einen riesigen Pilz denken ließ: der Kannesteinen. Sie erinnerte sich, wie ihr Vater ihr vor Jahren erklärt hatte, dass seit ewigen Zeiten die Flut Kieselsteine am Felsen entlangscheuerte, bis sie abgerundet waren. Diese losen Steine hatten den Felsen immer tiefer ausgehöhlt und nach und nach Mulden gebildet, die so lange ausgeschliffen wurden, bis auch die Seitenwände verschwanden und nur der mittlere Teil übriggeblieben war. Auf diese Weise war die eigentümliche Form des Kannesteinen entstanden.

Nylund drosselte den Motor und ließ das Boot sanft zum steinigen Ufer schaukeln. »Ich hole euch wieder ab, wenn es dämmert«, verkündete er.

Ole nickte ihm zu. »Ja, es wäre zu auffällig, wenn du hier länger ankern würdest.«

Nylund schnaubte. »Und eine schändliche Zeitverschwendung. Wenn ich ohne Fische zurückkäme, würde mir meine Heidrun ordentlich einheizen.«

Mari musste kichern. Sie sah Nylunds Frau förmlich vor sich, wie sie mit zorngeröteten Wangen keifte. Kein Wunder, dass der Fischer am liebsten auf seinem Kutter unterwegs war und ihn seinem Zuhause auch bei schlechtestem Wetter vorzog.

»Außerdem wäre es sehr verdächtig, wenn Nylund ohne Fang von einer Patrouille kontrolliert würde«, erklärte Ole. Damit schwang er sich über die Reling und landete mit einem Platschen im seichten Wasser. Er streckte Mari die Arme entgegen und half ihr aus dem Boot. Während die Geschwister auf den abgerundeten Felsen zum Strand liefen, drehte Nylund ab und steuerte das Boot aus der Bucht.

»Verrätst du mir jetzt endlich, was hier eigentlich vorgeht?«, forderte Mari ihren Bruder auf. »Und keine Ausflüchte!«, fügte sie hinzu, als Ole vage mit den Schultern zuckte. Mari blieb stehen und funkelte ihn an. »Raus mit der Sprache!« Sie kniff die Augen zusammen. »Schmuggelt ihr etwa?«, fragte sie.

»Könnte man so sagen«, gab Ole zu ihrer Überraschung zu. »Aber nicht, was du denkst.«

Ein leiser Pfiff unterbrach ihr Gespräch. Mari sah sich um, doch sie waren allein auf den zerklüfteten Klippen. Auch bei den kleinen Bauernhöfen des Dörfchens Oppedal, die entlang der schmalen Uferstraße am Fuße eines steilen Berges standen, konnte sie keine Menschenseele entdecken. Sie zuckte erschrocken zusammen, als plötzlich hinter einem Felsbrocken ein Junge auftauchte. Er mochte etwa dreizehn Jahre alt sein, war braun gebrannt und hatte sonnengebleichte Haare. Seine nackten Füße steckten in Holzpantinen, seine Kleider waren abgetragen und oft geflickt.

Er kam ein paar Schritte auf sie zu und musterte Mari mit finsterem Gesicht. »Wer ist denn die da?«, knurrte er Ole an.

Ole unterdrückte ein Grinsen. »Die ist schon in Ordnung, Peer. Sie ist meine Schwester Mari.«

Diese Antwort verringerte das Misstrauen des Jungen keineswegs, im Gegenteil, seine Miene wurde noch abweisender. »Die mit dem Deutschen?«, wollte er wissen.

Ole schaute Peer streng an. »Ja, die mit dem Deutschen. Der übrigens ein guter Freund von mir ist. Und jetzt führe uns endlich zu Ingolf.«

Peer verzog unwillig das Gesicht, erwiderte aber nichts mehr. Er drehte sich zu den Häusern und lief los. Ole und Mari folgten ihm zu einer gelb gestrichenen Hütte, die zwischen niedrigen Tannen stand. Ein schwarzer *buhund* sprang ihnen entgegen. Peer streichelte das dichte, kurze Fell des kräftigen Rüden und ging am Haus vorbei zu einem kleinen Schuppen. Er öffnete die Tür und ließ Mari und Ole eintreten. Er selbst blieb mit dem Hund draußen.

»Er steht Schmiere«, erklärte Ole seiner Schwester flüsternd.

Mari musste ein paar Mal blinzeln, bevor sich ihre Augen an das dämmrige Licht im Schuppen gewöhnt hatten. Aus dem Schatten löste sich die Gestalt eines stämmigen Mannes. Ole trat einen Schritt auf ihn zu und nahm ihn kurz, aber fest in den Arm.

»Es tut gut, dich zu sehen«, sagte er. Er drehte sich zu Mari und zog sie am Arm zu sich. »Ingolf, das ist meine Schwester.«

Ingolf lächelte freundlich und streckte Mari die Hand entgegen. Er musste Peers älterer Bruder sein, die Ähnlichkeit der beiden stach Mari sofort ins Auge. Auch er arbeitete offensichtlich vorwiegend im Freien – vermutlich war er Fischer, wie die meisten Bewohner der Insel. Sie schätzte, dass er etwa Mitte zwanzig war, also etwas älter als ihr Bruder.

»Meine Cousine Nilla hat mir oft von dir erzählt. Wie schön, dass wir uns nun endlich kennenlernen«, sagte Ingolf.

Mari wandte sich an ihren Bruder. »Ich wusste gar nicht, dass du Nillas Vettern kennst.«

Ole ging nicht darauf ein, sondern sah Ingolf erwartungsvoll an. »Und, wart ihr erfolgreich?«

Ingolf nickte und deutete auf eine große Holzkiste. »Dreißig Stück.«

Ole ging zu der Kiste und hob den Deckel hoch. Neugierig folgte Mari ihm, spähte in die Kiste und rümpfte die Nase. »Stockfische?« Sie schaute Ole erstaunt an. »Ihr schmuggelt Stockfische?« Ole und Ingolf grinsten.

»Die sind nur die Tarnung«, erklärte Ingolf. Er nahm ein paar Fische heraus. Darunter kamen kleine Radiogeräte zum Vorschein.

Mari stockte der Atem. Erst vor einigen Wochen hatten die deutschen Besatzer begonnen, alle privaten Radios zu beschlagnahmen. So sollten die Norweger daran gehindert werden, den »Feindsender« *BBC* zu hören. Und insbesondere die Botschaften der Exilregierung von König Håkon VII. aus London an sein Volk. Der Besitz und erst recht das illegale Einschleusen von Radioempfängern wurde mit langen Zuchthausstrafen geahndet.

»Ihr seid im Widerstand?«, stieß Mari hervor. Ole und Ingolf wechselten einen Blick und nickten. Mari sah ihren Bruder an. »Warum hast du mir das nie gesagt? Vertraust du mir nicht?«

Ole schüttelte den Kopf. »Aber nein, das darfst du nicht denken. Ich wollte dich nicht in Gefahr bringen.«

Mari runzelte die Stirn. »Du meinst, wenn man dich erwischt hätte?«

»Ich würde es mir nie verzeihen, wenn jemand meinetwegen schikaniert wird«, sagte er.

»Ich fürchte, die Deutschen nehmen die Angehörigen von Widerstandskämpfern automatisch in Sippenhaft. Egal, ob sie nun eingeweiht sind oder nicht«, erwiderte Mari.

»Vermutlich hast du recht«, sagte Ole.

»Außerdem habe ich so oder so die ganze Zeit geahnt, dass du in irgendwas Gefährliches verstrickt bist. Die Geschichte mit dem alten Nylund, dem du angeblich beim Fischen zur Hand gehst, war einfach zu abwegig«, sagte Mari.

»Es tut mir leid«, sagte Ole. »Ich will manchmal einfach nicht wahrhaben, dass du längst erwachsen bist.«

»Weiß Nilla davon?«, fragte Mari. Ole schüttelte den Kopf. »Du musst es ihr sagen«, drängte Mari. »Sie wird merken, dass du ihr etwas Wichtiges verheimlichst. Erspare ihr und dir falsche Verdächtigungen.«

Ingolf drückte Oles Schulter. »Du hast wirklich eine kluge Schwester. Hör auf sie«, sagte er und nickte Mari mit einem anerkennenden Lächeln zu. »Zumal du ohne Nilla gar nicht hier wärst. Sie hat Ole nämlich unter dem Siegel der Verschwiegenheit von mir und meinen kleinen Organisationsfahrten erzählt und ihn so auf die Idee gebracht«, fuhr er fort und deutete mit einem Augenzwinkern auf die Kiste mit den Radios.

»Und dann hast du hinter Nillas Rücken mit Ingolf Kontakt aufgenommen?«, fragte Mari. Ole wich ihrem Blick aus.

Ingolf verkniff sich ein Grinsen und sagte: »So ist es. Vor ein paar Wochen habe ich Ole und den alten Nylund zum ersten Mal getroffen. Ich bin Nilla sehr dankbar, auch wenn sie keine Ahnung hat, dass Ole sich uns angeschlossen hat.«

Ole hob beide Hände. »Ist ja gut«, sagte er. »Ich werde Nilla einweihen, wenn ich sie das nächste Mal treffe.«

Ingolfs Gesicht wurde ernst. »Wir werden uns jetzt eine Weile nicht sehen«, sagte er zu Ole.

»Dann ist es also beschlossene Sache? Du gehst nach London?«, fragte Ole.

Ingolf nickte. »Kapitän Linge braucht dringend Verbindungsleute in England, mit denen er seine Aktionen abstimmen kann.«

Mari horchte auf. »Kapitän Linge? War der nicht Schauspieler, bevor er zum Militär gegangen ist?«, fragte sie.

Ingolf lächelte. »Ganz genau.«

Ole grinste, als er den bewundernden Gesichtsausdruck von Mari sah. »Meine Schwester ist eine große Verehrerin von Linge«, erklärte er seinem Freund. »Sie hat alle seine Filme gesehen.«

»Du doch auch«, gab sie etwas verlegen zurück.

Ingolf schmunzelte. »Wir sind alle sehr stolz, dass wir mit Linge arbeiten dürfen. Außerdem ist er ein prima Anführer. Ihm würde ich sogar in die Hölle folgen.«

Mari lief bei diesen Worten ein Schauer über den Rücken. Hoffentlich ergab sich dazu nie die Gelegenheit.

Es war bereits dunkel, als das Postschiff langsam aus dem Hafen von Måløy fuhr. Mari stand am Heck und winkte mit einem weißen Taschentuch – in der Hoffnung, ihr Bruder könnte sie noch sehen. Sie selbst erkannte kaum mehr die Häuser der Stadt, geschweige denn die Menschen an der Anlegestelle der Hurtigrutendampfer. Wegen der Verdunkelungsorder lag alles in tiefen Schatten. Mari kam sich so verlassen vor wie nie zuvor. Es war ihr, als habe sie mit dem Abschied von Ole endgültig alle Verbindungen zu ihrem Elternhaus gekappt.

Gleichzeitig mischte sich beklemmende Angst in ihre Trauer. Es war nicht die Angst vor ihrer eigenen ungewissen Zukunft – die fühlte sich bereits vertraut an. Nein, es war eine neue, bohrende Unruhe, die Ahnung eines schrecklichen Unheils. Vergeblich versuchte Mari, sich diese schwarzen Gedanken zu verbieten, und dachte krampfhaft an Oles Abschiedsworte: »Mach dir um mich keine Sorgen. Mir wird schon nichts geschehen. Ich verspreche dir, gut auf mich aufzupassen. Schon um Nillas willen.« Mari zitterte. Sie zog den dicken Wollschal enger um die Schultern. Aber es war nicht der kalte Seewind, der sie frösteln ließ. Sie presste die Finger ihrer über dem Oberkörper verschränkten Arme so fest in ihre Oberarme, dass es wehtat.

Gewiss, sie war stolz auf ihren Bruder, der den Besatzern die Stirn bot und sich nicht von ihren Drohungen einschüchtern ließ. Aber Ole konnte ihr gar nicht versprechen, dass ihm nichts geschehen würde und die Deutschen nicht doch eines Tages dahinterkamen, was er, der alte Nylund, Ingolf und eine Gruppe Gleichgesinnter seit Wochen trieben. Mari schluckte trocken und schloss die Augen. Sie würden ihn verhaften und vor Gericht stellen. Und dann in eines ihrer Arbeitslager stecken – wenn er Glück hatte. Mari wagte gar nicht daran zu denken, was mit Ole geschehen würde, wenn er kein Glück hatte. Dann würde sie ihn nie wieder in die Arme schließen.

Und Nilla würde er zu einer jungen Witwe machen. Als Mari ihn darauf angesprochen hatte, hatte Ole ihr mit ernstem Gesicht in die Augen geschaut und gefragt: »Verstehst du jetzt, warum ich so lange gezögert habe, ihr meine Liebe zu gestehen?«

Erschöpft döste Mari im Aufenthaltsraum des Schiffes ein. Das tiefe Tuten des Signalhorns, das das baldige Einlaufen im Hafen von Bergen ankündigte, weckte sie einige Stunden später. Benommen stand sie auf und ging an Deck, um das Anlegen des Schiffes zu verfolgen. Das schmucke Küstenstädtchen mit seinen bunt gestrichenen Häusern präsentierte sich von seiner besten Seite. Der berüchtigte Bergener Dauerregen machte eine Pause. Der Wind blies nur kleine Wölkchen über den blauen Himmel, die von der gerade aufgehenden Sonne rosig angehaucht wurden.

Mari nahm den prächtigen Anblick kaum wahr, sie hatte nur Augen für die Menschen, die am Pier standen, um an Bord zu gehen oder Reisende in Empfang zu nehmen. Unwillkürlich hielt sie nach Joachim Ausschau. Sei nicht albern, schalt sie sich selbst, er kann unmöglich schon hier sein. Obwohl sie wusste, dass Joachims Urlaub erst in einigen Tagen beginnen würde, hatte sie aller Vernunft zum Trotz gehofft, er würde vor ihr in Bergen eintreffen. Sie sehnte sich so sehr nach ihm, seinen braunen Augen mit den goldenen Sprengseln, seinem verschmitzten Lächeln, seinen kräftigen und doch so zärtlichen Händen, seinem herben Duft, seinen Küssen ...

In ihre Träumereien drang eine vertraute Frauenstimme, die ihren Namen rief. Mari beugte sich über die Reling und sah eine kleine Frau in einem robusten Tweedkostüm, die ihr zuwinkte. Freudig winkte Mari zurück. Sie hatte nicht damit gerechnet, dass Gunda Hallberg sie abholen würde. Ungeduldig beobachtete Mari, wie der Dampfer am Pier vertaut und die Gangway für die Passagiere geöffnet wurde, während die ersten Warenballen und Postsäcke bereits mit dem Bordkran entladen wurden. Durch das geschäftige Treiben bahnte sich Mari mit ihrem Koffer einen Weg zu ihrer ehemaligen Lehrerin.

Gunda Hallberg, eine fröhlich wirkende Mittvierzigerin mit einem kastanienbraunen Bubikopf, hatte die Volksschule in Nordfjordeid vor sechs Jahren verlassen, um ihren Vater zu versorgen und ihm in seinem kleinen Lederwarengeschäft zur Hand zu gehen, nachdem ihre Mutter gestorben war. Der Abschied von Nordfjordeid war ihr nach fast zwanzig Jahren nicht leichtgefallen, zumal sie nicht nur ihren geliebten Beruf aufgab, sondern sich auch von vielen Freunden verabschieden musste, die sie mit der Zeit dort gewonnen hatte.

Vor allem Lisbet Karlssen, die sie im Kirchenchor kennengelernt hatte, war ihr eine enge Vertraute geworden. Die beiden Frauen hatten den Kontakt nie abreißen lassen und sich regelmäßig mit Briefen auf dem Laufenden über ihr jeweiliges Leben gehalten. Während Lisbet gespannt auf Neuigkeiten aus der großen Stadt wartete, die ihr wie das Tor zur Welt erschien, wollte Gunda Hallberg alles über die Geschehnisse auf dem Karlssenhof und die Klatschgeschichten aus dem Städtchen hören. Vor allem interessierte sie, wie sich ihre ehemaligen Schüler Ole und die Zwillinge entwickelten.

Kurz bevor Mari ihre ehemalige Lehrerin erreichte, verlangsamte sie ihre Schritte. War Gunda nur ihrer Mutter zuliebe bereit, sie bei sich aufzunehmen? Dachte sie insgeheim vielleicht doch anders über ihre Liebe zu einem Deutschen, als sie es ihrer Freundin gegenüber behauptet hatte? Mari wagte kaum, Gunda in die Augen zu schauen. Was würde sie darin sehen? Missbilligung? Oder schlimmer noch: Verachtung? Verunsichert senkte sie den Blick.

»Mach dir keine Gedanken. Deine Mutter ist sehr angetan von Joachim und überzeugt, dass du mit ihm glücklich wirst. Warum sollte ich da anderer Meinung sein?«, sagte Gunda und schloss sie in die Arme.

Mari erwiderte Gundas Umarmung erleichtert. »Danke«, flüsterte sie.

»Aber wofür denn, Kind?«, fragte Gunda und löste sich von Mari. »Ich schätze deinen Vater sehr, aber in diesem Punkt kann ich ihn überhaupt nicht verstehen. Als ob es eine Schande wäre, sich zu verlieben«, sagte sie empört. »Ich kann nur hoffen, dass er bald Vernunft annimmt. Wie ich ihn kenne, leidet er vermutlich selber am meisten unter seinem Wutanfall. Lisbet hat zwar im Telegramm nur Andeutungen gemacht, aber ich kann mir die Szene trotzdem lebhaft vorstellen. Aber jetzt lass dich erst einmal ansehen!« Sie hielt Mari auf Armlänge von sich und musterte sie kopfschüttelnd »Wo ist nur mein kleiner Wildfang geblieben? Du bist ganz schön in die Höhe geschossen, seit wir uns das letzte Mal gesehen haben. Wie lang ist das jetzt her?«

Mari lächelte. »Fünf Jahre.«

»So lange?«, sagte Gunda ungläubig. »Aber du hast recht, das letzte Mal war ich zu eurer Konfirmation in Nordfjordeid.«

Sie hakte Mari unter und führte sie an den bunt gestrichenen alten Holzhäusern des ehemaligen deutschen Hanseviertels

Tyskebryggen vorbei, die das Hafenbecken säumten. Über den Fischmarkt ging es weiter zur Torgalmenningen, Bergens Haupteinkaufsstraße. In ihren drei- bis vierstöckigen Steinhäusern mit klassizistischen Fassaden und Kolonnaden waren die unterschiedlichsten Geschäfte untergebracht. Eines davon war der Lederwarenladen von Gundas Vater. In die darüberliegende Wohnung, in der er und Gunda lebten, führte diese nun ihren Gast.

Dankbar ließ sich Mari auf die Bank vor dem Küchentisch sinken, den Gunda bereits mit Frühstücksgeschirr eingedeckt hatte. Während sie die frisch gebackenen *lefse*, weiche Fladenbrote aus Kartoffel- und Getreidemehl, aus dem Ofen holte und Gerstenkaffee aufkochte, öffnete Mari ihren Koffer und stellte ein Glas Honig, ein Glas Johannisbeermarmelade und ein Päckchen mit Schinkenspeck auf den Tisch.

»Mit lieben Grüßen von meiner Mutter«, sagte sie.

Gunda lächelte. »Vielen Dank, das wird auch meinen Vater sehr freuen. Unser Speiseplan ist doch recht eintönig, seit die Deutschen die Lebensmittel rationieren«, sagte sie und schenkte Mari Gerstenkaffee ein. »Leider kann ich dir keine Gesellschaft leisten, ich muss runter in den Laden. Aber in der Mittagspause können wir einen Stadtbummel machen.« Mari nickte und unterdrückte ein Gähnen. »Am besten, du legst dich ein wenig hin und ruhst dich aus. Ich zeige dir gleich das Gästezimmer«, fügte Gunda mit einem Lächeln hinzu.

Mari erwachte drei Stunden später und sah sich neugierig in dem kleinen Raum um, in dem ihr Gunda ein Bett hergerichtet hatte. Sonst diente er wohl als Lesezimmer, denn an zwei Wänden standen Bücherschränke, und ein gemütlicher Ohrensessel mit einem Fußschemel lud zum Schmökern ein. Mari stand auf und trat ans Fenster, das auf die Torgalmenningen hinausging. Erst jetzt wurde ihr bewusst, dass sie sich zum ersten Mal in ihrem Leben in einer richtigen Stadt befand. Ein aufregendes Gefühl, das für den Moment ihren Kummer, Ängste und Unsicherheiten in den Hintergrund treten ließ. Rasch schlüpfte sie in ihren dunklen Wollrock und die bunt gemusterte kurze Strickjacke, die sie vor dem Schlafen ausgezogen hatte, und machte sich auf den Weg zu Gunda in den Laden.

Als sie den hinteren Teil des Geschäfts betrat, in dem sich ein kleines Warenlager und ein Schreibtisch befanden, hielt Mari inne. Aus dem Verkaufsraum drangen erregte Stimmen.

»Mari ist ein anständiges Mädchen«, hörte sie Gunda empört rufen.

Mari überlief es kalt. Vorsichtig näherte sie sich dem Durchgang, der in den Laden führte, und spähte hinein. Dort stand Gunda mit in die Hüften gestemmten Armen ihrem Vater gegenüber. Sander Hallberg, ein rundlicher Herr mit grau melierten Haaren, war rot angelaufen.

»Deine Mutter hätte nie zugelassen, dass du so eine aufnimmst und sie hier auf ihren Liebhaber warten lässt«, rief er aufgebracht.

Mari bekam weiche Knie. Da ihre Lehrerin sie so freundlich und ohne Vorbehalte empfangen hatte, war sie davon ausgegangen, dass Sander Hallberg die Meinung seiner Tochter teilte. Ein Irrtum, wie Mari nun feststellen musste.

Gunda blitzte ihren Vater zornig an und machte einen Schritt auf ihn zu, was ihn unwillkürlich zurückweichen ließ. »Lass Mutter aus dem Spiel! Sie wäre entsetzt, wie borniert und engstirnig du geworden bist. Sie hätte nie jemanden verurteilt, ohne ihn überhaupt zu kennen.«

Sander ließ die Schultern sinken und wand sich unbehaglich. »Aber was sollen die Leute denken?«

Gunda schnaubte verächtlich. »Die Leute! Die sollen sich um ihre eigenen Angelegenheiten kümmern. Ich habe es so satt, dass ständig auf den Frauen herumgehackt wird. Warum dürfen sich Männer mit deutschen Soldaten anfreunden, ohne dass man sie dafür verurteilt?«

Gunda wandte sich wütend von ihrem Vater ab und entdeckte Mari, die bleich im Durchgang stand und die Szene mit aufgerissenen Augen verfolgte. Hastig drehte sie sich um. Weg. So schnell wie möglich, dachte Mari verzweifelt. Aber wohin? Blind vor Tränen stolperte sie gegen den Schreibtisch. Gunda eilte zu ihr und legte einen Arm um sie.

»Da siehst du, was du angerichtet hast«, rief sie ihrem Vater zu, der Mari einen verlegenen Blick zuwarf. »Hör nicht auf den alten Brummbär, er meint es nicht so«, versuchte sie Mari zu beruhigen. »Ich zeige dir jetzt erst einmal die Stadt.«

Doch Mari war die Lust auf einen Stadtbummel vergangen. Mit einer gemurmelten Entschuldigung rannte sie nach hinten, flüchtete nach oben in ihr Zimmer und vergrub sich weinend in den Ohrensessel – übermannt von der Trauer über den Verlust ihres Elternhauses und die Trennung von ihrer Familie, die Sorge um Ole und die Angst vor dem unbekannten Leben in der Fremde. Und von der Verzweiflung darüber, dass andere genauso dachten wie ihr Vater und sie für ihre Liebe verurteilten.

Es dauerte eine Weile, bis die tröstenden Worte von Gunda zu ihr durchdrangen, die von ihr unbemerkt das Zimmer betreten hatte. Beschämt über ihren Ausbruch hätte sich Mari am liebsten irgendwo verkrochen.

»Entschuldigung«, sagte sie heiser.

Gunda schüttelte leicht den Kopf. »Du musst dich doch nicht entschuldigen. Ich weiß nicht, wie ich mich an deiner Stelle fühlen würde. Aber ich kann mir vorstellen, dass es alles andere als einfach für dich ist. Ich finde es bewundernswert, wie tapfer du bist.«

Mari richtete sich auf und wischte sich die Tränen von den Wangen.

Das Klingeln an der Wohnungstür unterbrach Gunda. Sie eilte aus dem Zimmer, und kurz darauf hörte Mari Kinderstimmen. Neugierig ging sie in den schmalen Flur, von dem die

Türen zu den beiden Schlafzimmern, dem Wohnzimmer und der Küche abgingen. Gunda hängte gerade die Jacken ihrer kleinen Besucher am Garderobenständer auf und stellte sie Mari vor. Die Geschwister Selma und Nils waren zwei von Gundas Nachhilfeschülern. Neugierig und ein wenig schüchtern beäugten sie Mari. Gunda zwinkerte ihr verschmitzt zu.

»Wie du siehst, kann ich das Unterrichten einfach nicht lassen.«

Das wunderte Mari nicht, denn sie hatte Gunda immer als engagierte, begeisterungsfähige Lehrerin erlebt und sich gar nicht vorstellen können, dass sie sich hinter einer Ladentheke wohlfühlen würde. Offenbar hatte Gunda einen Weg gefunden, ihre wahre Berufung nicht gänzlich aufgeben zu müssen.

Mari lächelte den Kindern zu und sagte: »Ich war auch einmal ihre Schülerin«, was die beiden mit ehrfürchtigen Blicken quittierten.

Gunda wandte sich an Mari: »Wenn du Lust hast, kannst du Nils beim Aufsatzschreiben helfen, während ich mit Selma ihre Rechenaufgaben durchgehe.« Ein Vorschlag, den Mari gern annahm, war es doch eine willkommene Ablenkung von ihren düsteren Gedanken.

Auch in den folgenden Tagen bemühte sich Gunda darum, Mari möglichst wenig Gelegenheiten zum Grübeln zu geben. Am leichtesten gelang das, indem sie sie beschäftigte. Mari, die es ohnehin nicht gewohnt war, die Hände in den Schoß zu legen, stürzte sich voller Elan in die Arbeit – froh, wenigstens tagsüber den quälenden Gedanken an ihre Zukunft und an das Zerwürfnis mit ihrem Vater zu entkommen, die sie nachts oft wach hielten.

Vormittags, wenn Gunda im Laden stand, putzte sie die Wohnung, stopfte Strümpfe, brachte Gunda und ihrem Vater in der Mittagspause *matpakke*, belegte Brote, und bereitete die Hauptmahlzeit des Tages zu, die am späten Nachmittag eingenommen wurde. Kurz, sie erledigte Hausarbeiten, vor denen sie sich daheim immer gern gedrückt hatte.

Wenn Mutter mich jetzt sehen könnte, schoss es Mari durch den Kopf, als sie gerade Hemden bügelte. Unwillkürlich musste sie lächeln. Wie oft war sie vor den verhassten Hausarbeiten in den Stall geflüchtet, um dort auszumisten, die Pferde zu striegeln und zu füttern, Sattel- und Zaumzeug zu pflegen – bis ihre Mutter schließlich eingesehen hatte, dass Mari nicht zum Heimchen am Herd taugte. Jetzt war Mari dankbar, dass Lisbet – unterstützt von Großmutter Agna – dennoch darauf bestanden hatte, ihr zumindest die nötigsten Kenntnisse und Fähigkeiten zu vermitteln, die eine gute Hausfrau haben sollte.

Geistesabwesend rührte sie mit einem Holzlöffel die leise vor sich hinblubbernde Kartoffelsuppe um, die sie aufgesetzt hatte, nachdem sie mit dem Bügeln fertig gewesen war. Wie stellte sich eigentlich Joachim ihr Leben vor, wenn dieser elende Krieg vorbei wäre und sie zusammenwohnen würden? Erwartete er eine perfekte Ehefrau, die ihm den Haushalt führte und andere Interessen hintanstellte? Darüber hatten sie nie gesprochen. Eigentlich konnte sie sich nicht vorstellen, dass er sie in dieser Rolle sah. Dazu kannte er sie doch viel zu gut. Oder etwa nicht? Täuschte sie sich vielleicht? Ein mulmiges Gefühl beschlich sie. Es war ja völlig in Ordnung, für ein schönes Zuhause zu sorgen und zu kochen. Es machte sogar Spaß. Aber darin den ganzen Lebensinhalt zu sehen?

So wie es zum Beispiel Sander Hallberg von einer »richtigen« Frau erwartete. Zugegeben, Maris Engagement im Sander'schen Haushalt war es zu verdanken, dass Gundas Vater seine anfänglichen Vorbehalte gegen sie rasch überwand. Ein so tüchtiges Mädchen, das fleißig arbeitete und seine Zeit nicht vertändelte, nötigte ihm Respekt ab und brachte ihn zu dem brummigen

Zugeständnis, Mari sei doch ganz in Ordnung. Gunda kommentierte diesen Sinneswandel mit einem vielsagenden Augenrollen. Mari war einfach nur froh, ihren Gastgeber besänftigt zu haben.

Dennoch ging sie ihm nach Möglichkeit aus dem Weg. So wie sie überhaupt andere Menschen mied. Auch wenn sie wusste, dass die Vorstellung Unsinn war: Sie wurde das Gefühl nicht los, dass ihr jeder sofort ansah, was mit ihr los war. Dass sie sich in einen »Feind« verliebt hatte und ein Kind von ihm erwartete. Nur Gundas Nachhilfeschüler, mit denen sie nachmittags arbeitete, traf sie gern. In ihrer Gegenwart fühlte sich Mari unbeschwert und leicht. Vor allem der kleine Nils hatte einen regelrechten Narren an seiner neuen Nachhilfelehrerin gefressen und legte sich mächtig ins Zeug, um ihr zu imponieren. Und vor ein paar Tagen hatte er Mari und Gunda stolz einen Schulaufsatz präsentiert, für den er eine gute Note und ein besonderes Lob seiner Lehrerin erhalten hatte, die sich über seine Fortschritte in Rechtschreibung freute.

Wie unser Kind wohl sein wird?, fragte sich Mari nicht zum ersten Mal. Hoffentlich kommt es gesund zur Welt. Das ist die Hauptsache. Mari horchte in sich hinein. Körperlich spürte sie ihre Schwangerschaft bislang kaum, zumal sie von Anfang an nie mit Übelkeit zu kämpfen hatte. Manchmal fiel es ihr daher schwer zu glauben, dass sie tatsächlich in einigen Monaten Mutter werden würde. Den Gedanken an die Geburt, die ihr ohne den Beistand ihrer Mutter in der Fremde bevorstand, verdrängte Mari, so gut es ging. Lieber stellte sie sich vor, wie ihr Kind wohl aussehen mochte, wie sein Wesen sein würde. Sie streichelte über ihren Bauch und lächelte versonnen. Ein leicht brenzliger Geruch riss sie aus ihren Tagträumen. Erschrocken zog Mari den Topf vom Feuer, aus dem die mittlerweile kräftig kochende Suppe spritzte.

Nachdem fast eine Woche seit ihrer Ankunft in Bergen vergangen war, ertappte sich Mari immer häufiger dabei, wie sie aus dem Fenster auf die Straße starrte und bei jedem Mann in Wehrmachtsuniform zusammenzuckte. Um gleich darauf enttäuscht die Augen weiterwandern zu lassen, denn der sehnlich Erwartete ließ sich nicht blicken. Doch sosehr Mari Joachims Kommen entgegenfieberte, sosehr fürchtete sie es auch, bedeutete es doch den endgültigen Abschied von Norwegen. Hin- und hergerissen zwischen ihren widersprüchlichen Gefühlen, fiel es ihr zunehmend schwer, gelassen zu bleiben. Sie schlief schlecht und hatte bedrückende Albträume, in denen sie allein in einer wüsten Landschaft umherirrte und nach Joachim rief.

24

Nordfjord, Juni 2010

Lisas Vorsatz, sich Amund aus dem Kopf zu schlagen, wurde noch am selben Tag auf eine harte Probe gestellt. Am frühen Abend hatte sie die Einsamkeit auf ihrer Veranda nicht mehr ausgehalten und war in den Ort geradelt, wo das Wikingerfest noch in vollem Gange war. Die Ruderregatta hatte sie verpasst, doch sie hätte sie sich ohnehin nicht angeschaut. Sie wollte Amund auf keinen Fall über den Weg laufen. Aus dem gleichen Grund mied sie den alten Exerzierplatz – in der Eidsgata verwiesen mehrere Plakate auf das dort stattfindende Open-Air-Konzert, das Amund erwähnt hatte.

Lisa stellte ihr Rad ab und lief zur Uferpromenade, wo noch viele Schaulustige flanierten. Die Bucht war übersät mit Schiffen verschiedener Bauarten. Aufwendige Nachbauten großer Drachenschiffe oder der breiteren, hochbordigen Knorr, den Lastschiffen der Wikinger, und anderer historischer Ruderboote lagen vor Anker oder kreuzten weiter draußen im Fjord hin und her. Verlockende Düfte nach Gebratenem lagen in der Luft und weckten Lisas Appetit. An einem Verkaufsstand holte sie sich ein Brötchen mit frisch gegrilltem Fisch, setzte sich auf eine Bank und beobachtete das Treiben um sich herum.

Später schlenderte sie an den Verkaufsbuden vorbei, wo Kunsthandwerker ihre Waren anboten. Als sie bei einem Specksteinschnitzer eine kleine Katzenfigur für Susanne gekauft hatte, entdeckte sie in einiger Entfernung Amund, der mit abwesendem Blick zwischen den Spaziergängern herlief. Unwillkürlich ging sie in Deckung.

Aus einer kleinen Gruppe englischer Touristen, die vor einem

Würstchengrill anstanden, löste sich ein braungebrannter Mann. Er folgte Amund und rief fröhlich: »Hei, Amund!« Da Amund nicht reagierte, rief der Mann lauter: »Hallo, Amund! Amund Oppedal!«

Lisa sah, wie Amund zusammenzuckte und sich erschrocken umdrehte. Der Engländer ging auf ihn zu. Amunds Miene wurde verschlossen. Er schüttelte den Kopf, sagte etwas, das Lisa auf die Entfernung nicht verstand, und ging zügig weiter. Der Mann schaute ihm sichtlich irritiert nach und kehrte mit einem Achselzucken zu seiner Gruppe zurück.

Warum hatte der Engländer Amund mit Nachnamen nicht Wålstrøm, sondern Oppedal genannt? Wenn Amund nicht so erschrocken und abweisend reagiert hätte, wäre Lisa davon ausgegangen, dass der Mann ihn einfach verwechselt hatte. So aber war ihre Neugier entfacht. Das geht dich überhaupt nichts an, mahnte die Vernunftstimme. Doch Lisa wusste, dass sie nicht auf sie hören würde. Sie wollte endlich wissen, wer dieser Mann war. Was war sein Geheimnis? Was hatte er zu verbergen? Daran, dass es einen dunklen Fleck in seiner Vergangenheit gab, hatte Lisa keinen Zweifel mehr. Warum sonst sollte er seinen Namen gewechselt haben? Irgendetwas sagte ihr, dass hier der Schlüssel zu seinem oft so widersprüchlichen und schroffen Verhalten lag.

Lisa machte sich auf den Rückweg zum Karlssenhof, um im Internet Nachforschungen über Amund Oppedal alias Wålstrøm anzustellen. Während sie über Letzteren keine Eintragungen fand – was sie nicht weiter überraschte –, förderte die Suchmaschine jede Menge Links zu Amund Oppedal zutage. Das musste er sein! Alle Links hatten etwas mit Reitsport und Pferdetrainingsmethoden zu tun. Offensichtlich war Amund bis vor fünf Jahren auf einem sehr renommierten englischen Gestüt Ausbilder und Trainer für Dressurpferde gewesen, die weltweit auf Turnieren Preise gewannen und als Zuchtpferde hohe Verkaufssummen erzielten.

Lisas Jagdfieber war nun erst recht erwacht. Was hatte Amunds glänzende Karriere beendet? Was war vor fünf Jahren geschehen? Sie verließ kurz ihren Platz am Tisch vor dem Fenster, um sich einen Kaffee zu kochen, bevor sie weiterrecherchierte. Als sehr ergiebig erwiesen sich dabei verschiedene Artikel aus Pferdefachzeitschriften und Reitsportmagazinen.

Schließlich fand Lisa ein ausführliches Interview, das Amund vor acht Jahren gegeben hatte. Danach stammte er aus dem Fischerort Oppedal auf der Insel Vågsøy – daher also sein Nachname. Viele Norweger hießen nach den Orten, in denen ihre Familien seit Generationen ansässig waren, das wusste Lisa. Schon früh war Amund klar gewesen, dass er nicht in die Fußstapfen seines Vaters und dessen Vorfahren treten und Fischer werden wollte. Von klein auf hatte sein Herz für Pferde geschlagen. Nach einer Ausbildung zum Pferdewirt und Bereiter war er einige Jahre bei einem bekannten amerikanischen Pferdetrainer in die Lehre gegangen, hatte in verschiedenen Ländern auf Gestüten gearbeitet und war schließlich in England gelandet.

Lisa nahm einen Schluck Kaffee und begann, weitere Zeitungsberichte über Amund zu studieren. Sie las von der überaus fruchtbaren Zusammenarbeit Amunds mit der amerikanischen Dressurreiterin Cynthia Davies, die auf einem von ihm trainierten Hengst Anfang des neuen Jahrtausends international auf den wichtigsten Turnieren von Sieg zu Sieg geritten war. Vor fünf Jahren hatte ein Skandal ihren und Amunds Höhenflug jäh beendet. Soweit Lisa es verstand, ging es um verpönte Dressurmethoden, den Einsatz von Beruhigungsmitteln und anderen fragwürdigen Methoden, die Amunds Ruf beschädigt hatten.

Lisa lehnte sich zurück und schaute aus dem Fenster. Es war kurz vor elf. Die Sonne war hinter der gegenüberliegenden Bergkette verschwunden, und es herrschte eine dämmrige Stimmung. In Frankfurt ist es jetzt schon längst dunkel, schoss es ihr durch den Kopf. Sie wandte sich wieder dem Bildschirm zu und betrachtete ein etwa zehn Jahre altes Bild von Amund, auf dem er unbeschwert in die Kamera lachte. Was ist passiert?, fragte sie stumm. Warum hast du deine Grundsätze verraten und deine Karriere zerstört?

Am nächsten Tag erschien Amund nicht zur allmorgendlichen Besprechung.

»Ich glaube, er ist gestern spät nach Hause gekommen«, sagte Tekla und zwinkerte Lisa zu. »Lassen wir ihn ausschlafen. Du kommst doch erst mal allein zurecht?«

Lisa nickte. Sie war drauf und dran, Tekla über Amund auszufragen und ihr von dem Vorfall mit dem Engländer zu erzählen, doch diese verabschiedete sich eilig, da sie einen Zahnarzttermin hatte.

Amund schien tatsächlich noch zu schlafen, denn auch im Stall ließ er sich in den nächsten Stunden nicht blicken. Lisa war froh darüber – sie hätte nicht gewusst, wie sie ihm gegenübertreten sollte. Sie erledigte die Routinearbeiten, striegelte die Pferde, die an diesem Tag an der Reihe waren, und notierte, welche Futtermittel demnächst bestellt werden mussten. Als sie aus dem großen Stall trat, wanderten ihre Augen unwillkürlich zu dem alten Pferdestall, über dem Amunds Wohnung lag. Die Fensterläden waren nach wie vor geschlossen. Lisa sah auf die Uhr. Es war fast halb zwölf.

War Amund vielleicht krank? Sollte sie nach dem Rechten sehen? Oder würde er das als Einmischung empfinden? Lisa wischte ihre Bedenken beiseite, ging zu dem alten Stall hinüber und klopfte an Amunds Tür. Drinnen blieb es still. Sie klopfte noch einmal. Täuschte sie sich, oder hatte sie ein Stöhnen gehört? Vorsichtig drückte sie die Klinke herunter und steckte den Kopf durch die Tür. Im Halbdämmer erkannte sie einen großen Raum, von dem zwei Türen in weitere Zimmer führten. Auf einem Sofa, das gegenüber der Wohnungstür stand, lag Amund auf dem Rücken und schlief. Er trug noch dieselben Kleider wie am Vortag.

Auf Zehenspitzen ging Lisa ein paar Schritte auf ihn zu. Auf dem Boden vor dem Sofa lag eine leere Whiskyflasche, daneben ein gerahmtes Foto. Lisa hob es auf. Es war das Bild eines etwa fünfjährigen Mädchens, das unverkennbar Amunds Tochter zeigte. Es hatte die grauen Augen und das Grübchen auf der linken Wange von seinem Vater geerbt. Lisa stutzte. Tekla hatte doch erzählt, dass die Mutter der Kleinen Amerikanerin war und sich vor fünf Jahren von Amund getrennt hatte. War sie die Dressurreiterin, deren Pferd Amund auf dem englischen Gestüt trainiert hatte? Waren es vielleicht private Gründe gewesen, die Amund zum Verrat seiner Prinzipien getrieben hatten? Hatte er aus Liebe seinen Ruf gefährdet? Um dieser Cynthia Davies zu Erfolg und Ruhm zu verhelfen? Ein erneutes Stöhnen unterbrach Lisas Überlegungen. Amund wälzte sich auf die Seite. Rasch legte Lisa das Foto zurück und eilte aus dem Raum.

Als Amund auch am Nachmittag nicht auftauchte, kochte Lisa einen starken Kaffee, schmierte ein paar Brote, ließ sich von Tekla, die mittlerweile zurückgekehrt war, Kopfschmerztabletten geben und machte sich auf den Weg zu Amund. Von dem Schweigen, das auf ihr Klopfen folgte, ließ sie sich nicht abschrecken. Er war schließlich auch einfach zu ihr hereingekommen, als er ihren verstauchten Knöchel verarzten wollte. Resolut stieß sie die Tür auf, setzte das Tablett auf dem niedrigen Tisch vor dem Sofa ab und öffnete Fenster und Läden, um Licht und frische Luft hereinzulassen.

Amund lag immer noch auf dem Sofa. Als sie das Zimmer betreten hatte, war er mit einem Protestlaut hochgefahren, hatte sich aber gleich wieder zurückfallen lassen und sich mit einem unterdrückten Stöhnen an den Kopf gegriffen. Er sah völlig erschlagen aus. Unrasiert, bleich, dunkle Ringe unter den geröteten Augen. Mit düsterem Gesicht beobachtete er Lisa, die sich davon nicht beirren ließ und ihm nun wortlos ein Glas Wasser und eine Schmerztablette reichte. Sie zog sich einen Stuhl neben das Sofa, hob das Foto auf und sagte: »Sie sieht dir sehr ähnlich. Wie heißt sie?«

Amund machte eine Bewegung, als wolle er Lisa das Bild wegnehmen, ließ den Arm aber wieder sinken. »Caroline«, sagte er heiser. Er sprach den Namen amerikanisch aus.

»Sie ist jetzt zehn, nicht wahr?«, fragte Lisa.

Amund nickte und wandte den Blick ab.

»Ich weiß, dass mich das nichts angeht«, fuhr Lisa fort. »Aber ich habe gestern zufällig mitbekommen, wie dich dieser Engländer angesprochen hat. Ich wollte wissen, warum er dich Oppedal und nicht Wålstrøm genannt hat, und da hab ich ein wenig im Internet recherchiert.« Lisa deutete auf das Foto. »Ist Caroline die Tochter von Cynthia Davies?«

Amund drehte sich zu ihr und sah sie erstaunt an. »Woher weißt du ...?«, begann er, winkte dann müde ab und schloss kurz die Augen.

Lisa nahm den Kaffeebecher vom Tablett und hielt ihn Amund hin. »Ich habe keine Ahnung, was vor fünf Jahren passiert ist. Aber deine Reaktion auf die Begegnung gestern zeigt mir, dass es dich noch sehr schmerzt. Vielleicht tut es dir gut, darüber zu reden? Das da«, sagte sie und stieß mit dem Fuß gegen die leere Whiskyflasche, »ist auf Dauer keine Lösung.«

Amund sah Lisa direkt in die Augen. Sie rechnete damit, dass er sie zum Gehen auffordern würde. Zu ihrer Überraschung griff er nach dem Becher, trank ein paar Schlucke und begann stockend zu sprechen.

»Ich habe Cynthia in den Staaten kennengelernt. Auf einem Turnier. Es gab Schwierigkeiten mit ihrem Pferd Captain, das plötzlich eine Panikattacke hatte und nicht auf den Reitplatz wollte. Ich konnte den Hengst beruhigen, und die beiden holten den ersten Platz. Dann hat Cynthia mich gebeten, sie als Trainer nach England zu begleiten, wo sie gerade einen Vertrag bei einem bekannten Gestüt unterschrieben hatte.« Amund hielt kurz inne und wandte den Kopf ab. »Ich wäre ihr überallhin gefolgt, denn ich hatte mich Hals über Kopf in sie verliebt.« Er verzog das Gesicht und sah Lisa wieder an. »Klingt abgedroschen, aber genauso war es: Ich war buchstäblich blind vor Liebe. Sonst hätte ich gleich bemerkt, was für einen miesen Charakter sie hat. Das erkennt man schnell, wenn man beobachtet, wie jemand mit Tieren oder Kindern umgeht«, sagte er. »Wahrscheinlich wollte ich es nicht sehen.«

Lisa nickte. »Und wann hast du es bemerkt?«, fragte sie.

»Zunächst lief alles bestens. Das englische Gestüt war erstklassig, und Cynthia erfüllte die in sie gesetzten Erwartungen voll und ganz. Als nach einem Jahr unsere Tochter geboren wurde, musste Cynthia kaum mit dem Training aussetzen, denn ich habe mich um Caroline gekümmert. Ihre Mutter tat sich eher schwer, sich in ihre neue Rolle zu finden, für sie zählte nur das Reiten. Für mich war Caroline das schönste Geschenk in meinem Leben. Ich hätte nie gedacht, dass ein Kind einen so glücklich machen kann.«

Amund verstummte und schluckte. Lisa spürte ein Kratzen im Hals. Der Schmerz und die Wehmut in seiner Stimme berührten sie tief. Sie hob die Hand, um sie ihm auf den Arm zu legen, unterließ es dann aber. Sie wollte nicht riskieren, ihn aus seiner Stimmung zu reißen und seine Redebereitschaft zu beenden.

Amund räusperte sich und fuhr fort: »Ich habe also viel Zeit mit Caroline verbracht. Was zur Folge hatte, dass ich weniger mit Cynthia und Captain arbeitete. Ich habe zu spät erkannt, dass sie die Trainingsmethoden geändert hatte, um schnellere Erfolge zu erzielen.«

Lisa sah ihn fragend an. »Was bedeutet das genau?«

»Wie du weißt, lege ich Wert darauf, Pferde durch Einfühlung auszubilden. Durch Übungen, die auf Gleichgewicht und Harmonie beruhen, damit sie sich zufrieden und selbstbewusst dem Willen des Reiters unterwerfen«, begann Amund.

Lisa nickte und zitierte einen Satz ihres Reitlehrers, der sich ihr besonders eingeprägt hatte: »Die Dressur ist für das Pferd da und nicht umgekehrt.«

Amund lächelte leicht. »Genau. Kurz gesagt geht es darum, den Einsatz der Reiterhilfen nach und nach zu verringern.« Das Gespräch über sein Lieblingsthema schien ihn aufzumuntern. »Es ist ein langer Prozess, der großen Respekt vor dem Pferd verlangt. Sobald es ein Ausbildungsniveau erreicht hat, auf dem es sich leicht versammeln lässt, weich im Maul und im Rücken losgelassen ist, gibt man für einen Moment während einer bestimmten Übung die Schenkel- und Zügelhilfen auf. Das Pferd wird sich ohne Einbuße von Schwung, Rhythmus und Takt weiterbewegen und sich zu noch größerer Leistung angespornt fühlen.«

»Verstehe«, sagte Lisa. »Es fühlt sich eins mit seinem Reiter und vertraut ihm.«

Amund nickte. »Cynthia dauerte das zu lang, sie wollte schneller kompliziertere Bewegungsabläufe einüben. Deshalb ging sie dazu über, ihren Hengst in fester Anlehnung zu reiten und ihn in mechanischer Exaktheit festgelegte Aufgaben absolvieren zu lassen. So kann man zwar Verspannungen kaschieren, das Pferd präsentiert sich aber oft schwunglos und ohne jede Leichtigkeit, das heißt, es trägt sich nicht selbst. Die Reiterhand wird zur Stütze, zum ›fünften Bein‹ des Pferdes, wahre Versammlung ist nicht mehr möglich, sondern nur noch ein Komprimieren zwischen Hand und Schenkel … Entschuldige, ich schweife ab.«

Lisa schüttelte den Kopf. »Gar nicht, ich finde das sehr interessant.«

Amund streifte sie mit einem Blick. »Na ja, jedenfalls ging das nicht lange gut. Captain wurde immer nervöser, bekam wieder Panikanfälle und verlor sein Selbstvertrauen. Ich nahm Cynthia ins Gebet, beschwor sie, geduldiger zu sein und das ein oder andere Turnier sausen zu lassen, um den Druck von Captain zu nehmen.«

Lisa beugte sich nach vorn. »Lass mich raten. Sie hat nicht auf dich gehört.«

Amund nickte. »Obwohl es eine Weile durchaus so aussah. Captain schien sich wieder zu fangen. Das lag aber nicht an Cynthias Reitweise, sondern an den Medikamenten, die sie ihm zur Beruhigung verabreicht hat.«

Lisas Augen weiteten sich. »Sie ist ja wirklich vor nichts zurückgeschreckt.«

Amund zuckte die Schultern. »Wie schon gesagt, ich hätte es früher wissen können, wie sie tickt.«

»Und wie kam es zu dem Skandal, bei dem alles aufgeflogen ist?«, fragte Lisa gespannt.

»Da ich sie im Guten nicht überzeugen konnte, habe ich Cynthia damit gedroht, ihr Treiben unseren Chefs zu melden. Sie hat das nicht ernst genommen und ist zum nächsten Turnier gefahren. Aber dieses Mal hatte sie es endgültig zu weit getrieben. Captain bekam mitten in der Kür einen Kreislaufkollaps und musste abbrechen. Cynthia nutzte die Gelegenheit, spielte die Ahnungslose, schob alles mir in die Schuhe und sorgte dafür, dass belastendes Material bei mir gefunden wurde.« Amund machte eine Pause und fuhr nach einem kurzen Stöhnen fort: »Die Gestütsleitung vermutete wohl, dass da etwas nicht stimmte. Doch mir waren die Hände gebunden. Um mich daran zu hindern, meine Unschuld zu beweisen, drohte Cynthia mir damit, Caroline gegen mich aufzuhetzen und sie davon zu überzeugen, dass ihr Vater ein skrupelloser, verantwortungsloser Typ war. Hals über Kopf kehrte sie in die Staaten zurück und verweigert mir seitdem jeglichen Kontakt mit meiner Tochter.«

»Sie ist einfach mit Caroline abgehauen?« Lisa schaute Amund fassungslos an. Kein Wunder, dass er am Boden zerstört gewesen war und keine Kraft gehabt hatte, um die Wiederherstellung seines Rufes zu kämpfen. Vermutlich hatte ihn der Verlust seiner Tochter weit schlimmer getroffen als das Ende der Beziehung zu ihrer Mutter. Eine Vermutung, die Amund mit seinem nächsten Satz bestätigte.

»Wenn Caroline nicht gewesen wäre«, sagte er, »hätte ich mich vermutlich schon nach zwei Jahren von Cynthia getrennt. Ich wusste, dass sie das Kind ohne Bedenken für ihre Zwecke gegen mich ausspielen würde. Wohl auch deshalb habe ich so lange nicht wahrhaben wollen, was sie trieb.« Amund senkte den Kopf und fügte leise hinzu: »Am Schluss habe ich Caroline aber doch verloren.«

Lisa legte eine Hand auf seine Schulter und drückte sie sanft. »Ich kann mir sicher nur ansatzweise vorstellen, wie schrecklich diese plötzliche Trennung für dich gewesen sein muss. Und für Caroline. Schließlich hast du dich am meisten um sie gekümmert.«

Amund straffte sich. »Und das wollte ich natürlich auch weiterhin. Nachdem ich den ersten Schock überwunden hatte, folgte ich den beiden nach Virginia, wo Cynthias Familie lebt. Ich schaffte es aber nicht einmal, das Haus zu betreten, geschweige denn, Cynthia oder Caroline zu sehen. Eine Hausangestellte überreichte mir die Karte des Familienanwalts, der mir unverblümt zu verstehen gab, dass ich keine Chancen hätte, an Caroline heranzukommen, solange Cynthia es nicht gestattete.«

Lisa lehnte sich in ihrem Stuhl zurück und schaute Amund betroffen an. »Und da du weder US-Bürger bist noch mit Cynthia verheiratet warst, musste der Anwalt sich gar nicht groß um weitere Maßnahmen gegen dich bemühen.«

Amund nickte. »Ganz genau. Ihm selber tat das Ganze sogar leid. Wenn es nach ihm gegangen wäre, hätte sich Cynthia gütlich mit mir geeinigt und mir ein Besuchsrecht bei Caroline eingeräumt. Er machte mir klar, dass Cynthias Familie in der

Gegend großen Einfluss hat und nicht davor zurückschreckt, ihn bei hochrangigen Politikern geltend zu machen, wenn sie ihre Interessen durchsetzen will. Und das riesige Vermögen der Familie Davies gestattet es ihnen, ganze Heere von Topanwälten zu beschäftigen, wenn sie vor Gericht müssen.«

Amund trank einen Schluck Kaffee und verzog das Gesicht, weil das Getränk mittlerweile kalt war. Er stellte den Becher ab und fuhr fort: »Ich habe natürlich trotzdem nicht lockergelassen und mir auch einen Anwalt gesucht. Der Mann hat sich redlich ins Zeug gelegt. Aber ausrichten konnte er erwartungsgemäß nichts. Er war so fair, mich nicht in einen endlosen Gerichtsstreit zu verwickeln, bei dem ich am Ende auf einem Berg Schulden gesessen hätte – ohne in der Sache auch nur einen Schritt weitergekommen zu sein.«

Nach einer kurzen Pause sagte Lisa: »Wirklich unglaublich, dass man Vätern so etwas antun darf und kann. Und sich überhaupt nicht darum schert, ob das Kind bei der Mutter tatsächlich besser aufgehoben ist. Da meckern immer alle über die Männer, die ihren Nachwuchs links liegen lassen. Aber für diejenigen, die im Leben ihrer Kinder eine Rolle spielen wollen, wird nichts getan.«

Amund zuckte resigniert die Schultern. »Ja, rechtlich gesehen steht man da ziemlich allein. Ich hatte irgendwann keine Kraft mehr, diesen aussichtslosen Kampf zu führen. Ich wollte auch nicht riskieren, dass Cynthia ihren Hass auf mich an Caroline auslässt. Also bin ich nach Norwegen zurückgekehrt und habe versucht, hier neu anzufangen.«

»Und seither hast du nie wieder etwas von deiner Tochter gehört?«, fragte Lisa.

»Nein«, antwortete Amund, beugte sich nach vorne und holte eine Schachtel unter dem Sofa hervor. »Ich hab's versucht«, sagte er und hielt Lisa die geöffnete Schachtel hin. Sie war mit Briefkuverts gefüllt.

»Du hast Caroline geschrieben?«, fragte Lisa.

Amund nickte. »Jeden Monat. Seit fünf Jahren.«

Lisa nahm einen Umschlag heraus. Er war wie die übrigen ungeöffnet und an Caroline Davies adressiert. Neben der Anschrift prangte ein Stempel: *»Refused! Return to sender.«*

Lisa hätte sich nicht gewundert, wenn es Amund im Nachhinein unangenehm gewesen wäre, dass er sich ihr in einer schwachen Minute anvertraut hatte. Marco hätte sich lieber die Zunge abgebissen, als über solche Dinge zu sprechen. Das war in seinen Augen unmännlich. Er fand, dass man(n) das mit sich selbst ausmachen sollte. Wieder einmal wurde Lisa bewusst, wie wenig sie Marco kannte. Wie sah es wirklich in ihm aus? Und inwieweit interessierte es ihn, was in ihr vorging?

Als Lisa am nächsten Morgen in die Küche des Wohnhauses kam, saß Amund bereits mit Tekla am Tisch. Er lächelte Lisa entspannt an und schenkte ihr einen Becher mit Kaffee ein. »Mit viel Milch, ohne Zucker, richtig?«

Lisa nickte und setzte sich. Dabei warf sie einen Blick aus dem Fenster, das zum Hof hinausging. »Erwarten wir heute neue Gäste?«, fragte sie.

Tekla schüttelte den Kopf. »Nein, erst zum Wochenende. Warum fragst du?«

Lisa deutete aus dem Fenster auf einen Mann, der sich suchend umsah. »Kennt ihr den?«

Amund und Tekla sahen hinaus. »Nein«, sagten sie gleichzeitig.

Amund stand auf. »Ich seh mal nach, was er will.«

»Ich freue mich, dass ihr euch mittlerweile so gut versteht«, sagte Tekla lächelnd. Lisa fühlte, wie sie rot wurde, und verschanzte sich hastig hinter ihrem Kaffeebecher. Tekla schien ihre Verlegenheit nicht zu bemerken. Nachdenklich fuhr sie fort: »Amund kommt endlich aus seinem Schneckenhaus, in das er sich so lange verkrochen hat.«

Lisa stellte den Becher auf den Tisch und fragte: »Wusstest du eigentlich, dass er seinen Namen geändert hat?«

Tekla nickte. »Ja, als er nach Norwegen zurückgekommen ist, hat er den Mädchennamen seiner Mutter angenommen. Vielleicht hat er gehofft, mit dem alten Namen auch die schmerzliche Vergangenheit ablegen zu können«, sagte sie. »Aber leider ist das ja nicht so einfach. Umso mehr freut es mich, dass er jetzt wieder zugänglicher wird.«

Lisa nickte. »Ich glaube, die Zeit hat das Ihre getan. Und eure Gastfreundschaft. Amund wirkt gar nicht wie ein Angestellter, sondern eher wie ein Familienmitglied.«

Tekla lächelte. »Das ist er auch fast. Seine Familie ist unserer schon lange eng verbunden.«

Das Auftauchen Amunds unterbrach Tekla. Mit besorgtem Gesicht betrat er die Küche.

»Was ist passiert?«, fragte Lisa.

»Wer war der Mann?«, wollte Tekla wissen.

»Ein Bauunternehmer«, antwortete Amund und setzte sich. »Er wollte sich einen Eindruck von dem Grundstück verschaffen, das er bei der bevorstehenden Zwangsversteigerung erwerben will.« Lisa und Tekla wechselten einen irritierten Blick.

»Wie kommt er denn darauf?«, fragte Tekla.

»Ein gewisser Bori Eklund hat ihm gesteckt, dass der Karlssenhof hoch verschuldet ist und demnächst unter den Hammer kommt«, antwortete Amund.

»Eklund?«, hakte Lisa nach. »Das ist doch der Galerist, der Mikael übers Ohr gehauen hat.«

Tekla wurde bleich. »O Gott, mit was für Leuten hat sich Mikael da eingelassen?«

»Wir sollten den Kreditvertrag noch mal genau unter die Lupe nehmen«, sagte Lisa und stand auf. »Irgendwas ist da faul.«

Amund nickte. »Weißt du, wie Mikael an diesen Kreditheini geraten ist?«

»Nein, das hat er nicht gesagt. Aber es sieht ganz so aus, als hätte ihm dieser Eklund den Tipp gegeben. Wahrscheinlich steckt der mit diesem Geldhai unter einer Decke.«

Amund runzelte die Stirn. »Ich fürchte, du hast recht. Das sieht nach einem abgekarteten Spiel aus. Vermutlich haben die damit gerechnet, dass Mikael bereits an der ersten Rückzahlungsrate scheitert. Dass du einspringen würdest, konnten sie ja nicht ahnen.«

Tekla schaute ihn ängstlich an. »Ich verstehe das nicht. Wir haben doch noch zwei Monate Zeit, bis die nächste Rate fällig ist. Warum ist von einer baldigen Zwangsversteigerung die Rede?«

Die Antwort auf diese Frage fand sich in einer Klausel, die in einem Paragrafen des umfangreichen Kreditvertrags versteckt war, den Lisa aus dem Arbeitszimmer geholt und Amund gegeben hatte. Sie fühlte sich im Norwegischen noch lange nicht sicher genug, um einen komplizierten juristischen Text zu verstehen.

»Ich glaube, hier liegt der Hund begraben«, sagte Amund nach einer Weile. »Der Kreditgeber bietet zwei Modalitäten zur Rückzahlung an: eine schnelle Variante, in der innerhalb von sechs Monaten die gesamte Schuld von vier Millionen Kronen, also fünfhunderttausend Euro, beglichen wird. Und eine langsamere, bei der alle drei Monate vierhunderttausend Kronen fällig werden. Bei dieser Möglichkeit kommt eine Klausel ins Spiel, die es dem Kreditgeber erlaubt, die ganze Summe innerhalb von wenigen Wochen einzutreiben.«

Tekla unterdrückte einen Aufschrei und schlug sich die Hand vor den Mund. »Wie konnte Mikael so was unterschreiben?«, fragte sie heiser.

»Er hat das vermutlich gar nicht wichtig gefunden«, meinte

Lisa. »Er ging doch fest davon aus, in kurzer Zeit viel Geld zu verdienen mit den Bildern dieses angesagten Malers. Er glaubte, in wenigen Wochen schuldenfrei zu sein.« Sie wandte sich an Amund. »Ich halte diese Klausel zumindest für sittenwidrig. Ich bin mir sicher, wir können sie anfechten. Am besten, wir zeigen den Vertrag so schnell wie möglich einem guten Anwalt.«

Amund nickte. »Das sollten wir unbedingt tun.«

»Vielleicht kommt es ja gar nicht zum Äußersten!«, rief Tekla und schluckte. »Vielleicht lassen sie uns die Schulden ja langsam abstottern.«

Lisa und Amund wechselten einen unbehaglichen Blick, sprachen aber nicht laut aus, was sie dachten: Warum sollte man so eine Klausel einführen, wenn man nicht vorhatte, von ihr Gebrauch zu machen?

Der Anwalt, den Lisa und Amund noch in derselben Woche in einer Kanzlei in der Eidsgata aufsuchten, bestätigte ihre Vermutung, dass die Klausel anfechtbar war. Gleichzeitig gab er zu bedenken, dass sich ein Gerichtsverfahren über viele Monate hinziehen konnte. Auch wenn sie am Ende den Prozess gewinnen sollten – falls der Kreditgeber in nächster Zeit sein Geld zurückforderte, mussten sie zahlen.

In den folgenden Tagen hatte Lisa das Gefühl, auf einem Pulverfass zu sitzen, an das jederzeit Lunte gelegt werden konnte. Auch wenn dem Auftauchen des Bauunternehmers zunächst keine weiteren beunruhigenden Vorkommnisse folgten – es war wie die sprichwörtliche Ruhe vor dem Sturm. Dazu kam, dass sich Mikael nicht meldete. Ihre E-Mail, in der sie ihm von der neuen bedrohlichen Lage berichtet und ihn dringend um Rückmeldung gebeten hatte, war bislang unbeantwortet geblieben.

Mit finsterem Gesicht klappte Lisa ihren Laptop zu. In der Mittagspause hatte sie ihre E-Mails gecheckt – wieder kein

Lebenszeichen von Mikael. Lisa griff nach ihrem Mobiltelefon und schrieb ihm eine SMS: *»Melde dich endlich! Lisa«*

Was dachte er sich bloß? Ohne ihn oder zumindest seine Vollmacht konnten sie keine rechtlichen Schritte einleiten. Lisa biss sich von innen in die Unterlippe. Hatte sie sich doch in ihm getäuscht? War sie zu gutgläubig gewesen? Missbrauchte er ihr Vertrauen? Das Piepsen ihres Telefons, das eine eingehende SMS ankündigte, riss sie aus ihren Gedanken. Ihre Miene hellte sich auf. »Na bitte, geht doch«, sagte sie halblaut und öffnete die SMS: *»Kann kaum erwarten, dich endlich wieder zu spüren, Cara«*, las sie und warf entnervt das Telefon auf den Tisch. Sie war wütend. Auf Mikael, der sie auflaufen ließ. Auf Marco, der ihr mit seinen kleinen eindeutig-zweideutigen Botschaften zunehmend auf den Wecker ging, weil sie sich davon unter Druck gesetzt fühlte. Vor allem aber auf sich selbst. Falls sie Mikael wirklich so falsch eingeschätzt hatte, war ihre Menschenkenntnis, auf die sie sich gern etwas einbildete, keinen Pfifferling wert!

Wenigstens von Faste gab es gute Neuigkeiten. Er war aus dem Krankenhaus in Bodø entlassen worden und sollte sich nun während einer mehrwöchigen Kur gänzlich von seinem Infarkt erholen. Lisa und Tekla waren gerade im Gemüsegarten und pflanzten Karotten, Gurken und Kohlrabi für die Sommerernte, als Inger anrief. Tekla zog ihr Mobiltelefon aus der Schürzentasche und setzte sich auf eine Bank, die am Gartenzaun stand. Lisa lockerte in Hörweite mit einer Harke ein Beet auf. Sie liebte den schweren Geruch feuchter Erde, der sich mit dem süßen Duft eines blühenden Wildrosenstrauchs mischte, der neben der Bank wuchs.

»Nein, meine Liebe«, sagte Tekla ins Telefon, »du musst unbedingt mit Faste fahren. Wir kommen hier wirklich gut zurecht.« Tekla lächelte Lisa zu. »Man könnte meinen, Lisa sei auf einem Bauernhof aufgewachsen«, fuhr sie fort. »Sie ist uns eine große Hilfe.«

Lisa beugte sich rasch wieder über das Beet und stach mit einer kleinen Schaufel das erste Loch aus, in das sie ein Gurkenpflänzchen steckte. Teklas Lob machte sie verlegen. Und sehr glücklich. Wieder einmal – wie so oft in den letzten Wochen – kam es ihr so vor, nach Jahren des Umherirrens am richtigen Ort angekommen zu sein. Früher hatte sie das Wort Zuhause für jede Unterkunft verwendet, die sie gerade bewohnte, selbst ihre Frankfurter Wohnung nahm da keine besondere Stellung ein. Doch hier auf dem Karlssenhof bekam der Begriff eine neue, tiefere Bedeutung für sie. Zum ersten Mal in ihrem Leben hatte Lisa das Gefühl, an einem Ort zu Hause zu sein.

25

Bergen – Masuren, September 1941

Mari deckte gerade den Tisch fürs Abendbrot, als die Wohnungstür geöffnet wurde. Offenbar hatte Gunda das Geschäft früher als gewöhnlich geschlossen. Das Besteck, das sie verteilen wollte, fiel Mari aus der Hand, als sie Joachims Stimme erkannte. Sie rannte in den Flur. Bevor sie ihn noch richtig gesehen hatte, fühlte sie sich von seinen starken Armen umfangen und hochgehoben, während sie ihr Gesicht in den kratzigen Stoff seiner Uniform vergrub und den vertrauten Duft tief in sich einsog. Alle Ängste und Zweifel, die sie in den letzten Tagen und vor allem in den Nächten heimgesucht hatten, fielen von ihr ab. Mit Joachim an ihrer Seite fühlte sie sich stark und sicher. Sie hob den Kopf und strahlte Gunda glücklich an.

Gunda lächelte zurück. »Ich weiß nicht, wie es euch geht, aber ich habe großen Hunger«, sagte sie und fuhr an Joachim gewandt fort: »Sie können doch zum Essen bleiben?«

Joachim schüttelte den Kopf. »Ich würde Ihre Einladung wirklich gern annehmen. Aber wir haben keine Zeit.«

Mari schaute ihn fragend an. »Wir?«

Joachim nickte. »Ja, es tut mir leid, dass ich dich so überrumpele. Wir fahren noch heute Abend nach Deutschland.« Mari schluckte. Joachim legte den Arm um sie. »Es geht nicht anders. Ich habe nur eine Woche Urlaub bewilligt bekommen. Da sollten wir keine Zeit verschwenden. Heute läuft ein Truppentransporter aus, mit dem können wir in einem Rutsch bis nach Danzig fahren. Wenn alles gut geht, sind wir schon morgen Abend bei meinen Eltern in Nikolaiken.«

Mari brauchte nicht lange, um ihre Sachen in den kleinen

Koffer zu packen. Joachim entschuldigte sich nochmals für den überhasteten Aufbruch und dankte Gunda für die Gastfreundschaft, die sie seiner Verlobten gewährt hatte. Mari rang um Fassung, als sie Gunda umarmte. Wieder ein Abschied, bei dem ungewiss war, ob und wann ihm ein Wiedersehen folgen würde. Mari drückte Gunda ein letztes Mal und folgte Joachim, der bereits mit ihrem Koffer in den Hausflur getreten war.

Schweigend eilten sie Hand in Hand durch die regennassen Straßen zum Hafen. In den Pfützen spiegelten sich die dicken Wolken, die vom starken Westwind über den Himmel gejagt wurden. Obwohl es schon fast dunkel war, brannten die Straßenlaternen nicht. Auch aus den Häusern drang kaum ein Lichtschein – eine Folge der strikten Verdunkelungspflicht, die die Deutschen gleich zu Beginn ihrer Besatzung eingeführt hatten. Auch das riesige Schiff, das am Kai vertäut lag, war nahezu unbeleuchtet und wirkte auf Mari wie ein bedrohlicher dunkler Schatten. Joachim führte sie zur Gangway, wo ein Soldat Wache hielt. Nachdem er die Papiere, die Joachim ihm zeigte, geprüft hatte, nickte er ihm und Mari zu und gab den Weg frei.

Joachim brachte Mari zu einer großen Kabine auf dem ersten Deck, wo sie bei einer Gruppe Nachrichtenhelferinnen schlafen sollte. Er war mit weiteren Soldaten in einem anderen Teil des Dampfers untergebracht. Mari schaute sich neugierig um, während sie Joachim folgte. Sie vermutete, dass das Schiff vor dem Krieg ein ziviler Personendampfer gewesen war. Über einer Tür, die von der Längsseite ins Innere führte, verriet eine römische Zwei, dass dies früher die Kabinen der Passagiere der zweiten Klasse gewesen waren.

Fröhliches Stimmengewirr tönte Mari entgegen, als sie schließlich auf dem ersten Deck vor einer geöffneten Tür stehen blieben.

»Ich hole dich gleich wieder ab«, versprach Joachim. »Ich

muss mich nur rasch registrieren lassen und mir einen Schlafplatz sichern.«

Mari nickte und versuchte, sich ihr Unbehagen nicht anmerken zu lassen. Würde man sie mit dem Hitlergruß empfangen und erwarten, dass sie ihn erwiderte? Was würde geschehen, wenn sie ihn verweigerte? Sie straffte die Schultern und betrat die geräumige Kabine, in der sich etwa acht junge Frauen befanden. Sie saßen oder lagen schwatzend und kichernd auf den zweistöckigen Betten, die den Raum fast vollständig ausfüllten. An den Ärmeln ihrer schnittigen, hellgrauen Kostüme waren runde Abzeichen mit gezackten, an Blitze erinnernden Emblemen aufgenäht.

Als sie Mari entdeckten, begrüßten sie den Neuankömmling mit freundlichem Hallo. Erleichtert, dass ihr kein »Heil Hitler« entgegentönte, lächelte Mari ihren Zimmergenossinnen schüchtern zu. Ein brünettes Mädchen, das etwa in Maris Alter war, ging einen Schritt auf sie zu.

»Wir beißen nicht«, versicherte sie ihr mit einem Augenzwinkern. »Du kannst hier schlafen«, fuhr sie fort und deutete auf die untere Pritsche eines der Doppelbetten.

Mari bedankte sich mit einem Nicken und schob ihren Koffer unter das Bett. »Wo warst du denn stationiert?«, wollte die Brünette wissen. »Wir waren die letzten sechs Monate in Trondheim als Funkerinnen. War ’ne tolle Zeit, was, Mädels? Hoffentlich gibt’s da, wo wir jetzt hinkommen, auch so fesche Jungs«, sagte sie grinsend in die Runde.

Eine zierliche Blondine schüttelte tadelnd den Kopf. »Dass du immer nur ans Flirten denkst, Gertrud. Was soll denn unser Gast von uns denken?« Im Gegensatz zu ihrer Kameradin hatte sie offensichtlich sofort erkannt, dass Mari Norwegerin war und nicht zur Truppe gehörte. »Ich bin Sieglinde«, sagte sie und musterte Mari neugierig.

»Ich heiße Mari«, antwortete diese leise und war froh, dass sie in den gemeinsamen Monaten mit Joachim ihr holpriges Schuldeutsch deutlich verbessert hatte.

»Wohin fährst du?«, fragte Sieglinde.

Mittlerweile hatten sich die anderen jungen Frauen um Mari geschart, der es sehr unangenehm war, derart im Mittelpunkt zu stehen.

Joachims Erscheinen enthob sie einer Antwort. »Meine Verlobte begleitet mich zu meinen Eltern nach Masuren, wo wir heiraten werden«, erklärte er, lächelte die jungen Frauen gewinnend an, nahm Maris Hand und zog sie aus der Kabine. Dankbar folgte Mari ihm auf das ehemalige Sonnendeck.

»Da bist du nun also unter die Blitzmädel geraten«, stellte Joachim fest.

Mari sah in fragend an. »Blitzmädel?«

»Ja, so werden unsere Mitarbeiterinnen im Nachrichtendienst genannt.«

»Wegen der gezackten Zeichen auf ihren Uniformen?«, fragte Mari.

Joachim nickte und führte sie zu einer Bank, die in einer überdachten, windgeschützten Ecke stand. Sie setzten sich, und Joachim breitete seinen Mantel über sich und Mari aus, die sich eng an ihn kuschelte. Von ihrem Platz aus konnten sie den Anlegekai sehen. Die dahinterliegenden Häuser waren nur vage zu erahnen – inzwischen war es völlig dunkel geworden. Joachim schaute prüfend in den Himmel. Die Wolkendecke hatte sich wieder geschlossen.

»Sehr gut«, meinte er, »da werden die Tommies keine Angriffe fliegen.«

Mari sah ihn ängstlich an. Darüber hatte sie sich bisher noch gar keine Gedanken gemacht: Sie befanden sich auf einem Kriegsschiff, also einem möglichen Ziel feindlicher Angriffe. Auch wenn sie persönlich die Engländer überhaupt nicht als Feinde betrachtete. Sie seufzte. Es war alles so vertrackt.

Joachim drückte sie fester an sich. »Keine Angst, es wird schon nichts passieren«, sagte er beruhigend. Mari lehnte ihren Kopf an seine Schulter und schloss die Augen.

Wenig später glitt das riesige Schiff aus dem Hafen. Eskortiert wurde es von zwei kleineren Kriegsschiffen, die Mari einmal mehr die drohenden Gefahren auf ihrer Reise in Erinnerung riefen. Sie stand auf und ging zur Reling, um einen letzten Blick auf die Stadt zu werfen. Der einsetzende Regen trieb sie bald zurück auf die Bank. Joachim öffnete den Beutel, den Gunda ihnen mitgegeben hatte.

»Ich hab einen Bärenhunger«, sagte er.

Obwohl Mari gedacht hatte, sie würde keinen Bissen herunterbekommen, lief ihr angesichts des liebevoll zusammengestellten Picknicks das Wasser im Munde zusammen. Gunda hatte ihnen mit *geitost*, einem braunen Ziegenkäse, belegte *flatbrøte* eingepackt, dazu zwei Äpfel und eine Tüte mit selbst gebackenen Haferkeksen. Nachdenklich kaute Mari ihr Käsebrot. Von Joachim wusste sie, dass *geitost* eine typisch norwegische Spezialität war, die er erst hier kennengelernt hatte. Der würzige, leicht karamellige Geschmack erschien ihr mit einem Mal wie ein letzter Abschiedsgruß aus ihrer Heimat, deren Küste in der Dunkelheit verschwunden war.

Sieglinde und Gertrud hatten offenbar beschlossen, Mari unter ihre Fittiche zu nehmen. Als sie von Joachim zurück zur Frauenunterkunft gebracht worden war, verwickelten die beiden Freundinnen sie ganz selbstverständlich in ein Gespräch, erklärten ihr den Tagesablauf an Bord und nahmen ihr mit freundlichen Scherzen die Befangenheit. Mari war ihnen sehr dankbar dafür, gaben sie ihr doch das Gefühl, nicht allein unter Fremden zu sein.

Mitten in der Nacht rüttelte jemand an Maris Schulter. Benommen richtete sie sich auf. Sieglinde stand neben ihrem Bett.

»Entschuldige, dass ich dich geweckt habe. Aber du würdest sonst etwas Wunderschönes verpassen«, flüsterte sie.

Auch Sieglindes Freundin Gertrud war aufgestanden und zog sich gerade ihren Mantel über. Mari schlüpfte rasch in ihre Schuhe, griff nach ihrem dicken Wollschal und folgte den beiden Deutschen aus der Kabine.

Sie liefen durch mehrere Gänge und eine Treppe hinauf, an deren Ende eine Tür zum Backbord-Seitendeck führte. Den drei jungen Frauen blies ein frostiger Wind entgegen, doch der Anblick, der sich ihnen bot, ließ sie die Kälte vergessen. Das Schiff hatte die Nordsee vor Norwegen längst verlassen, das Kattegat passiert und fuhr gerade in den engen Øresund zwischen Dänemark und Schweden. Auf dem schwedischen Festland leuchteten die Lichter einer mittelgroßen Stadt.

Mari hielt unwillkürlich den Atem an und schaute auf die leuchtende Pracht, die ihr wie ein Gruß aus einer anderen, fast vergessenen Welt erschien. Aus einer Welt, in der man ohne Angst Licht machen konnte, die Fenster nicht komplett verdunkeln musste und in der Straßenlaternen brennen durften. Aus einer Welt, in der Frieden herrschte. Auch Sieglinde und Gertrud waren mit großen Augen in diesen ungewohnten Anblick versunken, der außerhalb des neutralen Schwedens undenkbar gewesen wäre.

»Das ist Helsingborg«, sagte Sieglinde. »Hier ist die engste Stelle des Øresunds, das gegenüberliegende dänische Helsingør ist nur vier Kilometer entfernt.«

Männliche Stimmen rissen die drei Frauen aus ihrer andächtigen Stimmung. Sie waren nicht die Einzigen, die der Lichterglanz auf das Seitendeck gelockt hatte. Mehrere Soldaten versammelten sich auf dem Gang, scherzhafte Bemerkungen flogen hin und her, in die sich auch nachdenkliche, wehmütige Töne mischten.

»Wann werden unsere Städte wohl wieder so leuchten?« Gertrud sprach leise aus, was wohl viele dachten.

Als Mari am nächsten Morgen aufwachte, hatte das Schiff bereits die Ostsee erreicht. Rasch zog sie sich an, wusch sich im Waschraum neben der Kabine das Gesicht und begleitete Sieglinde und Gertrud in einen großen Raum, in dem es Frühstück gab. Hier entdeckte sie Joachim, der fröhlich winkte. Mari nickte ihren Begleiterinnen zu und lief ihm entgegen.

»Ich habe deine Ration auch schon geholt«, sagte er und hielt einen Teller mit zwei dicken Brotscheiben hoch, die mit Vielfruchtmarmelade bestrichen waren. Mari nahm ihm den Teller ab, damit Joachim noch zwei Tassen Hagebuttentee holen konnte.

Mit ihrem Frühstück setzten sie sich wieder auf »ihre« Bank auf dem ehemaligen Sonnendeck. Es war ein klarer, windstiller Tag. Ein blassblauer Himmel spannte sich über der ruhigen See. Ein paar Möwen kreisten über dem Schiff, von dem aus Mari steuerbords einen Uferstreifen sah.

»Ist das schon Deutschland?«, fragte sie.

Joachim nickte. »Das ist die Insel Rügen. Schau, dahinten liegt Kap Arkona, der nördlichste Zipfel.« Er streckte den Arm aus und zeigte auf eine Stelle, an der die Küste steil abfiel. Der weiße Fels leuchtete über dem dunklen Wasser am Fuße der Klippen, deren Kamm mit dichtem Wald bewachsen war.

Mari entdeckte außerdem einen hohen Turm. »Ist das ein Leuchtturm?« fragte sie.

»Nein, ein Peilturm der Marine«, antwortete Joachim. »Aber es gibt auch zwei Leuchttürme, wobei der ältere nicht mehr in Betrieb ist. Du kannst sie nur von hier aus nicht sehen.«

Joachim legte seinen Arm um Mari und zog sie an sich. »Ich kann dir gar nicht sagen, wie glücklich ich bin. Hier mit dir zu sitzen ...« Er schaute ihr in die Augen und gab ihr einen langen Kuss. »In drei Tagen bist du meine Frau«, flüsterte er ihr zärtlich ins Ohr.

Mari lächelte verträumt. »Mari Ansas«, sagte sie. »Klingt vertraut. Zum Glück hast du nicht so einen unaussprechlichen Namen. Wie zum Beispiel dein Vorgesetzter Wuhlker Hälmstä.«

Joachim lachte. »Du meinst Oberst Volker Helmstedt.«

Mari verdrehte die Augen. »Das werde ich nie lernen!«

»Das musst du auch gar nicht«, erwiderte Joachim. »Ich finde deine Aussprache sehr charmant.«

Mari schmiegte sich enger an ihn. Sie fühlte sich seltsam leicht und unbeschwert. Einzig die Gegenwart von Joachim zählte, ihr gemeinsames Erleben. Vergangenheit und Zukunft, belastende Erinnerungen und Ängste waren für ein paar Augenblicke verflogen.

»Ach, wenn wir doch ewig so weiterfahren könnten«, sagte sie leise. Joachim drückte ihre Hand.

Gegen Abend, nur wenige Seemeilen vor ihrem Zielhafen Danzig, wurden die Maschinen gedrosselt, und das mächtige Schiff kam zum Stehen. Fragend sah Mari zu Gertrud und Sieglinde, mit denen sie auf dem Sonnendeck saß und sich ein Kartenspiel beibringen ließ, das den in ihren Ohren lustigen Namen Mau-Mau trug. Joachim hatte einen alten Bekannten aus seiner Königsberger Studienzeit getroffen und ging mit ihm auf dem Deck auf und ab. Die beiden Freundinnen zuckten ratlos die Schultern. Gertrud stand auf und trat einem vorübereilenden Matrosen in den Weg.

»Entschuldigung, wissen Sie, warum wir halten?«

Der junge Mann sagte knapp: »Ankertauminen in der Fahrrinne«, und hastete weiter.

Da Gertrud auf diese Auskunft mit einem Stirnrunzeln reagierte, fragte Mari: »Was sind Ankertauminen?«

»Das sind Sprengkörper, die gegen Schiffe eingesetzt werden«, erklärte ihr Sieglinde. »Durch den Kontakt mit dem Schiffskörper wird ihr Berührungszünder ausgelöst.«

Maris Augen weiteten sich. Gegen ihren Willen drängten sich

ihr Bilder von geborstenen Schiffswracks und im Wasser treibenden Leichen auf. »Und was jetzt?«, fragte sie heiser.

Gertrud setzte sich wieder zu ihnen. »Jetzt müssen wir warten, bis die Minensucher die Bomben gefunden und unschädlich gemacht haben.« Sie deutete auf eines der beiden Begleitschiffe, das eben nach Steuerbord an ihnen vorbeifuhr. »Das ist ein Minensuchboot.«

Sieglinde nahm ihre Karten wieder auf und meinte: »Die Jungs sind in der Regel ziemlich flink. Ich hab das schon ein paar Mal erlebt. Sicher geht es bald weiter.«

Gertrud nickte und griff ebenfalls zu ihren Karten. Die Gelassenheit, mit der die beiden auf die Situation reagierten, beruhigte Mari ein wenig.

»Du bist dran«, erinnerte Gertrud sie.

Mari nickte und schaute in ihre Karten. Ein leises Brummen ließ sie innehalten und den Kopf heben. Am Himmel hinter dem Schiff kam rasch ein schwarzer Punkt näher.

Auch andere auf dem Deck hatten das Flugzeug entdeckt.

»Ein Tommie!«, rief ein junger Soldat.

Im nächsten Moment brach die Hölle los. Wie in den Albträumen, in denen man verzweifelt versucht, vom Fleck zu kommen und sich nicht rühren kann, erstarrte Mari und verfiel in einen tranceähnlichen Zustand, in dem die Ereignisse der nächsten Sekunden wie in Zeitlupe an ihr vorbeizogen.

Sie sah, wie sich viele Soldaten auf den Boden warfen, hinter Deckaufbauten und Bänken Schutz suchten oder zu den Eingängen ins Schiffsinnere rannten. Auch Sieglinde und Gertrud waren plötzlich verschwunden. Sie selbst saß wie festgebunden auf ihrem Stuhl und starrte dem Kampfflugzeug entgegen, das aus mehreren Maschinengewehren, die im Rumpf und den Tragflächen steckten, unaufhörlich schoss. Als die Maschine über sie hinwegdonnerte, schienen Maris Ohren wie mit Watte verstopft. Die Geräusche drangen nur noch gedämpft in ihr Bewusstsein, alle Bewegungen wirkten verlangsamt. Mari hob den Kopf. In einer kleinen Glaskuppel, die aus dem Rumpf hinter dem Pilotensitz ragte, konnte sie einen Mann erkennen. Für einen kurzen Moment trafen sich ihre Blicke. Ohne sich dessen bewusst zu sein, hob Mari eine Hand und winkte ihm zu. Sie fand es ganz natürlich, dass er zurückwinkte.

Das Flugzeug wendete und flog erneut auf den Konvoi zu. Schlagartig waren die Geräusche wieder da, Mari hörte Schreie und das Feuern der Abwehrkanonen. Sie sah sich um. Wo war Joachim? Das Deck war von Einschusslöchern übersät, überall lagen zerfetzte Holzplanken, eines der Rettungsboote hing schief in seiner Halterung, und über einen Lüftungsschacht zog sich ein breiter Streifen aus roten Spritzern. Blut!, schoss es Mari durch den Kopf. Erst jetzt wurde ihr bewusst, in welcher Gefahr sie sich befand. Und ihr Kind! Verzweifelt sah sie sich nach einer Deckung um. Ich muss das Kind schützen, dachte sie und krümmte sich über ihrem Bauch zusammen, als könnte sie so das ungeborene Leben vor Unheil bewahren. Der Jagdbomber eröffnete wieder das Feuer.

Mari fühlte sich zu Boden gerissen. Eine Hand drückte ihren Kopf hinunter. Flüchtig nahm sie einen vertrauten Duft wahr, als sich ein Oberkörper dicht über sie beugte. Es war Joachim, der sich schützend auf sie geworfen hatte. Nach ein paar Sekunden, die sich schier endlos hinzogen, verstummte das Maschinengewehrfeuer.

Joachim richtete sich auf und fasste Mari an den Schultern, um sie zu sich umzudrehen. »Mein Liebes, ist alles in Ordnung?«, fragte er.

Mari setzte sich auf. »Ich glaube schon«, sagte sie. Ihr Blick fiel auf Joachims Arm. Auf dem Stoff seiner Uniformjacke bildete sich ein roter Fleck, der rasch größer wurde. Sie schrie auf. »Du bist verletzt!«

Der Sanitäter, der Joachim kurz darauf verarztete, zog einen

Metallsplitter aus der Wunde. »Du hast Glück gehabt, Kamerad«, sagte er. »Es ist nur eine Fleischwunde. Knochen und Sehnen sind unverletzt.«

In der Krankenstation drängte sich ungefähr ein Dutzend Soldaten, die leichte bis mittelschwere Wunden davongetragen hatten. Wie durch ein Wunder hatte es weder Tote noch Schwerverletzte gegeben. Die Erleichterung darüber und der überstandene Schreck sorgten für eine seltsam aufgekratzte Stimmung. Neben Mari standen zwei Soldaten, die über die Vor- und Nachteile des britischen Jagdflugzeugs, einer Bristol Beaufighter, im Vergleich mit der deutschen Messerschmitt ME 110 fachsimpelten, ein stämmiger Matrose wurde von seinen Kameraden mit gutmütigem Spott überzogen, weil ihn ein Querschläger in den Allerwertesten getroffen hatte, und eine Gruppe älterer Soldaten tauschte Geschichten über ähnliche Angriffe aus.

Mari lehnte benommen an der Wand und ließ das gerade Erlebte noch einmal an sich vorbeiziehen. Was wäre passiert, wenn Joachim sich nicht über sie geworfen hätte? Sie warf einen Blick auf seinen frisch verbundenen Oberarm und erstarrte. Dann wäre ich jetzt tot, wurde ihr klar. Mit diesem Arm hatte er ihren Kopf abgeschirmt und den Splitter abgefangen, der sich sonst in ihre Schläfe gebohrt hätte. Joachim nickte dem Sanitäter zu und kam hinüber zu Mari.

»Alles in Ordnung«, sagte er und legte den unverletzten Arm um ihre Schultern. Die Erkenntnis, wie nahe sie dem Tod gewesen war, ließ Mari zittern. Joachim drückte sie an sich.

»Du hast mir das Leben gerettet«, flüsterte sie.

Eine Stunde später wurde Entwarnung gegeben, und der Dampfer konnte seine Fahrt fortsetzen. Mari stand starr an der Reling und schaute misstrauisch ins Wasser. Sie rechnete jede Sekunde mit einer Explosion.

»Liebes, du brauchst keine Angst zu haben. Unsere Minenräumer sind sehr zuverlässig«, sagte Joachim.

Mari schaute ihn zweifelnd an. »Wie kannst du dir da so sicher sein? Es gibt keine Garantie, dass sie nicht doch etwas übersehen haben.« Joachim wollte etwas erwidern, doch Mari schüttelte den Kopf. »Bitte, keine leeren Beteuerungen. Du kannst unmöglich versprechen, dass nichts passieren wird.«

Joachim nickte ernst und umarmte Mari von hinten. »Du hast ja recht«, murmelte er in ihr Ohr. »Außerdem vergesse ich immer wieder, dass du zum ersten Mal in unsicheren Gewässern unterwegs bist.«

Unsichere Gewässer – eine Formulierung, die Mari sehr passend fand – nicht nur für die momentane Situation.

Spätabends liefen sie endlich in den Hafen der alten Hansestadt ein. Da an eine unmittelbare Weiterfahrt nicht zu denken war, verbrachten sie die Nacht an Bord. Mari konnte nicht schlafen. Unruhig drehte sie sich auf ihrer schmalen Pritsche von einer Seite auf die andere. Bang dachte sie an das unbekannte Leben, das vor ihr lag. Wie würden Joachims Eltern sie aufnehmen? Würde sie sich in der neuen Heimat eingewöhnen, in der Joachim sie in ein paar Tagen allein zurücklassen musste, wenn sein Urlaub beendet war? Und wann würde sie ihn wiedersehen? Der Angriff des britischen Jagdbombers hatte Maris vage Vorstellungen von den Gefahren, denen Joachim in Russland ausgesetzt sein würde, in ein greifbares Bild verwandelt und ihre Angst um ihn verstärkt.

Ein Flüstern unterbrach Maris Gedankenkarussell. »Kannst du auch nicht schlafen?« Mari schaute nach oben und erkannte die Silhouette von Gertruds Lockenkopf.

»Nein«, flüsterte sie zurück.

Gertrud kletterte aus ihrem Bett. »Dann können wir uns doch gegenseitig Gesellschaft leisten, anstatt uns einsam herumzuwälzen.«

Es war der bittende Unterton in Gertruds Stimme, der Mari spontan beiseiterücken und ihre Decke aufschlagen ließ. Gertrud schlüpfte darunter und setzte sich neben Mari, die sich bereits an die Wand gelehnt hatte.

Es tat Mari gut, über ihre Ängste und gemischten Gefühle zu sprechen. Joachim gegenüber versuchte sie, sich zuversichtlicher zu geben, als ihr zumute war. »Er hat so oder so schon ein schlechtes Gewissen, dass ich meine Heimat verlassen muss, weil ich ihn heirate«, erklärte Mari und entschuldigte sich in Gedanken bei Joachim für diese Notlüge. Sie brachte es nicht über sich, den wahren Grund für den Verlust ihres Zuhauses zu nennen und den Zorn ihres Vaters zu erwähnen. Es wäre ihr wie ein Verrat vorgekommen. Auch wenn eigentlich er es war, der sie verraten und verstoßen hatte. »Da soll sich Joachim nicht noch mehr um mich sorgen«, fuhr sie stattdessen fort.

»Das kann ich gut verstehen«, erwiderte Gertrud leise. »Mich hält Nacht für Nacht die Angst um meine Leute wach. Sie leben in Köln und werden ununterbrochen von den Engländern bombardiert. Noch steht unser Haus, aber wie lange noch?« Gertrud beugte sich näher zu Mari und senkte ihre Stimme noch mehr. »Manchmal frage ich mich, was es uns nützt, in Russland einen Sieg nach dem anderen zu erringen, wenn unsere Familien ständig in Todesgefahr sind und jederzeit ihr Zuhause verlieren können. Aber solche Gedanken behält man besser für sich. Gelten nicht gerade als patriotisch«, bemerkte sie mit einem ironischen Unterton und wechselte das Thema.

»Sei froh, dass dein Joachim aus Ostpreußen kommt. Dahin fliegen die Bomber nicht.«

»Warum bleibt deine Familie denn in Köln, wenn es da so gefährlich ist?«, wollte Mari wissen.

»Mein Vater arbeitet in einem kriegswichtigen Betrieb«, erklärte Gertrud. »Und meine Mutter und mein jüngerer Bruder wollen nicht ohne ihn aufs Land ziehen.«

Mari versuchte sich vorzustellen, wie es war, jede Nacht in einem Luftschutzkeller zu verbringen und bombardiert zu werden. Ein Freund ihres Vaters hatte von den heftigen Kämpfen erzählt, die er in Molde erlebt hatte. Die Wehrmacht hatte diese nördlich von Måløy am Atlantik gelegene Stadt im April 1940 mehrere Tage lang bombardiert und weitgehend in Schutt und Asche gelegt, weil sich hier das letzte Hauptquartier der norwegischen Armee und König Håkons VII. befunden hatte. Eine schreckliche Erfahrung für die schutzlose Zivilbevölkerung. Doch wie mochte es sich anfühlen, nicht einige Tage, sondern über Jahre hinweg beschossen zu werden? Mari konnte Gertruds Sorgen gut verstehen. Sie selbst wäre außer sich gewesen, wenn sie ihre Familie in einer so bedrohlichen Situation gewusst hätte.

Einige Stunden später saßen Mari und Joachim nebeneinander auf einer Holzbank in einem Dritte-Klasse-Großraumwagen der ehemaligen Königlich-Preußischen Ostbahn. Das eintönige Rattern und Geschaukel hatte Mari nach der durchwachten Nacht eingeschläfert. Ihr Kopf war auf Joachims Schulter gesunken. Über Marienburg, Deutsch Eylau und Allenstein fuhren sie immer tiefer nach Ostpreußen und schließlich nach Masuren. Nach fünf Stunden erreichten sie das Örtchen Rothfließ, wo sie in eine Kleinbahn umsteigen mussten.

»Mari, aufwachen«, sagte Joachim und küsste sie auf die Schläfe.

Mari brauchte einen Moment, bis sie wusste, wo sie sich befand. »Oh nein, ich habe ja die ganze Fahrt verschlafen«, rief sie. »Dabei wollte ich doch all die Orte sehen, von denen du mir erzählt hast.«

Joachim lächelte. »Die zeige ich dir später in aller Ruhe, vom Zug aus hättest du so oder so nur wenig erkannt.«

Nach kurzem Aufenthalt ging es in gemächlicher Fahrt weiter. Die kleine schwarze Dampflok zog die drei Waggons der Schmalspurbahn durch eine abwechslungsreiche Landschaft.

Mari schaute aus dem Fenster, an dem ausgedehnte Waldgebiete, Seen, von Kanälen und Flüsschen durchzogene Felder und Äcker, Dörfer und kleine, einsam gelegene Bahnhöfe vorbeizogen. Nach einer Weile drehte sie sich zu Joachim.

»Ihr habt ja gar keine Berge«, sagte sie.

Joachim schmunzelte und deutete auf die dicken weißen Kumuluswolken, die sich am blauen Himmel auftürmten. »Das da sind die Gebirge Masurens.« Mari lächelte schief. Joachim nahm ihre Hand. »Natürlich ist es hier ganz anders als am Nordfjord. Aber du wirst auch Vertrautes entdecken. Allein schon die vielen Seen. Und deine geliebten Birken gedeihen prächtig auf den sandigen Böden. Sogar Elche leben hier.«

Mari runzelte die Stirn. »Du nimmst mich auf den Arm!«

»Nein, im Ernst, in unseren Wäldern wimmelt es von Wild. Nicht nur Rehe, Hirsche und Wildschweine gibt es, sondern auch Biber, Luchse und Wölfe. Und Elche.«

Am Bahnhof von Nikolaiken, der etwas außerhalb des Städtchens lag, wartete bereits eine Kutsche auf das junge Paar. Auf dem Bock saß ein älterer Mann, der ihnen zur Begrüßung breit zulächelte und dabei einige Zahnlücken entblößte.

»Willkommen zu Hause«, sagte er, schüttelte Joachims Hand und stellte mit einem Kopfnicken in Maris Richtung fest: »Das ist also dein Marjellche.«

Mari warf Joachim einen fragenden Blick zu.

Joachim musste lächeln. »Ja, das ist mein Mädchen. Sie heißt Mari.«

Die Betonung ihres Namens auf der ersten Silbe klang in den Ohren des Kutschers offensichtlich fremd, denn er verzog kurz das Gesicht, bevor er strahlend »Marie« mit betontem langen »i« sagte und Mari die Hand hinhielt.

Joachim stellte Mari den Kutscher vor. »Das ist Hugo Simoneit. Er hat mir das Kutschieren beigebracht, da konnte ich noch kaum laufen.«

Hugo Simoneit lachte und sagte: »Dein Vater und ich hatten gewettet, ob du zuerst mechst können reiten oder lenken eine Kutsche. Ging unentschieden aus.«

Während Joachim ihr Gepäck in dem offenen, viersitzigen Landauer verstaute, ging Mari zu den beiden dunkelbraunen Pferden, die davor angespannt waren, und betrachtete sie interessiert. Das mussten Trakehner sein, von denen ihr Joachim oft vorgeschwärmt hatte. Sie sahen so anders aus als die stämmigen, falbfarbenen Fjordpferde, die auf dem Karlssenhof gezüchtet wurden. Mari schätzte, dass die beiden Warmblüter vor der Kutsche gut zwei bis drei Handbreit höher waren. Neugierig drehten sie ihre Köpfe zu Mari und schauten sie aus großen, ausdrucksvollen Augen an. Sie streckte die Hand aus und ließ die Tiere daran schnuppern, bevor sie sie vorsichtig streichelte.

Joachim kam zu ihr und deutete auf das Brandzeichen auf dem linken Hinterschenkel eines der Pferde. »Na, erkennst du es?«

Mari betrachtete das Symbol und zog überrascht die Augenbrauen hoch. »Aber das sind ja Elchschaufeln«, rief sie und drehte sich zu Joachim, der ihr zuzwinkerte.

»Ich hab dir doch gesagt, dass dich hier vieles an deine Heimat erinnern wird.«

Am Rande des Nikolaiker Sees ging es in südöstlicher Richtung zum Spirdingsee, an dessen Ufer der Gutshof lag, auf dem Joachims Eltern angestellt waren und wo Joachim seine Kindheit verbracht hatte. Sie fuhren durch einen lichten Buchenwald, in dessen dunkles Grün sich bereits die ersten herbstlichen Brauntöne mischten. Später wurde der Boden sandiger und war von Heidekraut bewachsen. Mari ließ ihre Augen über die Hügelketten wandern, zwischen denen sie kleine grüne Senken ausmachte.

Schließlich erreichten sie eine Weggabelung. Nach links schlängelte sich ein Feldweg, nach rechts ging eine von uralten

Linden gesäumte Allee ab, in die der Kutscher die Pferde lenkte. Joachim deutete auf den Feldweg.

»Da hinten liegt der Lucknainer See. Dir werden die Augen übergehen, wenn du ihn siehst.« Mari sah Joachim erwartungsvoll an, doch der schüttelte den Kopf. »Mehr wird nicht verraten. Sonst wäre doch die ganze Überraschung hin.«

Bevor Mari protestieren konnte, wurde sie von der unerwarteten Aussicht abgelenkt, die sich ihr bot. Der Blick öffnete sich auf eine riesige Wasserfläche, die vom leichten Wind gekräuselt wurde. Mari konnte zahlreiche Enten, Haubentaucher und Blesshühner erkennen, die hinter dem breiten Gürtel aus Schilf und Binsen schwammen.

»Das ist der Spirdingsee«, sagte Joachim.

Und Kutscher Hugo ergänzte stolz: »Das masurische Meer.«

Joachim grinste Mari an. »Siehst du, sogar ein Meer haben wir hier.«

Von der Allee zweigte eine Auffahrt zu einem imposanten Anwesen ab. Hugo lenkte die Kutsche durch einen Torbogen in einen riesigen rechteckigen Innenhof, der von den Gebäuden des Gutes eingerahmt wurde.

»Dieser Baum hat dem Lindenhof seinen Namen gegeben«, sagte Joachim und wies auf eine mächtige Linde, die in der Mitte des Innenhofes wuchs. »Und hier rechts, zum See hin, wohnt der Graf.«

Staunend ließ Mari den Blick schweifen. Zum Portal in der Mitte des zweigeschossigen Hauses führten drei Treppenstufen, über denen ein von zwei Säulen getragenes Vordach angebracht war. Die Fassade war verputzt und in einem satten Ockergelb angestrichen, mit dem die weißen Fensterrahmen reizvoll kontrastierten. Ein Mansardendach mit Gaubenfenstern im steilen Vordach und einem kleinen Turm komplettierte das Ganze.

»Aber das ist ja ein Schloss!«, entfuhr es Mari.

»Na ja, vielleicht im Vergleich mit euren Holzhäusern. Aber

wenn du erst einmal die richtig großen Herrensitze gesehen hast, die es hier in Ostpreußen gibt, dann kommt dir der Lindenhof bescheiden vor«, sagte Joachim schmunzelnd. »Dort, gegenüber vom gräflichen Wohnhaus, liegen die Stallungen«, fuhr er fort. Da drüben siehst du die Scheune und die kleinen Ställe für das Geflügel und die Kaninchen. Und durch das Tor dahinten kommt man zu den Pferdekoppeln und dem Park am Seeufer.«

Voller Zärtlichkeit sah Mari Joachim an, der ihr mit strahlenden Augen sein Zuhause vorstellte. Er wies auf zwei einstöckige, schlichte Steinhäuser, die die Toreinfahrt flankierten. »In dem Haus rechts wohnt der Verwalter, und links, das ist mein Elternhaus.«

Während sich Mari noch umsah, hatte Joachim den Wagenschlag geöffnet und war ausgestiegen. Mari deutete auf ein riesiges Nest, das auf dem Giebel des Scheunendachs thronte. Auch auf dem Stalldach hatte sie ein ähnliches Gebilde entdeckt.

»Brüten hier etwa Seeadler?«

Kutscher Hugo musterte Mari erstaunt. »Kennt das Marjellche keine Störche?«, fragte er Joachim.

Der schüttelte den Kopf. »So weit in den Norden kommen die nicht«, erklärte er und fuhr an Mari gewandt fort: »Wir sind leider zu spät dran, Mitte August sind sie schon wieder nach Afrika aufgebrochen. Aber Ende März kommen sie zurück, um hier zu brüten.«

Hugo zwinkerte Mari verschmitzt zu und meinte: »Vielleicht bringen sie ja dann was Kleines für euch mit.«

Mari lächelte verlegen und beeilte sich, Joachim die Koffer aus der Kutsche zu reichen. Als sie gerade aussteigen wollte, streckte er ihr beide Arme entgegen, umfasste ihre Taille und hob sie aus der Kutsche. Er wirbelte sie einmal um sich herum, bevor er sie fest an sich drückte.

»Willkommen in deinem neuen Zuhause!«, flüsterte er ihr ins Ohr.

26

Nordfjord – Frankfurt – Hamburg, Juni 2010

Die trügerische Ruhe, die nach der Entdeckung der brisanten Klausel in Mikaels Kreditvertrag auf dem Karlssenhof geherrscht hatte, währte nicht lange. Eine Woche später tauchte Mikael auf – wieder ohne Ankündigung.

Es war an einem Nachmittag. Lisa hatte gerade eine Familie, die sich für zwei Wochen eingemietet hatte, zu ihrer Hütte geführt. Auf dem Rückweg sah sie ein Taxi wegfahren. Im Hof stand Mikael und blickte unschlüssig zum Haus. Er wirkte noch blasser und erschöpfter als bei ihrer letzten Begegnung. Als er Lisa entdeckte, hellte sich seine Miene auf.

Lisa baute sich vor ihm auf. »Verdammt, warum hast du dich nie gemeldet? Hier brennt die Luft, und du tauchst einfach ab«, fuhr sie ihn an. »Tekla ist außer sich vor Sorge!«

Mikael sah zu Boden. Bevor Lisa ihm weiter die Leviten lesen konnte, wurde die Haustür geöffnet. Tekla eilte die Stufen hinunter und schloss ihren Neffen in die Arme.

Kurz darauf saßen sie alle zusammen unter dem Apfelbaum neben dem Haus, tranken Kaffee und aßen selbst gebackene Haferkekse. Amund hatte sich zu ihnen gesellt. Tekla hatte auch ihren Vater dazuholen wollen, doch Finn weigerte sich nach wie vor, mit Lisa an einem Tisch zu sitzen. Er ließ seinem Enkel ausrichten, er möge ihn später in seinem Zimmer besuchen.

Mikael kommentierte das mit einem ungläubigen Kopfschütteln. »Wie kann man nur so stur sein!«, sagte er. »Großvater müsste langsam wirklich einsehen, dass du zu uns gehörst, Lisa. Nach allem, was du für uns getan hast …«

»Er ist eben fest davon überzeugt, dass ich etwas Gemeines

im Schilde führe. Da kann ich machen, was ich will«, sagte Lisa und zuckte die Schultern. »Aber jetzt erzähl uns endlich, was passiert ist.«

Mikael legte den Keks, in den er gerade hatte beißen wollen, zurück auf den Teller und holte tief Luft. »Der Detektiv, den ich engagiert hatte, ist wirklich gut. Er hat Bori Eklund unauffällig überwacht, Fotos von ihm gemacht und herausgefunden, dass Eklund nur einer von vielen Namen ist, unter denen dieser Betrüger auftritt.« Er hielt inne und rieb sich die Stirn. »Vor allem aber hat er mir vorausgesagt, was passieren würde, wenn ich Eklund aufsuchen, ihm mit einem Anwalt drohen und mein Geld zurückfordern würde. Er hat mir dringend davon abgeraten. Solche Leute sind nach seiner Erfahrung manchmal extrem rachsüchtig. Aber ich Hornochse habe nicht auf ihn gehört. Ich war so wütend!«

Tekla verzog besorgt das Gesicht. »Und was hat der Detektiv richtig vorhergesehen?«, fragte sie.

»Dass Eklund mir ins Gesicht lachen und frech behaupten würde, er wisse gar nicht, wovon ich rede und wer ich überhaupt wäre. Dass er weder Bori Eklund sei noch jemals einen Vertrag mit mir gemacht oder Geld von mir bekommen hätte. Und genauso ist es abgelaufen. Dann hat er mich vor die Tür gesetzt und sich weitere Belästigungen verbeten.«

Betroffen sahen sich Lisa, Amund und Tekla an.

»Ich wollte natürlich nicht so einfach aufgeben und hoffte, dass der Detektiv irgendwas herausfinden würde, mit dem ich Eklund unter Druck setzen könnte«, fuhr Mikael fort. »Doch der hatte vermutlich spitzgekriegt, dass er beschattet wurde, und ist über Nacht spurlos verschwunden.«

Mikael verstummte. Lisa warf ihm einen prüfenden Blick zu. Er kämpfte offenbar mit sich, ob er weitersprechen sollte.

»Wie ist denn hier die Lage? Gibt's was Neues?«, fragte er schließlich.

Tekla sah ihn an. »Nein, wieso?«

Mikael schluckte. »Bevor Eklund abgetaucht ist, konnten der Detektiv und ich mit einem Richtmikrofon noch ein Telefonat mithören, das er auf Norwegisch geführt hat und in dem er seinen Gesprächspartner drängte, doch schneller als geplant kurzen Prozess zu machen und die Gesamtschuld einzufordern.«

Amund unterdrückte einen Fluch. »Ziemlich clever! So kann er sicher sein, dass du jetzt andere Sorgen hast, als ihn zu suchen.«

Mikael presste die Lippen aufeinander.

»Gibt es wirklich keine Möglichkeit, diesen Betrüger irgendwie dranzukriegen?«, fragte Lisa. »Es kann doch nicht sein, dass der einfach so davonkommt!«

Mikael verzog das Gesicht. »Darüber denke ich die ganze Zeit nach. Aber was kann ich schon tun? Es ist ihm ja nichts nachzuweisen.«

»Na ja, der argentinische Detektiv hat ja doch eine Menge herausgefunden«, wandte Lisa ein. »Du solltest dich damit auf jeden Fall an Interpol wenden. Ich könnte mir vorstellen, dass Eklund, oder wie auch immer er sich gerade nennt, bei denen kein Unbekannter ist.«

»Natürlich! Dass ich da nicht selber drauf gekommen bin«, rief Mikael kopfschüttelnd. »Ich bin bestimmt nicht der Erste, den Eklund abgezockt hat. Und Interpol hat natürlich ganz andere Möglichkeiten, ihn aufzuspüren und in die Enge zu treiben, als ich.«

Der Anruf des Kredithais ließ nicht lange auf sich warten. Noch am selben Abend berichtete Mikael den anderen von dem Gespräch, das sehr kurz gewesen war. Von Kulanz und Aufschub hatte der Mann nichts wissen wollen, sondern unmissverständlich klargemacht, dass er auf der Rückzahlung der gesamten Schuld innerhalb von drei Wochen bestand. Andernfalls

Lisa kämpfte kurz gegen die Versuchung an, den anderen den Hauptgrund für ihren plötzlichen Reiseplan zu verraten, entschied sich aber dagegen. Sie wollte keine falschen Hoffnungen wecken.

»Ich will euch wirklich nicht im Stich lassen«, sagte sie.

Tekla legte ihr eine Hand auf den Arm. »Aber das wissen wir doch! Es ist doch selbstverständlich, dass du dich auch um deine Angelegenheiten kümmern musst. Als du hierhergekommen bist, konntest du ja nicht ahnen, dass du so lange bleiben würdest.« Sie lächelte Lisa an. »Wir werden dich natürlich vermissen. Aber jetzt ist ja Mikael da, und Nora kommt auch bald wieder. Es gibt also genug Hände, die mit anpacken können«, fuhr sie fort und warf Amund einen um Unterstützung heischenden Blick zu.

Doch dieser hatte wieder die abweisende Miene aufgesetzt, mit der er Lisa in der Anfangszeit begegnet war. Lisa stutzte. War er etwa der gleichen Meinung wie der alte Finn? Das durfte doch nicht wahr sein! Unwillkürlich starrte Lisa wütend zurück. Amund sollte sie allmählich wirklich besser kennen.

Sie stand auf und sagte zu Tekla: »Ich bin bald zurück, versprochen.«

Obwohl gerade einmal fünf Wochen vergangen waren, seit Lisa ihre Frankfurter Wohnung hinter sich abgeschlossen hatte, und manche ihrer Fotoreportagen in der Vergangenheit sie monatelang von Deutschland weggeführt hatten, fühlte sich die Rückkehr dieses Mal anders an. Es kam ihr vor, als kehre sie in die vertraute Umgebung eines längst vergangenen Lebens zurück. Vielleicht vergleichbar mit dem Gefühl, von dem ihr Susanne erzählt hatte und das ihre Freundin überkam, wenn sie ihr altes Kinderzimmer im Haus ihrer Eltern betrat. Ihre Mutter brachte es wohl nicht über sich, den Raum zu verändern. Und so wartete immer ein Stück Vergangenheit auf Susanne.

Auf dem Sofatisch im Wohnzimmer fand Lisa einen Stapel Post, den Susanne in ihrer Abwesenheit für sie gesammelt hatte, und einen Zettel, auf dem ihre Freundin sie einlud, sie nach ihrer Schicht im Bistro zu besuchen, damit Lisa ihr bei einem Glas Wein »alles« erzählen konnte. Lisa sah auf ihre Uhr. Bis zu dieser Verabredung blieben ihr noch ein paar Stunden. Nachdem sie rasch die Post durchgesehen hatte, holte sie sich ein Glas Wasser, machte es sich auf dem Sofa bequem und griff zum Telefon. Sie bestätigte den Termin mit dem Verlag, den sie per E-Mail zugeschickt bekommen hatte, und buchte einen Flug nach Hamburg. Anschließend wählte sie Marcos Nummer.

»Du bist in Deutschland?«, rief er. »Das ist ja wunderbar. Wann kommst du zu mir?«

Lisa schaute auf den Monitor ihres Laptops, auf dem noch die Daten ihres eben gebuchten Fluges standen. »In drei Tagen. Um zwölf Uhr«, antwortete sie.

»Was? Warum denn erst in drei Tagen?«, fragte Marco mit Enttäuschung in der Stimme.

»Ich muss noch ein paar Dinge erledigen und …«, begann Lisa.

Marco fiel ihr ins Wort. »Vermisst du mich eigentlich gar nicht?«

Lisa schluckte. *Midt i blinken*, schoss es ihr auf Norwegisch durch den Kopf – Marco hatte mitten ins Schwarze getroffen. Ihre Prioritäten lagen eindeutig woanders. Aber sie hatte keine Lust, die Diskussion über die Gründe dafür am Telefon zu führen.

»Ich wollte mir den schönsten Termin bis zum Schluss aufheben«, sagte sie. »Du weißt schon: erst die Arbeit, dann das Vergnügen.«

Marco lachte kurz auf. »Ach Cara, dass du immer so pflichtbewusst sein musst!«

Nachdem Lisa das Telefonat mit Marco beendet hatte, wählte sie die Nummer ihrer Heidelberger Onkel Robert und Hans.

»Auf die Nordlandfahrerin«, sagte Susanne mit einem Augenzwinkern und prostete Lisa mit ihrem Weinglas zu. Lisa lächelte und hob ihr Glas. Sie saßen in einer ruhigen Ecke an einem der runden Tische des Bistros. Im Hintergrund tönte gedämpfte Loungemusik, zwischen ihnen stand neben einer Kerze und einem Schälchen mit gesalzenen Nüssen die kleine Specksteinkatze, die Lisa für Susanne auf dem Wikingermarkt gekauft hatte. Es war halb zehn, draußen leuchteten bereits die Straßenlaternen, und der Himmel wurde dunkel. Am Nordfjord geht die Sonne erst in anderthalb Stunden unter, dachte Lisa.

»Ich bin sehr gespannt darauf, deine norwegische Familie persönlich kennenzulernen«, sagte Susanne.

»Und ich freue mich, dass du schon so bald zu Besuch kommst. Um diese Uhrzeit würden wir jetzt noch bei Sonnenschein auf der Veranda sitzen.«

Susanne lächelte. »Das reinste Idyll. Pass nur auf, am Ende will ich auch nicht mehr zurück!« Lisa schüttelte bei dieser Vorstellung lächelnd den Kopf.

Susanne war für sie der Inbegriff einer Städterin, die bereits in beschaulichen Vorortsiedlungen Beklemmungen bekam. Sie brauchte den Trubel und die lärmende Geschäftigkeit der City um sich herum, die Möglichkeit, jederzeit Museen und Kunstausstellungen zu besuchen, ins Kino zu gehen und an kulturellen Veranstaltungen teilzunehmen. Lisa war sicher, dass Susanne nach ein paar Tagen am Nordfjord mehr als genug von diesem Idyll haben würde. Sie verzog das Gesicht.

»Was ist?«, fragte Susanne.

»Ich musste gerade daran denken, dass die Tage des Karlssenhofes vielleicht gezählt sind. Wenn es tatsächlich zu der Zwangsversteigerung kommt. Allzu viel Zeit bleibt nicht mehr bis dahin, um das nötige Geld zu beschaffen.«

Susanne stellte ihr Glas ab. »Klingt wirklich übel, was du da erzählt hast. Dieser Mikael scheint ja einen besonderen Kompass eingebaut zu haben, der ihn zielsicher in einen Schlamassel führt.«

Lisa zuckte die Schultern. »Etwas leichtgläubig ist er vielleicht. Bodenständig eher weniger. Sein Kopf steckt mehr in künstlerischen Sphären.«

Susanne zog die Augenbrauen nach oben. »Klingt interessant. Hätte ich von jemandem, der auf einem Bauernhof aufgewachsen ist, nicht unbedingt erwartet.« Sie trank einen Schluck. »Aber jetzt erzähl mal, wie ist das Gespräch mit deinen Heidelberger Onkeln gelaufen?«

»Sie wollen morgen mit den Kindern von Robert zu mir kommen. Großer Familienrat sozusagen. Ich habe ihnen ja meine Wohnung als Sicherheit für ein Privatdarlehen angeboten, die wollen sie sich ansehen.«

Susanne nickte. »Und, was hast du für ein Gefühl? Werden sie dir helfen?«

Lisa hob die Schultern. »Also, wenn es nach Robert geht, auf jeden Fall. Bei den anderen weiß ich es nicht so genau. Aber eigentlich bin ich recht zuversichtlich.«

Susanne sah Lisa nachdenklich an. »Du willst also wirklich fast alles, was du hast, in den Karlssenhof stecken? Bist du dir sicher, dass du das nicht eines Tages bereuen wirst?«

Lisa erwiderte Susannes Blick. »Natürlich weiß ich nicht, was eines Tages sein wird. Das weiß niemand. Aber ich weiß, dass ich mir noch nie einer Sache so sicher war. Ich kann das nur schwer beschreiben. Es fühlt sich einfach richtig an.«

Susanne griff in das Schüsselchen mit den gesalzenen Nüssen und kaute schweigend eine Mandel. »Ich glaube, du kannst deinem Gefühl vertrauen«, sagte sie schließlich. »Ich kenne dich ja nun schon eine Weile. Außer in beruflichen Dingen habe ich noch nie erlebt, dass du so überzeugt von etwas warst. Du strahlst etwas aus, das ich noch nicht an dir kannte.« Susanne kniff die Augen ein wenig zusammen und musterte Lisa. »Eine tiefe Ruhe … Ja, ich glaube, das trifft es am besten.«

Lisa sah Susanne an. Es erfüllte sie mit Dankbarkeit, wie aufmerksam ihre Freundin sie begleitete. Und wie feinfühlig sie ihre Veränderung registrierte. Lisa griff über den Tisch hinweg nach Susannes Hand und drückte sie. »Es tut gut zu wissen, dass du mich verstehst. Und nicht versuchst, mir das Ganze auszureden.«

Susannes Gesicht verzog sich zu einem spöttischen Lächeln. »Oh, ich kenne da jemanden, der diese Rolle auf jeden Fall übernehmen wird.«

»Cara, endlich. Ich habe dich so vermisst!«, sagte Marco leise, zog Lisa an sich und biss ihr zärtlich ins Ohr. Er nahm ihr den Koffer ab und hielt auf die Schiebetüren des Hamburger Flughafens zu. »Ich habe mir den Nachmittag freigenommen, wir können unser Wiedersehen also gleich bei mir gebührend feiern«, fügte er mit einem vielsagenden Augenzwinkern hinzu.

Lisa schüttelte den Kopf und blieb stehen. »Später. Wir müssen reden«, antwortete sie.

»Das kann doch warten«, sagte er und legte den Arm um sie. »Ich dagegen kann nicht länger warten«, raunte er und versuchte, Lisa auf den Mund zu küssen.

Sie drehte den Kopf weg. »Bitte, Marco. Es ist mir wichtig.«

Marco ließ sie los und sagte mit leicht genervtem Unterton. »Also gut. Reden wir.«

Die Sonne schien, und so schlug Lisa einen Spaziergang vor. Das, was sie Marco zu sagen hatte, vertrug sich in ihren Augen weder mit der Intimität seines Apartments noch mit der

Öffentlichkeit eines Restaurants oder Cafés. Wortlos gingen sie eine Weile nebeneinanderher und setzten sich dann auf eine Parkbank am Ufer der Außenalster.

Lisa holte tief Luft und begann zu erzählen. Als sie sagte, dass sie ihr Geld zur Rettung des Karlssenhofes ausgeben wollte, sprang Marco auf.

»Aber ich habe fest damit gerechnet!«, rief er und sah Lisa aufgebracht an. »Wie konntest du das Geld einfach diesem Mikael geben? Ohne dich vorher mit mir abzusprechen?«

Lisa zwang sich, ruhig zu bleiben. »Natürlich hätte ich es dir sagen sollen. Es hätte aber nichts geändert. Wir mussten die erste Rate binnen weniger Tage zahlen. Da blieb kein Spielraum«, antwortete Lisa.

Dass sie es schlichtweg vergessen – oder eher verdrängt – hatte, Marco zu informieren, erwähnte sie lieber nicht. Er war auch so schon wütend genug.

»Ich verstehe dich nicht«, sagte er und sah Lisa in die Augen. »Einerseits tust du so, als ob du mit mir ein Leben aufbauen willst, beruflich und privat. Andererseits verschwindest du wochenlang nach Norwegen und tauchst dann plötzlich wieder auf und verkündest, dass du dort in einen Bauernhof investieren willst, der durch die Schuld seines leichtsinnigen Erben hoch verschuldet ist.« Er runzelte die Stirn. »Wie will der seinen Kredit überhaupt jemals zurückzahlen?«

Lisa stöhnte innerlich auf. Sie hätte viel darum gegeben, sich vor der Antwort auf diese Frage drücken zu können. Sie biss sich kurz von innen in die Unterlippe. »Du weißt doch, dass mir meine Eltern vor Jahren die Frankfurter Wohnung gekauft haben, damit ich später nicht so hohe Erbschaftssteuern zahlen muss«, begann sie.

Marco sog scharf die Luft ein. »Du willst sie doch nicht etwa verkaufen und ... nein, das glaub ich einfach nicht!«, sagte er, als er Lisas Gesicht sah. Er sprang auf und stellte sich vor sie. »Was ist mit unserem Haus? Ich bin davon ausgegangen, dass du dein Erbe dafür verwendest.«

Lisa zog die Augenbrauen hoch. »Du bist davon ausgegangen? Wie darf ich das verstehen?«

Sie war überrascht. Marco und sie hatten bislang nie darüber gesprochen, wie sie ihre Zukunftspläne finanzieren würden. Das war auch ein Grund gewesen, weshalb Lisa sie mehr als Möglichkeiten denn als verbindliche Abmachungen gesehen hatte. Sie hatte Marco so verstanden, dass er seine Agentur auf jeden Fall gründen würde – unabhängig davon, ob sie als Partnerin einstieg oder nicht. Und was das gemeinsame Haus anging, hatte sie ihm nie eine feste Zusage gegeben.

»Was brauchst du eine Wohnung in Frankfurt, wenn wir ein Haus in Hamburg kaufen?«, fragte Marco.

Lisa stand ebenfalls auf. »Entschuldige, aber unter gemeinsamer Planung verstehe ich etwas anderes. Du kannst doch so was nicht einfach als selbstverständlich voraussetzen! Und schon gar nicht, nachdem ich klargemacht hatte, dass bei mir momentan etwas anderes im Vordergrund steht. Ich dachte, du hättest das verstanden. Du hast mich das jedenfalls glauben lassen.«

Marco schaute Lisa unter zusammengezogenen Augenbrauen an. »Ich habe verstanden, warum es dir wichtig ist, deine Großmutter zu finden oder wenigstens etwas über ihr Schicksal zu erfahren. Was ich nicht verstehe, ist, warum du auf einmal hier alle Zelte abbrichst, deine Karriere an den Nagel hängst und einen auf Aussteigerin machst. Ist das so eine Art Midlife-Crisis?« Er wandte sich ab, ging einen Schritt auf dem schmalen Grasstreifen Richtung Wasser und blieb mit vor der Brust verschränkten Armen stehen.

»Ich habe dir erklärt, warum ich nach Fastes Zusammenbruch nicht einfach abreisen konnte und wollte«, sagte Lisa. »Ich habe keineswegs vor, meine Karriere an den Nagel zu hängen und …«

Marco schnaubte und drehte sich zu ihr um. »Entschuldige, aber nette Bildchen von alten Bauernhöfen gehören wohl kaum in dieselbe Liga wie die Projekte in Mumbai oder Dubai. Damit ist kein Staat zu machen.«

Lisa zuckte die Schultern. »Erstens hat mich die Arbeit an diesen Bildchen mit großer Zufriedenheit erfüllt. Zweitens hat mir der Verlag ein gutes Angebot dafür unterbreitet. Und drittens will ich überhaupt keinen Staat damit machen.« Sie stutzte. »Ach, jetzt verstehe ich«, rief sie. »Es geht gar nicht um mich, sondern um die Rolle, die ich für deine Agentur spielen soll. Das Zugpferd mit prestigeträchtigen Referenzen!«

Marco hob eine Hand. »*Unsere* Agentur«, betonte er.

»Du weißt genau, dass es in erster Linie *dein* Traum ist, der da verwirklicht werden soll«, entgegnete Lisa.

Marco wollte etwas erwidern, überlegte es sich aber anders. Er berührte Lisa leicht am Arm. »Lass uns nicht streiten, Cara«, bat er. »Es tut mir leid, dass ich dich so angegangen bin. Ich hatte viel Stress in letzter Zeit.« Er deutete mit dem Kopf zur Bank. Lisa nickte, und sie setzten sich wieder.

Lisa schaute auf die große Wasserfläche der Alster, auf der einige Segelboote kreuzten. Vor ihrer Bank schwammen eine Entenfamilie und zwei Schwäne, die wohl auf Futter hofften. Unwillkürlich schob sich der Blick von der Nordfjordeider Uferpromenade vor dieses beschauliche Bild. Mit einer Heftigkeit, die sie überraschte, wünschte Lisa, nicht Marco, sondern Amund würde neben ihr sitzen. Sie musterte Marco verstohlen von der Seite. Kein Zweifel, er war ein attraktiver Mann mit erotischer Ausstrahlung. Doch in diesem Moment kam er ihr vor wie ein Fremder, der zufällig neben ihr Platz genommen hatte. Lisa wurde bewusst, dass sie in den letzten Wochen fast ebenso viel Zeit mit Amund verbracht hatte wie mit Marco in den vier Jahren, die sie nun zusammen waren. Soweit man ihre lockere Fernbeziehung als Zusammensein bezeichnen konnte.

»Was macht dich eigentlich so sicher, dass das mit uns funktionieren könnte?«, fragte sie. »Ich meine, wir haben nie zusammengewohnt oder einen normalen Alltag miteinander geteilt. Woher weißt du, dass wir eine solide Basis für eine intensive Beziehung haben?«

Marco sah Lisa erstaunt an. Er nahm ihre Hand und sagte: »Ich verstehe nicht ganz, was du meinst. Wir kennen uns doch lange genug, beruflich ergänzen wir uns super, und wir sind beide vernünftige Menschen, die die kleinen Widrigkeiten des Alltags gemeinsam bestens meistern werden. Worauf sollten wir also noch warten? Der Zeitpunkt ist doch perfekt!«

Lisa rang sich ein vages Lächeln ab. Das Fremdheitsgefühl verstärkte sich. Marco verstand offensichtlich überhaupt nicht, was sie umtrieb. Für ihn war das eine einfache Rechnung – wenn alle Posten zusammenpassten, ging sie auf. Oder dachte sie zu kompliziert? Vielleicht. Aber es reichte ihr nicht, das Für und Wider einer Beziehung rational abzuwägen. Sie brauchte vor allem eine tiefe innere Gewissheit. Und die hatte sie – wenn sie ehrlich war – bei Marco noch nie empfunden. Wieder fragte sie sich, ob sie überhaupt fähig war, eine solche Gewissheit zu spüren. Und ob es nicht doch ihre Angst vor einer festen Bindung war, die ihr jetzt einredete, dass Marco nicht der Richtige war.

»Natürlich bin ich enttäuscht, dass du plötzlich solche Zweifel hast«, unterbrach Marco ihre Gedanken. »Aber ich bin trotzdem sicher, dass wir zusammengehören. Du hast in letzter Zeit sehr viel durchgemacht, angefangen beim Tod deiner Eltern. Ich glaubte, gerade deswegen wäre die Aussicht auf ein eigenes Heim und eine geregelte Arbeit für dich beruhigend.«

Lisa drückte seine Hand. »Es tut mir leid, dass ich so unentschlossen bin. Und deshalb halte ich es für das Beste, wenn wir uns ...«

Marco schüttelte den Kopf. »Sag jetzt nichts, was du später bereuen würdest«, bat er. »Ich kann warten.«

»Aber ich nicht«, sagte Lisa. »Es ist Zeit, reinen Tisch zu machen und das mit uns zu beenden. Ich habe viel zu lang damit gewartet. Aber jetzt ist mir endgültig klar geworden, wo ich hingehöre. Und das ist nicht hier.«

Marco zuckte leicht zusammen und schaute Lisa in die Augen. Er wollte etwas sagen, doch offenbar erkannte er, dass es ihr ernst war, und senkte wortlos den Blick.

Lisa atmete erleichtert aus. Hoffentlich bekomme ich heute noch einen Flug nach Hause, dachte sie. Und damit meinte sie nicht Frankfurt.

»Lisa, wie schön, dich zu sehen!«, rief Nora und schloss Lisa in ihre Arme. »Wir hatten gar nicht so bald mit dir gerechnet.«

Lisa erwiderte Noras Umarmung. »Und ich freue mich, dass du auch schon da bist«, sagte sie.

»Komm, wir wollen gleich zu Abend essen«, sagte Nora. »Ich pelle mich nur noch rasch aus der Stallkluft, die anderen müssten schon in der Küche sein.«

Nora lief die drei Stufen zur Haustür hinauf und verschwand im Innern des Hauses. Bevor Lisa ihr mit ihrem Koffer folgen konnte, schoss ein schwarzer Schatten auf sie zu. Laut bellend und mit dem Schwanz wedelnd sprang Torolf immer wieder an ihr hoch. Lachend wehrte sie ihn ab und brachte ihn schließlich dazu, dass er sich vor sie hinsetzte und sich streicheln ließ.

»Na, hast du mich vermisst?«, fragte sie und kraulte ihn hinter den Ohren.

»Nicht nur Torolf hat das.«

Lisa drehte sich um und stand Amund gegenüber, der seinem Hund gefolgt war. Sie schaute in seine grauen Augen und fand dort ihre eigenen Empfindungen gespiegelt. Wiedersehensfreude und etwas, das weit darüber hinausging. Lisa spürte, wie sie rot wurde. Auch Amund wirkte verlegen.

»Ich wusste nicht, ob du zurückkommst«, sagte er leise. »Das war ein schrecklicher Gedanke.«

Lisa lächelte leicht. »Deshalb hast du so finster geschaut, als ich weggefahren bin! Aber warum hast du das befürchtet? Ich hab doch gesagt, dass ich so schnell wie möglich wieder hier sein würde.«

Amund zuckte die Schultern. »Ich habe mir leider eine sehr negative Sichtweise angewöhnt.«

Er sah ihr in die Augen. Es war wie eine Berührung. Lisa überkam ein leichter Schwindel. Ohne nachzudenken, trat sie einen Schritt auf ihn zu. Amund griff nach ihrer Hand. Plötzlich war sein Gesicht ganz nah. Lisa schloss die Augen und wartete auf seinen Mund.

»Wo bleibt ihr denn?«, rief Noras Stimme.

Lisa und Amund fuhren auseinander und sahen zum Haus. Nora winkte ihnen aus dem Küchenfenster gelehnt zu. Der Zauber des Moments war verflogen.

Auch Tekla und Mikael freuten sich sehr, Lisa wiederzusehen. Nur der alte Finn verließ murrend die Küche, als Lisa hereinkam. Tekla sah ihm stirnrunzelnd hinterher.

»Langsam macht er sich wirklich lächerlich«, sagte sie.

Mikael grinste. »Vermutlich geht er sich längst selber am meisten auf die Nerven. Aber er ist viel zu stolz, um einzulenken und zuzugeben, dass er sich in Lisa getäuscht hat. Wahrscheinlich wird er eines Tages einfach so tun, als hätte er sie schon immer akzeptiert, und sie ganz normal behandeln.«

Tekla zuckte die Schultern und wandte sich an Lisa. »Aber jetzt erzähl mal. Konntest du alles erledigen, was du dir vorgenommen hattest?«

»Hallo, wir sind wieder da!«, rief eine Frauenstimme von draußen.

Tekla, Nora, Lisa, Mikael und Amund sahen sich überrascht an.

»Inger?«, fragte Tekla.

Sie stand auf und ging zur Küchentür. Nora und Lisa folgten ihr. Im Flur standen Inger und Faste. Lisa konnte verstehen, warum Tekla beim Anblick ihres Bruders blass wurde und ihn sehr behutsam in die Arme schloss. Faste, den Lisa bei ihrer ersten Begegnung als kräftigen, rotwangigen Mann kennengelernt hatte, wirkte durchsichtig, abgemagert und älter als seine sechzig Jahre.

Nachdem sich alle begrüßt hatten, sagte Tekla: »Ich freue mich natürlich riesig, dass ihr da seid. Aber sollte Fastes Kur nicht mindestens noch vier Wochen dauern?«

Faste verzog das Gesicht. »Mir geht's gut. Brauche den teuren Schnickschnack nicht.«

Lisa sah, wie ein Schatten über Ingers Gesicht flog. Auch Tekla sah sehr besorgt aus.

Faste drückte den Arm seiner Schwester. »Ich war schon viel zu lange fort. Und übermorgen ist Mittsommer. Das habe ich noch nie woanders als hier gefeiert!«

Tekla schluckte die Erwiderung, die ihr auf der Zunge lag, herunter und lächelte.

Faste winkte Mikael zu. »Hilfst du mir mit den Koffern?«, fragte er und ging seinem Sohn voraus in den Hof.

»Es hat sich herausgestellt, dass Faste wohl das schwache Herz seines Großvaters Enar geerbt hat«, sagte Inger, als sie mit Tekla, Nora, Amund und Lisa in der Küche saß und von den letzten Wochen berichtete.

»Aber er hatte doch nie Beschwerden«, wandte Tekla ein.

Inger hob die Schultern. »Vielleicht hätte es sich auch nie bemerkbar gemacht. Aber der Schock über die bedrohliche Lage des Hofes und die Enttäuschung über Mikael waren zu viel. Die Ärzte haben mir gesagt, dass Faste großes Glück hatte. Es hätte nicht viel gefehlt, und er wäre gestorben.«

Tekla schüttelte fassungslos den Kopf.

Inger schaute ernst in die Runde. »Bitte, das bleibt unter uns. Faste weiß nichts davon. Ich will ihn nicht beunruhigen. Er erholt sich ohnehin furchtbar langsam.«

»Wie soll es denn nun weitergehen?«, fragte Tekla. »Faste kann unmöglich so arbeiten wie früher, dazu ist er doch viel zu schwach. Wie leichtsinnig von ihm, die Kur abzubrechen!«

Inger nickte. »Glaub mir, ich habe alles versucht, um ihn davon abzubringen. Aber er wollte nicht noch mehr Geld verschwenden, wie er es ausdrückte. Natürlich spürt er, dass er längst nicht über den Berg ist. Aber er würde das nie zugeben. Das ist ein weiterer Grund, warum er so mutlos ist.«

Nora und Lisa wechselten betroffene Blicke.

»Das ist ja der reinste Teufelskreis!«, sagte Nora und sprach damit aus, was auch Lisa dachte.

»Du sagst es«, sagte Inger. »Das Allerschlimmste für ihn ist, dass Mikael sich nichts aus dem Hof macht und dass das Familienerbe unter dem Hammer landet, wenn nicht ein Wunder geschieht.«

Auf dem Flur waren die Stimmen von Mikael und Faste zu hören. Inger legte einen Finger auf die Lippen und sah die anderen beschwörend an.

Faste steckte den Kopf zur Tür herein. »Ich begrüße noch kurz Vater und gehe dann ins Bett.«

»Ist gut. Ich komme auch gleich«, sagte Inger. »Es ist ja schon spät, und der Tag war anstrengend«, fügte sie, an die anderen gewandt, hinzu. »Lasst uns morgen besprechen, wie es weitergehen soll.«

Lisa checkte ihr Mobiltelefon, das sie während des Abendessens stumm geschaltet hatte. Niemand hatte versucht, sie zu erreichen. Enttäuscht steckte sie das Gerät wieder weg. Hoffentlich meldeten sich ihre Onkel bald. Sie brannte darauf, Tekla, Mikael und den anderen zu erzählen, was sie vorhatte.

27

Masuren, September 1941

»Und nicht vergessen, Mariechen. Wenn ihr nachher wieder vom Altar aufsteht und euch umwendet, musst du dafür sorgen, dass sich Joachim um dich dreht«, flüsterte Auguste aufgeregt.

»Dann muss er sein ganzes Leben um dich herumtanzen«, sagte ihre jüngere Schwester Annegret kichernd in Maris anderes Ohr.

Mari wurde rot und drehte sich zu den beiden Mädchen um, die hinter ihr in der offenen Kutsche saßen. Sie waren die Töchter vom Schmied des Gutshofes, der wie die meisten männlichen Arbeiter zum Kriegsdienst eingezogen war. Auguste und Annegret Rogalski, genannt Gustchen und Gretchen, fünfzehn und dreizehn Jahre alt, waren zwei fröhliche, noch sehr kindlich wirkende Mädchen mit langen, dunkelbraunen Zöpfen, die sie meist als Affenschaukeln trugen.

Sie hatten Mari, die hier von allen nur Mariechen genannt wurde, sofort ins Herz geschlossen und platzten nun fast vor Stolz, ihre Brautjungfern zu sein. Als sie gemerkt hatten, dass Mari kaum etwas über die Gebräuche in ihrer neuen Heimat wusste, überschlugen sie sich damit, ihr alles zu erklären. Mari schwirrte bereits der Kopf. Die zwei Tage seit ihrer Ankunft auf dem Lindenhof waren so angefüllt von neuen Eindrücken gewesen, dass sie sich manchmal wie in einem Traum wähnte, der im Zeitraffer an ihr vorbeisauste.

Joachim legte den Arm um sie und zog sie an sich. Das Kichern und Tuscheln in ihrem Rücken ging weiter, doch Mari hörte es nicht mehr. Mit einem Aufatmen überließ sie sich dem Gefühl tiefer Geborgenheit, das sie in Joachims Armen empfand. Seit einer halben Stunde war sie nun Frau Ansas. Anders als in Norwegen musste man sich hier zunächst auf dem Standesamt – in diesem Fall der Amtsstube des Bürgermeisters – das Jawort geben, bevor die kirchliche Hochzeit stattfinden konnte. Bei diesem Termin waren außer Mari und Joachim nur dessen Eltern Karl und Edith Ansas, sein Großvater Gustav und die beiden Trauzeugen, Haushälterin Irmgard Rogalski, die Mutter von Gustchen und Gretchen, und Kutscher Hugo anwesend.

Der Bürgermeister hatte sie mit einem zackigem »Heil Hitler« begrüßt und dem Brautpaar mit wichtiger Miene ein dickes, schwarz eingebundenes Buch überreicht. Joachim hatte es mit unbewegtem Gesicht entgegengenommen, woraus Mari schloss, dass er nur mühsam eine abfällige oder spöttische Bemerkung unterdrückte. Auch die kurze Ansprache, in der der Bürgermeister vor allem die Pflichten der Eheleute betonte, schien Joachim eher zu belustigen. Von der Familie als wichtigster Zelle des Staates war die Rede gewesen, von der Frau als Kampfgefährtin des Mannes, deren Aufgabe es war, schön zu sein und Kinder zu bekommen. Im Gegenzug sorgte der Mann für Nahrung und stand ansonsten Wacht und wehrte Feinde ab.

An dieser Stelle hatte Joachims Großvater Gustav verächtlich geschnaubt und etwas von verlogenem Gefasel gebrummt, was seine Schwiegertochter Edith mit einem spontanen Hustenanfall zu übertönen suchte. Joachim hatte Mari verstohlen zugezwinkert, während der Bürgermeister nach einem strafenden Blick auf den Störenfried die Zeremonie zu Ende gebracht hatte. Bevor das junge Paar die Amtsstube verließ, hatte der Bürgermeister Mari mit feierlicher Miene ihren deutschen Pass überreicht und sie als neues Mitglied der deutschen Volksgemeinschaft willkommen geheißen. Es hatte Mari einen Stich versetzt, als ihr norwegischer Pass in einer Schublade des bürgermeisterlichen Schreibtisches verschwand – und mit ihm das letzte offizielle Dokument, das sie mit ihrer Heimat verband.

Vor dem Rathaus hatte sich in der Zwischenzeit die Hochzeitsgesellschaft versammelt, die Joachim und Mari mit großem Hallo begrüßte, bevor es in mehreren Kutschen und Leiterwagen, die alle mit bunten Blumengirlanden geschmückt waren, zur Kirche ging. Die Kutsche mit dem Brautpaar und den Brautjungfern wurde von Hugo gelenkt, der zur Feier des Tages einen Frack und einen Zylinder trug. Sie erreichten die Kirche zur Heiligen Dreifaltigkeit als Letzte, denn die wichtigsten Personen des Tages durften keinesfalls warten, wie Gretchen eifrig erklärte.

Vor dem Portal der Kirche, das sich in dem hohen, quadratischen Turm mit spitz zulaufendem Bronzedach an der Stirnseite des Kirchenschiffes befand, standen die Gäste und blickten Joachim und Mari erwartungsvoll entgegen. In der Tür erschien ein Geistlicher in schwarzem Talar und lächelte ihnen zu.

»Zu schade, dass deine Familie nicht hier sein kann«, sagte Gretchen mit aufrichtigem Bedauern und riss Mari damit aus ihrer glücklichen Benommenheit. Zu spät stieß Gustchen ihre Schwester unsanft mit dem Ellenbogen in die Seite und funkelte sie vorwurfsvoll an.

Mari gab sich gelassener, als ihr zumute war. »Sie hat ja recht. Ich würde viel darum geben, sie alle hier zu haben. Aber es ist nun einmal nicht möglich.«

Dass zumindest ihr Vater nie im Leben zu dieser Hochzeit erschienen wäre, auch wenn sie in Norwegen stattgefunden hätte, behielt sie lieber für sich. Joachim warf ihr einen mitfühlenden Blick zu und zog sie noch enger an sich.

»Es tut mir so leid. Ich weiß, wie sehr du sie alle vermisst«, sagte er leise.

Mari schluckte und sah schnell zur Seite, damit er die Tränen nicht sah, die ihr in die Augen stiegen.

Mittlerweile hatte Hugo die Kutsche angehalten. Joachim half Mari beim Aussteigen. Hand in Hand gingen sie zur Kirche. Die Gäste schlossen sich an und zogen in einer langen

Reihe in das Gotteshaus. Joachims Familie machte dabei den kleinsten Teil aus, denn er hatte außer seinen Eltern und dem Großvater nur Onkel Fritz, den ledigen Bruder seines Vaters. Joachims älterer Bruder Karl-Gustav, der bei der Kriegsmarine war, hatte keinen Heimaturlaub bekommen. Die beiden Brüder von Edith Ansas waren in den Zwanzigerjahren wie viele Masuren auf der Suche nach Arbeit ins Ruhrgebiet ausgewandert und hatten die weite Reise in der kurzen Zeit nicht einrichten können. Dafür waren sämtliche Angestellten des Gutshofes sowie zahlreiche Freunde und Bekannte der Familie aus den benachbarten Höfen und Dörfern sowie aus Nikolaiken erschienen, wobei die Frauen eindeutig in der Überzahl waren. Denn bis auf einige Greise waren fast alle kriegsfähigen Männer an der Front oder in einem der besetzten Länder.

Mit klopfendem Herzen betrat Mari an Joachims Arm die Kirche, die einen sehr feierlichen Eindruck auf sie machte. Das durch die Seitenfenster strömende Licht ließ das gänzlich in Weiß gehaltene Innere erstrahlen. Der Mittelgang war von Säulen gesäumt, die eine Art Balkon stützten, der auf halber Höhe an den Längsseiten des Kirchenschiffes verlief. Das Brautpaar schritt langsam auf den Altar zu. Beim Näherkommen erkannte Marie dahinter ein breites Gemälde, das die Anbetung der Jünger vor dem Gekreuzigten zeigte. Darüber war ein halbrundes, mit hellen Farben gestaltetes Fenster in die Wand eingelassen.

Mari empfand auf einmal eine seltsame Scheu und Fremdheit. Unbehaglich schaute sie an sich herunter. Zu Hause hätte sie an diesem Tag ihre Tracht getragen, die festliche *bunad*, die ihre Mutter ihr geschneidert und einige Tage vor Joachims offizieller Bitte um Maris Hand geschenkt hatte. Sie war – wie so vieles anderes – auf dem Karlssenhof zurückgeblieben, denn nach Maris überstürztem Aufbruch hatte Lisbet nur das Nötigste in den kleinen Koffer packen können, den Ole seiner Schwester am nächsten Morgen mitgebracht hatte.

Auf dem Lindenhof hatte es in der kurzen Zeit keine Möglichkeit gegeben, ein richtiges Hochzeitskleid zu nähen oder gar zu kaufen. Mari trug ein schlichtes blaues Kleid. Joachims Mutter, die gespürt hatte, wie enttäuscht Mari war, hatte es mit einem geklöppelten weißen Kragen und einer breiten Schärpe aus der gleichen, wertvollen Spitze verziert, die sie selbst einst zur Hochzeit geschenkt bekommen hatte. Eine Geste, die Mari sehr gerührt und gleichzeitig das Heimweh nach ihrer eigenen Mutter neu entfacht hatte. Verstohlen griff sie nach dem Medaillon, das Lisbet ihr zusammen mit der *bunad* geschenkt hatte. Noch war es leer, aber Joachim hatte schon einen Termin im Fotoatelier von Nikolaiken vereinbart, um noch vor seiner Abreise Porträtbilder von sich und seiner Frau anfertigen zu lassen. Maris Brautstrauß war ganz in weiß gehalten mit duftenden Rosen aus dem gutsherrlichen Garten.

»Du siehst bezaubernd aus«, flüsterte Joachim ihr zu, als sie sich gemeinsam vor den Altar hinknieten.

Mari spürte, wie ihr schon wieder das Blut in die Wangen stieg, diesmal jedoch vor dankbarer Freude. Joachim schien immer genau zu wissen, was in ihr vorging und was er sagen oder tun musste, um sie aufzufangen. Ermutigt hob sie den Kopf und sah den Pfarrer an, der mittlerweile an den Altar getreten war. Jetzt drehte er sich zu ihnen um, hob segnend die Hand und eröffnete den Gottesdienst.

»Die Liebe erträgt alles, glaubt alles, hofft alles, hält allem stand. Die Liebe höret niemals auf.«

Mit diesem Trauspruch leitete der Pfarrer schließlich zur eigentlichen Vereinigung des Paares über. Mit einer Handbewegung bedeutete er Joachim und Mari aufzustehen. Mari überlief ein Zittern. Scheu sah sie Joachim in die Augen. Auch er wirkte befangen.

»Ihr habt aus der Bibel gehört, wie Gott euch in eurer Ehe leiten und segnen will«, begann der Pfarrer. »Darum frage ich euch: Wollt ihr in eurer Ehe nach Gottes Willen leben und auf seine Güte vertrauen, wollt ihr in Freud und Leid zusammenhalten euer Leben lang, wollt ihr gemeinsam für andere da sein und tun, was dem Frieden dient, so sprecht: Ja, mit Gottes Hilfe.«

Joachim und Mari reichten sich die Hände, drückten sie kurz und sagten wie aus einem Mund: »Ja, mit Gottes Hilfe.«

»Hier bist du.« Edith Ansas' Stimme klang besorgt. »Ist dir nicht wohl?«

Mari wischte sich rasch die Tränen von den Wangen, bevor sie sich zu ihrer Schwiegermutter umdrehte. Sie war in den Gemüsegarten hinter den Stallungen geflüchtet, um einen Moment allein zu sein. Gretchens Bemerkung vorhin in der Kutsche hatte Mari sehr viel tiefer getroffen, als sie zunächst hatte wahrhaben wollen. Sie vermisste ihre Familie so sehr.

»Alles gut«, presste sie mit heiserer Stimme hervor. »Ich brauchte nur ein bisschen frische Luft.«

Edith berührte Mari leicht am Arm und sah sie aufmerksam an. »Als mich mein Mann damals hierher holte, hab ich mir fast die Augen ausgeweint. Dabei lebten meine Eltern nur fünfzig Kilometer entfernt. Aber trotzdem fühlte sich alles so fremd an. Wie muss das erst für dich sein!«, sagte sie etwas steif. Sie bemühte sich um ein klares Hochdeutsch – sie hatte rasch gemerkt, wie schwer sich Mari mit dem breiten ostpreußischen Dialekt tat.

Mari schluchzte auf. Ihre Schwiegermutter nahm sie fest in den Arm und wiegte sie sanft. Sie begann, leise eine Melodie zu summen. Mari presste ihr Gesicht gegen Ediths Schulter. Es tat gut, ihren Kummer nicht länger verstecken zu müssen. Nachdem sie ihren Tränen eine Weile freien Lauf gelassen hatte, löste sie sich aus Ediths Armen und schnäuzte sich.

»Kind, ich weiß, dass ich deine Mutter nicht ersetzen kann. Aber ich habe mir immer eine Tochter wie dich gewünscht.« Mari lächelte ihre Schwiegermutter dankbar an.

Das Festessen war noch in vollem Gange, als die beiden Frauen in die mit Blumen geschmückte Scheune zurückkehrten, die heute als Festsaal diente. Gerade wurden große Platten mit gebratenen Hühnern und Gänsen hereingetragen. Lange Tische waren zu einer großen Hufeisenform aufgestellt, das Brautpaar war an der Kopfseite platziert. Mari saß neben Joachim mit Blick auf die Gäste, zu ihrer Rechten hatte Großvater Gustav Platz genommen, und über Eck saß ihre Schwiegermutter Edith. Joachim hatte seinen Vater Karl neben sich, über Eck seinen Onkel Fritz.

Das Menü war von einer Kürbissuppe eröffnet worden, gefolgt von köstlichen, gebackenen Fischen: Stinte, die es in den Gewässern um Nikolaiken besonders zahlreich gab. Anschließend waren verschiedenste Würste und Schinken gereicht worden – für die ein Schwein, zusätzlich zum offiziell genehmigten, in heimlicher Schwarzschlachtung sein Leben hatte lassen müssen, wie Großvater Gustav seiner frischgebackenen Schwiegerenkelin anvertraute – zusammen mit Bergen von Pellkartoffeln, Flinsen genannten Reibekuchen und Keilchen – längliche Klöße –, eingelegten Gurken, Gemüsen und Kompott. Wenn Mari den Erzählungen ihrer Schwiegermutter glauben durfte, war vor dem Krieg auf Hochzeiten noch sehr viel üppiger aufgetafelt worden – was sich Mari beim besten Willen nicht vorstellen konnte.

»Nu' esst, Kinderchen, greift doch zu«, und »So 'n Happchen ist doch gar nuscht, wart, ich geb dir noch ordentlich drauf«, wiederholte Edith unermüdlich.

Mari schaute Joachim mit einer Grimasse komischer Verzweiflung an, die ihn zum Lachen brachte.

»Tja, so ist das bei unseren Festen. Nicht nur das Essen muss reichlich sein, auch an Nötigung darf es nicht fehlen«, erklärte er Mari und prostete ihr mit seinem Schnapsgläschen zu, das ihm seine Mutter umgehend wieder auffüllte.

Denn auch Schnaps und Bier flossen in Strömen. Ein Prosit jagte das nächste, die Wangen der Festgäste röteten sich zusehends, die Stimmung wurde immer fröhlicher. Mari beobachtete staunend das ausgelassene Treiben. Sie hatte wenigstens durchsetzen können, bis auf den Willkommenstrunk keinen Alkohol trinken zu müssen – was in Anbetracht ihrer »besonderen Umstände« stillschweigend hingenommen wurde.

Zwischendurch wurden Reden gehalten. Den Anfang machte Joachims Vater Karl, der seine Schwiegertochter herzlich im Kreis der Familie willkommen hieß, sich ansonsten aber kurzhielt. Mari hatte bereits festgestellt, dass er kein Mann der großen Worte war, es sei denn, er sprach über seine geliebten Pferde. Als Stallmeister des gräflichen Gestüts trug er die Verantwortung für die wertvolle Trakehnerzucht des Lindenhofes. Maris eigene Pferdebegeisterung hatte von Anfang an für einen besonderen Draht zwischen ihr und ihrem Schwiegervater gesorgt.

Mit dessen älterem Bruder Fritz dagegen wurde sie nicht so recht warm. Auch er begegnete ihr sehr freundlich, aber aus ganz anderen Gründen, die er nun in seiner nicht enden wollenden Rede darlegte. Für ihn stellte die Verbindung seines Neffen mit der nordischen Mari nämlich das Ideal einer germanisch hochwertigen Ehe dar, der arisch reiner Nachwuchs entspringen würde – hoffentlich in großer Zahl –, mit dem das Paar Führer und Vaterland beschenken sollte.

Nein, Fritz Ansas machte keinen Hehl aus seiner Begeisterung für die nationalsozialistische Weltanschauung und »seinen« Führer. Schon früh war er in die Partei eingetreten und trug stolz eine Hakenkreuzbinde am Oberarm. Was seinem Vater Gustav sichtlich ein Dorn im Auge war, während sein Bruder Karl politische Themen mied, so gut es eben ging. Joachim hatte zwar angedeutet, wie unterschiedlich die Meinungen seiner Angehörigen zum Hitlerregime waren, doch erst jetzt wurde Mari klar, dass ein tiefer Riss durch die Familie ging, der an diesem Tag nur mühsam überspielt wurde.

Großvater Gustav hielt es schließlich nicht länger aus. Er sprang auf, hob sein Glas und forderte die Anwesenden auf, auf ihre geliebte Heimat Masuren anzustoßen. Sofort standen alle auf, und dem rüde unterbrochenen Fritz blieb nichts anderes übrig, als mit den anderen das Lied zu singen, das nun angestimmt wurde.

»Land der dunklen Wälder
und kristall'nen Seen,
über weite Felder
lichte Wunder geh'n.

Starke Bauern schreiten
hinter Pferd und Pflug.
Über Ackerbreiten
streicht der Vogelzug.

Tag hat angefangen,
über Haff und Moor.
Licht ist aufgegangen,
steigt im Ost empor.

Und die Meere rauschen
den Choral der Zeit.
Elche steh'n und lauschen
in die Ewigkeit.

Heimat wohlgeborgen
zwischen Strand und Strom,
blühe heut' und morgen
unterm Friedensdom.«

Bei der Stelle mit den lauschenden Elchen in der vorletzten Strophe grinste Joachim Mari an, die etwas hilflos und stumm dastand, da sie weder den Text noch die Melodie kannte. Auch beim folgenden Lied, das mit »Wild flutet der See« begann und schließlich mit »Masovia lebe, mein Vaterland!« endete, konnte Mari nur zuhören. Das war die eigentliche Landeshymne Masurens, wie ihr Gustav erklärte, nachdem sich alle wieder gesetzt hatten.

Während des Gesangs hatte eine elegante, ganz in Schwarz gekleidete Frau die Scheune betreten. Ihre Haare waren bis auf eine weiße Strähne an der rechten Schläfe schwarz und zu einem straffen Knoten hochgesteckt. Mari schätzte sie auf Mitte vierzig. Sie hielt sich sehr gerade und hatte einen unnahbaren, etwas strengen Gesichtsausdruck, der Mari einschüchterte. Das musste Edelgard Gräfin von Lötzendorff sein. Seit dem Tod ihres Mannes nach einem schweren Reitunfall vor drei Jahren führte sie das Gut für ihren Sohn Heinrich, der im Krieg war. Sie wurde von einer jungen Frau begleitet, die etwa in Maris Alter war. Joachim bestätigte mit einem Nicken Maris Vermutung, dass die junge Frau Elfriede, die Schwiegertochter der Gräfin, war.

Joachim stand auf, um die beiden Frauen zu begrüßen und ihre Glückwünsche entgegenzunehmen. Die Gräfin musterte Mari, die sich ebenfalls erhoben hatte, wohlgefällig und nickte Joachim anerkennend zu.

»Ein gutes Mädel hast du dir da geholt«, meinte sie und fügte nach einem weiteren eindringlichen Blick auf Mari hinzu: »Guter Stall.«

Mari zuckte unwillkürlich zusammen. So musste sich ein Pferd auf dem Pferdemarkt fühlen, schoss es ihr durch den Kopf. Verlegen senkte sie die Augen, während Joachim der Gräfin und ihrer Schwiegertochter Elfriede Schnaps anbot. Zu Maris Überraschung kippte die Gräfin ohne zu zögern das Glas in einem Zug hinunter, nickte dem Brautpaar zu und wandte sich wieder zum Gehen. Elfriede dagegen nippte nur an ihrem Glas und eilte nach einem flüchtigen Gruß ihrer Schwiegermutter hinterher.

»Nu haste also auch kennenjelernt unsere Herrschaft«, brummte Gustav, als sich Mari wieder gesetzt hatte. »Das sind janz Hundertprozentige«, fügte er leise hinzu.

Mari verzog fragend das Gesicht. »Hundertprozentige?«

»Nazissen«, knurrte Gustav abfällig. »Deshalb hat die Gräfin Fritz ja auch zu ihrem Inspektor gemacht, nachdem der Graf gestorben war. Bei dem hätte es das nicht jejeben, dass einer von den Braunen seinen Hof verwaltet. Der war noch vom rechten Schrot und Korn!«

Mari beschloss, Joachim später zu fragen, was der Großvater genau gemeint hatte. Denn jetzt wurden die Tische beiseitegerückt, um Platz für die Musikanten zu machen, die zum Tanz aufspielen sollten.

Joachim verbeugte sich vor Mari, hielt ihr den Arm hin und führte sie auf die Tanzfläche. Die ersten Takte eines Walzers erklangen. Mari bemerkte, dass die Augen aller Gäste auf sie gerichtet waren. Ein jäher Schreck durchfuhr sie. Wie gingen die Tanzschritte? Sie konnte sich nicht erinnern. Verlegen senkte sie den Kopf und schaute auf ihre Füße, die ihr wie bleierne Fremdkörper erschienen. Joachim umfasste ihre Taille und schwang sie sanft in die erste Drehung. Mari sah hoch und begegnete seinem Blick. Ihre Unsicherheit verschwand. Es gab nur noch die Musik, zu der sie sich in einem endlos anmutenden Wirbel drehten. Und seine Arme, die sie hielten.

In den Augen von Joachims Familie und ihren Freunden verdiente die Hochzeitsfeier des jungen Paares kaum diese Bezeichnung, denn nach masurischen Maßstäben fiel sie geradezu mager und viel zu kurz aus. Doch da es nun einmal nicht möglich gewesen war, die Heirat in den Spätherbst zu legen, wo solche Feste gern veranstaltet wurden, weil dann die Ernte eingebracht und die wichtigsten Arbeiten auf den Bauernhöfen verrichtet waren, mussten die meisten Gäste am nächsten Tag bereits wieder abreisen oder auf dem Gestüt ihren Pflichten nachgehen. Was Mari keineswegs bedauerte – im Gegenteil, sie war dankbar für jede Minute, die sie mit Joachim allein verbringen konnte. Sein Urlaub war ohnehin allzu bald vorbei – ein Gedanke, den Mari möglichst verdrängte.

Am Morgen nach ihrer Hochzeitsnacht, die sie in seinem Jugendzimmer verbracht hatten, weckte Joachim seine junge Frau mit einem sanften Kuss. Mari blinzelte verschlafen.

»Komm, Liebes, wir haben viel vor«, sagte Joachim zärtlich.

Mari richtete sich auf und schlang die Arme um ihn. »Ich beeile mich«, versprach sie.

Kurz darauf trafen sie sich vor dem langen Stallgebäude. Joachim wollte Mari die Umgebung des Lindenhofes zu Pferd zeigen, was in Mari gemischte Gefühle hervorrief. Einerseits freute sie sich sehr, endlich wieder zu reiten, andererseits war sie nicht sicher, ob sie mit den Trakehnern zurechtkommen würde. Sie waren nicht nur größer als die Fjordinger, sondern machten teilweise auch einen sehr temperamentvollen Eindruck auf sie.

Bevor sie den Stall betraten, legte Joachim eine Hand auf Maris Bauch und fragte: »Bist du wirklich sicher, dass das Reiten dem Kind nicht schadet?«

Mari war gerührt und nahm seine Hand. »Das hatten wir doch schon. Doktor Kjelde hat mir eine sehr robuste Konstitution bescheinigt. Er hatte keine Bedenken.«

Joachim hob zweifelnd die Augenbrauen.

»Und ich verspreche dir, vorsichtig zu sein und es nicht zu übertreiben«, fügte Mari rasch hinzu.

Joachim musste lachen, als er Maris beflissenen Gesichtsausdruck sah. »In Ordnung. Dann lass uns aufbrechen.«

Im Stall kam Joachims Vater Karl auf sie zu.

»Ich habe dir unsere Teerose gesattelt«, verkündete er, an Mari gewandt, und deutete auf eine schwarzbraune Stute, die in der Boxengasse hinter ihm stand.

»Gute Wahl«, meinte Joachim. »Sie ist sehr ausgeglichen und erfahren. Ihr werdet euch gut verstehen«, sagte er zu Mari.

»Leider haben wir Tunichtgut abgeben müssen«, sagte Karl mit einem bedauernden Achselzucken zu Joachim.

Mari hatte viel von diesem Hengst gehört, den Joachim selbst eingeritten hatte und sehr liebte.

»Ist Teerose nicht seine Mutter?«, fragte sie.

Joachim nickte. »Deswegen beginnt sein Name auch mit einem T. Anders als bei den meisten Pferdezuchten werden nämlich bei den Trakehnern die Fohlen nach dem ersten Buchstaben der Mutter benannt und nicht nach dem des Vaters«, erklärte er ihr.

Mari sah sich in dem Stall um. Viele Boxen standen leer und waren nicht eingestreut. Ihre Bewohner waren nicht draußen zum Grasen auf einer der Koppeln, sondern von der Wehrmacht requiriert worden. Mari überlief ein Schauer.

»Hoffentlich kommen Tunichtgut und all die anderen heil wieder zurück«, sagte sie.

Karl und Joachim wechselten skeptische Blicke. Mari konnte ihre Sorge gut verstehen. Sich Pferde in einem Krieg vorzustellen, in dem sie schutzlos schweren Panzern und Geschützen ausgesetzt waren, stimmte nicht gerade zuversichtlich, was ihr Schicksal betraf.

Kurz darauf trabte sie neben Joachim, der einen fuchsbraunen Wallach ritt, durch das hintere Tor vom Hof. Rechter Hand verlief eine unverputzte Steinmauer, die den Park des Herrenhauses umgab. Linker Hand sah Mari mehrere einfache Holzhäuser, die sie an die Hütten ihrer Heimat erinnerten. Hinter ihnen waren ein paar Gemüsefelder angelegt.

»Wer wohnt dort?«, fragte sie.

»Das sind die Unterkünfte der Gutstagelöhner und Saisonarbeiter. Seit die meisten von ihnen im Krieg sind, werden die leer stehenden Hütten von den polnischen Zwangsarbeitern bewohnt«, antwortete Joachim.

Aus seinen Erzählungen wusste Mari, dass die meisten deutschen Bauern und Gutsbesitzer ihre Anwesen nur mit Hilfe von Kriegsgefangenen und verschleppten Zivilisten aus den besetzten Gebieten bewirtschaften konnten. Zu ihrer Erleichterung schien man sie auf dem Lindenhof im Großen und Ganzen anständig zu behandeln. Was nicht zuletzt daran lag, dass dort viele der Angestellten – so wie die meisten ländlichen Masuren – noch masurisch sprachen, einen polnischen Dialekt. Die Nazis sahen das zwar gar nicht gern und wurden nicht müde, das Masurische als minderwertig, weil slawisch zu brandmarken. Doch die Bauern und Landarbeiter scherte das wenig. Für die meisten von ihnen waren die Polen, die nun auf ihren Höfen lebten und arbeiteten, wie Brüder, die sie freundlich aufnahmen.

Der von dichten Hecken gesäumte Feldweg führte Joachim und Mari bald an riesigen Pferdekoppeln entlang. Er war so breit, dass sie nebeneinanderreiten konnten. Joachim hatte recht gehabt. Teerose war ein herrliches Pferd. Mari genoss die fließenden, kraftvollen Bewegungen des Tieres. Ihre anfängliche Angst war schnell verflogen. Locker und entspannt saß sie im Sattel.

Joachim deutete auf eine gemähte Wiese. »Galopp?«

Mari nickte und drückte ihre Schenkel in die Flanken der Stute. Sofort galoppierte sie an. Mari jauchzte auf. Noch nie hatte sie auf einem so schnellen Pferd gesessen. Erst jetzt konnte sie die Begeisterung nachvollziehen, mit der ihr Joachim von

»seinen« Trakehnern vorgeschwärmt hatte. Bei aller Liebe zu den Fjordingern – auf Teeroses Rücken entdeckte Mari eine neue, ungeahnte Dimension der Geschwindigkeit. Sie beugte sich tief über den Hals der Stute und trieb sie weiter an. Mühelos beschleunigte die Stute, was Joachims Wallach zu einem Wettrennen herausforderte. Kopf an Kopf galoppierten die beiden über die Wiese.

»Na, habe ich dir zu viel versprochen?«, fragte Joachim, als sie schließlich auf einer kleinen Anhöhe haltmachten.

Mari lachte ihn an und schüttelte den Kopf. Ihre Wangen glühten, eine Haarsträhne hatte sich aus ihrem Zopf gelöst, und ihre Augen strahlten. Joachim beugte sich zu ihr und küsste sie leidenschaftlich.

»Jetzt lass uns zusehen, dass wir zu unserem Frühstück kommen«, sagte er, als sie sich wieder voneinander gelöst hatten.

Mari verzog enttäuscht das Gesicht. Sie wollte noch nicht zurück. Doch bevor sie protestieren konnte, hatte Joachim sein Pferd bereits gewendet und trabte davon. Sie seufzte und folgte ihm.

Anders als von ihr erwartet, nahmen sie nicht den Weg zum Lindenhof, sondern ritten in weitem Bogen an ihm vorbei zu der Weggabelung, von der aus es zum Lucknainer See ging. Der anfänglich breite Feldweg verjüngte sich immer mehr zu einem schmalen Pfad, der von übermannshohem Schilf eingerahmt wurde. Die Pferde mussten nun hintereinandergehen. In das Rascheln der trockenen Halme mischten sich schnarrende, gurgelnde und pfeifende Geräusche, die Mari nicht einordnen konnte.

Der Pfad endete unvermittelt an einem schmalen, sandigen Uferstreifen, von dem aus ein Holzsteg in einen kleinen See ragte. Die tiefblaue Wasseroberfläche war mit Hunderten von weißen Farbtupfern bedeckt – Höckerschwäne, deren Laute Mari schon von Weitem gehört hatte. Sie waren etwas größer als die Singschwäne, die Mari aus Norwegen kannte. Gerade flogen ein paar dieser großen Vögel mit langsamen Flügelschlägen über sie hinweg, wobei sie ein eigentümliches metallisches Sausen erzeugten.

Während Mari fasziniert die riesige Schwanenkolonie betrachtete, war Joachim bereits abgestiegen und hatte sein Pferd an einen Pflock angebunden, der offenbar eigens zu diesem Zweck hier stand. Aus einem Gebüsch holte er einen Deckelkorb hervor und lief auf den Holzsteg. Als Mari sah, dass er dort eine Decke ausbreitete und begann, ein Picknick auszupacken, beeilte sie sich, ihm zu folgen.

Joachim gelang es immer wieder, sie zu überraschen und ihr eine unerwartete Freude zu bereiten. Sie ließ sich neben ihm nieder und drückte stumm seine Hand. Er hob ihre Hand, drehte sie um und küsste zärtlich ihre Innenfläche.

»Und jetzt wollen wir mal sehen, was uns meine Mutter so alles eingepackt hat«, sagte er und reichte Mari ein in Butterbrotpapier eingeschlagenes Päckchen.

Mit gutem Appetit ließen sie sich die belegten Brote und den Streuselkuchen schmecken, die Edith Ansas für sie eingepackt hatte. Mari konnte gut verstehen, warum die gräfliche Familie sie als Köchin eingestellt hatte. Noch aus den einfachsten Zutaten zauberte sie wohlschmeckende Köstlichkeiten, mit denen sie nicht nur die Herrschaften, sondern das gesamte Gesinde des Lindenhofes versorgte. Auch das gestrige Hochzeitsmahl war hauptsächlich in ihrer Küche entstanden.

Joachims Vater, der als Stallmeister einen wichtigen Posten innehatte, wurde ebenfalls respektiert und geschätzt. Und sein Bruder Fritz genoss als wichtigster Berater der Gräfin und überzeugter Nationalsozialist ohnehin deren besonderes Vertrauen. Dennoch, in Maris Augen zählte das nicht so viel, wie sein eigener Herr zu sein. Bei dem Gedanken, ihr Vater hätte einem anderen dienen und Rechenschaft ablegen müssen, schüttelte sie unwillkürlich den Kopf.

»Schmeckt es dir nicht?«, fragte Joachim verwundert.

»Oh doch, es ist sehr lecker«, beeilte sie sich zu versichern. »Ich habe mich nur gerade gefragt, wie es ist, als Angestellter zu leben.«

Joachim schaute sie nachdenklich an. »Bevor ich deine Familie kennengelernt habe, habe ich unser Leben nie infrage gestellt. Es war einfach schon immer so. Mein Großvater war der Inspektor des Grafen bis zu dessen Tod, und zuvor hatte mein Urgroßvater das Gut verwaltet. Da Onkel Fritz keine Kinder hat, wird wohl mein älterer Bruder Karl-Gustav später mal seine Stelle übernehmen«, erklärte er. »Ich kann gar nicht genau sagen, wie viele Generationen diese Tradition nun schon zurückreicht.«

»Und du?«, fragte Mari. »Hättest du eigentlich nicht in die Fußstapfen deines Vaters treten und Stallmeister werden müssen? Wie kommt es, dass du Tiermedizin studiert hast, bevor du eingezogen wurdest?«

»Ich tanze halt gern aus der Reihe«, sagte Joachim und lachte. Dann fügte er ernster hinzu: »Es war immer schon mein Traum. Und als der alte Graf sah, wie gern und geschickt ich dem Viehdoktor schon als Halbwüchsiger zur Hand ging, beschloss er kurzerhand, mich nach dem Abitur nach Königsberg zum Studieren zu schicken. Danach hätte er dann seinen eigenen Tierarzt gehabt, der außerdem die benachbarten Höfe betreuen sollte.«

»Aber dann kam der Krieg«, fuhr Mari für ihn fort, »und das Schicksal wollte es, dass du ausgerechnet in das Land geschickt wurdest, von dem du schon als kleiner Junge immer geträumt hast.«

Joachim lächelte Mari an. »Genau. Und die Wirklichkeit hat diesen Traum nicht zerstört. Im Gegenteil. Seit meinem ersten Tag in Norwegen wusste ich, dass ich dort leben wollte.« Mari erwiderte sein Lächeln. »Und da hatte ich dich noch gar nicht getroffen. Das war das größte Geschenk dieses wundervollen Landes an mich«, fuhr Joachim fort.

Mari wurde von einem heißen Kribbeln durchströmt. Verliebt schmiegte sie sich an ihren Mann und öffnete die Lippen zu einem innigen Kuss, der bei beiden Verlangen entfachte.

Drei Tage später kam der Moment, vor dem sich Mari fürchtete, seit sie von seiner bevorstehenden Verlegung nach Russland wusste – der Abschied von Joachim. An diesem Tag noch musste er sich in der Garnison von Insterburg einfinden, wo er zu seiner neuen Division stoßen würde. Kutscher Hugo hatte ihn frühmorgens zum Bahnhof von Nikolaiken gefahren. Mari hatte darauf bestanden, Joachim zu begleiten. Sie wollte keine Minute mit ihm verschenken. Viel zu schnell erreichten sie das Städtchen, viel zu kurz war die Wartezeit auf dem Bahngleis, viel zu rasch hörten sie das Pfeifen des nahenden Zuges.

»Liebes, bitte weine nicht«, flüsterte Joachim und nahm Mari zärtlich in den Arm.

Sie machte sich von ihm los und starrte ihn aufgebracht an. »Du hast leicht reden! Ich hab solche Angst, dass du verwundet wirst! Oder gar nicht mehr zurückkommst …« Mari schluchzte verzweifelt auf und wandte sich von ihm ab. Sich Joachim im Krieg vorzustellen, wo er ständig in Lebensgefahr sein würde, war einfach unerträglich. Es war schlimm genug, dass sie für lange Monate bis zu seinem nächsten Urlaub getrennt sein würden.

»Aber du bist doch nicht allein«, sagte Joachim tröstend. »Du hast doch meine Eltern und Großvater. Sie haben dich schon fest ins Herz geschlossen.«

Mari drehte sich zu ihm um. Joachim hatte wieder einmal ihre Gedanken gelesen. Hilflos zuckte sie mit den Schultern und flüsterte: »Aber es ist alles so fremd hier. Und wenn du nicht mehr bei mir bist, werde ich mich fühlen wie im Exil.«

28

Nordfjord, Sommer 2010

Am Morgen nach Fastes und Ingers Rückkehr wachte Lisa früh auf. Sie teilte wieder eine Hütte mit Nora. In ein paar Tagen würden sie allerdings ins Wohnhaus umziehen müssen, da weitere Feriengäste erwartet wurden und alle Hütten bis auf ihre schon belegt waren. Ein kräftiger Wind riss ihr die Fensterläden fast aus den Händen, als sie sie aufstieß. Mit geschlossenen Augen sog sie die frische Luft tief in ihre Lungen und genoss das salzig-herbe Aroma. Ein Film aus feinen Tröpfchen legte sich auf ihr Gesicht. Sie öffnete die Augen wieder und ließ sie über die nun schon vertraute Aussicht wandern. Die Wiesen hatten die erste Mahd hinter sich, das Heu lag noch zum Trocknen aus. Die Wasseroberfläche des Fjords wurde vom Schattenspiel der rasch dahinziehenden Wolken belebt, glänzte mal hell in der Sonne, um gleich darauf dunkel zu schimmern.

»Darf ich kurz stören?«, fragte Lisa, nachdem sie an den Rahmen der offenstehenden Tür zu Amunds Wohnung geklopft hatte.

Er stand mit dem Rücken zu ihr vor einem Schrank, in den er frisch gewaschene Kleidungsstücke einsortierte, und hatte ihr Klopfen nicht bemerkt. Er drehte sich um. Als er Lisa erkannte, leuchteten seine Augen auf.

»Lisa! Komm rein«, antwortete er und machte eine einladende Handbewegung. »Ich wollte auch kurz allein mit dir sprechen, bevor wir uns nachher mit den anderen zum Frühstück treffen.«

Lisa betrat den Raum, der ganz anders wirkte als bei ihrem letzten Besuch. Damals hatte sie ihn als sehr karg wahrgenommen, beherrscht von einem Chaos aus Klamotten, leeren Flaschen, Büchern und anderen Sachen, die auf dem Boden herumlagen. In der Zwischenzeit hatte Amund aufgeräumt. Ein neues Regal beherbergte Bücher und Musik-CDs, und an den Wänden hingen einige Bilder. Es waren die Porträts der Pferde, die Lisa für die Homepage des Karlssenhofes fotografiert hatte. Nach Amunds verhaltener Reaktion bei der Präsentation der Bilder hätte Lisa nie damit gerechnet, dass er sie sich im Großformat ausdrucken, auf dicke Pappe aufziehen und aufhängen würde.

Amund stellte sich neben Lisa und betrachtete die Fotos.

»Du hast ihre Charaktere und Eigenheiten genau eingefangen«, sagte er. »Das ist mir gleich aufgefallen, als ich die Bilder zum ersten Mal gesehen habe.«

Lisa drehte sich zu ihm. »Und ich dachte, sie gefallen dir nicht. Weil du so gut wie nichts dazu gesagt hast.«

Amund zuckte die Schultern. »Ehrlich gesagt war ich total überrascht. Ich hab nicht damit gerechnet, dass jemand, der sonst vor allem Häuser fotografiert, einen so einfühlsamen Blick für Lebewesen haben könnte.« Er räusperte sich. »Aber du bist ja sicher nicht gekommen, um Bilder anzugucken …«

»Weswegen wolltest du mit mir sprechen?«, fragte Lisa.

Amund schüttelte den Kopf und erwiderte mit charmantem Lächeln: »Ladies first.«

Er deutete auf das Sofa und setzte sich in eine Ecke. Lisa nahm in der anderen Platz und fuhr sich nervös mit einer Hand durch die Locken. Sollte sie Amund wirklich erzählen, was sie herausgefunden hatte? Eine Stimme in ihr warnte sie eindringlich davor. Sie würde sich damit weit aus dem Fenster lehnen. Ach was, sei kein Frosch, sagte sie sich und wischte die Zweifel beiseite.

»Ich weiß, es geht mich nichts an. Aber es hat mich sehr

beschäftigt, wie übel dir diese Cynthia mitgespielt hat. Und wie sie ihrer Tochter einfach den Vater vorenthält.«

Amunds entspannte Miene wich einem wachsamen Ausdruck.

Lisa schluckte. »Um es kurz zu machen: Ich habe von Frankfurt aus bei Cynthia angerufen und gesagt, ich wolle eine internationale Reportage über alleinerziehende Spitzensportlerinnen machen. Cynthia fühlte sich offenbar sehr geschmeichelt, dass ich sie zu dem Thema befragen wollte, denn sie hat mir bereitwillig Auskunft gegeben. Nach ihrer Version ist übrigens sie die Verlassene, die sich von heute auf morgen allein mit dem Kind zurechtfinden musste. Sie war sehr darum bemüht, sich als gute Mutter darzustellen, der das Wohl ihrer Tochter am Herzen liegt. Deswegen habe sie die Kleine gerade in einem englischen Eliteinternat angemeldet. Meiner Meinung nach wollte sie sie aus dem Weg haben und hat sie deshalb abgeschoben. Aber da Caroline nun ist England ist, wäre es ja für dich sehr viel leichter, Kontakt zu ihr ...«

Lisa verstummte unter dem finsteren Blick, mit dem Amund sie bedachte. Was sie befürchtet hatte, war eingetreten: Er fuhr seine Mauer wieder hoch.

»Warum tust du das?«, fragte Amund mit einem schneidenden Unterton. »Ist dein eigenes Leben so leer und öde, dass du ständig in dem anderer Leute herumfuhrwerken musst? Brauchst du das zur Selbstbestätigung? Interessiert es dich überhaupt, wie sich die anderen damit fühlen? Wie es ist, wenn alte Wunden mutwillig wieder aufgerissen werden?«

Lisa erstarrte. »Aber ich wollte doch nur ...«

Amund lachte höhnisch auf. »Nur mein Bestes? Nein, es geht doch wohl eher um *dein* Bestes. Muss sich toll anfühlen, anderen auf die Sprünge zu helfen, auch wenn die das gar nicht wollen!«

Lisa stand auf. »Gut zu wissen, wie du eigentlich über mich

denkst«, sagte sie und hoffte, dass ihre Stimme nicht zitterte. Sie fröstelte. Amunds Worte hatten sie tief getroffen. Wie hatte sie nur annehmen können, dass er etwas für sie empfand!

»Ich sehe ein, dass es ein Fehler war, mich in dein verkorkstes Leben einzumischen. Es ist schließlich dein gutes Recht, für immer in Selbstmitleid zu versinken«, sagte Lisa heftig. »Aber hast du mal an deine Tochter gedacht? Ist es für sie wirklich besser, ohne ihren Vater aufzuwachsen?«

Amund sprang auf und starrte sie wütend an.

»Keine Sorge«, sagte sie und hob beide Hände. »Ich habe verstanden. Das Thema ist tabu. Und ich werde den Teufel tun, mir noch mal die Finger daran zu verbrennen.«

Abrupt drehte sie sich um und stürmte hinaus.

»Wo ist eigentlich Amund?«, fragte Nora. »Ich hab ihn heute noch gar nicht gesehen.«

Sie stand mit Tekla und Lisa im Gemüsegarten, wo sie Salate und Erdbeeren pflückten.

»Er hat sich heute früh ein paar Tage freigenommen«, antwortete Tekla. »Anscheinend hat er spontan beschlossen, die Johannisfeier bei Verwandten auf Vågsøy zu verbringen. Er war wohl lange nicht mehr dort.«

Nora nickte. »Verstehe. Ich hatte mich schon gewundert, weil auch sein Hund verschwunden ist.«

Lisa beugte sich tief über die Radieschenbüschel und hoffte, dass die beiden anderen nicht die Röte bemerkten, die ihr die Erinnerung an ihre morgendliche Auseinandersetzung mit Amund ins Gesicht trieb. Sie war sich sicher, dass ihr Streit der wahre Grund für seinen spontanen Kurztrip war. Er wollte ihr aus dem Weg gehen.

Der Tag stand ganz im Zeichen des Mittsommerfestes am nächsten Tag und der dafür nötigen Vorbereitungen. Während

Tekla und Inger ein üppiges kaltes Buffet zubereiteten, schichteten Mikael und sein Vater auf einer Wiese unterhalb des Hofes am Fjordufer einen großen Scheiterhaufen auf und stellten mehrere Tische und Bänke auf, da einige Freunde erwartet wurden, die mit der Familie feiern wollten. Nora und Lisa halfen aus, wo immer man sie brauchte. Sie spannten Schnüre zwischen die Obstbäume auf der Wiese und behängten sie mit Lampions, schnippelten Gemüse und Kartoffeln klein und fuhren zum Einkaufszentrum, um Brot, Grillfleisch und Getränke zu besorgen.

Als Lisa anschließend die Bierkästen aus dem Kofferraum laden wollte, schüttelte Tekla, die die Lebensmittel vor dem Wohnhaus in Empfang nahm, den Kopf.

»Nein, fahr sie bitte gleich runter zur Wiese. Wir kühlen sie immer im Wasser. Das ist sehr praktisch. Außerdem ist im Kühlschrank kein Platz mehr.« Sie lächelte wehmütig. »Früher hat mein Großvater Enar noch selber das Johannisbier gebraut. Gewürzt mit Wacholder. Mein Vater hat Bierbrauen immer gehasst, deshalb ist diese Tradition nach Großvaters Tod verloren gegangen.«

Unwillkürlich kam Lisa ihre Großmutter in den Sinn. Wie hatte man zu ihrer Zeit wohl dieses Fest gefeiert?

Lisa wollte gerade wieder ins Auto steigen, als ihr Mobiltelefon klingelte. Sie sah auf das Display und lächelte. Endlich! Auf diesen Anruf hatte sie schon den ganzen Tag gewartet. Sie setzte sich unter den Apfelbaum vor dem Wohnhaus und sprach eine Weile mit ihrem Onkel Robert. Danach wählte sie die Nummer von Walter Schneider, dem Heidelberger Anwalt ihrer Familie. Ihre Onkel hatten ihn beauftragt, den aktuellen Verkaufswert der Frankfurter Wohnung zu ermitteln und die Zahlungsmodalitäten zu klären.

»Das ist wirklich ein gutes Angebot«, sagte Lisa, als ihr der Anwalt die Summe genannt hatte. »Und wie schnell würde das

Geld zur Verfügung stehen?«, fragte sie und erfuhr zu ihrer Freude, dass sie die Summe binnen weniger Tage erhalten konnte. Nachdem sie noch ein paar Detailfragen besprochen hatten, sagte Lisa: »Ja, da haben Sie recht, die Lage ist wirklich einmalig. Ich glaube auch, dass sich der Verkehrswert noch steigern wird. Vielen Dank, dass Sie das alles so rasch und unkompliziert abwickeln, das kommt mir sehr gelegen.«

Mit einem erleichterten Seufzer steckte sie ihr Telefon weg und stand auf. Dabei fiel ihr Blick auf das Haus. In einem offenstehenden Fenster im ersten Stock sah sie flüchtig einen Kopf, der rasch zurückgezogen wurde.

Das Motorengeräusch eines ankommenden Autos lenkte Lisa ab. Es war Faste, der von einem Termin im Städtchen zurückkam. Er stieg aus seinem Wagen und ging zum Haus, ohne Lisa zu bemerken. Sein Gesicht sah noch grauer aus als am Tag zuvor, seine Schultern hingen herab, sein Gang war schleppend. So sieht ein gebrochener Mann aus, dachte Lisa. Was hat ihn wohl so mitgenommen?

Die Antwort auf diese Frage erhielt Lisa am Abend. Sie eilte auf dem Pfad von den Ferienhütten zum Hof hinüber. Der starke Wind, der tagsüber geweht hatte, war einem lauen Lüftchen gewichen. Als sie den Stall passiert hatte, hielt sie unwillkürlich am Rand des Innenhofes inne und ließ das Bild auf sich wirken, das sich ihr bot und das ihr Herz höher schlagen ließ: eine große Familie, die sich an einem reich gedeckten Tisch versammelt hatte, um gemeinsam zu Abend zu essen. Ein Platz war noch frei. Für sie. Denn sie war ein Teil dieser Familie.

»Entschuldigt die Verspätung«, sagte Lisa, als sie den Tisch unter dem alten Apfelbaum erreicht hatte. »Die Kinder von der Familie aus Hütte drei wollten sich gar nicht von Erles Fohlen trennen und haben mir Löcher in den Bauch …« Lisa unterbrach sich. Warum schauten alle so ernst? Sie setzte sich und fragte: »Was ist passiert?«

Es war Tekla, die das Schweigen brach. »Faste war heute bei der Bank«, sagte sie. »Er wollte einen Kredit aufnehmen, um Mikaels Schulden zu zahlen. Sie haben ihn nicht bewilligt.«

Lisa warf Faste einen Blick zu. Kein Wunder, dass er vorhin so verzweifelt ausgesehen hatte.

»Und das, obwohl wir seit Jahrzehnten gute Kunden sind und noch jeden Kredit pünktlich zurückgezahlt haben«, empörte sich Inger.

Tekla seufzte. »Es sieht ganz danach aus, dass unser Hof unter den Hammer kommt.«

Lisa räusperte sich. »Nein, das wird er nicht. Ich habe vor meiner Abreise nichts gesagt, weil ich keine Hoffnungen wecken wollte, die sich vielleicht nicht erfüllen. Aber jetzt sollt ihr es wissen: Ich werde sehr bald genügend Geld haben, um Mikael seinen Anteil am Hof abzukaufen. Dann kann er sein Darlehen rechtzeitig zurückzahlen, und die Zwangsversteigerung findet nicht statt«, verkündete sie. »Außerdem habe ich mir auch schon überlegt, wie wir die finanzielle Lage des Hofes langfristig verbessern können.« Lisa zog eine Mappe aus ihrer Tasche und legte ein paar Blätter auf den Tisch. »Das ist ein vorläufiger Businessplan. Wir haben doch schon diesen Sommer viel mehr Anfragen von Feriengästen, als wir bewältigen können. Wir sollten also noch mehr Hütten bauen. Und auch die Angebote für Ausritte und Kinderreitstunden könnten wir locker verdoppeln, ach, was sag ich, verdreifachen. Dazu müssten wir allerdings mehr Sättel, Zaumzeug und so anschaffen. Ein überdachter Reitplatz wäre auch nicht schlecht. Ich habe auch schon eine Idee, wie wir an das Geld für diese Investitionen kommen könnten und ...«

Ihr Blick fiel auf Faste, der sie unter zusammengezogenen Augenbrauen grimmig musterte. Ingers Gesichtsausdruck war wachsam, Tekla und Nora schauten unbehaglich. Nur Mikael wirkte entspannt und lächelte Lisa aufmunternd zu.

»Was willst du eigentlich hier?«, fragte Faste. »Langsam glaube ich, dass Vater recht hat. Irgendwas stimmt ganz und gar nicht mit dir. Woher hast du plötzlich so viel Geld? Und warum willst du es in unseren Hof stecken? Was will eine wie du in diesem abgelegenen Winkel? Sollen wir wirklich glauben, dass du deine Karriere als erfolgreiche Fotografin an den Nagel hängst, um hier Ställe auszumisten?«

Lisa starrte Faste entgeistert an. Der Angriff war so überraschend gekommen, dass es ihr die Sprache verschlug. Auch die anderen wirkten überrumpelt. Lisa zuckte zusammen, als der alte Finn hinter ihr an den Tisch trat und den Laptop aus Fastes Arbeitszimmer vor sie stellte.

»Das hat sie auch gar nicht vor«, sagte er und deutete auf den Bildschirm. »Das habe ich gerade entdeckt. Ich wollte ja nie was mit diesem Internetzeugs zu tun haben. Aber für solche Fälle ist es doch sehr nützlich. Amund hat mir gezeigt, wie man es bedient.«

Lisa sah die Website einer ihr unbekannten Fotoagentur. »Was ist damit?«, fragte sie.

Nora, Tekla und Inger, die nahe bei Lisa saßen, beugten sich zum Bildschirm, Faste stand auf und stellte sich zu seinem Vater hinter Lisa, um ebenfalls einen Blick darauf werfen zu können.

Finn schnaubte höhnisch. »Dich dumm stellen hilft dir jetzt auch nicht weiter«, sagte er und wandte sich an die anderen. »Habt ihr gewusst, dass sie seit Kurzem Partnerin in einer Fotoagentur ist?«, fragte er und klickte auf den Reiter »Wir über uns«. Als Inhaber und gleichberechtigte Geschäftspartner waren dort Marco Köster und Lisa Wagner genannt, die dem Betrachter freundlich von einem Foto zulächelten.

Lisa wurde von einem Schwindel erfasst. Sie zwang sich, tief durchzuatmen. Ihr Mund fühlte sich trocken an. Sie räusperte sich und sagte: »Auch wenn es schwer zu glauben ist. Ich sehe das hier«, sie zeigte auf den Monitor, »zum ersten Mal. Keine Ahnung, was Marco da geritten hat.«

Lisa fühlte kalte Wut in sich aufsteigen. Glaubte Marco allen Ernstes, sie würde es sich anders überlegen, wenn er sie vor vollendete Tatsachen stellte? Die Empörung über sein anmaßendes Verhalten vertrieb das schwindlige Gefühl.

»Das ist ja noch lang nicht alles«, knurrte Finn. »Wann wolltest du uns denn mitteilen, dass du bereits einen Käufer für den Karlssenhof gefunden hast?«

Lisa erstarrte. Sie kam sich vor, als sei sie unvermittelt in einen surrealen Film geraten, dessen Drehbuch sie nicht kannte. »Wie kommst du darauf, dass ich den Hof verkaufen will?«, fragte sie.

»Mein Vater hat vorhin zufällig ein Telefonat von dir mitgehört, bei dem du dich über ein gutes Angebot gefreut hast. Du hast über die günstige Lage gesprochen und über eine zu erwartende Wertsteigerung. Dann hast du dich für die rasche Abwicklung bedankt«, sagte Faste. »Als Partnerin eines neugegründeten Unternehmens musst du dich natürlich finanziell beteiligen. Entweder hast du Geld wie Heu, oder du spekulierst darauf, mit dem Verkauf des Hofes ordentlich Gewinn zu machen. Dir ist ja bestens bekannt, dass wir dich niemals ausbezahlen könnten, wenn du deine Anteile auslösen wolltest. Also müsste der ganze Hof verkauft werden. Und es ist auch kein Geheimnis, dass es zahlungskräftige Interessenten gibt, die scharf auf unsere Grundstücke sind.«

»Ihr glaubt allen Ernstes, dass hinter meinem Angebot Geldgier steckt?«, fragte Lisa heiser.

»Entschuldige, Lisa, aber du bist mit Marco doch auch privat zusammen. Wollt ihr nicht heiraten und ein Haus kaufen? Dazu brauchst du doch auch Geld, oder etwa nicht?«, erkundigte sich Tekla zaghaft.

Lisa schüttelte den Kopf. »Ich habe mit Marco Schluss gemacht«, sagte sie. »Bei meinem letzten Aufenthalt in Hamburg.«

»Seht ihr, wir sind nicht die Einzigen, die diese berechnende Person abserviert, wenn sie sie nicht mehr braucht«, zischte Finn.

Lisa sprang auf und stellte sich direkt vor Finn. »Jetzt reicht's!«, stieß sie hervor. »Ich muss mir das nicht länger anhören. Dir geht es doch gar nicht darum, die Wahrheit herauszufinden. Oder zu erfahren, wer ich bin. Seit ich hier bin, hast du nur ein Ziel: mich schlechtzumachen, die anderen gegen mich aufzuhetzen und mich zu vertreiben!«

Finn wich einen Schritt zurück. »Ich versuche nur, meine Familie zu schützen.«

Lisa lachte bitter auf. »*Deine* Familie, genau darum geht es! Du bestimmst, wer dazugehören darf und wer nicht.« Sie wandte sich an Faste. »Was weißt du über deine Tante Mari?« Faste sah sie verständnislos an. Lisa nickte grimmig und fuhr an Finn gerichtet fort: »Deine eigene Schwester darf schon mal nicht dazugehören. Meiner Mutter habt ihr auch keine Chance gegeben, als sie euch kennenlernen wollte. Was soll das für eine Familie sein? Als ich meine Onkel in Deutschland um Hilfe gebeten habe, weil ich Mikael helfen und den Hof retten wollte, haben sie keine Sekunde gezögert. Obwohl ich genaugenommen gar nicht mit ihnen verwandt bin. Sie haben sofort verstanden, warum es mir wichtig war, meiner Familie hier beizustehen. Und sie haben sich für mich gefreut, dass ich hier ein neues Zuhause gefunden habe. Aber das hat sich ja nun erledigt!«

Lisa drehte sich um und ging zügig über den Hof. In ihrer Hütte packte sie rasch ihre Sachen in den Koffer und wollte sich gerade ein Taxi rufen, als Mikael in der Tür erschien.

»Wohin willst du?«, fragte er.

»Erstmal ins Hotel«, antwortete Lisa.

Mikael nickte. »Es tut mir wahnsinnig leid. In was habe ich dich da nur reingeritten.«

Lisa winkte ab. »Mach dir keine Vorwürfe. Die Sache hat ja

auch etwas Gutes. Jetzt weiß ich wenigstens, wie hier über mich gedacht wird.«

»Ich bin mir absolut sicher, dass meine Mutter, Tekla und erst recht Nora nicht so denken. Und mein Vater eigentlich auch nicht.«

Lisa zuckte die Schultern. »Sie haben deinem Großvater aber auch nicht widersprochen.«

Mikael schaute verlegen zu Boden. »Stimmt schon. Wahrscheinlich waren sie einfach zu schockiert. Ich kann aber gut verstehen, dass du enttäuscht und wütend bist.«

Lisa sah sich ein letztes Mal in der Hütte um, die ihr in den letzten Wochen ein behagliches Zuhause geworden war, und wandte sich rasch zur Tür. Sie schluckte und blinzelte eine Träne weg.

»Ich fahre dich selbstverständlich«, sagte Mikael und griff nach ihrem Gepäck.

Das Hotel im Rådhusvegen hatte zu Lisas Erleichterung noch ein großes Doppelzimmer frei, das sie für ein paar Nächte buchte. Nicht auszudenken, wenn sie Susanne, die am nächsten Tag kommen würde, kein Dach über dem Kopf hätte anbieten können. Schlimm genug, dass ihre Freundin auf den idyllischen Hüttenurlaub auf dem Karlssenhof verzichten musste, den sie ihr versprochen hatte.

Sie gab Mikael einen Umschlag. »Kannst du den bitte Amund geben, wenn er zurückkommt?«, fragte sie.

Er nickte und steckte das Kuvert ein. »Schlaf gut«, sagte er und verließ das Hotelzimmer.

Doch Lisa war viel zu aufgewühlt, um ins Bett zu gehen. Um ihre Gedanken zu ordnen, machte sie einen Spaziergang durch die helle Sommernacht. Ziellos lief sie den Hang hinter dem Ort hinauf und fand sich eine halbe Stunde später bei dem Hügelgrab wieder, das sie bei ihrem ersten Ausritt mit Amund kennengelernt hatte. Sie setzte sich auf den Grasbuckel und sah auf den Fjord hinunter. Die Berghänge waren in schwarzblaue Dunkelheit getaucht, doch der Himmel war noch hell und spiegelte sich im Wasser. Lisa schloss die Augen.

Dreimal war sie in den letzten Tagen mit der Frage konfrontiert worden, welche Absichten sie hier verfolgte. Während Finn ihr Habgier und andere niedere Gründe unterstellte – was sie guten Gewissens für sich ausschließen konnte, gingen Marco und Amund offenbar davon aus, dass sie sich in einer Art Lebenskrise befand. Lisa wollte die Vermutung nicht einfach wegwischen. Traf sie zu? Für sie fühlte es sich nicht so an. Von außen betrachtet mochte es seltsam wirken, dass sie ihre Zelte in Deutschland abgebrochen hatte und ihr Vermögen zur Rettung eines Hofes verwenden wollte, dessen Bewohner sie erst seit wenigen Wochen kannte.

Lisa öffnete die Augen wieder. Nein, sie bereute ihre Entscheidungen nicht. Auch wenn sie vordergründig damit gescheitert war. Etwas Wesentliches war davon unberührt: das tiefe Gefühl, angekommen zu sein, ihre Wurzeln gefunden zu haben, einen Ort, den sie als Heimat empfand. Auch wenn sie den Karlssenhof nie wieder betreten sollte – dieses Gefühl konnte ihr niemand mehr nehmen. Sie würde es überallhin mitnehmen.

Beim Frühstück am nächsten Tag wurde Lisa von Nora überrascht, die mit einem verlegenen Lächeln an ihren Tisch trat.

»Ich will dich gar nicht lang stören«, sagte sie und hielt ihr einen Autoschlüssel hin. »Tekla meinte, du könntest einen Wagen gebrauchen, um deine Freundin vom Flughafen abzuholen und ihr ein wenig die Gegend zu zeigen.«

Lisa zögerte. Der verletzte Stolz in ihr drängte sie, Nora die kalte Schulter zu zeigen. Sei nicht albern, wies sie sich zurecht, dadurch wirst du dich auch nicht besser fühlen.

Lisa lächelte Nora an und griff nach dem Schlüssel. »Das ist nett, danke.«

Nora knetete ihre Hände. »Lisa, wegen gestern. Ich wollte dich nicht im Stich lassen. Das Gleiche gilt für Tekla. Es tut ihr sehr leid. Es ging nur alles so schnell und …«

Lisa stand auf und umarmte Nora. »Ich weiß. Zuerst war ich schon sauer, dass niemand dem alten Miesepeter widersprochen hat. Aber ich weiß nicht, ob ich mich an eurer Stelle anders verhalten hätte.«

»Na, jedenfalls hast du ihm ordentlich die Meinung gegeigt. Wurde ja auch wirklich Zeit«, sagte Nora und sah auf die Uhr. »Entschuldige, ich muss weiter. Aber heute Abend sehen wir uns. Das heißt, wenn du möchtest. Mikael und ich werden nicht auf dem Karlssenhof feiern, sondern auf die Party von Liv und Line gehen. Wir würden uns sehr freuen, wenn du auch kommst und Susanne mitbringst.«

Als Lisa und Susanne am Abend den Garten von Line betraten, deren Töpferei auf einem kleinen Grundstück am Westufer des Eidsfjorden lag, kam Mikael gerade mit einer Schüssel mit Kartoffelsalat aus dem Haus.

»Hei, Mikael«, sagte Lisa und tippte ihm leicht auf die Schulter.

Er drehte sich um und lächelte erfreut. »Lisa, wie schön, dass du gekommen bist und …« Sein Blick fiel auf Susanne. Er stockte und räusperte sich. »Und deine Freundin mitgebracht hast«, fuhr er stockend fort und wurde plötzlich verlegen.

Lisa war überrascht. Schüchtern hatte sie Mikael noch nie gesehen. Bei ihrer ersten Begegnung war er locker und charmant auf sie zugegangen. Auch im Umgang mit anderen Frauen hatte sie ihn bislang als unverkrampft und selbstbewusst erlebt.

»Ich bin Susanne«, sagte ihre Freundin und lächelte Mikael an.

Er strahlte zurück, stellte die Salatschüssel auf einen der am Wasser aufgestellten Tische und streckte Susanne eine Hand hin. »Ich bin Mikael.« Seine Befangenheit war verflogen. »Wie war dein erster Tag in Norwegen?«, erkundigte er sich, bot Susanne einen Stuhl an und nahm ihr gegenüber Platz.

Lisa wollte sich gerade neben ihre Freundin setzen, als sie Nora entdeckte, die mit Line und ihrer Schwester Liv, der Zirkusartistin, zusammenstand. Weder Mikael noch Susanne schienen zu bemerken, dass Lisa sich entfernte, um die anderen zu begrüßen.

»Was habt ihr denn morgen vor?«, fragte Mikael gerade, als Lisa später zu den beiden zurückkehrte, die sich die ganze Zeit sehr angeregt unterhalten hatten. »Wenn ihr Lust habt, können wir uns die neue Ausstellung im Kulturhuset ansehen«, schlug er vor. Er sah Susanne unsicher an: »Wenn dir das nicht zu provinziell ist. Du bist in Frankfurt natürlich Ausstellungen von ganz anderem Kaliber gewohnt.«

Susanne schüttelte lächelnd den Kopf. »Mag sein. Aber ich finde es spannend, abseits des etablierten Kunstmarktes zu stöbern. Da verbergen sich oft ungeahnte Talente.« Sie wandte sich an Lisa. »Hast du auch Lust?«

Lisa unterdrückte ein Schmunzeln. Wenn sie nicht völlig danebenlag, fragte Susanne nur aus Höflichkeit. Sie war sich sicher, dass die beiden lieber allein sein wollten. Was sie natürlich nicht so direkt aussprach. Stattdessen sagte sie: »Lust schon. Aber wenn es dir nichts ausmacht, würde ich mich morgen gern eine Weile ausklinken und einen Bürotag einschieben. Ich muss mich dringend um die Organisation meiner nächsten Fotoreportage kümmern und ein paar Termine mit Verlagen ausmachen.«

Susanne nickte und blinzelte ihr mit einem kaum merklichen Lächeln zu.

Mikael schaute Lisa betroffen an. »Dann gehst du also wirklich fort von hier?«

Lisa nickte. »Ich muss schließlich Geld verdienen. Die Suche nach meiner Großmutter ist buchstäblich auf Eis gelegt, solange ihr Sohn unerreichbar in der Arktis forscht und ich auf seine Rückkehr nach Tromsø warten muss. Und es ist sicher nicht verkehrt, ein paar Wochen unterwegs zu sein. Da kann ich besser darüber nachdenken, wie es für mich weitergehen soll. Und ein wenig Abstand gewinnen.«

Nicht nur von der harschen Abfuhr, die ihr Finn und Faste erteilt hatten. Sondern vor allem von dem Schmerz über Amunds Anschuldigungen und seine Zurückweisung. Aber das behielt Lisa für sich.

Mikael verzog das Gesicht. »Es tut mir so leid, dass …«

Lisa berührte ihn leicht am Arm. »Ach, das ist schon in Ordnung. Und ihr beiden solltet auf jeden Fall ins Museum gehen. Ich bin froh, wenn ich Susanne in netter Gesellschaft weiß. Dann habe ich nicht so ein schlechtes Gewissen, dass ich wenig Zeit für sie habe.«

»Malst du eigentlich auch selber?«, fragte Susanne.

»Ja, schon. Aber nur so für mich«, antwortete Mikael.

Susanne strahlte ihn an. »Zeigst du mir deine Bilder? Ich würde sie sehr gern sehen.«

Mikael verzog das Gesicht. »Ich weiß nicht, ich bin ja nun wirklich kein Künstler. Ich war nie auf einer Kunstschule oder so.« Das Bedauern in seiner Stimme war unüberhörbar.

»Zeig sie mir einfach«, bat Susanne.

»Nichts leichter als das«, sagte Line, die gerade an ihren Tisch getreten war, um ihnen frisch gebratene Würstchen anzubieten.

Mikael zuckte zusammen. Lisa und Susanne sahen sie fragend an.

Line lächelte und erklärte: »Ich habe ein paar von seinen Bildern als Leihgabe in meinem Atelier hängen. Sie sind wirklich toll.«

Susanne stand auf und sah Mikael an. »Worauf wartest du?«

Er schluckte. Lisa lächelte ihm zu. »Widerstand zwecklos. Susanne kann ziemlich hartnäckig sein.«

Line hatte recht. Die Bilder waren wirklich beeindruckend. Es war Lisa, als würden sie ihr eine neue, unbekannte Facette von Mikael offenbaren. In dem Atelier hingen ein großes Ölgemälde und zwei kleine Aquarelle. Es waren Ansichten von der Küste und dem Fjord, wobei das Hauptthema das Zusammenspiel von Wasser, Wind und Fels war.

»Seelenspiegel Norwegens«, sagte Susanne leise und zeigte auf das Ölgemälde, auf dem sich im dunklen Wasser eines Fjords steile Bergwände, ein Wasserfall und vom Wind getriebene Wolken spiegelten.

Lisa nickte. Mikael hatte das innere Wesen dieser Landschaft erfasst. Sie wandte sich an ihn. »So solltest du es nennen«, sagte sie.

Er wurde rot und warf Susanne einen Blick zu, die versunken in den Anblick seiner Bilder war und nichts um sich herum wahrzunehmen schien.

»Mikael, hilfst du mir kurz, das Bierfass anzustechen?«, fragte Line.

Er nickte und folgte ihr nach draußen. Susanne sah ihm nach. Ein verträumter Ausdruck lag auf ihrem Gesicht.

Lisa hakte sie unter und fragte leise: »Hat sich da jemand ein bisschen verguckt?«

Susanne lächelte. »Ich weiß nicht. In seine Bilder auf jeden Fall. Ist mir schon ewig nicht mehr passiert, dass mich Bilder so unmittelbar berührt haben.«

Als sie wieder in den Garten kamen, stand die Sonne bereits so tief, dass sie nur noch die obere Kante der Bergkette hinter ihnen beschien. Untergehen würde sie aber erst eine halbe Stunde vor

Mitternacht. Überall an den Ufern des Fjords flammten große Feuer auf. Lisa ertappte sich dabei, wie sie nach dem gegenüberliegenden Ufergrundstück des Karlssenhofes Ausschau hielt, wo Tekla, Inger, Faste und Finn mit ihren Gästen beisammensaßen. Doch auf die Entfernung war unmöglich auszumachen, welches der vielen Feuer das von ihr gesuchte war.

Ein leichter Wind wirbelte Funken hoch. Lisa setzte sich so, dass sie ins Feuer schauen konnte. Die lebhafte Unterhaltung zwischen Mikael und Susanne und die Gespräche an den anderen Tischen vermengten sich zu einem Rauschen, das wie aus weiter Ferne zu ihr drang und das Knacken der Holzscheite untermalte, dem sie lauschte. Der süße Duft eines blühenden Weißdornstrauchs mischte sich mit dem kräftigen Raucharoma.

Der flirtende Ton, der sich im Lauf des Abends zwischen Susanne und Mikael entwickelte, die Blicke, die sie einander zuwarfen, und die Spannung, die sich zunehmend zwischen ihnen aufbaute, hätten Lisa an einem anderen Tag kaum berührt. Im Gegenteil, sie hätte sich einfach nur für die beiden gefreut. An diesem Tag aber hielt sie es kaum aus. Nicht, weil sie sich wie ein überflüssiges Rad am Wagen fühlte. Sondern weil ihr zu deutlich vor Augen geführt wurde, wonach sie sich selbst sehnte. Dass es Amund war, den sie jetzt an ihrer Seite vermisste, machte die Sache nur noch schlimmer.

»Willst du mir nicht endlich sagen, was dir außer dem Streit mit dem alten Finn und Faste noch auf der Seele liegt?«, fragte Susanne.

Lisa saß ihrer Freundin in einem Straßencafé auf der Eidsgata gegenüber, wo sie sich am frühen Abend getroffen hatten. Susanne hatte den Tag mit Mikael verbracht, der später zu ihnen stoßen wollte, um gemeinsam mit ihnen essen zu gehen. Lisa hatte sich nur schlecht auf die Vorbereitung eines neuen Fotoprojekts konzentrieren können. Ihre Gedanken waren immer wieder zu Amund und seinen Vorwürfen zurückgekehrt. Die Vernunftstimme in ihr sagte, dass Amund so scharf geschossen hatte, weil sie ihm zu nahegekommen und ihn mit einem Thema konfrontiert hatte, das er offenbar begraben und vergessen wollte.

»Dir entgeht aber auch nichts«, sagte sie mit gespieltem Vorwurf.

Susanne lächelte. »Natürlich nicht, ich kenne dich doch. Wenn du dieses betont gelassene Pokerface aufsetzt, stimmt etwas ganz und gar nicht. Also, was ist los?«

»Findest du, dass ich mich zu viel in das Leben anderer Menschen einmische?«, fragte Lisa.

Susanne hob fragend die Augenbrauen. »Wie kommst du darauf?«

Lisa trank einen Schluck von ihrem Saft und antwortete: »Man hat es mir vorgeworfen und unterstellt, dass ich damit die Leere in meinem eigenen Leben ausfüllen will.«

Susanne sah Lisa in die Augen. »Wer ist ›man‹? Etwa dieser alte Kauz, der dich für den Inbegriff des Bösen hält?«

Lisa musste grinsen. »Nein, ausnahmsweise kam das nicht von Finn. Amund hat es mir an den Kopf geworfen. Er findet es seltsam, wie sehr ich mich in die Rettung des Hofes reinhänge und dass ich Mikael Geld für den Detektiv und einen Anwalt gegeben habe.«

Ihre Nachforschungen über die Schatten in Amunds Vergangenheit erwähnte Lisa nicht. Sie wollte jetzt nicht über ihre Gefühle für Amund reden. Und dem hätte sie kaum entgehen können, wenn Susanne von ihrem Engagement hören und daraus unweigerlich ihre Schlüsse ziehen würde.

Susanne runzelte die Stirn. »Ich wüsste nicht, was es diesen Amund angeht, was du mit deinem Geld anstellst. Interessanter finde ich, warum dich das so mitnimmt.«

Lisa zuckte die Schultern. »Ach, ich weiß auch nicht. Ich traue mir im Moment selber nicht recht über den Weg. Ich tue Dinge, die ich früher für unmöglich gehalten hätte. Es fühlt sich meistens gut und richtig an. Aber ab und zu kommen mir halt doch Zweifel, ob ich mich nicht total verrenne.«

Susanne nickte. »Verstehe. Ist ja auch kein Wunder. Was du in den letzten Monaten erlebt und erfahren hast, reicht anderen für Jahre.« Sie drückte Lisas Arm. »Sei nicht so streng mit dir. Dieser Amund gehört vielleicht zu den Leuten, die Schwierigkeiten haben, etwas für andere zu tun. Deshalb macht er deine Hilfsbereitschaft madig, um sich selber besser zu fühlen.«

Mikaels Erscheinen unterbrach die Freundinnen. Susanne strahlte ihn an und bestärkte Lisas Vermutung, dass sie auf dem besten Wege war, sich Hals über Kopf in ihn zu verlieben. Er setzte sich an ihren Tisch.

»Stell dir vor, Lisa, Interpol hat angerufen. Sie sind diesem Eklund tatsächlich dicht auf den Fersen. Anscheinend hatte er den Mitarbeiter der Londoner Galerie, bei dem ich mich über ihn erkundigt habe, bestochen, damit er auf Nachfrage nur Gutes über ihn und seine Referenzen sagte. Um mildernde Umstände zu bekommen, hat der Mann bereitwillig ausgepackt und konnte der Polizei wertvolle Hinweise über Eklund geben.«

Lisa lächelte Mikael erfreut an. »Das ist ja mal eine gute Neuigkeit!«

Mikael nickte und sagte: »Dann hat sich mein Argentinientrip doch gelohnt.«

»Das hatte er sich ohnehin«, warf Susanne ein.

»Wieso?«, fragte Mikael überrascht.

»Na ja, die Zeichnungen, die du dort gemacht hast, sind großartig«, sagte Susanne und wandte sich an Lisa. »Wir waren vorhin kurz auf dem Karlssenhof. Da hat er sie mir gezeigt. Es ist wirklich irre, wie er mit wenigen Strichen das Typische einer Landschaft einfängt.« Mit einem Lächeln fügte sie an Mikael gewandt hinzu: »In dem Punkt hat dieser Eklund nicht gelogen: Du hast großes Talent. Und das solltest du nicht länger verstecken.«

29

Masuren, Herbst 1941

Wenn Mari sich vor ihrer Ankunft in Joachims Heimat den Lindenhof vorgestellt hatte, war sie davon ausgegangen, dass sich ihr Leben dort im Wesentlichen kaum von ihrem alten auf dem Karlssenhof unterscheiden würde. Schließlich war auch der Lindenhof ein Gestüt. Diese Aussicht hatte sie ein wenig getröstet und ihr Heimweh gemildert. Doch schon kurz nach Joachims Abreise wurde ihr klar, wie gründlich sie sich geirrt hatte. Die Frage, welche Aufgaben die junge Schwiegertochter von Karl und Edith Ansas übernehmen könnte oder wollte, wurde gar nicht gestellt, sondern war bereits entschieden. Edelgard Gräfin von Lötzendorff wies ihre Köchin an, Mari unter ihre Fittiche zu nehmen und auszubilden, damit sie später einmal ihre Nachfolge in der Gutsküche antreten konnte.

Mari unterdrückte den Reflex, gegen diese Anordnung aufzubegehren. Sie wollte ihre Schwiegermutter nicht in Schwierigkeiten bringen. Außerdem störte sich hier offenbar niemand daran, dass die Gräfin einfach bestimmte, wer wo arbeitete. Sie war eben die Herrin, der man gehorchte. Und Frauen hatten nach landläufiger Sitte im Pferdestall ohnehin nichts verloren. Sie kümmerten sich um den Haushalt, den Garten und das Kleinvieh.

»Kopf hoch, Mariechen«, sagte Großvater Gustav und kniff Mari zärtlich in die Wange. Er hatte wohl den sehnsüchtigen Blick bemerkt, mit dem sie ihren Schwiegervater Karl bedachte, der ein gesatteltes Pferd aus dem Stall führte. Sie selbst kam gerade aus dem Gemüsegarten, wo sie Karotten geerntet und frische Kräuter gepflückt hatte. Auf dem Weg zur großen Küche im Parterre des Herrenhauses war sie Gustav über den Weg gelaufen, der zu seinem vormittäglichen Spaziergang aufbrach.

»Ich bin sicher, Karl lässt dich reiten, sooft es geht«, sagte er.

Mari zwang sich zu einem Lächeln. Was half es, damit zu hadern, fast den ganzen Tag in der Küche zu stehen und kaum noch Zeit im Freien und mit Pferden zu verbringen? Es hätte sie schlimmer treffen können. Nicht auszudenken, wenn die Gräfin sie als Hausmädchen eingesetzt hätte. Die Schwestern Auguste und Annegret Rogalski, die ihrer Mutter Irmgard, der Haushälterin der Grafenfamilie, als Zimmermädchen zur Hand gingen, schienen ihre Arbeit zu mögen. Nicht zuletzt, weil sie auf diese Weise hautnah am Leben ihrer Herrschaft teilnehmen konnten, das ihnen ungeheuer imponierte. Mari dagegen war froh, wenn sie diesen Leuten so wenig wie möglich begegnete. Zu fremd waren ihr nicht nur deren politische Gesinnung, sondern auch ihr Standesdünkel.

In die Küche verirrten sich die hohen Herrschaften selten. Den Speiseplan der Woche besprach Edith montags mit der Gräfin im ehemaligen Arbeitszimmer des Grafen, das nun seiner Witwe als »Kommandozentrale« diente, wie Großvater Gustav spottete. Ab und zu wurde Elfriede nach unten geschickt, um Sonderwünsche oder kurzfristige Menüänderungen weiterzugeben. Obwohl die Schwiegertochter der Gräfin in Maris Alter war, schienen Welten zwischen ihnen zu liegen. Es wäre der Frau des künftigen Gutsbesitzers nie in den Sinn gekommen, sich mit einer Angestellten privat zu unterhalten oder gar anzufreunden.

»Ich muss mich sputen, Edith wartet sicher schon«, sagte Mari.

Gustav nickte ihr lächelnd zu und stapfte, auf seinen Stock gestützt, zu dem kleinen hinteren Hoftor, während Mari mit ihrem Korb zum Herrenhaus eilte. Durch den Dienstboteneingang gelangte sie in den Flur, an dessen Ende Ediths Reich lag.

Die Küche war mit weißen und blauen Kacheln gefliest und wurde von einem riesigen schwarzen Herd beherrscht, dessen rundum laufende Messingarmierung von Edith täglich poliert und zum Funkeln gebracht wurde. Auch die zahlreichen Messingtöpfe, Pfannen, Kasserolen und Wasserkessel, die auf Wandbrettern standen oder an Haken aufgehängt waren, blitzten und blinkten. Das Ofenrohr des ausschließlich mit Holz befeuerten Herdes führte in eine hohe Räucherkammer, in der Schinken, Speckseiten und Würste baumelten. An einer Wand war eine Klappe angebracht, hinter der sich ein Speisenaufzug befand, den man mit einer Handkurbel bediente. Mit seiner Hilfe konnten die Mahlzeiten für die Herrschaft direkt in die erste Etage transportiert werden, wo sie vom Serviermädchen entgegengenommen wurden. Gegenüber lag die gut gefüllte Speisekammer.

»Wofür sind die?«, fragte Mari und zeigte auf mehrere Holzfässer, die in einer Ecke standen. Edith, die gerade mit einem Haken einen Eisenring von einer der Kochstellen auf dem Herd wegzog, damit der große Topf, den sie daraufstellen wollte, genau passte, wischte sich mit dem Handrücken über das erhitzte Gesicht und sagte: »Heute machen wir Sauerkraut ein.« Mit dem Kopf deutete sie auf zwei große Kisten, in denen Weißkohlköpfe lagen.

Mari unterdrückte ein Seufzen. Das bedeutete endloses Geschnibbel. Sie hatte das Gefühl, die meiste Zeit des Tages mit dem Schälen und Zerschneiden von Kartoffeln, Gemüse und Obst zu verbringen. Die alltägliche Kocherei auf dem Karlssenhof war dagegen kaum der Rede wert. Was Edith Ansas hier für eine Mahlzeit zubereitete, hätte dort die Familie eine Woche lang satt gemacht. Dazu kam jetzt – in der Haupterntezeit für Äpfel und Birnen – das Einmachen und Dörren der Früchte.

Als Erstes schrubbten sie mit vereinten Kräften die Holzfässer, die anschließend mit sauberen Kohlblättern ausgelegt wurden.

»Damit sich bleibt das Kumst später scheen hell«, erklärte Edith.

Die nächsten Stunden verbrachten sie und Mari damit, die Kohlköpfe mit Hilfe von Krauthobeln in riesige Bottiche zu raspeln. Das Schellen einer Fahrradklingel kündigte die Ankunft des Postboten an.

»Erbarmung«, rief Edith, sah auf die Uhr, die über der Tür hing, und wischte sich die Hände an ihrer Schürze ab. »Ist es schon so spät?«

Ottmar Pillokeit, ein hagerer Mann mittleren Alters, der seit einer Verletzung aus dem letzten Krieg ein Bein leicht nachzog, richtete es nach Möglichkeit so ein, mittags auf dem Lindenhof einzutreffen, um in den Genuss von Ediths Kochkünsten zu kommen. Er war ein geschätzter Gast, denn außer Post und Zeitungen brachte er vor allem die Neuigkeiten aus der nahen und weiteren Umgebung. Im Gegenzug bemühte sich Edith redlich, diesem dürren Menschen ordentlich was aufzufuttern – ohne sichtbaren Erfolg, obwohl Pillokeit mit gutem Appetit zulangte und sich über die Würste und anderen Gaben freute, die Edith ihm zusteckte.

Mari goss die Salzkartoffeln ab und füllte sie in große Schüsseln, Edith holte den Schweinebraten aus dem Ofenrohr. Unter der Woche gab es meistens Kartoffeln und Schweinernes in unterschiedlichen Variationen. Die Herrschaft aß in der Regel das Gleiche wie ihr Gesinde, allerdings nicht in dem geräumigen Speisezimmer neben der Küche, sondern oben in ihren Gemächern. Meistens leistete ihnen dabei Fritz Ansas, der Inspektor des Gutes, Gesellschaft. Die Gräfin, die jede Art von Zeitvergeudung missbilligte, besprach dabei Gutsangelegenheiten mit ihm und ließ sich Bericht erstatten über das einige Kilometer vom Haupthof entfernte Vorwerk, das er regelmäßig kontrollierte. Dort wurden Milchvieh, Schafe und Schweine gehalten.

Während Edith den Speiseaufzug mit den Portionen für die

»Oberen« beschickte, deckte Mari den langen Tisch im Esszimmer, in das nach und nach das gesamte Gesinde strömte, einschließlich der polnischen Zwangsarbeiter. Ungeduldig hielt sie nach dem Briefträger Ausschau. Jeden Tag hoffte sie auf Post von Joachim, der ihr regelmäßig schrieb. Dennoch gab es manchmal längere Pausen, in denen die Briefe irgendwo hängenblieben. Dann fragte sich Mari bang, ob ihrem Liebsten etwas zugestoßen war, und kämpfte vergeblich gegen die sich aufdrängenden Bilder von Joachim an, der verwundet oder tot auf einem Schlachtfeld lag.

An diesem Tag winkte Pillokeit Mari schon in der Tür zu und zog zwei Briefe aus seiner großen Ledertasche. Der eine kam von Joachim, der andere trug Nillas Handschrift. Rasch ließ Mari sie in ihrer Schürzentasche verschwinden und nickte Pillokeit dankbar zu. Er hatte schnell verstanden, wie wichtig es Mari war, Joachims Feldpost zunächst für sich allein zu haben, bevor sie sie auch seinen Eltern vorlas.

Nach dem Mittagessen durchmengten Edith und Mari den gehobelten Kohl mit Salz, zerstoßenen Senfkörnern und Kümmel und begannen, ihn in die Holzfässer zu schütten.

»Halt, halt«, rief Edith, als Mari mit einem beherzten Schwung ein ganzes Fass auf einmal befüllen wollte. »Immer nur ein Handbreitche. Und dann tüchtig feststampfen«, sagte sie und wies Mari an, sich barfuß ins Fass zu stellen und das Kraut zu treten.

Sobald sich so viel Brühe gebildet hatte, dass die ganze Lage bedeckt war, wurde die nächste Schicht eingefüllt. Als das Fass voll war, wurde ein Brett daraufgelegt und mit einem großen Stein beschwert. So blieb das Sauerkraut immer in der Lake und quoll nicht auf, wie Edith ihrer Schülerin erklärte.

»Und wie lang muss das nun gären?«, fragte Mari.

»Ei, nun, so zwei bis drei Wochen«, antwortete Edith. »Dann kommen die Fässer in den Keller.«

Mari sah verstohlen auf die Uhr über der Tür. Fast halb sieben. Bald würde die Sonne untergehen, über eine Stunde früher als am Nordfjord.

»Geh nur, Mariechen«, sagte Edith und lächelte freundlich. »Ich weiß doch, dass du es kaum noch aushältst«, fuhr sie mit einem bedeutungsvollen Blick auf Maris Schürzentasche fort.

Mari errötete. Ihrer Schwiegermutter entging aber auch gar nichts. Sie setzte zu einer Entschuldigung an, dass sie die Ankunft von Joachims Brief verschwiegen hatte. Edith schüttelte den Kopf.

»Nach dem Essen kannst du ihn uns vorlesen. Jetzt lauf.«

Da ihr bis zum Abendbrot nur noch wenig Zeit blieb, konnte Mari nicht ihren Lieblingsplatz, den Steg am Schwanensee, wie sie den Lucknainer See für sich nannte, aufsuchen. Stattdessen rannte sie zum nahen Ufer des Spirdingsees. An einer Stelle lagen drei Ruderboote. Mari drehte das kleinste um, schob es ins Wasser, stieg hinein und ruderte ein paar Schläge hinaus auf den See. Sie zog die Ruder ein und holte endlich die beiden Briefe hervor. Joachims war genau genommen nur eine Karte. Wenn seine Einheit verlegt wurde, kam er selten dazu, richtige Briefe zu schreiben. Im Licht der untergehenden Sonne, die das Wasser um das Boot herum rot aufleuchten ließ, las sie die wenigen Zeilen:

Meine geliebte Mari!

Meine Gedanken sind wie immer bei Dir. Die letzten Tage waren wir auf Fahrt und sind nun in einer ehemaligen Panzerkaserne der Russen untergebracht. Sie liegt mitten in einem prächtigen Wald. Wir schlafen zu dreien in einem Zimmer, haben Schränke und Metallfederbetten und einen Ofen, sogar elektrisch Licht, das jetzt gleich ausgemacht werden muss. Morgen schreibe ich mehr, versprochen. Viele liebe Grüße auch an meine Eltern und Großvater. Dein Joachim

P. S. Jeg elsker deg og kyss på hele deg, skatten min – *Ich liebe Dich und bedecke Dich mit Küssen, mein Schatz.*

Mari starrte nachdenklich auf die Karte. Da Joachim nicht schreiben durfte, wo genau er sich mit seiner Einheit befand oder wohin sie verlegt wurde, und darüber hinaus so gut wie nichts von kriegerischen Handlungen berichtete, hatte sie keine Ahnung, ob er sich tatsächlich in einer relativ friedlichen Gegend befand oder ob er sie das nur glauben lassen wollte, um sie nicht zu beunruhigen. Wann würde sie ihn wiedersehen? Er war erst drei Wochen fort, den nächsten Urlaub würde er vermutlich erst gegen Ende des Jahres bekommen. Wenn sie Glück hatten, würde er Weihnachten zu Hause feiern.

Mari schloss die Augen und flüsterte den letzten Satz der Karte. Sie erschauerte bei dem Gedanken an Joachims Lippen und den zärtlichen Liebkosungen, mit denen er ihren Körper zum Beben und Glühen brachte.

Das Platschen eines springenden Fisches riss Mari aus ihren Träumereien. Sie beeilte sich, den Brief von Nilla zu öffnen, und las begierig die Neuigkeiten aus der Heimat. Es war der erste ausführliche Bericht, den ihre Freundin ihr schickte. Wie von Mari erbeten, hatte sie ihm eine leere Postkarte von Nordfjordeid beigelegt, die sie sich rahmen und auf ihren Nachttisch stellen wollte.

Geschickt mischte Nilla belanglosen Dorfklatsch mit Nachrichten, die Mari wirklich interessierten – eine Vorsichtsmaßnahme, falls die Briefe von der Postzensur geöffnet wurden. Nachdem Nilla über Goruns fortschreitende Verwandlung in eine biedere Hausfrau berichtet hatte, schrieb sie von der unfreiwilligen Rückkehr Finns auf den Karlssenhof. Er musste sein Studium unterbrechen, um Maris Aufgaben zu übernehmen. Nilla ließ durchblicken, dass er darüber alles andere als erfreut war, was sich Mari lebhaft vorstellen konnte. Schließlich hatte ihr Zwillingsbruder in Oslo das Leben geführt, von dem er immer geträumt hatte.

Sie biss sich von innen in die Unterlippe. Noch jemand, der ihr grollte. Sie konnte nur hoffen, dass der Krieg tatsächlich so rasch enden würde, wie die Nazipropaganda nicht müde wurde zu verkünden. Dann könnte Finn wieder an die Universität, und sie und Joachim würden zusammen nach Norwegen … Hör auf zu träumen, ermahnte sie sich. Auch wenn sie es nie zugegeben hätte, sie scheute davor zurück, sich die Zukunft allzu rosig auszumalen – in der abergläubischen Furcht, dadurch das genaue Gegenteil heraufzubeschwören. Sie las weiter.

Du siehst also, viel hat sich seit Deiner Abreise nicht getan, alles geht seinen gewohnten Gang. Die Veränderungen, die wir im Garten vornehmen wollten, werden übrigens eine Weile warten müssen. Wir haben den Jasminstock nun doch noch nicht neben den Rosenstrauch gepflanzt. Wenn es zu einer Schneckenplage kommt, würde er in zu große Gefahr geraten. Momentan ist er besser an seinem alten Standort aufgehoben.

Mari ließ den Brief sinken und runzelte die Stirn. Also hatten Ole und Nilla ihre Hochzeit verschoben. Kurz vor Maris Abreise aus Bergen hatte sie noch mit Nilla telefoniert. Ole hatte dieser endlich anvertraut, dass er im Widerstand aktiv war – was Nilla äußerst romantisch fand. Das machte sie aber keineswegs blind für die Gefahr, in der nicht nur Ole schwebte. Deshalb hatte sie Mari für ihren künftigen Briefwechsel einen Code vorgeschlagen, mit dem sie sich heikle Dinge mitteilen konnten, um eventuelle Mitleser der Postzensur hinters Licht zu führen. Der Garten stand für den Karlssenhof, Jasmin für Nilla, Rosenstrauch für Ole. Mit der Schneckenplage meinte

Nilla vermutlich die Gefahr, die Ole drohte, wenn seine illegalen Aktionen aufflogen. Also hatte er begriffen, dass sie als seine Frau unweigerlich ebenfalls ins Visier der Deutschen geriete, wenn man ihm auf die Schliche kommen sollte.

Der ferne Klang einer Kirchenglocke erinnerte Mari daran, dass es höchste Zeit war, auf den Lindenhof zurückzukehren. Auf dem Weg kam sie an den Hütten der Gesindefamilien und Zwangsarbeiter vorbei. Ihre Bewohner schienen alle bereits zum Abendbrot auf den Hof gegangen zu sein, Mari begegnete keiner Menschenseele. Vier vertraut klingende, tiefe Paukentöne, die gedämpft aus einer Kate drangen, ließen sie innehalten. Hatte sie richtig gehört? Neugierig spähte sie durch ein angelehntes Fenster in die Hütte, in der Kutscher Hugo mit der Familie seiner Nichte lebte. Zwei Gestalten kauerten vor einer Kommode, auf der ein Radiogerät stand. Vorsichtig drückte Mari das Fenster auf, um besser in den Raum sehen zu können.

»Großvater Gustav«, rief Mari überrascht. Erschrocken fuhren die beiden Männer herum.

»Menschenskind, Hugo«, schalt Gustav. »Du hast vergessen zu schließen das Fenster. Was für ein Glück, dass es die Mariechen ist.«

Mari schüttelte den Kopf. So ein Leichtsinn! Der Kutscher und Großvater hörten offensichtlich das deutsche Programm von *BBC* London, was von den Nazis als Abhören eines Feindsenders mit harten Strafen geahndet wurde. Nicht auszudenken, was passiert wäre, wenn nicht sie, sondern ein Denunziant die typische Kennmelodie – Ta, ta, ta, taaaa – die Eingangstakte von Beethovens fünfter Sinfonie gehört hätte, mit der die Nachrichten angekündigt wurden.

Jetzt war Mari auch klar, wohin Gustavs regelmäßige Spaziergänge führten und warum er und Hugo oft zu spät zu den Mahlzeiten erschienen.

»Ihr müsst wirklich vorsichtiger sein«, bat sie und fuhr an

Gustav gewandt fort: »Stell dir nur vor, dein Sohn Fritz würde davon Wind bekommen. Oder gar die Gräfin!«

Gustavs Miene verdüsterte sich. Es war ihm ein ewiger Stachel im Fleisch, dass ausgerechnet einer seiner Söhne ein strammer Nazi war. Als er Maris besorgtes Gesicht sah, glätteten sich seine Züge. »Du hast ja recht, Mariechen«, sagte er. »Mach dir keine Sorgen. Wir werden in Zukunft besser achtgeben. Und jetzt lasst uns gehen, bevor sie nach uns suchen.«

Schwerer als die Angst, entdeckt zu werden, wog bei Mari die Freude über die unverhoffte Möglichkeit, sich endlich wieder ein objektiveres Bild vom Kriegsgeschehen und den Ereignissen außerhalb Deutschlands machen zu können. Denn den jubelnden Berichten in den gleichgeschalteten deutschen Zeitungen, Radionachrichten und Kinowochenschauen schenkte sie wenig Glauben. Gustav und Hugo hatten nichts dagegen, Mari als Dritte im Bunde der konspirativen *BBC*-Hörer aufzunehmen und sie über die wichtigsten Neuigkeiten zu informieren, zumal Mari bereit war, Schmiere zu stehen, sooft sie es zeitlich einrichten konnte.

Dazu fand sie allerdings bis spät in den Herbst hinein selten eine Gelegenheit. Die Tage vergingen fast ohne Pause mit der Arbeit in Küche und Garten. Morgens um sechs Uhr, wenn es das erste Frühstück gab, musste Mari bereits den Küchenherd angefeuert und mehrere Kannen Muckefuck – Malzkaffee, der aus gerösteter Gerste und Zichorie selbst hergestellt wurde – gekocht haben. Dazu gab es Sauerteigbrot aus Roggenmehl. Das feinere Weizenmehl war den Kuchen vorbehalten und den Brötchen, die die Gräfin zu besonderen Anlässen oder Einladungen backen ließ. Die Gräfin und ihre Schwiegertochter ließen sich meist weich gekochte Eier, Marmelade und Honig servieren. Die anderen liebten es deftiger: Schmalzstullen mit Speck, Rauchfleisch, Wurst und Käse, dazu Rühreier und eingelegte saure Gurken.

Wenn auf den Feldern gearbeitet wurde, gab es gegen zehn Uhr ein zweites Frühstück. Im Oktober während der Kartoffelernte und dem Aussäen des Winterweizens brachte Mari den Arbeitern jeden Tag belegte Brote in großen Deckelkörben, begleitet von Gustchen und ihrer Schwester Gretchen, die Emailkannen mit Malzkaffee schleppten. Auf dem Weg wurden die beiden nicht müde, Mari mit dem neuesten Klatsch aus dem Leben der Herrschaft zu versorgen. Sie waren fest überzeugt, dass Mari sich in der Küche zu Tode langweilte, und bedauerten sie aufrichtig.

»Stell dir vor, der Sohn der Gräfin ist jetzt in der Feldkommandostelle Hochwald stationiert«, wisperte Gustchen aufgeregt. Mari sah sie ratlos an. »Das ist bei Lötzen, also gar nicht weit von hier.«

Gretchen nickte gewichtig. »Da hat jetzt der Heinrich Himmler das Hauptquartier für seine SS eingerichtet. Um näher beim Führer zu sein.«

Mari fiel eine Bemerkung von Großvater Gustav ein, der sich vor ein paar Wochen darüber aufgeregt hatte, dass sich dieser Möchtegernstratege ausgerechnet in ihren masurischen Wäldern seine Wolfsschanze hatte bauen lassen, von der aus er den Russlandfeldzug leitete.

»Ist das nicht wunderbar?«, plapperte Gustchen weiter. »Jetzt kann der junge Graf bestimmt öfter herkommen und seine Frau besuchen.«

Mari lief es kalt den Rücken herunter. Der Erbe vom Lindenhof war also ein SS-Mann. Einer von den Herrenmenschen, deren arrogantes Auftreten ihren Bruder Finn in Oslo so erbost hatte. Sie wunderte sich einmal mehr über die kritiklose Unbefangenheit der beiden Schwestern – zumal sie von Joachim wusste, dass deren Vater früher mit den »Roten« geliebäugelt hatte und wegen seiner Mitgliedschaft in der Kommunistischen Partei 1933 knapp einer Verhaftung entgangen war. Nur das beherzte Eingreifen des alten Grafen, der sich für seinen Schmied verbürgte, hatte ihn davor bewahrt. Aber das wussten seine Töchter vielleicht gar nicht.

Mari behielt ihre Meinung über die politischen Verhältnisse ihrer neuen Heimat sicherheitshalber für sich – nicht weil sie Gustchen und Gretchen für überzeugte Nazissen hielt oder gar für Spitzel der Gräfin. Es war eher zu befürchten, dass ihnen aus Versehen etwas herausrutschte, das Maris ablehnende Haltung offenbarte.

»Er sieht so schmuck aus in seiner Uniform!«, schwärmte Gustchen.

Mari unterdrückte ein Grinsen. Das war also der wahre Grund für ihre Begeisterung. Vermutlich hätte der junge Graf dem Backfisch genauso gut als Soldat der kaiserlichen oder sonst einer Armee gefallen – Hauptsache, er trug eine schneidige Uniform.

Bereits einige Abende später hatte Mari das zweifelhafte Vergnügen, zum ersten Mal selber die obere Etage des Herrenhauses zu betreten. Die Gräfin gab anlässlich eines Besuchs ihres Sohnes und einiger hochgestellter Militärs und Parteifunktionäre ein üppiges Abendessen, dessen Vorbereitungen Edith und Mari tagelang in Atem hielt. Die Gäste hatten zwar ausdrücklich um »schlichte, deutsche Hausmannskost« gebeten, aber es war natürlich undenkbar, ihnen tatsächlich das in dieser Gegend übliche zweigleisige Abendbrot vorzusetzen, bei dem vom linken Teller Bratkartoffeln, vom rechten Klunkersuppe, eine Magermilchsuppe mit Mehlklümpchen, gegessen wurde. Das Menü sollte aus einer Rotebeetesuppe bestehen, gefolgt von gebratenen Stinten, fangfrisch aus dem Spirdingsee. Den Höhepunkt würde ein in Burgunder geschmorter Schinken bilden, zum Nachtisch waren Buchweizenplinsen mit Pflaumenkompott vorgesehen.

Mari war eben mit einem großen Korb voller Buchenscheite aus der Holzkammer in die Küche zurückgekehrt. In einer Pfanne brutzelten fette Spirkel. Die Speckwürfel verbreiteten einen verführerischen Duft und würden der Rotebeetesuppe erst die rechte Würze verleihen.

Edith legte das Messer beiseite, mit dem sie gerade Pilze schnitt. »Die junge Gräfin war sich hier«, sagte sie. »Du mechtst aushelfen beim Servieren heute Abend.«

Mari starrte ihre Schwiegermutter erschrocken an. »Ich soll servieren? Aber das kann ich doch gar nicht.«

Edith tätschelte ihr den Arm. »Du bist doch ein geschicktes Marjellchen. Und wenn die Gräfin es wünscht.« Edith zuckte mit einer ergebenen Miene die Schultern und deutete auf einen Stuhl, auf den jemand eine weiße, gestärkte Schürze und ein Häubchen gelegt hatte.

Mari schluckte. Sie konnte sich nicht daran gewöhnen, Befehle ohne Wenn und Aber befolgen zu sollen, nur weil sie von vermeintlich höher stehenden Personen kamen. Schließlich war sie Norwegerin. In Norwegen empfanden sich die Menschen als gleich, bereits 1821 waren alle Adelstitel abgeschafft worden. Außerdem gab es nur freie Bauern, also keine Pächter ohne eigenes Land.

Eine Stunde später folgte Mari mit einem großen Tablett voller Suppenteller dem Serviermädchen in den Speisesaal. Die Gräfin und ihre Gäste saßen um einen großen ovalen Tisch, der festlich mit weißem Leinen, silbernen Kerzenleuchtern, feinem Porzellan und funkelnden Kristallgläsern eingedeckt war. Bis auf Edelgard Gräfin von Lötzendorff und ihre Schwiegertochter waren nur Herren anwesend, allesamt in Uniform. Mari konzentrierte sich auf ihr Tablett und blieb mit gesenktem Kopf immer einen Schritt hinter dem Serviermädchen stehen, das die Teller reihum verteilte.

»Ist sie das?«, hörte sie einen Mann leise fragen, der neben der Gräfin saß.

Aus den Augenwinkeln sah Mari, wie die Gefragte nickte. Der neben ihr Sitzende musste ihr Sohn sein, er trug eine SS-Uniform und einen Siegelring mit dem Wappen der Grafenfamilie. Er ließ seinen Blick unverhohlen über Mari gleiten und einen Moment auf ihrem Bauch verweilen. Dann wanderten seine Augen zu seiner Frau und verengten sich. Seine Miene wirkte abfällig. Auf Elfriedes blassen Wangen erschienen zwei rote Flecken, und die Hand, mit der sie gerade ihren Löffel in die Suppe tauchte, zitterte.

Plötzlich tat sie Mari leid. Vielleicht ist sie gar nicht so hochnäsig, schoss es ihr durch den Kopf. Sondern einfach nur unsicher und ängstlich.

Anfang November spürte Mari zum ersten Mal das Ungeborene in ihrem Leib. Sie bereitete gerade das Brotbacken für den nächsten Tag vor, indem sie die Reste des Sauerteigs vom letzten Mal mit lauwarmem Wasser verrührte und warm stellte, als sie ein leichtes Kitzeln spürte. Sie hielt inne und lauschte in sich hinein. Ja, da war es wieder, ein zarter Stups. Mari legte eine Hand auf ihren Bauch und lächelte. Gleich nach dem Abendessen, wenn sie die Brühe mit Mehl verrührt hätte, damit der Brotteig über Nacht aufgehen konnte, würde sie Joachim davon schreiben.

Was er wohl gerade machte? Vor einem Monat hatte Hitler die »Operation Taifun« eingeläutet und den Marsch auf Moskau befohlen. Noch vor dem Winter sollte die letzte Entscheidungsschlacht an der Ostfront den Sieg über den Feind besiegeln. Doch der Ansturm auf die sowjetische Hauptstadt war buchstäblich im Matsch stecken geblieben. Die Truppen kamen nur mühsam voran – und der russische Winter stand unmittelbar bevor.

Gustchens Vermutung, dass der junge Graf nun öfter zu Besuch kommen würde, bestätigte sich. Die Ländereien des Lindenhofes umfassten nicht nur zahlreiche Wiesen, Äcker und Felder, sondern auch weitläufige Waldstücke. Der November war traditionell der Monat, in dem Treibjagden abgehalten wurden. Heinrich Graf von Lötzendorff nutzte sie, um wichtigen Persönlichkeiten die Gelegenheit für vertrauliche Gespräche zu bieten und seine eigene Karriere voranzutreiben. Für Edith und Mari bedeuteten die zahlreichen Besucher vor allem viel zusätzliche Arbeit.

»Jetzt stell dich nicht so an«, herrschte der junge Graf seine Frau an.

Mari, die im Hühnerstall frische Eier gesammelt hatte, hielt in der Tür zum Hof inne, um nicht gesehen zu werden. Ein paar Meter von ihr entfernt standen zwei gesattelte Pferde. Heinrich saß bereits auf seinem Wallach, Elfriede stand vor ihrer Stute und schaute flehend zu ihrem Mann auf.

»Muss ich wirklich mitkommen?«, fragte sie.

Heinrich warf ihr einen verächtlichen Blick zu und sagte schneidend: »Du bist die angehende Herrin eines der ältesten Gestüte der Gegend. Du machst mich zum Gespött der Leute, wenn du nicht endlich deine lächerliche Angst vor Pferden überwindest. Nimm dir ein Beispiel an diesem Norwegermädel. Reitet wie der Teufel. Und schenkt ihrem Mann bald ein Kind.«

Mit diesen Worten stieß er seinem Pferd die Fersen in die Flanken und galoppierte zum Tor hinaus, hinter dem sich die heutige Jagdgesellschaft versammelt hatte und auf ihn wartete. Elfriedes Schultern zuckten. Sie schlug die Hände vors Gesicht und floh ins Haus.

Auf dem Weg zur Küche begegnete Mari ihrem Schwiegervater Karl. Er wäre fast in sie hineingestolpert, so versunken war er in seine Gedanken. Mari erwartete, dass er ihr wie sonst bei ihren seltenen Begegnungen freundlich zunicken und stumm weitergehen würde. Doch er blieb stehen und stieß mit rauer Stimme hervor: »Munition statt Winterkleidung.«

Mari sah ihn besorgt an. »Was meinst du?«, fragte sie.

Karl schien sie erst jetzt wirklich wahrzunehmen. »Unsere Soldaten kämpfen bei minus dreißig Grad in Sommeruniformen. Und Hitler lässt ihnen keine warmen Sachen schicken, wie es seine Generäle fordern, sondern Munition.« Fassungslos schüttelte Karl den Kopf.

Mari berührte ihn am Arm, da er Anstalten machte, in den Stall zu gehen. »Woher weißt du das?«

Karl machte eine unbestimmte Kopfbewegung zu den Jägern hin, die eben – umsprungen von einer wild kläffenden Hundemeute – davonritten. »Zwei Stabsoffiziere, die in der Wolfsschanze stationiert sind, haben sich vorhin darüber unterhalten«, antwortete er und stapfte davon.

Mari zog unwillkürlich ihr Wolltuch enger um die Schultern und versuchte sich vorzustellen, wie Joachim und seine Kameraden demnächst bei strengstem Frost in ihren dünnen Sommeruniformen und ungefütterten Stiefeln durch endlose Weiten auf Moskau zumarschieren würden. Hoffentlich hatte ihn mittlerweile das Paket mit dem dicken Pullover und den Wollsocken erreicht, die Mari ihm gestrickt hatte. Sie kam sich so hilflos vor. Es war schrecklich, nicht zu wissen, wo genau ihr Liebster steckte, ob er gesund war, ob er noch lebte. Mari schluckte und kehrte ins Haus zurück.

Ihre Sorgen um Joachim wurden an diesem Mittag ein wenig zerstreut, denn der Postbote brachte nach tagelanger Pause einen Brief von ihm. Pillokeit war früh dran.

Mari und Edith standen noch in der Küche und buken in großen Pfannen Flinsen, Pfannkuchen aus Mehl und Kartoffeln, die Mari an die *lefse* ihrer Heimat erinnerten. Dazu würde es frische Buttermilch und Kompott geben – eines der fleischlosen Gerichte, die freitags gekocht wurden.

Pillokeit trat mit ernster Miene herein und reichte Mari einen kleinen Stapel Briefe, den sie hastig durchsah und aufatmend den Umschlag mit Joachims vertrauter Schrift darin entdeckte. Ein schwacher Aufschrei ließ sie aufblicken. Edith schwankte. Pillokeit beeilte sich, ihr einen Küchenschemel unterzuschieben.

Mari entdeckte einen Umschlag in Ediths Hand, den sie fest umklammerte. Fragend sah sie zu Pillokeit. Lautlos formte er das Wort Karl-Gustav. Edith starrte tränenblind auf den Umschlag und ließ ihn kraftlos fallen. Mari hob ihn auf. Es war der letzte Brief, den Edith vor fast drei Wochen an ihren älteren Sohn Karl-Gustav geschickt hatte, der im Atlantik auf einem Kriegsschiff stationiert war. Neben der Adresse stand auf einem Stempelabdruck: »*Zurück. Empfänger gefallen für Großdeutschland.*«

30

Nordfjord, Sommer 2010

»Bitte, komm so bald wie möglich«, hatte Susanne gesagt, Mikael einen langen Kuss gegeben und ihm etwas ins Ohr geflüstert, das ihn rot werden ließ. Susanne hatte ihm eindringlich in die Augen gesehen und sich mit den Worten: »Ich glaube an dich« verabschiedet.

Lisa saß neben Mikael auf einer Bank im Wartebereich des kleinen Flughafens von Sandane. Es war früh am Abend. Vor ein paar Minuten war Susannes Flieger nach Oslo gestartet. Jetzt leistete Mikael Lisa Gesellschaft bis zu ihrem Abflug nach Ålesund, wo sie direkten Anschluss nach London hatte. Dort wollte sie mit dem Verleger eines großen Magazins ihren nächsten Auftrag verhandeln.

»Ich wünschte, ich hätte Geschwister!«, stieß Mikael hervor und stützte seinen Kopf in beide Hände. »Bestimmt wäre einer dabei, der den Hof liebend gern übernehmen würde. Für mich ist das jedenfalls nichts.«

Lisa unterdrückte ein Kichern, ausgelöst von der Erinnerung an Mikaels »Unterstützung« bei der Stallarbeit. Er hatte sich zwar nach Kräften bemüht, hatte aber die berühmten zwei linken Hände. Ständig verhedderten sich bei ihm Zaumzeuge und Kutschgeschirre, er stieß aus Versehen Wassereimer und Mistkarren um, Heuballen lösten sich bei ihm in ihre Bestandteile auf, er vergaß, Boxentüren zu verriegeln oder das Licht auszuschalten. Vor allem aber machte er manche Pferde mit seiner geistesabwesenden Art nervös und verbreitete so Unruhe im Stall.

»Was soll ich nur tun?«, fragte Mikael. »Was ist, wenn dieser

Jazzklubbesitzer meine Bilder tatsächlich gut findet? Und mich engagieren will?«

Besagter Klubinhaber, ein guter Bekannter von Susanne, war schon länger auf der Suche nach einem Künstler, der die Räume seiner Szenebar mit Musikbühne ausmalen sollte. Da er einen ausgefallenen, anspruchsvollen Geschmack hatte, waren die Wände immer noch nackt. Susanne hatte einige von Oles Bildern eingepackt, um sie ihm zu zeigen.

»Du kannst Susannes Gespür vertrauen«, sagte Lisa. »Sie kennt sich wirklich prima aus in der Kunstszene und hat gute Kontakte. Wenn jemand ein unentdecktes Talent ans Licht bringen kann, dann sie.«

Mikael lächelte, zog aber gleich wieder die Stirn kraus. »Ich kann doch meine Familie nicht im Stich lassen«, sagte er. »Gerade jetzt, wo es meinem Vater so schlecht geht. Er erwartet, dass ich – nach allem, was ich der Familie angetan habe – zu Hause die Stellung halte.«

Lisa runzelte die Stirn. »Entschuldige, ich will dir ja nicht zu nahe treten. Aber was kannst du in der momentanen Situation groß ausrichten?«

Mikael stieß zischend Luft aus. »Gar nichts, das ist es ja! Ich glaube, es geht ihm mehr darum, mich im Auge zu behalten und zu kontrollieren. Er behandelt mich manchmal wie ein Kind.«

Lisa sah ihn an. »Dann zeig ihm, dass du keines bist! Steh dazu, deinen Weg zu gehen. Irgendwann wird er es akzeptieren. Und selbst wenn nicht. Es ist dein Leben.«

Mikael richtete sich auf. »Du hast recht. Außerdem vermisse ich Susanne jetzt schon«, sagte er mit einem sehnsüchtigen Blick aus dem Fenster, vor dem das Rollfeld lag. »Am liebsten würde ich mich in den nächsten Flieger setzen und ihr folgen.«

Lisa lächelte. »Na, dann weißt du doch, was du zu tun hast.«

Mikael sah auf die Uhr. »Wo bleibt Nora denn nur? Dein

Flug geht bald, und sie wollte sich doch noch von dir verabschieden.«

Lisa zuckte die Schultern. Diese Frage hatte sie sich auch schon gestellt. »Vielleicht ist ihr was dazwischengekommen.«

Mikael runzelte die Stirn. »Dann könnte sie wenigstens Bescheid geben«, sagte er und sprach damit aus, was Lisa dachte. Sie gestand sich ein, dass sie ziemlich enttäuscht war. Sie hatte Nora vorschlagen wollen, am Ende des Sommers gemeinsam nach Tromsø zu Maris Sohn Kåre Nybol zu fliegen, wenn er von seiner Arktisexpedition zurück war, um endlich zu erfahren, ob und wo seine Mutter lebte. Und um ihn über sie und ihr Leben auszufragen.

Ging Nora ihr bewusst aus dem Weg? So wie es Tekla und Inger schon seit Tagen taten? Lisa biss sich von innen in die Unterlippe. Es versetzte ihr einen Stich. Sie konnte es aber auch ein Stück weit verstehen. Schließlich war es kein schönes Gefühl, zwischen den Fronten zu stehen. Und die drei mussten ja weiterhin täglich mit Finn und Faste klarkommen, während sie wieder aus ihrem Leben verschwand.

Auf dem Platz vor dem Abfertigungsgebäude wurde die kleine Passagiermaschine der regionalen Widerøe Fluglinie zum Einchecken bereitgestellt. Lisa stand auf.

»Wir bleiben in Kontakt«, sagte sie und umarmte Mikael, der sie fest drückte.

»Mach's gut, Lisa. Und danke. Für alles.«

Lisa öffnete die Tür zum Rollfeld.

»Lisa, warte«, rief eine Frauenstimme. Lisa drehte sich um. Nora rannte atemlos auf sie zu. »Gott sei Dank, du bist noch da«, keuchte sie. »Ich wollte eigentlich Inger und Tekla mitbringen. Aber da es ihnen nicht gelungen ist, die beiden Sturköpfe dazu zu bringen, endlich einzulenken und sich bei dir zu entschuldigen, haben sie sich nicht getraut. Es ist ihnen alles furchtbar peinlich.«

Die Tür, die zum Parkplatz führte, öffnete sich erneut, und Amund kam herein. Lisas Augen weiteten sich. Sie hätte nicht gedacht, ihn in diesem Leben noch einmal zu sehen. Was wohl in ihm vorging? Seine Miene war unergründlich. Nach einem knappen »Hei« zog er ein paar Blätter aus der Tasche. »Dein Businessplan ist sehr gut«, sagte er. »Nur einen Punkt verstehe ich nicht.« Lisa zog die Augenbrauen hoch.

»Tekla und Inger haben ihn Amund gezeigt«, beeilte sich Nora zu erklären. »Es gibt zwar kaum noch Hoffnung, Mikaels Schulden rechtzeitig zu bezahlen. Aber vielleicht können wir die Bank ja mit einem guten Finanzierungskonzept überzeugen, uns doch einen Kredit zu geben.«

Amund trat einen Schritt auf Lisa zu. »Und deshalb würden wir gern wissen, was du damit meinst«, sagte er, hielt Lisa ein Blatt hin und zeigte auf den Unterpunkt »weitere Einnahmequellen«. *»Amund?«* hatte Lisa daruntergeschrieben.

Lisa schüttelte den Kopf. »Vergesst es, das war nur so eine Schnapsidee von mir.« Nora und Mikael wollten protestieren, doch Lisa unterbrach sie. »Nein wirklich, das hat sich erledigt.«

Amund beugte sich zu ihr und fragte leise. »Hat es etwas mit unserem letzten Gespräch zu tun?«

Lisa schluckte. Seine Nähe verwirrte sie. »Äh, nein, ... also äh, in gewisser Weise schon, ja«, stotterte sie.

Nora und Mikael sahen fragend von Amund zu Lisa. »Eine kleine Meinungsverschiedenheit«, erklärte Amund.

Lisa starrte ihn an. Das war ja wohl die Untertreibung des Jahres. Er erwiderte ihren Blick mit einer stummen Bitte. »Später«, sagte er lautlos. Lisa nickte.

»Also gut«, sagte sie. »Auch auf die Gefahr hin, mich wieder in die Nesseln zu setzen. Ich wollte Amund fragen, ob er sich vorstellen könnte, auf dem Karlssenhof Dressurpferde und ihre Reiter zu trainieren und zu betreuen. Den alten Stall könnten wir für die Gastpferde herrichten. Und wenn wir eine beheizbare Reithalle bauen, könnten wir diese Leistungen das ganze Jahr über anbieten«, erklärte sie und stellte fest, dass sie unwillkürlich von »wir« gesprochen hatte.

Amunds Miene war weiterhin unergründlich. Wenigstens war er nicht gleich aus der Haut gefahren. Lisa hatte damit gerechnet, weil ihr Vorschlag ihn zu einer Konfrontation mit dem schmerzlichsten Kapitel seines Lebens zwang. Nora und Mikael sahen Lisa verständnislos an.

»Wie kommst du denn darauf, dass Amund ...?«, begann Nora.

»Weil ich früher auf einem englischen Gestüt Turnierpferde und ihre Reiter trainiert habe«, sagte Amund.

»Fliegen Sie nun mit oder nicht?«, fragte ein Flughafenangestellter. Lisa nickte automatisch.

Nora sah sie bittend an. »Kannst du deinen Flug nicht verschieben? Wir brauchen dich jetzt.« Lisa senkte unschlüssig den Blick. »Bitte, Lisa, nur einen Tag!«

Lisa sah zu Amund. Er wirkte angespannt und schien mit angehaltenem Atem auf ihre Antwort zu warten. Er hat Angst, dass ich Nein sage, erkannte Lisa und fühlte, wie eine heiße Welle der Freude sie durchströmte.

»Ich bleibe«, teilte sie dem Flughafenangestellten mit.

Mikael klatschte in die Hände. »Ich hol deinen Koffer«, rief er und rannte hinaus zum Flugzeug.

Nora lächelte erleichtert. Lisa schaute zu Amund, der ihren Blick mit einem Strahlen erwiderte, das das Eis zum Schmelzen brachte, das ihr Herz seit dem Streit mit ihm umschlossen hatte.

»Fahrt ihr schon vor«, sagte Mikael. »Ich muss hier noch schnell was erledigen.«

Lisa warf ihm einen prüfenden Blick zu, den er mit einem leichten Nicken beantwortete. Sie machte ihm ein Daumenhoch-Zeichen und folgte Nora und Amund zu dessen Geländewagen, der auf dem Parkplatz vor dem Terminal stand.

»Was hältst du nun eigentlich von Lisas Idee, Amund?«, fragte Nora, die mit Lisa im Fond des Wagens Platz genommen hatte. Den Beifahrersitz beanspruchte Torolf für sich, der Lisa zwar mit freudigem Gebell begrüßt hatte, seinen Stammplatz aber nicht räumen wollte. Was Lisa ganz recht war. Unter Noras Augen die ganze Fahrt über neben Amund zu sitzen, ohne sich mit ihm aussprechen zu können, wäre ihr unangenehm gewesen.

»Die Idee ist sehr gut. Man kann viel Geld damit verdienen«, sagte Amund knapp.

Lisa beugte sich nach vorn. »Selbstverständlich bin ich bei meinen Überlegungen nicht davon ausgegangen, dass du das Geld ohne Gegenleistung in den Karlssenhof steckst. Darum hätte ich dir Anteile von meiner Hälfte am Gestüt angeboten. Aber das hat sich ja nun erledigt«, sagte sie und lehnte sich wieder zurück. Amund warf ihr einen kurzen Blick zu.

Nora drückte ihren Arm. »Du hast wirklich an alles gedacht«, sagte sie.

»Nicht ganz«, warf Amund ein. »Lisa war so freundlich, ein nicht ganz unwesentliches Detail zu verschweigen. Ich habe meine Karriere als Trainer nicht freiwillig beendet. Ich war in einen Skandal verwickelt, der meinen guten Ruf beschädigt hat. Ich habe keine Ahnung, ob ich heute überhaupt eine Chance hätte, wieder ins Geschäft zu kommen.«

Nora presste die Lippen aufeinander und sah Lisa unbehaglich an.

»Ich kann das natürlich nicht beurteilen«, sagte Lisa. »Aber wenn man den Berichten über Cynthia Davies glauben darf ...« Sie wandte sich an Nora und erklärte: »Das war die Reiterin, die Amund in den Schlamassel reingezogen hat. Die Dame bedient sich mittlerweile ganz unverblümt ihrer zweifelhaften Methoden. Es würde mich wundern, wenn heute noch jemand ernsthaft glaubt, dass du damals wirklich deine Prinzipien verraten hast«, sagte sie zu Amund.

Er brummte: »Kann schon sein«, und wechselte das Thema: »Darf ich fragen, woher du auf einmal so viel Geld hast, dass du Mikaels Schulden übernehmen könntest?«

Bevor Lisa antworten konnte, sagte Nora: »Liest du keine Zeitung? Der Banküberfall neulich in Molde geht auf Lisas Konto.«

Um Amunds Mundwinkel zuckte es, und seine Gesichtszüge entspannten sich.

Lisa lächelte Nora dankbar an und sagte: »Ursprünglich wollte ich meine Onkel und meinen Cousin um einen Privatkredit bitten und ihnen dafür meine Eigentumswohnung in Frankfurt als Sicherheit anbieten. Sie haben mir einen noch besseren Vorschlag gemacht. Offenbar spielen sie schon länger mit dem Gedanken, sich in Frankfurt eine Immobilie zuzulegen, die sie an Geschäftsleute, Messebesucher und andere vermieten können, die für ein paar Wochen oder Monate ein Dach über dem Kopf suchen. Meine Wohnung ist dafür perfekt geeignet. Sie wollen sie mir abkaufen.«

»Was sind das denn wieder für Flausen?«, fuhr Faste seinen Sohn an. Die ganze Familie und Amund war vor dem Haus unter dem Apfelbaum versammelt. Widerwillig hatten sich Finn und Faste an einen Tisch mit Lisa gesetzt. Tekla und Inger hatten keinen Zweifel daran gelassen, dass sie deren Vorbehalte gegen Lisa endgültig satthatten. Sie waren überglücklich, dass Lisa überhaupt noch mit ihnen sprach und bereit war, mit ihnen über die Rettung des Hofes nachzudenken.

Mikael hatte den Familienrat mit der Ankündigung eröffnet, dass er nach Frankfurt gehen würde, um dort ein neues Leben als Künstler zu beginnen. Den Flug dorthin hatte er vorhin in Sandane gebucht.

»Hier bin ich doch überflüssig«, hielt er seinem Vater entgegen. »In deinen Augen bin ich ohnehin ein Versager. Was geschehen ist, tut mir leid. Aber jetzt muss ich nach vorne schauen und meine Zukunft planen. Und die liegt für mich nun mal nicht hier auf dem Hof«, fuhr er fort. »Dank Lisa habe ich den Mut gefunden, endlich zu meinen Vorstellungen vom Leben zu stehen. Und wenn du sie nicht so beleidigt hättest, könnte ich leichten Herzens gehen. Denn dann wäre die Zwangsversteigerung vom Tisch, und ich wüsste meine Hälfte des Hofes in den besten Händen.«

Faste schnappte nach Luft. »Hätte ich mir ja denken können, dass sie dahintersteckt«, stieß er zornig hervor. »Wahrscheinlich hat sie ihre Freundin aus Frankfurt nur hergeholt, damit sie dir den Kopf verdreht und dich von hier weglockt. Vater hat recht. Sie schreckt wirklich vor nichts zurück, um ans Ziel zu kommen.«

»Nein, ich habe nicht recht«, sagte Finn heiser.

Faste starrte seinen Vater verblüfft an. Auch die anderen schienen sich zu fragen, ob sie richtig gehört hatten. Finn achtete nicht auf die irritierten Blicke und sah Lisa unverwandt an. »Du bist eine echte Karlssen«, sagte er. »Viel mehr, als ich es jemals war. Oder mein Enkel. Denn wir empfinden das Familienerbe als eine Last, die uns daran hindert, unsere Träume zu verwirklichen.« Er wandte sich an Mikael. »Geh nach Frankfurt, und versuche dein Glück.«

Faste sprang auf. Finn packte ihn am Arm und zog ihn wieder auf die Bank. »Und du entschuldigst dich gefälligst bei Lisa. Mit viel Glück gibt sie uns noch eine Chance und bleibt.«

Finn stand auf und nickte Lisa zu. »Schlaf eine Nacht drüber«, sagte er und ging, auf seinen Stock gestützt, zum Haus.

Faste streifte Lisa mit einem verlegenen Blick, brummte etwas Unverständliches und folgte seinem Vater. Tekla und Inger sahen den beiden kopfschüttelnd nach.

»Träume ich, oder haben wir das gerade wirklich erlebt?«, sagte Tekla, und Inger flüsterte gleichzeitig: »Kann mich mal jemand zwicken?«

Nora lachte auf und suchte Lisas Blick. »Und? Gibst du uns noch eine Chance? Bleibst du?«, fragte sie.

Lisa fühlte sich benommen. Auch sie konnte kaum glauben, dass ausgerechnet der alte Finn sie in die Familie zurückgeholt hatte. Ein Vers der Heidelberger Dichterin Hilde Domin kam ihr in den Sinn, den ihre Mutter besonders geliebt hatte: »Nicht müde werden, sondern dem Wunder leise wie einem Vogel die Hand hinhalten.« Lisa erwiderte Noras Blick und nickte.

Nora drückte Lisa spontan an sich und eilte ins Haus, um eine Flasche Sekt zu holen. Ein Mobiltelefon klingelte. Amund stand mit einer gemurmelten Entschuldigung auf, entfernte sich ein paar Schritte vom Tisch und nahm das Gespräch an. Auf Englisch. Unwillkürlich spitzte Lisa die Ohren, konnte aber nichts verstehen.

Nora kehrte mit dem Sekt und Gläsern zurück und schenkte ein. »Wo ist Amund? Will er nicht mit uns anstoßen?«, fragte sie.

Lisa sah sich um. Amund war verschwunden. Offenbar in seine Wohnung, denn eben ging hinter einem seiner Fenster das Licht an.

»Er ist ja nicht so der gesellige Typ«, sagte Mikael.

Tekla zog die Augenbrauen hoch. »Na ja, ›gute Nacht‹ hätte er schon noch sagen können.«

Lisa zuckte die Achseln. »Vielleicht möchte er nicht, dass wir ihn noch mal auf das Trainerthema ansprechen. Ich hatte den Eindruck, dass er nicht besonders begeistert von der Idee war. Was meinst du, Nora?«

Nora kniff die Augen leicht zusammen. »Stimmt, das kam mir auch so vor. Sehr schade, die Idee ist nämlich super«, antwortete sie und erklärte Tekla, Inger und Mikael kurz, worüber sie auf der Rückfahrt von Sandane gesprochen hatten.

»Vermisst du Frankfurt oder deine weiten Reisen eigentlich gar nicht?«, fragte Inger.

Ohne nachzudenken, schüttelte Lisa den Kopf. »Nein, keine Sekunde.« Sie hielt inne. »Komisch, ich hätte nie gedacht, dass ich einmal so empfinden würde. Aber es ist tatsächlich so. Ich fühle mich hier genau richtig. Und wenn mich das Fernweh doch mal packen sollte, kann ich mich ja hin und wieder um Fotoaufträge im Ausland bemühen.«

Inger lächelte. »Man könnte fast glauben, dass es eine Fügung des Schicksals ist: Du hast hier ein neues Zuhause gefunden, und Mikael wird hoffentlich in Frankfurt endlich die Möglichkeit haben, das Leben zu führen, nach dem er sich sehnt.«

In Noras Augen blitzte es schalkhaft auf. »Auch wenn es für Faste bestimmt nicht leicht zu akzeptieren ist: Aus Mikael wäre nie ein richtiger Pferdezüchter geworden.« Nora lächelte Lisa an. »Ich finde diese Fügung des Schicksals jedenfalls prima.«

Lisa lehnte sich zurück und sah in die Krone des Apfelbaums. Der Himmel darüber leuchtete noch hell, obwohl es bereits nach elf Uhr war. Ein lauer Wind bewegte sacht die Zweige, an denen viele Früchte reiften. Wenn kein Unwetter dazwischenkam, würde die Ernte diesen Herbst reichlich ausfallen. Und sie würde dabei sein. Ein Gedanke, der sie mit tiefer Zufriedenheit erfüllte.

Am nächsten Morgen war Lisa froh, dass es so bald wieder hell wurde. Die Ereignisse des Vortages hatten sie keinen Schlaf finden lassen, zu viel ging ihr im Kopf herum. Sie beschloss, aufzustehen. Ein paar Stunden Stallarbeit waren jetzt genau das Richtige. Außerdem drängte es sie, Erle und die anderen Pferde wiederzusehen. Sie hatte sie vermisst in den letzten Tagen. Vorsichtig stieg Lisa aus dem Bett und trat prompt auf eine knarzende Holzdiele. Es war schier unmöglich, sich in diesen alten Räumen geräuschlos zu bewegen.

Am Vorabend war Lisa – wie vor ihr schon Nora – in eine der insgesamt fünf Dachkammern im Wohnhaus gezogen. Die Holzhütten waren mittlerweile alle an Feriengäste vermietet. Da im ersten Stock die drei Schlafzimmer belegt waren, hatte es keine andere Möglichkeit gegeben.

»Das sind früher die Schlafkammern der Kinder gewesen«, hatte Tekla erklärt. Und mit einem Augenzwinkern hinzugefügt: »Jetzt seid Nora und du die Jüngsten. Nora hat das Zimmer, in dem sie früher in den Ferien immer geschlafen hat. Wenn du magst, kannst du dich direkt neben ihr einquartieren.«

Lisa hatte sich auf Anhieb in der kleinen, holzgetäfelten Kammer wohlgefühlt. Sie wirkte so warm und behaglich. In einer Ecke gegenüber dem Bett stand ein bunt bemalter Schrank. Ein bequemer Sessel neben dem Fenster, das zum Hof hinausging, lud zum Lesen ein. Während sie in ihre Stallkleidung schlüpfte, fragte sich Lisa, in welcher Kammer ihre Großmutter Mari einst gewohnt haben mochte. Nora schlief in Teklas ehemaligem Kinderzimmer, das davor ihrem Vater Finn gehört hatte, Mikael im Zimmer seines Großonkels Ole. Doch in welcher der drei anderen Kammern Mari gelebt hatte, wusste nur der alte Finn. Ob er jetzt endlich bereit war, über seine Zwillingsschwester zu reden?

Als Lisa gegen sieben Uhr den großen Offenstall verließ, um diejenigen Pferde von den Weiden zu holen und zu striegeln, die laut dem Wochenplan, der in der Stallgasse an einer Wand hing, für den heute geplanten Ausritt einiger Gäste vorgesehen waren, hörte sie, wie jemand im Stall ihren Namen rief. Sie kehrte um und erkannte im Halbdunkel Amund.

»Hier steckst du!«, sagte er. »Ich suche dich schon überall.«

Lisa sah ihn fragend an. »Was gibt's denn?«

Amund öffnete ihr die Tür. »Nun, da du ja die Arbeit hier drin so gut wie erledigt hast, haben wir Zeit für einen kleinen Ausritt. Ich wollte dir schon lange etwas zeigen.«

Ohne ihre Antwort abzuwarten, verließ Amund den Stall. Lisa folgte ihm nach kurzem Zögern. Im Hof standen Erle und Baldur, gesattelt und aufgezäumt. Wieder einmal schwankte Lisa zwischen Ärger und Belustigung über Amunds Art, einfach blind davon auszugehen, dass sie sich seinen Plänen fügen würde. Er traf seine Vorbereitungen, ohne zu fragen, ob sie überhaupt Lust und Zeit hatte.

»Wohin reiten wir denn?«, fragte sie und wusste im gleichen Moment, dass sie sich die Frage hätte sparen können.

»Lass dich überraschen«, sagte Amund.

Warum tue ich das?, fragte sich Lisa, als sie kurz darauf auf Erle hinter Baldur vom Hof trabte. Ach, was soll's, dachte sie, es hat noch nie etwas gebracht, sich über Amund den Kopf zu zerbrechen.

Sie sah sich um. Sie hatten gerade den Gemüsegarten passiert und ritten nun schräg eine große Wiese hinauf. Zahlreiche Heuschrecken hüpften vor den Pferdehufen davon, und eine Lerche stieg ihr Lied tirilierend in den strahlend blauen Himmel empor. Amund ritt auf den Waldrand zu und folgte dort einem schmalen Pfad. Nach zehn Minuten hielt er an. Lisa drehte sich um. Der Karlssenhof war nicht mehr zu sehen.

Amund stieg ab und befestigte Baldurs Zügel an einem Baum. Erst jetzt sah Lisa einen kleinen Unterstand, der wohl erst vor Kurzem renoviert worden war, denn zwischen alten, dunklen Holzplanken leuchteten helle Bretter mit glänzenden Nägeln. Ein paar Meter weiter entdeckte Lisa einige verfallene Kästen mit abgeblätterter Farbe. Sie stieg ab und band Erle fest.

»Waren das mal Bienenstöcke?«, fragte sie und deutete mit dem Kopf auf die Kästen.

Amund nickte. »Ja. Sind aber schon ewig nicht mehr bewohnt.«

Lisa blieb unschlüssig stehen. Warum hatte Amund sie hierher gelotst?

»Komm, sieh dir an, was ich entdeckt habe«, forderte er sie auf und zeigte in den Unterstand.

Lisa ging zu ihm und sah eine Bank. Auch sie war mit neuen Holzbrettern instand gesetzt worden. Die Rückenlehne zierte eine alte Schnitzerei. Lisa beugte sich hinunter und erkannte ein Pferdeköpfchen, das auf der Stirn einen markanten Wirbel trug. Daneben waren die Buchstaben J und M eingeschnitzt. Lisa richtete sich auf und drehte sich zu Amund.

»Das könnte Erle als Fohlen darstellen«, sagte sie. »Der Wirbel ist gut getroffen.«

Amund schüttelte den Kopf und lächelte, was sein Grübchen auf der linken Wange zum Vorschein brachte. Lisa hatte es schon lange nicht mehr gesehen.

»Nein, das ist viel älter«, sagte Amund. »Ich bin mir ziemlich sicher, dass es ein Porträt von Virvelvind ist, einem Stammhengst des Karlssenhofes, der 1940 geboren wurde. In den Zuchtbüchern ist der Stirnwirbel als besonderes Kennzeichen erwähnt. Erle ist eine seiner Nachkommen.«

Lisa runzelte die Stirn. »Virvelvind? Dazu passen aber die Buchstaben nicht.«

Amund nickte. »Die stehen ja auch für andere Namen. Die dir sehr viel bedeuten, wenn ich das richtig mitbekommen habe.«

Lisas Augen weiteten sich. »M für Mari?«, fragte sie heiser. Amund nickte. »Und J? Für was steht das? Ich habe nie herausgefunden, wie mein Großvater hieß.« Sie merkte, wie ihre Knie weich wurden, und ließ sich auf die Bank sinken.

Amund setzte sich neben sie. »Er hieß Joachim«, sagte er. »Das ist dem alten Finn rausgerutscht, als er wieder mal über seine Schwester herzog.«

Lisa berührte die geschnitzten Buchstaben. Sie konnte es kaum glauben, einen sichtbaren Beweis für die Liebe ihrer Großeltern vor Augen zu haben.

»Siebzig Jahre ist das nun alt«, sagte sie leise. Lisa spürte ihren Hals eng werden und Tränen in sich aufsteigen.

Amund stand auf und entfernte sich ein paar Schritte. Er war so feinfühlig, schien genau zu spüren, wie überwältigt sie in diesem Augenblick war. Und verstärkte durch sein rücksichtsvolles Verhalten ihre Rührung noch mehr. Sie wischte sich die Tränen weg, putzte sich die Nase und trat zu ihm.

»Danke«, sagte sie.

Amund drehte sich zu ihr. Sie sah in seine Augen.

»Noch nie hat mich jemand so reich beschenkt«, flüsterte sie. Dass sie damit weit mehr meinte als die liebevolle Renovierung des Unterstands und der Bank, brauchte sie ihm nicht zu erklären. Dessen war sie sich tief im Innersten bewusst. So wie sie sich sicher war, dass sie zu ihm gehörte. Erstaunt fragte sie sich, warum sie diese Gewissheit immer wieder verleugnet hatte, hatte verleugnen können.

»Wenn du gern noch eine Weile allein …«, begann Amund. Seine Stimme war rau.

Lisa schüttelte leicht den Kopf und küsste ihn auf den Mund. Seine Lippen wurden hart. Lisa erschrak, zog ihren Kopf zurück und fühlte sich im selben Moment fest in die Arme genommen. Mit geschlossenen Augen suchte Amund ihren Mund. Sein Kuss war vorsichtig, tastend, zugleich intensiv und von einer verlangenden Zärtlichkeit, die Lisa schwindeln machte. Noch nie war sie so geküsst worden.

»Du bist die verwirrendste Person, der ich je begegnet bin«, sagte Amund.

Sie saßen auf der Bank, hielten sich an den Händen und schauten sich in die Augen.

Lisa lächelte. »Komisch, so was Ähnliches wollte ich auch gerade sagen.«

Amunds Grübchen erschien. »Tatsächlich? Ich habe dich verwirrt? Das find ich direkt schmeichelhaft.«

Lisa löste eine Hand aus seiner und schlug spielerisch nach ihm. »Es war das reinste Wechselbad.« Sie hielt inne und zog die Augenbrauen zusammen.

»Was verwirrt dich jetzt?«, fragte Amund.

Lisa wandte die Augen ab. »Na ja, gestern Abend zum Beispiel. Da bis du wortlos verschwunden, nachdem du den Anruf bekommen hast. Und ich wusste mal wieder nicht, was ich denken sollte«, sagte Lisa leise.

»Und was hast du gedacht?«, fragte Amund.

Lisa fuhr sich mit einer Hand durch die Haare. »Vermutlich nur dummes Zeug. Aber weil du Englisch gesprochen hast und gestern kaum auf den Vorschlag reagiert hast, hier als Trainer für Dressurpferde zu arbeiten, habe ich mich gefragt …« Lisa stockte.

Amund zog die Augenbrauen hoch »… hast du dich gefragt?«, hakte er nach.

Lisa schluckte. »Ob du längst ganz andere Pläne hast und vielleicht … äh …«

Amund unterdrückte ein Lächeln. »Und vielleicht … was?«

Lisa schloss kurz die Augen. »Den Karlssenhof verlassen und deine Karriere in England fortsetzen willst«, stieß sie hervor. Ärgerlich stellte sie fest, dass ihre Augen schon wieder feucht wurden.

Unvermittelt nahm Amund ihren Kopf in beide Hände und gab ihr einen langen Kuss. »Und darüber wärest du traurig«, stellte er mehr fest, als dass er es fragte. Lisa nickte. Amund strahlte sie an. »Du kannst dir nicht vorstellen, wie glücklich mich das macht!«

Lisa runzelte die Stirn. »Was soll das nun wieder heißen? *Du* bist wirklich verwirrend!«

»Aber wieso denn?«, fragte Amund.

»Na, hör mal«, empörte sich Lisa. »Es würde dich glücklich machen, wenn ich einsam hier sitze und mich nach dir sehne, während du in England ...«

Amunds belustigtes Grinsen ließ sie verstummen. »Wer sagt denn, dass ich fortgehe?«, fragte er.

Lisa zuckte hilflos die Schultern und tippte sich an die Stirn. »Wie gesagt, dahinter geht nur dummes Zeug vor sich.«

Amund schüttelte den Kopf. »So falsch hast du gar nicht gelegen. Ich habe es tatsächlich in Erwägung gezogen. Und daran war niemand anderes schuld als du. Wenn du nicht in meiner Vergangenheit gestöbert hättest ...«, sagte er lächelnd und fuhr ernst fort: »In den Tagen auf Vågsøy habe ich viel nachgedacht. Dabei ist mir klar geworden, dass es wirklich höchste Zeit ist, wieder als Vater in Carolines Leben zu treten. Ich habe sogar mit dem Gedanken gespielt, wieder nach England zu ziehen, um in ihrer Nähe zu sein.«

Er zog einen Umschlag aus seiner Jackentasche. »Dank dir ist es ja auch nicht weiter schwer, mit ihr Kontakt aufzunehmen.«

Lisa erkannte das Kuvert, das sie Mikael für Amund gegeben hatte, als sie den Karlssenhof hatte verlassen müssen. Auf einem Zettel hatte sie ihm die Adresse von Carolines englischem Internat notiert und dazugeschrieben: *»Mach was draus, oder lass es bleiben.«*

»Bevor ich mich bei Caroline melde, wollte ich aber erst meinen alten Namen reinwaschen. Und deshalb habe ich dem englischen Gestütsbesitzer geschrieben und ihm erklärt, warum ich damals einfach abgehauen bin, ohne mich zu den Vorwürfen zu äußern. Gestern hat er angerufen und mir meine alte Stelle angeboten.«

Lisa hielt den Atem an und sah in Amunds Augen. Sie brauchte nicht zu fragen, was Amund seinem ehemaligen Arbeitgeber geantwortet hatte. »Du bleibst also?«, fragte sie leise.

Amund nickte und nahm ihre Hände. »Gestern Abend war plötzlich alles so klar«, antwortete er. »Alle Zweifel waren wie weggeblasen. Ich konnte gar nicht mehr verstehen, warum ich je welche hatte.«

Das Klingeln von Lisas Mobiltelefon riss das Paar aus seiner weltvergessenen Stimmung. Lisa warf einen Blick auf das Display.

»Das ist Nora«, sagte sie. »Was sie wohl will?«

Amund lachte auf. »Sie macht sich vermutlich Sorgen, weil du spurlos verschwunden bist«, erklärte er. »Es ist schließlich schon neun Uhr durch.«

Lisa sah überrascht auf ihre Uhr. Sie hatte nicht bemerkt, wie die Zeit vergangen war. Rasch nahm sie das Gespräch an und beeilte sich, Nora zu versichern, dass mit ihr alles in Ordnung war.

»Jetzt geh endlich ran«, sagte Lisa halblaut, als sie zum wiederholten Male mit der Mailbox von Marco verbunden wurde. Seit Tagen versuchte sie vergeblich, ihn telefonisch zu Hause oder auf seinem Mobiltelefon zu erreichen. Er antwortete auch nicht auf ihre Kurzmitteilungen und E-Mails, in denen sie ihn dringend aufforderte, sich bei ihr zu melden. Lisa war wütend. Was bezweckte er damit? Er konnte sich doch denken, dass er sich nicht ewig totstellen konnte. Und er musste sie gut genug kennen, um zu wissen, dass er sie mit solchen Spielchen niemals dazu bringen würde, es sich doch noch anders zu überlegen und in seine Agentur einzusteigen. Mit einem ärgerlichen Schnauben steckte sie ihr Telefon in die Jackentasche und verließ ihre Dachkammer. Sicher wartete Nora schon im Wagen auf sie. Der wöchentliche Großeinkauf stand an.

Nachdem sie alle Posten auf dem langen Einkaufszettel abgehakt hatten, saßen sie sich in einem Café im Einkaufszentrum gegenüber, in das Nora Lisa resolut dirigiert hatte. Auf dem Hof ging es derzeit hoch her, da fand sich kaum eine ruhige Minute für ein vertrauliches Gespräch. Nora hatte bereits auf der Fahrt in den Ort durchblicken lassen, dass sie sich nur einen Grund für Lisas glückliches Lächeln, das sich seit gestern Vormittag immer wieder auf deren Gesicht breitmachte, vorstellen konnte – und jetzt hatte sie endlich wissen wollen, ob sie mit ihrer Vermutung richtiglag, dass Amund die Ursache war.

»Ich kann's immer noch kaum glauben«, sagte Nora und schaute Lisa prüfend an.

Lisa fühlte sich in Teenagerzeiten zurückversetzt. Nora musterte sie mit dem gleichen Blick, mit dem ihre Mutter sie bedacht hatte, wenn sie überzeugt war, dass Lisa etwas ausgefressen hatte. Wobei sie sich damals in der Regel sehr unbehaglich und oft schuldbewusst unter diesem Blick gewunden hatte. Jetzt belustigte er sie, wobei sie Noras Irritation gut verstehen konnte. Sie selbst konnte es ja kaum fassen.

»Du und Amund, das hätte ich nie für möglich gehalten!«, sagte Nora. Ihre Augen verengten sich. »Obwohl, wenn ich mich richtig erinnere, gab's schon so Momente, in denen ich mich gefragt habe, ob da nicht etwas zwischen euch knistert. Andererseits habt ihr euch noch häufiger gezankt.«

Lisa lächelte Nora an. »Glaub mir, noch gestern früh hätte ich keine Øre darauf verwettet, dass Amund so für mich empfindet.«

Noras Züge entspannten sich. »Entschuldige, ich klinge vermutlich so, als hätte ich etwas dagegen, dass ihr euch gefunden habt. Das ist absolut nicht der Fall. Ich bin einfach nur überrascht.«

Lisa nickte. »Keine Sorge, ich hab es nicht falsch verstanden.«

»Und wie soll es mit seiner Tochter weitergehen?«, fragte Nora.

»Er wird es behutsam angehen«, antwortete Lisa. »Ihre Mutter hat mir gegenüber ja so getan, als habe Amund sie sitzen lassen. Sehr wahrscheinlich hat sie das auch Caroline eingeredet. Kann also gut sein, dass die Kleine ihren Vater hasst, weil er sie von jetzt auf nachher verlassen hat, ohne sich je bei ihr zu melden. Seine Briefe hat diese Cynthia ja ungeöffnet zurückgehen lassen.«

»Was für eine Hexe!«, rief Nora empört.

»Ganz meine Meinung«, sagte Lisa. »Und auch deshalb wird Amund sehr vorsichtig sein. Er will nicht riskieren, dass Cynthia sich erneut zwischen ihn und Caroline stellt. Nach dem Gespräch mit dem englischen Gestütsbesitzer, der ihm versicherte, dass sein Ruf keinen Schaden genommen hat, hat er an Caroline geschrieben. Wenn sie ihn treffen will, wird er nach England fliegen. Und dann wird man sehen, wie es am besten weitergehen soll.«

Als Nora und Lisa die Kisten und Tüten ins Haus schleppten, kam ihnen Amund im Flur entgegen. Wortlos stürmte er an ihnen vorbei und warf Lisa einen Blick zu, der sie zusammenzucken ließ. Er war kalt und voller Verachtung. Bevor Lisa etwas sagen konnte, hatte er das Haus verlassen.

Nora wandte sich zu ihr. »Was war das denn?«

Lisa zuckte die Schultern. Tekla erschien in der Tür zur Wohnstube und winkte Lisa zu sich. Auch sie wirkte verstört. Lisa stellte ihre beiden Einkaufstüten ab und ging zu Tekla.

»Du hast Besuch«, sagte diese. »Dein Verlobter ist gekommen.«

Lisa sah sie verständnislos an. Tekla schob sie in die Stube. Als Erstes fiel Lisa ein riesiger Strauß roter Rosen ins Auge, der auf dem Esstisch lag. Daneben saß Marco, der nun mit einem erfreuten Lächeln aufsprang.

»Cara, endlich!«, rief er und war mit drei Schritten bei ihr. »Ich habe dich so vermisst!« Er schloss sie in seine Arme und drückte sie fest an sich.

31

Masuren, Winter 1941/Frühjahr 1942

Der Tod von Joachims älterem Bruder Karl-Gustav überschattete die Adventszeit in der Familie Ansas. Edith suchte Trost in ihrem Glauben und nutzte jede sich bietende Gelegenheit, um zur Kirche von Nikolaiken zu radeln und später – nach den ersten Schneefällen – zur Kapelle des benachbarten Weilers zu laufen, wo sie darum betete, dass Joachim unversehrt aus dem Krieg zurückkehren möge. Zu Hause und in der gutsherrlichen Küche stürzte sie sich mit einem wütend anmutenden Eifer in die weihnachtlichen Vorbereitungen, so als wolle sie ihren Schmerz mit Arbeit betäuben.

Ihr Mann war nahezu verstummt und ließ sich kaum noch bei den gemeinsamen Mahlzeiten blicken. Wenn Mari ihm etwas zu essen in den Stall brachte, nickte er ihr mit einem geistesabwesenden Lächeln zu, wenn er sie überhaupt bemerkte, und ließ die Speisen weitgehend unberührt. Mari fühlte sich an ihren eigenen Vater erinnert, als dieser um seine Mutter getrauert hatte. Wobei Karl, dessen Charakter sehr viel sanfter war, sich langsam aufzulösen schien. Mari hätte sich gewünscht, dass er mit seinem Schicksal hadern und seinem hilflosen Zorn laut Luft machen würde – so wie es Großvater Gustav tat. Doch ihr Schwiegervater blieb auch in seiner Trauer still und zurückhaltend.

Maris Hoffnung, an die sie sich seit dem Abschied von Joachim geklammert hatte, erfüllte sich nicht. Ihr Mann würde über die Feiertage keinen Heimaturlaub bekommen. Als sein Brief, in dem er ihr das mitteilte, Anfang Dezember eintraf, hätte sich Mari am liebsten irgendwo verkrochen und so lange geschlafen, bis Joachim kam und sie aufweckte. Sie beneidete die Tiere, die die grauen, kalten Monate einfach verschliefen und erst im Frühling wieder zum Vorschein kamen.

»Es tut mir leid, Edithche«, sagte Briefträger Pillokeit. »Aber die Feldpost hat so viel zu tun, dass bis Weihnachten keine Päckchen mehr verschickt werden können. Und auch Briefe dürfen höchstens fünfzig Gramm wiegen. Es gibt wohl große Transportschwierigkeiten bei der Reichsbahn.«

Edith starrte auf das Päckchen, das sie Pillokeit hatte mitgeben wollen, und schüttelte den Kopf. »Erbarmung«, rief sie. »Soll das heißen, dass wir Joachim nuscht nich zum Fest schicken können?« Sie sah mit schreckgeweiteten Augen zu Mari, die am Herd stand und den Eintopf umrührte, den es zum Mittagessen geben sollte.

Mari runzelte die Stirn. »Was heißt Transportschwierigkeiten?«, fragte sie den Briefträger.

Pillokeit schaute kurz in den Flur und schloss die Küchentür. Mit gesenkter Stimme sagte er: »Der rasche Vormarsch unserer Truppen, der für die vielen Jubelmeldungen sorgt«, er deutete mit dem Kopf zu dem Volksempfänger, der auf einem Buffetschrank stand, »hat auch seine Schattenseiten. Es gibt nicht genug Schienen, um das russische Bahnnetz auf das deutsche umzustellen. Die Reichsbahn hat kaum winterfeste Lokomotiven und zu wenige Züge, ganz zu schweigen von Kohlen und anderem Treibstoff.«

Mari sog scharf die Luft ein. »Aber das heißt doch, dass man den Soldaten nicht nur keine Feldpost zustellen kann, sondern auch keinen Nachschub.«

Pillokeit legte einen Finger auf die Lippen und nickte. »Sag das aber ja nicht laut«, warnte er. »Das gilt als wehrkraftzersetzend.«

Mari warf Edith einen fragenden Blick zu. »Was bedeutet wehrkraftzersetzend?«, wiederholte sie das ihr unbekannte Wort. Obwohl sich Mari mittlerweile im Deutschen ziemlich sicher fühlte, gaben ihr die Ausdrücke der Nazis immer wieder Rätsel auf. Noch schwerer tat sie sich mit den Abkürzungen, die sich im offiziellen Sprachgebrauch großer Beliebtheit erfreuten.

»Das ist ein etwas schwammiger Begriff«, erklärte Pillokeit. »Im Grunde meinen sie damit alle kritischen Äußerungen über den Krieg, die Zweifel am ›Endsieg‹ der Nazis wecken könnten.«

Mari nickte und wandte sich wieder dem Eintopf zu. Sie konnte Großvater Gustav immer besser verstehen, der mit beißendem Spott über die Propaganda der Nazis herzog und über ihre Angst, die Leute könnten anfangen, selbst zu denken und ihre offenkundigen Lügen nicht länger hinzunehmen. »Aber dazu sind die meisten leider viel zu feige. Oder zu sehr auf ihren eigenen Vorteil bedacht«, hatte er erst vor ein paar Tagen grimmig festgestellt.

Das erinnerte Mari an Nillas letzten Brief, in dem sich ihre Freundin über Goruns Mann Maks ausgelassen hatte, der seine bis dahin strikt ablehnende Haltung gegenüber den deutschen Besatzern »überdacht« hatte. Der Grund war so beschämend wie einfach: Reichskommissar Josef Terboven hatte in Norwegen eine neue Rationierungsverordnung verkündet, laut der die Menge der zugebilligten Lebensmittel und Gebrauchsgegenstände von der Zusammenarbeit mit den deutschen Besatzungsbehörden abhängig gemacht wurde. Vor Maris innerem Auge tauchte Oles spöttisches Grinsen auf, der Maks' Gesinnungswechsel vermutlich mit einem seiner Lieblingszitate kommentiert hätte: »Erst kommt das Fressen, dann die Moral.«

Gedankenverloren starrte Mari in den Kochtopf. Die Sorge um Ole, der sich Nillas Andeutungen zufolge zunehmend im

Widerstand engagierte, war ein ständiger Begleiter geworden. Sie kam gleich nach der Angst um Joachim, die sich nach dem Tod seines Bruders noch gesteigert hatte. Jeden Tag konnte Pillokeit in die Küche treten, mit ernstem Gesicht, und die schreckliche Botschaft überbringen. Mari biss sich von innen in die Unterlippe. Sie durfte sich solchen schwarzen Gedanken nicht hingeben. Joachim hatte sie ausdrücklich darum gebeten. *»Denk an unser Kind«*, hatte er in einem seiner letzten Briefe geschrieben. *»Es soll nicht unter einem ängstlichen Herzen heranwachsen. Schenke ihm Dein Strahlen und Deine Lebensfreude, die auch mir so viel Kraft geben, wenn ich an Dich denke!«*

Mit dem Dezember kamen strenger Frost und viel Schnee und damit das Ende von Maris Spaziergängen und Bootsfahrten auf den Seen. Großvater Gustav baute einen kleinen Ofen in ihr Zimmer, reparierte einen alten Schaukelstuhl, den er auf dem Dachboden entdeckt hatte, und schuf so ein behagliches Eckchen, in das Mari sich nach getaner Arbeit gern zurückzog. Wenn sie auf dem Schaukelstuhl saß und in sich hineinhorchte, erlebte sie kurze Momente tiefen Friedens. Glücklich spürte sie den Bewegungen ihres Kindes nach, sprach leise mit ihm oder sang ihm die Kinderlieder vor, die sie von ihrer Mutter kannte.

Viel Zeit blieb ihr nicht für solche ruhigen Stunden. Neben den umfangreichen Vorbereitungen für das Weihnachtsfest der Herrschaft, die mehrere Einladungen plante, musste auch das Haus der Familie Ansas für die Feiertage hergerichtet werden. Wie daheim in Norwegen wünschte sich Mari vergebens, sich vor der ungeliebten Putzerei drücken zu können, doch ihre Schwiegermutter war ähnlich unerbittlich wie ihre Mutter Lisbet. Während sie die Böden schrubbten und bohnerten, Schränke und Truhen ausräumten und entstaubten, Vorhänge wuschen und bügelten, das feine Porzellan polierten und die Räume mit frischem Tannengrün schmückten, lief ununterbrochen das Radio.

Seit dem Tod ihres Ältesten ertrug Edith keine Stille mehr. Wider besseres Wissen glaubte sie, manchmal seine Stimme zu hören, mit der er sie um Hilfe rief, wie sie ihrer Schwiegertochter verschämt anvertraute. Zu Maris Erleichterung, die mit propagandistischer Dauerbeschallung gerechnet hatte, bestand das Radioprogramm vor allem aus Musiksendungen, in denen vor allem Schlager, Tanzmusik und populäre Klassikstücke gespielt wurden, nur ab und an unterbrochen von Nachrichten oder anderen Meldungen. Wenn Großvater Gustav dann gerade in der Nähe war, zwinkerte er Mari verstohlen zu. Der Gegensatz zwischen den schönrednerischen Verlautbarungen über das Kriegsgeschehen und den Berichten des »Feindsenders« *BBC* war ihm ein ständiger Quell grimmiger Belustigung.

Schließlich stellte Mari fest, dass selbst die deutschen Nachrichten die Tatsachen nicht mehr verschleiern konnten: Die Wehrmacht bewegte sich im Osten keineswegs siegreich vorwärts, sondern steckte in einem Stellungskrieg fest, auch wenn das als »Frontbegradigung« oder »Frontverbesserung« notdürftig aufgehübscht wurde. Eine solche Nachricht wurde gerade gemeldet, als Gustchen in die Küche kam, um frisch gebügelte Schürzen und Handtücher zu bringen. Sie beugte sich mit verschwörerischer Miene zu Mari, die gerade Kartoffelklöße formte.

»Ich habe gestern zufällig gehört, wie der junge Graf mit seiner Mutter gesprochen hat, kurz bevor er wieder weggefahren ist«, sagte sie leise.

Mari unterdrückte ein Schmunzeln. Gustchen hörte oft »zufällig«, was der junge Graf erzählte. Sie richtete es geschickt so ein, in der Nähe des von ihr Umschwärmten Arbeiten zu erledigen, wenn er zu Besuch war.

»Stell dir vor, unser geliebter Führer hat sich nun selber an die Spitze der Wehrmacht gestellt!« Mari zuckte mit den Schultern. Gustchen, die sich wohl mehr Begeisterung erhofft hatte, erklärte: »Jetzt wird es sicher nicht mehr lange dauern, bis dein Joachim nach Hause kommt. Wenn der Führer die Sache selber in die Hand nimmt, ist der Russe bald geschlagen.«

Mari hätte gern Gustchens Zuversicht geteilt, doch nichts deutete darauf hin, dass diese berechtigt war. Im Gegenteil, dachte Mari. Kurz vor Weihnachten hatte Hitler die deutsche Bevölkerung persönlich dazu aufgerufen, warme Winterkleidung für die in Russland kämpfenden Truppen zu spenden. In Maris Augen ein Beweis dafür, dass sich der Krieg dort noch länger hinziehen würde. Und sie konnte Joachim noch nicht einmal ein Päckchen mit Plätzchen, geschweige denn einer warmen Jacke, gefütterten Stiefeln oder dicken Schals schicken! Am liebsten hätte sie in diesem Jahr das Weihnachtsfest ausfallen lassen. Ihr war so gar nicht zum Feiern zumute.

Ihren Schwiegereltern und Großvater Gustav ging es ähnlich. Der Heiligabend, den sie zu viert verbrachten, verlief dementsprechend still. Edith hatte ein Foto von Joachim und eines von Karl-Gustav neben den kleinen geschmückten Tannenbaum gestellt, Letzteres mit einer Kerze davor. Immer wieder wischte sie sich die geröteten Augen. Auch Mari kämpfte mit den Tränen. Wo mochte Joachim jetzt sein? Hatte er es warm? Die Vorstellung, er könnte bei Temperaturen unter minus vierzig Grad ohne anständige Winterkleidung in einem unbeheizten Quartier hausen, schnürte ihr die Kehle zusammen.

Der erste Feiertag begann früh. Es war noch dunkel, als Karl einen der Kaltblüter, die als Arbeitspferde auf dem Gestüt gehalten wurden, vor einen Schlitten spannte. Auf tief verschneiten Wegen ging es zur Frühmesse nach Nikolaiken. Als Mari die im Schein zahlloser Kerzen erstrahlende Kirche betrat, wich zum ersten Mal seit langer Zeit die traurige Beklemmung einer feierlichen Freude, die sie mit besonderer Inbrunst in die Weihnachtslieder einstimmen ließ. Manche Melodien kannte sie von zu Hause. Den Höhepunkt des Gottesdienstes bildete ein Krippenspiel, das der Pfarrer mit den Kindern seines Sprengels vorbereitet hatte.

Auf dem Rückweg glitzerten die schneebedeckten Felder und Bäume im Schein der Sonne. Es war nur das Knirschen der Schlittenkufen, das Knacken des Eises auf den Seen und das Klingeln der Glöckchen am Pferdegeschirr zu hören. Es wirkte alles so friedlich. In solchen Augenblicken fiel es Mari schwer zu glauben, dass Krieg herrschte. Zumal Masuren kein Ziel für die Luftangriffe war. Die heftigen Bombardements, die laut den Radiomeldungen regelmäßig über Köln, Hamburg, Berlin und vielen anderen weiter im Westen gelegenen Städten niedergingen, waren für Mari ebenso schwer vorstellbar wie die Zustände auf den Schlachtfeldern.

»Wo steckt denn nur der Gustav wieder?«, fragte Edith, als sie wieder auf dem Lindenhof angekommen waren, und sah Mari ratlos an. »In einer halben Stunde wollen wir anfangen, und unsere Gäste kommen gleich.«

Zum Festtagsessen im Hause Ansas waren neben der Haushälterin Irmgard Rogalski mit ihren beiden Töchtern und Kutscher Hugo auch der alleinstehende Briefträger Pillokeit eingeladen.

Mari griff nach ihrer Jacke. »Ich geh ihn suchen«, sagte sie und nickte ihrer Schwiegermutter zu. Zielstrebig eilte sie über den Hof zum hinteren Tor. Sie wusste, wo sie den Großvater finden würde. Offenbar hatten die beiden alten Freunde vor dem Radio mal wieder die Zeit vergessen.

»Wohin so hastig?«

Mari erstarrte und drehte sich um. Hinter ihr stand der junge Graf, der wohl gerade aus dem Stall gekommen war. Verdammt, warum hatte sie nicht besser aufgepasst! Seit dem Abendessen, bei dem Mari hatte bedienen müssen, war sie ihm nach Möglichkeit aus dem Weg gegangen, wenn er auf dem Gestüt weilte. Kein leichtes Unterfangen, denn Heinrich Graf von Lötzendorff legte es offenbar darauf an, Mari zu begegnen und ihr Komplimente zu machen. Er hatte eine Art an sich, charmante Bemerkungen in einem herrischen Ton vorzubringen, die sie abstieß. Nicht nur, weil sie sein Verhalten unschicklich und unpassend fand, sondern weil es ihr eine untergründige Furcht einflößte. Eine Stimme in ihr warnte sie, dass er sich eines Tages vielleicht einfach das nehmen würde, von dem er glaubte, es stehe ihm zu. Weil er in Mari – wie in allen anderen Angestellten des Gestüts auch – letztendlich nur jemanden sah, der sich seinen Wünschen zu beugen hatte.

Unwillkürlich straffte sie sich und sah ihm direkt in die Augen. Sie hatte bald festgestellt, dass ihn das irritierte.

»Ich wüsste nicht, was Sie das angeht«, sagte sie kühl.

Der Graf zog eine Augenbraue hoch und verzog den Mund zu einem spöttischen Lächeln. »Die alten Wikinger wären sicher stolz auf ihre kämpferische Nachfahrin.« In seiner Stimme schwang ein bewundernder Unterton mit. »Schade nur, dass eure Männer solche Schwächlinge sind. Keine Disziplin, kein Kampfgeist«, fügte er hinzu.

Mari zwang sich, ruhig zu bleiben. »Wenn Sie sich da mal nicht täuschen«, erwiderte sie und wandte sich ab.

Am hinteren Hoftor entdeckte sie Gustav und Hugo, die ihr breit zulächelten. Großvater machte ihr hinter dem Rücken des Grafen, der zum Herrenhaus ging, ein Victoryzeichen.

Mari lief zu ihnen und hakte sie unter. »Da seid ihr ja endlich! Edith und die anderen warten schon.«

Hugo tätschelte ihren Arm. »Hast ihm ordentlich eingeschenkt, dem dreibastigen Lorbass!«

Gustav sah seinen Freund mit gespieltem Tadel an. »Du kannst doch den Grafen nicht als frechen Lümmel bezeichnen.«

Hugo kicherte. »Und wie ich das kann. Wenn das doch die letzten Worte seines eigenen Vaters waren.«

Mari grinste. Das war eine von Hugos Lieblingsanekdoten. Er hatte den schwer verletzten Grafen nach dem Reitunfall gefunden. Dessen letzte Sorge galt seinem geliebten Gestüt, das nun in die Hände seines Sohnes geraten würde, der in seinen Augen ein nichtsnutziger Lümmel war.

In der guten Stube waren bereits alle Gäste versammelt, darunter auch Karls Bruder Fritz, der es für seine Pflicht hielt, wichtige Feiertage im Kreise der Familie zu verbringen. Nicht nur Mari hätte ihm diese Pflicht gern erlassen. Seine Anwesenheit sorgte regelmäßig für eine steife, befangene Stimmung. Erleichtert stellte sie fest, dass Ottmar Pillokeit, der zwischen der Haushälterin und Gustchen saß, die Gesellschaft bestens unterhielt. Mit seinem vollen Bass gab er den neuesten Klatsch aus der Umgebung zum Besten und sorgte für viel Gelächter.

Mari schlüpfte zur Tür hinaus und rannte zum Herrenhaus in die große Küche. Sie kam gerade rechtzeitig, um Edith zu helfen, den Schmortopf mit dem Gänsebraten aus dem Ofenrohr zu wuchten und hinüber zu den wartenden Gästen zu tragen. Zu der mit Äpfeln gefüllten Gans gab es Salzkartoffeln und Weißkohl, der im Gänsefett geschmort worden war. Zum Nachtisch stellte Edith üppig beladene Teller mit Weihnachtsplätzchen auf den Tisch und Gläschen für den Kaddik, einen selbst gebrannten Wacholderschnaps.

Mari lehnte sich in ihrem Stuhl zurück und suchte eine bequemere Sitzposition. In letzter Zeit hatte sie häufig Rückenschmerzen und wurde schnell müde. Wie gerne hätte sie sich jetzt an Joachim gelehnt, sich in seine Arme gekuschelt und seine Wärme gespürt. Edith, die ihre Schwiegertochter noch mehr bemutterte, seit sie vor ein paar Tagen zum ersten Mal selbst eine Bewegung ihres ungeborenen Enkelkindes wahrgenommen hatte, reichte ihr ein Kissen.

»Strampelt es wieder, das kleine Ruscheldubbche?«, fragte sie leise und legte sacht eine Hand auf Maris nun schon deutlich gerundeten Bauch.

Mari schüttelte lächelnd den Kopf. »Ich glaube, es schläft«, sagte sie. Im Gegensatz zu Edith war sie überzeugt, dass sie ein Mädchen bekommen würde. Sie hätte nicht erklären können, warum sie sich dessen so sicher war. Sie wusste es einfach.

Eine laute, schneidende Stimme ließ die angeregten Gespräche verstummen. Fritz Ansas hatte den Volksempfänger aus der Küche geholt und auf die Kommode gestellt, in der Edith ihr feines Porzellan und die Tischdecken aufbewahrte. Fritz nahm förmlich Haltung an und legte einen Finger an die Lippen. Aus dem Radio dröhnte die Weihnachtsansprache von Reichspropagandaminister Joseph Goebbels. Mari schaute in die Runde. Ihr Schwiegervater starrte wie gewohnt geistesabwesend vor sich hin, seine Frau nutzte die Gesprächspause, um frischen »echten« Bohnenkaffee nachzuschenken, den es zur Feier des Tages gab. Gustchen und Gretchen steckten die Köpfe zusammen und kicherten leise über irgendetwas, Briefträger Pillokeit lauschte der Rede mit unbewegter Miene, die Haushälterin fing den strengen Blick auf, den Fritz ihren Töchtern zuwarf, und wies die beiden leise zurecht.

Großvater Gustavs Gesichtsausdruck verdüsterte sich zunehmend. Hoffentlich reißt er sich zusammen und provoziert seinen Sohn nicht, schoss es Mari durch den Kopf. Eben verkündete Goebbels, das Deutsche Reich werde größer, schöner und erhabener aus diesem Krieg hervorgehen. Gustav steckte sich einen Spekulatius in den Mund, den er krachend zerbiss und sich prompt verschluckte. Der Rest der Ansprache ging in seinem würgenden Gehuste unter. Mari sprang besorgt auf, um ihm zu helfen. Auch Edith und Pillokeit eilten herbei, um ihm auf den Rücken zu klopfen und ein Glas Wasser zu reichen.

Gustav drückte Maris Arm und zwinkerte ihr fast unmerklich zu. Sie atmete auf, gab sich aber nach außen hin weiterhin besorgt. An Gustav war ein Schauspieler verloren gegangen. Sein Erstickungsanfall wirkte so überzeugend, dass es sogar Fritz, der ihn anfänglich misstrauisch gemustert hatte, mit der Angst zu tun bekam. Nach einer Weile ließ sich Gustav mit hochrotem Kopf erschöpft in seinem Stuhl zurückfallen. Heiser entschuldigte er sich für den Zwischenfall.

Hugo schenkte den Erwachsenen Schnaps in ihre Gläser und prostete seinem Freund zu. »Ein Schlubberche auf den Schrecken.«

Die Weihnachtsansprache des im amerikanischen Exil lebenden Schriftstellers Thomas Mann, der sich regelmäßig in der *BBC* an seine deutschen Landsleute wandte, um sie über die Gräuel und teuflischen Pläne des Hitlerregimes aufzuklären, verfolgte Großvater Gustav dagegen still und mit ernstem Gesicht. Mari hatte ihn und Hugo am frühen Abend zum Haus des Kutschers begleitet und die seltene Gelegenheit genutzt, selbst den »Feindsender« zu hören. Als Thomas Mann sich mit den Worten verabschiedete, er wünsche den Deutschen, dass sie »Scham und Verzweiflung spüren mögen angesichts des Unheils, das sie in ganz Europa anrichteten«, sahen sich die drei betroffen an.

Gustav streichelte Maris Arm. »Ach Mariechen, in was für einen Schlamassel bist du da geraten! Ich mecht nur hoffen, dass du mit dem Kleinen diesen Wahnsinn unbeschadet überstehst.«

Mitte März herrschte noch tiefster Winter. Auf den Wiesen und Feldern türmte sich meterhoch der Schnee, Flüsse und Seen waren von dicken Eisschichten bedeckt, und die Temperaturen waren frostig.

»Hört der Winter hier denn gar nicht auf?«, klagte Mari und

hauchte sich in die kalten Handflächen. Sie stand in der Holzkammer und legte Buchenscheite in einen großen Korb. Der Holzvorrat hatte sich in den letzten Monaten merklich gelichtet.

Gustchen, die der hochschwangeren Mari helfen sollte, den Korb in die Küche zu tragen, zog die Augenbrauen hoch. »Bist du das nicht gewohnt? Dauern die Winter in Norwegen nicht viel länger?«

Mari schüttelte den Kopf. »Nicht in unserer Gegend. Es fällt zwar auch viel Schnee, und es kann sehr kalt werden. Aber der Golfstrom vor der Westküste sorgt dafür, dass es im März anfängt zu tauen.«

Gustchen lächelte Mari zu. »Die Störche bringen den Frühling. Dauert also nicht mehr lang«, sagte sie tröstend.

»Was heißt nicht mehr lang?«, fragte Mari und zuckte zusammen. Ein heftiger Schmerz durchfuhr sie.

»Was ist?«, fragte Gustchen und sah Mari erschrocken an.

»Ich glaube, es geht bald los«, presste Mari hervor, stemmte eine Hand in ihren Rücken und legte die andere auf ihren gewölbten Bauch.

»Bist du sicher?«

Mari nickte. Die unregelmäßigen Senkwehen, die in den letzten Tagen immer wieder aufgetreten waren, hatten sich ganz anders angefühlt und waren bei Weitem nicht so schmerzhaft gewesen. »Hilf mir ins Haus«, bat sie und legte einen Arm um Gustchens Schultern. Nicht, weil sie eine Stütze gebraucht hätte, sondern weil sie fürchtete, auszurutschen und hinzufallen.

Edith, die sie durch das Fenster hatte kommen sehen, empfing sie im Flur und half Mari die Treppe hinauf in ihr Zimmer. Gleichzeitig bat sie Gustchen, ihre Mutter zu holen.

»Jetzt hast du's bald geschafft«, sagte Edith wenige Stunden später und kühlte Mari mit einem feuchten Waschlappen das erhitzte Gesicht.

Irmgard Rogalski, die ihrer Freundin bei der Geburt ihres ersten Enkelkindes zur Hand ging, hatte gerade verkündet, dass der Muttermund nun vollständig geöffnet war.

Mari konnte nicht antworten, eine starke Presswehe verschlug ihr den Atem. »Ich kann nicht mehr. Ich will nicht mehr«, stieß sie hervor, als die Wehe nachließ, und klammerte sich an Ediths Arm. Noch nie hatte sie solche Schmerzen gehabt. Sie fühlte sich ausgelaugt und kraftlos.

»Ich weiß«, sagte Edith und streichelte ihr über die Wange.

»Forbannet!«, fluchte Mari laut und krümmte sich unter der nächsten Wehe.

»Ich kann das Köpfchen fühlen«, sagte Irmgard und forderte Mari zum Pressen auf.

Mari holte tief Luft. Das Kind drängte nach draußen. Sie durfte es jetzt nicht im Stich lassen.

Eine halbe Stunde später hörte Mari den ersten Schrei des Neugeborenen. Irmgard Rogalski, die schon viele Kinder auf dem Lindenhof und in der Umgebung auf die Welt gebracht hatte, durchtrennte die Nabelschnur und befreite das Gesicht des Neugeborenen vom Schleim, damit es richtig durchatmen und die Augen öffnen konnte. Sie wickelte es in ein Tuch und legte es auf Maris Bauch.

»Es ist ein Marjellchen«, verkündete sie.

»Gott sei Dank!«, ließ sich Großvater Gustavs Stimme vernehmen. Er hatte vor der Tür gewartet und steckte nun – angelockt von dem Schrei – seinen Kopf in Maris Zimmer. Mari lächelte ihm schwach zu. Vorsichtig beugte er sich über sie und ihr Kind. »Ich bin wirklich froh, dass es ein Mädchen ist«, sagte er. »So wird es wenigstens nie als Kanonenfutter enden.«

Russland, den 22. April 1942

Meine geliebte Mari,

Du kannst Dir nicht vorstellen, wie unendlich glücklich mich die Nachricht von der Geburt unserer Tochter gemacht hat. Und zugleich traurig, denn ich konnte nicht bei Dir sein. Leider weiß ich immer noch nicht, wann ich endlich Urlaub bekommen werde.

Der Name Sunniva gefällt mir sehr gut. Du hast mir ja viel von dieser tapferen Heiligen erzählt. Unsere kleine Sunniva steht also unter einem besonderen Schutz. Wenn wir wieder in Norwegen sind, müssen wir unbedingt einen Ausflug zu der Insel machen, auf der sie und ihre Getreuen gestorben sind. Selja heißt sie, wenn ich mich richtig erinnere? Sie ist ja gar nicht weit vom Hornelen entfernt. Wie gern denke ich an unsere schöne Wanderung zurück. Solche Erinnerungen geben mir viel Kraft.

Hier wird es nun endlich wärmer. Das Tauwetter hat allerdings zur Folge, dass wir im Matsch feststecken und die Kämpfe ins Stocken geraten. Eine willkommene Verschnaufpause, um in Ruhe Briefe zu schreiben, Sachen auszubessern, Kleider zu waschen – Du siehst, ich werde noch zur perfekten Hausfrau …

Gibt es Neuigkeiten vom Nordfjord und Deiner Familie?

Ich hoffe, Ihr seid wohlauf. Bitte grüße alle von mir.

Liebe Mari, in Gedanken bin ich bei Dir und wünsche mir nichts sehnlicher, als Dich und unsere Tochter bald in die Arme schließen zu können.

In Liebe Dein,
Joachim

Mari ließ den Brief sinken und beugte sich über die Wiege, die neben dem Schaukelstuhl stand. Die kleine Sunniva war nun fast sechs Wochen alt und machte gerade ein Schläfchen. Als hätte sie den Blick ihrer Mutter gespürt, gähnte sie herzhaft und öffnete die Augen. Sie waren nicht mehr blau, wie nach ihrer Geburt, sondern nahmen allmählich einen braunen Ton an. Auch die flaumweichen Haare waren braun. Mari kitzelte die Kleine am Kinn, was dieser ein zufriedenes Glucksen entlockte. Sie suchte die Augen von Mari und verzog den Mund zu einem breiten Lächeln. Mari stockte der Atem. Es war das erste Mal, dass Sunniva sie gezielt anlächelte. Tränen der Rührung schossen ihr in die Augen. Schnell nahm sie die Kleine aus der Wiege, drückte sie an sich und sog den süßen Duft des warmen Köpfchens tief in sich ein.

»So, und jetzt schreiben wir deinem Vater«, sagte sie nach einer Weile und setzte sich an den schmalen Tisch, den sie sich zu diesem Zweck ins Zimmer gestellt hatte.

Lindenhof, den 29. April 1942

Mein Liebster,

während ich Dir schreibe, liegt unsere Sunniva auf meinem Schoß und versucht, nach ihren Füßchen zu greifen. Das gelingt ihr noch nicht so recht, aber insgesamt werden ihre Bewegungen immer gezielter. Und stell Dir vor, sie hat mich gerade zum ersten Mal richtig angelächelt. Es war wie ein Gruß von Dir, denn sie hat Deine Augen.

Sunniva ist unser aller Sonnenschein, sogar Deinen Vater kann sie ein wenig aus seiner Trauer locken. Er hat ihr bereits eine schöne Rassel geschnitzt und lässt sich wieder häufiger bei uns blicken, um sein Enkelchen zu sehen. Ach, was gäbe ich drum, wenn Du sie bald kennenlernen könntest.

Ich bin froh, dass der Winter nun auch bei Euch endlich vorbei ist. Hier kam der Frühling – wie Gustchen es vorhergesagt hat – mit den Störchen, die Anfang des Monats an Ostern zu ihren Nestern zurückkehrten. Mittlerweile haben auch hier auf dem Hof beide Paare Eier gelegt und brüten fleißig.

Du fragst nach Neuigkeiten aus Norwegen ... Meine Hoffnung, dass Vater und Finn mit der Zeit versöhnlicher werden, ist leider vergeblich – was meiner Mutter Kummer bereitet und sie sehr bedrückt. Da ist es mir ein großer Trost, dass Nilla sie oft besucht und nach ihr sieht.

Mari hielt inne und kaute nachdenklich auf dem Ende des Füllers herum. Nein, es war zu riskant, Ole und das Schicksal seines Freundes Ingolf zu erwähnen. Nicht auszudenken, welche Folgen es für sie alle haben könnte, wenn der Brief von der Zensur geöffnet und gelesen würde!

Nach einer ungewöhnlich langen Schreibpause hatte Nilla ihr zur Geburt ihrer Tochter gratuliert. In einem der selbst gestrickten winzigen Fäustlinge, die dem Brief beigefügt waren, hatte Mari ein mehrfach zusammengefaltetes Papier gefunden, auf dem ihr Nilla in knappen Worten vom Tod ihres Cousins Ingolf berichtete. Ende Dezember 1941 hatte er unter dem Kommando von Kapitän Linge den Überfall britischer Luft- und Seestreitkräfte auf die in Måløy stationierten deutschen Einheiten vorbereitet und unterstützt. Eine erfolgreiche Operation, die Ingolf und Linge allerdings mit ihrem Leben bezahlt hatten. Der Tod seines Freundes hatte Ole angespornt, sich noch mehr im Widerstand zu engagieren und gefährdeten Personen die Flucht auf die Shetland-Inseln zu ermöglichen. Eine unter Höchststrafe stehende Tätigkeit, die Nilla viele schlaflose Nächte bereitete. Mari verstand das nur zu gut. Ihr selbst erging es ja nicht anders. Sie atmete tief durch. Sie wollte jetzt nicht daran denken. Sie beugte sich wieder über den Tisch und beendete den Brief an Joachim.

Morgen kann ich mit Hugo nach Nikolaiken fahren. Dann lasse ich Sunniva fotografieren, damit Du endlich ein Bild von ihr bekommst.

Pass auf Dich auf. Ich vermisse Dich so sehr. Tusen kyss, *Deine Mari*

Die kleine Sunniva wurde unruhig, machte schmatzende Geräusche und verzog das Gesicht.

»Nicht weinen«, sagte Mari und nahm sie auf den Arm. »Gleich bekommst du deine Milch, mein *veslepus*.«

Die Kleine patschte mit einer Hand auf Maris Wange. Mari griff nach dem Händchen, rieb es mit etwas Tinte aus ihrem Füllfederhalter ein und drückte es unten auf den Brief an Joachim. »Siehst du, jetzt bekommt dein *Pappa* auch einen Gruß von dir.«

32

Nordfjord, Sommer 2010

»Komm mit«, sagte Lisa knapp und verließ die Wohnstube. Sie beeilte sich, aus dem Haus zu kommen und zu den Wiesen hinter dem Hof zu gelangen.

»Cara, warte«, rief Marco hinter ihr. »Können wir nicht in aller Ruhe drinnen ...«

Ohne anzuhalten, antwortete Lisa: »Nein, können wir nicht«, und lief weiter. An einer von Büschen geschützten Stelle blieb sie stehen. Der Hang hatte hier einen Absatz, auf dem mehrere Felsbrocken einst bei ihrem Sturz von den Gipfeln liegen geblieben waren und im Lauf der Jahrzehnte Moos angesetzt hatten. Sie bildeten eine Art natürliche Sitzgruppe. Lisa hatte sie bei einem ihrer Fotostreifzüge entdeckt.

Sie drehte sich zu Marco um, der etwas außer Atem kurz nach ihr das Plätzchen betrat.

»Hier sind wir ungestört«, sagte sie und deutete auf einen Felsbrocken.

Marco ließ sich vorsichtig darauf nieder. Er sah aus, als fühle er sich unbehaglich. Keine Spur mehr von der selbstbewussten Miene, mit der er sie vor ein paar Minuten so besitzergreifend in die Arme geschlossen hatte. Trotz ihrer Wut musste Lisa ein belustigtes Schmunzeln unterdrücken. In seinem tadellos sitzenden italienischen Anzug und den handgenähten Schuhen wirkte Marco in dieser urwüchsigen, rauen Landschaft wie ein Alien. Kein Wunder, dass er lieber im Inneren eines Hauses – und sei es noch so schlicht – mit ihr gesprochen hätte.

Lisa wurde bewusst, dass sie mit Marco so gut wie nie in der Natur unterwegs gewesen war. In Hamburg reichte ihm ein

Spaziergang in »Planten un Blomen« oder auf dem Alsteruferweg vollkommen, um sich an der frischen Luft die Beine zu vertreten und ein wenig ins Grüne zu kommen. Ihr selbst war es ja auch nicht viel anders gegangen. Erst hier in Norwegen hatte sie erkannt, was das Eintauchen in eine weitgehend unberührte Natur für sie bedeutete, erst hier war eine bislang schweigende Saite in ihr angeschlagen und zum Klingen gebracht worden.

Das zügige Gehen hatte Lisas Ärger über Marcos überfallartiges Auftauchen etwas abgemildert. Sie stellte sich vor ihn. »Was ist in dich gefahren? Warum tust du so, als hätte es unser letztes Gespräch in Hamburg nicht gegeben? Wie kommst du dazu, mich auf der Homepage deiner Agentur als Partnerin zu führen? Warum beantwortest du keine Mails und gehst nicht ans Telefon? Und wieso zum Teufel tauchst du plötzlich hier auf und gibst dich als mein Verlobter aus?« Lisas Empörung flammte wieder auf.

Marco hob beide Hände. »Du hast ja recht, Cara, ich hätte mich anmelden sollen«, begann er mit einem zerknirschten Lächeln. »Ich wollte halt keine Abfuhr riskieren. Du hättest nicht gewollt, dass ich komme.«

Lisa nickte. »Sehr richtig. Warum auch? Schon vergessen? Ich habe Schluss gemacht.«

Marco ließ die Schultern sinken. »Ich hatte gehofft, dass du es dir noch mal überlegst. Außerdem ist mir klar geworden, dass ich dich viel zu lange allein mit dem hier gelassen habe«, sagte er mit einer vagen Handbewegung Richtung Hof.

Lisa setzte sich auf einen der Felsblöcke und kniff leicht die Augen zusammen. »Das ist dir reichlich spät eingefallen.«

Marco nickte. »Ich weiß. Trotzdem habe ich gehofft, dass es noch nicht zu spät ist, um dir zu zeigen, dass ich deine Bedürfnisse ernst nehme. Deshalb bin ich hergekommen.«

»Geht es nicht vielmehr darum, dass ich deine Pläne durchkreuzt habe? Dass ich einfach aus der Rolle tanze und nicht in die Agentur einsteige?«, fragte Lisa kühl.

Marcos Lächeln verschwand. Er verzog ärgerlich das Gesicht. »Warum unterstellst du mir immer eigennützige Motive? Warum glaubst du nicht an meine Liebe?«

Lisa sah ihm in die Augen. »Das tue ich durchaus. Mir ist nur klar geworden, dass wir wohl etwas ganz anderes darunter verstehen.«

Marco wandte den Blick ab. Nach einer Weile sagte er leise: »Ich nehme an, du hast das herausgefunden, weil du eine Vergleichsmöglichkeit hast? Einen Mann, dem du ohne Vorbehalte dein Herz schenkst?«

Lisa schluckte. Marco überraschte sie wieder einmal mit einer dieser einfühlsamen Anwandlungen, die sie ihm im Grunde nicht zutraute. Sie passten nicht zu seinem – von ihm selbst sorgsam gepflegten – Image des toughen Machers.

Marco sah sie an und lächelte leicht. »Ich mag ja ein wenig oberflächlich sein. Aber dumm bin ich nicht.«

Lisa schüttelte heftig den Kopf. »Das habe ich nie …«, begann sie.

Marco berührte sie leicht am Knie. »Schon gut. Ich weiß, wann ich verloren habe. Der Blick, mit dem mich dieser gut aussehende Wikinger vorhin gegrillt hat, war eindeutig. Und dass du schon länger mit deinen Gefühlen für mich im Unreinen bist, ist ja nun auch kein Geheimnis. Ich wollte es einfach lange nicht wahrhaben. Du hast schon recht, es passte nicht in meine Pläne. Deshalb wollte ich dich in Hamburg auch daran hindern, mit mir Schluss zu machen. Und danach hab ich mir eingeredet, dass du es nicht so endgültig gemeint hast.« Marco grinste schief und hielt Lisa die Hand hin. »Frieden?«

Lisa nahm seine Hand und drückte sie fest. »Frieden.«

Marco stand auf. »Zeigst du mir noch kurz dein neues Zuhause, bevor ich wieder fahre?«

Lisa erhob sich ebenfalls. »Du willst heute noch zurück?«

Marco nickte. »Klar, was soll ich noch hier?«

»Aber …« Lisa wollte etwas einwenden, doch Marco unterbrach sie: »Ist schon in Ordnung. Ich habe im Grunde damit gerechnet. Sonst hätte ich mir kaum die Abflugzeiten von Sandane nach Oslo notiert«, fügte er mit einem Grinsen hinzu. »Und die Vorstellung, heute Abend in einem schicken Lokal in Oslo zu sitzen, ist für mich eindeutig verlockender, als in diesem Nest hier abzuhängen.«

Erleichtert erwiderte Lisa sein Lächeln. »Du solltest dir auf jeden Fall noch ein, zwei Tage Zeit für Oslo nehmen. Nora hat da sicher jede Menge Tipps. Die Stadt ist quirliger, als es vielleicht auf den ersten Blick aussieht.«

Eine Stunde später fuhr Lisa Marco nach Sandane zum Flughafen. Nora begleitete sie ein Stück und ließ sich ein paar Kilometer hinter Nordfjordeid absetzen, wo sie eine alte Freundin besuchen wollte.

»Ich bin froh, dass ich hergekommen bin«, sagte Marco, nachdem Nora ausgestiegen war. »Auch wenn ich mir natürlich gewünscht hätte, dass wir gemeinsam nach Hamburg zurückkehren.«

Lisa warf ihm einen kurzen Blick zu und konzentrierte sich wieder auf die kurvenreiche, schmale Straße.

»Ich kann deine Begeisterung für dieses Fleckchen Erde zwar nicht nachvollziehen, aber man merkt, dass du hierhergehörst. Ich kann das schwer erklären. Du strahlst es einfach aus«, erklärte Marco.

Erstaunt stellte Lisa fest, dass sie von seinen Worten tief berührt war. Vermutlich, weil sie sie nicht erwartet hatte. Nicht von ihm.

»Danke«, sagte sie leise. »Es ist mir viel wert, dass du das sagst.«

»Na ja, es ist trotzdem ein Jammer, dass du deine Karriere

aufgibst. Man wird dich und deine Bilder vermissen«, sagte Marco und zuckte die Schultern.

Lisa schüttelte den Kopf und schlug spielerisch nach ihm. »Du kannst es einfach nicht lassen!«

Marco grinste. »Versuchen wird man es ja noch dürfen. Schließlich muss ich jetzt sehen, wie ich an einen Ersatz für dich komme, der dir das Wasser reichen kann. Wir bleiben in Kontakt?«

»Auf jeden Fall«, antwortete Lisa und wusste, dass sie das ehrlich meinte. Es interessierte sie wirklich, wie es mit Marco weiterging. Und sie konnte sich gut vorstellen, locker mit ihm befreundet zu sein. Vielleicht gehörten sie zu den raren Expaaren, bei denen der abgedroschene Spruch »Wir können doch Freunde bleiben« tatsächlich funktionierte.

»Ich wünsche dir alles Gute, Lisa«, sagte Marco und nahm sie herzlich in den Arm. »Werde glücklich mit deinem Naturburschen.«

Lisa erwiderte seine Umarmung und sah ihm nach, als er die Sicherheitsschleuse passierte. Ein kurzer Anflug von Wehmut wich rasch einer tiefen Zufriedenheit. Sie fühlte sich vollkommen mit sich im Reinen. Es war wirklich höchste Zeit gewesen, Klarschiff zu machen.

Es war schon spät, als Lisa wieder auf dem Karlssenhof eintraf. Unschlüssig sah sie zu Amunds Fenstern über dem alten Stall hoch. Alles dunkel. Die Fensterläden waren nicht geschlossen, also war er wohl nicht zu Hause. Vielleicht war er im Pub, oder er machte noch einen Ausritt. Erleichtert, dass sie sich heute nicht mehr mit ihm aussprechen musste, stieg sie zu ihrer Dachkammer hoch. Auch im Haus war es ganz still, vermutlich schliefen schon alle. Kein Wunder, es war nach elf, und der Tag begann früh. Lisa merkte, wie erschöpft sie war. Sie zog die Fensterläden zu, um die immer noch herrschende Helligkeit auszuschließen, und schlief sofort ein, sobald sie sich hingelegt hatte.

Am nächsten Morgen lief Lisa zu den Koppeln, um die Pferde zu holen, die heute für die Ausritte vorgesehen waren. Vor der Weide, auf der einige Stuten mit ihren Fohlen grasten, machte sie Halt. Sie brauchte nicht lange zu warten, bis Erle, gefolgt von ihren Fohlen, an den Zaun kam und sie mit einem Schnauben begrüßte.

Seit Lisa das geschnitzte Porträt von Erles Urahn Virvelvind auf dem alten Bänkchen gesehen hatte, fühlte sie sich der Stute noch tiefer verbunden. Sie zog eine Karotte aus der Tasche und gab sie Erle. Zufrieden kaute das Pferd den Leckerbissen, während Lisa seinen Stirnwirbel kraulte. Wie so oft schweiften ihre Gedanken zu ihrer Großmutter Mari. Wie lange würde deren Sohn wohl noch unerreichbar in der Arktis bleiben? Sicher noch eine ganze Weile. Laut seiner Tromsøer Fakultät sollte seine Expedition ja erst im Spätsommer enden. Bis dahin würde sich Lisa also noch gedulden müssen, bis sie erfuhr, ob und wenn ja, wo Mari lebte.

Nachdem sie die Pferde gestriegelt und mit einer Extraportion Kraftfutter versorgt hatte, machte sie sich auf den Weg zum Wohnhaus, um zu frühstücken. Zwei Stimmen, die aus dem alten Stall drangen, ließen sie innehalten. Offensichtlich unterhielt sich Amund mit dem alten Finn. Über sie. Lisa hatte eindeutig ihren Namen gehört. Vorsichtig näherte sie sich der offenstehenden Tür. Als sie ins Innere spähte, erkannte sie im Halbdunkel die beiden Männer.

»Ich kann es nicht fassen, dass ich mich so in ihr getäuscht habe! Dass sie mir ihre Verliebtheit nur vorgegaukelt hat, um mich für ihre Zwecke einzuspannen. Und dann einfach abhaut.« Amund klang weniger empört als vielmehr tieftraurig.

»Ich kann es mir auch nicht erklären«, sagte Finn. »Noch vor ein paar Tagen hätte ich gesagt, dass Lisa nach ihrer Großmutter kommt. Die war egoistisch und rücksichtslos. Hat sich einfach davongemacht mit diesem Deutschen.«

»Schon mal darüber nachgedacht, dass Mari vielleicht keine andere Wahl hatte?«, fragte Lisa und trat in den Stall. Sie hatte keine Lust mehr, Finns vage Andeutungen über Maris Verfehlungen kommentarlos hinzunehmen. Es war an der Zeit, ihn endlich zu zwingen, über damals zu sprechen.

Amund und Finn fuhren erschrocken zusammen und starrten sie sprachlos an.

Amund fing sich als Erster wieder. »Was tust du denn hier?«, fragte er.

Lisa zog eine Augenbraue nach oben. »Na, arbeiten. Und wohnen, schon vergessen?«

»Aber du bist doch mit deinem Verlobten weggefahren. Ich hab selber gesehen, wie Nora euch zum Flughafen …«

Lisa schüttelte den Kopf. »Hast du nicht. Du hast vielleicht gesehen, dass wir drei mit dem Auto weggefahren sind. Alles andere hat sich da drin«, sie deutete auf seinen Kopf, »abgespielt.«

»Und jetzt zu dir und Mari«, fuhr Lisa an Finn gewandt fort. »Ich will endlich wissen, warum du sie so sehr hasst. Und warum hier jede Spur von ihr ausgelöscht ist«, sagte sie und stellte sich dem alten Mann in den Weg, der den Stall verlassen wollte.

Amund berührte ihn leicht am Arm. »Sie hat recht. Es ist Zeit zu reden. Man weiß nie, wie lange man noch die Gelegenheit dazu hat.«

Finn schüttelte Amunds Hand ab. »Wann ich in die Kiste steige, meinst du«, knurrte er. »Brauchst mich nicht mit Samthandschuhen anfassen. Weiß selber, dass meine Tage gezählt sind.« Er schaute zu Boden. In seinem Gesicht arbeitete es. Lisa hielt unwillkürlich die Luft an.

Zu ihrer Überraschung huschte nach einer Weile ein winziges Lächeln über Finns runzliges Gesicht. Er sah ihr in die Augen. »Du gefällst mir. Lässt dich nicht unterkriegen.« Er nickte und fügte leise hinzu: »So war sie auch.«

Lisa und Amund wechselten einen Blick.

»Erzählst du mir, was passiert ist?«, fragte Lisa.

Finn nickte. »Aber nicht jetzt. Heute Abend. Jetzt lasse ich euch allein, ihr habt sicher einiges zu bereden«, antwortete er und lächelte wieder sein winziges Lächeln.

Lisa nickte und gab ihm den Weg frei. Auf seinen Stock gestützt stapfte Finn davon.

Lisa sah ihm kurz nach, bevor sie sich zu Amund umdrehte. »Das träume ich nicht, oder?«, fragte sie. »Er hat tatsächlich vor, endlich mit mir zu reden. Ich kann's kaum glauben.«

Amund sah sie an. »Wir machen es dir nicht gerade leicht.«

Lisa erwiderte seinen Blick und zuckte die Schultern. »Na ja, für dich muss das Auftauchen von Marco ja schon mehr als befremdlich gewesen sein. Ich würde mir für die Zukunft allerdings wünschen, dass du mit mir sprichst, anstatt dich zu verkriechen und in wilden Phantasien zu ergehen.«

Amund schluckte. »Es gibt also eine Zukunft für uns?«, fragte er stockend.

Lisa lächelte. »Du weißt doch, dass ich mich nicht so schnell abwimmeln lasse.«

Ein Strahlen breitete sich auf Amunds Gesicht aus. Er trat einen Schritt auf Lisa zu und zog sie in seine Arme.

Nach dem Abendessen stieg Lisa mit Nora die Treppe hinauf und klopfte an die Tür von Finns Zimmer.

»Herein«, sagte eine heisere Stimme.

Lisa nickte Nora zu, die ebenso aufgeregt war wie sie selbst. Sie öffnete die Tür und stutzte. Es kam ihr vor, als würde sie eine andere Welt betreten, die sie im Karlssenhof nie erwartet hätte. Alle Wände waren bis unter die Decke mit lückenlos gefüllten Bücherregalen zugestellt. Den Boden bedeckten ordentlich aufgeschichtete Bücherstapel, zwischen denen schmale Pfade zum

Bett, einer Kleidertruhe, einem Stehpult und einem schlichten Holzstuhl mit Armlehne freigelassen waren. Auf diesem saß Finn und sah seinen Besucherinnen entgegen.

»Ich hab Nora mitgebracht«, sagte Lisa. »Schließlich ist Mari auch ihre Großmutter.«

Finn nickte und machte eine einladende Geste zum Bett hin. Vorsichtig gingen Lisa und Nora zwischen den Bücherstapeln hindurch und setzten sich. Dabei überflog Lisa ein paar Buchtitel im Regal hinter dem Bett und stellte fest, dass viele deutsche darunter waren – Klassiker des achtzehnten und neunzehnten Jahrhunderts, vor allem aber Schriftsteller des frühen zwanzigsten. Lisas Blick erhaschte einige Titel von Thomas Mann, Berthold Brecht, Georg Trakl und Gottfried Benn, bevor sie sich zu Finn wandte.

Es fiel dem alten Mann sichtlich schwer, einen Anfang zu finden. Er räusperte sich mehrmals, öffnete den Mund, schloss ihn wieder, schaute zu Boden, atmete tief ein und sagte schließlich: »Bis zu dem Tag, an dem mein Vater beerdigt wurde, habe ich nichts von Mari gehört. Sie galt als tot.« Er verstummte.

Lisa beugte sich vor. »Damals kam Maris beste Freundin Nilla auf den Friedhof, nicht wahr? Tekla hat es uns erzählt«, erklärte sie. Finn nickte. Lisa biss sich von innen in die Unterlippe und beschloss, den Stier bei den Hörnern zu packen. »Warum hasst du sie so sehr?«, fragte sie. Sie hörte, wie Nora neben ihr scharf die Luft einsog.

Finn zog die Augenbrauen zusammen. »Sie hat mein Leben zerstört«, antwortete er. »Und nicht nur meines«, fügte er hinzu. »Ihretwegen musste ich mein Studium abbrechen, und nach Oles Tod war klar, dass ich es auch nie mehr fortsetzen würde. Ich war dazu verdammt, den Hof zu übernehmen und meinen Traum von einer wissenschaftlichen Laufbahn zu begraben.«

Lisa und Nora wechselten einen Blick.

»Aber warum ist Mari daran schuld?«, fragte Nora.

»Wenn sie sich nicht mit diesem Deutschen eingelassen hätte und hiergeblieben wäre, hätte unser Vater sie als Erbin eingesetzt. Sie war die geborene Pferdezüchterin«, antwortete Finn.

»War? Lebt sie denn nicht mehr?«, hakte Lisa nach.

Finn zuckte die Schultern. »Weiß ich nicht, will ich auch gar nicht wissen.« Er schaute die beiden jungen Frauen finster an.

»Was hast du damit gemeint, dass sie nicht nur dein Leben zerstört hat?«, fragte Nora.

»Mein Vater hat ihren Verrat nie verwunden. Und meine Mutter hat er in ihr frühes Grab gebracht«, stieß Finn hervor und sank in sich zusammen.

Lisa wollte nachhaken, doch der alte Mann sah so erschöpft aus, dass sie darauf verzichtete. Sie berührte Nora am Arm und sagte leise: »Ich glaub, es ist genug für heute.«

Nora nickte. Die beiden standen auf und verließen das Zimmer. Finn schien sie gar nicht zu bemerken. Er wirkte abwesend und tief in Gedanken.

»Tja, sehr viel mehr wissen wir nun eigentlich nicht«, stellte Nora fest, als sie die Treppe ins Erdgeschoss hinuntergingen.

»Stimmt«, sagte Lisa, »aber dafür, dass er jahrelang geschwiegen hat, war's kein schlechter Anfang. Ich bin mir sicher, dass er uns mit der Zeit mehr erzählen wird.«

Nora verzog unwillig das Gesicht. »Das kann dauern. Willst du nicht auch endlich die ganze Wahrheit wissen?«

Lisa rieb sich die Augen. »Du hast recht. Weißt du was, lass uns herausfinden, ob diese Nilla noch lebt«, schlug sie vor.

»Gute Idee«, antwortete Nora. »Aber wo sollen wir ansetzen?«

»Da kann ich euch vielleicht weiterhelfen.«

Lisa drehte sich um und sah Amund, der mit einem belegten Brot in der Tür zur Küche stand.

»Auch Hunger?«, fragte er.

Lisa und Nora schüttelten den Kopf.

»Wieso glaubst du, dass du uns helfen kannst?«, fragte Lisa.

»Weil Nilla eine Cousine meines Vaters ist«, antwortete Amund und genoss sichtlich die Überraschung auf ihren Gesichtern. »Kommt mit rüber zu mir, dann erzähle ich euch, was ich weiß.«

»Dass sie die beste Freundin eurer Großmutter war, habe ich erst vor Kurzem herausgefunden. Ehrlich gesagt, hatte ich auch keine Ahnung, dass es diese Nilla überhaupt gibt«, sagte er, als er kurz darauf mit Lisa und Nora im Wohnzimmer seiner Wohnung saß.

Das schöne Wetter der letzten Tage legte heute eine Pause ein. Dunkle Wolken hingen tief über dem Fjord, und es regnete stark. Amund beugte sich zu dem Tisch, der vor dem Sofa stand, und zündete eine Kerze an. Ihr Schein tauchte den Raum in ein warmes Licht.

»Jetzt erzähl schon«, drängte Nora und rutschte auf ihrem Sessel nach vorn.

Amund lehnte sich zurück und legte einen Arm um Lisa, die neben ihm saß.

»Neulich auf der Hengstkörung habe ich zufällig Lene getroffen, eine meiner zahlreichen Cousinen-ich-weiß-nicht-welchen-Grades«, begann er und grinste schief. »Manchmal hab ich das Gefühl, mit halb Vågsøy verwandt zu sein.«

Lisa und Nora schauten sich kurz an. Das war also die geheimnisvolle Frau gewesen, mit der sich Amund damals so angeregt unterhalten hatte.

»Wir hatten uns ewig nicht gesehen. Lene fand es lustig, dass ich ausgerechnet in Nordfjordeid lebe, wo die Cousine meines Vaters aufgewachsen ist. Sie war ziemlich erstaunt, dass ich das nicht wusste«, berichtete Amund weiter.

»Dein Vater hat sie also nie erwähnt?«, fragte Lisa.

Amund schüttelte den Kopf. »Als ich mitbekam, dass Nilla

für eure Suche nach Mari wichtig sein könnte, war meine Neugier geweckt«, sagte er. »Meinen Vater konnte ich nicht mehr fragen, er ist schon vor zehn Jahren gestorben. Und meine Mutter war genauso überrascht wie ich, als sie von Nillas Existenz hörte. Also hab ich die Tage auf Vågsøy genutzt, um auf Spurensuche zu gehen.«

»Und, was hast du herausgefunden?«, fragte Nora gespannt.

Amund zuckte leicht die Schultern. »Leider nicht sehr viel.« Lisa und Nora schauten sich enttäuscht an. Amund lächelte verschmitzt und fügte nach einer kleinen Pause hinzu: »Immerhin weiß ich, dass sie lebt. Und auch wo.«

Lisa schlug ihn auf den Oberschenkel. »Du bist echt unmöglich! Uns so auf die Folter zu spannen.«

Amunds Grübchen erschien, als er seinen letzten Trumpf ausspielte. »Wenn ihr wollt, können wir morgen hinfahren.«

»Sie wohnt in der Nähe?«, rief Nora und ließ sich in ihren Sessel zurückfallen. »Ich fasse es nicht!« Sie stand auf. »Seid mir nicht böse, aber ich bin hundemüde. Ich wünsche euch noch einen schönen Abend. Bis morgen!«, sagte sie und blinzelte Lisa kaum merklich zu, als sie den Raum verließ.

Den ganzen Tag hatte Lisa auf den Moment gewartet, an dem sie endlich mit Amund allein sein würde. Seit er sie nach ihrer Versöhnung in die Arme geschlossen hatte, war ihre Vorfreude ständig gewachsen. Allein der Gedanke daran hatte ihr immer wieder erregende Schauer durch den Unterleib gejagt.

Lisa fühlte sich von einem Augenblick auf den anderen unsicher und befangen. Wie bei ihrem ersten Mal als Teenager. Nein, anders. Es ging viel tiefer. Damals hatte sie sich gesorgt, ihr Freund könnte enttäuscht über ihre Unerfahrenheit sein. Oder ihre eigenen Erwartungen nicht erfüllen. Jetzt war es ihr, als sei sie in höchster Gefahr, als stünde sie auf einer steilen Klippe, unter der sich ein Abgrund auftat, dessen Ausmaße sie nicht erahnen konnte.

»Vielleicht sollte ich auch besser gehen«, stotterte sie und erhob sich halb.

Amund legte seine Hand auf ihren Arm und zog sie sanft zurück.

»Bleib«, sagte er leise.

Lisa spürte ihren Herzschlag im Hals. Sie drehte sich zu Amund und schaute in seine Augen. Sein Blick drang tief in sie ein. Zugleich öffnete er ihr einen Zugang zu seinem Inneren. Sie sah ihn. Und wusste, dass er sie sah. Sie erkannte. So, wie noch kein Mann sie gesehen hatte. So, wie sie sich von keinem Mann vorher hatte erkennen lassen wollen. Lisa schloss die Augen und ließ sich fallen.

Etwas Feuchtes wurde an Lisas Wange gedrückt. Verschlafen öffnete sie ein Auge und schaute in ein bernsteinfarbenes Hundeauge. Torolf stupste sie erneut mit der Schnauze. Lisa streckte eine Hand aus und kraulte ihn am Hals. Sie lag in Amunds kleinem Schlafzimmer auf seinem breiten Futonbett.

»Falsche Seite«, kam es von hinten.

Amunds warmer Körper rückte näher. Er legte einen Arm um sie und drehte sie zu sich um. Torolf wuffte kurz und legte seinen Kopf auf Lisas Schulter.

»Geh weg«, brummte Amund. »Such dir eine eigene Freundin.«

Torolfs Kopf verschwand.

Lisa kicherte. »Das kann ja heiter werden. Wenn du schon auf deinen Hund eifersüchtig bist. Dabei hat Torolf mich viel früher gemocht als du.«

Amund richtete sich etwas auf und stützte seinen Kopf in eine Hand. Mit der anderen strich er eine Locke aus Lisas Gesicht. »Stimmt gar nicht. Er hat nur sofort gespürt, was ich für dich empfinde. Deshalb hat er dich so schnell akzeptiert.«

Lisa kuschelte sich an Amund und schloss die Augen. Sie konnte sich nicht erinnern, jemals nach einer ersten Nacht mit einem Mann so entspannt gewesen zu sein. Es fühlte sich so selbstverständlich an, mit Amund in einem Bett zu liegen.

Am Nachmittag brachen Amund, Lisa und Nora nach getaner Arbeit auf. Lisa hatte in der Nacht kaum geschlafen. Vor Aufregung über die bevorstehende Begegnung mit Nilla Kjøpmann, die ihr endlich Gewissheit über das Schicksal ihrer Großmutter bringen würde. Und weil sie und Amund bis in die frühen Morgenstunden die Hände kaum voneinander hatten lassen können. Es war wie eine Forschungsreise in ein fremdes und doch vertrautes Land gewesen. Lisa hatte geglaubt, dass sie in Liebesdingen umfassende Erfahrungen gesammelt hatte – schließlich waren da einige Männer gewesen, mit denen sie leidenschaftliche und sehr beglückende Stunden genossen hatte. Aber in der Nacht mit Amund hatte sie die Redewendung »jemanden mit Leib und Seele lieben« begriffen und erfahren. Sie hatte auf einer ihr bis dahin unbekannten Ebene so etwas wie ein weiteres »erstes Mal« erlebt.

»Verrätst du uns jetzt endlich, wohin wir fahren?«, fragte Nora, die auf dem Rücksitz saß.

Nachdem sie Nordfjordeid auf der E39 Richtung Norden verlassen hatten, ging es hinauf in die Berge. Die Straße führte bald durch dichten Wald. Ab und zu kamen sie an kleinen Seen vorbei, immer seltener an menschlichen Behausungen.

»Im Grunde einfach einen Fjord weiter«, antwortete Amund. »Zum Voldafjord.«

Lisa drehte sich zu Nora um. »Kennst du die Gegend?«

Nora schüttelte den Kopf.

»Ich auch nicht«, sagte Amund. »Ich weiß nur, dass es ein beliebtes Wandergebiet ist.«

Lisa rollte mit den Augen. »Nicht sehr aufschlussreich. Ich hab langsam das Gefühl, dass ganz Norwegen ein beliebtes Wandergebiet ist. Wenn ich den Beschreibungen in meinem Reiseführer glauben darf.«

Nora kicherte. »Du hast schon recht. Wandern ist für viele Norweger fast so etwas wie eine Volksreligion.«

Lisa schaute aus dem Fenster. Der Himmel war nach wie vor wolkenverhangen. Ab und zu gingen Schauer nieder. Neben der Straße erstreckte sich jetzt ein größerer See, an dessen Ende ein hohes Gebirgsmassiv aufragte. Amund zeigte auf ein paar Häuser am anderen Ufer.

»Da kommen übrigens die Bootsbauer her, die du beim Wikingerfestival gesehen hast«, sagte er zu Lisa. »In Bjørkedal werden schon seit Generationen traditionelle Schiffstypen gebaut.«

Das Gespräch verebbte wieder. Lisa versank in eine unwirkliche Stimmung, schläfrig und zugleich aufgedreht, alle Sinne geschärft. Eingehüllt in Amunds Duft und die Gelassenheit, die er ausstrahlte, fühlte sie sich wie in einem Kokon, in den jedoch die unruhigen Schwingungen drangen, die von Nora in ihrem Rücken ausgingen.

»Dauert's noch lang?«, fragte Nora nach einer Weile. »Ich komme bald um vor Aufregung«, fügte sie entschuldigend hinzu.

Amund schüttelte den Kopf. »Nein, eigentlich müssten wir gleich am Voldafjord sein. Von da ist es dann nicht mehr weit.«

Ein paar Minuten später verließen sie die Schnellstraße und bogen in eine schmalere Landstraße ein, die sich am Ufer des Austefjords entlangschlängelte. Am Ende des Meeresarmes lag ihr Ziel: Fyrde, eine aus zwei Dutzend Häusern und einer alten Holzkirche bestehende Ansiedlung.

Amund fuhr langsam durch den Ort und sah sich suchend um. »Ah, das muss es sein«, sagte er und zeigte auf eines der locker verstreut liegenden Häuser, über dessen Tür ein Schild angebracht war.

»*Turgåers Café*«, las Lisa. »Wanderers Café?«

Amund nickte und parkte den Wagen am Straßenrand.

»Und hier wohnt Nilla?«, fragte Nora.

»Das weiß ich nicht. Aber ihr gehört das Café. Auch wenn sie es vermutlich nicht mehr selbst betreibt. Sie ist jedenfalls in den Gelben Seiten als Besitzerin angegeben«, antwortete Amund und öffnete seine Autotür.

»Wollen wir?«, fragte er.

Lisa und Nora tauschten einen Blick und nickten.

Sie beeilten sich, die wenigen Meter von der Straße zum Café durch den Regen hinter sich zu bringen. Ein Schild neben der Tür verwies auf einen Wirtsgarten hinter dem Haus. Amund hielt Lisa und Nora die Tür auf und folgte ihnen ins Innere. Gegenüber dem Eingang zog sich eine Theke an der Wand entlang, dahinter führte eine Tür mit Durchreichfenster in die Küche.

Der helle Gastraum, der an drei Seiten Fenster hatte, war mit einem bunt zusammengewürfelten Sammelsurium an Tischen, Stühlen, Sesseln und Sofas möbliert, die trotz ihrer unterschiedlichen Stilrichtungen gut miteinander harmonierten. An der Wand hinter dem Tresen hing neben einem hohen Gläserschrank eine Tafel, auf der die Gerichte des Tages angeboten wurden. Ein Teil der Theke war vorne verglast und mit süßem Gebäck und Kuchen bestückt.

Drei der fünf Tische waren von Gästen besetzt. Eine Familie mit zwei Kindern – unüberhörbar amerikanische Touristen –, ein Zeitung lesender älterer Mann und zwei Frauen, die sich angeregt unterhielten. Lisa, Amund und Nora gingen zur Theke, wo ein junger Mann gerade ein Tablett mit Saftgläsern belud. Er lächelte sie freundlich an.

»Entschuldige, kannst du uns sagen, wo wir Nilla Kjøpmann finden?«, fragte Amund.

Der junge Mann nickte und steckte den Kopf durch die Durchreiche. »Nilla, kannst du kurz kommen?«, rief er, wandte sich wieder um und ging mit dem Tablett zu dem Tisch mit der Familie.

Die Tür zur Küche öffnete sich, und eine alte Frau kam heraus. Sie war zierlich, hatte einen blassen Teint und hellblaue Augen hinter einer randlosen Brille. Ihr feines weißes Haar war zu einem langen Zopf geflochten, der wie eine Krone auf ihrem Kopf aufgesteckt war. Sie sieht aus wie eine alte Feenkönigin, dachte Lisa.

Als der Blick der alten Frau auf Lisa fiel, weiteten sich ihre Augen. Halt suchend griff sie nach dem Türrahmen und flüsterte: »Das ist doch nicht möglich!« Zögernd streckte sie eine Hand nach Lisa aus und rief: »Mari!«

Kein Zweifel, sie hatten Maris alte Freundin Nilla gefunden.

33

Masuren, Sommer 1943 bis Anfang 1945

Die kleine Sunniva stand auf einem Schemel neben ihrer Großmutter vor einer Arbeitsplatte in der Küche und griff mit beiden Händchen in eine Schüssel mit Kartoffelteig. Fragend sah sie zu Edith auf, die ihr freundlich zunickte.

»Und jetzt schön rollen, mein Purzelchen«, sagte sie und zeigte ihrer Enkelin, wie man einen Kloß formt. Die Kleine schaute aufmerksam zu, nickte eifrig und patschte die Hände zusammen, dass es nur so spritzte. Sie öffnete sie wieder und schaute erwartungsvoll hinein.

»Tlos?«, fragte sie und verzog verdutzt das Gesicht.

Mari, die schräg gegenüber am Herd Zwiebeln anbriet, wechselte einen belustigten Blick mit Edith.

Ein Jahr und vier Monate war Sunniva jetzt alt. Seit sie laufen konnte, kannte sie nichts Schöneres, als den Erwachsenen zu »helfen«. Am liebsten begleitete sie ihren Großvater Karl zu den Pferden in den Stall, doch auch Ediths Küche mit ihren vielen rätselhaften Geräten und blitzenden Töpfen zog sie magisch an. Sie war ein ausgeglichenes, heiteres Kind, das die Liebe, die ihm von allen Seiten entgegengebracht wurde, mit seinem freundlichen Wesen erwiderte.

Das Schellen einer Fahrradklingel ließ Sunniva, Edith und Mari aufhorchen. Mari spürte, wie sich ihr Magen zusammenzog. Das letzte Mal, als Postbote Pillokeit früher als gewöhnlich auf den Lindenhof gekommen war, hatte er Edith die Nachricht vom Tod ihres älteren Sohnes gebracht. Mari sah zu ihrer Schwiegermutter, die ebenfalls beunruhigt wirkte. Sunniva dagegen rief freudig: »Billu, Billu«, und kletterte von ihrem Schemel, um Pillokeit entgegenzulaufen. Meistens hatte der Briefträger ein Bonbon oder eine andere Leckerei für seine kleine Freundin dabei.

»Warte«, sagte Mari und griff nach einem feuchten Tuch. »Erst die Hände abwischen.«

Bereitwillig streckte Sunniva ihr die Arme entgegen und ließ sich vom klebrigen Kartoffelbrei befreien, bevor sie in den Flur hinauslief.

Eine Sekunde später war sie wieder in der Küche und versteckte sich hinter einem großen Holzkorb.

»Spielt ihr Verstecken?«, fragte Mari, schaute zur Tür und hielt den Atem an.

Nicht Pillokeit stand dort, sondern Joachim.

Edith ließ die Schöpfkelle fallen, mit der sie gerade die Klöße in einen Topf mit kochendem Wasser gab. Das Scheppern riss Mari aus ihrer Erstarrung. Mit drei Schritten war sie bei Joachim und warf sich in seine ausgebreiteten Arme.

»Komm, Sunniva, du brauchst keine Angst haben, das ist dein *Pappa*«, sagte Mari und beugte sich zu ihrer Tochter hinunter, die schüchtern hinter dem Holzkorb hervorlugte. Mit großen Augen hatte sie beobachtet, wie ihre Mutter und ihre Großmutter den fremden Mann unter Freudentränen begrüßt und immer wieder umarmt hatten. Joachim ging vor Sunniva in die Hocke, steckte eine Hand in seine Jackentasche und zog sie mit einer Katzenhandpuppe wieder hervor.

»Miau«, sagte er mit verstellter Stimme. »Ich bin die Miezi. Kannst du mir bitte helfen?« Sunniva kam einen Schritt näher. »Ich suche die kleine Sunniva«, fuhr Joachim mit der einschmeichelnden Katzenstimme fort. »Kennst du sie vielleicht?« Sunniva nickte. »Nein wirklich? So ein Glück! Kannst du mir auch sagen, wo sie ist?«, fragte Joachim.

Sunniva nickte wieder und lächelte. »Niva«, sagte sie und zeigte auf sich.

»Du bist Sunniva? Ach, ich bin ja so froh, dass ich dich endlich gefunden habe. Darf ich bei dir bleiben?«

Joachim hielt Sunniva die Handpuppe hin. Die Kleine griff danach und drückte sie an sich.

Fast zwei Jahre waren seit Joachims letztem Heimaturlaub vergangen. Seine Bemühungen um ein paar freie Tage waren immer wieder gescheitert. Seine Tochter kannte Joachim nur von den Fotos, die Mari ihm regelmäßig geschickt hatte.

»Wir haben gar nicht mir dir gerechnet«, sagte Mari.

»Ich dachte mir schon, dass ich schneller bin als der Brief, in dem ich mein Kommen ankündige«, antwortete Joachim. »Ich hatte großes Glück. Erst wurde mein Urlaubsgesuch überraschend schnell bewilligt. Und dann konnte ich die Strecke fast in einem Rutsch bis Johannisburg durchfahren, wo mir Bekannte ein Fahrrad geliehen haben.«

Edith wischte sich die Tränen aus den Augen und musterte ihren Sohn. »Ganz spillerig biste geworden«, stellte sie fest. »Wie lange bleibst du?«

»Zehn Tage«, antwortete Joachim.

Edith verzog enttäuscht das Gesicht, bevor sie energisch verkündete: »Ei nu, macht nuscht. Ich werd dir schon jeherig auffuttern.«

Mari und Joachim lächelten sich verstohlen an. Ediths Wahlspruch war: Gutes Essen hält Leib und Seele zusammen.

Was Joachims Veränderung betraf, stimmte Mari ihrer Schwiegermutter im Stillen zu: Er war abgemagert und wirkte sehr erschöpft. Doch nicht das machte ihr Sorgen. Es war ihr, als hätte sich ein Nebel über ihn gelegt, der seine Augen verschattete und die goldenen Sprengsel darin ausgelöscht hatte. So, als litte er unter einem geheimen Schmerz, der nicht seinen Körper, sondern seine Seele peinigte.

»Frag nicht«, bat Joachim und wandte den Blick ab. Sie lagen eng aneinandergekuschelt in ihrem Bett. Es war früh am Morgen. Die kleine Sunniva schlief ruhig in ihrem Gitterbettchen. Maris Wecker würde erst in einer Viertelstunde klingeln und sie in die Küche rufen. Der gequälte Unterton in seiner Stimme hielt Mari davon ab, weiter in ihn zu dringen, ihr von seinen Erlebnissen in Russland zu erzählen.

Nachdem sich Joachim in dieser ersten Nacht zu Hause unruhig neben Mari hin und her gewälzt und sich im Halbschlaf wie ein Ertrinkender an sie geklammert hatte, wusste Mari, dass er in den letzten Monaten grauenvolle Dinge gesehen und durchgemacht haben musste. Sie hätte ihm so gern geholfen! Doch noch war er nicht so weit, sich die schlimmen Erlebnisse von der Seele zu reden. Der Gedanke, dass er bald wieder in diesen furchtbaren Krieg zurückmusste, war unerträglich.

Das Auftauchen von Sunnivas braunem Lockenkopf neben dem elterlichen Bett riss Mari aus ihren trüben Gedanken.

»Mimi«, sagte die Kleine, hielt Joachim die Katzenhandpuppe hin, die sie die ganze Nacht im Arm gehalten hatte, und schaute ihn erwartungsvoll an. Joachim hob seine Tochter aufs Bett und begann mit ihr zu spielen. Die Scheu, mit dem sie ihm am Vortag begegnet war, hatte sich über Nacht verloren, und bald quietschte sie vergnügt, als Joachim sie durchkitzelte.

Am späten Nachmittag spazierten Mari und Joachim hinaus zu »ihrem« Ufersteg am Schwanensee. Joachim hatte den ganzen Tag mit seinem Vater in den Pferdeställen und auf den Koppeln verbracht, was ihm sichtlich gut bekommen war. Zumindest äußerlich wirkte er etwas entspannter.

Sunniva ritt auf den Schultern ihres Vaters und trieb ihr »Hoppe-Hoppe«-Pferdchen zu Sprüngen über Baumstämme und Büsche, was ihr freudige Jauchzer entlockte. Es war ein heißer, stiller Tag. Am Horizont türmten sich dicke, weiße Wolkengebirge. Eine laue Brise ließ die Blätter des Schilfs leise rascheln, ab und zu summte eine Biene oder Fliege vorbei, und auf dem Wasser trieben die Schwäne träge dahin.

Joachim hatte ein Laken über das Geländer des Stegs gelegt, unter dem Sunniva vor der Sonne geschützt mit der Katzenhandpuppe und dem Holzpferdchen, das ihr ihr Großvater Karl geschnitzt hatte, spielte. Mari und Joachim saßen Arm in Arm daneben und ließen die Beine ins Wasser baumeln.

»Warum kann es nicht so bleiben?«, sagte Mari leise. Joachim zog sie fester an sich. Mari suchte seine Augen. Aus einer bangen Anwandlung heraus fragte sie: »Glaubst du, dass wir drei jemals zusammenleben werden? Und dass wir wirklich eines Tages nach Norwegen ziehen?«

Joachim schluckte. »Ich muss daran glauben, mein Herz«, antwortete er heiser. »Nur das gibt mir die Kraft durchzuhalten.«

Mari erschauerte. Sie hatte mit einer beruhigenden Antwort gerechnet. Hatte darauf vertraut, dass Joachim sie trösten und ihr Mut machen würde. Nun erkannte sie, dass sich ihre Rollen geändert hatten, dass es an ihr war, Zuversicht zu verströmen.

Sie straffte sich, lächelte Joachim an und bemühte sich um einen munteren Ton. »Ewig wird dieser Krieg nicht mehr dauern. Die Nazis versuchen zwar krampfhaft, ihre Verluste und Niederlagen zu verschleiern. Von Großvater Gustav und Hugo weiß ich aber, dass sich das Kriegsglück endgültig gewendet hat und die Alliierten bereits Pläne für die Nachkriegszeit machen.«

Joachim drückte Maris Hand. »Wenn meine beiden Liebsten nur unbeschadet bleiben. Versprich mir, dass du ...« Joachim stockte und wandte sich rasch ab.

Mari fühlte, wie sich ihr Magen zusammenzog. Da war sie wieder, diese Ahnung eines drohenden Unheils, die sie wie einen düsteren Nebel wahrnahm, der ihn umhüllte. Er rechnet mit seinem Tod, erkannte sie erschrocken. Mari kniete sich vor ihn und küsste ihm die tränennassen Augen.

»Ich verspreche es dir«, sagte sie leise.

Viel zu rasch waren die Tage von Joachims Urlaub verflogen. Im Nachhinein erschienen sie Mari wie eine leuchtende Insel im grauen Meer der Ungewissheit, in dem sie alle trieben. Wenn die Angst um ihren Geliebten und die Sehnsucht nach ihm sie zu überwältigen drohten, flüchtete sie in die Erinnerung an diese Sommertage, als sie und Joachim ein paar glückliche Stunden lang alles um sich herum hatten vergessen können und die Welt nur aus ihnen und Sunniva bestanden hatte. Da hatte sie eine Ahnung davon bekommen, wie das Leben nach dem Krieg sein könnte: leicht und unbeschwert.

Jeden Abend, bevor sie das Licht löschte, las Mari das Gedicht, das Joachim ihr zum Abschied zugesteckt hatte. Sie konnte es längst auswendig. Doch seine vertraute Schrift zu sehen, mit der er Eichendorffs Verse aufgeschrieben hatte, gab ihr das Gefühl, ihm näher zu sein.

Es war, als hätt' der Himmel
die Erde still geküsst,
dass sie im Blütenschimmer
von ihm nur träumen müsst.

Die Luft ging durch die Felder,
die Ähren wogten sacht,
es rauschten leis die Wälder,
so sternklar war die Nacht.

Und meine Seele spannte
weit ihre Flügel aus,
flog durch die stillen Lande,
als fliege sie nach Haus.

Die Hoffnung auf ein baldiges Kriegsende, mit der Mari sich und Joachim getröstet hatte, war offenbar berechtigt. In diesem vierten Kriegssommer zeigte sich, dass die Alliierten über schier unerschöpfliche Ressourcen verfügten. Die Wehrmacht hatte dem immer weniger entgegenzusetzen und verzeichnete schwere Verluste.

»Großvater, wann sehen die endlich ein, dass dieser Krieg nicht mehr zu gewinnen ist?«, fragte Mari, an Gustav Ansas gewandt.

Sie saßen mit Kutscher Hugo in einer gut abgedichteten Kammer auf dem Dachboden seines Häuschens, wohin sie das Abhören der *BBC*-Nachrichten längst verlegt hatten. Es war Anfang September. Gerade war vom Einmarsch britischer und amerikanischer Truppen in Süditalien berichtet worden, am Tag zuvor hatte der US-General Eisenhower den Waffenstillstand der Alliierten mit Hitlers ehemaligem Verbündeten Italien bekannt gegeben.

»Ich bin mir sicher, dass es durchaus Offiziere und andere Wehrmachtsangehörige gibt, die das tun, und die Durchhalteparolen sinnlos finden«, antwortete Gustav. »Aber wer ist schon so mutig, Hitler vorzuschlagen, mit den Alliierten über einen Waffenstillstand zu verhandeln?«

»Das wäre nicht mutig, sondern lebensmüde. Denn dazu müssten unsere Soldaten bedingungslos kapitulieren. Und das wird der Gröfaz niemals zulassen und jeden als Verräter erschießen lassen, der davon spricht. Schon vergessen? Wir führen einen totalen Krieg«, erwiderte Hugo mit einem bitteren Auflachen.

»Gröfaz? Was bedeutet das?«, fragte Mari.

Hugo verzog sein Gesicht zu seinem zahnlückigen Grinsen. »Größter Feldherr aller Zeiten«, antwortete er. »Das hab ich neulich aufgeschnappt, als ich ein paar Offiziere, die bei der Gnädigen zu Besuch waren, zum Bahnhof kutschiert habe. Die

Herren hielten wohl nicht allzu viel von den strategischen Fähigkeiten ihres Führers.«

Großvater Gustav verzog grimmig das Gesicht. »Da sind sie nicht allein. Aber dieser Galgenhumor bestärkt die Leute doch nur in ihrem schicksalsergebenen Augen-zu-und-durch. Ist wohl leichter zu ertragen als die Wahrheit.«

Sein Freund nickte. »Und wenn es stimmt, was Joachim erzählt hat, dann kommt das böse Erwachen erst noch und ...« Hugo unterbrach sich und sah verlegen zu Boden.

Mari schaute irritiert von ihm zu Gustav, der Hugo offenbar mit einem Blick zum Schweigen gebracht hatte, denn er starrte ihn unter zusammengezogenen Augenbrauen streng an.

»Was hat Joachim erzählt?«, fragte sie.

Gustav erhob sich ächzend von seinem Stuhl. »Lasst uns gehen. Wir sind schon wieder viel zu spät.«

»Großvater, bitte«, sagte sie und stellte sich vor ihn. »Ich hab doch gemerkt, dass Joachim mir irgendetwas Schreckliches verschweigt. Was hat er in Russland erlebt?«

Gustav streichelte ihr über die Wange. »Ach, Marieche, glaub mir, es ist manchmal besser, nicht alles zu wissen. Und ich habe Joachim versprechen müssen, dich nicht damit zu belasten. Es war ihm so wichtig, das konnte ich ihm nicht abschlagen.«

Mari verzichtete für den Moment darauf, weiter nachzubohren. Sie würde Gustav in einer ruhigen Minute nochmals darauf ansprechen und ihm klarmachen, dass sie ein Recht darauf hatte, zu erfahren, was ihren Mann belastete. Und dass die Ungewissheit schwerer zu ertragen war als die Wahrheit, so schrecklich sie auch sein mochte.

Ein paar Tage später war sich Mari nicht mehr sicher, ob das tatsächlich immer zutraf. Ein Brief von Nilla riss sie jäh aus dem beschaulichen Alltagstrott, der das Leben auf dem Lindenhof prägte. Hier bekam man wenig mit von dem Krieg, der mittlerweile in fast ganz Europa tobte. Da Mari selten das Gestüt verließ und den uniformierten Gästen der Gräfin und vor allem ihrem Sohn aus dem Weg ging, kam es ihr manchmal so vor, als lebe sie auf einem anderen, friedlichen Planeten, dessen wichtigster Bewohner für sie ihre Tochter war.

Wie Mari schon kurz nach ihrer Geburt an Joachim geschrieben hatte, war Sunniva der Sonnenschein der Familie Ansas und machte so der Bedeutung ihres Namens – die Sonnengeberin – alle Ehre. Die große Ähnlichkeit mit ihrem Vater tat ein Übriges, um ihr die Herzen zu öffnen. Nicht nur Mari hatte das Gefühl, Joachim näher zu sein, wenn sie in die braunen Augen von Sunniva schaute, in denen es manchmal golden aufblitzte. Auch seine Eltern und Großvater Gustav stellten immer wieder gerührt fest, wie sehr die Kleine nach ihrem Vater kam.

Mit dankbarem Staunen verfolgte und begleitete Mari die Entwicklung ihres Kindes, entdeckte mit ihm zusammen den Lindenhof und seine nähere Umgebung und ließ sich von seiner unverfälschten Freude über Dinge und Ereignisse anstecken, die sie zuvor längst als selbstverständlich hingenommen oder übersehen hatte. In solche Momente des Glücks mischte sich aber auch immer die Sehnsucht nach Joachim. Mari hätte viel darum gegeben, diese Erlebnisse mit ihm zu teilen. Zumal sie wusste, wie sehr er darunter litt, seine Tochter kaum zu kennen und ihre Kindheit zu verpassen.

Noch bevor Mari den Brief ihrer Freundin gelesen hatte, wusste sie, dass keine guten Nachrichten auf sie warteten. Die sonst so saubere Handschrift war zittrig und an einigen Stellen verschmiert. Sie hat geweint, dachte Mari, und ihr Herz schlug schneller. Rasch überflog sie die ersten Zeilen, in denen Nilla wie gewohnt über belanglose Alltagsbegebenheiten berichtete.

Leider hat sich unsere Sorge um den Rosenstrauch im Garten nun doch als berechtigt erwiesen. Obwohl wir alles getan haben, um ihn vor den Schnecken zu schützen, haben sie ihn vor ein paar Nächten gefunden und alle seine Blätter aufgefressen, sodass er nicht mehr zu retten war.

Mari starrte auf die Worte, deren Bedeutung nur allmählich zu ihr durchdrang. Es war kein Zweifel möglich: Ole war als Widerstandskämpfer aufgeflogen, den Deutschen in die Hände gefallen und von ihnen getötet worden.

Ole tot? Das konnte nicht sein. Nicht Ole. Sie schloss die Augen und wurde von einer Flut von Erinnerungen an ihren Bruder bedrängt: Ole, wie er atemlos mit ihr um die Wette rannte, geduldig ein nervöses Pferd beruhigte, seine kleine Schwester mit liebevollem Spott neckte, einem deutschen Offizier frech Paroli bot, Nilla glücklich in die Arme zog, um sie leidenschaftlich zu küssen ... Nilla. Mari öffnete die Augen. Wie verkraftete ihre Freundin Oles Tod? Und ihre eigenen Eltern? Würde ihr Vater wieder in diese starre Trauer fallen wie nach dem Tod seiner Mutter Agna? Und wie reagierte ihre Mutter auf die Ermordung ihres Ältesten?

Tränenblind starrte Mari auf Nillas Brief. Was war geschehen? Wobei war ihr Bruder erwischt worden, dass man kurzen Prozess mit ihm gemacht hatte, anstatt ihn zunächst nur zu verhaften und zu verhören? Aus Nillas früheren Briefen hatte Mari erfahren, dass Ole politisch Verfolgte versteckt und ihnen zur Flucht nach England verholfen hatte. War er dabei überrascht worden? Oder schlimmer noch: Hatte ihn jemand verraten? Sie stöhnte auf.

»*Mamma?*«, fragte Sunniva und schaute von ihrer Puppenstube auf, die neben Maris Schreibtisch auf dem Boden stand.

Mari beugte sich zu ihrer Tochter und hob sie auf ihren Schoß. Sunniva spürte, wie traurig sie war. Sie umarmte Mari stumm und drückte ihr Köpfchen fest an ihre Brust. Mari legte die Arme um ihr Kind und wiegte sie beide tröstend hin und her.

»Ja, die ist reif. Die kannst du in den Korb tun«, sagte Mari zu Sunniva, die auf eine dicke rote Erdbeere zeigte und ihre Mutter fragend anschaute.

Die beiden standen im Gemüsegarten hinter den Ställen und pflückten Erdbeeren. Es war ein sonniger Julitag. Auf der Wiese nebenan hopsten drei junge Störche herum und machten ihre ersten Flugversuche, während ihre Eltern nach Insekten und Mäusen suchten. Der süße Duft eines blühenden Jasminstrauches lockte Bienen und Hummeln an, deren Summen das helle Zirpen der Grillen wie eine Bassstimme untermalte.

Mari wollte sich wieder zu den Erdbeeren hinunterbeugen, als ihr Blick auf die Lindenallee fiel, die am Gestüt vorbeiführte. Mindestens zwölf schwer beladene Pferdewagen zogen dort in langsamem Trott vorüber. Mari beschattete ihre Augen mit einer Hand, um besser zu sehen. Wer mochten diese Leute sein? Und was wollten sie hier?

»Sunniva, komm zurück«, rief Mari. Die Kleine hatte den Wagenzug ebenfalls entdeckt und war aus dem Garten gerannt. Mari folgte ihrer Tochter, die am Rand der Allee Halt gemacht hatte und mit großen Augen die vielen fremden Menschen betrachtete, die auf den Kutschen saßen oder neben ihnen herliefen.

»Woher kommt ihr?«, fragte Mari eine junge Frau, die mit einem kleinen Jungen in Sunnivas Alter an der Hand an ihr vorbeiging. Sie sah erschöpft aus und machte nur eine vage Handbewegung Richtung Osten.

»Aus dem Memelland«, sagte eine ältere Frau, die auf einem Wagen saß.

»Und wohin wollt ihr?«, fragte Mari.

Die Frau zuckte die Schultern. »Keine Ahnung. So weit nach Westen wie möglich. Damit uns die Russen nicht kriegen.«

Mari spürte, wie sich die Härchen ihrer Unterarme aufrichteten. Obwohl die Frau ganz ruhig gesprochen hatte, hörten sich ihre Worte unheilschwanger und bedrohlich an.

»Wo liegt das Memelland?«, fragte Mari, als sie eine Stunde später mit der Familie und den Gutsarbeitern in großer Runde zu Mittag aß.

»In Litauen, nordöstlich von hier«, antwortete Großvater Gustav, der neben ihr saß. »Warum fragst du?«

»Weil ich vorhin Leute getroffen habe, die von dort kamen und auf der Flucht vor den Russen sind«, sagte Mari.

Gustav kniff die Augen zusammen und nickte. »Dann ist es also so weit. Wir sollten uns auch bald bereitmachen«, sagte er.

»Bereit wofür?« Fritz Ansas, der seinem Vater schräg gegenübersaß, hatte seine Frage in scharfem Ton gestellt.

Gustav warf ihm einen finsteren Blick zu und presste die Lippen zusammen.

Fritz schüttelte ärgerlich den Kopf und wandte sich an Mari. »Du musst dir keine Sorgen machen«, sagte er und verkündete an alle gewandt: »Die Russen werden die Reichsgrenze niemals überschreiten. Und dank der Wunderwaffe, die unser geliebter Führer demnächst einsetzen wird, werden wir am Ende den Sieg erringen.«

Gustav schnaubte verächtlich, verzichtete aber auf einen Kommentar. Mari sah zu ihren Schwiegereltern hinüber. Karl schien von dem Schlagabtausch nichts mitbekommen zu haben. Er schaukelte seine Enkelin auf den Knien und steckte ihr die leckersten Bissen von seinem Teller in den Mund, die sich Sunniva mit sichtlichem Behagen schmecken ließ. Edith beobachtete ihn kopfschüttelnd und ermahnte ihn, die Kleine nicht zu sehr zu verwöhnen.

Ihr Mann brummte gutmütig: »Ach Edithche, wer betuddert unser Sonnenscheinche denn den ganzen Tag und will sie gar nicht mehr aus der Küche lassen?«

Mari musste unwillkürlich lächeln und vergaß Fritz und seine großspurigen Behauptungen.

Am nächsten Tag brachte Postbote Pillokeit ein amtliches

Schreiben auf den Lindenhof, das vom Gauleiter Erich Koch höchstpersönlich gezeichnet war. Darin forderte er die gesamte arbeitsfähige männliche Bevölkerung Ostpreußens, die bislang aus Altersgründen oder wegen Unabkömmlichkeit nicht zum Kriegsdienst eingezogen worden war, zum Bau des sogenannten Ostwalls auf. In drei- bis vierwöchigen Kommandos sollten Gruppen – bestehend aus Hitlerjungen, alten Männern bis fünfundsechzig Jahren, Zwangsarbeitern und Kriegsgefangenen – ausrücken, um an der östlichen Reichsgrenze Panzergräben, Schützenlöcher und Bunker auszuheben, die den Ansturm der Russen aufhalten sollten.

Schnell hatte sich die Neuigkeit herumgesprochen, und eine aufgeregt durcheinandersprechende Menschentraube versammelte sich im Hof unter der alten Linde um Pillokeit.

Mari stellte sich neben Gustav und fragte leise: »Hat dieser Gauleiter nicht erst vor Kurzem im Radio gesagt, dass Ostpreußen sicher ist?«

Gustav zuckte die Schultern. »Da siehst du mal wieder, was das Gesabbel dieser braunen Hohlköpfe wert ist.«

Kutscher Hugo gesellte sich zu ihnen und spöttelte: »Hitlers letztes Aufgebot, bewaffnet mit Hacken, Spaten und Schaufeln. Da kann ich nur sagen: Schipp-Schipp-Hurra!«

Gustav ging nicht auf den Scherz seines Freundes ein. Er fuhr sich mit der Hand über die Stirn und sagte ernst: »Das ist die reinste Zeitverschwendung. Besser wär's, die Leute so rasch wie möglich zu evakuieren. Aber das würde ja bedeuten, dass wir nicht mehr an den Endsieg glauben.«

Hugo nickte. »Du hast recht. Der Fanatismus dieses Bluthundes wird uns alle in Teufels Küche bringen.«

Fritz Ansas wurde im September zum Schaufeln abkommandiert und meldete sich anschließend freiwillig zum Volkssturm –

bereit, sein Leben bei der Verteidigung des Vaterlands zu opfern. Auch sein Bruder Karl rechnete täglich mit seiner Einberufung – eine Aussicht, die seine Frau Edith sehr bedrückte. Zu der Angst um Joachim würde sich die Sorge um Karl gesellen. Mari konnte Edith gut verstehen. Sie kannte kaum einen weniger kriegerischen Menschen als ihren Schwiegervater. Sich ihn mit einem Gewehr hantierend oder gar auf einen Menschen schießend vorzustellen, gelang ihr nicht. Allein der Gedanke war absurd.

An einem frostigen Novembertag überbrachte Briefträger Pillokeit schließlich einen Umschlag mit Wehrmachtsstempel, der an Karl adressiert war. Mari nickte Edith zu, die gerade das Gänse-Schwarzsauer, das seit Stunden in einem großen Topf vor sich hinköchelte, abschmeckte. Sunniva stand neben ihr auf einem kleinen Schemel und reichte ihr nacheinander die Gewürze, die Edith ihr nannte.

»Ich geh ihn holen«, sagte Mari und eilte aus der Küche zu den Stallungen. Kurz darauf kehrte sie mit ihrem Schwiegervater zurück, der den Brief mit zusammengepressten Lippen öffnete.

»Und, wann musst du los?«, fragte Edith und versuchte, einen Blick in das Schreiben zu werfen. Karl starrte sie wie eine Fremde an und begann, am ganzen Körper zu zittern. Seine Frau legte besorgt den Arm um ihn. Mari griff nach dem Brief.

Im Felde, den 03. November 1944

Sehr geehrter Herr Ansas!

Zu meinem aufrichtigen Bedauern muss ich Ihnen heute die traurige Mitteilung machen, dass Ihr Sohn, der Veterinäroffizier Joachim Ansas, bei einem Überfall russischer Truppen auf den Versorgungstross unserer Kompanie am 25. Oktober in tapferer Haltung und soldatischer Pflichterfüllung gefallen ist – getreu seinem Fahneneid für Führer, Volk und Vaterland.

Auch im Namen seiner Kameraden spreche ich Ihnen und Ihrer Frau Gemahlin zu Ihrem schmerzlichen Verlust meine wärmste Anteilnahme aus. Die Kompanie wird Ihrem Sohn stets ein ehrendes Andenken bewahren und in ihm ein Vorbild sehen.

Die Gewissheit, dass Ihr Sohn für die Größe und Zukunft unseres ewigen deutschen Volkes sein Leben hingab, möge Ihnen in dem schweren Leid, das Sie betroffen hat, Kraft geben und Ihnen ein Trost sein.

In aufrichtigem Mitgefühl grüße ich Sie mit Heil Hitler
Ihr Reinhold Schuster
Oberstleutnant und Kompanie-Führer

Ein nicht endenwollendes »Nein, nein, nein!« gellte in Maris Ohren. Erst als Ottmar Pillokeit sie an den Schultern packte und schüttelte, wurde ihr bewusst, dass sie es war, die schrie. Ihr Blick fiel auf ihre Tochter, die sich hinter den großen Holzkorb geflüchtet hatte und mit schreckgeweiteten Augen zu ihr aufsah. Sie wimmerte leise und presste ihr Lieblingskuscheltier an sich, das sie meistens bei sich hatte: die Katzenhandpuppe, die ihr Joachim geschenkt hatte. Der Anblick des verängstigten Kindes brachte Mari vollends zu sich. Reiß dich zusammen, ermahnte sie sich. Für Sunniva. Sie braucht dich jetzt mehr denn je! Sie schloss kurz die Augen. Joachims Gesicht tauchte vor ihr auf. Ich habe mein Versprechen nicht vergessen, mein Liebster. Ich werde unsere Tochter beschützen.

»Wie lange wollt ihr denn noch warten? Die Russen stehen kurz vor der Grenze. Wir sollten schleunigst von hier verschwinden«, sagte Großvater Gustav drängend.

Unruhig schritt er in der guten Stube der Familie Ansas auf und ab, in die er Karl, Edith, Mari und Sunniva zum ›Kriegsrat‹ gerufen hatte. Das neue Jahr war gerade ein paar Tage alt, in einer Ecke stand noch der geschmückte Weihnachtsbaum.

»Aber es ist bei Strafe verboten, die Wohnorte zu verlassen und zu fliehen. Und unsere Soldaten werden uns doch gewiss schützen«, sagte Edith unsicher.

»Ach, Edithche. Daran glaubt nicht mal mehr der Führer. Oder was denkst du, warum er seine Wolfsschanze schon im November verlassen hat?« Gustav sah die anderen ernst an. »Glaubt mir, es ist allerhöchste Zeit. Von Joachim weiß ich, dass wir von den Russen keine Gnade erwarten dürfen. Nach allem, was ihnen unsere Leute in den letzten Jahren angetan haben. Sie werden grausam Rache nehmen, und man kann's ihnen nicht mal verdenken.«

Mari erschauerte und drückte Sunniva, die auf ihrem Schoß eingeschlafen war, unwillkürlich fester an sich. Wieder stand ihr die Szene am Schwanensee so lebendig vor Augen, als habe Joachim ihr erst gestern das Versprechen abgenommen, auf Sunniva aufzupassen und dafür zu sorgen, dass sie diesen Krieg unbeschadet überstand.

»Was geht uns dieses Verbot an? Für mich zählt nur, dass Sunniva nichts passiert! Das hab ich Joachim geschworen.«

Edith und Karl tauschten einen Blick und nickten. Der letzte Wunsch ihres Sohnes wischte alle Zweifel weg. Gustav atmete erleichtert aus und setzte sich zu den anderen an den Tisch.

»Edith hat schon recht«, sagte er. »Wir können natürlich nicht einfach unsere Sachen packen und wegfahren. Die Gräfin würde das nie zulassen. Und auch sonst kämen wir nicht weit, weil es auf den Straßen immer wieder Kontrollen gibt. Ich habe aber eine Idee, wie wir ohne Aufsehen zu erregen von hier verschwinden können.« Gustav wandte sich an Edith. »Du hast doch noch Verwandte in der Nähe von Johannisburg.« Edith nickte und sah ihren Schwiegervater fragend an.

»Heute wird dir Pillokeit die traurige Nachricht vom Tod deiner geliebten Tante Erna überbringen, zu deren Beerdigung du und Karl fahren müsst.«

Ediths Augen weiteten sich. »Erbarmung«, rief sie. »Ernache ist gestorben? Woher weißt du das?«

Gustav rollte mit den Augen. »Ich weiß es nicht und hoffe sehr, dass sich die alte Dame bester Gesundheit erfreut. Aber das kann unsere Gnädige ja nicht wissen, wenn du sie um zwei freie Tage bittest.«

Edith schlug sich mit der Hand vor die Stirn. »Ich Pomuchelskopp!«

Noch am selben Abend packte Mari einen Rucksack und einen kleinen Koffer für sich und Sunniva.

»Nur das Nötigste«, hatte Gustav ihr eingeschärft. »Schließlich sind wir angeblich nur drei Tage unterwegs.«

Mari hielt Sunniva ihre beiden Lieblingsspielzeuge hin, das hölzerne Pferdchen und die Katzenhandpuppe.

»Welches willst du mitnehmen?«, fragte sie. Sunniva runzelte die Stirn und streckte nach beiden die Hände aus.

Mari schüttelte den Kopf. »Das geht leider nicht, mein *veslepus*. Eins von beiden muss hierbleiben.«

Sunnivas Mund zitterte leicht, doch sie weinte nicht. Sie nickte und verkündete: »Mimi kommt mit. Hoppepferd wartet hier auf uns.«

Sie nahm das Pferdchen, stellte es neben das Puppenhaus und legte ihm fürsorglich ein kariertes Taschentuch über.

Mari wandte sich ihrem Schreibtisch zu. Als sie Joachims Feldpostbriefe aus der Schublade holte, fiel ihr der letzte Brief von Nilla in die Hände. Nachdenklich las sie erneut die Zeilen, die ihre Mutter ihr über die Freundin hatte zukommen lassen.

Karlssenhof, den 7. Dezember 1944

Mein geliebtes Kind,

wie gerne würde ich dich jetzt in die Arme nehmen und dich in deiner Trauer um Joachim ein wenig trösten. Ich denke jeden Tag an dich und die kleine Sunniva. Was gäbe ich darum, sie endlich kennenzulernen!

Dein Vater verharrt zwar immer noch in seiner unversöhnlichen Haltung, doch ich bin sehr zuversichtlich, dass er bald einlenken wird. Versteh mich bitte nicht falsch, aber in diesem Punkt könnte sich dein Verlust positiv auswirken. Enar vermisst dich, auch wenn er das jetzt noch nicht zugeben kann. Ich möchte dir daher vorschlagen, so bald wie möglich nach Norwegen zurückzukehren. Ich habe meinen Bruder Kol gebeten, dich und Sunniva bei sich auf den Lofoten aufzunehmen. Ich bin mir sicher, dass ihr nicht lange warten müsst, bis ihr von dort zurück nach Hause könnt.

Mari ließ den Brief sinken. Die Sehnsucht nach ihrer Mutter überrollte sie wie eine Welle und ließ ihren Atem stocken. Die Möglichkeit, sie vielleicht schon bald wiederzusehen und endlich Frieden mit ihrem Vater zu schließen, schien plötzlich in erreichbare Nähe gerückt.

Ein leises Klopfen riss Mari aus ihren Zukunftsträumereien. Großvater Gustav trat ins Zimmer und hielt ihr einen braunen Umschlag hin. Mari schaute hinein und zog ihren norwegischen Pass heraus. Überrascht sah sie Gustav an, der ihr verschwörerisch zuzwinkerte. »Ich dachte, der könnte nützlich für dich sein. Demnächst ist es sicher besser, keine Deutsche zu sein.«

Mari schluckte. »Vielen Dank! Wie bist du denn an den gekommen?«

Gustav lächelte. »Danke nicht mir. Unser guter Pillokeit musste dem Bürgermeister helfen, gewisse Dokumente zu verbrennen. Dabei hat er den Pass mitgehen lassen. Und die hier«, sagte er und zeigte Mari mehrere Blankoreiseerlaubnisscheine.

Mari stand auf und umarmte Gustav. »Du bist der beste Großvater, den man haben kann«, sagte sie leise.

Am nächsten Morgen stand sie lange vor Sonnenaufgang auf. Gustavs Plan sah vor, dass sie sich im Schutz der Dunkelheit vom Hof schlich und später auf der Straße nach Johannisburg von den anderen aufgelesen wurde. Sein eigenes Verschwinden würde kaum auffallen, da er der Gräfin ohnehin so gut wie nie begegnete. Mari zog ihrer Tochter mehrere Schichten warmer Kleidungsstücke über. Einer spontanen Eingebung folgend zog sie das silberne Medaillon hervor, das sie seit ihrer Hochzeit immer an einer Kette um den Hals trug. Sunniva kam neugierig näher. Mari öffnete es und zeigte Sunniva die Porträtaufnahmen.

Die Kleine deutete darauf und sagte strahlend: »*Mamma* und *Pappa*.«

Mari nickte. »Ganz genau. Und damit du weißt, dass wir immer bei dir sind, darfst du es jetzt tragen.«

Bevor sie es ihrer Tochter umhängte und unter den untersten Pullover steckte, nahm sie die Postkarte von Nordfjordeid aus dem Rahmen, der auf ihrem Nachttisch stand, faltete sie mehrmals und steckte sie in das Medaillon.

Eine Stunde später saßen Mari und Sunniva mit Edith und Gustav in einem Schlitten, den Karl auf der tief verschneiten Straße nach Johannisburg lenkte. Es herrschte bedrücktes Schweigen, das nur von Ediths leisen Schluchzern unterbrochen wurde. Auch wenn es keiner aussprach: Sie alle ahnten, dass es ein Abschied ohne Wiederkehr sein würde. Mari hatte das Gefühl, bereits zum zweiten Mal in ihrem Leben ihr Zuhause zu verlieren. Erst jetzt wurde ihr bewusst, wie sehr ihr der

Lindenhof und seine Umgebung in den letzten Jahren ans Herz gewachsen waren. Nicht zuletzt, weil sie hier auf Schritt und Tritt an Joachim und die kostbaren glücklichen Momente mit ihm erinnert worden war.

Je näher sie der Stadt kamen, desto belebter ging es auf der Straße zu. Offensichtlich waren sie nicht die Einzigen, die sich nicht länger um das Fluchtverbot scherten und zum Bahnhof strebten. Vor dem Zug, der dort bereits unter Dampf stand, drängte sich eine große Menschentraube, darunter viele Soldaten, die Gewehre und Munition in mehrere Güterwaggons verluden.

Mari nahm Sunniva auf den Arm und folgte Edith, die sich resolut einen Weg zum Zug bahnte. Kurz darauf winkte sie aus dem offenen Fenster eines Abteils, in dem sie noch freie Plätze entdeckt hatte.

Mari übergab Sunniva an Gustav und sagte: »Bringst du sie schon rein, ich helfe Karl mit dem Gepäck.«

Gustav stieg in den Zug. Mari und Karl reichten die Rucksäcke und Koffer nach oben zu Edith, die sie durch das Fenster ins Abteil hob.

Als sie ihrem Schwiegervater zur Zugtür folgte, nahm Mari aus den Augenwinkeln am Ende des Bahnsteigs hektische Bewegungen wahr. Sie blieb stehen und sah zwei Soldaten, die zu dem dort aufgebauten Flugabwehrgeschütz rannten und begannen, dessen Rohr nach oben zu kurbeln. Ein schriller Pfiff ertönte.

»Marieche, komm«, rief Karl drängend und streckte die Hand aus, um ihr die Stufen hinaufzuhelfen.

Im gleichen Moment setzte sich der Zug mit einem scharfen Ruck in Bewegung. Mari verfehlte Karls Hand und stolperte rückwärts auf den Bahnsteig zurück. Sie rappelte sich auf und versuchte, dem Zug hinterherzurennen, doch die vielen Menschen versperrten ihr den Weg.

»Warum ist er einfach losgefahren?«, schrie Mari einen uniformierten Bahnhofsbeamten an. »Meine Familie ist da drin!«

Der Mann zuckte die Achseln. »Wehrmachtsorder. Wenn feindlicher Beschuss droht, müssen Truppentransporte auf die offenen Gleise. Bewegliche Ziele sind schwerer zu treffen«, erklärte er und wollte weitergehen.

Mari hielt ihn am Arm zurück. »Aber er kommt doch zurück?«, fragte sie verzweifelt.

Bevor der Beamte antworten konnte, donnerten zwei Tiefflieger über den Bahnhof hinweg. Unwillkürlich warf sich Mari wie die meisten Menschen auf dem Bahnsteig zu Boden. Sie hörte Salven von Maschinenkanonen und das Geräusch der sich entfernenden Flugzeuge. Dann herrschte Stille. Mari stand auf und schaute am Gleis entlang. Erleichtert atmete sie aus. Da stand der Zug.

Im nächsten Moment zerriss eine Explosion die Stille. Ein gewaltiger Feuerball brach aus einem der Güterwaggons. Nach einer Schrecksekunde rannte Mari los. Sie musste ihr Kind da rausholen! Eine weitere Detonation zerfetzte den Zug.

»Sunniva!«, schrie Mari, stolperte weiter und spürte auf einmal keinen Boden mehr unter den Füßen. Sie fühlte sich emporgerissen und fortgeschleudert. Ein Eisenpfeiler raste auf sie zu. Dann wurde es dunkel.

34

Nordfjord, Sommer 2010

Amund fand als Erster die Sprache wieder. Er lächelte Nilla an und sagte: »Ich bin Amund Oppedal, der Sohn von Peer. Ich habe erst vor Kurzem erfahren, dass du seine Cousine bist.« Nilla sah Amund überrascht an. »Von Tekla Karlssen wissen wir, dass du die beste Freundin von Mari bist. Ich habe ihre beiden Enkelinnen Lisa und Nora hergebracht, weil sie hofften, dass du ihnen sagen kannst, wo sie sie finden können.«

»Mari hat Enkelinnen?«, flüsterte Nilla.

Lisa fasste unwillkürlich nach Noras Hand. Nilla hatte in der Gegenwart von Mari gesprochen, nicht in der Vergangenheit.

»Lebt sie denn noch?«, fragte Lisa. Ihre Stimme klang seltsam brüchig. Sie bemerkte, dass Noras Hand in ihrer zitterte.

»Wer lebt noch?«

Hinter Nilla war eine alte Frau aufgetaucht. Sie war größer als Nilla, hatte kurze graue Locken und leicht nach vorn gebeugte Schultern. Über Nillas Kopf hinweg sah sie zu Lisa. Lisa hielt den Atem an. Sie blickte in zwei dunkelblaue Augen, die sie gut kannte. Es waren die gleichen, die ihr entgegenschauten, wenn sie in einen Spiegel sah.

»Mari, stell dir vor, das sind deine Enkelinnen!«, rief Nilla und drehte sich zu ihr. Mari wurde bleich und schüttelte ungläubig den Kopf. Lisa spürte, wie ihr Herz einen Sprung machte. Niemals hätte sie damit gerechnet, Mari ausgerechnet hier zu treffen. Es kam ihr vor wie ein Traum. Endete ihre wochenlange Suche wirklich an diesem Nachmittag? Sie schaute zu Nora, die ebenso fassungslos wirkte.

»Dass ich das noch erleben darf!«, sagte Mari und fuhr sich

mit einer Hand über die Augen. »Ich habe mich immer gefragt, ob ich wohl Großmutter bin. Und jetzt stehen mir plötzlich zwei schöne junge Frauen gegenüber. Bente muss sehr stolz sein.«

Lisa wollte einhaken und richtigstellen, dass sie nicht Bentes Tochter war, doch Mari sagte gerade zu Nora: »Du kommst ja ganz nach Ánok. Wie geht es ihm und Bente?«

Nora zuckte die Schultern. »Keine Ahnung. Meinen Vater hab ich nie kennengelernt. Und mit meiner Mutter hatte ich schon länger keinen Kontakt mehr.«

Mari schaute Nora verwirrt an. »Du kennst deinen Vater nicht? Das versteh ich nicht. Bente ist doch damals mit ihm davongelaufen.«

Nora und Lisa tauschten einen irritierten Blick.

»Wie kommst du denn darauf?«, wollte Nora wissen.

»Na, weil sie es mir gesagt hat«, antwortete Mari. »Ich hab mir schreckliche Sorgen um sie gemacht, weil ich nie wieder etwas von ihr gehört habe. Ich verstehe bis heute nicht, warum sie den Kontakt zu mir abgebrochen hat«, fügte sie traurig hinzu.

Nora runzelte die Stirn. »Entschuldige, aber dein Mann hat doch für die Trennung von Bente und Ánok gesorgt, nachdem du ihm von ihren Fluchtplänen erzählt hast.«

Mari hob eine Hand. »Moment, ich soll was getan haben?«

Nora zog die Augenbrauen hoch. »Von wem hätte er sonst erfahren sollen, wann und wo sich die beiden treffen wollten?«

Mari sog scharf die Luft ein und beugte sich erregt nach vorn. »Keine Ahnung. Ich hab es ihm jedenfalls nicht gesagt. Nie im Leben hätte ich Bente verraten!«, stieß sie hervor.

Amund lehnte sich über den Tresen zu Nilla und sagte leise. »Vielleicht sollten wir woanders hingehen.« Er machte eine Kopfbewegung zu dem Tisch der beiden Frauen, die ihr Gespräch unterbrochen hatten und mit unverhohlener Neugier zu der kleinen Gruppe am Tresen starrte. Auch die amerikanische Familie schaute interessiert herüber. Nur der Zeitungsleser fuhr ungerührt mit seiner Lektüre fort.

Nilla nickte, fasste Mari sanft am Arm und sagte: »Lasst uns nach oben gehen.«

Lisa, Amund und Nora folgten Mari und Nilla in den ersten Stock, wo die beiden Freundinnen wohnten. Neben zwei Schlafzimmern und einem Bad gab es ein kleines Wohnzimmer mit Blick auf den Garten. Um einen ovalen Tisch standen zwei Sofas und ein Ohrensessel, auf dem Amund Platz nahm, während sich Nora und Lisa gegenüber von Nilla und Mari auf ein Sofa setzten.

Mari sah Nora und Lisa erschüttert an. »Ich fasse es nicht! All die Jahre hat mein Mann mich glauben lassen, dass Bente mit Ánok durchgebrannt ist. Hat mich beschuldigt, unsere Tochter ins Unglück gestürzt zu haben, weil ich nichts dagegen unternommen hätte. Dieser scheinheilige Heuchler!« Mari ließ sich zurücksinken und rang sichtlich um Fassung.

Nilla legte eine Hand auf Maris Arm und fragte an ihrer Stelle: »Was genau ist passiert? Wie hat Knut es geschafft, Bente und Ánok auseinanderzubringen?«

»Er hat Ánok, der aus einer bitterarmen Familie stammte, mit sehr viel Geld bestochen, damit er Tromsø ohne Bente verließ und für immer aus ihrem Leben verschwand«, antwortete Nora.

Maris Augen weiteten sich. »Aber das heißt ja, dass Bente damals schon schwanger war. Und ganz allein auf sich gestellt. Mein Gott, wie furchtbar«, flüsterte sie.

Lisa suchte Noras Blick und fand darin ihre eigene Überzeugung gespiegelt: Maris Erschütterung war echt, sie hatte offenbar tatsächlich nichts von den Machenschaften ihres Mannes gewusst.

Nora beugte sich vor. »Ganz auf sich gestellt war meine Mutter aber nicht. Und das hat sie indirekt dir zu verdanken.«

Mari sah Nora fragend an.

»Tekla hat sie auf den Karlssenhof geholt. Er wurde praktisch unser zweites Zuhause«, erklärte Nora.

Mari schlug sich die Hand vor den Mund, drehte sich zu Nilla und hauchte: »All die Jahre war sie so nah!«

Nilla schüttelte den Kopf und sagte: »Ihr glaubt nicht, wo wir überall nach Bente gesucht haben. Auf die Idee, dass sie ausgerechnet auf dem Karlssenhof ist, wären wir nicht im Traum gekommen.«

Mari nickte. »Und Tekla hat mir nichts gesagt, weil sie auch dachte, ich hätte ihre Cousine verraten. Jetzt verstehe ich endlich, warum sie den Kontakt zu mir abgebrochen hat.«

Mari verstummte und putzte sich die Nase. Mit schwankender Stimme fragte sie: »Meint ihr, Bente wäre bereit, sich mit mir zu treffen?«

Nora versteifte sich und meinte mit reserviertem Ton: »Ehrlich gesagt, ich weiß es nicht. Immerhin hat sie es fertiggebracht, mir bis vor ein paar Wochen zu verschweigen, wer mein Vater ist. Und warum sie keinen Kontakt mehr zu ihren Eltern hat. Was ist eigentlich mit ihrem Vater? Lebt er noch?«

Mari schüttelte den Kopf. »Nein, Knut ist vor ein paar Jahren gestorben. Aber ich hatte mich schon lange vorher von ihm scheiden lassen. Ich konnte seine ewigen Vorwürfe und seinen Hass auf Ánok nicht mehr ertragen. Als unser Sohn Kåre, Bentes jüngerer Bruder, aus dem Haus war, ging ich auch.«

»Kåre ist Polarforscher, nicht wahr?«, fragte Lisa. »Wir haben versucht, ihn zu erreichen, um ihn nach dir zu fragen. Aber er ist gerade auf einer Expedition.«

Mari nickte. »Ja, er kommt erst im August zurück«, sagte sie. »Kåre hat schon als kleiner Junge davon geträumt, einmal in die Fußstapfen von Roald Amundsen zu treten. Er liebt die eisigen Weiten und die Einsamkeit dort oben. Manchmal denke ich, er war in einem früheren Leben ein Eisbär«, fügte sie mit einem leichten Lächeln hinzu. Ihr Blick fiel auf Nora, die düster vor sich hinstarrte.

Mari beugte sich nach vorn und berührte sie leicht am Knie. »Ich kann verstehen, dass du von deiner Mutter enttäuscht und wütend auf sie bist. Aber wenn man bedenkt, was sie durchgemacht hat ...«

Nora kniff die Lippen zusammen. »Ja, ich weiß. Ich brauche halt eine Weile, bis ich das verdaut habe«, sagte sie. »Aber keine Angst, ich werde nicht den gleichen Fehler machen wie sie und für immer abtauchen. Außerdem sollte sie schnellstens erfahren, dass du sie nicht verraten hast«, fügte sie versöhnlicher hinzu.

»Danke«, sagte Mari und lächelte sie erleichtert an. Sie sah von Nora zu Lisa. »Dann seid ihr also Halbschwestern«, stellte sie fest und fragte: »Wo hat Bente denn deinen Vater kennengelernt? Und ist sie noch mit ihm zusammen?«

Lisa schüttelte den Kopf und schluckte. Sie hatte die Unterhaltung bislang stumm verfolgt und fragte sich seit einigen Minuten, wie die alte Dame weitere aufwühlende Neuigkeiten verkraften würde. Sie war immerhin fast neunzig Jahre alt und wirkte bereits jetzt ziemlich erschöpft. Vielleicht wäre es besser, ihr eine Pause zu gönnen.

»Arme Bente«, drangen Maris leise Worte in Lisas Gedanken. »Dann hatte sie also auch kein Glück mehr in der Liebe.«

Nilla war ebenfalls besorgt um ihre Freundin, denn sie drückte Maris Hand und wandte sich an ihre Gäste. »Ich glaube, jetzt können wir alle eine kleine Stärkung vertragen. Ich werde Sven bitten, uns ein paar belegte Brote aus dem Café raufzubringen.« Mari lächelte ihr zu.

»Du hast recht, Nilla. Wir sind schlechte Gastgeberinnen.«

Bevor die anderen etwas einwenden konnten, standen die beiden alten Freundinnen auf und verließen den Raum.

»Ich kann es noch gar nicht richtig fassen, dass wir unsere

Großmutter tatsächlich gefunden haben«, sagte Nora und sprach Lisa damit aus dem Herzen. »Manchmal hatte ich das Gefühl, einem Phantom hinterherzujagen.«

Lisa nickte. »Ging mir auch so. Aber wir hatten wenigstens viel Zeit, uns Gedanken über sie zu machen und uns auf eine mögliche Begegnung vorzubereiten. Für sie muss es wie ein Schock sein, uns plötzlich gegenüberzustehen und mit den Gespenstern ihrer Vergangenheit konfrontiert zu werden.«

Lisa sah Nora und Amund nachdenklich an. »Und sie kennt ja erst die Hälfte der Geschichte. Ich frage mich, ob es nicht vielleicht besser wäre, erst einmal nicht weiter ...«

Amund nahm Lisas Hand und sah ihr in die Augen. »Deine Großmutter verkraftet das schon. Mir kommt es so vor, als wärt ihr euch nicht nur äußerlich sehr ähnlich. Und du würdest an ihrer Stelle auf jeden Fall die Wahrheit wissen wollen.«

Lisa verzog skeptisch das Gesicht, aber Amund drückte ihre Hand und lächelte ihr zu.

Bevor Lisa etwas erwidern konnte, kehrte Mari mit einem Tablett ins Wohnzimmer zurück. Nora sprang auf, um es ihr abzunehmen, und verteilte die Tassen und Teller auf dem Tisch. Nilla brachte eine Platte mit belegten Broten und eine Flasche, die sie hochhielt.

»Wie wäre es mit einem Schluck Bärenfang? Das ist ein Honiglikör, selbst gemacht«, verkündete sie und schenkte jedem ein Gläschen ein. Lisa stieg ein feines Aroma von Honig, Zimt und Nelken in die Nase.

Nachdem sie sich zugeprostet hatten, sagte Nora: »Hm, lecker. So etwas habe ich noch nie getrunken.«

Nilla lächelte verschmitzt. »Kein Wunder. Das Rezept stammt aus Ostpreußen.« Bevor Nora weiter nachhaken konnte, wandte sich Mari an sie und Lisa und fragte: »Wie seid ihr eigentlich auf die Idee gekommen, nach mir zu suchen?«

Lisa spürte, wie sich ihr Herzschlag beschleunigte. Nora stieß sie leicht mit dem Ellbogen in die Seite.

»Na los«, sagte sie leise.

Lisa biss sich von innen in die Unterlippe.

Mari fing ihren Blick auf, zwinkerte ihr zu und tippte sich mit einem Finger gegen ihre eigene Unterlippe. »Mach ich auch immer, wenn ich nicht genau weiß, was ich sagen soll. Oder ob ich überhaupt etwas sagen soll.«

Lisa rutschte auf ihrem Sitz nach vorn und atmete tief ein. »Bente ist nicht meine Mutter. Ich weiß erst seit ein paar Wochen, dass ich norwegische Verwandte habe. Das hier hat mich hergeführt«, sagte sie und zog das silberne Medaillon hervor, das sie wie immer um den Hals trug.

Mari riss die Augen auf. Lisa hielt ihr die Kette hin. Maris Hand zitterte, als sie das Medaillon aufspringen ließ, und Tränen schossen ihr in die Augen. »Woher hast du das?«, fragte sie heiser.

»Aus dem Nachlass meiner Mutter«, antwortete Lisa.

»Sunniva?«, hauchte Mari.

Lisa zuckte die Schultern. »Keiner wusste, wie ihr richtiger Name war. Als sie zu ihren Adoptiveltern kam, hat sie monatelang nicht gesprochen. Sie haben sie Simone genannt«, erklärte sie und gab kurz wieder, was sie von Onkel Robert in Heidelberg erfahren hatte.

Mari hörte regungslos zu. Sie war bleich und umklammerte das Medaillon mit einer Hand so fest, dass ihre Knöchel weiß hervortraten. Nilla rückte näher an sie heran und legte einen Arm um sie.

Mari sah sie an und sagte: »Dann ist sie damals gar nicht ums Leben gekommen. Wieso hab ich sie nicht gefunden? O Gott, ich hätte nicht so schnell aufgeben dürfen!« Sie klang verzweifelt.

Nilla schüttelte den Kopf. »Aber das hast du doch gar nicht.

Du hast doch stundenlang nach ihr gesucht. Vermutlich haben andere Leute sie aus den Trümmern gerettet und mitgenommen, während du bewusstlos warst.«

Lisa, Nora und Amund sahen sich ratlos an. Nilla stand auf, ging zu einem kleinen Schrank und kam mit einem Kästchen zurück. Sie öffnete es und zog eine ramponierte Handpuppe hervor. Es war eine Katze, die mit bräunlichen Spritzern übersät war.

»Das war Sunnivas Lieblingsspielzeug«, erklärte Nilla. »Mari hat es in den Trümmern des Zuges gefunden, mit dem sie und die Familie von Joachim aus Ostpreußen fliehen wollten. Der Zug war mit Munition beladen. Als er beschossen wurde, ging alles in die Luft.«

Mari begann zu zittern. Sie blickte starr vor sich hin. Mit bebender Stimme flüsterte sie: »So viel Blut. Überall Tote. Viele so zerfetzt, dass man sie kaum noch als menschliche Wesen erkennen konnte.« Sie verstummte und schien die grausige Szene erneut zu durchleben.

»Komm, meine Liebe«, sagte Nilla. »Ich bringe dich ins Bett.« Sie gab Amund ein Zeichen, ihr zu helfen.

Amund hob Mari behutsam vom Sofa und führte sie aus dem Zimmer. Lisa und Nora sahen ihr besorgt nach.

»Verdammt, ich hab's doch geahnt. Das war zu viel auf einmal«, sagte Lisa.

Nora schüttelte den Kopf. »So was kann man nicht dosieren. Oder glaubst du wirklich, sie hätte es morgen oder übermorgen besser verkraftet? Vermutlich wär's dann noch schlimmer.«

Lisa ließ sich ins Sofa zurückfallen. »Mag sein. Ich kann nur hoffen, dass sie nicht auch so ein schwaches Herz hat wie ihr Vater oder Faste.«

»Das hat sie nicht«, sagte Amund, der gerade wieder ins Wohnzimmer kam. »Eure Großmutter ist wirklich eine bemerkenswerte Frau. Sie hat sich bereits wieder gefangen und lässt euch ausrichten, dass es ihr leidtut, wenn sie euch erschreckt hat. Sie braucht jetzt nur etwas Ruhe.«

Lisa atmete erleichtert aus und stand auf. »Ich glaube, wir sollten jetzt fahren und später wiederkommen.«

Nora und Amund nickten.

»Wir würden uns freuen, wenn ihr bleibt und bei uns übernachtet.« Nilla stand in der Tür und lächelte Lisa und Nora an. »Mari hat euch so viel zu erzählen. Und zu fragen natürlich auch.«

Nora und Lisa sahen sich unschlüssig an.

»Auf dem Hof gibt es gerade ziemlich viel zu tun«, begann Nora.

Amund unterbrach sie: »Einen Tag kommen wir gut ohne euch zurecht. Ruft mich einfach morgen an, wenn ich euch wieder abholen soll.«

Am nächsten Morgen hatten sich die Regenwolken verzogen. Der Tag versprach sonnig und warm zu werden. Das Gras im Garten hinter dem Haus war noch feucht, als Lisa aus der Holzhütte trat, in der sie und Nora übernachtet hatten. Mari und Nilla hatten die ehemalige Fischerkate als Gästeunterkunft hergerichtet.

Lisa hatte entgegen ihren Erwartungen tief und ruhig geschlafen und war zur gewohnten Zeit um sechs Uhr aufgewacht. Längst brauchte sie keinen Wecker mehr, um pünktlich aufzustehen. Einen Augenblick lang hatte sie nicht gewusst, wo sie sich befand, und unwillkürlich mit der Hand neben sich nach Amund getastet. Obwohl erst ein paar Stunden seit ihrem Abschied vergangen waren und sie ihn bald wiedersehen würde, vermisste sie ihn mit einer Heftigkeit, die sie so noch nie erlebt hatte.

Bevor Lisa zum Haus von Mari und Nilla ging, rief sie Amund an, um ihm einen guten Morgen zu wünschen.

»Rate mal, wessen Nummer ich gerade gewählt habe«, sagte Amund und lachte leise. »Du bist mir um eine Sekunde zuvorgekommen.« Lisa lächelte.

»Ich wollte dir nämlich erzählen, dass ich einen Brief von Caroline bekommen habe«, fuhr Amund fort.

Lisa presste unwillkürlich das Telefon fester gegen ihr Ohr. »Und, was schreibt sie?«

»Dass sie mich immer vermisst hat und so bald wie möglich sehen will«, antwortete Amund. Die Freude in seiner Stimme war unüberhörbar.

Lisa atmete erleichtert aus. Sie hatte befürchtet, dass es Cynthia Davies gelungen sein könnte, ihre Tochter gegen Amund aufzuhetzen.

»Wann fliegst du rüber?«, fragte sie.

»Nächste Woche«, sagte Amund und setzte leise hinzu: »Ich kann dir gar nicht sagen, wie dankbar ich dir bin. Ohne dich hätte ich vielleicht nie den Mut gefunden, mich bei Caroline zu melden.«

Lisa betrat das Haus durch den Hintereingang. Der Duft von frisch gebrühtem Kaffee stieg ihr in die Nase. Sie steckte den Kopf in die Küche und sah eine ihr unbekannte Frau, die gerade ein Blech mit Brötchen in den Ofen schob.

»Guten Morgen, Lisa«, sagte eine Stimme hinter ihr. Es war Nilla, die Lisa freundlich zunickte. »Auch schon kaffeedurstig?« Lisa nickte.

Die Frau in der Küche kam neugierig näher. »Ist das eine von Maris Enkelinnen?«, fragte sie.

Nilla nickte. »Ja, das ist Lisa.« Sie deutete auf die Frau. »Und das ist unsere Köchin Berit. Ihren Sohn Sven hast du ja gestern schon im Café gesehen.«

Kurz darauf saßen Nilla und Lisa an einem runden Tisch im Gastraum und tranken Kaffee. Nilla trug ein Kleid aus einem fließenden Stoff, der ihre zarte Gestalt betonte und den feenhaften Eindruck, den sie schon gestern auf Lisa gemacht hatte, verstärkte.

Nilla sah Lisa an und lächelte leise. »Wenn ich dich anschaue, hab ich das Gefühl, siebzig Jahre jünger zu sein. Oder mit einer Zeitmaschine in meine Jugend zurückgereist zu sein.«

Lisa erwiderte ihr Lächeln und sagte: »So eine Zeitmaschine wäre jetzt praktisch. Dann könnte ich Maris Erlebnisse hautnah mitverfolgen.«

Nilla nickte. »Ja, sie hat viel durchgemacht. Umso schöner ist es, dass sie dich und Nora noch kennenlernen kann.«

»Wie kommt es eigentlich, dass Amund gar nichts von dir wusste?«, fragte Lisa.

Nilla legte den Kopf schief. »Ach, das ist eine lange Geschichte«, sagte sie.

Lisa schenkte Nilla Kaffee nach und sah sie erwartungsvoll an. Nilla nippte an ihrer Tasse und schaute versonnen aus dem Fenster.

»Amunds Vater Peer war der kleine Bruder von Ingolf, der sich schon früh am Widerstand gegen die deutschen Besatzer beteiligte. Im Sommer 1941 hab ich meinem Verlobten Ole davon erzählt, und er schloss sich der Gruppe um meinen Cousin an, die Radiogeräte und andere von den Deutschen verbotene Dinge aus England schmuggelte.« Nilla unterbrach sich. »Ach ja, Ole war übrigens Maris älterer Bruder.«

Lisa nickte. »Ich habe sein Grab gesehen«, sagte sie. »Er ist sehr jung gestorben.«

Nilla wandte sich kurz ab, zog ein Taschentuch aus einer Tasche ihres Kleides und tupfte sich die Augen hinter der Brille. »Ja, genau wie Ingolf. Der ist sogar schon zwei Jahre vor ihm umgebracht worden.«

Lisa schluckte. »Von den Deutschen«, sagte sie leise.

Nilla nickte. »Ole hat sich danach noch viel mehr engagiert und angefangen, Leuten, die von den Nazis verfolgt wurden, zur Flucht zu verhelfen. Das war natürlich noch viel gefährlicher als das Schmuggeln.«

»Du musst große Angst um ihn gehabt haben«, sagte Lisa.

Nilla zuckte die Schultern. »Natürlich. In den Nächten, in denen er mit dem Boot zu den Shetland-Inseln unterwegs war, konnte ich nie schlafen und hab mir stundenlang ausgemalt, was ihm alles zustoßen konnte. Aber vor allem war ich sehr stolz auf ihn. Er war so mutig …« Nillas Augen glänzten, und eine zarte Röte erschien auf ihren Wangen.

»Was ist passiert?«, fragte Lisa leise.

Über Nillas Gesicht flog ein Schatten. »Die Nazis haben das Versteck gefunden, wo Ole die Leute abholte, die er nach England bringen sollte. Die beiden Männer, die er an jenem Tag außer Landes schmuggeln wollte, konnten rechtzeitig fliehen. Ole nicht. Er wurde noch an Ort und Stelle hingerichtet.«

Lisa sog scharf die Luft ein. »Wie furchtbar«, murmelte sie.

Nilla nickte und verengte die Augen. »Das Schlimmste war, dass die Deutschen einen Tipp bekommen hatten.«

Lisa schluckte. »Ole wurde verraten? Von wem?«

Nilla verzog den Mund. »Genau haben wir das nie herausgefunden.«

»Aber einen Verdacht hattest du?«, hakte Lisa nach.

Nilla nickte. »Oh ja, und ich bin mir ziemlich sicher, dass ich damit richtiglag. Aber ich konnte es nicht beweisen.« Lisa sah sie fragend an. »Ich fürchte, es war der Mann einer ehemaligen Freundin von Mari und mir. Ein selbstsüchtiger Opportunist, der sein Fähnlein immer nach dem Wind hängte«, antwortete Nilla. »Aber lassen wir das«, fuhr sie fort. »Das muss er mit seinem Gewissen ausmachen.«

»War es für Ole nicht schwierig, dass sich ausgerechnet seine Schwester in einen deutschen Soldaten verliebt hat?«, fragte Lisa nach einem kurzen Schweigen, in dem sie und Nilla ihren Gedanken nachgehangen waren.

Nilla schüttelte den Kopf. »Nein, gar nicht. Im Gegenteil, Ole mochte Joachim sehr. Sie waren sogar befreundet. Anders als Maris Vater und ihr Zwillingsbruder hat Ole in ihm nicht automatisch einen Feind gesehen, zumal Joachim wirklich nichts mit den Nazis und ihrer Ideologie am Hut hatte.« Nilla lächelte Lisa an. »Ich mochte deinen Großvater auch sehr gern. Schon deswegen, weil er Mari so glücklich gemacht hat. Wir vier haben davon geträumt, nach dem Krieg alle zusammen auf dem Karlssenhof zu leben. Joachim liebte Norwegen.«

Lisa war erleichtert. Ihre Befürchtung, ihr Großvater wäre vielleicht ein überzeugter Nazi gewesen, war unbegründet.

»Aber leider kam dann ja alles anders«, sagte Nilla wehmütig.

»Wenn ich das richtig verstanden habe, hat Mari die letzten Kriegsjahre bei Joachims Familie in Ostpreußen verbracht«, sagte Lisa. »Wann ist sie denn wieder nach Norwegen gekommen? Und wie hat es sie nach Tromsø verschlagen?«

Nilla trank einen Schluck Kaffee, bevor sie weitererzählte. »Als Maris Mutter Lisbet erfuhr, dass Joachim in Russland gefallen war, wollte sie, dass Mari so bald wie möglich mit der kleinen Sunniva nach Norwegen zurückkehrte. Sie war sehr zuversichtlich, dass ihr Mann Enar seinen Groll auf Mari endlich überwinden und sie wieder in die Familie aufnehmen würde. Sie wusste aber auch, dass es eine Weile dauern konnte, bis sie ihn so weit hätte. Deshalb hat sie Mari vorgeschlagen, zu ihrem Onkel Kol auf die Lofoten zu gehen und dort abzuwarten.«

»Ich habe Kols Söhne vor ein paar Wochen bei einer Hochzeit kennengelernt«, sagte Lisa. »Sie erinnerten sich noch gut an Mari. Vor allem an ihre tiefe Traurigkeit.«

Nilla seufzte. »Ja, damals kam es für Mari wirklich Schlag auf Schlag. Als sie sich endlich im Herbst fünfundvierzig zu den Lofoten durchgeschlagen hatte, wartete dort die nächste Hiobsbotschaft auf sie: Ihre Mutter hatte sich das Leben genommen.«

»Oh nein«, rief Lisa und schlug sich die Hand vor den Mund. »Das ist ja schrecklich!«

Nilla nickte. »Ja, das war es. Vor allem, weil Lisbet nicht mehr hatte leben wollen, nachdem sie von Maris angeblichem Tod erfahren hatte. Lisbet hatte seit Weihnachten nichts mehr von ihrer Tochter gehört, auch mir hatte Mari nicht mehr geschrieben.

In diesen Monaten nach Kriegsende herrschte ein unglaubliches Chaos. Im Frühling sickerten Nachrichten über die furchtbaren Umstände zu uns durch, unter denen die Menschen im Januar aus Ostpreußen geflohen waren. Lisbet setzte alle Hebel in Bewegung, um etwas über Maris Verbleib zu erfahren. Beim Roten Kreuz bekam sie schließlich die Auskunft, dass die gesamte Familie von Joachim bei einem Angriff auf einen Bahnhof getötet worden war. Das hat Lisbet nicht verkraftet. Zumal ihr Mann zumindest nach außen hin an seiner unversöhnlichen Haltung festhielt. Für ihn war Mari in dem Moment gestorben, als sie sich für Joachim entschieden hatte.«

Lisa ließ sich in ihrem Stuhl zurückfallen und schaute Nilla fassungslos an. »Wie kann man nur so verbohrt sein!«, rief sie.

»Wenn Enar geahnt hätte, wie verzweifelt Lisbet war, hätte er sicher anders reagiert«, sagte Nilla. »Er war kein böser Mensch, das darfst du nicht denken.«

Lisa runzelte die Stirn. »Ich weiß nicht. So ein unversöhnlicher Hass hat doch etwas sehr Zerstörerisches.«

Nilla sah Lisa ernst an. »Du darfst nicht vergessen, in welcher Zeit das alles passierte. Nach dem Krieg wurde eine regelrechte Hetzjagd auf alle echten und vermeintlichen Kollaborateure eröffnet. Ganz besonders verpönt waren die Frauen, die sich mit deutschen Soldaten eingelassen hatten. Dabei spielte es überhaupt keine Rolle, ob sie es aus Liebe getan hatten und ob diese

Deutschen Nazis gewesen waren oder nicht. Amunds Vater Peer war da leider keine Ausnahme. Er hat den Tod seines geliebten Bruders Ingolf nie recht verwunden. Um ihn abzulenken, hab ich ihn immer wieder zu uns nach Nordfjordeid geholt und oft auf den Karlssenhof mitgenommen. Er fühlte sich dort sehr wohl. Der Tod von Ole hat ihn, Enar und Finn noch enger zusammengeschweißt. Sie haben sich gegenseitig in ihrem Hass auf die Deutschen bestärkt. Und leider auch auf Mari. In Enars und Finns Augen hatte sie auch ihre Mutter auf dem Gewissen. Ich konnte das irgendwann nicht mehr ertragen. Für mich gab es nie einen Zweifel, auf wessen Seite ich stand.«

»Und dafür werde ich dir ewig dankbar sein«, sagte Mari, die wohl schon eine Weile von Lisa und Nilla unbemerkt hinter dem Tresen stand und ihrem Gespräch gelauscht hatte. Jetzt kam sie mit einer Kaffeetasse in der Hand zu ihrem Tisch und setzte sich.

»Deshalb hat Amund also nicht gewusst, dass es dich gibt«, stellte Lisa an Nilla gewandt fest.

»Genau. Sein Vater wollte nichts mit einer zu tun haben, die mit einem Deutschenliebchen verkehrte.«

Lisa zuckte unwillkürlich zusammen und warf ihrer Großmutter einen unbehaglichen Blick zu, den diese mit einem leisen Lächeln erwiderte.

»Mach dir keine Gedanken«, sagte Mari. »Über so was regen wir uns schon lange nicht mehr auf, stimmt's, Nilla?« Nach einer kurzen Pause fuhr sie fort: »Aber damals war's schon hart. Dass es mich ausgerechnet auf die Lofoten verschlagen hatte, kam mir wie ein besonders übler Scherz des Schicksals vor. Da oben im Norden haben die Deutschen ja auf ihrem Rückzug viele Städte und Dörfer zerstört und die Bevölkerung schikaniert. Deshalb waren die Leute dort ziemlich schlecht auf alles zu sprechen, was sie an die Besatzer erinnerte.«

Mari schüttete sich viel Milch in ihren Kaffee und rührte ihn um. »Mein Onkel Kol hat mir unverblümt zu verstehen gegeben, dass er mich nur bei sich aufgenommen hat, weil das der letzte Wunsch seiner Schwester gewesen war. Er hat mir strikt untersagt, meine ›deutsche‹ Vergangenheit zu erwähnen, und keinen Hehl daraus gemacht, dass ich in seinen Augen die Familienehre befleckt hatte.«

Lisa sah Mari erschrocken an. »Wie schrecklich«, flüsterte sie.

Mari drückte Lisas Arm und lächelte leicht. »Ja, es war im doppelten Sinne des Wortes die dunkelste Zeit in meinem Leben.«

Das Erscheinen der Köchin unterbrach Mari. Mit einem freundlichen Lächeln verkündete sie, dass sie den Frühstückstisch draußen im Garten gedeckt und die Brötchen eben aus dem Ofen geholt hätte. Mari und Nilla dankten ihr und gingen mit Lisa hinters Haus. An dem Tisch, der vor der mit Spalierobst bewachsenen Hauswand stand, saß Nora, die sie mit einem strahlenden Lächeln begrüßte.

»Ich komme mir vor wie in den Ferien«, sagte sie. »Ausschlafen und sich dann an einen gedeckten Frühstückstisch setzen. Herrlich!« Sie hielt inne und runzelte leicht die Stirn. »Ich hoffe nur, ich habe nicht zu viel verpasst?«

»Mari und Nilla wollten gerade erzählen, wie sie sich nach dem Krieg wieder getroffen haben«, sagte Lisa und griff nach einem Brötchen.

Nora rutschte auf ihrem Stuhl nach vorn und sah die beiden gespannt an.

»Wie schon gesagt, der Winter auf den Lofoten bei der Familie meines Onkels war der längste und dunkelste, den ich jemals erlebt habe«, begann Mari. »Wobei das Wort ›erleben‹ viel zu aktiv klingt. Ich kam mir damals vor wie versteinert. Ja, das trifft es gut. Ich hätte nichts dagegen gehabt, mich in einen Fels zu verwandeln, ohne Erinnerung, ohne Schmerzen, ohne Hoffnung. Ich weiß nicht, was passiert wäre, wenn die Polarnacht noch länger gedauert hätte. Vielleicht hätte ich mich …« Mari unterbrach sich und zuckte die Schultern.

Lisa sah ihr in die Augen. »Was hat dich davon abgehalten? Woher hast du die Kraft genommen, dich nicht aufzugeben?«

Mari lächelte wehmütig. »Ich glaube, es war die Rückkehr der Sonne. Obwohl ich mich erst gar nicht darüber freuen konnte, denn sie weckte meinen Lebenswillen und zwang mich, nicht länger die Augen vor meiner verzweifelten Lage zu verschließen. Auf den Lofoten habe ich mich viel fremder und unwillkommener gefühlt als jemals in Masuren. Ich konnte den Dialekt der Leute dort kaum verstehen, und sie waren so abweisend und verschlossen mir gegenüber. Vor allem aber war ich von einem Mann abhängig, der mich verachtet hat.«

Lisa und Nora wechselten einen Blick. Lisa versuchte sich vorzustellen, wie sich Mari gefühlt haben musste. Sie hatte alles verloren: ihren Mann, ihre Tochter, ihre Mutter, ihren Bruder, ihr Zuhause. Sogar zwei Zuhause. Sie durfte mit niemandem über ihre Vergangenheit reden, sich nirgends Trost holen. Musste mit dem Vorwurf leben, Schande über ihre Familie gebracht zu haben. Und trotzdem hatte Mari nicht aufgegeben. Ob sie selbst in einer vergleichbaren Situation die Kraft hätte, das Leben weiter auszuhalten? Lisa wagte es nicht, diese Frage einfach mit einem Ja zu beantworten.

»Meine Rettung kam in Gestalt eines Dampfers«, fuhr Mari mit einem Lächeln fort. »Die Hurtigruten, die während des Krieges fast all ihre Postschiffe verloren hatte, wurde wieder zu neuem Leben erweckt und fuhr im Frühling 1946 nach längerer Pause auch die Lofoten an. Als ich hörte, dass auf den Schiffen Personal gesucht wurde, hab ich spontan als Küchenhilfe angeheuert. Dank der Lehrjahre in der Küche meiner Schwiegermutter bin ich schon bald zur Köchin aufgestiegen und hatte ein gutes Auskommen.«

»Und in Tromsø hast du gewohnt, wenn du nicht auf dem Schiff unterwegs warst?«, fragte Nora.

Mari schüttelte den Kopf. »Nein, dahin bin ich erst 1953 nach meiner Hochzeit mit Knut gezogen«, antwortete sie. »Davor war ich in Bergen. Gleich bei meinem ersten Aufenthalt dort hab ich meine ehemalige Lehrerin besucht, bei der ich schon einmal untergekommen war, als mein Vater mich rausgeworfen hatte. Im ersten Augenblick dachte sie, ich sei ein Gespenst, denn auch sie hatte von meinem angeblichen Tod gehört. Aber dann bereitete sie mir einen so herzlichen Empfang, dass ich zum ersten Mal seit vielen Monaten wieder ein bisschen Glück empfand.«

»Und dann habt ihr mich angerufen«, sagte Nilla. »Ich sehe mich noch im Laden meiner Eltern stehen und Konservendosen in die Regale stellen, als das Telefon klingelte. Als ich Maris Stimme hörte, bin ich fast ohnmächtig geworden.«

Mari sah Nilla bewegt an und drückte ihre Hand. »Bei meinem nächsten Stopp in Bergen war Nilla da, und zwar mit Sack und Pack. Sie hatte nämlich beschlossen, auch auf der Hurtigruten anzuheuern.«

Nilla nickte. »Ja, Maris Anruf war das Schönste, das mir passieren konnte. Vor allem natürlich, weil ich meine beste Freundin wiederhatte. Und weil es endlich einen Weg gab, um aus Nordfjordeid rauszukommen.«

Mari beugte sich zu Lisa und Nora. »Nilla hatte schon immer Fernweh«, sagte sie mit einem Augenzwinkern. »Und als ich dann Knuts hartnäckigem Werben nachgegeben und ihn geheiratet habe, hat sich Nilla ihren größten Traum erfüllt und wurde Stewardess bei der *SAS* Norge, der norwegischen Fluggesellschaft.«

Nilla legte den Kopf schief und lächelte verträumt. »Ja, das war in den Fünfziger- und Sechzigerjahren noch was ganz Besonderes. Und ich kam endlich hinaus in die Welt.«

»Und wie hat es euch hierher verschlagen?«, fragte Lisa.

Mari lächelte. »Das Heimweh nach den Fjorden«, sagte sie. »Das war zumindest bei mir der Grund. Nachdem ich mich von Knut getrennt hatte, hielt mich nichts mehr im Norden. Ich wollte endlich wieder von Bergen umgeben sein, die sich im tiefen Wasser eines Fjords spiegeln, den salzigen Wind schmecken und dem Klang der Stille lauschen.«

»Und ich hatte keine Lust, in einem Flughafen oder der Verwaltung zu arbeiten, als ich allmählich zu alt für den Dienst in der Luft wurde«, erklärte Nilla. »Die Idee, zusammen mit Mari ein Café zu eröffnen, war sehr verlockend. Und dank ihrer Kochkünste von Anfang an ein voller Erfolg«, fügte sie hinzu.

»Hier hat also die heilige Sunniva Zuflucht gesucht«, sagte Lisa und sah sich in der kleinen Höhle um, die oberhalb der Ruinen eines alten Benediktinerklosters in einem Berghang auf dem Inselchen Selja lag.

»Sie war eine Königstochter, die im zehnten Jahrhundert in Irland lebte«, erzählte Mari. »Ein heidnischer König war so hingerissen von ihrer Klugheit und Schönheit, dass er um ihre Hand angehalten hat. Doch Sunniva war Christin. Sie wollte diesen Mann nicht heiraten, weil sie dann ihren Glauben hätte ablegen müssen.«

»Verständlich«, warf Lisa ein.

»Ja«, fuhr Mari fort. »Der heidnische König war aber sehr beleidigt und ist in das Land eingefallen. Sunniva floh mit ein paar Getreuen und landete auf Selja, nicht weit von der Insel Vågsøy. Sie versteckten sich in dieser Höhle vor ihren Verfolgern und flehten Gott um Hilfe an, damit diese sie nicht entdeckten. Da fielen Felsbrocken herunter und versperrten den Eingang der Höhle. Sunniva und ihre Begleiter waren nun zwar vor ihren Verfolgern sicher, aber sie konnten ihr Versteck nicht mehr verlassen und sind darin gestorben.«

»Wie traurig«, murmelte Lisa und fröstelte ein bisschen bei dem Gedanken an die Toten.

Mari nickte und sprach weiter: »Bald erzählten sich die Leute von wundersamen Lichterscheinungen auf der Insel. Norwegens erster christlicher König Olav Tryggvason ließ die Höhle öffnen und fand Sunnivas unverwesten, lieblich duftenden Leichnam. Sie wurde heiliggesprochen – als erste und einzige Frau in Norwegen. Sie ist die Schutzpatronin der Westküste, und die Protestanten haben sie auch später in hohen Ehren gehalten.«

Mari holte eine Kerze aus ihrer Handtasche und stellte sie in eine kleine Felsspalte.

»Dein Großvater Joachim hat immer davon geträumt, nach dem Krieg mit mir und Sunniva einen Ausflug hierher zu machen«, sagte sie und zündete die Kerze an. »Ich bin so glücklich, dass du mich heute begleitest. Der 8. Juli ist der Tag der heiligen Sunniva, also der Namenstag deiner Mutter.«

Mari hakte sich bei Lisa unter und drückte ihren Arm.

Simones Bild erschien vor Lisas inneren Augen, und sie spürte, wie ihre Kehle eng wurde. Sie erwiderte den Druck und wischte sich mit der anderen Hand eine Träne weg.

»Erzähl mir von meiner Tochter«, bat Mari.

Lisa nickte und holte ein Fotoalbum aus ihrem Rucksack. Vor einigen Tagen hatte ein Speditionsunternehmen ein paar Kisten aus Frankfurt gebracht, in denen Susanne die Dinge aus Lisas Wohnung verpackt hatte, die sie in ihr neues Leben mitnehmen wollte. Vieles hatte sie zurückgelassen und Susanne gebeten, es an Hilfsorganisationen zu spenden. Die Einrichtung blieb ohnehin in der Wohnung, die ihre Heidelberger Onkel möbliert vermieten wollten.

Mari und Lisa setzten sich auf einen Felsvorsprung am Eingang der Höhle und blätterten durch das Album. Lisa hatte für ihre Großmutter Fotos von Simone zusammengestellt, die ihr Leben in groben Zügen bebilderten. Sichtlich gerührt betrachtete Mari die Fotos, lauschte Lisas Erklärungen und Anekdoten und strich ab und zu zärtlich über das Gesicht ihrer Tochter.

»War sie glücklich?«, fragte sie nach einer Weile.

Lisa sah auf ein Bild, das ihre Eltern braun gebrannt und lachend in einem südfranzösischen Straßencafé sitzend zeigte.

»Ich glaube schon. Ihre Adoptivfamilie hat sie wie ein eigenes Kind behandelt. Und die Ehe mit meinem Vater war sehr harmonisch. Ich habe meine Mutter als ausgeglichenen und fröhlichen Menschen in Erinnerung. Aber sie war auch rastlos und hatte eine tiefe Abneigung dagegen, sich irgendwo auf Dauer niederzulassen.« Lisa kam die Szene in den Sinn, als sich Simone heftig geweigert hatte, nach Norwegen zu ziehen. »Manchmal kam es mir vor, als würde sie vor irgendwas davonlaufen«, fuhr sie nachdenklich fort. »Erst jetzt, wo ihr mir mehr von ihr erzählt habt, kann ich das verstehen. Ihr erstes Leben hatte so traumatisch geendet, dass sie keine Ruhe finden konnte.«

Mari nickte und wandte sich wieder dem Album zu. »Sie sah ihrem Vater sehr ähnlich«, sagte sie leise und wischte eine Träne weg, die auf das Foto getropft war.

Nach ihrer ersten Begegnung mit Lisa und Nora hatte sie um ein paar Tage Pause gebeten, um all die Neuigkeiten zu verdauen. Lisa hatte das gut verstanden. Schließlich war ihre Großmutter unvorbereitet in ein wahres Wechselbad der Gefühle gestürzt worden. Wie sehr musste das alles Mari schmerzen! Sie hatte geglaubt, sie hätte ihre kleine Sunniva verloren. Nun musste sie erfahren, dass Simone als junge Frau nach ihr gesucht hatte und von ihrem Vater Enar und Finn zurückgestoßen worden war.

Auch das Zerwürfnis mit Bente, die Mari zu Unrecht für eine Verräterin hielt, machte dieser vermutlich sehr zu schaffen. Lisa hoffte, dass Noras Besuch bei Bente erfolgreich sein würde. Sie war nach Oslo geflogen, um sich mit ihrer Mutter auszusprechen und sie zu einem Treffen mit Mari zu bewegen.

Am schwierigsten aber stellte sich Lisa die Rückkehr auf den Karlssenhof vor, von dem Mari vor siebzig Jahren verjagt worden war. Mari wollte nach dem Ausflug an die Küste mit Lisa an den Nordfjord fahren. Das hatte sie zumindest am Telefon gesagt, als sie sich verabredet hatten. Wie würde sie die Erinnerungen verkraften, die dort unweigerlich auf sie einstürmen würden? An ihre Mutter, die sich aus Kummer über ihren vermeintlichen Tod das Leben genommen hatte. An ihren Vater, der bis zu seinem letzten Herzschlag unversöhnlich geblieben war. An ihren älteren Bruder Ole, den die Deutschen ermordet hatten. Und an ihre große Liebe Joachim, den sie dort kennengelernt hatte.

»Lass uns gehen«, sagte Mari und riss Lisa aus ihren Gedanken. »Willst du wirklich heute schon … ich meine, wird dir das nicht zu viel?«, begann Lisa.

Mari unterbrach sie mit einem energischen Kopfnicken. »Auf jeden Fall! In meinem Alter weiß man nie, ob man am nächsten Tag noch aufstehen kann.« Sie lächelte Lisa an. »Es ist lieb, dass du dir so viele Gedanken um mich machst. Es bedeutet mir sehr viel. Aber bitte mach dir keine Sorgen.«

Zwei Stunden später lenkte Lisa den Wagen von der Uferstraße in die Hofeinfahrt. Die letzten Kilometer hatte Mari schweigend neben ihr gesessen und aus dem Fenster geschaut. Sie wirkte angespannt, hatte die Lippen aufeinandergepresst und war sehr blass. Lisa parkte vor der Scheune und beeilte sich, ihrer Großmutter aus dem Auto zu helfen. Stumm sah sich Mari um und rang sichtlich um Fassung. Nach einer Weile räusperte sie sich und zeigte auf den Offenstall.

»Da stand früher ein kleinerer Stall für die Kühe und Ziegen. Und daneben waren die Hühner untergebracht. Aber sonst hat sich kaum was verändert.« Sie schüttelte verwundert den Kopf. »Es kommt mir so vor, als hätte ich erst gestern unter dem Apfelbaum gesessen. Oder wäre die Stufen vorm Haus hinuntergesprungen, um im Pferdestall nach meiner Stute Fenna zu sehen. Oder wäre mit einem Korb frisch geernteter Bohnen aus dem Gemüsegarten um die Ecke der Scheune gebogen.«

Lisa ertappte sich dabei, wie sie unwillkürlich nach dem jungen Mädchen Ausschau hielt, das ihre Großmutter einst gewesen war. Mari hakte sich bei Lisa unter und ging mit ihr zum Haus.

»Drinnen ist auch vieles so geblieben wie in deiner Jugend«, sagte Lisa. »Die Küche und die Badezimmer sind renoviert worden, aber die Wohnstube und die Dachkammern sehen noch so aus wie zu deiner Zeit. Das hat mir zumindest Tekla gesagt.«

Wie aufs Stichwort erschien Tekla in der Haustür. Sie senkte verlegen den Blick, als Lisa und Mari vor ihr standen.

»Mari«, sagte sie leise, »es tut mir so leid, dass ich damals einfach den Kontakt zu dir abgebrochen habe. Ich hätte dir wenigstens die Chance geben sollen, mir alles zu erklären. Dann hätte auch Bente gewusst, dass du nichts mit der Intrige ihres Vaters zu tun hattest.«

Mari berührte Tekla leicht am Arm. »Mach dir keine Vorwürfe, meine Liebe. Das ist alles so lange her. Ich bin dir vor allem dankbar, dass du Bente damals geholfen und ihr und Nora ein Zuhause gegeben hast.«

Tekla umarmte Mari und drückte sie fest an sich. »Danke«, sagte sie. »Und herzlich willkommen«, fuhr sie fort und machte eine einladende Geste zur Tür.

»Wo sind die anderen?«, fragte Lisa.

»Wir sind allein«, antwortete Tekla. »Amund müsste bald

wieder hier sein, er wollte nur kurz ein Geschenk für seine Tochter besorgen. Inger und Faste sind mit Finn zu Freunden gefahren. Er hat sie darum gebeten«, erklärte Tekla und warf Mari einen unbehaglichen Blick zu. »Ich fürchte, er wollte dir aus dem Weg gehen.«

Mari zuckte die Schultern. »Für ihn ist es ja auch nicht einfach. Wahrscheinlich braucht er etwas länger, bis er bereit für unser Wiedersehen ist«, sagte sie leichthin, doch Lisa hörte die Enttäuschung in ihrer Stimme.

Um sie abzulenken, fragte sie: »Zeigst du mir die Kammer, in der du früher gewohnt hast? Ich frage mich die ganze Zeit, ob ich vielleicht in deinem alten Bett schlafe.«

Mari lächelte und nickte.

»Und danach gibt es Essen«, sagte Tekla und verschwand in der Küche, aus der es verlockend nach angebratenen Zwiebeln und einem Kräutersud duftete.

Maris ehemaliges Dachzimmer war eine der beiden momentan leer stehenden Kammern. Sie öffnete die Tür, hielt inne und starrte gebannt in den Raum. Lisa sah sie fragend an. Sie konnte nichts Ungewöhnliches entdecken. Das Zimmer war wie die anderen holzvertäfelt und mit bunt bemalten Möbeln eingerichtet. Mari deutete auf eine alte Truhe, die neben dem Bett stand.

»Die hat meiner Mutter gehört. Sie hat darin ihre Aussteuer aufbewahrt, als sie auf den Karlssenhof gekommen ist.«

Mari ging zu der Truhe und nahm ein zusammengefaltetes Blatt Papier von ihrem Deckel, auf dem ihr Name stand. Sie setzte sich aufs Bett, las den Brief und schluchzte auf. Lisa setzte sich neben sie und legte einen Arm um ihre Schultern. Mari hielt ihr das Blatt hin. Es war mit einer steilen, sehr ordentlichen Schrift bedeckt:

Mari,

Vater wollte, dass ich die Truhe und ihren Inhalt verbrenne. Doch unserer Mutter, die die Sachen heimlich für dich aufgehoben hatte, konnte ich das nicht antun – auch nach ihrem Tode nicht. Sie hatte so sehr auf deine Rückkehr gehofft. Ich habe immer gespürt, dass du noch lebst. Lange Zeit war ich zornig deswegen. Jetzt bin ich froh, dass mich mein Gefühl nicht getäuscht hat. Wir sehen uns bald. Gib mir noch ein klein wenig Zeit.

Finn

Lisa half Mari, die Truhe zu öffnen. Stumm holte Mari ihren Inhalt Stück für Stück heraus und legte die Sachen aufs Bett: einen gestrickten Teddybären, eine Stoffpuppe, mehrere zerlesene Bücher, ein paar einfache Schürzen, einen Handspiegel, eine Haarbürste und einige Haarschleifen. Zuunterst lag ein in Seidenpapier eingeschlagenes Paket. Mari hob es heraus. Ihre Hände zitterten, als sie das Papier entfernte. Lisa hielt unwillkürlich die Luft an, als sie das prächtige Gewand sah, das Mari nun auf dem Bett ausbreitete: einen knöchellangen schwarzen Rock mit einer bunt bestickten Schürze, an der ein kleiner Stoffbeutel befestigt war. Dazu ein dunkelrotes, ärmelloses Schnürmieder, das mit einer bestickten Borte eingefasst war, und eine weiße Bluse mit bauschigen Ärmeln.

»Diese *bunad* hat mir meine Mutter für meine Hochzeit mit Joachim machen lassen«, sagte Mari nach einer Weile. Mit einem versonnenen Lächeln strich sie über die Tracht. »Genau so hatte sie sie ausgebreitet, als sie mich damit überraschte. Ich habe sie nie getragen.«

Lisa sah Mari an. »Wie schade! Sie ist wunderschön.«

Mari nickte und nahm Lisas Hand. »Ich möchte, dass du sie bekommst.«

Lisa schluckte und spürte schon wieder Tränen in sich aufsteigen.

»Ich hab im Lauf der Jahre immer wieder von einer jungen Frau geträumt, die diese *bunad* trägt und vor einem Altar auf ihren Bräutigam wartet. Jetzt weiß ich, dass du diese Frau bist.« Mari zwinkerte Lisa zu. »Und ich glaube, dass das nächste Mal, wenn ich diesen Traum habe, der Bräutigam neben ihr stehen wird.«

ENDE

Tusen takk!

Ich bedanke mich bei all den Menschen, die mir während des Entstehungsprozesses dieses Romans aufmunternd und geduldig zur Seite standen.

Großer Dank gebührt dabei Henrike Heiland, die mich ermutigte, den ersten Schritt ins Romanfach zu tun, mir wertvolle Ratschläge gab und mir vor allen Dingen den Kontakt zu ihrer Verlagslektorin vermittelte.

Gerke Haffner danke ich sehr für ihr Vertrauen und dafür, dass sie mir die Chance gab, den Roman für den Lübbe-Verlag zu entwickeln.

Ebenso möchte ich mich bei den Verlagsmitarbeitern bedanken, die im Hintergrund wirken und sich um die Gestaltung, die Vermarktung, den Druck und all die anderen Aufgaben kümmern, die für das Erscheinen und den Vertrieb des Buches notwendig sind.

Herzlichen Dank an meine Lektorin Dr. Ulrike Brandt-Schwarze, die sich meines Textes mit aufmerksamer Sorgfalt angenommen hat, ihn von allem Überflüssigen befreite und ihm den letzten Schliff gab.

Danke auch an meine Agentinnen von der Literaturagentur Lianne Kolf, die mich als Debutautorin vertreten haben.

Liebe Lilian Thoma, Dir gilt mein besonderer Dank! Als meine private »Vor-Lektorin« hast Du mir in all den Monaten einen unschätzbaren Dienst erwiesen. Nicht auszudenken, wie ich ohne Dein wohlwollendes und zugleich kritisches Feedback und Deine zahlreichen Anregungen zurechtgekommen wäre!

Mein innigster Dank geht an Stefan, der unbeirrt an mich glaubte, nicht müde wurde, mich zu ermutigen, der mir immer zuhörte und mich fraglos durch die dunklen Täler meiner Zweifel begleitete. Danke Dir für Deine Liebe!

Werde Teil der Bastei Lübbe Welt
You Tube
www.luebbe.de/Meinewelt
Lesen, rezensieren, Bücher gewinnen
Lerne Autoren, Verlagsmitarbeiter und andere Leser kennen